그리스 로마 신화

그리스 로마 신화

4판 인쇄 | 2024. 12. 23.
4판 발행 | 2024. 12. 30.

지은이 | 토머스 불핀치
옮긴이 | 김지영
펴낸이 | 윤옥임

펴낸곳 | 브라운힐
서울시 마포구 토정로 214번지 (신수동)
대표전화 (02)713-6523, 팩스 (02)3272-9702
전자우편 yun8511@hanmail.net
등록 제 10-2428호
© 2024 by Brown Hill Publishing Co. 2024, Printed in Korea

ISBN 979-11-5825-172-7 03840
값 25,000원

☞ 잘못 만들어진 책은 바꾸어 드립니다.

신화를 통해 보는 서양 문화와 예술의 뿌리!

그리스 로마 신화

토머스 불핀치 지음
김지영 옮김

브라운 힐
BrownHillPub

차 례 ───────────

1장

그리스의 신들 | 로마의 신들

그리스의 신들

고대 그리스나 로마의 종교는 이제 존재하지 않는다. 오늘날의 그 누구도 이 올림포스의 신들을 숭배하는 사람은 없을 것이다. 다만 현대에선 신학 분야가 아닌 문학이나 예술을 통해서 이 신들의 존재를 나타내고 있으며, 앞으로도 이러한 의미에서 이들은 계속 살아 있을 것이 자명하다. 왜냐하면 이 신들은 시대를 초월해서 시나 예술 속에 생생히 자리 잡고 있기 때문이다.

지금부터 하려는 이야기는 옛날부터 전해져 내려오는 바로 이 신들에 관한 것으로, 오늘날까지도 시인이나 문장가, 연사들에게 널리 사랑받고 있는 고전(古典)이다. 아울러 독자들에게는 무한한 상상의 즐거움과 함께 품격 있는 문학의 향기에 젖어 들면서 광범위한 지식까지 얻게 되는 행운을 안겨 줄 것이다.

이 이야기를 이해하려면 우선 고대 그리스인들의 세계관에 대한 사고방식을 알아 둘 필요가 있다. 그 이유는 모든 고대인의 과학과 종교가 그리스인으로부터 태동되어 계승되었기 때문이다.

그리스인들은 지구를 평평한 원반같이 생긴 것으로 믿었다. 그리고 그들의 나라는 원반의 중앙에 있으며 신들의 거처인 올림포스(Olympos)산, 신탁(神託)으로 유명한 델포이(Delphoe)[1]는 그 중심에 있었다고 믿었다.

그들에게 있어 바다는 지중해와 에우크세이노스(Pontos Euxeinos 혹은 라틴어 식으로 Pontus Euxinus: 친절한 바다라는 뜻. - 흑해) 두 개였고, 이 바다가 평평한 원반 세계를 서에서 동으로 가로질러 양분했다고 믿었다. 또한 지구 주위에는 오케아노스(Okeanos)[2]가 잔잔히 흐르고, 이 강 서쪽의 물의 흐름은 남에서 북으로 이어지고 동쪽은 북에서 남으로 흐른다고 생각했다. 그리고 이 강은 모든 강의 수원(水源)으로 어떠한 폭풍우에도 동요됨이 없으리라 여겼다.

지구의 북쪽에는 그리스인들을 추위에 떨게 하는 차가운 폭풍이 쏟아지는 동굴들을 품고 있는 산맥이 있고, 이 산맥 너머에는 히페르보레오스라는 행복한 민족이 영원한 봄과 기쁨을 누리며 질병이나 노쇠, 전쟁을 모르고 산다고 했다. 그러나 이 땅은 육로나 해로를 포함한 그 어떤 방법으로도 도달할 수 없는 곳이었다.

토머스 무어(Thomas Moore, 1779 ~ 1852, 아일랜드 시인)는 그의 시 〈히페르보레오스〉의 앞부분에서 이렇게 노래했다.

　　내 고향은 햇빛에 흠뻑 젖어
　　금빛 뜰이 빛나는 곳
　　북풍도 고요히 잠들어 있어
　　고둥 껍데기도 울지 않는다.

지구의 남쪽에도 역시 도덕성이 높고 기쁨에 찬 사람들이 살았다. 아이티오

---

1) 아폴론의 신전이 있음.
2) River Ocean, 大洋河.

피아(Aithiopia)족이라 불리는 이들은 신들이 종종 그들과 향연을 벌일 정도로 행복에 찬 종족이었다.

지구의 서쪽에는 '엘리시온의 평원'이라 불리는 은총 받은 땅이 있었다. 이 땅은 '행운의 들', '축복받은 사람들의 땅'으로 일컬어질 정도로 신들의 사랑을 받은 사람들이 가는 곳이다. 그래서 이곳 사람들은 영원한 복락을 누렸다.

이로써 알 수 있듯이, 고대 그리스인들은 자기 나라의 근처인 지중해 연안 이외에는 다른 민족, 다른 인종이 존재한다는 사실을 알지 못했다. 그래서 그들의 상상력은 괴물과 마녀를 서쪽에서 살게 했고, 원반 같은 지구의 둘레에는 행복과 불사(不死)의 은혜를 누리는 축복 받은 민족을 살게 한 것이다.

또 그들은 '해', '달', '새벽'은 오케아노스(Okeanos) 강의 동쪽에서 솟아 하늘을 달린다고 생각했다. 별 역시 북두칠성과 그 가까이에 있는 별 몇 개를 뺀 나머지는 모두 떠올랐다가 물속으로 가라앉는다고 생각했다.

존 밀턴(John Milton, 1608 ~ 1674, 영국의 시인)은 가면극 〈코머스(Comus)〉에서 이를 다음과 같이 노래했다.

> 지금도 금빛 옷 해수레는
> 그 뜨거운 굴대를 깊은 바다에 담그고
> 지는 태양 희미한 빛을
> 북극 하늘에 걸쳐놓고는
> 동쪽에 있는 거처로 서둘러 가고 있다.

테살리아(Thessalia)의 올림포스산 정상은 신들의 거처였다. 여기에는 구름으로 된 문이 하나 있는데, 이 문은 '계절'이라는 여신들이 지키고 있었다. 하늘의 신들이 지상으로 오갈 때마다 여신들이 지키는 이 문이 열린다. 신들은 - 지상, 수중, 지하의 신들도 - 모두 자신의 처소가 있었다. 다만 그들은 제우스(Zeus, [유피테르])3)의 명령에 따라 궁전으로 모여들었다.

　이 궁전에서는 거의 매일 잔치가 열린다. 여기에 사용되는 음식은 암브로시아(ambrosiā, 神食)이고, 음료는 넥타르(nektar, 神酒)였다. 특히 넥타르는 아름다운 여신 헤베(Hebe, 제우스와 헤라의 딸)가 술잔을 돌렸다.

　이 잔치에서 신들은 하늘이나 땅에서 있었던 모든 일을 이야기하고 앞일을 의논하곤 했다. 신들이 적당히 취하고 있으면 리라(lira)4)를 흥겹게 타며 음악의 신 아폴론(Apollon)이 유흥을 돋우었다. 이때 여신 무사이(Mousai, '뮤즈'라고도 불린다.)들은 수금 소리에 맞추어 노래를 불렀다.

　호메로스(Homeros)는 그의 시 〈오디세이(Odyssey)〉에서 올림포스를 이렇게 노래했다.

　　이렇게 말하면서 파란 눈의 아테나는
　　올림포스산으로 올라갔네.
　　신들이 모여드는
　　그 영원한 처소로
　　거기에는 북풍도 오지 않는다네.
　　비도 쏟아지지 않고
　　눈도 내리지 않는다네.
　　다만 고운 햇빛만 따사로이 쏟아지는 대낮이라네.
　　　　　　　　　　　　　　　　　　－ 윌리엄 쿠퍼(William Cowper)5)

　여신들의 옷은 모두 아테나(Athena, [미네르바])와 카레타스 자매6)들이

---

3) 신들의 왕 － 이하 [ ] 속은 로마식 표기.
4) 고대 그리스의 악기. 일곱 줄로 되어 있다.
5) 영국의 시인, 호메로스의 번역자.
6) 미의 세 여신 － 광휘의 여신 아글라에아(Aglaea), 기쁨의 여신 에우프로시네
　(Euphrosyne), 개화의 여신 탈레이아(Thaleia).

썼는데, 이 옷 이외의 단단한 물건들은 여러 가지 금속을 다루어 만들었다. 헤파이스토스(Hephaestus, [불카노스])는 건축가, 대장장이, 갑옷장이, 전차 제조자로 팔방미인이었다. 그는 신들의 집을 청동으로 만들었으며 금으로 된 신발을 만들었다. 이 황금 구두는 공중이나 물 위를 걷고 어느 곳이든지 마음 내키는 대로 빠른 이동이 가능했다. 그는 천마(天馬)의 발굽에 놋쇠로 된 편자를 박아 공중과 해상을 질주하기도 했다. 그리고 자기가 만든 제품에 자동력(自動力)을 주어, 그의 삼각대를 타고 신전 어디건 자유자재로 드나들었다. 그는 또 황금으로 만든 하녀에게 지력(知力)을 넣어 심부름을 시키기도 했다.

신들과 인간의 아버지라 불리는 제우스[유피테르]에게도 크로노스(Kronos, [사투르누스])라는 아버지와 레아(Rhea, [오프스])라는 어머니가 있었다. 크로노스와 레아는 티탄족(Titan, 거인족)에 속했다. 이들의 부모는 하늘과 땅에서 태어났고, 하늘과 땅은 천지개벽 이전의 혼돈인 카오스(chaos)의 자식이었다.

이와는 다른 우주 창조설도 있는데, 여기에서는 땅과 암흑(Erebus, 에레보스)과 사랑(Eros, 에로스)을 최초의 존재로 두었다. 에로스는 카오스 위에 떠다니는 뉘쿠스(밤)의 알에서 생겨났다. 그는 화살과 햇불을 지녔는데 이것으로 모든 물건을 찔러 그 찔린 존재에 생명과 즐거움을 불어넣었다고 했다

크로노스와 레아만이 티탄족의 전부는 아니었다. 이밖에도 티탄족의 남자 신으로는 오케아노스, 히페리온, 이아페토스, 오피온이 있었고 여신으로는 테미스, 므네모시네, 에우리노메라는 신이 있었다. 이들은 모두 연로한 신들이었기에 지배권은 곧 다른 신에게 넘어갔다. 즉 크로노스는 제우스에게, 오케아노스는 포세이돈(Poseidon, [넵투누스])에게, 히페리온(Hyperion)은 아폴론에게 자리를 양도했다. 따라서 최초의 태양신은 히페리온이다. 또한 오피온(Ophion)과 에우리노메(Eurynome)의 지위도 크로노스와 레아에게 빼앗겨 물러났다.

크로노스는 양면성을 지닌 통치자였다. 그는 치정(治政)에 있어 깨끗하고

결백한 황금시대를 만들었지만 한편에서는 자신의 자식을 잡아먹는 괴물이었다. 그가 자식들을 잡아먹는 이유는 우라노스와 가이아의 예언 때문이었다. 그는 자기의 누나인 레아라는 여신과 결혼했는데, 예언은 그가 자신의 왕위를 자식들에게 빼앗긴다는 것이었다. 그래서 그는 레아가 낳은 자식들을 낳자마자 삼켜 버렸다. 크로노스가 삼킨 아이는 헤스티아, 데메테르, 헤라라는 세 명의 여자아이와 하데스, 포세이돈이라는 두 명의 남자아이였다.

그러자 레아는 자기의 아이들이 아버지에게 잡아먹히는 것에서 벗어나게 해야겠다고 생각했고, 그런 생각을 하던 중 다시 아이를 가졌다. 그녀는 자기의 어머니인 가이아에게 도움을 청했다. 마침내 한밤에 몰래 크레타섬에 가 남자아이를 낳았는데 그가 바로 제우스이다. 그래서 제우스는 잡아먹히는 불운을 겪지 않고 무사히 자라나 장성한 뒤 메티스(智)라는 아내를 맞이하였고, 이 아내는 가이아의 가르침에 따라 크로노스에게 토하는 약을 먹였다. 그러자 크로노스는 포세이돈, 하데스, 헤라, 데메테르, 헤스티아를 토해 냈다.

제우스는 이들 형제자매7)와 더불어 크로노스와 티탄족을 상대로 전쟁을 해서 아버지와 그의 형제들을 제압했다. 그래서 어떤 자는 타르타로스(Tartarus, 무한 지하 감옥)에 가두었고, 어떤 자는 죄의 경중에 따라 처벌했다. 이때 아틀라스(Atlas)라는 신은 하늘을 두 어깨로 받치고 있는 형벌을 받았다.

크로노스를 몰아낸 제우스는 동생인 포세이돈과 하데스와 함께 영토 분할을 했다. 여기에서 제우스는 하늘을 차지했고, 포세이돈은 바다를, 하데스는 죽은 사람의 나라를 차지했다. 땅과 올림포스는 세 사람의 공동 영토로 정했다.

이렇게 해서 제우스는 신과 인간의 왕이 되었다. 제우스의 무기는 벼락이었으며, 헤파이스토스가 만들어준 아이기스(aegis)라는 방패도 있었다. 그가

---

7) 호메로스의 작품에는 모두 '동생'으로 되어 있다.

좋아하는 날짐승은 독수리인데, 이 새는 제우스의 번개를 가지고 다녔다.

제우스의 여동생이자 아내인 헤라는 신들의 여왕이었다. 무지개의 여신 이리스(Iris)는 이 여왕의 시녀이고, 신들의 사자(使者)였다. 헤라가 좋아하는 새는 공작새였다.

하늘의 명공(名工) 헤파이스토스는 절름발이로 제우스와 헤라 사이에서 태어났다. 헤라는 그런 아들의 모습이 보기 싫어 그를 천상 밖으로 쫓아내고 말았다. 일설8)에 의하면 그의 부모가 부부싸움을 할 때 헤파이스토스가 헤라 편을 들자, 제우스가 발로 차서 지상으로 떨어뜨렸다고 한다. 그는 하루 종일 추락하여 렘노스(Lemnos)섬에 떨어졌는데, 이 때문에 그는 절름발이가 되었고 후에 이 섬은 헤파이스토스의 성지9)가 되었다.

밀턴은 〈실낙원(Paradise Lost)〉 제1편에서 이 이야기를 인용했다.

아침부터 한낮까지
한낮에서 밤이슬 내리는 저녁까지
그는 여름날 하루 종일 떨어졌지.
저녁노을과 더불어
유성처럼 떨어졌지.
저 에게해의 섬 렘노스로.

아레스(Ares, [마르스])는 전쟁의 신으로 제우스와 헤라의 아들이다.

궁술(弓術)과 예언의 신인 아폴론은 제우스와 레토(Leto, [로토나])의 아들이며 아르테미스(Artemis, [디아나])의 오빠다. 아폴론과 아르테미스는 쌍둥이 남매로 동생인 아르테미스는 달의 여신, 아폴론은 태양의 신이기도 했다.

---

8) 호메로스 〈일리아스〉 제1권.
9) 존 밀턴(1608~1674) 〈실낙원〉 제1권.

사랑과 미의 여신 아프로디테(Aphrodite, [베누스])10)는 제우스와 디오네의 딸이다. 일설에 따르면 아프로디테11)는 바다의 물거품에서 탄생했다고한다. 어느 날 그녀가 서풍을 타고 물결을 따라 키프로스의 섬에 이르자계절의 여신들이 나와 영접했다. 그들이 그녀에게 아름다운 옷을 입혀 신전으로 데리고 가자 신전의 신들은 모두 그녀의 미모에 매혹되었다. 그들은 모두가 아프로디테를 아내로 삼고 싶어 했다. 그러나 제우스는 번개를 선사한그의 아들 헤파이스토스에게 고마움의 선물로 그녀를 주었다. 이렇게 해서가장 아름다운 여신은 가장 못생긴 신의 아내가 되었다. 아프로디테는 사랑을 일으키게 하는 힘을 가진 케스토스라는 자수 띠를 가지고 있었고, 그녀가총애하던 새는 백조와 비둘기였으며 식물 중에서는 장미와 도금양(挑金孃)12)을 좋아했다.

아프로디테의 아들인 에로스(Eros, [아모르])13)는 사랑의 신이다. 그는언제나 활과 화살을 지니고 다니면서 신과 인간의 마음속에 사랑의 화살을쏘곤 했다.

아테나(Athena)는 지혜의 여신으로 팔라스라고 불린다. 제우스의 딸인그녀는 모친이 따로 없다. 그녀는 제우스의 머리에서 태어났다고 하는데,제우스의 머리를 도끼로 쪼개고 나왔다고 한다. 태어날 때의 모습은 황금으로 완전무장되어 있었으며, 큰 소리를 내지르며 뛰쳐나왔다고 한다. 그녀가좋아한 새는 올빼미였고, 좋아한 식물은 올리브였다.

헤르메스(Hermes, [메르쿠리우스])는 제우스와 마이아의 아들이다. 그가 주관한 분야는 숙련과 기민(機敏)을 요하는 것으로, 예컨대 상업, 격투,씨름, 여러 경기, 심지어는 도둑질까지도 관장했다. 그는 날개 달린 모자와구두를 신고 손에는 두 마리의 뱀이 휘감겨 있는 케리케이온(Kerykeion,

---

10) 비너스를 가리킴.
11) 거품에서 나온 여자.
12) myrtle, 이 나무는 아프로디테의 로마식 이름을 붙여 베누스 신복이라고 불리기도한다.
13) 큐피드.

[카두케우스])이라는 지팡이를 들고 다녔다.

디오니소스(Dionysos, [바쿠스])는 술의 신으로 제우스와 세멜라의 아들이다.

제우스와 므네모시네[14]의 딸들인 무사이(Mousai)의 여신들은 모두 아홉 명인데, 그녀들은 각기 문학, 예술, 과학 등의 분야를 주관했다. 칼리오페는 서사시, 클레이오는 역사, 에우테르페는 서정시, 멜포메네는 비극, 테르프시코레는 무용과 노래, 에라토는 연애시, 폴리힘니아는 찬가, 우라니아는 천문, 탈리아는 희극을 주재했다.

에우프로시네, 아글라에아, 탈레이아는 미의 여신으로 향연, 무용, 사교적인 환락을 주재하였다. 클로토, 라케시스, 아트로포스는 운명의 여신들로 인간의 운명의 실을 짜기도 하고 마음 내킬 때마다 큰 가위로 그 실을 끊어버리기도 했다.

에리니에스와 푸리아에는 뱀으로 된 머리카락과 소름 끼치는 모습을 지닌 복수의 여신이다. 그녀들은 공식적인 재판을 어기거나 반항하는 자들을 눈에 보이지 않는 침으로 벌했다. 각각 알렉토, 타시포네, 메가에라라고 불리는 그들 셋을 합하여 에우메니테스[15]라고 부르기도 한다.

아르카디아(Arcadia)의 들에 사는 판(Pan, [파우누스])은 가축과 목동의 신이고, 모모스(Momus)[16]는 웃음의 신, 플루토스(Plutos)는 제물 및 부의 신이다. 또한 사티로스(Satyros)[17]는 숲과 들의 신으로, 온몸에 빳빳한 털이 있고 머리에는 뿔이 짧게 돋아 있으며 다리는 산양의 다리와 비슷하다고 전해지고 있다.

---

14) 기억의 여신.
15) 착한 마음을 가진 여신.
16) 비난이나 비꼼을 나타낸 웃음.
17) 반신반양(半身半羊).

로마의 신들

앞에서 소개한 신들은 그리스의 신들로, 로마인에게 그대로 전승되었다. 그러나 지금부터는 로마 신화 특유의 신들에 관해 이야기하려 한다.

사투르누스(Saturnus)는 고대 이탈리아의 신으로, 제우스[유피테르]에게 왕위를 빼앗기자 이른바 황금시대라 일컬어지는 동안 그곳을 다스렸다고 한다. 그는 고대 그리스의 크로노스와 동일시되었던 신으로, 크로노스처럼 올바른 정치를 하였다고 전해진다. 매년 겨울이면 '사투르날리아'라는 잔치를 열었는데, 그 기간에는 모든 공사(公事)를 멈추고 선전포고나 형의 집행도 연기시켰으며 상호 선물을 교환하고 노예들에게도 자유를 허용했다.

파우누스(Faunus)[18]는 사투르누스의 손자로 들과 목동의 신이며 예언의 신이었다. 그의 이름을 복수로 한 '파우니'라는 말은 그리스인의 '사티로스'와 같은 계통을 의미하는 이름이다.

로마의 창건자 로물루스(Romulus)가 죽은 뒤 신이 된 키리누스는 전쟁의 신이고, 베로나는 전쟁의 여신이다.

테르미누스(Terminus)는 토지의 경계를 나타내는 신으로, 거친 돌이나 기둥으로 만들어진 그의 상(像)은 지상 여기저기에 세워져 경계를 표시했다.

팔레스는 가축과 목장을 주관하는 여신이고, 플로라는 꽃의 여신, 포모나(Pomona)는 과실나무의 여신, 루키나는 출산(出産)을 주관하는 여신이다.

베스타[19]는 국가와 가정의 화덕을 지배하는 신으로, 이 여신의 신전에서는 베스탈이라 불리는 여섯 명의 처녀 사제들이 이 성화(聖火)를 지켰다. 이 성화는 곧 로마의 안녕을 상징하는 것으로, 성화를 깨뜨리면 처녀 사제들은 엄중한 문책을 당했고 꺼진 불은 반드시 태양광선으로 점화했다.

리베르는 바쿠스[20]의 라틴 이름이며, 물키베르는 불카누스의 라틴 이름

---

18) 파우나, 즉 보나데아('좋은 여신'이란 뜻).
19) 그리스의 '헤스티아'.
20) 디오니소스.

20

이다.

야누스는 하늘의 문지기로서 한 해를 열기 때문에 일년의 첫 달21)은 그의 이름으로 되어 있다. 문의 수호신인 그는 두 개의 얼굴을 가진 신으로 표현되었다. 문이란 두 갈래 길에 면해 두 개가 나 있기 때문이다. 이 야누스의 사원은 로마에 무수히 많았다.

가족의 안녕과 번영을 지켜주는 신으로 페나테스가 있는데, 그 이름은 식료품을 넣어두는 창고라는 '페누스'에서 유래한 것이다. 따라서 페누스는 이 신을 모시는 성소(聖所) 구실을 했고, 각 가정의 가장은 모두 자기 집 페나테스 신의 제주(察主)였다.

또한 라레스라는 신도 가정을 지켜주는 신이었다. 차이가 있다면 페나테스는 사자의 영혼이 신이 되었다고 믿는 것이며, 라레스는 자손을 보살피고 지키는 선조의 영이라 여기는 것으로 이 말은 영어의 고스트22)라는 말과 같다.

로마인들은 또 게니우스와 유노를 믿고 있다. 게니우스는 남자들의 수호신이고, 유노는 여자들의 수호신이다. 그들은 그 신들이 자기네들을 태어나게 하고 평생 보호해준다고 믿었다. 그래서 자신들의 생일날이면 남자는 자기의 게니우스에게, 여자는 자기의 유노에게 제물을 바쳤다.

로마의 신들에 관해 한 시인은 이렇게 노래했다.

포모나는 과수원을 사랑하고
리베르는 포도를,
팔레스는 가축의 입김으로 따뜻해진
초가 오두막을 사랑하지.
또한 베누스는

---

21) 야누아리우스(January).
22) 유령 : ghost.

앞날을 기약한 연인들의 속삭임을 사랑하지.
사월의 상아빛 은은한 달밤
밤나무 그늘 아래 속삭임을.

― 메콜리 '카퓨스의 예언'23)

---

23) 고대 로마의 민요.

2장

프로메테우스와 판도라

　어느 시대를 막론하고 천지창조에 대한 내력은 사람들의 흥미를 불러일으킨다. 우리가 성경에서 얻은 지식을 가지고 있듯이, 고대인들도 그들 나름대로 천지창조에 관한 이야기를 만들어내고 전해왔는데 이를테면 다음과 같다.

　카오스(Chaos)가 있었다. 이것은 하늘과 땅과 바다가 창조되기 전에 모든 것이 다 같이 어우러진 상태로, 우리는 이를 혼돈이라고 부른다. 그 형태는 뒤엉킨 무거운 덩어리이지만 그 안에는 여러 사물의 근원이 자리하고 있었다. 다시 말하면 땅, 바다, 공기가 혼합되어 있었다. 이때의 땅은 고체가 아니었고 바다는 액체가 아니었으며 공기는 투명하지 않았다. 마침내 신들은 이 혼돈을 매듭짓는 분리 작업을 행하였다. 그들은 땅을 바다와 분리하고, 하늘 또한 이들에게서 분리시켰다. 그때 타오르던 부분이 높이 솟아올라 하늘이 되었고, 공기는 무게와 장소에 있어서 그다음을 차지했다. 땅은 그보다 무거워 아래로 가라앉았고, 물은 가장 낮은 곳으로 흘러 땅을 떠받치게 되었다.

그때 어떤 신이 이 땅을 정리하고 일정하게 배열하는 일을 담당했는데 — 그 신이 어떤 신인지 알 수 없지만 — 그는 강과 만(灣)의 자리를 정하고, 산을 일으켜 세우고, 골짜기를 파고, 비옥한 논밭과 벌판, 숲, 샘 등을 여기저기에 고루 배치했다. 공기가 점점 맑아지게 되자 별들이 드러나게 되었고, 바다는 물고기가, 공중은 새가, 육지는 네발짐승이 각각 삶의 터전으로 삼았다.

여기에 이들보다 더 고등한 동물의 필요를 신들은 느꼈고, 이렇게 해서 인간이 창조되었다. 이때 창조를 담당한 신이 신적(神的)인 재료를 사용하였는지, 아니면 그 당시 - 하늘과 땅이 갈라질 무렵 하늘로부터 막 분리된 흙 속에 어떤 하늘나라의 씨앗이 남아 있어 그 흙을 이용했는지는 분명하지 않다.

아무튼, 프로메테우스(Prometheus)는 이 땅에서 흙을 취하여 그것을 물로 반죽하여 신의 형상을 닮은 인간을 만들었다.[1] 그는 인간을 만들 때 다른 동물들은 모두 고개를 숙여 땅을 향하도록 했는데, 인간은 직립 보행과 하늘로 얼굴을 올려 별을 바라볼 수 있게 했다.

프로메테우스[2]는 인간이 창조되기 전부터 지상에 거주하고 있는 티탄족(巨神族)의 한 신(神)이었다. 이 프로메테우스와 그의 아우 에피메테우스(Epimetheus)[3]는 인간과 관련된 일을 하였는데, 에피메테우스가 이 일을 착수했고 프로메테우스가 그 일의 결과를 감독하기로 했다.

그때 에피메테우스는 서로 다른 동물들에게 여러 가지 선물을 주었다. 어떤 동물에게는 날개를 주고, 어떤 동물에게는 날카로운 발톱을, 또 다른 동물에게는 몸을 덮는 두꺼운 껍질과 함께 용기, 힘, 속도, 지혜 등을 주었다. 그러나 인간의 차례가 왔을 때는 이미 각 동물에게 가지고 있는 것을 모두 선물하여 수중에 아무것도 남아 있지 않았다. 당황한 그가 자신의 형에게 자초지종을 말하자, 프로메테우스는 인간에게 훌륭한 선물을 주어야겠다고 생각하고 하늘로 올라갔다. 그리고 아테나의 도움을 받아 태양의 수레에서

---

1) 구약성경 〈창세기〉 1장 27절, 2장, 7장.
2) 먼저 생각하는 사람.
3) 나중에 생각하는 사람.

횃불을 옮겨 받아 그 불을 인간에게 선물했다.

이 선물은 인간을 다른 동물보다 월등한 존재로 만드는 큰 선물이었다. 이것은 다른 동물을 지배할 수 있는 무기를 만들 수 있게 했고, 토지를 경작할 수 있게 했다. 또 추위에서도 따뜻하게 살게 했고, 상거래의 수단이 되는 화폐주조를 할 수 있게 했으며, 나아가서는 여러 가지 예술을 만들 수 있게 했다.

이때까지 여자는 만들어져 있지 않았다. 다소 웃기는 이야기지만, 여자는 신들이 프로메테우스 형제와 또 인간을 벌하기 위해 탄생시켰다고 한다. 그 죄는 두 형제가 인간에게 준 불이 하늘로부터 훔쳐간 것이고 인간은 훔친 그 불을 사용했기 때문이라는 것이다. 그래서 여자는 하늘에서 창조되었는데, 최초의 여자 이름은 판도라(Pandora)[4]였다. 판도라의 탄생을 위해 신들은 각각 조금씩 기여했다. 아프로디테에게서는 아름다움을, 헤르메스에게서는 설득력을, 아폴론에게서는 음악을 받은 것이다.

이렇게 해서 만들어진 판도라는 땅으로 옮겨져 에피메테우스의 차지가 되었다. 그의 형인 프로메테우스는 일찍이 제우스의 생각을 간파하였기에 동생에게 제우스와 그의 선물들을 조심하라고 주의를 주었다. 그러나 에피메테우스는 그 선물을 받아들였고, 자기 아내로 삼아 버렸다.

에피메테우스의 집에는 단지가 하나 있었다. 그 속에는 여러 가지 해로운 물건이 들어 있었는데, 이 물건들은 인간에게나 동물들에게 필요치 않기 때문에 상자 안에 넣어 둔 것들이었다. 판도라는 호기심이 많은 여자였다. 그래서 어느 날 조심스레 상자 뚜껑을 열었는데, 열자마자 인간을 괴롭히는 무수한 재앙(災殃)이 그 속에서 나왔다. 그것들은 통풍(通風), 신경통, 복통, 류머티즘 등의 육체를 괴롭히는 것과 질투, 원한, 복수심 등 정신을 어지럽히는 것들이었다. 그들이 급속도로 빠져 달아나자, 놀란 판도라는 재빨리 뚜껑을 닫았다. 그러나 이미 상자 안에는 맨바닥에 깔려 있던 것 하나만 남아 있을

---

4) 모든 선물을 받은 여인.

뿐 나머지는 다 달아나 버린 다음이었다. 그때 맨 아래에 남아 있던 것은 '희망'이었다.

다른 설(說)도 있다. 판도라는 에피메테우스의 노고에 대한 제우스의 호의로 지상에 보내졌다는 것이다. 이 설에 따르면, 판도라는 결혼에 축복하는 여러 신이 선사한 물건을 받았는데 그 상자는 그중 하나라는 것이다.

어쨌든 이렇게 해서 지상에 거주민이 생겼는데, 첫 시대는 순진(純眞)과 행복으로 된 이른바 '황금시대'였다. 법률에 따라 구속받지 않더라도 진리와 정의가 행해졌고, 벌을 주는 관리도 없었다. 배를 만들기 위해 산림의 벌채를 하는 일도 없었고, 사람 사는 마을 주위에다 성곽을 쌓는 일도 없었다. 더욱이 칼, 창, 투구 등은 없었다.

대지는 사람이 밭으로 일구고, 씨를 뿌리고 노동을 하지 않아도 사람에게 필요한 모든 것을 내어주었다. 늘 푸른 봄이 유지되었고, 꽃은 화려하고 아름답게 피어올랐으며, 강에는 포도주와 우유가 흘렀다.

이 시대에 이어 '은(銀)의 시대'가 도래했다. 제우스는 봄을 나누어 일년을 사계절로 나누었다. 이때부터 사람들은 추위와 더위를 극복해야 했고 집이 필요하게 되었다. 동굴이 그 최초의 주거지였으며, 이어서 나뭇잎으로 덮은 숲속의 구덩이가, 그다음에는 나뭇가지로 엮은 오두막집으로 주거지가 바뀌어 갔다. 이때는 농작물을 재배해야만 했고, 농부는 씨를 뿌려야 했으며, 소는 좋든 싫든 쟁기를 끌어야 했다.

다음은 청동시대가 왔다. 이 시대에는 사람들의 성격이 전보다 거칠어졌고, 싸우려고 하는 경향이 많아졌다.

다음은 철(鐵)의 시대였다. 이 시대의 사람들은 사악한 마음이 강해져 죄악이 홍수처럼 넘쳤고, 겸손, 진실, 사랑도 이름뿐이었다. 시기와 교활함, 폭력, 사악한 이욕(利慾)이 횡행했다. 수목은 벌채되어 배의 용골(龍骨)로 쓰이고, 바다를 돌아다니며 배들은 수면을 어지럽혔다. 그리고 땅은 공동경작에서 사유재산으로 분할되었고 땅의 내부까지 파고 들어가 광석을 캐냈다. 이리하여 유해한 철이 많아졌고, 화(禍)를 부르는 금이 더욱 많아졌다. 사람들은 또 철과 금을 무기5)로 전쟁을 일으켰다. 친구의 집도 안전하지 못했고, 사위와 장인, 형제와 자매, 아내와 남편, 자식과 부모도 서로를 믿지 못했다. 땅은 살인의 피로 더럽혀졌다. 신들은 점차 이 땅이 싫어졌고, 급기야 땅을 떠나기 시작했다. 마지막까지 남아 있던 아스트라이아(Astraea)6)도 마침내 이 땅을 떠나고 말았다.

제우스는 지상에서의 이런 진행을 보고 크게 노하여 신들을 소집하였다. 맑은 날이면 누구나 볼 수 있는 은하(銀河)를 따라 신들은 하늘의 궁전으로 모여들었다. 이 길가에는 유명한 신의 궁전이 즐비하게 늘어서 있었으며 지위가 낮은 신들의 집은 좀 떨어져 있었다.

신들이 모이자, 제우스는 지상의 상황을 다시 한번 이야기한 후 지상의 종족을 모두 없앤다는 자신의 결심을 발표했다. 신들도 모두 수긍하였고, 제우스는 곧 번개로써 지상을 불태우려 했다. 그러나 땅에서 불이 일어나면 그 불이 하늘까지 뻗쳐 올라 하늘도 위험하다는 생각에 그는 계획을 바꾸어 지상을 물에 잠기게 했다.

비구름을 부르는 북풍을 사슬로 묶어놓고는 남풍을 보냈다. 순식간에 하늘은 암흑으로 바뀌고 구름이 사방으로 몰려다니며 서로 부딪쳤다. 비는 장대같이 쏟아졌다. 벼와 모든 곡식은 다 쓰러지고 지상은 아수라장이 되었다. 그래도 만족하지 않은 제우스는 동생 포세이돈을 불러 그의 물을 원했다. 곧 포세이돈은 강을 범람하게 하여 대지를 덮었으며, 지진으로 지상을 흔들었고 바닷물을 육지로 보냈다. 그리하여 가축과 인간, 가옥 그리고 신전까지도 유실되거나 물에 잠기게 되었다. 높은 탑 꼭대기도 물속에 잠겼다.

이제 지상의 모든 것이 바다가 되었다. 여기저기 섬처럼 남아 있는 산꼭대기에 간혹 사람이 보였고 사람들은 보트를 타고 노를 저었다. 물고기가 나뭇가지 사이에서 헤엄을 쳤고, 사자와 뱀과 멧돼지는 물속에서 몸부림쳤다. 날다

---

5) 금의 무기란 '뇌물'을 칭함.
6) 청순의 여신 테미스. '정의'는 이 신의 아들임. 아스트라이아는 천칭(天秤)을 들고 있는 모습으로 그려지는데, 이는 그녀가 상대의 주장을 재기 때문이다. 그녀는 지상을 떠나, 별자리 처녀좌(處女座)가 되었다.

가 지친 새들은 물속으로 떨어졌고, 살아남은 생물들도 결국엔 굶어 죽었다.

지상에는 파르나소스(Parnassus)산만이 물 위에 덩그러니 떠 있었다. 그래서 산꼭대기로 데우칼리온(Deucalion)[7]과 그의 아내 피라(Pyrrha)[8]가 피난했다. 남편은 의로운 사람이었고, 아내도 신들을 잘 섬기는 사람이었다. 제우스는 이들의 생활을 지켜보고는 북풍에게 구름을 쫓고, 맑은 하늘을 지상에 나타나게 했다. 트리톤(Triton)[9]은 소라고둥을 불어 물에게 퇴각을 명했다. 바다는 다시 해변 너머로 돌아갔고 강들도 제자리로 돌아갔다. 이때 데우칼리온이 피라에게 말했다.

"아내여! 유일하게 살아남은 여인이여! 처음 우리는 혈연[10]으로, 다음엔 결혼으로 맺어졌고, 지금은 공동의 위기에 맞서 다시 맺어졌소. 우리에게 아버지 같은 힘이 있어 새로운 종족을 갱생시킨다면 참 좋겠지만 우리는 할 수 없는 일이니 신전에 가서 장차 우리가 해야 할 일을 신들에게 물어봅시다."

그들은 신전으로 갔다. 신전은 진흙더미로 더러워져 있었으며, 성화도 꺼져 있었다. 그들은 땅에 엎드려 열심히 기도를 올렸다. 그러자 신탁(神託)은 이렇게 대답했다.

"머리에 베일을 쓰고 옷을 벗은 후 이곳에서 나가 너희들 어머니 뼈를 등 뒤로 내던져라."

이 말을 들은 그들은 깜짝 놀랐다. 잠시 후 피라가 먼저 침묵을 깼다.

"저희는 그럴 수 없습니다. 어찌 감히 부모의 유골을 더럽힐 수 있습니까."

그들은 나뭇잎 그늘에서 신탁의 의미를 곰곰이 생각했다. 마침내 데우칼리온이 말했다.

"내 생각이 틀리지 않는다면 아내여, 신탁의 명령에 복종하는 것이 옳은 듯싶소. 땅은 만물의 위대한 어머니이고, 돌은 그 뼈가 아니겠소. 그러니 우리는 신탁이 일러준 대로 이것을 우리 뒤로 던져봅시다."

---

7) 프로메테우스의 아들.
8) 에피메테우스의 딸.
9) 포세이돈의 아들.
10) 두 사람의 부친은 형제임.

그들은 신탁의 지시에 따라 돌을 주워 뒤로 던졌다. 그러자 돌들은 말랑말랑해지더니 조각가에 의해 반쯤 깎인 돌덩어리처럼 점점 인간의 형태를 갖추어 갔다. 또 돌의 주변에 있던 습기 찬 흙은 살이 되었고, 돌은 뼈가 되었다. 남자가 던진 돌은 남자가 되었고, 여자가 던진 돌은 여자가 되었다. 이렇게 해서 만들어진 사람들은 튼튼한 종족이 되어 노동을 잘 익혔다.

프로메테우스는 예부터 시인들의 시에 자주 등장했다. 그는 제우스가 인류에 대해 크게 노했을 때도 인류를 위해 중재를 한 인류의 벗이었다. 또 그는 인류에게 문명과 기술을 가르쳤다. 그러나 이러한 프로메테우스의 행위는 신들과 제우스에게 분노를 샀고, 결국 그는 카우카소스[11] 산상(山上)의 바위에 쇠사슬로 묶이게 되었다. 또 제우스는 독수리를 보내어 그의 간을 쪼아 먹게 하였는데, 이 간은 파먹을 때마다 새로 돋아났다.

프로메테우스의 이런 형벌은 제우스에게 복종을 맹세하면 언제든지 끝날 수 있던 것이었다. 왜냐하면, 그가 제우스의 왕위 보전과 관계있는 비밀을 알고 있었기 때문이었다. 그러나 그는 그런 짓을 경멸했다.

따라서 그는 현대에 와서도 부당한 수난에 대한 영웅적인 인내와 압제에 항거하는 의지력의 상징이 되고 있다.

조지 고든 바이런(George Gordon Byron, 낭만주의 문학을 선도한 영국 시인)과 퍼시 비시 셸리(Percy Bysshe Shelley, 영국 낭만파 시인)는 모두 이 주제를 즐겨 다루었다.

바이런은 이렇게 노래했다.

티탄이여! 인간의 괴로움이
언제나 그 슬픈 현실이었어도

---

11) 코카서스.

신들에게 능멸의 대상으로 여기지 못하게 했던
불멸의 눈을 가진 자여,
그대 연민의 보상은 무엇이었던가?
침묵의 고통,
바위, 독수리 그리고 사슬,
굳센 자존심이 가져오는 모든 고통,
그들에게 어림없는 번민,
숨 막힐 듯한 낭패,
그대의 죄는 인간을 위한 애정,
그대가 가르쳐준 사랑이기에
인간은 비참한 경험을 줄이고
인간을 제정신으로 강화할 수 있었다.
그래, 그대의 꿋꿋한 인내는
하늘과 땅도 어쩔 수 없었지.
그 불굴의 정신과 끈기와 저항은
우리에게 큰 가르침을 주었지.
....

바이런은 또 〈나폴레옹 보나파르트에 부치는 송시〉에서도 이와 유사한 것을 시도했다.

혹은 하늘에서 불을 훔쳐 온 사람처럼
이 충격을 그대로 견디려고 하는가?
그와 같이 도저히 용서할 수 없는 자여,
독수리와 바위의 고통을 맛보려 하는가?

3장

아폴론과 다프네 | 피라모스와 티스베 | 케팔로스와 프로크리스

홍수는 지상을 온통 진흙더미로 만들었지만, 덕분에 땅은 아주 비옥한 상태로 바뀌었다. 그러자 흙 속에서는 좋은 것, 나쁜 것 가리지 않고 온갖 생물들이 자라나게 되었다. 그 가운데 파르나소스산의 동굴에 잠입해 있는 피톤(Python)이라는 큰 뱀은 모든 사람에게 커다란 공포의 대상이 되었다. 아폴론은 자신의 화살[1]로 이 큰 뱀을 쏘아 죽였다. 아폴론은 주로 토끼나 산양을 사냥했는데 이런 크고 사나운 짐승을 잡아 본 것은 처음이었다. 그래서 그는 이 빛나는 전과를 기념하기 위해 피톤 경기를 창설했다. 이 경기에서 힘겨루기, 달리기, 이륜차 경주 등을 하여 이기는 자에게는 너도밤나무 잎으로 만든 관을 머리에 씌워주었다. 그때에는 월계수가 아폴론의 나무로 되어 있지 않았다.

벨베데레(Belvedere)라는 유명한 아폴론의 상(像)은 피톤을 잡은 후의

---

1) 아폴론은 화살의 신이기도 하다.

아폴론을 새긴 것이다.

바이런은 이를 〈해럴드 경의 순례(Childe Harold's Pilgrimage)〉 제4편 제161절에서 다음과 같이 노래했다.

보라! 표적마다 정확한 활의 신을,
생명과 시(詩)와 빛의 신을,
인간의 모습을 한 태양신을
그리고 싸움의 승리에 빛나는 그 얼굴을.
화살은 시위를 떠나 바람을 갈랐다.
복수를 결심한 신의 강인한 화살,
그의 눈에도 콧구멍에도,
적을 누르는 아름다움과 힘
그리고 위엄이
전광(電光)처럼 번뜩인다.
한번 슬쩍 보는 것만으로도
천신(天神)이 나타났음을 알 수 있듯이.

아폴론과 다프네

아폴론의 첫사랑은 다프네(Daphne)였다. 그렇지만 이 사랑은 우연히 싹튼 것이 아니라 에로스(Eros)[2]의 심술에 의한 것이었다.

아폴론이 피톤을 물리치고 의기양양할 때의 일이다. 어느 날 아폴론은 에로스가 활을 가지고 노는 것을 보았다. 그는 최근의 승리에 무척 흥분해

---

2) 쿠피도(로마), 큐피트(영어).

있어 에로스에게 이렇게 말을 건넸다.

"이 장난꾸러기 녀석아! 어린애가 전쟁에서나 사용하는 그런 위험한 무기를 가지고 무얼 하느냐? 그 활을 사용할 만한 임자를 찾아주거라. 나는 이 무기로 저 큰 뱀을 잡았단다. 너도 알겠지만 넓은 들판에서 그 독기 오른 뱀을 말이다. 그런데 아가야, 너 같은 어린애가 활을 가지고 놀다니……. 말도 안 된다. 어디 가서 불장난이나 하며 놀아라. 네가 쓰는 무기로는 그렇게 장난하는 게 아니다."

그러나 에로스는 지지 않고 대답했다.

"아폴로 님, 당신의 화살은 무엇이나 훌륭하게 쏘아 맞힐 수 있지요. 그러나 나는 그런 당신을 맞힐 수 있답니다."

에로스는 이런 말을 남기고서 파르나소스산으로 올라갔다. 그리고 산의 정상에 올라가 전통(箭筒)에서 두 개의 서로 다른 화살을 꺼냈다. 하나는 금으로 된 끝이 뾰족한 화살이고, 하나는 끝이 무딘 납화살이었다. 금화살은 사랑의 열정을 끓게 만드는 화살이었으나 납화살은 그 사랑을 거절하는 마음을 가지게 하는 화살이었다.

그는 이 화살로 아폴론과 하신(河神) 페네이오스의 딸 다프네라는 님프(nymph)[3]를 쏘았다. 그러자 그 즉시 아폴론은 다프네에 대한 뜨거운 열정이 강렬하게 솟구쳤다. 하지만 다프네는 그 순간 사랑은 생각도 하기 싫다는 마음을 갖게 되었다.

다프네의 즐거움은 숲을 뛰어다니며 짐승을 사냥하는 것뿐이었다. 그녀에게 구애를 요구하는 남성들은 많았으나 이미 에로스의 화살이 심장에 꽂힌 그녀이기에 사랑도, 결혼도 생각 밖일 뿐이었다. 그런 다프네를 보고 페네이오스는 늘 입버릇처럼 말했다.

"얘, 다프네야. 이제 나도 사위와 손자를 보고 싶단다."

그러나 다프네는 결혼 자체를 행복이라 여기지 않고 커다란 죄를 짓는

---

3) '님프(nymph)'는 영어 발음과 표기이고, 그리스어로는 '님페(nymphe)'이다. 그리스 신화에 나오는 자연의 아름다운 여성 정령들을 말한다.

것으로 여기며 혐오했으므로 고운 얼굴을 붉히면서도 아버지의 목에 매달려 사정하듯 말했다.

"아버지, 아버지! 제발 부탁이에요. 저도 아르테미스(Artemis)[4]처럼 혼자 살게 해주세요. 영원히 처녀로 살고 싶어요."

페네이오스는 하는 수 없이 고개를 끄덕였지만, 그 뒤에는 항상 이런 말을 덧붙였다.

"그렇지만 얘야, 네 고운 얼굴 때문에 그렇게는 되기 힘들 것이다."

한편, 심장에 강한 사랑의 화살을 맞은 아폴론은 이제 폭발 직전이었다. 그는 어떻게 해서든지 다프네를 아내로 맞이하고 싶었다. 지상 모든 사람에게 신탁을 내리는 그였지만 스스로의 운명은 자신도 알지 못했다. 그는 사랑에 눈이 멀어, 헝클어진 다프네의 긴 머리카락을 보며 이렇게 말했다.

"아, 아름다운 다프네여! 빗질을 하지 않아도 이렇게 고운데, 곱게 빗기면 얼마나 아름다울까?"

아폴론은 다프네의 반짝이는 눈에서 별을 느꼈다. 타오르는 듯한 붉은 입술도 보았다. 어깨까지 맨살이 드러난 다프네의 팔과 손을 황홀한 눈으로 바라보면서 드러나지 않은 부분들은 한층 더 아름다울 것이라는 상상도 했다. 이제 그는 그저 보고 있는 것만으로 만족할 수 없었다.

마침내 아폴론은 다프네를 쫓아다니기 시작했다. 그러나 다프네는 바람보다도 빨리 달아났으며, 아폴론이 아무리 간청을 해도 잠시도 발길을 멈추지 않았다.

"아! 페네이오스의 딸이여! 제발 기다려주오. 나는 그대의 적이 아닙니다. 그대는 지금 어린 양이 늑대에게서 도망치듯이, 매를 피해 비둘기가 날아가듯이 나를 피하는구려. 제발 그렇게 하지 말아 주시오. 지금 내가 그대를 쫓는 것은 사랑 때문이오. 그렇게 뛰다가 넘어져 다칠까 봐 걱정스럽소. 그러니 제발 천천히 뛰시오. 나도 천천히 따를 것이니……. 다프네여, 제발 천천히

---

4) 처녀신을 뜻함.

뛰시오. 나는 어리석은 농부가 아니오. 또한 바보도 아니오. 그대도 아실 것이오. 제우스, 제우스가 나의 아버님이고 또한 나는 델포이와 페네도스의 통치자라오. 게다가 나는 현재와 미래를 다 아는 자이며, 노래와 리라의 신이오. 아, 다프네여! 나는 지금 내 화살보다 훨씬 무서운 운명의 화살에 심장이 뚫렸소. 또 나는 의술의 신이기도 하지만, 지금 나의 병은 무엇으로도 고칠 수 없는 상태라오. 다프네여, 제발 멈춰주시오."

그러나 님프 다프네는 아폴론의 탄식은 반절도 귀담아듣지 않고 계속 도망쳤다. 아폴론의 눈에는 그 도망가는 모습조차 황홀하게만 보였다. 바람이 불어 다프네의 옷자락을 펄럭이게 했고, 양어깨로 늘어진 머리카락을 물결처럼 흐르게 했다.

아폴론은 긴 탄식이 섞인 자신의 구애가 거절되자 안달이 날 지경이었다. 그는 더욱 초조한 심정이 되었고, 여기에 에로스의 충동이 그를 더욱 자극하여 발걸음을 빠르게 했다. 쫓고, 쫓기고……. 그 모습은 마치 붙잡힐 듯 붙잡힐 듯한 가엾은 토끼를 쫓는 거친 사냥개의 모습 같았다. 다프네도 전신의 힘을 다해 달렸으나 사랑의 날개를 달고 뛰어드는 아폴론과의 거리가 점점 가까워졌다. 급기야 헐떡거리는 아폴론의 숨결이 바로 그녀의 등 뒤까지 다가오자, 공포와 절망감에 빠진 다프네의 몸에서 힘이 빠지기 시작했다. 다프네는 피로가 몰려와 금방이라도 쓰러질 것 같았다. 이제 더 이상 견딜 수 없게 되자 그녀는 강의 신인 아버지 페네이오스를 소리쳐 불렀다.

"아버지, 도와주세요. 땅을 열어 제 모습을 숨겨주세요. 아버지, 제발! 아니면 내 모습을 바꾸어 주세요."

이 말이 끝나자마자 다프네의 온몸이 뻣뻣하게 굳어져 갔다. 두 발은 땅속에 박혀 뿌리가 되었고, 두 팔은 가지로 변했다. 가슴은 부드러운 나무껍질로 바뀌고, 머리털은 나뭇잎이 되었다. 얼굴은 나무 꼭대기가 되었다. 그러나 형상이 완전히 바뀌었어도 그녀의 아름다움은 여전했다.

정신없이 쫓아왔던 아폴론은 망연자실해져, 한참을 그 자리에 서서 나무로 바뀐 다프네를 바라보기만 하였다. 이윽고 그는 천천히 다가서서 나무둥치를 안았다. 새로 생긴 껍질 안에서 다프네는 그저 몸을 떨고만 있었다. 그러자 아폴론은 나무둥치를 더욱 강하게 끌어안고 나뭇가지에 힘차게 키스를 퍼부었다. 그러자 가지들이 그의 입술 밑에서 몸을 움츠러들였다. 이것을 본 아폴론은 나무를 향해 이렇게 말했다.

"다프네여, 이제 그대는 내 아내가 될 수 없으니 나는 그대를 나의 나무로 삼겠소. 나는 왕관 대신 그대의 가지를 엮어서 머리에 쓰고 내 리라와 전동을 장식하리라. 그리고 로마의 위대한 장군들이 카피톨리움(Capitolium)[5]으로 개선 행진할 때, 그들의 이마에 그대로 엮어 만든 관을 씌워주리라. 나는 영원히 젊을 테니 그대 또한 항상 푸를 것이고, 그대의 잎은 시드는 법이 없게 하리라."

이 말을 들은 다프네는 이미 월계수(月桂樹)로 변해 있었기에 다만 머리를 숙여 감사의 뜻을 나타낼 뿐이었다.

아폴론이 음악과 시가를 관장한다는 것은 이상하게 생각되지 않는다. 그러나 의술(醫術)까지 이 신이 관장한다는 것은 왠지 잘 믿기지 않는다. 이에 관해 시인이며 의사인 존 암스트롱(John Armstrong, 스코틀랜드 시인)은 다음과 같이 말했다.

"음악은 기쁨을 배가시키고 모든 슬픔을 다독이며, 온갖 병을 몰아내고, 모든 고통을 진정시킨다. 그래서 옛 현인들은 의약과 음악과 시가를 두루 꿰는 불가분의 힘으로 숭상했다."

아폴론과 다프네의 이야기는 많은 시인에 의해 자주 인용됐다.

에드먼드 월러(Edmund waller, 영국의 시인)도 이것을 그의 연가 '포이보스[6]와 다프네의 이야기'에서 사용했다. 그 연가는 애인의 마음을 얻는 데는 성공하지 못했지만, 시인으로서의 명성은 얻을 수 있었다.

그가 저 불멸의 시에서 노래한 것을

---

5) 제우스 신전에 해당하는 로마의 유피테르 신전이 있는 곳.
6) Phoibos, 아폴론의 별칭. '밝다' 또는 '순수하다'는 뜻.

모두 이루지는 못했지만,

장난은 아니었네.

그의 잘못을 바로잡아주는 님프란 님프는

모두가 그의 열정에 귀를 기울였네.

그의 노래에 고개 끄덕였네.

이렇게 바라지 않는 칭찬을 받은 포이보스처럼

그 역시 연인에게 사로잡혀 월계수만 한 아름 안았지.

셸리의 '아도나이스(Adonais)'에서 인용한 다음 구절은 바이런이 처음 비평가들과 논쟁했을 때의 일을 노래한 것이다.

사람의 뒤를 쫓을 때만은 대담하구나.

떼 지은 늑대들아,

시체 위에 모여서 울어대는 천박한 까마귀들아,

지배자의 기치에는 충실한 독수리들아.

'황폐'가 남긴 곳을 쪼아대고는

날개로 병독의 비를 뿌리는 자들아,

이 무슨 꼴이더냐.

현대의 피티오스[7]가 저 아폴론처럼

금빛 활에서 화살 하나를 날리고 웃었을 때

달아나는 네놈의 꼴들.

이놈들은 두 번째의 화살을 먹일 필요도 없지.

저희를 경멸하고

짓밟은 자의 발아래에서 저리 아양을 떨고 있으니.

---

7) 아폴론의 칭호. 바이런을 가리킴.

피라모스와 티스베

바빌로니아가 세미라미스(Semiramis) 여왕의 통치 아래 있을 때이다. 이때 나라 안에서 으뜸가는 미남으로는 피라모스(Pyramus)가 있었고, 으뜸가는 미녀로는 티스베(Thisbe)가 있었다. 두 젊은이의 집은 벽 하나를 사이에 두고 있었기에 자연히 그들은 친구처럼 지냈다. 그러나 그들은 성장함에 따라 친구에서 애인으로 바뀌었고, 둘은 서로를 원하게 되었다.

그렇지만 그들 부모가 결혼을 반대하였기에 그들은 은밀하게 사랑의 불꽃을 피울 수밖에 없었다. 두 사람은 몸짓이나 눈짓으로 속마음을 나누었으니 얼마나 안타까웠겠는가.

그 두 집을 갈라놓은 벽에는 작은 틈이 하나 있었다. 벽을 쌓을 때 과실로 생긴 것이었다. 아무도 그것을 발견하지 못했으나 그들은 그것을 발견했고, 그 틈을 통해 달콤한 속삭임을 주고받았다. 지루한 밤이 지나고 아침이 되면, 언제나 변함없이 벽 사이로 사랑의 말을 주고받았다. 그들은 그때마다 늘 안타까워 긴 탄식을 뱉곤 했다.

"아, 이 무정한 벽아! 너는 어째서 우리를 이렇게 갈라놓는단 말이냐. 그러나 우리는 너의 은혜를 잊지 않겠다. 그래도 네 덕분에 우리가 이렇게라도 이야기할 수 있으니."

이윽고 하늘에 별이 떠올라 이별의 시간이 되면, 그들은 각각 자기 집의 갈라진 벽 틈에 대고 서로에게 키스하곤 했다.

이튿날 아침, 에오스(Eos)[8]가 별들의 불을 끄고 태양이 초원 위에 이슬을 떨굴 때면 그들은 또 같은 곳에서 만났다. 그리곤 사랑의 노래와 함께 기구한 팔자를 한탄하고 헤어졌다가 또 다음 날 아침에 그 자리에서 만났다. 마침내 그들은 더는 참을 수가 없어 한 가지 계략을 꾸미기에 이르렀다. 모두가 잠들었을 때 집을 빠져나와 멀리 도망치자는 것이었다. 그리하여 마을의 경계선에

---

8) 새벽의 여신을 나타냄. [아우로라(Aurora)](로마).

서 멀리 떨어진 니노스(Ninos)[9]의 무덤이라는 유명한 왕릉에서 만나기로 했다. 누구든지 먼저 오는 사람이 눈처럼 하얀 열매가 가득 열린 키 큰 오디나무 아래에서 기다리기로 했다.

드디어 태양이 바다 아래로 가라앉고 밤이 찾아왔다. 티스베는 얼굴을 베일로 가리고 아무도 몰래 집을 빠져나와 무덤으로 가서 피라모스를 기다렸다. 저녁의 으스름 속에서 외로이 앉아 그를 기다리고 있는데 어디선가 암사자가 어슬렁거리며 나타났다. 이 사자는 무엇인가를 방금 잡아먹었는지 물을 마시러 샘가로 온 것이다. 사자를 본 티스베는 얼른 바위 뒤로 몸을 숨겼다. 그런데 그녀는 급히 달아나려다가 베일을 떨어뜨리고 말았다. 물을 마시고 자기 굴로 돌아가던 사자는 티스베의 베일을 보고 그것을 발기발기 찢어 놓았다.

얼마 후에 피라모스가 약속 장소에 나타났다. 주위를 둘러보아도 티스베는 보이지 않았다. 그런데 몇 걸음을 옮기다가 그는 모래 위에 어지럽게 찍힌 사자 발자국과 티스베의 찢어진 베일을 보게 되었다. 상황은 명확했다. 피라모스는 찢어진 베일을 붙잡고 울부짖었다.

"티스베여! 아, 가엾은 티스베여! 그대가 나 때문에 죽었구나. 나보다 마땅히 살아야 할 그대가 이렇게 되다니! 나도 그대를 따르리라. 이런 무서운 곳에 그대를 나오게 하고 지켜주지도 못하다니! 내가 죄인이다, 내가 죄인이야! 오너라, 사자야! 그리고 이 죄 많은 몸뚱이를 갈기갈기 찢어다오."

그는 베일을 집어 들어 연거푸 입맞춤을 퍼부은 다음 초점 잃은 눈으로 오디나무 밑으로 갔다.

"그대 피로 물든 이 베일, 내 피로 다시 한번 물들이겠다."

이 말과 함께 그는 칼을 빼 들어 자신의 심장을 찔렀다. 심장으로부터 흘러내린 피는 오디나무를 적셨고, 그 열매마다 검붉은 피가 스며들었다.

그때까지 티스베는 두려움에 떨며 숨어 있다가 혹시 애인이 실망하고 돌아갈까 봐 약속 장소로 조심조심 기어 나왔다. 그리고 불안한 마음으로 애

---

9) 세미라미스 여왕의 남편.

인을 찾았다. 마음속엔 온통 위험에서 벗어난 이 이야기를 해주고 싶은 생각뿐이었다.

그런데 약속 장소까지 왔는데도 분명히 소담스럽게 흰색을 띠고 있어야할 오디 열매가 보이지 않고 붉은 열매만 보였다. 그녀는 주저하면서 주변을 둘러보았다. 약속 장소가 아닌가 생각을 해보기도 했다. 그러다가 그녀는 빈사 상태에 있는 어떤 사람을 발견했다. 흠칫 놀란 그녀의 몸에 전율이 스쳐 지나갔다. 마치 잔잔한 수면에 한바탕 바람이 일어 잔물결이 이는 듯했다.

그녀는 이내 그 사람이 바로 자신이 기다리던 애인임을 알고 외마디 비명을 질렀다. 그리고는 숨이 끊어져 가는 그를 부둥켜안고 비 오듯 눈물을 쏟으며 울부짖었다.

"아, 피라모스! 피라모스! 말 좀 해봐요. 저예요. 당신의 티스베가 왔어요. 피라모스, 제발 눈을 떠요!"

티스베라는 말에 피라모스는 간신히 눈을 떴으나 이내 눈을 감았다. 그리고는 영영 눈을 뜨지 못했다.

얼마간의 시간이 지난 뒤 티스베는 칼집 없는 칼과 찢긴 자기의 베일을 발견했다.

"자결…… 자결하셨군요. 나 때문에. 아, 피라모스! 나도 당신 뒤를 따르겠어요. 나의 사랑도 당신 사랑에 못지않아요. 그래요! 이번만은 나도 용기를 내겠어요. 죽음이 당신과 나 사이를 갈라놓았지만, 이제 내가 죽으면 아무도 우리가 가는 길을 방해하지 못할 거예요. 그리고 우리들의 불쌍한 부모님! 우리들의 마지막 소원이니, 제발 우리를 한 무덤에 합장해 주세요. 아아, 뽕나무야! 너의 열매로 우리의 죽음을 기념해다오!"

이렇게 말하며 티스베는 피라모스가 죽은 그 칼로 자신의 심장을 찔렀다.

그 후 티스베의 양친은 딸의 소원을 받아들여 한 무덤에 묻어 주었고, 신들도 이를 가상히 여겼다. 그리하여 뽕나무는 오늘날까지도 검붉은 열매로 남아 그들을 기리고 있다.

무어(Thomas Moore)는 〈기정(氣精)의 무도회(The Sylph's Ball)〉에서 데이비의 '안전등' - 영국의 화학자 험프리 데이비(Humphry Davy) 경이 발명한 안전등을 말함. 불꽃주위를 에워싸고 있는 열 전도성이 높은 철망 때문에 이 등은 탄광 안에서도 폭발하지 않는다. - 에 빗대어 티스베와 피라모스를 갈라놓은 벽을 이렇게 노래했다.

오, 은밀히 퍼지는 위험한 불꽃가에
데이비가 교묘하게 얽어놓은
안전등의 철망
저 방화망의 커튼이 있었더라면!
데이비는 불꽃과 공기 사이에 그물의 벽을 세우고
- 젊은 티스베의 기쁨을 가로막은 벽처럼 -
이 위험한 두 사람,
그 작은 구멍을 통해
비록 키스는 허용하지 않았더라도
서로의 모습을 보게 했을 텐데.

미클(윌리엄 J. 미클, 스코틀랜드 시인)이 번역한 〈우스 루시아다스(Os Lusíadas)〉(포르투갈 최대의 국민시인 카몽스(Camoens)의 대서사시)에는 피라모스와 티스베의 이야기와 오디의 전설에 관한 이야기가 다음과 같이 인용되었다.
그는 여기에서 '사랑의 섬'을 노래했다.

이 섬에서는 포모나(Pomona)가 인간에게 선물한
온갖 과실나무가 가꾸지 않아도 저절로 자라지.
그 달콤한 향기와 아름다운 색깔,
인간이 아무리 정성껏 가꾸어도

여기에는 미치지 못하지.
버찌도 반짝반짝 진홍색으로 빛나고,
연인들의 피에 물든 오디도
고개 숙인 채
가지가 휘도록 주렁주렁 열려 있지.

혹 젊은 독자 중에 이 가엾은 피라모스와 티스베를 소재로 웃고 싶은 무정한 사람이 있다면, 셰익스피어의 〈한여름 밤의 꿈〉을 보라. 거기에는 슬픈 사랑 이야기가 매우 재미있게 표현되어 있다.

케팔로스와 프로크리스

아이올로스(Aiolos)10)의 손자 케팔로스(Cephalus)11)는 매우 아름다운 젊은이로 남자다운 스포츠를 좋아했다. 그는 새벽이 되기도 전에 일어나 사냥을 하기 일쑤였다. 새벽의 여신인 에오스는 지상에 나올 때마다 늘 마주치는 이 젊은이를 좋아해, 마침내 그를 납치해 버렸다. 그런데 그 당시 케팔로스는 아내 프로크리스(Procris)12)와 신혼 생활의 즐거움에 젖어 있었다. 프로크리스는 아르테미스(Artemis)13)의 사랑을 독차지한 여자로, 여신은 그녀에게 두 가지 선물을 주었었다. 그것은 이 세상에서 제일 빠른 개 한 마리와 무엇이든지 정확히 맞추는 창(槍) 한 자루였다. 그녀는 이것들을 남편 케팔로스에게 주었다.

케팔로스는 아내 프로크리스에게 더없이 만족하고 있었기 때문에 아무리 뛰어난 미모의 여신이라 할지라도 그를 꾈 수 없었다. 에오스는 화가 나서

10) 바람의 왕.
11) 잘생긴 머리.
12) 먼저 선택된 여자.
13) 사냥의 여신.

42

그를 집으로 돌려보내며 이렇게 소리쳤다.

"네 마음대로 해라, 이 배은망덕한 놈아! 가서 여편네 치마폭에 파묻혀 살아라. 그러나 언젠가 네 여편네에게 돌아간 걸 반드시 후회할 날이 올 것이다."

그는 집으로 돌아와 변함없는 행복을 누렸다. 아침 일찍 일어나 혼자 언덕을 넘고 숲을 지나 그 창을 들고 사냥했다. 사냥에 무료해지거나 해가 중천에 오르면 냇가의 시원한 나무 그늘 아래 풀밭에 누워 바람을 쐬곤 했다.

그러다 그는 이따금 소리 높여 '오라, 부드러운 아우라여. 내 더운 가슴에 부채질을 해다오. 나의 뜨거운 가슴을 식혀다오. 아우라(미풍)여, 오라.' 하고 외치곤 했다.

그러던 어느 날이었다. 그날도 케팔로스는 한낮의 서늘함을 즐기며 예전처럼 큰 소리로 이렇게 외쳤다. 마침 그 곁을 지나던 어떤 사람이 이 소리를 들었다. 그는 어리석게도 케팔로스가 다른 처녀와 이야기하는 줄 알고 이 사실을 프로크리스에게 전했다.

사랑이란 사람을 무지하게 만드는 것이다. 프로크리스는 이 말에 충격을 받은 나머지 기절까지 했다. 이윽고 의식을 회복한 그녀가 말했다.

"아아, 그럴 리 없어요. 내가 확인해야겠어요. 내 눈으로 확인하기 전에는 믿을 수 없어요."

그리고는 다음 날 아침이 되자 케팔로스의 사냥길을 몰래 따라갔다. 그리고 그 사람이 일러준 자리에서 몸을 숨기고 해가 중천에 뜨기를 기다렸다. 얼마 뒤 사냥에 지친 케팔로스가 변함없이 그 자리로 돌아와 길게 눕더니 아우라를 불렀다.

"오라, 부드러운 아우라여! 내 더운 가슴을 부채질해다오. 뜨거운 가슴을 식혀다오."

이렇게 소리치고 있던 케팔로스는 돌연 숲속에서 어렴풋이 들리는 소리를 들었다. 그것은 흐느낌 같기도 했지만 짐승의 소리 같기도 했다. 그는 들짐승이겠거니 하고 창을 힘껏 던졌다. 그러자 외마디 비명이 들려왔다. 정확히 명중되었음을 알 수 있었다.

그러나 창을 가지러 간 케팔로스는 혼비백산했다. 자기의 아내가 피를 흘리며 희미한 기운으로 창을 빼려고 안간힘을 쓰고 있었던 것이다. 케팔로스는 아내를 일으켜 앉히고 창을 뽑아낸 다음 지혈을 해보려고 애를 쓰며 울먹였다.

"정신 차려요, 여보! 나를 두고 어딜 가려고 하오. 당신이 죽으면 나는 어떡하란 말이오. 정신 차려요!"

그러자 프로크리스는 겨우 눈을 뜨고 말했다.

"여보! 당신이 저를 조금이라도 사랑하신다면, 제가 조금이라도 당신의 사랑을 받을 자격이 있다면 마지막 소원 하나만 들어주세요. 제발 그 얄미운 아우라와는 결혼하지 말아 주세요."

이 말로 모든 오해는 풀렸다. 그러나 지금 그것이 무슨 소용이 있으랴. 프로크리스가 죽어가고 있었으니 말이다.

남편이 사실을 밝히자, 프로크리스는 조용하고도 평화스러운 미소를 띠고서 눈을 감았다.

무어의 〈전설의 민요(Legendaly Ballads)〉는 케팔로스와 프로크리스에 대해 노래한 것이다. 그 첫 부분의 시작은 이렇다.

> 옛날에 한 사냥꾼이 숲속에 누워
> 한낮의 따가운 햇빛을 피하며,
> 떠도는 미풍을 불러
> 그 한숨으로 자기의 땀을 식혔네.
> 들벌의 날개도 그치고
> 포플러의 잎새도 흔들리지 않을 때
> 그는 노래했네.
> 감미로운 미풍이여, 나에게 오라.

그러면 메아리는 대답했네.
나에게 오라, 감미로운 미풍이여.

4장

헤라와 이오 | 칼리스토 | 아르테미스와 악타이온 |
레토와 농부들

헤라와 이오

헤라(Hera)[1]는 갑자기 하늘이 어두워지자 남편 제우스가 무엇인가 숨기고 싶은 일을 하려고 구름을 일으켰다고 생각했다. 구름을 헤치고 지상을 내려다보니 과연 남편은 아름다운 암송아지 한 마리하고 잔잔한 강가에 서 있었다. 헤라는 이 암송아지가 틀림없이 아리따운 님프의 모습이 감춰져 있는 것이라고 생각했다. 헤라의 그 짐작은 맞았다. 암송아지는 강의 신 이나쿠스(Inachus)의 딸 이오(Io)였기 때문이었다. 제우스는 하늘을 어둡게 만들어 놓고 그녀와 함께 즐겁게 보내다가 헤라가 오는 것을 눈치채고 재빨리 송아지로 변신시켰던 것이다.

헤라는 남편 곁으로 다가가서 암송아지를 가리키며 아름답다고 칭찬한 뒤, 그 암소가 누구 것이며 어느 혈통을 타고났냐고 물었다. 그러나 제우스는 헤라가 이것저것 따질 것 같아, 그것은 지상에서 새로 태어난 품종이라고

---

[1] 크로노스와 레아의 딸, 제우스의 누이이자 정식 아내, 올림포스 최고의 여신. 유노 혹은 주노.

대답했다. 그러자 헤라는 그 암송아지를 자기에게 선물로 달라고 했다.

제우스는 참으로 난처했다. 그까짓 암송아지 한 마리를 선물하는 것은 어렵지 않지만 자기의 애인을 아내에게 건네주는 것은 싫었기 때문이다. 그렇다고 거절하면 아내의 의심을 살 것이 분명하므로, 제우스는 한참을 고심한 끝에 일단 그녀의 청을 들어주기로 했다.

남편이 송아지를 자기에게 주었지만 헤라는 여전히 믿을 수 없었다. 그녀는 이 송아지를 아르고스(Argos)에게 넘겨주며 엄중하게 감시하라고 부탁했다. 아르고스는 머리에 눈이 백 개나 달린 자였다. 잠을 잘 때도 두 개의 눈만 감으므로 이 송아지를 철저히 감시할 수 있었다.

이런 상황에 놓인 이오는 낮에는 마음껏 풀을 뜯었지만, 밤에는 목덜미를 끈으로 묶여 감시를 당했다. 그녀는 몇 번이고 목에 묶인 끈을 풀어 달라고 애원하려 했으나 팔이 없었고, 목소리는 영락없는 소의 울음소리여서 어쩔 수가 없었다. 자기를 찾아 초원으로 돌아다니는 아버지와 자매들을 보고 달려가면, 그들은 이오를 보면서 참 멋진 송아지라고 칭찬할 뿐이었다. 아버지가 등을 다독이며 풀을 집어 먹여주자, 이오는 그저 아버지의 손을 핥을 수밖에 없었다.

말할 수 없이 답답해진 이오는 어떻게든지 자신의 존재를 알리고 싶었다. 그러다가 순간적으로 '글자'를 생각해 내고는, 발굽으로 모래 위에 '이오(IO)' ─ 아주 짧았다. ─ 라고 두 글자를 썼다.

아버지 이나쿠스는 바로 그 글자를 알아보았다. 오랫동안 찾아 헤매던 딸이 송아지로 변한 사실을 알게 된 그는 딸의 슬픈 모습을 보며 하얀 목을 끌어안았다. 그리고는 애통해하며 울부짖었다.

"아, 이오야! 차라리 너를 잃어버리는 편이 훨씬 좋았을 것 같구나."

이나쿠스의 이 같은 탄식을 지켜보던 아르고스는 그를 쫓아내고는, 높은 언덕에 앉아 이오를 더 엄중하게 감시했다.

제우스의 고통도 이만저만한 것이 아니었다. 아름다운 이오를 송아지로 변하게 한 데다, 밤이 되면 그녀가 결박당하는 모습까지 봐야 했으니…….

그것은 제우스 자신의 아픔이었다.

생각다 못한 제우스는 헤르메스(Hermes)[2]를 불렀다. 그리고 아르고스를 무찔러 달라고 했다. 명을 받은 헤르메스는 날개 달린 신을 신고, 머리에 비행모를 쓰고, 손에는 최면(催眠) 지팡이를 들고 지상으로 내려왔다.

지상에 내린 헤르메스는 날개를 치워버리고 양치기로 둔갑했다. 그리고 이곳저곳으로 양 떼를 몰고 다니며 피리를 불었다. 그의 피리 이름은 시링크스(Syrinx) 혹은 판(Pan)[3]이라 불렸다.

헤르메스의 피리 소리는 무척 감미로웠기 때문에 아르고스는 그만 이 소리에 반하고 말았다. 그는 지금까지 이런 악기를 본 적도 없었지만, 난생처음 듣는 이 음률은 신기하기까지 했다. 그는 헤르메스를 곁에 두고 계속 그 음률을 듣고 싶었다.

"이보게, 젊은이. 이리 와서 이 바위에 좀 걸터앉게. 이곳이 양들이 풀을 뜯기에 가장 알맞은 곳이라네. 게다가 여기에는 목동들이 즐겨 찾는 훌륭한 그늘도 있지 않은가?"

생각대로 되어가자, 헤르메스는 아르고스의 말대로 바위에 앉아 이런저런 이야기를 나누면서 날이 어두워지기만 기다렸다.

드디어 밤이 오자 헤르메스는 그 부드럽고도 온몸을 휘감는 듯한 감미로운 음률을 아르고스 귀에 흘렸다. 어떻게 해서든지 아르고스의 눈을 감기자는 생각이었다. 그러나 아르고스의 눈은 모두 감기지 않았다. 그는 책임감이 아주 강해서 두서너 개의 눈만은 항상 크게 뜨고 있었다.

그러자 헤르메스는 자기가 불고 있는 악기가 어떻게 생겨났는지를 이야기하기 시작했다.

---

2) 제우스와 마이아 사이에서 태어난 아들. 아르카디아에서는 그를 다산의 신으로 숭상했으며 남근상으로 표현했다. 문학과 제사에서 헤르메스는 항상 소와 양의 보호와 연관되었으며 식물의 신, 특히 판이나 님프들과도 밀접한 관련을 가진다.
메르쿠리우스(Mercurius): 그리스 신화의 헤르메스와 대응하며, 헤르메스와 같이 마이아의 아들이라고 여겨진다. 로마 신화에서 상품 및 상인의 수호신. 영어명은 머큐리(Mercury).
3) 가축, 목동의 수호신을 칭함. 이 악기는 팬플루트(Pan flute)라고 불리기도 한다.

"아주 옛날에 '시링크스'라 불리는 요정이 살았답니다. 이 요정의 미모는 너무나 눈부셔서 숲속에 사는 사티로스나 많은 요정에게 사랑을 받았답니다. 그런데 정작 본인은 어느 누구도 사랑하지 않고 오로지 아르테미스 여신만을 숭배하며 사냥에 몰두하는 취미가 있었지요. 옷치장도 별로 하지 않고 사냥 옷만 입었답니다. 그렇지만 그런 시링크스의 모습은 아르테미스 여신과 맞먹을 정도로 아름다웠다고 해요. 그녀가 단지 여신과 다른 점은 그녀의 활은 뿔로 만들어졌고, 여신의 활은 은으로 만들어졌다는 정도일 뿐이었으니까요. 그런데 어느 날 사냥에서 돌아오던 시링크스가 판과 마주쳤답니다. 그러자 판은 여느 때처럼 시링크스를 끈질기게 유혹했지요. 하지만 사랑 같은 것에는 관심도 없는 시링크스가 듣지도 않고 도망쳤고, 판은 그 뒤를 쫓았다고 해요. 그러다가 강둑 제방에 이르렀을 때 시링크스는 붙잡힐 위기에 놓였답니다. 다급해진 시링크스는 친구 요정들에게 소리쳐 구원을 요청했고, 그들은 판이 시링크스를 껴안으려는 순간 그녀를 갈대로 변하게 했지요. 그래서 판의 팔 안에는 한 움큼의 갈대가 안겨 있을 뿐이었답니다. 이에 판이 크게 탄식하자, 그의 탄식이 갈대 줄기 안에서 소리를 일으켜 아주 구슬픈 소리로 바뀌더랍니다. 이 희한한 소리, 그렇지만 너무나 아름다운 소리에 도취한 판은 '그래, 비록 갈대가 된 몸이지만 이것이라도 내 것으로 만들겠다.'라며 갈대 줄기를 몇 개 꺾어 각각 길이가 다르게 다듬어서 불어 보았답니다. 그리고 그 갈대 줄기를 이 요정의 이름을 따서 '시링크스'라고 불렀답니다."

헤르메스는 이 이야기를 하면서 아르고스의 눈이 점점 감기는 것을 보았다. 이야기가 끝날 때가 되자 아르고스의 눈은 하나도 남김없이 다 감겼다. 그러자 헤르메스는 칼을 꺼내서 졸고 있는 아르고스의 목을 일격에 잘라 언덕 아래로 굴려 버렸다.

아, 불쌍한 아르고스! 책임감으로 불타던 백 개나 되는 눈의 안광이 일시에 꺼져버렸으니!

훗날 헤라는 이 아르고스를 기념하기 위해 그 눈을 취해서 자기가 귀여워하는 공작의 꼬리에 붙여주었다. 이 눈은 오늘날까지 공작의 꼬리에 달려 있다.

그러자 헤라의 복수심은 더욱 강렬히 타올랐다. 그녀는 동물의 피를 빨아 먹는 등에(horse fly, 파리목 등에과의 곤충) 한 마리를 이오에게 보냈다. 이오는 이 등에를 피해 세계 곳곳으로 도망 다녔다. 이오는 이오니아해(Ionian海)를 건너기도 했는데, 이 바다 이름에 이오가 들어 있는 것은 바로 이 때문이다.4) 그 뒤 이오는 일리리아 평원을 헤매기도 했고, 하이모스산도 올랐으며, 튀르키예어 해협5)을 횡단하기도 했다. 이오는 또 스키티아를 지나서 킴메리아인의 나라를 거쳐 네일로스6) 강까지 갔다.

이때서야 제우스가 헤라에게 이오와 관계를 끊겠다고 약속했기에, 헤라도 이오의 본래 모습을 찾아주는 것에 대해 동의했다.

이오가 다시 원래 모습으로 되돌아가는 과정은 참으로 이상했다. 거친 온몸에서 털이 빠지고, 뿔이 없어지고, 눈이 조금씩 가늘어졌다. 그러자 입도 조그맣게 줄어들었고, 발굽이 사라지면서 앞발에서 손과 손가락이 생겨났다. 그리하여 암송아지의 모습은 완전히 사라졌다. 변함없이 남은 것은 암송아지 시절의 아름다움이었다.

그러나 이오는 본래대로 돌아온 자신의 모습을 보면서도 말하기를 무척 꺼렸다. 또 소 울음소리가 나올까 봐 두려웠기 때문이다. 그러나 시간이 점점 지남에 따라 자신감을 찾아 그녀는 아버지와 자매의 품으로 돌아가게 되었다.

존 키츠(John Keats)는 리 헌트(Leigh Hunt)에게 바친 시 '언덕 위에 발돋움으로 서서'에서 다음과 같이 노래했다.

그렇게 느낀 그는 가지를 치우고
우리에게 넓은 숲속을 들여다보게 해주었지.

---

4) 보스포루스(Bosporus) 해협.
5) 일명 '보스포루스'라고 부르기도 함. '소가 건넜다.'는 뜻임.
6) 나일(Nile)강.

......

그리고 이야기를 들려주었지.

아름다운 시링크스가 두려움에 몸을 떨며

아르카디아의 판에게서 도망친 이야기를.

'가련한 님프여, 가련한 판이여.'

갈대 강변에 부는 바람의 애절한 한숨,

그것은 달콤한 절망.

향기로운 고통으로 울리던 가락만 알고 탄식한

가없는 판 이야기를.

칼리스토

칼리스토(Callisto)도 헤라의 미움을 산 여인들 중 하나이다. 헤라는 이 여인을 곰으로 만들었는데, 그 이유는 칼리스토의 미모가 제우스를 홀렸으므로 그 아름다움을 빼앗으려는 것이었다. 이에 칼리스토는 애원했지만 이미 그녀의 품에서는 검은 털이 돋기 시작했다. 두 손은 둥글게 변하더니 곧이어 구부러진 발톱이 돋았다. 제우스가 곱다고 늘 칭송하던 입은 흉측하고 커다란 아가리로 바뀌었고, 듣는 이의 마음을 뒤흔들어 놓던 목소리는 으르렁거리는 소리만 내어 듣는 사람을 오싹하게 했다. 그러나 단 한 가지 마음만은 본래의 성품을 그대로 유지하고 있어서, 신음 소리를 계속 내면서도 하늘의 자비를 빌기 위해 앞다리를 들어 모아 종종 꼿꼿이 서서 하늘을 우러러보곤 했다.

그러나 제우스는 무정하게도 숲속을 돌아다니는 칼리스토를 무서움과 방황에 떨게 했다. 또한 그녀는 얼마 전까지 같이 사냥 다니던 개에게 쫓겨 다녀야 했으며, 사냥꾼을 보면 기겁하면서 도망쳐야 하는 처지가 되었다. 짐승이 되었으면서도 자신이 짐승이라는 사실을 자주 망각하여, 짐승만 보면 도망치곤 했다. 자신이 분명 곰인데도 곰이 나타나면 사시나무 떨듯 떨었다.

그런 어느 날 한 젊은이가 사냥하다가 칼리스토와 마주쳤다. 칼리스토는 마주치자마자 그 젊은이가 자신의 장성한 아들임을 알아보았다. 순간 그녀는 자신의 모습을 망각한 채 아들을 안아보고 싶어서 가까이 다가섰다. 그러자 젊은이는 날카로운 창을 들어 칼리스토를 찌르려고 했다. 그때 마침 이것을 보고 있던 제우스가 이들의 동작을 멈추게 하고 그 상태로 하늘로 끌어 올렸다. 이들 모자(母子)는 하늘로 올라와 '큰곰자리'와 '작은곰자리'가 되었다.

헤라는 나중에서야 자신의 연적이 오히려 명예로운 성좌가 되었다는 것을 알게 되었다. 그녀는 대노하여 대양의 신이자 자신을 양육한 늙은 테티스(Thetis)와 오케아노스(Okeanos)에게 황급히 내려갔다.

"도와주세요, 대양의 신이여! 나는 지금 자리가 위태롭습니다. 모든 신들의 여왕이 무슨 말이냐고 하겠지만, 나는 정말로 예전과 같지 않아요. 제 말에 의심이 가면 오늘 밤, 밤이 세상을 어둡게 할 때 하늘을 보세요. 그러면 북극 하늘 천체의 축 가까이에 내가 증오하는 두 인간이 올라와 있는 것이 보일 거예요. 나를 분노케 한 자들이 이런 호강을 누린다면, 앞으로 그 누가 나의 노여움을 무서워하겠어요. 대양의 신이여! 나는 저 여자가 미워 인간의 모습을 빼앗았는데, 오히려 별이 되다니……. 내가 어쩌다 이런 꼴이 되었지요? 앞으로 제우스는 나를 쫓고 저 여자와 살 거예요. 아아! 나를 가엾게 여기시고, 나를 어여삐 여기시어 저 미운 인간들을 당신들의 바다에 드는 것을 금해 주세요, 부탁입니다."

대양의 신은 헤라의 소원을 들어주었다. 그래서 이 두 성좌는 늘 하늘을 맴돌 뿐 다른 별처럼 바닷속으로 가라앉는 일이 없다.

밀턴의 다음과 같은 노래는 큰곰자리가 결코 내려오지 못한다는 것을 암시한 노래이다.

깊은 밤에 나의 램프를

어딘가 높고 적막한 탑 속에 밝혀보자.
거기서 나는 큰곰자리를 바라보면서,
이따금씩……

또 로웰(James Russell Lowell, 미국의 시인, 비평가)이 쓴 시 〈프로메테
우스〉 1 ~ 5행에서, 프로메테우스는 이렇게 노래했다.

내가 묶인 쇠사슬 위에 별이 하나씩 내려
흰 서리로 반짝거리며 뜨고 졌다.
북극성의 울타리를 밤새 돌아다니던 큰곰도
쾌활한 새벽의 발소리에 놀라
자기의 동굴 속으로 사라졌다.

북극성이 작은곰자리 끝에 있으면, 흔히 '개의 꼬리'를 뜻하는 '키노수라
(cynosura)'라는 이름으로 불렸다.
밀턴은 이 별을 이렇게 노래했다.

주위의 경치를 바라보고 있으면
나는 곧 새로운 기쁨에 사로잡힌다.

성(城)의 탑과 흉벽이
무성한 숲에서 우뚝 솟아 있다.
거기엔 아리따운 공주가 있으리라.
이웃 나라 사람들이 우러러보는
아름다운 키노수라가.

키노수라는 뱃사람들의 길잡이를 하는 북극성이며, 동시에 북극의 자력(磁

力)이란 뜻으로 쓰인다.

또 밀턴은 '아르카디아(Arcadia)의 별'이라고도 불렀다. 이는 칼리스토의 아들 이름이 아르카스(Arcas)이며, 두 모자가 아르카디아에 살았기 때문이다.

숲속에서 밤을 맞이한 형은 〈코머스(Comus)〉에서 이렇게 노래했다.

> *따뜻한 촛불이여!*
> *토담집 작은 창으로 새어 나오는*
> *희미한 불빛이어도 좋다.*
> *그대 길고 곧게 흐르는 빛으로*
> *나를 데리러 와다오.*
> *그러면 나는 그대를 아르카디아의 별,*
> *튀로스 뱃사람들의 북극성이라 부르리라.*

아르테미스와 악타이온

이오와 칼리스토의 경우에서, 연적에 대한 헤라의 가혹한 처사를 충분히 보았다.

이번에는 처녀 여신 아르테미스가 자기의 알몸을 엿본 자에게 어떤 형벌을 가했는지 보기로 하자.

환한 대낮에 일어난 일이다. 카드모스(Kadmos)왕의 손자인 청년 악타이온(Actaeon)이 동료들과 함께 사냥을 즐기다, 날씨가 너무 무덥자 젊은이들에게 말했다.

"친구들. 우리 올가미와 무기가 완전히 피로 물들었네. 오늘 사냥은 이것으로 충분한 것 같네. 이제 그만하고 어디 그늘에 가서 쉬기로 하세."

이 산에는 삼나무와 소나무가 울창하게 우거진 골짜기가 있었다. 그리고 골짜기의 가장 깊은 곳에는 동굴이 하나 있었다. 사람이 공들여 만든 것이 아닌 대자연의 솜씨로, 사람의 손으로는 감히 새기기 힘든 아름다움이 있었다. 그리고 한쪽에서 샘물이 솟아 나오고, 그 넓은 샘터 주변에는 싱싱한 풀이 우거져 있었다.

샘을 포함한 이 아름다운 골짜기는 처녀 신이기도 하고 숲의 여신, 수렵의 여신, 달의 여신인 아르테미스의 것이었다. 아르테미스는 사냥하다 지치면 으레 요정들과 함께 이곳으로 와서 그 청순한 몸을 씻고 가곤 했다.

이날도 마찬가지였다. 요정들과 함께 이곳에 온 여신 아르테미스는 요정들에게 창과 전등 그리고 입고 있던 옷을 맡기고 신발을 벗기게 했다. 또 손재주가 좋은 크로칼레에게 머리를 손질하게 했으며, 네펠레와 히알레 및 다른 요정에게는 물을 긷게 했다.

이때였다. 악타이온이 계곡 쪽에서 이쪽으로 걸어오고 있었다. 그는 친구들 사이에서 벗어나 별 목적 없이 돌아다니다가 운명의 손에 이끌리듯 이곳까지 들어오게 된 것이다.

그가 동굴 입구에 모습을 드러내자, 요정들은 이 뜻밖의 낯선 남자 출현에 기겁하며 여신에게 달려가 그녀의 몸을 감쌌다. 그렇지만 여신의 키는 요정보다 훨씬 커서 밖으로 드러날 수밖에 없었다. 여신의 얼굴에서 아침저녁으로 나타나는 붉은 노을이 떠올랐다. 놀란 여신은 순간적으로 활을 찾았으나 가까이에 활이 없었다. 그러자 여신은 이 침입자의 얼굴에 물을 끼얹으면서 소리쳤다.

"오냐, 이놈! 사람들에게 아르테미스의 나체를 보았다고 말할 수 있으면 실컷 해봐라!"

이 말이 끝나자마자 악타이온의 머리에서는 사슴뿔이 솟아올랐다. 그리고 그의 목이 길어지고, 몸은 털과 반점으로 된 털로 덮였다. 손은 발이 되고, 팔은 다리가 되었다. 그뿐 아니라 언제 어디서나 대담했던 그였는데, 갑자기 두려운 마음이 엄습했다.

그는 공포에 차서 힘껏 내달렸다. 그런데 이상하게도 그의 달리는 속도가 엄청나게 빨랐다. 스스로 경탄하며 한참을 달린 그는 물가에 비친 자신의 모습을 볼 수 있었다.

'아니 이럴 수가!' 하고 외쳤으나, 그 소리는 말이 되어 나오지 않았다. 그저 신음 소리만 미약하게 새어 나올 뿐이었다.

사슴으로 변한 그의 얼굴에 눈물이 흘러 범벅이 되었다. 그는 난감했다. 어떻게 해야 할지 몰랐다. 궁전으로 돌아갈 것인가, 아니면 숲속에 숨어 있을 것인가? 숲속에 있자니 무서웠고, 집에 가자니 부끄러웠다.

그가 그렇게 망설이고 있는 사이 사냥개들이 그를 발견했다. 맨 처음 스파르타의 사냥개인 멜람포스가 그를 발견했는데, 그 개가 한 차례 길게 짖어대며 신호를 하니 팜파고스, 도르케우스, 라일라프스, 테론, 나페, 티그리스 등의 맹견(猛犬)들이 바람 소리를 내며 쫓아왔다. 그 개들은 그가 전에 사슴을 추적하게 했던 것이었는데, 이제는 자신이 추적당하고 있는 처지가 된 것이었다.

그가 소리쳤다.

'이 녀석들아, 나다! 나, 악타이온이다. 주인도 몰라보느냐?'

그러나 말은 뜻대로 나오지 않았다. 다만 개 짖는 소리만이 온 하늘을 뒤덮었다.

이윽고 한 마리의 개가 그의 등을 물었다. 또 한 마리는 어깨를 물었다. 두 마리의 개가 자기 주인을 물어뜯는 사이 다른 개들이 달려와 날카로운 이빨로 그의 목을 물었고, 다리를 뜯었다. 그는 비명을 질렀다. 사람의 소리도 아니고 그렇다고 사슴의 소리도 아닌 목소리가 새어 나왔다.

완전히 체념한 그는 무릎을 꿇고 눈을 들어 소리가 나는 쪽을 서글프게 바라보았다. 그의 친구들이 사냥개들을 부추기면서, 사방에 대고 사냥에 참가하라고 악타이온을 불렀다.

그것은 자신의 이름이 아닌가! 불행한 악타이온, 그가 없어서 섭섭하다고 이야기하는 친구들의 말소리는 죽어가는 악타이온에게 더한 절망이 되었다.

만약 그도 이 현장에 있었다면 개들의 활동에 찬사를 보내면서 무척 기뻐했을 것이다. 그러나 지금 그는 개들에게 몸이 찢기고 또 짓이겨지고 있을 뿐이었다. 그러나 이것을 묵묵히 바라보고 있는 아르테미스의 분노는 조금도 풀리지 않았다.

셸리는 '아도나이스(Adonais)'에서 다음과 같이 악타이온을 노래했다.

> 무명의 시인들 사이에 연약한 모습 하나가 나타났네.
> 그것은 산 자의 망령 같은 모습이었네.
> 벗도 없이 사라져가는
> 폭풍의 마지막 한 조각 구름처럼
> 천둥소리도 장송 소리로만 들렸네.
> 어쩌면 그는
> 드러난 자연의 아름다움을 보았는가 보다.
> 저 악타이온이 그랬듯이,
> 그래서 이렇게 제 길을 잃고
> 거친 들판을 방황했나 보다.
> 그리고 그 거친 길로,
> 그 자신의 사상에게
> 내쫓겼나 보다.

여기에서 인용된 자는 아마 셸리 자신을 가리킨 것으로 보인다.

레토와 농부들

악타이온의 이야기 속에서 아르테미스의 태도를 두고 가혹하다고 하는 사람도 있었고, 어떤 사람들은 처녀의 굳은 마음을 칭송하기도 했다.

항상 새로운 사건은 옛 사건을 상기시키는 법인데, 악타이온과 여신 이야기를 듣던 어떤 사람이 다음과 같은 이야기를 했다.

　『옛날 여신 레토(Leto)가 리키아(Lycia)에 갔을 때 그곳 농부들이 그녀를 모욕한 일이 있답니다. 물론 그들도 무사하지 못했죠. 나는 이 지방의 이상한 이야기를, 어렸을 때 아버지의 심부름을 하러 갔다가 듣게 되었죠.
　이 지방에는 오래된 제단이 하나 있는데, 이 제단은 제물을 태운 연기에 까맣게 그을려 갈대 속에 거의 묻혀 가고 있었답니다. 나는 이 제단이 누구의 것이냐고 물었죠. 그랬더니 이 지방 사람이 대답하기를 그것은 한 여인의 것이라고 합니다. 그 여인은 여왕 헤라의 질투를 받아 두 쌍둥이7)를 키울 거처도 없이 쫓겨 다니는 불쌍한 레토랍니다.
　레토가 이 고장에 왔을 때, 팔에 두 아이를 안고 먼 길을 와 몹시 피로하고 목은 갈증으로 말라가고 있었답니다. 그런데 우연히 그녀는 골짜기 밑바닥에서 솟아 나오는 맑은 물을 보고 가까이 가 무릎을 꿇고 찬물로 목을 축이려고 했답니다. 그런데 그때 마침 못가에서 버드나무 가지를 모으고 있던 이 고장 사람들이 레토에게 물을 마시지 못하게 했습니다. 그러자 그녀는 햇빛과 공기와 물은 누구도 소유할 수 없음을 이야기한 뒤 간청했답니다.
　'물 한 모금만 마셔도 넥타르의 음료가 될 것입니다. 그렇게 해주신다면 나는 당신들을 생명의 은인으로 받들겠습니다. 이 어린것들을 보아서라도 동정해 주십시오.'라고요.
　사람이라면 이 정도 간청을 하면 마음이 움직일 만도 하지 않겠습니까? 그러나 그 농부들은 걱정스럽게도 매몰차게 거절했죠. 게다가 그들은 조롱하는가 하면 위협까지 하다가 옹달샘으로 들어가 그 물을 진흙투성이로 만들었답니다.
　레토는 너무도 화가 나서 목마른 것도 잊었답니다. 그녀는 하늘을 향해

---

7) 아폴론과 아르테미스.

이들에게 저주를 내려주십사 빌었습니다.

'원컨대 저들을 이 연못에서 떠나지 못하게 하시옵고, 평생을 이곳에서 지내도록 해주십시오.'

그러자 저주는 이루어졌습니다. 그들은 지금까지도 그 연못에 살고 있답니다. 때로는 물속에 있기도 하고, 헤엄을 치면서 머리만 수면으로 내놓기도 한답니다. 또 그들은 때로 물가에도 있지만, 곧 첨벙거리며 물속으로 들어가 상스러운 소리로 욕을 하며 운답니다. 그들의 목소리는 몹시 귀에 거슬리고, 목은 잔뜩 부풀어 있으며, 쌍소리를 얼마나 했는지 입은 찢어져 있습니다. 목은 없고, 머리는 몸통에 바로 붙어 있지요. 등은 녹색인데 배는 온통 하얀색 이지요.

그들은 모두 신의 저주를 받아 개구리가 되었고, 오늘날까지도 자기들이 만든 흙탕물 속에서 살고 있답니다.』

이 이야기를 읽다 보면, 밀턴의 시 〈나의 논문〉[8]에 대한 비방에 관하여〉에서 쓴 다음과 같은 글의 의미를 분명히 알 수 있다.

> 나는 다만 예부터 있는 자유에 대한 저 유명한 법률에 따라
> 세인들의 장애를 치워 주려고 외쳤을 뿐이다.
> 그런데 부엉이와 뻐꾸기, 당나귀, 원숭이, 개들이 모여
> 시끄럽게 떠들고 있다.
> 저 개구리가 된 농부들이
> 레토의 쌍둥이 자녀에게 악을 쓸 때처럼.
> 그러나 뒷날
> 이 아이들은 태양신과 달의 여신이 되었지.

---

8) '이혼론'을 말함.

이 이야기에 따르면 레토의 고난은 헤라로부터 온 것이다. 제우스의 자식인 아폴론과 아르테미스를 임신했을 때, 레토는 헤라의 눈을 피해 에게해(Aegean Sea)의 섬을 남김없이 돌며 몸을 의탁할 것을 간청했다. 그러나 ― 헤라의 노여움을 살까 두려워 ― 누구도 선뜻 나서지 않았다. 그런데 델로스(Delos)섬만이 아폴론 신과 아르테미스 여신이 그곳에서 태어날 수 있게 허락해 주었다.

원래 이 섬은 뿌리 없이 떠도는 섬이었지만, 레토가 이곳에 몸을 붙이자 제우스는 이 섬을 굵은 쇠사슬로 바다 바닥에 붙들어 매주었다고 한다.

바이런(George Gordon Byron)은 〈돈 주안(Don Juan)〉에서 이 델로스섬을 다음과 같이 노래했다.

> *그리스의 섬들이여! 그리스의 섬들이여!*
> *불꽃 같은 사포(Sappho)의 사랑이 있고*
> *노래가 있는 곳,*
> *전쟁과 평화의 예술이 자란 곳이여.*
> *델로스섬이 솟아 있고*
> *포이보스(아폴론의 별칭)가 태어난 곳이여!*

5장

파에톤

파에톤(Phaethon)[1]은 아폴론[2]과 클리메네(Clymene)의 아들이었다. 어느 날 한 친구가 파에톤에게 신의 아들이라는 증거가 어디 있느냐며 그를 비웃었다. 그러자 분하고 부끄러운 마음에 그는 어머니에게 달려가 하소연했다. 자기가 아폴론의 아들이라는 것을 확인할 어떤 증표를 보여 확신을 심어 달라고 했다. 그래야 그의 명예가 설 수 있다는 것이었다.

그러자 클리메네는 두 팔을 벌리고 하늘을 우러러보며 파에톤에게 말했다.

"파에톤아, 우리를 지켜보고 계시는 저 태양신을 두고 지금까지 네게 한 나의 말이 사실임을 굳게 맹세하겠다. 이것이 만일 거짓말이었다면 내 눈은 이 순간부터 태양의 광명을 보지 못하리라. 그러나 얘야, 나에게 이러느니보다 네가 직접 그분께 가서 여쭤보는 것이 어떻겠니? 태양이 떠오르는 곳은 그리 멀지 않은 곳에 있으니, 그리 힘든 일은 아닐 거다. 가서 그에게 정말

---

1) 빛나는 자.
2) 정확하게 말하면, 아폴론 이전의 태양의 신은 헬리오스(태양)였다.

너를 아들로 생각하는지, 그렇지 않은지를 여쭤보아라."

이 말을 들은 파에톤은 너무 기뻤다. 그는 즉시 해가 떠오르는 땅으로 길을 떠났다. 희망과 긍지로 설레는 가슴을 안고 그의 아버지 태양신이 운행을 시작하는 곳으로 간 것이다.

태양신 아폴론의 궁전은 온통 황금과 보석으로 만들어졌는데, 그것은 굵은 원주에 떠받혀 하늘 높이 솟아 있었다. 천장은 곱게 세공된 윤이 나는 상아로 꾸며져 있었고, 문은 모두 은으로 되어 있었다. 재료도 좋거니와 솜씨도 이에 못지않았다.3) 왜냐하면 벽면에는 이름난 공인인 헤파이스토스가 그린 땅, 바다, 하늘 그리고 그 시민들이 있었기 때문이다. 자세히 말하자면 바다에는 요정이 있었는데 물고기나 물결을 타고 노는 요정도 있었고, 바위 위에 걸터앉아 바다색처럼 푸른 머리카락을 말리는 요정도 있었다. 그리고 땅에는 마을과 숲, 강, 들판의 신들이 있었으며 이들 위로는 하늘나라의 훌륭한 모습이 펼쳐져 있었다. 또 은으로 된 문은 양쪽에 여섯 개씩 12궁 성좌가 떠 있었다.

클레메네의 아들 파에톤은 가파른 층계를 올라 그의 아버지가 산다는 궁전으로 들어갔다. 그는 아버지가 계신 곳 가까이 가려고 했다. 그러나 아폴론은 도무지 사람이 견딜 수 없는 찬란한 광채를 가지고 있어서 멀리 떨어진 곳에서 걸음을 멈춰야만 했다.

멀리에서 본 아폴론은 보랏빛 옷으로 성장을 하고 금강석처럼 빛나는 왕좌에 앉아 있었다. 그의 양옆으로는 규칙적인 간격을 두고 날(日)의 신, 달(月)의 신, 해(年)의 신 등 시간의 신들이 서 있었다.

봄의 여신은 머리를 꽃으로 꾸미고 서 있었으며, 여름의 신은 머리에 온통 익은 곡식의 이삭들로 가득한 관을 쓰고 옷을 벗은 채 서 있었다. 가을의 신은 포도즙을 잔뜩 묻힌 채 보랏빛 발로 서 있고, 겨울의 신은 하얀 서리로 뻣뻣하게 굳은 머리카락을 가진 채 차갑게 서 있었다.

이런 신하들에게 둘러싸인 태양신이 이 신비한 광경에 넋을 잃은 젊은이를

---

3) 오비디우스(Ovidius) 〈메타모포시스(Metamorphosis)〉 제12권 제5행.

보고 찾아온 용건을 물었다. 젊은이가 대답했다.

"오, 지상의 끝없는 광명이시여! 만약 당신께서 내가 아버지라고 부르는 것을 허락하신다면, 나의 아버지시여! 바라옵건대 내가 당신의 아들이라는 것을 알 수 있는 어떤 증표를 보여주십시오."

자세한 이야기를 다 듣고 나자 그의 아버지는 그의 머리에 썼던 빛나는 관을 벗어치우고는 파에톤에게 가까이 오라고 하여 그를 끌어안으며 말했다.

"내 아들아, 너는 정녕 내 아들이다. 이제 나는 네 어머니의 말씀을 확신시켜 주겠으니 무엇이든지 원하는 것을 말해라. 나는 아직은 본 일이 없지만, 우리 신들은 엄숙한 약속을 그 무서운 스틱스강(Styx강, 지상과 저승의 경계를 이루는 강)에다 한다. 나는 그것을 들어 맹세하겠다."

그의 아들은 하루 동안 그의 태양의 수레를 타게 해달라고 했다. 아폴론은 섣불리 약속해 버린 자신을 후회하고 머리를 절레절레 흔들며 말했다.

"아, 아들아! 이렇게 되고 보니 내가 경솔한 자가 되었구나. 그 한 가지 요구만은 들어줄 수가 없으니 다른 것을 말해 보아라. 그것은 네 신분과 나이에 맞는 선물이 아니란다. 사랑하는 아들아, 너는 인간이다. 그런데 네가 원하는 것은 인간의 힘으로는 할 수 없는 일이다. 그것은 신들도 감히 입 밖에 내지 못하는 것이란다. 나 이외에는 그 누구도 불타는 그 수레를 몰 수 없단다. 설령 그 무서운 번개를 내던지는 제우스 신이라 할지라도 이것만은 못한단다. 아들아! 하늘의 길은 아침의 싱싱한 기운이 있어도 처음 오르는 부분은 가파른 언덕으로 되어 있고, 중간 부분은 하늘의 높은 마루터기여서 멀리 발아래 펼쳐진 땅과 바다가 아찔하여 나도 조심하지 않으면 안 된단다. 마지막 부분은 급경사이기 때문에 가장 조심스러운 운행이 필요하다. 나를 맞이하는 테티스(Thetis)[4]도 가끔 내 마차가 뒤집히지나 않을까 마음을 졸인다고 하셨다. 게다가 하늘은 늘 회전을 하고, 별들도 이에 따라 둥글게 돌고 있단다. 이 하늘의 회전에 휘말려 들어가지 않으려면 항상 정신을 집중

---

4) 바다의 여신.

해야 한단다. 아들아, 그런데도 네가 그 수레를 몰 수 있다고 생각하느냐? 하늘과 별이 어지럽게 도는데 행로를 옳게 잡을 수 있겠느냐? 혹 너는 마차길 옆으로 숲이나 도시, 또는 신들의 주거지와 궁전이 있으리라 생각할지도 모르겠구나. 그렇지 않단다. 그 길은 무서운 괴물들이 모여 있고, 마차는 그 가운데를 뚫고 지나가야 한단다. 황소의 뿔5) 옆을, 사수(射手)6) 앞을 그리고 벌려진 사자의 입을 지나쳐야 한다. 집게를 뻗은 전갈의 옆을 지나고, 가위를 펼치고 물어뜯으려 덤비는 게 사이를 통과해야만 하는 것이다. 그뿐 아니다. 마차를 끄는 그 사나운 말들을 ― 입과 콧구멍으로 불을 뿜는 ― 부리는 일도 지극히 어려울 것이다. 나도 녀석들이 말을 안 듣고 움직이지 않을 때는 심히 곤란을 느끼곤 한다. 잘 들어라. 나는 아들에게 무서운 선물을 주는 아버지가 되기 싫다. 너의 그것만은 단념하거라. 너는 핏줄에 대한 어떤 증표를 원했지? 너를 걱정하는 내 마음으로 이미 충분하지 않겠니? 이 애비 얼굴을 자세히 보아라. 네가 내 마음속을 들여다보고 애비의 걱정과 근심을 알수 있다면 좋겠구나. 그러니 아들아, 너는 지상을 한번 둘러보고 그곳에 있는 모든 것 중에서 원하는 것을 말해라. 다만 아까 요구한 것만은 생각지 말고……. 다시 말하지만, 그것은 네 영예가 아니라 파멸이란다. 아들아, 그런데도 너는 아직도 내게서 그걸 요구하느냐? 아아, 할 수 없구나. 네가 계속 원한다면 들어줄 수밖에 없지. 나는 이미 맹세를 했고 맹세는 지켜져야 하기 때문이다. 그렇지만 좀 더 현명한 너의 판단을 기대한다."

아폴론은 이렇게 말을 마쳤다. 그러나 고집이 센 그의 아들은 모든 충고를 마다하고 처음의 요구만을 계속 원했다. 어쩔 수 없이 아폴론은 아들을 마차가 있는 곳으로 데리고 갔다.

헤파이스토스가 선물한 이 마차는 금으로 세공된 것이었다. 차축(車軸), 바퀴, 채는 순금으로 되었고, 바퀴와 살은 은으로 되었다. 감람석과 금강석은

---

5) 황소자리. 하늘의 짐승 띠. 다시 말해 12궁 가운데 하나. 이하 나오는 짐승은 모두가 12궁을 지칭한다.
6) 반인반마(半人半馬).

앉은 자리 가장자리에 줄줄이 박혀 있어 태양의 빛을 사방팔방으로 반사시켰다. 파에톤이 신비감에 도취한 눈으로 우러러보고 있을 때 별들은 금성 신의 지휘를 받아 물러가고, 새벽의 신이 동쪽의 보랏빛 문을 열어 장미꽃 통로를 드러내 놓았다.

아폴론은 지상이 밝아 오고 달이 내려서는 것을 보자 시간의 신들에게 말을 마차에 매어 두라고 명령했다. 그들은 암브로시아(Ambrosia, 신들이 먹는 음식)를 배불리 먹은 말들을 마구간에서 끌어내 고삐에 매었다. 그때 아폴론은 특효 영약을 아들의 얼굴에 발라, 그가 화염의 열기를 견딜 수 있게 해주었다. 그런 다음 아들의 머리 위에 광채를 올려주었다.

그러나 아폴론의 불안은 지워지지 않았다. 그는 불행의 예감이 드는 듯 계속 탄식하면서 이렇게 당부했다.

"얘야, 내 말 몇 마디만 더 듣고 가거라. 채찍은 될 수 있는 한 아끼고, 고삐는 단단히 붙들고 있어라. 만약 고삐를 놓치면 힘찬 질주 때문에 말을 제어하기가 어렵단다. 그리고 다섯 궤도(軌道)를 달릴 때는 꼭 왼쪽으로 돌아서 가야 한다. 특히 중간 지점까지 올랐을 때 내려오는 것을 잊지 말아야 하며, 양 극점은 다 같이 피하도록 해라. 너무 높이 오르지도 말고, 너무 낮게 내려서지도 말아라. 너무 높으면 하늘에 있는 신들의 거처를 태우게 되고, 너무 낮으면 지상을 태울 수가 있단다. 이제 모든 것을 네 운명에 맡길 수밖에 없다. 하지만 얘야! 네가 꼭 명심해야 할 것은 중간 길을 택해서 하는 것이 제일 안전하고 좋은 길이란다. 자, 이제 가야 한다. 밤이 서쪽 대문을 열고 들어갔으니 고삐를 잡아라. 그러나 아들아! 만약 용기가 사라져서 내 충고가 생각나면, 그때는 그저 그 자리에 안전하게 머물러 있어라. 그동안은 내가 직접 지상에 빛과 온기를 주도록 할 것이니……."

아폴론의 말이 끝나자마자 그 젊은이는 머뭇거리는 아버지에게 연거푸 키스한 다음 민첩하게 마차에 올라 우뚝 몸을 세우더니 신이 나서 고삐를 쥐었다. 그동안에도 말은 힘찬 울음소리를 내고, 대기에 불을 토하며 길을 재촉하고 있었다. 이윽고 가로막고 있던 나무들이 들어 올려졌다.

우주의 넓은 벌판이 눈앞에 펼쳐졌다. 말들은 힘차게 앞으로 나아갔다. 앞길에 놓인 구름을 헤치고 오르니, 같이 떠났던 아침 바람이 어느새 뒤에 있었다. 그런데 얼마 안 가서, 말들은 자신들이 끄는 마차가 전보다 가벼워졌음을 알게 되었다. 마차의 무게가 가벼워졌다는 것을 느끼자, 말들은 행동의 제약을 덜 받아서인지 함부로 이리저리 날뛰기 시작했다. 마치 무게가 없는 배가 파도 위에서 이리저리 동요하는 것 같았다. 그러다 보니 마차는 항상 다니던 궤도에서 벗어났다.

파에톤은 겁이 덜컥 났지만, 마차를 어떻게 멈춰야 하는지, 그 방법을 알지 못했다. 또 그럴 기운도 없었다.

마차는 먼저 큰곰과 작은곰자리를 불길로 그을렸다. 다음은 뱀자리였다. 이 뱀은 북극에서 기운이 없어 몸을 사리면서 동요하던 뱀인데, 열을 받자 몸이 풀려서인지 그 야성이 되살아났다. 보오티즈(Boötes, 목동자리)는 동작이 둔한데도 불구하고 뜨거움을 참지 못하여 도망쳤다.

겁에 질린 파에톤은 발아래로 까마득히 펼쳐진 지상을 내려다보는 순간 안색이 더욱 새파래졌고, 두 무릎이 덜덜 떨렸다. 그의 주위는 광채가 휘황했으나 그의 두 눈은 점점 희미해져 갔다.

이때서야 파에톤은 아버지를 찾아낸 것, 아버지의 말에 올라탄 것, 그리고 아버지의 충고를 무시한 것들이 후회되었다.

그의 마차는 마치 무자비한 폭풍우를 만난 배처럼 정처 없이 끌려갈 뿐이었다. 그러다 보니 이미 지나온 길도 멀었지만, 앞에 남아 있는 길이 얼마나 되는지도 까마득했다.

그는 황망한 눈길로 사방을 돌아봤다. 위를 보고, 아래를 보고, 도무지 닿을 수 없을 것 같은 서편 하늘을 바라보았다. 이제 그는 완전히 침착성을 잃어버렸다. 말의 이름조차 생각나지 않았다. 분별력도 없어졌다. 고삐를 늦춰야 할지, 풀어줘야 할지도 알 수 없었다. 어떻게 해야 하는지 도무지 방법을 알지 못했다.

하늘에 흩어진 괴물들의 모습이 더욱 크게 시야에 들어왔다. 왈칵 소름이

끼쳤다. 그때 눈앞에 전갈이 꼬리를 넓게 펴고 커다란 두 집게로 하늘의 12궁 가운데 두 궁을 막 덮치는 것이 보였다.

파에톤은 이 전갈이 독기를 품고 독액을 흘리며 달려드는 모습을 본 순간 그만 맥이 탁 풀려 고삐를 놓치고 말았다.

말들은 자신들을 제어시키던 고삐가 풀린 것을 알고 갑자기 줄달음질 쳤다. 그리고는 제멋대로 하늘의 땅으로 들어가 별 사이를 헤치고 돌아다녔다. 높이 올라갔다가 뚝 떨어졌다가, 길 아닌 곳으로 마구 뛰어다녔다. 달의 여신은 오빠의 마차가 자기보다 낮은 곳으로 달리는 것을 보고 크게 놀랐다.

이미 구름은 연기를 내기 시작했고, 산 정상에는 불이 붙었다. 들판은 바짝 메말랐으며, 식물은 시들고, 수목은 불탔으며, 추수한 곡식은 불꽃 더미가 되었다.

그러나 이 정도는 아무것도 아니었다. 많은 도시의 성과 탑 그리고 시민들이 잿더미로 변했다. 수풀로 우거진 아토스산, 타우로스산, 트몰로스산, 오이테산 등이 고스란히 타올랐다. 이데아산의 맑은 샘물도 바닥이 났으며, 무사 여신들의 삶의 터전인 헬리콘산, 하이모스산도 거의 타들어 갔다.

에트나산(Etna Mount)은 안에서 밖으로 불길을 내뿜었고, 파르나소스산의 두 봉우리도 화염에 싸였다. 로드페산은 그 만년빙의 자태를 녹여야 했다. 스키티아산의 추위는 어디로 갔는지 사라졌으며, 카우카소스산을 비롯하여 오사산, 핀도스산도 무사하지 못했다. 이들 산보다 더욱 높이 솟은 올림포스산은 말할 것도 없었고, 알프스산이나 아페닌산도 마찬가지였다.

이 세계가 불바다로 바뀌는 것을 보고 있는 파에톤도 견딜 수가 없었다. 그가 들이쉬는 공기는 커다란 화로에서 뿜는 열기 같았고, 빨갛게 달구어진 재로 가득 차 있었다. 또 연기는 시커멓게 밀려들었다. 그러나 어쩔 도리가 없는 그는 그저 그 속을 무작정 뚫고 돌진할 수밖에 없었다.

이때의 열로 인해 에티오피아인들은 피가 피부 표면으로 몰려나와 그들의 피부가 시커멓게 변했고, 오늘날의 리비아 사막도 이때의 열기로 메말랐기 때문이라고 한다.

강도 마찬가지였다. 타나이스강에서 연기가 피어올랐고, 카이코스, 크산토스, 마이안드로스도 메말라 바닥에 금이 갔다. 바빌로니아의 유프라테스, 갠지스, 타고스, 카이스트로스강도 온통 육지로 바뀌었다. 나일강은 도망치다 사막에 머리를 받았는데, 지금도 여전히 그 머리가 사막에 박혀 있다.

대지는 쩍쩍 갈라져 그 갈라진 틈으로 빛이 새어 들어갔다. 바다는 점점 오그라들었으며, 전에 바닷물로 가득했던 곳이 평원으로 바뀌었다. 파도 아래에서 잠자던 산은 그 머리를 드러내 섬이 되었고, 물고기는 더 깊은 바닷속으로 기어들었다.

바다의 신 네레우스(Nereus)와 그의 아내 도리스(Doris)는 네레이데스(Nereids) 자매7)를 데리고 깊은 바다 동굴로 피신했다. 포세이돈(Poseidon)은 세 번이나 수면으로 머리를 내밀었다가 바다 열기가 너무 심해 세 번 다 물속으로 쫓겨 들어갔다.

대지의 여신은 물에 몸을 담그고 있었으나 머리와 어깨는 다 드러나 있었다. 그녀는 손으로 얼굴을 가리고, 하늘을 향해 쉰 목소리로 울부짖었다.

"오, 신들의 왕이시여! 내가 이런 처우를 받아 마땅하고, 그래서 당신의 뜻에 따라 불로 심판하시려거든 어찌하여 벼락을 내리시지 아니합니까? 차라리 번개를 내리십시오. 당신을 일편으로 섬기고 대지를 기름지게 했으며, 모든 생물에게 식량과 기쁨을 주었고, 당신의 제단엔 유향(乳香)을 바친 대가가 이것입니까? 설사 나를 탓하신다 할지라도, 내 아우 오케아노스는 무슨 잘못으로 형벌을 받아야 합니까? 제우스 신이시여, 우리 둘 다 자비를 빌 수 없다면 당신의 하늘을 보십시오. 하늘나라를 받드는 두 개의 기둥이 연기를 뿜고 있습니다. 그것이 다 타고나면 궁전은 틀림없이 무너질 것입니다. 아틀라스 신도 힘겨워하고 있습니다. 하늘과 대지와 땅이 망하면 우리는 다시 옛날의 카오스(混流)로 되돌아가고 맙니다. 바라옵건대, 아직 남아 있는 것이라도 이 재난으로부터 구원해 주십시오. 제우스여, 신들의 왕이시여!"

---

7) 50명 혹은 100명이라 전해진다.

이 호소를 들은 제우스는 지상의 이 참혹한 모습을 보여주려고 신들을 소집하여 — 아폴론도 있었다. — 높은 탑으로 올라갔다. 그 탑은 제우스가 지상에 구름을 퍼뜨리거나 번개를 던지는 곳이었다. 하지만 이때는 구름도 모두 타서 사라졌고, 비는 한 방울도 남아 있지 않은 상태였다.

별수 없었다. 제우스는 오른손에 번개를 쥐어서 파에톤이 모는 마차를 향해 던졌고, 파에톤은 머리털에 불이 붙은 채로 지상으로 추락했다. 그 모습은 흡사 하늘에서 꼬리를 끌며 떨어지는 유성 같았다. 그러자 강의 신 에리다노스가 그를 받아들여 불타고 있는 그의 몸을 식혀주었다.

이탈리아의 나이아스(Naias)[8]들은 그의 무덤을 세우고 다음과 같은 비문을 새겼다.

파에톤,
아버지의 불수레를 몰던 이여.
이제 이 돌 밑에 잠들다.
그는 아버지를 대신하지는 못했지만 훌륭했다.
그 뜻만 가상했다.

그때 누이 헬리아데스(Heliades)[9]들은 오빠의 비극적인 운명을 슬퍼하다가 강가의 포플러나무가 되었다고 한다. 그리고 그녀들이 흘렸던 눈물은 강가에 떨어져 호박(琥珀) 구슬이 되었다고 한다.

밀턴은 이 파에톤에 대해 다음과 같이 노래했다.

그것은 시인들이 노래하듯이,
태양의 아들로 태어난 젊은이가

---

8) 샘이나 강의 요정들.
9) 헬리오스의 딸들. 곧 태양의 딸들.

고집부려 부친의 이륜차를 몰아
무서운 하늘의 동물들 사이를 겁 없이 질주했을 때
우주가 크게 놀라……
말을 잊은 채 다만 바라보고 있던 것과 같다.
제우스의 번개는 이 젊은이를 반쯤 태워
에리다노스만으로 떨어뜨렸는데,
그곳에는 파에톤의 죽음을 슬퍼하다
나무가 된 누이들이
지금도 호박 구슬 눈물을 흘리고 있다.

월터 세비지 랜더(Walter Savage Landor, 영국의 시인)가 노래한 시에
는 조개껍데기에 대해 묘사한 것이 있다. 여기에서 시인은 태양신의 궁전과
이륜차에 대한 인유(다른 예를 끌어다 비유함.)를 들었다. 물의 님프가 다음
과 같이 노래하는 것이다.

나는 속이 진주색인 조개를 많이 갖고 있어요.
그 빛은 태양의 궁전 현관 앞에서,
마구 없는 이륜차를 반쯤 바닷물에 잠겨 있을 때
들이마신 것이지요.
조개 하나를 흔들어 보세요, 눈을 뜨지요.
그러면 그 고운 입술을
귀에 가만히 대고 들어 보세요.
저 궁전을 추억하며,
넓은 바다가 그러듯
당신의 귀에다 속삭일 테니까요.

— 〈지비어〉 제1편

6장

미다스왕 | 바우키스와 필레몬

미다스왕

실레노스(Silenos)는 디오니소스(Dionysos)[1]의 스승이자 양아버지였다. 그런데 한때 그의 행방이 묘연해졌던 적이 있었다. 디오니소스는 그를 찾아 오랫동안 헤맸다. 그때 잔뜩 술에 취해 비틀거리던 실레노스는 농부들에 의해 미다스(Midas)왕의 궁전에 이끌려가 있었다.

미다스왕은 그의 궁전에 이끌려온 노인이 그 이름난 실레노스라는 것을 알았다. 그는 열흘 밤낮으로 잔치를 벌여 이 노인을 즐겁게 해준 뒤 열하루째가 되자 노인을 안전하게 돌려보냈다. 실레노스의 행방불명으로 노심초사하던 디오니소스는 무척 기뻤다. 그는 미다스에게 환대해줘 고맙다고 하면서, 그에 대한 보답으로 미다스의 소원 한 가지를 들어주겠다고 했다.

한참 곰곰이 생각한 미다스는 자신의 손이 닿는 것마다 '금'으로 바뀌게 해달라고 했다. 미다스가 좀 더 좋은 선택을 하길 바랐던 디오니소스는 못마

---

1) 바쿠스 신.

땅해했다. 그렇지만 그의 요구대로 해줄 수밖에 없었다.

그러나 그런 디오니소스의 생각과는 달리 미다스는 뛸 듯이 기뻐했다. 그는 이 큰 힘을 곧 실험해 보았다. 먼저 참나무 가지를 꺾었다. 그러자 놀랍게도 그것이 곧 황금의 가지로 변하는 것이 아닌가. 도무지 믿어지지 않았다. 그는 다시 길가의 조약돌을 하나 들어보았다. 들자마자 그것은 돌이 아니라 이내 황금 덩어리로 변했다. 다음에는 사과를 한 알 땄는데 역시 사과도 황금으로 바뀌었다. 그 황금 사과는 마치 헤스페리데스(Hesperides)들의 화원[2])에서 훔쳐 온 것처럼 아름다웠다. 미다스의 기쁨은 이루 말할 수 없었다.

미다스는 궁전으로 들어오자마자 신하들에게 진수성찬을 마련케 했다. 그런데 어처구니없게도 그가 빵을 먹으려 하자 빵이 딱딱하게 굳어 황금으로 변했고 다른 부드러운 요리들도 곧바로 굳어버렸다. 어쩔 수 없이 그는 포도주를 마셨다. 그러나 그것 역시 녹은 황금처럼 목구멍을 타고 내려갔다.

생각지도 못한 횡액에 간담이 서늘해진 미다스는 이제 이 마력에서 벗어나려고 온갖 힘을 다했다. 조금 전까지 흐뭇해했던 선물이 오히려 증오스럽기까지 했다. 그러나 모든 노력은 허사로 끝나버렸고, 이제 굶어 죽을 날만이 그에게 다가오고 있었다.

다급해진 그는 그 황금의 팔을 높이 쳐들고 디오니소스에게 애원했다. 그러자 자비로운 디오니소스가 기꺼이 그의 청을 들어주었다.

"미다스여, 팍타로스강으로 가되 그 강의 원천까지 거슬러 올라가 그곳에서 그대의 온몸을 담가라. 그렇게 하면 그대가 저지른 잘못과 벌이 씻기리라."

미다스는 디오니소스의 말을 따랐다. 그러자 황금을 만드는 힘이 곧 물속으로 옮아가 모래가 황금으로 바뀌었고, 그의 손은 정상으로 돌아왔다. 그때의 금모래는 현재까지도 그대로 남아 있다.

그 후로 미다스는 부귀영화를 별로 달갑지 않게 생각했다. 그는 가족과 함께 시골로 돌아가 살면서 판(Pan, 들의 신)을 경배하며 살았다.

---

2) 헤라와 제우스가 결혼했을 때 이 화원에 심은 것으로, 헤스페리데스들이 이를 지키고 있다.

그런데 어느 날 미다스가 경배하는 신인 판이 터무니없게도 비파의 신 아폴론에게 음악경연을 하자고 도전했다. 물론 아폴론은 이 도전을 받아들였다. 심판자는 산신(山神) 트몰로스(Tmolos)가 맡았다. 트몰로스는 심판석에 앉아 공정한 심판을 하기 위해 자신의 귓부리에 있는 수목을 자르기까지 했다.

경연을 알리는 신호를 보내자 판이 먼저 시작했다. 그는 부드럽고 신묘한 갈대피리를 불었다. 그의 피리에서 흘러나오는 가락은 꾸밈없이 소박한 것이었는데, 이 가락은 그 자신은 물론 그의 신자 미다스를 만족케 했다.

판의 연주가 끝나자, 심판자 트몰로스가 아폴론에게 머리를 돌렸다. 그러자 그의 모든 수목(樹木)들도 그를 따라서 일제히 고개를 돌렸다. 이윽고 아폴론이 자리에서 일어섰다.

아폴론의 이마에는 파르나소스산의 월계관이 얹혀 있었고, 튀로스(Tyros) 지방의 자줏빛 물감을 물들인 옷이 대지에 끌렸다. 그는 왼손에 리라를 들고, 오른손으로 줄을 골랐다. 아름다운 음악이 사방에 울려 퍼졌다.

리라 소리에 정신을 잃은 트몰로스는 즉석에서 리라의 신, 음악의 신인 아폴론의 승리를 선언했다. 모두가 이 판정에 만족했다. 하지만 미다스만은 이 판정에 문제가 있다고 생각했다. 그리하여 강력하게 이의를 제기했다.

이 모습을 본 아폴론은 화가 나서, '이런 무식한 귀는 인간의 귀로 있을 필요가 없다.'고 하며 그의 귀를 쭈욱 늘려 당나귀 귀로 만들어 버렸다.

미다스왕은 이 일로 크게 상심했으나 곧 자신을 스스로 달랬다. 그는 흉측한 모습을 사람들 눈에 띄지 않게 하려고 머리에 넓은 두건을 썼다. 그리하여 사람들은 미다스왕의 이러한 모습을 알지 못했다.

그러나 단 한 사람, 그의 이발사에게만큼은 이 사실을 감출 수가 없었다. 왕은 이를 발설할 경우 엄벌에 처한다고 협박했으나, 이발사는 그 비밀을 누군가에게 말하고 싶어 견딜 수가 없었다. 급기야는 더 이상 참지 못하고 들판으로 나가 땅바닥에 구덩이를 파고 그 위에 몸을 구부리고서 왕의 비밀을 발설했다. 그런 다음 다시 구덩이를 메웠다.

그 후 얼마 지나지 않아 들판에서 갈대가 피어오르기 시작하더니 곧 무성해졌다. 그리고 이 갈대들은 저희끼리 몸을 비비면서 '미다스 귀는 당나귀 귀'라고 속닥거렸는데, 오늘날까지도 미풍이 지날 때면 갈대밭에서 갈대들이 속닥거리는 소리가 들려온다고 한다.

그런데 이 미다스왕의 이야기는 하는 사람에 따라 조금씩 다르다.

〈바드의 여인 이야기(The wife of Bath's Tale)〉[3])에는 왕의 비밀을 발설한 사람이 왕비라고 되어 있다.

이것을 미다스는 알고 있었다.
귀가 그렇게 되었다는 이야기를 해준 것은 아내였으므로.

미다스의 아버지 고르디우스(Gordius)는 농부였다. 사람들이 그런 농부를 프리기아(Phrygia)의 왕으로 추대한 것은 신탁의 결정에 의해서라고 한다. 신탁은 이 나라의 미래의 왕에 대해서 이렇게 이야기했다.

"미래의 왕은 전차를 타고 너희들에게 올 것인즉, 그가 왕이 되면 대지가 기름지고, 음악이 끊이지 않으리라."

그래서 프리기아의 사람들이 모여 이 말의 의미를 논하고 있었는데, 그때 고르디우스가 전차 소리를 내며 광장에 들어왔다고 한다. 왕이 된 고르디우스는 전차를 튼튼한 매듭으로 엮어 신탁을 내린 신에게 바쳤다. 이것이 그토록 말이 많은 '고르디우스의 매듭(Gordian knot)'이다.

프리기아의 수도 고르디움을 세운 고르디우스의 전차에는 매우 복잡하게 얽히고설킨 매듭이 달려 있는데, '이 매듭을 푼 자가 아시아의 왕이 될 것.'이라는 신탁이 있었다는 소문이 무성했다. 그리하여 사람들이 앞다투어 매듭을 풀려 했으나 아무도 풀지 못했다고 한다.

그런데 BC 333년에 알렉산드로스 대왕이 아나톨리아 지방을 지나가던 중 고르디움에서 이 전차를 보았고, 성미가 급했던 그가 칼로 매듭을 끊어버

---

3) 초서(Geoffrey Chaucer)의 〈캔터베리 이야기〉의 초역된 이야기. 저자는 드라이던 (Johns Dryden, 1631~1700, 영국의 시인, 극작가).

렸다고 한다. 뒷날 알렉산더가 전 아시아의 지배자가 되었을 때야 사람들은 깨달았다. 그의 지배는 그 옛날 신탁의 뜻이었다는 것을.

바우키스와 필레몬

옛날에 제우스는 그의 아들 헤르메스(Hermes)[4]와 함께 프리기아의 땅을 방문한 적이 있었다.

두 신은 날개를 달지 않은 채 온종일 걸었기 때문에 무척 지쳐 있었고 행색은 초라했다. 그들에게는 쉴 곳과 요기할 곳이 필요했다. 그러나 그들이 두드리는 문은 굳게 잠겨 있거나 문단속을 단단히 하는 곳이 대부분이라, 따뜻함을 베풀 기미는 좀처럼 찾을 수가 없었다. 다행히 그들은 외딴곳에 있는 오막살이 집에서 하룻밤 신세를 지게 되었다.

이 집에는 바우키스(Baucis)와 필레몬(Philemon)이라는 남편과 아내가 살고 있었다. 그들은 오래전에 부부가 되어 지금까지 줄곧 그 집에서 함께 나이를 먹으며 살아왔다. 그들은 서로 사랑하면서 다른 사람들에겐 친절을 베풀며 사는 부부였다. 그러하니 주인과 하인이 따로 없이 서로가 주인이고 서로가 하인처럼 살아온 터였다.

이 두 길손이 초라한 문지방을 넘어 방 안으로 들어서자 노인은 자리를 깔았고, 노파는 잠시 부산을 떨다가 깔개를 찾아 자리 위에 깔았다. 그리고 숯을 긁어모아 새 모닥불을 지폈다. 어느새 한쪽 구석에서는 냄비가 끓고 있었다. 곧이어 노인이 싱싱한 채소를 뜯어왔고, 노파는 잎만 따서 냄비에 넣었다. 냄비에서 구수한 내음이 풍기기 시작했다. 그러자 노인은 아궁이에다 돼지고기를 구운 후 냄비에 잘게 썰어 넣었다.

---

4) 날개 달린 신발을 신고 카두세우스(Caduceus)라는 마법 지팡이를 들고 다니는 신들의 메신저. 로마 신화에서 상업과 이익을 추구하는 교역의 신
    — 메르쿠리우스(Mercurius).

마당에는 이미 너도밤나무 세숫대야에 더운물이 놓여 있었다. 접대용 의자에는 소박한 방석이 놓여 있었고, 그 위에는 낡고 초라하지만 큰일을 치를 때 쓰이는 듯한 깔개가 덮여 있었다. 식탁의 다리는 하나가 짧아 보였으나 석판 조각을 아래에다 괴어 놓아 조금도 뒤뚱거리지 않았다. 모든 것이 하나같이 소박했지만, 정성이 깃들어 있었다.

어느 정도 준비가 끝나자, 노인이 향기로운 풀로 식탁을 닦았다. 노파는 이 식탁 위에 올리브 열매와 산딸기, 무와 치즈, 잿불에 익힌 달걀을 올렸다. 이 음식들은 모두 토기(土器)로 된 그릇에 정갈하게 담겨 있었다. 포도주를 담은 주전자도 토기였다. 곧이어 김이 무럭무럭 나는 스튜가 나왔다. 입가심할 꿀과 사과도 준비되어 있었다.

제우스와 헤르메스는 상상할 수 없을 정도로 이 노부부의 지극한 환대를 받았다.

그런데 노부부는 이 손님들이 식사하면서 술잔을 비우는데도 술병에 있는 포도주가 좀처럼 줄어들지 않자 깜짝 놀랐다. 노부부는 그때야 비로소 자기 집에 온 손님들이 보통 사람이 아니라는 것을 알아채고, 자신들의 소홀한 대접을 용서해 달라며 뜰로 나갔다.

뜰에는 거위가 한 마리 있었다. 이 거위는 이 노부부의 극진한 사랑을 받고 자랐다. 그렇지만 노부부는 이것이라도 잡아서 대접해야겠다고 생각했다. 느닷없는 주인의 태도에 놀란 거위는 여기저기로 도망 다녔다. 나중에는 두 신의 다리 사이로 빠져 달아났다. 이를 보고 있던 신들이 이렇게 말했다.

"듣거라. 우리는 하늘의 신들이다. 우리는 지금 이 몰인정한 마을에 벌을 내리려 하는데, 너희는 이 징벌을 피하도록 해주겠다. 자, 우리를 따라오거라."

노부부는 신들의 뒤를 따라 언덕으로 올라갔다. 산꼭대기 가까이에 올랐을 때 뒤를 돌아보자, 마을 전체가 물속에 잠겨 있었다. 외딴곳에 자리한 그들의 오두막만 남아 있을 뿐이었다. 아니, 건재한 것이 아니라 그것이 점차 변모하여 신전(神殿)으로 바뀌어 갔다. 네모진 기둥은 원주(圓柱)로, 짚으로 이은 지붕은 번쩍이는 황금으로, 마루는 대리석으로 바뀌었다.

곧이어 제우스가 인자한 말투로 두 노인에게 일렀다.

"훌륭한 노인이여, 또 그런 지아비에 어울리는 부인이여! 너희들의 소원을 말하라. 그것이 이루어지게 하리라."

그러자 필레몬은 잠깐 바우키스와 상의한 후 두 사람의 소박한 소원을 아뢰었다.

"신이여, 우리는 사제가 되어 두 분을 모시겠습니다. 그리고 우리는 이 세상을 함께 떠나고 싶습니다. 원하옵건대, 홀로 남아 떠난 이의 무덤을 지키는 일은 없게 해주시옵소서."

그들의 소원은 이루어졌다. 그들은 신전을 지키며 의좋게 살았다. 그리고 두 사람 모두 너무 늙어 쇠약해진 어느 날, 신전 계단에 서서 옛이야기를 하던 이 부부는 서로의 몸에서 돋아 오르는 나뭇잎을 보았다. 때를 감지한 그들이 작별의 인사를 나누고 나자, 머리에서 나뭇잎이 돋아나 관을 이루었다.

그래서 오늘날 티니아(Tinia)에 가면 언덕 위에 보리수나무와 참나무가 서로 마주 보고 서 있다. 또 그곳 아래에는 커다란 늪이 있어 텃새들의 보금자리를 이루고 있다.

7장

페르세포네 | 글라우코스와 스킬라

페르세포네

제우스에게는 새로운 적들이 있었다. 튀폰, 브리아레오스, 엔칼라도스 같은 거인족으로서 불을 뿜기도 하고 어떤 자는 팔이 백 개나 되었다. 그러나 그들도 결국에는 패배해 아이트나산 아래에 생매장되었다. 요즘 사람들이 이야기하는 화산폭발이나 지진의 원인은 여기에 갇힌 괴물들이 몸부림치며 거친 숨결을 토해내기 때문이라고 한다.

이러한 괴물의 추락으로 가장 놀란 신은 암흑의 신인 하데스(Hades)였다. 거대한 괴물들이 땅에 떨어지자, 그는 온 땅이 뒤흔들려 그의 왕국이 햇빛 아래 드러날 것 같아 노심초사했다. 견딜 수 없게 된 그는 어느 날 그의 검은 말이 끄는 마차를 타고 곳곳을 순시했다.

그런데 그가 순시하는 그 시간에 에릭스산에서 아프로디테(Aphrodite)가 아들 에로스(Eros)와 같이 있었다. 그녀는 하데스의 모습을 발견하고는, 평소 좋지 않게 생각해 온 터라 아들에게 이렇게 말했다.

"에로스야, 참 좋은 기회가 왔구나. 너는 아직 잘 모르겠지만, 요즘 이

에미는 한 가지 고통으로 밤잠을 설치고 있단다. 그 걱정은 하늘에 있는 신들이 우리의 영토를 넘보고 있다는 것이다. 심지어는 아테나(Athena)나 아르테미스(Artemis)조차 우리를 얕보고 있단다.[1] 뿐만 아니라 저 데메테르(Demeter)의 딸인 페르세포네(Persephone)조차 이 두 신을 믿고 따르니, 이를 어찌 그냥 넘길 수 있겠느냐. 너도 보이겠지만, 타르타로스(Tartarus)[2]의 지배자가 저기 있다. 에로스야! 너는 지금까지 저자만을 그대로 두었는데, 이제 저자를 쏘아라. 더 이상 우리의 영토가 위협당하지 않으려면 저 하데스와 어린 계집을 한데 묶어놓아야 한다."

어머니의 말을 따라 에로스는 가장 날카로운 화살을 꺼냈다. 무릎으로 활을 고정한 뒤 시위에 살을 먹였다. 그러자 비늘 달린 이 살이 소리도 없이 날아가 하데스의 가슴을 꿰뚫었다.

한편 페르세포네는 친구들과 함께 엔나(Enna) 골짜기에 있었다. 엔나 골짜기는 늘 꽃이 피어 있어, 봄의 여신은 일 년 내내 이곳에서 거주했다. 페르세포네는 이 골짜기에서 백합이나 오랑캐꽃을 앞치마에 따 담으면서 즐겁게 시간을 보내고 있었던 것이었다.

그런데 ― 좀 전에 강한 화살을 맞은 ― 하데스가 그녀의 모습을 보게 되었다. 그는 한눈에 반해 그녀를 납치하려고 작정했다. 그는 자신의 사나운 말들을 몰아 단숨에 페르세포네를 나꿔챘다. 앞치마에 모은 꽃들이 산산이 흩어졌다. 그녀는 큰소리로 비명을 질렀지만 아무 소용이 없었다.

기쁨에 찬 하데스는 말 이름을 하나씩 크게 부르면서 내달렸다. 이윽고 한참을 달려 키아네스강에 이르렀다. 하데스는 강이 자기 앞길을 막아서자 삼지창으로 강가를 두드렸다. 그러자 땅이 입을 벌려 지하 통로를 나타냈다.

데메테르는 사라진 딸을 찾아서 온 땅을 헤맸다. 새벽녘에 나타나는 에오스(Eos)도, 저녁 무렵에 모습을 나타내는 헤르페로스(Hesperos)도 데메테

---

[1] 사랑의 신인 자신들이 있는데도 아르테미스가 그 사랑을 거부한 채 처녀를 지키고 있기 때문이다.
[2] 무한 지하 감옥.

르의 모습을 볼 수 있었다. 그러나 딸의 모습은 어디에도 없었다. 슬픔으로 지칠 대로 지친 그녀는 엘레우시스(Eleusis)에 와서 그만 돌 위에 주저앉아 햇빛과 달빛을 그리고 비를 맞으며 아흐레를 보냈다.

이 근방에 켈레오스(Celeus)라는 노인이 살고 있었다. 그는 들에 나가 야생의 식물과 열매를 따다 생활을 해왔다. 그런데 어느 날 그의 어린 딸들이 양을 몰며 집으로 돌아가다 데메테르를 보았다. 그녀들은 데메테르 곁을 지나치다 이렇게 물어보았다.

"아, 무슨 일로 이렇게 홀로 앉아 계시나요?"

그때 무거운 짐을 지고 오던 켈레오스도 초라한 모습의 여인을 보았다. 그는 비록 누추하지만 자기의 오두막집에서 하룻밤 쉬어가라고 말했다. 이 말에 데메테르는 그와 딸들을 고맙다는 눈으로 바라보며 이렇게 말했다.

"어진 분이시여, 제발 내 걱정은 마시고 돌아가십시오. 그리고 당신은 고운 딸이 옆에 있다는 사실을 행복으로 생각하세요. 나는 딸을 잃었답니다."

이렇게 말하는 동안 얼굴이 눈물로 범벅이 되었고, 눈물[3]은 뺨을 타고 가슴까지 흘렀다. 노인도, 딸들도 눈물을 흘렸다. 노인이 말했다.

"갑시다! 비록 누추하지만, 같이 가서 오늘 밤 쉬어 가십시오. 혹시 우리 집에 계시면, 딸이 무사히 당신 곁으로 돌아올지도 모르잖습니까?"

"……."

"갑시다!"

"알겠습니다. 그렇게까지 말씀하시니 더 이상 거절할 수가 없군요."

노인의 집은 어린 외아들이 중병에 걸려 수심에 잠겨 있었다. 그러나 노인의 아내는 이 손님을 따뜻하게 맞아들였다.

데메테르는 이 아이에게 다가가 앓는 입술에 입술을 맞추었다. 그러자 아이의 창백한 얼굴에 곧 화기가 돌기 시작했다. 가족들은 몹시 기뻐했다.

그들은 기쁜 마음으로 식사 준비를 했다. 식탁에는 치즈, 버터, 사과, 크림,

---

3) 신은 눈물이 없으니 눈물 비슷한 것이라고 해야겠다.

꿀이 놓였다. 식사를 하다가 데메테르는 식구들 몰래 아이의 우유 속에 양귀비 열매즙을 섞었다.

이윽고 밤이 되자, 데메테르는 조용히 일어나 아이를 껴안고는 두 손으로 아이의 사지를 주무른 다음 주문을 세 번 외고 화로의 재 위에 아이를 눕혔다.

이때였다. 지금까지 손님이 하는 행위를 은밀히 지켜보던 아이의 어머니가 기겁하면서 재빨리 화로 속에서 아이를 끄집어냈다.

그러자 데메테르가 그녀의 본모습을 나타냈다. 하늘의 빛이 그녀의 주위를 휘황찬란하게 감쌌다. 식구들은 놀라서 입을 다물지 못했다.

데메테르가 말했다.

"어미여! 그대의 사랑이 너무 지나쳤구려. 내가 그대 아들에게 영원한 생명을 주려 했는데, 일을 그르치고 말았소. 그래도 그대의 아들은 훌륭하고 유능한 인물이 될 것이오. 이 아이는 장차 쟁기 쓰는 법과 농작하는 법을 사람들에게 가르칠 것이오."

이 말이 끝난 후 데메테르는 구름에 싸인 마차를 타고 그곳을 떠났다. 그녀는 다시 딸을 찾아 사방을 헤맸다. 그러다 처음 길을 떠났던 시실리아(Sicilia) 땅으로 돌아왔다. 그녀는 망연자실하여 키레네강 언덕에 섰다. 그곳은 페르세포네가 납치당해 지하세계로 들어간 지점이었다.

이 강의 요정들은 몹시 답답했다. 요정들은 지금까지 자기들이 보아온 하데스의 납치사건을 알려주고 싶었다. 그러나 하데스의 보복이 너무 두려웠다. 그렇다고 해서 데메테르의 가엾은 모습을 그냥 두고 볼 수가 없었다.

한참을 궁리하던 요정들은 페르세포네가 납치당할 때 떨어뜨린 허리띠를 그녀의 발끝으로 떠오르게 했다. 이 허리띠는 데메테르에게 딸의 죽음을 생각하도록 만들었고, 그녀는 영문도 모른 채 땅을 향해 저주를 퍼부었다.

"이 배은망덕한 녀석아! 나는 너를 비옥하게 만들었고, 네 위에 풀과 나무와 많은 곡식을 덮어주었다. 그런데 너는 나를 이런 식으로 대하다니! 이 배은망덕한 땅아, 이제 더 이상 너에게 은총은 없을 것이다."

그러자 가축은 모두 죽어버렸고, 땅은 단단해져 초목의 싹이 돋지 않았으며, 쟁기날은 부러졌다. 가뭄과 장마가 번갈아 가며 계속되었다. 땅에서 자랄 수 있는 것은 엉겅퀴와 가시덤불뿐이었다.

이 모습을 지켜보고 있던 샘의 요정 아레투사(Arethusa)가 말했다.

"여신이여! 땅을 저주하지 마십시오. 땅은 어쩔 수 없었답니다. 제가 따님의 이야기를 해 드리지요. 저는 땅 밑으로 흘러 알페이오스(Alfeios)에서 이곳 시실리아 지방으로 흘러옵니다. 그러다 보니 땅밑에서 데메테르 님의 따님인 페르세포네 님을 보았습니다. 따님께서는 슬픈 얼굴을 하고 있었으나 두려움에 떨지는 않았습니다. 따님은 지하세계의 여왕이 되신 듯했습니다. 에레보스(Erebus)의 여왕, 사자(死者)의 나라를 통치하는 자의 왕후 말씀입니다."

데메테르는 이 말을 듣고 한동안 얼이 빠진 듯 멍하니 서 있었다. 그러다 이내 정신을 차리고서 마차를 타고 제우스 신에게로 달려갔다. 그리고 납치당한 딸의 사정을 말하고 딸이 되돌아오게 해달라고 간청했다.

제우스는 이 청을 수락하면서 한 가지 조건을 달았다. 그것은 페르세포네가 지하에 있는 동안 아무것도 먹지 않아야 돌아올 수 있다는 것이었다. 무엇인가를 먹는다면 '운명의 여신'들이 페르세포네가 자유로워지는 것을 허락하지 않기 때문이었다.

이 중계의 사자(使者)로 헤르메스(Hermes)가 나섰다. 그는 곧 '봄의 여신'들을 대동하여 지하로 갔다.

하데스는 쾌히 승낙했다. 그는 페르세포네가 이미 자신이 준 석류를 받아먹었다는 사실을 알고 있었다. 따라서 완전한 구출은 불가능했다. 그래서 반년은 어머니와, 반년은 하데스와 사는 타협안이 체결되었다.

데메테르는 다시 전과 같은 은총을 땅에 내렸다. 그리고 그때야 비로소 켈레오스와 그의 가족, 그리고 아들과의 약속이 기억났다. 그녀는 그들의 어린 아들 트리프톨레모스(Triptolemus)[4]가 성장하자 쟁기 사용법, 파종

---

4) 삼중 전사. 세 번 쟁기로 가는 자.

법을 가르쳤다. 또 자신의 용이 끄는 마차에 그를 태워 지상의 각 나라를 다니며 이 지식을 전수했다.

이 긴 여행에서 돌아온 트리프톨레모스는 엘레우시스 땅에 커다란 신전을 세우고 이 신전을 데메테르에게 바쳤다. 이 의식이 바로 여신을 숭배하는 비교(秘敎)의 창시가 된 '엘레우시스 밀교(Eleusinian mystery religion)'라는 제사다. 이 숭배의식은 그리스인들에게 어떤 종교의식보다도 장엄했다고 한다.

이 데메테르와 페르세포네 이야기가 우화인 것은 의심할 여지가 없다.

페르세포네는 곡식의 '씨'를 뜻한다. 모든 씨앗은 땅속에 묻혀 그 모습을 숨긴다. 지하의 신에게 납치당한다는 뜻이다. 그러다 다시 그 모습을 드러낸다. 페르세포네, 즉 씨앗이 어머니에게 다시 돌아오는 것이다. 또 '봄의 여신'이 그녀를 햇빛 비치는 곳으로 데려오기 때문이다.

밀턴은 〈실낙원〉 제4권(268~275행)에서 이 페르세포네의 이야기를 다음과 같이 노래했다.

저 아름다운 엔나의 들에서
꽃을 꺾고 있는 페르세포네.
그러나 그녀는 꽃보다 더 아름다운 꽃이기에
음험한 하데스에게 납치되었네.
그래서 데메테르는 딸을 찾아
온 땅을 아픔으로 두루 헤맸는데…….

토머스 후드(Thomas Hood, 영국의 시인)는 〈우울에 부치는 송시(領詩)〉에서 이 이야기를 더욱 아름답게 노래했다.

용서하시오, 하데스를 보고 놀란 저 페르세포네가

손에 든 꽃을 무심코 떨어뜨렸을 때처럼,
언젠가 내가 너무도 슬퍼
이 기쁨을 잊을 때가 있더라도.

 알페이오스(Alpheius)강은 그 강물의 일부가 지하로 흘러 들어갔다가 지하의 수로를 통과하여 또다시 지상으로 흘러나온다.
 시실리아의 아레투사(Arethusa) 샘은 알페이오스강의 지류인 물줄기 하나가 시실리아로 흘러나와 솟아올랐다고 전해진다.
 새뮤얼 테일러 콜리지(Samuel Taylor Coleridge)는 그의 시 〈쿠블라 칸(Kubla Khan)〉에서 다음과 같이 노래하고 있는데, 이것은 지하로 흐른다는 이 알페이오스강에 대한 이야기다.

쿠블라 칸은 크사나두에서 포고를 내려
화려한 환락궁을 세우게 했다.
거기에는 신성한 강 알페이오스가 흐르는데,
인간은 측량할 길 없는 동굴을 지나
태양이 닿지 않는 바다로 흘러갔다.

 토머스 무어(Thomas Moore)는 젊은 날을 노래한 시 〈그리스의 소녀가 꾼 극락도의 꿈〉(제6절)에서 이 강에 대해 다음과 같이 표현했다. 그것은 꽃송이나 그 밖의 가벼운 것을 강에다 던지면 가라앉았다가 다시 떠오르는 현상을 말한다.

오, 사랑이여!
사랑하는 마음이 만날 때
그 순수한 기쁨은 얼마나 진지하고 거룩한가.
이는 저 강의 신이

사랑이라는 단 하나의 빛에 의지하여
하계(下界)의 동굴을 지나,
꽃 리본과 기쁨의 꽃다발을 떠올린 때와 비길 수 있다.
올림포스의 처녀들은 그 꽃다발로
그의 흐름을 바꾸고,
아레투사의 빛나는 발밑에 바치는
참으로 어울리는 선물로 삼는다.
이윽고 그가 샘의 신부를 만날 때,
그 순수한 사랑이 녹은 물은 얼마나 떨게 될까?
서로가 서로에게 빠지고
마침내 하나 되어,
두 사람의 사랑은 어둠 속에서도 햇빛 속에서도 변하지 않고
진정한 사랑으로 강물 위를 흘러간다.

무어는 〈여로〉에서 읊은 시(詩) 1장에서, 밀라노의 알바노(프란체스코 알바노를 말함.)가 그린 〈에로스들의 춤〉('에로스'는 회화에서 흔히 복수로 그려진다.)이라고 불리는 유명한 그림을 보고 이렇게 노래했다.

이 장난꾸러기(에로스)들이 즐겁게 춤을 추는 것은
엔나의 꽃을 땅 위에서 도둑맞았기 때문이다.
푸른 나무를 둘러싸고 철쭉꽃 위에서
요정(妖精)처럼 춤추는 그들.
가까이에 있는 자는 밝은 미소로 손을 잡고,
꽃다발 장미꽃처럼 뺨을 맞대고 있는 말썽꾸러기들은
귀엽고 밝은 눈으로
남의 날개 밑으로 내다본다.
보라!

구름 사이로 춤추며 올라가는 그들.
나이 많은 동료가 환하게 웃고,
이 하데스의 못된 짓을 궁금해하는 제 어머니에게 고자질하고,
어머니는 그 고자질에 키스로 답례한다.

글라우코스와 스킬라

어부인 글라우코스(Glaukos)는 어느 날 엄청나게 많은 물고기를 잡았다. 그는 강 한가운데에 있는 조그만 섬에서 고기를 쏟아 놓고 종류별로 나누기 시작했다. 그런데 풀밭에 있던 물고기들이 되살아나 물속에서처럼 지느러미를 움직이는 것이 아닌가. 물고기들은 그가 놀라서 멍하니 바라보는 사이에 물속으로 뛰어 달아났다.

"이것은 신의 조화인가, 아니면 저 풀에 어떤 영험이 있는 것인가. 그래, 혹시 풀에 영험이 있다면 어떤 풀인지 알아봐야겠다."

글라우코스는 이렇게 생각하며 풀을 조금 뜯어 입으로 맛보았다. 그러자 그는 갑자기 물이 몹시 그리워졌다. 더 이상 버틸 수 없게 되어 그는 땅을 떠나 물속으로 뛰어들었다.

물속에는 강의 신들이 모여 있었다. 그들은 글라우코스를 환영했다. 또한 그들은 바다의 신 오케아노스(Okeanos)와 테티스(Thetis)의 허락을 얻어 인간의 냄새를 깨끗이 씻어 주었다. 글라우코스의 머리 위에 백 개의 강이 부어졌다. 그러자 그의 인간적인 감각과 생각은 말끔히 씻겨 내렸다. 잠시 후에 그는 완전히 달라진 자신의 모습을 발견했다.

그의 머리카락은 바다처럼 파랗게 일렁이며 물 위로 길게 올랐고, 어깨 폭은 넓어졌으며, 하반신은 물고기의 꼬리가 되었다. 바다의 신들은 모두 그의 모습을 칭찬했다. 그는 이제 훌륭한 신이 되었다고 생각했다.

어느 날 그는 아름다운 처녀 스킬라(Scylla)를 보고 첫눈에 반했다. 그래서 모습을 물 위로 드러내 말을 건넸다.

"아가씨, 소원입니다. 제발 그곳에 머물러 있어 주세요."

그러나 그녀는 기겁하면서 높은 절벽 위에까지 도망쳐 갔다. '대체 무엇인지도 모를 것이 나에게 말을 걸다니…….' 그녀는 그것이 이름 모를 신이거나 아니면 바다 괴물일 거로 생각했다. 그 모습의 형상과 색깔은 그녀에게 겁만 안겨줄 뿐이었다. 글라우코스는 줄곧 물 위에 상체만 드러내놓고 바위에 기댄 채 이야기를 하고 있기 때문이었다.

"아가씨, 아가씨! 나는 신이랍니다. 나를 괴물이나 바다짐승으로 보지 마세요. 프로테우스(Proteus)와 트리톤(Triton)의 신분도 나보다 아래랍니다. 예전에는 나도 인간이었답니다. 그때는 생계를 위해 물로 나갔지만, 지금은 신이 되었고 바다 안에 살고 있지요."

그리고 그는 자신의 모습이 변하게 된 연유와 높은 지위에 오르게 된 사정을 이야기했다. 그리고 덧붙였다.

"하지만 스킬라여! 그대의 마음을 움직일 수 없다면, 내가 어떤 말을 한들 무슨 소용이 있겠습니까?"

그러나 스킬라는 더 이상 듣지 않고 등을 돌려 달아나 버렸다. 그는 몹시 실망했으나 포기하지는 않았다. 그의 머리에 마법사 여신인 키르케(Circe)가 떠올랐기 때문이었다. 그 길로 그는 키르케의 섬으로 가서 사정을 말했다.

"키르케 신이여, 제발 나를 가엾게 봐주세요. 나의 고통을 덜어줄 분은 오로지 당신밖에 없습니다. 여신이시여! 당신은 나를 변하게 만든 그 영험한 약초를 잘 아실 것입니다. 나도 이미 그 영험을 잘 알고 있답니다. 아아, 나는 지금 스킬라라고 하는 여인을 사랑합니다. 부끄럽습니다만, 그녀에게 온갖 말로 구애(求愛)하고 맹세했습니다. 하지만 그녀는 냉담합니다. 부탁합니다. 마술을 부리시든지 그보다 더한 영험한 약초를 쓰시든지 해주십시오. 그래서 그녀가 내가 사랑하는 만큼 나를 사랑하게 해주십시오."

이 말에 키르케가 대답했다. 그녀는 언제나 푸른 빛을 지닌 이 신에게 매력을 느꼈다.

"당신을 원하는 상대를 구해봄이 어떠실는지요. 당신은 애써 구애하지 않아도 구애를 받을 가치가 충분한 훌륭하신 분입니다. 그런 당신이 쓸데없이 구애는 왜 합니까? 자신을 가지세요. 스킬라가 당신을 소홀하게 대한다면 당신도 냉담하게 대하세요. 여신인 나는 약초도 잘 다루고 주문도 능통하지만, 당신이 구애하신다면 받아들이겠어요. 그러니 당신도 당신을 원하는 상대를 맞이하세요."

키르케의 말을 들은 글라우코스는 이렇게 대답했다.

"해저에서 수목이 자라고 산꼭대기에 해초가 자란다고 하더라도, 내 사랑은 변하지 않을 것입니다."

이 말을 듣고 여신 키르케는 대단히 분노했다. 그러나 그녀는 글라우코스를 벌할 수도 없었고, 벌하고 싶지도 않았다. 그녀의 사랑은 어느새 그만큼 깊어져 있었던 것이다. 그래서 모든 분노를 연적(戀敵) 스킬라에게 돌렸다.

키르케는 여러 가지 다른 독초를 뜯어 주문과 함께 섞었다. 그리고 자신의 마술로 동물이 된 무리 사이를 걸어 시실리 해안으로 갔다. 그곳에는 스킬라가 곧잘 바람을 쐬기도 하고 목욕을 하곤 하는 작은 만(灣)이 있었다. 키르케는 이곳에다 가져온 독물을 풀고 주문을 외웠다.

스킬라는 예전과 다름없이 만으로 왔다. 그리고 허리까지 물속에 몸을 담갔다. 그러다가 그녀는 자신의 주위로 뱀과 짖어대는 괴물들이 몰려와 자기를 둘러싸고 있는 것을 보았다. 이 광경을 본 스킬라가 얼마나 놀랐겠는가. 그녀는 괴물로부터 달아나 괴물을 쫓아버리려고 했다. 그러나 그녀가 가는 곳마다 괴물이 쫓아다녔다. 하도 이상해서 스킬라는 자신의 다리를 만져 보았다. 그렇지만 손끝에 와닿는 것은 다리가 아니라 괴물의 벌린 입이었다. 그녀는 그제야 괴물이 자기 몸의 일부가 되었다는 것을 알아챘다. 너무나 놀란 그녀는 뿌리가 내린 듯 그 자리에 붙박이고 말았다.

그 후 스킬라는 성격도 외모와 마찬가지로 추악해졌다. 그녀는 그 자리에 서서 어쩌다 재수 없이 걸려든 뱃사공들을 잡아먹었고, 그것을 즐거움으로 삼았다. 이렇게 해서 오디세우스(Odysseus)의 동료 여섯 명을 해치웠고,

아이네아스(Aeneas)의 배를 난파시켰다. 그러다가 그녀는 결국 한 개의 바위로 바뀌고 말았는데, 이 바위는 지금도 암초로 남아 선원들을 위협하고 있다.

존 키츠(John Keats)의 〈엔디미온(Endymion)〉에서는 여기에 새 이야기를 더하고 있다. 그 이야기는 글라우코스가 키르케의 은근한 말에 넘어간 것으로 되어 있다.

그런데 글라우코스는 어느 날 키르케가 동물들을 잔인하게 다루는 것을 보게 되었다. 이에 혐오감을 느낀 그는 그녀로부터 도망쳤으나 이내 붙잡히고 말았다. 그녀는 그를 매우 원망한 뒤 놓아주었으나, 그 후 천년을 노망과 고통 속에서 보내게 했다.

글라우코스는 바다로 돌아와 키르케의 바뀐 모습을 보고, 또 그녀가 익사되었음을 알았다. 여기에서 그는 자신의 운명을 깨달았다. 천 년 동안 물에 빠져 죽은 연인의 시체를 남김없이 수습하면 신탁을 받은 젊은이가 자신을 구원해 준다는 것을.

뒷날 엔디미온(Endymion)은 이 예언을 실현하여 글라우코스에게 젊음을 주었고, 스킬라와 다른 익사한 여인들에게도 모두 새 삶을 주었다고 한다.

다음의 시는 글라우코스가 바다의 모습으로 변한 뒤 그의 심정을 노래한 것이다. (〈엔디미온〉 제3권 380~392행)

나는 생사를 걸고 뛰어들었다.
인간의 오관이
저토록 짙은 호흡물(해수를 말함.)과 합치는 것을
고통의 업이라고 생각했는지도 모르겠다.
그래서 나는

지금도 감탄을 금치 못한다.
그것은 수정처럼 매끄럽게 늘 내 몸 주변으로 떠다닌다.
처음에 나는 매일 놀라면서 살았었다.
내 의지 같은 것은 완전히 잊고,
다만 힘찬 조수의 간만에 나를 맡기고 움직였다.
그러다 나는 갓 솜털이 돋아난 작은 새가
그 날개를 아침의 하늘에 처음 펴보듯이,
조심스레 내 의지의 깃을 움직여 보았다.
아, 자유로웠다!
나는 비로소 다니기 시작했다.
이 태양 아래 끝없이 이어지는 경이의 세계를.

8장

피그말리온 | 드리오페 | 아프로디테와 아도니스 |
아폴론과 히아킨토스

피그말리온

피그말리온은 평생을 독신으로 살기로 결심했다. 왜냐하면 그는 여자들의 결점을 너무 많이 보아왔기 때문이었다.

피그말리온은 조각가였다. 한때 그는 상아(象牙)로 여자의 입상(立像)을 조각했었다. 그런데 이 작품은 거의 완벽에 가까운 것으로 정말 살아 있는 처녀 같았다. 사람의 손으로 만든 것이라고 보기 어려운, 흡사 자연의 창조물 같았다.

피그말리온은 이 작품을 두고두고 감상하다가 급기야 제 손으로 만든 조각품을 사랑하게 되었다. 그는 간혹 이 작품이 살아 있다고 느껴져 곳곳에 손끝을 대보기도 했다. 그는 그것을 포옹하기도 하고, 또한 소녀들이 좋아할 만한 것 ㅡ 고운 조개껍데기, 갖가지 꽃, 매끄러운 돌, 작은 새, 진주나 호박 등 ㅡ을 선물했다.

또 입상의 귀에는 귀걸이를, 가슴에는 목걸이를, 전신에는 예쁜 옷을 걸쳤다. 옷을 입은 입상은 더욱 아름다웠다. 그리고 그는 튀로스 땅의 염료로 염색한 클로드로 깐 소파 위에 입상을 눕혔다. 나중에는 그것을 자기의 아내라고 불렀다.

아프로디테의 제전의 날이 되었다. 이 제전은 키프로스(Cyprus) 섬에서는 굉장한 잔치였다. 사람들은 신께 제물을 올리고 향을 피웠는데, 이 향기는 온 섬을 휘감았다. 피그말리온은 이 제전에서 자신의 임무를 다한 다음 제단 앞에 머뭇거리며 서 있다가 이렇게 말했다.

"신이시여, 원컨대 제게 주소서……. 제 아내로."

그는 '상아 처녀'란 말은 하지 못했다. 다만 '제 상아 처녀와 같은 여성'이라고 덧붙였다.

이때 아프로디테는 제전에 놀러 왔다가 그의 말뜻을 알아들었다. 그 뜻을 들어주겠다는 표시로 제단에서 타고 있는 불꽃을 공중에 세 번 솟아오르게 했다.

집으로 돌아온 피그말리온은 곧바로 자신의 처녀상으로 갔다. 그리고 긴 의자 위에 몸을 구부려 그 입술에다 키스했다. 그러자 그 입술에서 온기가 느껴졌다. 놀란 그는 처녀의 몸을 쓰다듬었다. 몸은 더없이 부드럽게 느껴졌다. 손끝으로 눌러보니 히메토스산의 밀랍처럼 말랑말랑했다. 그는 이 일이 놀랍고도 기뻤으나 도무지 믿어지지 않았다. 혹시 착각이 아닐까 근심하면서도 뜨거워진 손길로 계속 이 처녀상을 쓰다듬었다. 분명히 혈관이 있었고, 이 혈관은 누르면 들어갔다가 놓으면 원상태로 돌아왔다. 아아, 살아 있는 것이다.

그때야 그는 아프로디테 여신에게 감사를 드렸다. 그리고 자기의 입술을 처녀의 입술 — 자기의 입술처럼 피가 통하는 — 에 댔다. 키스를 받자 처녀는 얼굴을 붉혔다가 수줍은 눈을 떠 애인을 주시했다. 아프로디테는 자신이 맺어준 이 혼인을 축하해 주었다. 이들의 결합으로 태어난 자가 파포스(Paphos)이다. 그래서 아프로디테에게 바쳐진 파포스라는 마을은 바로 이 아들의 이름에서 생긴 것이다.

프리드리히 실러(Friedrich von Schiller)의 시 〈이상과 삶(Das Ideal und das Leben)〉은 이 피그말리온 이야기를 빌어 청년의 마음속에 있는 자연애(自然愛)를 이렇게 노래했다.

옛날 넘치는 정열로 기도하며
피그말리온이 돌을 끌어안자
마침내 그 차갑게 빛나던 대리석이
감정의 빛을 나타낸 것처럼.
나도 온 정열로
빛나는 자연을 내 시인의 가슴으로 안았다.
그러자 마침내 숨결이, 따뜻함이, 생명의 움직임이
그 자연의 현상 속에서 뛰쳐나온 것 같았다.

그리고 나는 모든 정열을 나누어 주었다.
이 무언의 상은 나타내야 할 말을 생각하고
젊고 대담한 내 키스에도 따라주며,
높이 뛰는 내 가슴의 고동까지도 알아주었다.
그때 빛나는 자연도 나를 위해 있었고,
은빛 시냇물도 노래로 가득 차 흘렀으며,
나무도, 장미도 서로가 느낌을 나누어 이야기했다.
그것은 내 영원한 생명의 메아리였다.

드리오페

드리오페(Dryope)는 안드라이몬의 아내로 남편의 돈독한 사랑을 받고 첫아이를 낳아 행복한 삶을 살고 있었다.

어느 날 드리오페는 동생 이올레(Iole)와 함께 강둑을 거닐었다. 둑에는 도금양 나무가 우거져 있었다. 이 두 사람은 여기에서 꽃을 따서 님프의 제단에 바칠 화관을 만들려고 나온 것이다. 이때 드리오페는 아기에게 젖을 먹이며 걸어갔다.

그렇게 물가에 이르렀다. 거기에서 두 사람은 한 그루 대추나무에 자줏빛 꽃이 무성하게 핀 것을 보았다.[1] 드리오페는 별생각 없이 그 꽃을 몇 개 따서 아기에게 주었다. 이올레도 그 꽃을 따려고 다가왔다. 그런데 언니가 꽃을 딴 그 가지에서 피가 흐르는 것이 보였다.

이 대추나무는 보통 나무가 아니라 님프 로터스(Lotus)였다. 로터스는 상대하기 싫은 자에게 쫓기다가 이 나무로 변신한 것이었다. 이 두 사람은 나중에야 마을 사람에게 이 사실을 듣게 되었으나 이미 때가 늦어버렸다.

드리오페는 자기가 한 짓에 두려움을 느꼈다. 그래서 그 장소에서 재빨리 도망치려 했으나 발이 땅에 붙어 꼼짝할 수가 없었다. 발을 떼려고 아무리 용을 써도 발은 움직이지 않았고, 움직이는 것은 상체뿐이었다. 자신이 나무가 되어간다는 생각이 들자 두려움이 몰려왔고, 몸의 윗부분부터 나무가 되어 온몸으로 급속히 퍼져갔다. 너무 괴로워 머리카락을 잡아 뜯으려 했으나 손은 이미 잎으로 무성했다. 어린 아기는 어머니의 가슴이 딱딱해져 젖이 나오지 않자 칭얼거렸다.

이올레는 슬픈 언니의 운명 앞에서 속수무책이었다. 그녀는 나무로 바뀌어 가는 부분을 멈추게 하려고 줄기를 힘껏 껴안았다. 자기도 차라리 나무껍질에 싸여 버리고 싶었다.

바로 그때 드리오페의 남편 안드라이몬이 장인과 함께 도착했다. 한동안 멍하니 서 있던 그들은 아직은 온기가 남아 있는 나무줄기를 안고, 그 잎에다 무수히 키스만 할 따름이었다.

드리오페의 몸은 이제 얼굴만 사람의 형태로 남아 있었고, 눈물이 흘러

---

1) 보통 대추나무가 아닌 열매를 먹으면 모든 근심을 잊어버린다는 상상의 나무 로터스.

잎으로 떨어졌다. 다행히 말은 할 수 있었기 때문에 그녀는 남은 이들에게 말했다.

"저는 죄가 없어요. 제가 왜 이런 일을 당해야 합니까. 누구에게도 나쁜 일을 한 적이 없는데…… 제 말이 거짓이라면 제 잎은 말라 죽고, 줄기는 불쏘시개가 되어도 좋아요. 그러나 이젠 어쩔 수 없군요. 이 아이를 데려가시어 유모에게 맡기세요. 다만 이따금 아이를 제 그늘 아래로 데려다 우유를 먹이고 놀게 해주세요. 아이가 커서 말을 배우게 되면 저를 어머니라고 부르게 해주세요. '네 어머니는 이 나무 속에 있다.'라고 가르쳐주세요. 그리고 언제나 강변을 조심하고, 관목 덤불을 보면 여신의 둔갑이 아닌가 주의하도록 일러주세요. 자, 그러면 이제 아버님, 여보, 동생아! 모두 안녕히 계세요. 다만 저를 아직도 사랑하신다면 새나 짐승이 제 몸을 상하게 하는 것을 막아 주세요. 아아, 저는 몸을 굽힐 수 없군요. 당신들이 이곳으로 올라와 키스해 주세요. 그리고 아기를 들어 주세요. 키스할 수 있는 감각이 아직도 입술에 남아 있어요. 이제는 입을 움직이기가 힘들어요. 나무껍질이 목까지 차올라왔군요. 제 눈은 감겨줄 필요가 없어요. 그냥 둬도 껍질이 대신 감겨 줄 테니까요."

입술이 움직이지 않자, 사람으로서의 생명도 멈추고 말았다. 다만 가지만이 체온을 얼마 동안 간직하고 있었다.

키츠의 〈엔디미온〉은 드리오페에 대해 이렇게 노래했다. (제1권 491~495행)

그녀는 수금을 뜯었다.
생생한 전주곡(前奏曲)이 고동치며 흘러나와
길을 만들어 갔다.
그 길로 그녀의 목소리가 쓸쓸히 걸어왔다.
그것은 드리오페가 자기 아이를 달래는

적막한 자장가보다도 훨씬 오묘한 곡조로,
숲의 정취가 물씬 풍기는 노래였다.

아프로디테와 아도니스

아프로디테[베누스]는 어느 날 아들 에로스[큐피드]와 놀다가 에로스의 화살에 상처를 입었다. 그녀는 재빨리 아들을 밀쳐냈지만, 상처는 의외로 깊었다. 그 상처가 다 완치되기도 전에 그만 아도니스(Adonis)를 보고 말았다. 그리하여 아도니스를 사랑하게 되었다.

그녀는 곧잘 다니던 파포스(Paphos), 크니도스(Knidos)섬, 금속이 풍부한 아마토스(Amathos)에도 가지 않았다. 또한 하늘나라에도 오르지 않았다. 그녀에게는 아도니스보다 더 소중한 것이 없게 되었기 때문이다.

그녀는 항상 아도니스만 따라다녔다. 이제까지의 아프로디테는 그늘에서 자신의 미모만 가꿨었다. 그러나 지금은 아니었다. 그녀는 숲을 벗어나 언덕을 넘어 돌아다녔다. 그런가 하면 자기의 개를 불러 산토끼나 사슴 같은 짐승을 사냥했다. 그러나 사람을 해치는 늑대나 곰 같은 짐승은 피했다. 그녀는 아도니스에게도 이런 짐승은 피해야 한다고 늘 주의를 주었다.

그런 어느 날 아프로디테는 하늘에 볼일이 생겼다. 그녀는 아도니스에게 다시 한번 주의를 단단히 주고서, 백조가 끄는 이륜차를 타고 공중으로 날아갔다. 그러나 그런 주의를 들었다고 몸을 도사릴 아도니스가 아니었다. 그러기에는 아도니스의 혈기가 너무나 왕성했다. 개들을 시켜 멧돼지를 굴에서 나오게 만들고, 창을 던졌다. 창은 날카롭게 날아가 멧돼지의 옆구리에 박혔다. 그러나 멧돼지는 이내 입으로 창을 뽑아내고는 아도니스에게 달려들었다. 당황한 아도니스는 온 힘을 다해 도망쳤다. 하지만 멧돼지의 추격을 뿌리칠 수 없었다. 멧돼지는 드디어 그의 옆구리에 어금니를 꽂았다. 그 상처는 치명적이어서, 그는 들판에 쓰러졌다.

그의 신음 소리는 이륜차를 타고 공중을 달리던 아프로디테에게까지 들렸다. 그녀는 키프로스 섬으로 향하던 이륜차를 급히 돌려 지상으로 내려왔다. 불행하게도 그녀는 지상에 도착하자마자 피투성이가 된 아도니스의 시체를 보게 되었다. 그녀의 슬픔은 극에 달했다. 시체를 부둥켜안고 가슴을 치면서 머리카락을 쥐어뜯었다. 그리고 운명의 여신을 몹시 원망한 후 이렇게 말했다.

"그래, 운명의 신들아! 또 너희들이었구나. 그러나 나는 너희에게 안전한 승리는 주지 않겠다. 내 슬픔의 기억은 영원히 지워지지 않으리라. 나의 아도니스여, 그대의 죽음과 내 비탄을 해마다 새로워지게 하리라.[2] 그대의 애통한 피는 꽃으로 피어나게 하라. 아무도, 아무도 이를 말리지 못할 것이다."

아프로디테는 그 피 위에 신주(神酒) 넥타르를 뿌렸다. 피와 넥타르가 서로 섞였다. 그러자 연못 수면에 마치 빗방울이 떨어질 때 생기는 거품처럼 뿌연 거품이 생겼다. 한 시간 정도가 지나자 거기에서 석류 꽃처럼 핏빛을 지닌 꽃 한 송이가 피어났다. 그러나 그 꽃은 이내 사그라들고 말았다.

전하는 말에 의하면, 이 꽃은 바람이 불어 피게도 하고 지게도 한다고 한다. 그래서 그 꽃은 아네모네, 곧 '바람꽃'이라고 부른다.

밀턴은 〈코머스〉에서 아프로디테와 아도니스의 이야기를 다음과 같이 노래했다.

> 히아킨토스(Hyacinthos, 히아신스)와 장미가 피는 꽃밭
> 젊은 아도니스가 때때로 와서 쉬고
> 감미로운 마음으로 그 깊은 상처를 치료하던 곳.
> 그 땅 위엔 앗시리아 여왕이
> 슬픈 얼굴로 앉아 있다.

---

2) '아도니아' 축제가 해마다 열릴 것을 예언한 말.

아폴론과 히아킨토스

히아킨토스(Hyacinthos)는 아폴론(Apollon)의 사랑을 듬뿍 받는 소년이었다. 아폴론은 운동할 때도 그와 동행했으며, 고기를 잡으러 갈 때면 그물을 그에게 걸게 했다. 사냥터에서도 개들을 몰게 했으며, 소풍 갈 때도 이 소년을 뒤따르게 했다. 그는 이 소년 때문에 그의 리라와 화살까지 거의 잊고 살 정도였다.

어느 날, 이 둘은 원반던지기를 했다. 아폴론의 기술과 힘은 원반을 높게, 멀리 던졌다. 이것을 본 히아킨토스는 신바람이 났다. 그는 자신도 멋있게 그 원반을 던져보고 싶었다. 그래서 원반이 채 떨어지기도 전에 재빨리 달려나갔다. 그러나 원반이 땅에서 힘차게 튀어 히아킨토스의 이마를 때렸다. 이어 그가 쓰러지자, 아폴론은 이 소년만큼이나 창백한 얼굴로 소년을 끌어안고 지혈을 하려 애를 썼다. 그러나 효과가 없었다. 소년의 생명은 점점 꺼져갔으며, 약초의 힘을 쓸 수도 없을 지경이었다. 마치 뜰에 핀 백합꽃 줄기가 꺾여 꽃송이가 땅을 향해 고개를 꺾듯이, 빈사(瀕死)의 소년 히아킨토스의 머리도 한쪽 어깨 위로 꺾였다.

아폴론이 말했다.

"아아, 죽는구나. 히아킨토스야, 그대가 나 때문에 죽는구나. 내가 그대를 이렇게 했으니, 내가 대신 죽으면 좋으련만. 하지만 그럴 수는 없는 일이다. 그러니 히아킨토스야, 그대는 이제 내 기억과 노래에서 영원히 살지어다. 나의 리라는 그대를 찬미하고, 나의 노래는 그대의 슬픈 영혼을 말하리라. 또 그대는 나의 비통을 새긴 꽃이 되리라."

아폴론이 이렇게 탄식하는 동안 이상하게도 땅바닥으로 흘러 풀을 물들이던 피가 꽃으로 변했다. 그 꽃은 튀로스산(産) 물감으로 물들인 옷보다 더 아름다웠다. 보랏빛과 은백색의 차이만 없었다면 영락없는 백합꽃 같았다.

그러나 이것만으론 아폴론의 마음이 흡족하지 않았다. 그는 이 꽃에 더 큰 명예를 주기 위해 꽃잎에 '아! 아!(Ah! Ah!)'[3]라는 글자를 새겼다. 이것은 아폴론이 탄식하던 소리였다.

그래서 이 꽃은 지금도 히아킨토스(히아신스)4)라고 불리며, 매해 봄마다 피어 우리에게 소년의 슬픈 운명을 이야기해 주고 있다.

일설에는 제피로스(Zephyrus, 西風)가 히아킨토스를 좋아했었는데, 히아킨토스가 아폴론만 따르자 화가 난 나머지 원반을 튀게 하여 히아킨토스의 이마를 때렸다고 한다.

키츠는 〈엔디미온〉에서 이 이야기를 다루면서, 원반던지기를 옆에서 구경하는 사람들에 대해 이렇게 노래했다.

> 혹은 그들은 저 원반 던지는 사람들에게 열중하여
> 양쪽을 다 볼 수 있었을 것이다.
> 그리고 히아킨토스의 슬픈 죽음을 슬퍼했을 것이다.
> 제피로스의 잔인한 손이 그를 죽였을 때.
> 이제는 제피로스도 뉘우쳐,
> 포이보스가 하늘로 오르기 전에
> 슬피 우는 빗속에서 이 꽃을 어루만진다.

'히아킨토스'에 대한 인용은 밀턴의 〈리시다스(Lycidas)〉에서도 나온다.

> 저 핏빛 꽃처럼
> 슬픈 글이 새겨진.

---

3) 그리스어로 'dede'라고 쓴다.
4) 이 꽃은 오늘날의 히아신스와는 다른 꽃이다. 이것은 아마 '참붓꽃누리'의 일종이거나 '오랑캐꽃'의 일종일 것이다.

9장

케익스와 알키오네

케익스(Ceyx)는 트라케(Thracia)의 왕이었다. 그의 통치는 폭력이나 부정에 의하지 않았기에 나라는 늘 평화로웠다. 그의 외모는 아버지 헤르페로스(Hesperos)[1] 못지않게 아름다웠다. 그의 아내 알키오네(Alcyone)는 남편을 몹시 사랑했다. 그녀는 테살리아(Thessalia)의 왕 아이올로스(Aiolos)[2]의 딸이었다.

케익스의 형 다이달리온(Daedalion)이 죽은 뒤 얼마 안 되었을 때의 일이다. 케익스는 깊은 슬픔에 차 있었다. 그런데 이상한 것은 형의 죽음에 이어 불길한 괴변(怪變)들이 꼬리를 물고 일어나는 것이었다. 그것은 우연으로 보기에는 너무 해괴했다. 케익스는 '혹시 신들이 자신을 미워하기에 이러한 방법으로 괴롭히는 것이 아닐까.'라는 생각도 했다.

그때 그는 문득 아폴론의 신탁을 생각했다. 그런데 이 신전이 있는 곳은

---

1) 새벽별(금성)의 신.
2) 바람의 지배자.

이오니아(Ionia) 지방의 클라로스(Claros)였기에 배를 타고 건너야 했다. 오랜 생각 끝에 그는 마음을 굳히고 아내 알키오네에게 말했다. 그러자 알키오네는 얼굴이 새파래지며 부르르 떨었다.

"아아 왕이시여, 왜 제 곁을 떠나려 하십니까? 당신의 그 깊은 사랑은 어디에다 버리셨나요? 저와 떨어져 있어도 괜찮을 만큼 수양을 쌓으셨나요? 아니면 저와 이별하려고 작정이라도 하신 건가요?"

알키오네는 어떤 방법으로든지 남편의 마음을 바꿀 생각이었다. 아버지 아이올로스가 바람의 신이기에 바람을 억제하기가 여간 어렵지 않다는 것을 잘 알고 있기 때문이었다.

"왕이시여, 바람은 저희들끼리 달려가 서로 부딪친답니다. 그때 공중에서는 무서운 불꽃이 일지요. 그런데 당신은 가시겠습니까? 정말 가야만 한다면 저를 데리고 가세요. 그렇지 않으면 저는 왕께서 만날 바람의 재난은 물론 그것을 상상하는 고통까지 겪어야 한답니다."

케익스왕은 마음이 착잡해져 아내를 데리고 가고 싶었다. 그러나 바다가 위험했기에, 그 위험 속에 아내를 고스란히 바칠 생각이 추호도 없었다. 그래서 그는 아내를 달랠 수밖에 없었다.

"내 아버지 샛별을 걸고 약속하겠소. 운명이 허락한다면, 저 달이 두 번째 궤도를 돌기 전에 꼭 돌아오겠소."

말을 마친 케익스는 신하에게 항해 준비를 하라고 명령했다. 이내 창고에서 배가 나왔고, 노와 돛이 달렸다. 착착 진행되는 출범 준비를 보고 있던 알키오네는 불길한 예감을 떨칠 수 없어, 눈물범벅이 된 채 이별의 키스를 나누고는 그만 정신을 잃고 땅바닥에 쓰러졌다.

배에 오른 케익스도 갈팡질팡한 마음이었다. 그러나 그런 마음을 알지 못하는 사공들은 머뭇거림 없이 율동에 맞추어 노를 젓기 시작했다. 뱃머리는 힘차게 파도를 갈랐다.

정신이 든 알키오네는 눈물범벅이 된 얼굴을 들어, 갑판 위에서 남편이 흔드는 손을 바라보았다. 그녀도 손을 흔들었다. 남편과 다른 선원들이 구별

되지 않을 때까지 손을 흔들었다. 배가 시야에서 사라지자, 일렁이는 돛을 한 번이라도 더 보려고 눈을 크게 떴다. 그러나 그 모습도 이내 사라져 버렸다. 그녀는 그제야 자기 방으로 돌아와 적막한 침대에 몸을 내던졌다.

한편 큰 바다에 나선 배는 돛 줄 사이에 산들바람을 두고 순탄하게 항해했다. 뱃사람들은 노를 거두고 돛을 올렸다. 배는 너무도 고요히 흘렀다.

그러나 예정된 뱃길을 반쯤 항해했을 때였다. 갑자기 하늘이 어두워지며 바다가 크게 꿈틀거렸다. 파도가 흰 이빨을 드러냈고, 강한 돌풍이 동쪽에서 불어 닥쳤다. 선장은 돛을 내릴 것을 명령했으나 바람은 이 소리마저 삼켜 버렸다. 명령은 누구에게도 전달되지 않았다. 다만 뱃사람들은 스스로 판단해서 노를 움켜잡기도 하고, 선체를 보강하기도 하고, 돛을 내리기도 했다.

그러나 폭풍의 기세는 더욱 험악해져 갔다. 여기저기서 울부짖음이 들렸고, 어떤 자는 공포에 질려 정신을 잃기도 했다. 수십 미터 튀어 오른 파도는 마치 하늘로 오르려는 듯 구름 사이로 포말을 마구 날렸다. 바다는 그러다가 어느새 깊숙이 가라앉아 스틱스처럼 검은색으로 변하기도 했다.

파도의 모습에 따라 배 안의 형편이 시시각각 바뀌었다. 이제 뱃사람들은 망연자실할 뿐이었다. 그들은 집에 두고 온 부모 형제와 처자를 생각하면서, 뒤에 남기고 온 그들과의 약속을 절망적으로 떠올릴 뿐이었다.

케익스는 알키오네를 생각했다. 케익스의 입술에 오른 이름은 오직 알키오네뿐이었다. 그러면서도 그녀가 이 배에 같이 타지 않은 것을 큰 다행으로 여겼다.

얼마 안 있어 돛대가 벼락을 맞아 부러지고, 방향기도 부서졌다. 그러더니 이제 승리에 쐐기를 박으려는 듯 커다란 삼각파도가 높이 솟아올랐고, 그대로 배 위를 덮쳤다. 배는 산산조각이 났고, 선원 중 몇몇은 그 충격으로 물속에 떨어져 다시 떠오르지 않았다. 또 어떤 자는 부서진 배의 조각을 붙잡고 떠내려갔다.

케익스는 홀을 쥐던 손으로 배의 판자를 움켜쥐었다. 그리고 아버지와 장인에게 ― 소용없는 일이지만 ― 구원을 요청했다. 그러나 그가 가장 많이 부른 이름은 역시 아내 알키오네였다. 그의 마음은 대부분이 그녀에게 가 있었다.

그는 간절히 기도했다. 자기의 시신이 아내 있는 곳으로 떠내려가 아내의 손으로 묻게 되기를 기도했다.

마침내 파도가 그의 몸을 덮쳤다. 케익스는 하염없이 깊은 바닷속으로 가라앉았다.

한편 알키오네는 남편이 돌아올 날만 손꼽아 기다렸다. 그녀는 남편이 돌아오면 그에게 입힐 옷과, 남편을 맞이하러 나갈 때 입을 자신의 옷을 마련했다. 남편 케익스의 죽음은 생각지도 않고, 날마다 모든 신에게 여러 차례 향을 피우며 기도했다. 누구보다도 헤라(Hera)[3]에게는 지극한 정성으로 향을 피우며 남편의 무사 귀환을 빌었다. 특히 자기보다 더 예쁜 여자를 남편이 만나지 말기를 기도했다. 그러나 이 많은 기도 중 이루어진 것은 다른 여자를 만나지 않게 한 것밖에 없었으니……

여신 헤라는 더 이상 듣고 있을 수가 없었다. 자기 제단 앞에서 비는 저 손으로 장례를 치러야 한다니……. 참다못해 그녀는 이리스(Iris)[4]를 불러 말했다.

"충직한 이리스야. 히프노스(Hypnos)[5]가 사는 잠의 집으로 가서 일러라. 알키오네의 꿈에 케익스의 모습으로 현몽하여, 사건 전부를 상세히 알려주라고 해라."

일곱 색깔의 옷을 입은 이리스는 하늘을 온통 무지개로 물들이며 잠의 신을 찾아갔다. 잠의 신 히프노스는 킴메르인(Cimmerians)들이 사는 땅에서 가까운 산에 있는 동굴 속에서 살았다. 이 동굴은 아폴론마저도 찾아오지 않는 곳으로 그는 태양이 떠오를 때부터 질 때까지 빛도 희미하게 보내주었다. 또한 이곳은 닭벼슬이 돋은 새벽 새(닭)가 큰 소리로 에오스(Eos, 아우로

---

3) 부부애의 수호신이기도 하다.
4) 무지개의 여신(하늘과 땅을 잇는 무지개를 지닌 신들의 사자).
5) 잠의 신. 로마 신화의 솜누스(Somnus)와 동일시된다.

라(Aurora), 새벽)를 부르는 일도 없다. 눈 밝은 개나 경계심이 많은 거위가 고요를 깨뜨리는 일도 없었다. 야수도, 가축도, 나뭇가지도, 사람의 말소리도 정적을 깨우지 않았다. 깊은 침묵만이 흐르고 있을 뿐이었다. 다만 바위 밑으로 수군거리며 흐르는 레테(Lethe, 망각)의 강 소리만 들렸을 뿐인데, 이 소리는 모든 사물을 잠재우는 것이었다.

동굴의 입구에는 양귀비와 여러 가지 약초들이 무성하게 자랐다. 밤의 여신은 이것들의 액을 취해 잠을 만들어서 지상에 뿌렸다. 그의 거처에는 문이 없었다. 문이 있으면 문을 여닫는 소리가 나기 때문이었다. 문지기도 없었다. 오직 있는 것은 집 중앙에 새까만 흑단으로 만든 긴 의자 한 개 그리고 검은 깃털 이불, 검은 휘장이 쳐 있을 뿐이었다. 히프노스는 이 의자 위에서 사지를 뻗고 잠들어 있었다. 그 주위에는 형형색색의 꿈들이 누워 있었다. 그 수효는 가을걷이의 벼 이삭 수만큼, 숲속의 나뭇잎만큼, 바닷가 모래알만큼이나 많았다.

동굴에 들어선 여신은 주위에서 달려드는 꿈들을 손으로 밀쳐냈다. 그러자 그녀의 빛이 동굴 속 전체를 환하게 만들었다. 광채 때문에 두 눈을 미처 뜨지 못했던 잠의 신은 몇 번이고 턱수염을 가슴으로 쓸어내리다가 겨우 정신을 차리고 팔을 비스듬히 괸 채 찾아온 까닭을 물었다. 그는 눈앞에 서 있는 여신이 누구이며 누구의 사자인지 알고 있기 때문이었다.

여신이 대답했다.

"온 천지 가운데 가장 조용하신 신이시여! 격앙된 마음을 쉬게 하고, 고통스러워하는 가슴을 다독이시는 신, 히프노스여! 헤라 여신의 분부이십니다. 테살리아 땅 알키오네에게 꿈을 보내어 남편의 죽음과 난파당할 때의 상황을 정확히 일러 주십시오."

명령을 받은 히프노스는 곧 자신의 많은 아들 가운데 한 아들을 불렀다. 그의 이름은 모르페우스(Morpheus)[6]였다. 모르페우스는 사람의 흉내를

---

6) 잠의 신인 히프노스의 아들. 꿈의 신으로, 꿈을 꿀 때 그 꿈의 내용 중 사람에 관한 것을 담당한다.

잘 냈다. 그는 어떤 자이든지 걸음걸이, 용모, 말투, 의복뿐만 아니라 특징적인 자세까지 똑같이 표현했다. 그러나 그는 사람의 흉내만 냈다. 새나 짐승, 뱀의 흉내는 이켈로스(Icelus)[7]가 관장했다. 그리고 바위나 물, 수목 등 기타 무생물은 셋째인 판타소스(Phantasus)[8]가 맡았다.

하프노스 아들 가운데엔 이들 말고도 왕이나 큰 인물이 잠잘 때 베갯머리 시중을 드는 신도 있었고, 그 밖에 보통 인간의 시중을 드는 신들도 있었다.

그중에서 히피노스는 모르페우스를 불러 헤라의 뜻을 이행하도록 시키고는 다시 잠의 세계로 빠져들어 갔다.

모르페우스는 날개 소리도 내지 않고 순식간에 테살리아에 도착했다. 도착하자마자 그는 날개를 떼고 케익스로 변장했다. 그가 변장한 모습은 창백한 얼굴로 웃옷을 벗은 채 죽어버린 케익스의 모습이었다. 그의 수염은 물에 젖어 있었고, 머리카락에서는 물이 뚝뚝 떨어졌다. 그는 침대에 비스듬히 앉아 눈물을 흘리면서 이렇게 말했다.

"아내여, 당신은 나를 알아보겠소? 아니면 내가 죽었으니 모습이 달라져 버렸나? 나를 봐라, 가엾은 알키오네여! 나는 이미 죽었으니 기도를 그만 멈추도록 하시오. 내가 귀환할 거라는 바람은 헛된 희망일 뿐이라오. 잘 들으시오! 나는 에게해에서 폭풍을 만났소. 나는 큰 소리로 당신을 소리쳐 불렀으나 삼각파도가 내 입을 틀어막았다오. 아내여, 이 말은 결코 풍문이 아니라오. 내가 난파당한 때의 모습으로 이렇게 그대에게 내 운명을 전하니, 바라건대 나를 위해 눈물을 흘려주오. 아무도 슬퍼해 주는 자 없이 타르타로스(Tartarus)로 가기는 싫소. 나를 위해 울어주오."

그것은 케익스의 음성과 똑같았다. 눈물도 흘리는 것 같았다. 손짓도 케익스의 것이었다.

알키오네는 악몽을 꾸고 있었다. 그녀는 눈물을 흘리며 소리를 크게 질렀

---

7) 모르페우스의 형제. 무서운 동물 또는 그와 유사한 모습으로 나타나 인간을 악몽에 시달리게 했으므로 '포베토르(Phobetor, 겁주는 자)'라는 별칭으로 불렸다.
8) 모르페우스의 또 다른 형제. 판타소스는 '허망하고 환상적인 꿈을 보여주는 자'란 뜻이다. 악몽에 시달리는 헐떡거림이 'pant(헐떡거리다, 심장이 몹시 뛰다)'이다.

다. 두 팔을 벌려 남편을 안으려 했다. 그러나 품에는 아무것도 안겨지지 않았다. 그녀는 부르짖었다.

"기다려주세요! 어디로 가십니까? 나를 데려가 줘요."

그녀는 자기 목소리에 놀라 잠에서 깨어나 침상 곁을 두리번거렸다. 고함에 놀란 시녀들이 등불을 들고 들어왔다. 어디에도 남편의 그림자는 없었다. 그녀는 마구 가슴을 치며 입고 있던 옷을 쥐어뜯었다. 머리카락이 헝클어지는 것도 모르고 쥐어뜯었다. 놀란 유모가 달려와 그녀를 진정시키며 그 이유를 자꾸 물었다. 알키오네는 울면서 대답했다.

"이제 저는 이 세상 사람이 아닙니다. 죽은 남편과 함께 지상에서 사라진 것입니다. 아무 위로도 하지 마세요. 나는 그이를 보았어요. 파도에 난파당해 죽은 그이의 모습을……. 그이는 창백한 얼굴에 실오라기 하나 걸치지 않았어요. 그리고 바닷물에 젖은 머리카락으로 나타났어요. 바로 이곳에, 바로 이곳에……."

남편의 발자국이라도 찾으려는 듯 알키오네는 다시 방 안을 두리번거렸다. 그리고 말을 이었다.

"아아, 제 불길한 예감이 들어맞았어요. 그래서 나를 남겨두고 떠나려는 그대를 못 가게 말렸는데……. 기어이 가려면 나를 데리고 가달라고 간청했는데……. 그렇게 했으면 이런 이별도 없었을 테고…… 또 혼자 사는 무서운 나날도, 혼자 죽는 일도 없을 텐데."

한참을 이야기하던 알키오네는 잠시 말을 멈췄다. 그리고 망연자실한 표정으로 허공을 바라보다가 다시 말했다.

"그래요. 내가 슬픔을 참자고 몸부림치면 바다가 안긴 잔혹한 슬픔보다 더한 고통이 나를 짓누르지요. 그러니 여보! 이젠 더 이상 몸부림치지 않고, 이번에는 꼭 당신 뒤를 따르려고요. 내가 죽더라도 합장은 할 수 없겠지만 우리의 이름만은 함께하겠어요."

슬픔에 복받쳐 알키오네는 더 이상 말을 잇지 못했다.

아침이 되었다. 알키오네는 바닷가로 나갔다. 떠나는 남편의 마지막 모습을 보았던 자리를 찾아갔다.

"당신은 여기에서 주저하시다가 내게 마지막 키스를 하셨지요."

알키오네는 지난 일을 회상하듯 주위의 모든 것을 하나하나 깊은 눈으로 바라보았다. 그때였다! 그녀의 눈에, 멀리 수면 위로 무엇인가가 떠 있는 것이 보였다. 처음에는 아무 생각 없이 무심히 보았었다. 그러나 물결이 그 물체를 점점 가까이 밀어 보냈다. 그제야 알키오네는 그것이 시신임을 알았다. 누구의 것인지는 몰라도 조난한 시신이 분명했다. 다시 설움이 복받쳐 올라와 알키오네는 눈물을 흘리며 말했다.

"아, 불쌍한 사람. 그대도 그대의 아내가 있다면, 그녀인들 어찌 가엾지 않으랴."

시신이 파도에 밀려 더욱 가까이 왔다. 그리고 알키오네의 육안으로 식별할 수 있는 곳까지 다가왔다. 다가오면 다가올수록 그녀의 어깨가 심하게 떨렸다. 아, 그것은 남편의 시신이었다. 그녀는 두 팔을 벌리고 울부짖었다.

"아, 사랑하는 당신. 돌아오시겠다더니, 돌아오시겠다더니⋯⋯. 이런 모습으로 오시려고 그러셨나요?"

남편의 시신을 보자 알키오네는 제정신이 아니었다. 해안에는 방파제가 하나 있었는데, 그녀는 해변을 뛰다가 이 방파제로 뛰어올랐다. 그런데 바로 그 순간이었다. 그녀의 몸에서 날개가 돋는가 싶더니 허공을 치자마자, 그녀의 몸이 수면을 스쳐 가는 한 마리 새로 변해 버리는 것이 아닌가. 새로 변한 그녀는 하염없이 날면서 슬픔에 겨운 울음, 비통한 울음소리를 쏟아냈다.

한참을 그렇게 날던 알키오네는 사랑하는 남편의 시신 곁으로 내려앉았다. 그녀는 갓 돋아난 날개로 시신을 싸안으며 몇 번이고 딱딱한 부리로 키스를 했다. 그러자 케익스가 키스를 느꼈는지 물결의 작용 때문에 그런지는 몰라도, 멀리 떨어져 있던 사람들은 케익스가 머리를 쳐드는 것을 보았다.

그러나 실제로 아내의 입맞춤에 케익스는 느낌을 받았었다. 왜냐하면, 이들을 가엾게 여긴 신들이 이 둘을 새9)로 변신시켰기 때문이다.

이 새는 지금도 짝을 지어 새끼를 낳는다. 한겨울 따뜻한 날을 잡아 알키오네는 물 위에 둥지를 틀고 이레 동안 알을 품었다. 이때는 바다도 평온을 지켜준다. 그 이유는 바람의 지배자 아이올로스가 바람을 다 잡아들여 파도를 잠재우기 때문이다.

바이런의 〈아비도스의 신부〉에서 나오는 다음 구절은 이 이야기의 마지막 부분을 연상시킬지도 모른다. 바이런은 바다에 떠다니는 시신을 보고 이 구절을 얻었다고 밝힌 바 있다.

흔들리는 베개 위에 놓인 것과 같이,
그의 머리는 파도치는 파도와 더불어 수면을 오르내린다.
움직이는 그 손은 생명은 없지만
언뜻언뜻 싸움을 걸어오는 듯하다.
밀려오는 파도에 치솟다가
다시 물밑에 가라앉는 것을 보면.

밀턴은 〈그리스도의 탄생에 부치는 찬가〉에서 이 물총새 이야기를 다음과 같이 노래했다.

그날은 평화로웠다.
빛의 왕자가 있어
이 지상을 평화롭게 다스리기 시작한 그 밤은
바람도 놀라움에 떨며
부드럽게 수면에 입 맞추고,
고요한 바다가 새로운 기쁨을 속삭인다.
바다도 이제는 미쳐 날뛰는 제 성미를 잊고

---

9) 물총새 — 그리스어 : 할키오네(Halkyone).

평온의 새가
조용해진 파도 위에서 알을 품게 한다.

키츠는 〈엔디미온〉에서 이렇게 노래했다.

오 마법의 잠이여!
고요한 새여!
거칠고 사나운 바다를 끌어안아
그것을 조용히
그리고 평화롭게
잠재우는 것이여!

10장

베르툼누스와 포모나

하마드라이스(Hamadryas)[1]는 숲의 님프들이다. 이들 가운데 '포모나
(Pomona)'[2]라는 님프가 있었다. 그녀는 과수원을 좋아하고 과일을 가꾸는
데 있어 타의 추종을 불허했다.

그러나 숲이나 강에 관한 관심은 전혀 없었다. 그녀의 관심은 오로지 잘
일군 땅과 달콤한 사과나무에 있었다. 그녀의 무기는 전지(剪枝) 칼이었다.
이 칼로 그녀는 지나치게 자란 가지나 보기에 좋지 않은 가지를 쳐냈다. 어떤
때는 가지를 쪼개서 접목작업을 하여 새로운 열매를 맺게도 했고, 나무들이
가뭄을 탈까 봐 뿌리 근처로 물길을 터주어 뿌리가 그 물을 흡수하도록 해주
었다.

포모나는 이 일을 하면서 언제나 행복해했다. 열정을 쏟으면 쏟을수록
더 행복했다. 그러다 보니 아프로디테가 관장하는 연애 따위는 생각지도 않

---

1) 'hama'는 '함께한다.'는 뜻, 'dryas'는 '나무'라는 뜻의 그리스어.
2) 정원을 가꾸는 일과 과일 재배를 맡은 님프. '사과' 혹은 '과일'이라는 뜻의 라틴어.

앗다. 오히려 그녀는 누가 과수원에 들어올까 봐 자물쇠를 굳게 채우기까지 했다.

포모나의 이런 행위는 자연히 널리 알려지게 되었다. 그러자 많은 파우누스(Faunus)들[3]과 사티로스(Satyros)[4]들은 그녀를 얻는다면 가진 것 모두를 주어도 아깝지 않다고 여겼다. 나이에 비해 젊게 보이는 실바누스(Silvanus)[5] 노인도, 솔잎 관을 머리에 두른 판(Pan)[6]도 마찬가지였다. 이 중에는 베르툼누스(Vertumnus)[7]도 있었다.

베르툼누스도 처음에는 다른 신과 마찬가지로 그녀의 사랑을 얻지 못했었다. 그러나 그의 정성은 지극했다. 그는 추수하는 농부로 모습을 바꿔 바구니에 곡식을 담아 포모나를 여러 번 찾아갔다. 마른 건초 띠로 머리를 동여맨 그의 모습은 농부의 모습 그대로였다. 때로는 소몰이용 막대기를 들고 나타나기도 했는데, 그 모습은 지친 소의 멍에를 금방 풀어주고 온 사람 같았다. 어떤 때는 전지가위를 들고 포도원지기 흉내를 내기도 했다. 또 사과를 따러 가는 사람처럼 사다리를 어깨에 메고 있기도 했다. 군대를 막 제대한 사람처럼 어슬렁거리기도 했으며, 낚시꾼처럼 낚싯대를 들고 있기도 했다. 그는 갖은 방법으로 포모나에게 접근했으며, 그것은 그의 큰 낙이었다.

어느 날 그는 한 노파로 변장하여 그녀를 찾아갔다. 이날은 회색 머리에 모자를 푹 눌러쓰고 손에는 지팡이를 짚고 있었다.

그는 과수원으로 들어가, 포모나의 곁으로 다가가서 인사를 했다.

"참 탐스러운 과일이군요."

노파로 변신한 베르툼누스는 과수원 언덕에 자리 잡고 앉았다. 앉아 있는 그의 머리 위로 과일이 주렁주렁 열린 가지가 축 늘어져 있었다. 맞은편에는 느릅나무 한 그루가 서 있었다. 그 느릅나무는 포도 넝쿨에 감싸여 있었는데,

---

3) 들의 신들.
4) 숲의 신, 반인반수.
5) 삼림과 농정을 맡은 로마의 신.
6) 짐승의 모습에 가까운 다산의 신.
7) 계절의 신. '계절이 바뀐다.'라는 뜻의 라틴어.

터질 듯한 포도송이가 잔뜩 뒤엉켜 있었다.

그는 또 한 차례 이 느릅나무와 포도나무를 칭찬하고 말을 이었다.

"그런데 아가씨, 저 느릅나무만 혼자 서 있다면 어떨까요? 커다란 잎사귀만 잔뜩 피어 우리에게 주는 것은 없겠지요? 포도나무도 마찬가지지요. 우뚝 선 느릅나무가 없었다면 땅에 엎드려 있기나 했을 것입니다. 그래요, 저 느릅나무와 포도나무는 우리에게 큰 교훈을 주고 있네요.

아름다운 아가씨, 아가씨도 짝을 맺는 것이 어떠실지요? 아가씨의 인기는 헬레네(Helene)[8]도, 페넬로페(Penelope)[9]도 누리지 못한 것이지요. 이 세상에 아가씨만큼 많은 구혼자를 거느린 여인은 없을 겁니다. 전원의 신들은 물론이고 이 부근에 있는 모든 신들이 아가씨를 원하고 있으니 말입니다.

그렇지만 아가씨, 신중을 기하시려거든 이 늙은이의 생각을 따라주세요. 저는 베르툼누스를 아가씨에게 추천해 주고 싶군요. 그는 아가씨를 무척 사랑한답니다. 그에 대해서는 내가 잘 알고 있는데, 그 사람의 사랑은 요즈음 다른 사람들처럼 값싼 것이 아니랍니다. 또 그는 떠도는 신이 아니며, 바로 이 산에 훌륭한 집을 짓고 산답니다. 그분은 오로지 당신만을 사랑한답니다. 젊고 미남인 그의 재주는 온갖 형상으로 둔갑할 수 있어요. 아가씨가 원하시면 무엇으로든 척척 변할 수 있지요. 더구나 그는 당신처럼 원예를 즐기고, 사과나무를 손질하는 솜씨도 대단하답니다.

그러나 아가씨! 그는 지금 사랑에 빠져 있어, 꽃도 원예도 다른 아무것에도 관심을 가질 수 없답니다. 그를 가엾게 여기시어 그분이 자신의 심정을, 지금 내 입을 빌려 말한다고 생각해 주세요. 아가씨께서 너무 냉정하게만 대하신다면 신들이 노여워하신다는 것을 잊지 마세요. 아가씨, 이 말은 거짓이 아니랍니다. 제가 그 증거로 키프로스 섬의 한 일화를 들려줄게요.

이피스(Iphis)라는 가난한 집 총각이 있었답니다. 어느 날 테우크로스

<hr />

8) 그리스에서 가장 아름다운 여인. 제우스의 딸이었다고 하며, 어머니는 레다 또는 네메시스라고 전한다.
9) 그리스 신화에 나오는 스파르타의 이카리오스와 요정 페리보이아의 딸, 영웅 오디세우스(Odysseus, [율리세스])의 아내.

(Teukros, 테우케르(Teucer)]) 집안의 딸인 아낙사레테를 보고 그는 그만 반해 버렸답니다. 그는 그녀를 짝사랑하게 되었어요. 그렇지만 그는 짝사랑이 해결책이 아님을 깨닫고, 직접 찾아가 애원했답니다. 온갖 구애를 노래한 편지와 꽃다발을 보냈지요.

그러나 아낙사레테는 그를 비웃고 조롱하며 도무지 접근할 틈을 주지 않았답니다. 결국 이피스는 자신의 사랑은 희망 없는 절망뿐이라는 것을 알고, 그녀의 방문 앞에 서서 마지막 말을 했답니다.

'아낙사레테여, 당신이 이겼으니 나의 터무니없는 소원에 귀를 기울이지 마시오. 승리의 노래를 부르고 승리의 월계관을 쓰시오. 나는 죽습니다. 무정한 마음이여, 나는 죽음으로써 그대의 마음을 또 한 번 기쁘게 해드리겠소. 그러나 내 죽음은, 단 한 번이라도 그대가 나를 찬양하게 만들겠소. 내 사랑은 내 목숨보다 강하다는 것을 보여주겠소. 이 죽음을 당신이 풍문으로 듣게 되는 것은 원치 않으니, 나는 당신 눈앞에서 죽겠소. 그러면 당신의 눈은 또 한 번 즐겁겠지요. 그러나 신이시여, 인간의 슬픔을 내려다보시는 신이시여! 저의 비탄에 찬 운명을 굽어살피소서. 바라옵건대 제 이름이 후대의 사람들 기억에 남게 하소서.'

이 말을 끝으로 이피스는 문기둥에 끈을 매었답니다. 그 문은 이피스가 꽃다발을 걸었던 곳이지요. 이피스는 매단 끈을 올가미로 만들었으며, 거기에 목을 넣고는 중얼거렸답니다.

'무정한 여인아, 그래도 이 꽃다발만은 마음에 들 것이오.'

그리고 발을 떼니 청년의 몸은 목뼈가 부러진 채 허공에서 대롱거렸답니다. 그때 그의 몸은 처녀의 대문에 부딪혀 비명 비슷한 소리를 냈죠. 이 소리를 들은 하인들은 청년의 시체를 보게 되었고, 그들은 가엾고 불쌍한 이피스의 시체를 잘 수습하여 그 모친에게 보냈답니다. 남편 없이 독자로 키운 자식이 죽어서 돌아오니, 그 어머니의 슬픔은 오죽했겠습니까?

며칠 후 장례행렬이 지나가는 거리에 사람들이 넘쳐났습니다. 장례식에 모인 사람들의 곡소리는 공중으로 가득 퍼졌고요.

그런데 아낙사레테의 집은 바로 장례행렬이 지나는 곳에 있었답니다. 당연히 곡소리는 그녀의 귀에도 들어갔겠지요. 그러자 이미 그녀의 곁에 와 있던 복수의 여신이 그녀의 귀에 대고 이렇게 속삭였답니다.

'자, 우리도 장례행렬이나 구경하자.'

그녀는 탑 위의 창문을 열고 장례행렬을 내다보았습니다. 그리고 행렬 이곳저곳을 보다가 이피스의 관을 보았습니다. 바로 그 순간이었어요. 처녀의 눈은 그 자리에서 굳었고, 체내에 흐르던 피가 식기 시작했습니다. 놀란 마음에 뒤로 물러서려 했지만 발은 움직이지 않았고 얼굴도 돌아가지 않았답니다. 처녀는 그 상태로 굳어 돌이 된 것이지요.

믿어지시지 않나요? 그럼 살라미스에 있는 아프로디테(Aphrodite, [베누스(Venus)])의 신전에 가 보세요. 아직도 그 처녀의 석상(石像)이 남아 있을 테니까요.

그러니 아가씨도 남의 사랑을 무시하거나 업신여기지 마세요. 그리고 사랑의 말씀을 귀담아들으세요. 그러면 당신의 고운 열매가 봄 서리에 시들지 않고 당신의 꽃이 사나운 바람에 떨어지지 않을 겁니다."

여기까지 말한 베르툼누스는 변장을 풀고 원래의 모습으로 돌아왔다. 그의 자태는 구름을 뚫고 나온 태양의 빛 같았다.

그는 다시 한번 사랑을 이야기하려 했으나 곧 그만두었다. 이미 포모나가 그의 말솜씨와 뛰어난 용모에 넋을 잃었기 때문이었다. 포모나는 더 이상 저항하지 않았다. 그녀의 가슴에서도 커다란 사랑의 열기가 피어올랐다.

포모나는 사과밭을 지키는 수호신이었다. 그래서 필립스(John Phillips, 영국의 시인)는 〈사과주〉라는 시에서 그녀를 '사과의 수호신'으로 노래했다.

톰슨(James Thomson, 1700 ~ 1748, 스코틀랜드의 시인)은 그의 시 〈사계(The Seasons)〉에서 필립스에 대해 이렇게 노래했다.

필립스여, 포모나의 시인이여!

압운의 굳은 형식을 벗은 시형(詩形)으로
자유를 노래했고,
영국을 성대하게 노래한 시인이여!

포모나는 또 여러 가지 다른 과일도 다스렸다. 그래서 톰슨은 이렇게 노래
했다.

포모나여,
나를 그대 시트론의 작은 숲으로 이끌어다오.
저 레몬과 향기로운 라임이
푸른 잎 그늘에서
빛나는 짙은 오렌지와 함께 빛나는
영광이 뒤섞인 곳으로.
나를 가지를 펼친 타마린드 나무 아래에 눕게 해다오.
미풍을 불러
그 시원함에 나무 열매가 흔들리는 곳으로.

11장

에로스와 프시케

옛날 어느 나라의 왕과 왕비는 딸만 셋을 두었다. 이 세 딸은 모두 심성도 고왔지만, 미모도 아름다웠다. 그중 막내딸의 미모는 말로써 표현할 수 없을 정도로 빼어났다. 이 아름다움은 이웃 나라는 물론이고 먼 나라에까지 소문이 퍼졌다. 사람들은 한 번이라도 그녀를 보려고 떼를 지어 몰려들었고, 일단 그녀를 본 사람은 경의와 찬사를 보내지 않을 수 없었다.

사람들은 아프로디테(Aphrodite, [베누스(Venus)])에게 보냈던 존경심을 그녀에게 바쳤다. 그렇게 되자 아프로디테의 제단에 사람들의 발길이 점점 줄어들어, 급기야는 아무도 이 제단을 돌보지 않게 되었다.

사람들이 오직 이 막내 공주만을 칭송하면서 그녀가 거리를 지나가면 길 위에 아름다운 꽃을 뿌려대는 것을 보고, 아프로디테는 몹시 노했다. 영원불멸한 신에게나 바쳐야 할 경의와 찬사를 죽게 되는 인간에게 남용하고 있다니……. 분노에 찬 그녀는 향기로웠던 머리카락이 흩어지도록 머리를 내저으며 부르짖었다.

"이제 내 명예는 빛을 잃어야 한단 말인가! 그것도 한낱 인간에게 박탈당해야 한단 말인가? 제우스까지 인정한 심판자 양치기 왕[1]의 판정도 거짓이란 말인가? 아테나(Athena, [미네르바(Minerva)])[2]보다도 헤라(Hera, [유노(Juno)])[3]보다도 나를 칭송했는데, 이제 이 영예는 아무 쓸모가 없게 되었구나. 오냐, 그렇다면 내가 저 계집에게 자신의 부당한 아름다움을 후회하도록 해주리라."

그녀는 곧 날개 달린 아들 에로스(Eros)[4]를 불렀다. 에로스는 워낙 장난꾸러기였는데, 어머니의 불평 소리에 신바람이 났다. 그녀는 에로스에게 프시케(Psyche)[5]를 가리키며 말했다.

"에로스야, 바로 저 계집이다. 저 계집의 심장에서 비천한 사내를 사랑하게끔 하여라. 그래서 현재 그 계집이 받고 있는 찬사에 걸맞은 수모를 안겨주어라."

에로스는 곧 준비에 나섰다. 아프로디테의 뜰에는 두 개의 샘이 있는데, 그중 하나는 물맛이 달고 하나는 썼다. 에로스는 이 물을 두 개의 호박(琥珀)병에 담아 전동에 매달고는 서둘러서 프시케의 방으로 갔다. 프시케는 잠들어 있었다. 그녀를 본 순간 에로스는 가엾은 생각이 들었지만, 이내 그 생각을 지우고는 그녀의 옆구리에 화살촉을 갖다 댔다. 감촉을 느낀 프시케는 눈을 뜨고 에로스를 바라보았다.[6] 그녀가 눈을 뜨고 자기를 뻔히 바라보자, 당황한 에로스는 자신의 화살로 제 몸에 상처를 입히고 말았다. 그러자 그는 자기가 벌인 이 장난을 다시 원상태로 회복시키려는 데만 마음을 쓰며, 그녀의 비단결 같은 머리카락에 향기로운 물을 뿌렸다. 하지만 이미 그의 몸은 상처를 입은 후였다.

---

1) 트로이의 영웅 파리스(Paris).
2) 지혜와 군사 전술을 관장하는 여신.
3) 티탄족 크로노스와 레아의 딸. 제우스의 누이이자 아내로, 올림포스산 신들의 여왕.
4) 그리스 신화의 애욕의 신. 로마 신화에서는 '큐피드(Cupid)'로 알려져 있다.
5) 그리스 신화에서 에로스와 사랑을 나눈 에로스의 부인. 어느 왕국의 3녀 중 막내 공주였으며, 굉장한 미녀였다. '영혼, 마음, 정신'을 의미한다.
6) 프시케의 눈에 에로스는 보이지 않는다.

아프로디테의 미움을 받은 프시케의 아름다움은 그 뒤로 아무 은혜를 받지 못했다. 사람들은 여전히 그녀의 미모를 칭송했다. 하지만 왕도, 귀족도, 평민조차도 구애는 하지 않았다. 그녀의 두 언니는 이미 왕자들과 결혼했으나, 그녀만 독수공방이었다. 그녀는 이제 자신의 아름다움을 한탄하면서 지내야만 하는 신세가 되고 말았다.

그러자 그녀의 양친은 '이는 필시 신의 노여움을 산 것'이라 생각하고, 태양의 신 아폴론(Apollon)에게 신탁(神託, Pythia)에 대해 여쭈었다. 그리고 다음과 같은 답변을 받았다.

"이 여인은 사람의 아내가 될 운명이 아니다. 이 여인의 남편 될 자는 지금 산정(山頂)에서 이 여인을 기다리고 있다. 그는 신도, 인간도 처형하지 못하는 괴물이다."

무서운 신탁이었다. 그녀의 양친은 곧 시름에 잠겼다. 그러나 프시케는 태연자약하게 말했다.

"인제 와서 제 팔자를 탓한들 무엇하겠습니까? 저는 한때 분에 넘치는 칭송을 받았습니다. 심지어 '새 아프로디테'라는 말도 들었습니다. 아아, 마땅히 그때 한탄해야 했습니다. 저는 알았습니다. 저는 그 찬사들에 의해 희생된 것입니다. 아버지, 저는 이제 운명을 따르겠어요. 저를 산정으로 데려다주세요."

준비가 다 되자 공주를 모시는 행렬은 서서히 산꼭대기로 향했다. 여기저기에서 사람들의 한숨 소리가 터져 나왔다. 그것은 혼인 행렬이라기보다는 장례 행렬 같았다. 이윽고 정상에 오르자 사람들은 프시케만 남기고 모두 산에서 내려갔다.

홀로 남은 프시케의 얼굴은 두려움과 눈물로 범벅이 되었다. 그러자 이곳을 지나던 인정 많은 제피로스(Zephyros)[7]가 그녀를 들어 올려 흐드러지게 꽃이 피어 있는 골짜기로 실어다 주었다. 그러는 동안 프시케의 마음도 점점

---

7) 그리스 신화에 나오는 서풍(西風)의 신. 트라케(Thracia)의 동굴에 살며, 꽃의 여신 플로라(Flora)의 연인이다.

가라앉았다.

그녀는 풀이 무성한 언덕에 누워 잠을 갔다. 한참을 자고 일어나니 몸이 가뿐해졌다. 주위를 둘러보았다. 아름드리나무가 울창하게 들어찬 아름다운 숲이 시야에 들어왔다. 숲으로 들어가니 수정같이 맑은 샘이 보였고, 샘 가까이에는 웅장한 궁전이 서 있었다.

궁전은 사람의 손으로 쌓은 것 같지 않았다. 그 위풍당당한 모습은 가히 신품(神品)으로서 신의 은신처 같았다. 감탄과 경이감에 찬 프시케는 용기를 내어 안으로 들어갔다. 눈에 보이는 것마다 그녀는 감탄했다. 황금 기둥이 둥근 천장을 떠받들고 있었고, 벽은 온통 사냥하는 그림과 자연의 풍경을 그린 예술품이었다. 또한 곳곳에 훌륭한 조각품이 서 있거나 앉아 있었고, 더 안쪽으로 걸음을 옮기자 대전(大殿)과 함께 여러 개의 방이 나왔다. 방마다 가지각색의 보물과 값비싼 물건들이 가득했다. 그녀는 정신이 없었다.

그때였다. 어디선가 목소리가 들려왔다.

"여왕이시여, 지금 당신이 보신 것은 모두 당신 것입니다. 지금 당신이 듣는 이 목소리도 당신의 시종으로서 당신의 어떠한 명령이라도 받들 것입니다. 그러니 여왕이시여, 먼저 내실로 드시어 깃털 침대에서 쉬십시오. 목욕하기를 원하시면 하십시오. 저녁 식사는 옆에 놓인 정자에 마련하겠습니다."

프시케는 한동안 몸을 쉰 다음 목욕을 끝내고서 정자로 갔다. 정자에는 시종들의 모습은 전혀 보이지 않았지만 맛좋은 음식과 향기로운 음료가 있었다. 어디선가 감미로운 음악이 흘러나왔다. 노랫소리와 리라 소리가 들렸다. 모든 것이 훌륭한 조화를 이루고 있었다.

그러나 프시케는 남편의 얼굴을 볼 수 없었다. 그는 어두운 밤에서야 들어왔고 새벽에 떠났다. 다만 남편의 목소리는 언제나 사랑에 가득 차 있어, 그녀에게도 남편에 대한 애정을 불러일으키게 했다. 그러나 남편은 부탁을 들어주지 않았다. 도리어 남편은 드러낼 수 없는 정당한 이유가 있으니 굳이 얼굴을 볼 생각을 하지 말라고 당부했다.

"당신은 내 사랑이 믿어지지 않소? 아니면 무슨 불만이 있소? 당신이 내 얼굴을 보게 되면 아마 두려워하거나 숭배하게 될 것이오. 그렇지만 내가 원하는 것은 사랑이라오. 나는 그대의 숭배보다도 사랑을 원한단 말이오."

이 말을 들은 프시케는 곧 마음의 안정을 찾았고, 남편의 존재가 도리어 신비스럽게 느껴져 얼마 동안은 무척 행복했다.

그러나 그 기간은 오래 지속되지 않았다. 그녀는 자신의 운명을 알지 못하여 비탄에 잠겨 있을 부모님과 언니들이 생각났고, 이 생각이 꼬리를 물고 이어져 계속 그녀를 괴롭혔다. 그러자 화려하기만 한 궁전이 감옥으로 여겨졌다.

그러던 어느 날, 프시케는 남편에게 자기의 고민을 말하고 두 언니를 초청해도 좋다는 허락을 받았다.

제피로스에게 남편의 명령을 전달하자, 곧 그는 산을 넘어 두 언니를 골짜기로 데려왔다. 세 자매는 서로 얼싸안았다.

"자, 언니들! 이제 우리 집으로 들어가요."

프시케는 두 언니를 궁전으로 안내했다. 그리고 목소리만 들리는 많은 시종에게 시중을 들게 했다. 목욕을 한 후 음식을 먹었다. 자신의 수많은 보물도 보여주었다.

그러한 것들을 보는 두 언니의 마음에 질투심이 불같이 일었다. 동생의 생활은 자신들로서는 엄두도 내지 못할 만큼 훌륭한 것이 아닌가.

그녀들은 동생에게 이것저것 캐물었다. 특히 가장 큰 관심은 동생의 남편에 관한 것이었다. 프시케는 별수 없이 남편은 대장부이며, 낮에는 사냥을 한다고 대답했다.

그러나 언니들은 이 대답에 만족하지 않고 이것저것 계속 캐물어 댔다. 결국, 동생이 아직도 남편의 얼굴을 보지 않았다는 사실을 알아낸 그녀들이 입을 모아 말했다.

"프시케야, 잊지는 않았겠지? 저 아폴론의 신탁을. 그때 네 남편은 아주 끔찍한 괴물이라고 했었지. 이 부근 주민들은 네 남편이 '무서운 뱀'이라고 하더구나. 너를 잘 먹여, 언젠가는 삼켜버린다고 하더라. 그러니 너는 우리 말을 따라서 해라. 우선 등잔과 잘 드는 칼을 침대 밑에 숨겨 놓아야 한다. 그리고 남편이 잠들면 살며시 일어나 등잔을 켜서 확인해 봐라. 그리고 그 소문이 사실이라면, 괴물의 머리를 베어버려야만 네가 자유를 얻을 수 있다."

프시케는 그렇지 않다고 말했으나 언니들의 설득이 너무나 집요했다. 상황이 이렇다 보니 어느덧 그녀의 마음도 조금씩 흔들리기 시작했다. 언니들이 돌아가자, 그녀는 곧 비수와 등잔을 준비했다. 이윽고 남편이 잠들자, 그녀는 살며시 일어나 등잔불을 밝혀 남편을 비추었다.

그러나 등잔불 아래에서는 괴물이 아닌 아름답고 매혹적인 얼굴이 나타났다. 금빛 고수머리가 눈처럼 흰 목과 붉은 뺨을 덮고 있고, 어깨에는 눈보다 흰 두 장의 날개가 이슬에 젖어 있었다. 그 깃털은 봄꽃 잎새보다 부드러웠다.

프시케는 남편의 모습을 더 자세히 보고 싶어서, 등잔을 남편의 얼굴 가까이에 기울였다. 그런데 그 순간 뜨거운 기름 한 방울이 등잔에서 흘러내려 그만 에로스의 어깨에 떨어지고 말았다.

에로스는 깜짝 놀라 눈을 떴고, 눈앞에 있는 프시케를 노려보았다. 그리고 아무 말 없이 창문 밖으로 날아올랐다.

당황한 프시케는 그를 따르려고 창 쪽으로 달렸으나 그만 땅바닥으로 떨어지고 말았다. 땅바닥에 엎드린 프시케를 본 에로스는 날갯짓을 멈춘 뒤 탄식했다.

"프시케야, 어리석구나! 내 사랑의 보답이 겨우 이런 것이란 말이냐. 어머니의 뜻을 어기면서까지 너를 맞이했는데, 나를 괴물로 생각하여 목을 자르려 하다니! 이제 가거라! 네 잘난 언니들에게 돌아가거라. 나보다 네 언니들을 따랐으니, 너는 언니들과 살아라. 너에게는 다른 벌을 주지 않겠다. 다만 영원히 헤어질 따름이다. 사랑이 어찌 의심과 한 곳에서 기거할 수 있겠느냐?"

말을 마친 에로스는 눈물을 흘리며 엎드려 있는 프시케를 버리고 날아가 버렸다.

한참을 흐느끼던 프시케는 어느 정도 마음의 안정을 찾고 주위를 둘러보았다. 궁전도 정원도 없었다. 그녀는 어느새 언니들이 사는 도시 근처의 벌판에 와 있었다.

프시케는 언니들의 집으로 가 그간 겪은 일의 자초지종을 들려주었다. 두 언니들은 겉으로는 매우 슬픈 내색을 했지만 내심으로는 기뻐했다. 그리고는 그자가 자신들 가운데 한 명을 선택할 것이라고 생각했다.

마침내 그녀들은 다음 날 아침에 산정으로 올라갔다. 산정에 오른 그녀들은 제피로스를 불러 자신들을 그 주인에게 데려다 달라고 부탁했다. 그리고는 바위에서 뛰어내렸다. 그러나 제피로스가 실어주지 않았기 때문에 그녀들은 그대로 절벽 아래로 떨어져 죽고 말았다.

한편, 프시케는 온 땅을 찾아 헤맸다. 그녀는 침식을 잊었기에 행색이 말이 아니었다. 그러다가 한번은 높은 산정에 장엄한 신전이 있는 것을 보았다. 그녀는 한숨을 쉬며 중얼거렸다.

"어쩌면 내 주인이 저곳에 계실지도 몰라."

산을 오른 그녀는 신전으로 들어갔다. 신전 안에 들어서니, 밀 낟가리가 맨 먼저 눈에 띄었다. 묶은 단도 보였고 묶지 않은 것도 있었다. 보리 이삭이 간혹 섞여 있었다. 그 주위에는 여러 가지 연장들이 흩어져 있었다. 더위에 지친 농부들이 대충 던져 놓은 것 같았다.

프시케는 흩어져 있는 연장들을 정돈하기 시작했다. 널린 것들을 종류별로 나누고, 있어야 할 자리에 배치했다. 이내 주위가 말끔해졌다. 그녀의 이런 행위는 어떤 신이든지 소홀히 해서는 안 되고, 또 믿음에서 생긴 행위는 신의 자비를 받을 수 있다는 신념의 소산이기도 했다.

그런데 이 신전은 데메테르(Demeter, [케레스(Ceres)])[8]의 신전이었다. 데메테르 여신은 프시케의 정성에 감동하여 이렇게 말했다.

"프시케야! 안타깝구나, 아프로디테의 저주로부터 그대를 구원할 길이 내게 없으니. 다만 프시케야, 여신의 분노를 삭이는 방법을 내가 가르쳐주마.

---

8) 대지, 농업, 계절, 곡물, 자연, 풍흉의 신.

그것은 다름 아니라 네가 여신에게 가서 겸손과 순종으로 여신을 받들어라. 그러면 여신의 노여움도 걷힐 것이며, 네 남편도 찾을 것이다."

데메테르의 말을 들은 프시케는 마음을 굳게 먹고 아프로디테의 신전으로 갔다. 어떤 말을 해야 여신의 노여움을 진정시킬지 곰곰 생각했으나 신통한 생각이 떠오르지 않았다. 아무리 해도 여신의 노여움을 가라앉힐 자신이 없었다.

프시케를 본 아프로디테가 노기충천했다.

"이 변변찮은 하인아, 이제야 너는 주인을 섬기는 종이라는 것을 깨달았느냐? 아니면 병석에 누운 네 남편을 찾으러 왔느냐? 네 남편은 지금 못난 계집에게 받은 상처로 일어나지 못하고 있다. 이 밉고도 비위에 거슬리는 것아, 이제 네가 용서받을 길은 오로지 부지런히 일하는 것뿐이다. 내 너를 주부의 자격이 있는지 시험해 보리라."

말이 끝나자마자 아프로디테는 프시케를 곡물 창고로 데려갔다. 거기에는 비둘기[9]의 모이가 될 밀, 보리, 기장, 완두, 편두(扁豆)가 수북이 쌓여 있었다.

"저녁이 오기 전까지 이 곡식을 전부 종류별로 골라 놓아라."

그리고는 아프로디테는 떠났다. 그러나 홀로 남은 프시케에게 그것은 너무 엄청난 일감이었다. 그녀는 망연자실하게 바라보고만 있을 뿐이었다.

프시케가 절망하는 모습을 본 에로스는 들판의 주인인 개미를 생각했다. 그는 개미들을 들쑤셔서 그들 마음에다 프시케에 대한 동정심을 유발시켰다. 그러자 개미 언덕의 대장이 그의 모든 졸병을 이끌고 곡식더미로 진군했다. 그리고는 곡식 알갱이를 부지런히 종류별로 나누었다. 그러자 모든 작업이 순식간에 끝났다.

황혼 녘이 되어서야 머리에 장미 화관을 쓴 아프로디테가 신들의 잔치에서 돌아왔다. 그녀는 지시한 일이 모두 끝난 것을 보고서 이렇게 말했다.

"이런 못된 것 같으니! 이것이 네가 한 일이더냐? 너에게 넘어간 내 자식이

---

9) 아프로디테가 총애하는 새의 하나.

한 일이지. 그래, 어디 두고 보자."

여신은 검은 빵 한 조각을 식사용으로 던지고는 이내 사라져 버렸다.

다음 날 아침, 시종에게 부름을 받은 프시케는 아프로디테 앞에 가서 명령을 받았다.

"보아라. 저 불가에 길게 뻗어 있는 저 숲을……. 그곳에 가면 양치기 없는 양 떼가 풀을 뜯고 있을 것이다. 그런데 그 양털은 모두 금빛이다. 너는 그곳에 가서 양들이 걸친 모피에서 값진 양털 견본을 모두 모아 오너라."

프시케는 이번만큼은 꼭 이행하리라 마음먹고 강가로 갔다. 그러나 강의 신들은 갈대를 통해 입을 모아 속삭였다.

"모진 시련을 겪는 아가씨. 이 강을 건너지 마시고, 저 양 떼 속에 가려 하지 마시오. 아침 해의 기운을 받은 양 떼는 사람에 대한 강한 적개심을 가진다오. 그래서 그들은 날카로운 뿔과 사나운 이빨로 사람을 잡겠다고 아우성이라오. 하지만 한낮이면 상황이 달라지지. 태양이 양 떼를 그늘로 보내고, 강의 님프가 양 떼를 쉬게 하니 그때 건너가도록 하오. 그러면 강도 안전하니 덤불이나 나무줄기에 걸린 금빛 양털을 거두어 오도록 하오."

마음 좋은 강의 신은 프시케에게 여러 가지 방법을 일러주었다. 그리고 그가 일러준 대로 한 프시케는 얼마 안 있어 금빛 양털을 한 아름 가지고 아프로디테에게 돌아왔다. 그러나 그것 역시 아프로디테의 만족을 얻지 못했다. 오히려 그녀는 꾸지람을 들어야 했다.

"네가 해낸 이번 일 역시 네 힘으로 한 것이 아니라는 것을 나는 안다. 너는 아직도 쓸모있는 종이라고 생각되지 않는다. 너에게 또 다른 일을 시켜 보겠다. 에레보스(Erebus)[10]에 가서 이 상자를 페르세포네(Persephone)에게 전하고, 이렇게 말해라. '내 주인이신 아프로디테가 당신의 화장품을 조금 나누어 주시기를 바랍니다. 아들의 병환을 간호하시다가 자기의 미를 조금 잃었기 때문입니다.' 그러나 서둘러 와야 한다. 나는 오늘 밤 그 화장품

---

10) 원래 뜻은 '어둠' 또는 '암흑'이며, 어둠이나 암흑을 의인화한 신이다.

을 바르고 신들의 파티에 참석해야 하니까."

프시케는 이제 자신의 죽음이 다가왔다고 믿었다. 제 발로 에레보스를 간다는 것은 곧 죽음을 뜻하기 때문이었다. 그러나 그 명령은 피할 수 없는 것이었다.

프시케는 이내 높은 언덕의 탑 꼭대기로 올라갔다. 그곳이 지하세계로 가는 가장 가까운 길이라는 생각에서였다. 그런데 탑 속에서 누군가가 불쑥 말했다.

"가엾은 소녀야! 무슨 이유로, 그런 무서운 방법으로 목숨을 끊으려 하느냐? 여러 번 신의 보살핌을 받은 네가 이제 겁을 먹은 모양이구나."

그런 뒤 그 목소리는, 하데스(Hades, [플루트(Pluto)])에 도착할 동굴과 도중의 위험을 피하는 방법, 또 머리가 셋 달린 케르베로스(Cerberus)[11] 곁을 지나가는 방법을 가르쳐주었다. 암흑의 강을 건너게 해주는 사공을 설득하는 비결과 간 길을 다시 돌아오는 방법까지도 자세히 일러주었다. 그리고 덧붙여 말했다.

"그런데 꼭 주의할 것이 있다. 페르세포네가 상자에 미(美, 아름다움)를 채워주면, 그것을 절대 열어보지 말아라. 여신들의 미와 그에 관한 보물에 호기심을 가져서는 절대 안 된단다."

프시케는 목소리가 가르쳐준 대로 했다. 지하세계에 들어가서도 페르세포네가 권한 아름다운 의자와 맛있는 음식을 거절한 채 거친 빵으로 식사를 했다. 그런 뒤 아프로디테의 말을 전했다. 그러자 상자에 귀한 선물이 담겨 프시케에게 돌아왔다.

프시케는 온 길을 되돌아 걸어서 다시 햇빛을 보게 되었다. 그녀는 뛸 듯이 기뻤다. 다시 햇빛을 보게 해준 신들에게 감사를 올렸다.

그런데 막상 그 위험한 일이 끝나자, 그녀는 이제 상자 안에 든 물건이 궁금해졌다.

---

11) 하데스의 감옥을 지키는 머리가 3개 달린 개.

'나는 지금 신들의 아름다움을 옮기고 있다. 그런데 내가 좀 찍어 쓴들 어떻겠는가. 나도 내 사랑하는 남편에게 곱게 보이고 싶다.'

이렇게 생각한 프시케는 상자 뚜껑을 조심스럽게 열었다. 그러나 그 속에는 미(美)가 하나도 없었다. 거기에는 오직 지하의 잠, 즉 스틱스(Styx)의 잠[12]만이 가득 갇혀 있다가 뚜껑이 열리자 프시케에게 달려들었다. 프시케는 길 한가운데에 쓰러졌다. 그녀는 느끼지도, 움직이지도 못하는 잠만 자는 시체가 된 것이다.

그때 에로스의 상처는 완쾌되어 있었다. 상처가 치료되자, 그는 프시케를 보고 싶은 마음이 간절해졌다. 그래서 자기 방 창틈으로 나와 프시케를 찾았는데, 프시케가 길가에 쓰러져 있는 것이 아닌가. 그는 재빨리 그곳으로 날아가서 프시케를 덮친 잠들을 수습하여 다시 상자에 넣었다. 그리고 화살촉으로 살짝 그녀를 찔러 깨운 다음 말했다.

"너는 또 호기심으로 신세를 그르칠 뻔했구나. 자, 이제 되었으니 그만 일어나 어머니의 일을 완수해라. 뒷일은 내가 알아서 하겠다."

에로스는 하늘로 날아올랐다. 그리고 번개처럼 속력을 내어 제우스 앞으로 나아가서 애원했다. 제우스는 에로스의 애원을 받아들여, 곧 아프로디테를 설득했다.

마침내 아프로디테가 분노의 손길을 거두자, 제우스는 헤르메스 (Hermes)를 보내 프시케를 데려오게 했다. 그런 다음 그녀를 천상의 회의에 참석시켰다.

제우스는 그녀에게 암브로시아(Ambrosia)[13]를 권하며 말했다.

"프시케야, 너는 이것으로 불사(不死)의 신이 되어라. 그러면 에로스도 이 인연을 끊지 못할 것이며, 이 혼인은 영원히 변함없으리라."

프시케는 마침내 에로스와 살게 되었다. 둘 사이에는 딸이 하나 태어났는

---

12) 죽음의 잠.
13) 신들이 먹는 음식, 또는 음료. 먹는 사람은 누구든지 늙지 않는 불멸의 능력을 가질 수 있게 된다.

데, 딸의 이름은 '환희'이다.

에로스와 프시케의 전설은 보통 우화(寓話)로 생각한다. 프시케(psyche)
는 그리스어로는 '나비', '영혼'을 뜻한다. 나비는 영혼의 불멸성을 상징하는
데 충분히 인상적이다.

또한 나비는 유충 생활을 한 뒤 자기의 묘지(번데기)를 나와 아름다운 날개
를 펄럭이며, 달빛 속을 다니면서 봄의 향기로움을 마시기 때문이다. 그래서
프시케도 인간의 괴로움, 고통을 정화(淨化)한 뒤 행복의 기쁨을 누리게 된
것이다.

예술품에서도 프시케는 나비 날개를 소유한 처녀로 표현되었고, 언제나
그 곁에는 에로스가 있다.

밀턴은 〈코머스〉의 마지막 부분에서 에로스와 프시케의 이야기를 이렇게
노래했다.

> 하늘로 올라간 아프로디테의 유명한 아들 에로스가
> 힘겹고도 오랜 방랑 끝에
> 정신 잃은 프시케를 소중하게 끌어안았네.
> 그러자 신들도 이들의 사랑을 허락하여
> 그녀를 그의 영원한 신부로 인정하고,
> 그녀의 아름답고 정결한 몸에서
> 젊음과 기쁨이라는 은혜받은 쌍둥이를 태어나게 하였네.
> 제우스의 서약에 따라.

에로스와 프시케의 사랑 이야기는 T.K. 하비(스코틀랜드의 시인)의 아름
다운 시에도 잘 나타나 있다.

옛날 이성이
공상이 그리는 날개를 빌리고
진리의 맑은 강물이 황금 모래 위로 흘렀을 때,
사람들은 아름다운 이야기를 지어
그 고귀하고 신비로운 사물을 시로 노래하였다.
저 아름답고 장엄한 프시케의 이야기도 그랬다.
방랑하는 프시케,
꿈을 찾아서 온 세계를 돌아다니는 — 에로스의 숭배자.
천상에 사는 그를
땅에서 찾으려고 한 그녀의 이야기도!

저 충만한 도시에서도
귀신이 등장하는 저 샘가에서도
어두운 동굴의 돌 틈에서도
소나무로 둘러싸인 신전에서도,
정적이 앉은 별의 이야기에 귀 기울이는
저 달빛 품은 산 위에서도,
비둘기의 둥지가 있는 오솔길에서도
가파른 골짜기와 뜨거운 바람 속에서도
그녀는 에로스가 부르는 아득한 메아리를 들어
곳곳에 있는 그의 발자취를 발견했다.

그러나 이들은 두 번 다시 만나지 못했다.
지상에 나타나 해를 끼치는 유령과 같은
의혹과 불안이
죄와 눈물의 자식인 프시케와
신의 아들이

저 빛나는 정령 에로스 사이로 들어갔으므로.
그러나 영원한 사랑으로
그녀의 혼과 눈물 젖은 눈이
그를 천상에서 찾을 수 있다는 것을 알았을 때,
그 지친 마음에 날개가 돋고
마침내 그녀는 천상에서 에로스의 신부가 되었다.

에로스와 프시케의 이야기는 기원전 2세기에 작가 아풀레이우스(Lucius Apuleius, 풍자작가, 로마의 문학자)의 작품 〈황금 나귀〉에 처음으로 나타난다. 따라서 지금 여러분이 읽는 이 책의 이야기보다 훨씬 늦게 나온 것이다. 키츠가 〈프시케에게 부치는 송가〉에서 노래한 것이 바로 이 대목이다.

오, 올림포스의 색바랜 신들의 계보 속에서
가장 새롭게 태어난 더없이 고운 환영이여!
그대는 사파이어 하늘에 뜬 포이베(Phoebe)의 별보다,
하늘에 빛나는 사랑의 반딧불 헤르페로스(Hesperos)보다
아름답다.
혹 그대에게 신전이 없어도,
꽃으로 가꾼 제단이 없어도
그대는 이것들보다 아름답다.
그리고 그대는
한밤중에 감미롭게 노래하는
처녀들의 성가대가 없어도,
또 소리도, 수금도, 피리도 없고
향로에서 피어오르는 향긋한 향(香)이 없어도.
그리고 사당(祠堂)도, 숲도, 신탁도 없고,
꿈꾸는 모습으로 입술이 파란 예언자의 흥분이 없어도.

무어의 〈여름 축제〉에는 가장무도회에 대해 그려져 있는데, 여기에 나오는 인물 중에는 프시케도 있다.

오늘 밤 우리의 젊은 여주인공은
그 빛을 검은 베일로 감싸지 않았다.
보라, 그녀가 지상을 걷는 모습을.
그녀는 바로 에로스가 아니다.
에로스를 맞은 신부다.
더없이 신성한 맹세로 올림포스에서 맺어졌고,
이제 그 하얀 눈처럼 반짝이는 이마를 가리는 베일로
인간들에게도 알려져 있다.
영혼을 뜻하는 (그러나 그렇게 생각하는 자는 거의 없지만)
그 나비, 그 신비의 장식은,
그리고 흰 이마에서 빛나는 이렇게 찬란한 빛은
오늘 밤 여기에 프시케가 오신 것을 말하는 것이다.

12장

카드모스 | 미르미돈

카드모스

한때 제우스는 황소로 변신하여 페니키아의 왕 아게노르(Agenor)의 딸 에우로페(Europe, [에우로파(Europa)])를 납치한 일이 있었다. 그러자 아게노르는 아들 카드모스(Kadmos)에게 명령하길, 누이를 찾아오되 만약 찾지 못한다면 돌아올 생각을 하지 말라고 단서를 붙였다.

카드모스는 페니키아를 떠나 전국 방방곡곡을 찾아 헤맸다. 그러나 누이를 끝내 찾지 못했다. 그렇다고 해서 왕국으로 돌아갈 수도 없는 노릇이었다. 진퇴유곡이 된 그는 아폴론의 신전에 가 자신의 신탁을 구했다.

"머지않아 너는 들판에서 암소 한 마리를 만나게 될 것이다. 그러면 그 뒤를 따라가라. 그 암소가 걸음을 멈추면, 거기에다 도시를 세우고 그 도시를 '테베(Thebai)'라고 불러라."

카드모스는 신탁을 받고 델포이에서 나왔을 때, 홀연히 걸어가는 암소를 발견했다. 그는 암소를 따라가면서 아폴론[포이보스] 신에게 감사 기도를 올렸다.

암소는 계속 걸어 케피소스(Cephisus)강 지류를 건너고 파노페라는 들판으로 나갔다. 그리곤 그곳에서 발길을 멈춘 뒤 하늘을 향해 이마를 쳐들고 한바탕 크게 울었다. 카드모스는 자기가 입은 은총에 대해 하늘에 감사를 올리고 무릎을 꿇어 땅에 입을 맞추었다. 그리고 고개를 들어 주위의 산들에게도 감사의 인사를 올렸다.

그는 제우스 신에게 올릴 제사를 생각했다. 그래서 부하들에게 명하여 제주(祭酒)로 쓸 정한수를 받아 오게 했다. 근처에는 아주 오래된 숲이 있었다. 이 숲은 어떤 나무도 도끼날에 그 신성을 더럽히지 않은 숲이었다. 이 숲의 한가운데에는 동굴이 하나 있었다. 무성한 관목으로 덮인 동굴은 아치형의 천장을 가졌고, 천장 아래에는 맑은 물이 솟는 샘이 있었다. 그러나 이 동굴에는 사나운 뱀 한 마리가 살고 있었다. 이 뱀의 머리는 황금빛 비늘로 덮여 있었고 눈은 불빛을 품었다. 몸은 독액(毒液)으로 부풀어 있고, 입에는 날름거리는 세 갈래 혀 사이로 석 줄로 된 이빨이 있었다.

이것을 모르는 튀로스(Tyros)인[1]들이 샘에 물병을 넣어, 병 속으로 물이 들어가는 소리가 나자 뱀이 이들 앞에 나타났다. 온몸이 황금빛으로 빛나는 뱀은 동굴 안에서 머리를 내밀고 소름 끼치는 소리를 냈다. 사색이 된 튀로스인들은 물병을 놓친 채 온몸을 바들바들 떨었다. 뱀은 비늘이 돋은 몸을 잔뜩 웅크렸다가 이 숲에서 가장 키가 큰 나무보다 더 높게 고개를 쳐들었다. 그리고 공포에 질려 꼼짝도 못 하는 그들을 이빨로 물어 죽이거나 몸으로 감아 죽였다. 또 어떤 자는 독기를 뿜어 질식시켜 죽였다.

오랫동안 부하들을 기다린 카드모스는 한낮이 되어도 소식이 없자 그들을 찾아 나섰다. 그가 지닌 무기는 사자 가죽으로 된 갑옷과 투창 그리고 수창(手槍)뿐이었다. 그러나 무엇보다도 가장 믿음직한 무기는 그의 강한 용기였다.

숲으로 들어간 그는 참혹하게 죽은 부하들 시체와 턱에 붉은 피를 잔뜩 묻힌 큰 뱀을 보았다. 그는 울부짖었다.

---

1) 카드모스의 부하들.

"아, 내 충실한 부하들아! 내가 그대들의 원수를 갚으리라. 아니면 나도 그대들 뒤를 따라 죽으리라."

카드모스는 큰 바위를 들어서 뱀에게 힘껏 던졌다. 그러나 성벽도 흔들릴 만큼 커다란 바위를 맞고도 뱀은 끄떡도 하지 않았다. 그는 투창을 날렸다. 투창은 바위보다도 훨씬 파괴적인 무기였다. 그것은 두꺼운 비늘을 꿰뚫고 뱀의 몸에 깊숙이 박혔다. 갑자기 생긴 아픔으로 날뛰던 뱀이 머리를 돌리더니 창을 물어 뽑으려고 했다. 그러나 창 자루만 부러지고, 창날이 여전히 살 속에 박혀 있어 뱀에게 고통을 안겨주었다. 그러자 뱀의 몸은 분노로 커다랗게 부풀어 올랐고, 턱은 피거품으로 가득해졌다. 콧구멍에서 쏟아져 나온 독기가 대기를 독물로 가득 채웠다. 뱀은 잔뜩 똬리를 틀더니 금세 바닥에 나뒹굴었다. 마치 쓰러진 나무둥치 같았다.

어느 정도 시간이 지나자, 제 몸을 가누게 된 뱀이 카드모스를 노리면서 서서히 다가왔다. 그러나 카드모스는 물러서지 않고 우뚝 서서 뱀의 큰 아가리를 향해 수창을 겨누었다. 그리고 뱀이 달려들자 그 틈을 놓치지 않고 수창을 날렸다. 카드모스가 날린 수창은 뱀의 입을 뚫고 나무둥치에 박혔다. 뱀은 단말마의 고통으로 요동쳤고, 그 무게에 나무둥치가 휘청거렸다.

카드모스가 자신이 퇴치한 뱀의 사체 앞에서, 그 어마어마한 크기에 놀라고 있을 때였다. 어디선가 이상한 목소리가 들려왔다. 목소리는 카드모스에게 뱀의 이빨을 빼내어 땅에 뿌리라고 명령했다. 카드모스는 그대로 했다. 시키는 대로 이랑을 팠다. 그리고 그 이빨을, 운명에 의해 한 무리의 인간으로 다시 돋아날 이빨을 뿌렸다.

그가 이빨을 뿌리자마자 흙이 들썩거리기 시작하더니 여기저기에서 창끝이 솟아올랐다. 다음에는 깃털 장식이 흔들리더니 투구가 솟았다. 이어서 어깨, 가슴, 손발이 솟았다. 그리고는 마침내 무장한 인간들이 나타났다. 카드모스는 매우 놀라면서, 다시 이 새로운 적과 싸울 자세를 갖췄다. 그러자 그중 한 명이 말했다.

"우리끼리의 싸움입니다. 관여하지 마십시오."

이렇게 말한 그는 곧 흙에서 태어난 그의 동료 한 명을 칼로 찔러 죽였다. 그리고 그는 다른 형제가 쏜 화살에 절명했다. 활을 쏜 형제는 또 다른 형제에게 죽었다. 이런 방법으로 치열하게 싸우더니, 마침내는 다섯 명만 남고 모조리 죽고 말았다. 그러자 다섯 중의 하나가 무기를 내던지며 소리쳤다.

"형제들이여, 이제 우리 그만 싸우고 평화롭게 살자."

무기를 버린 이 다섯 명은 카드모스와 함께 도시를 세웠다. 카드모스는 이 도시를 '테베'라고 이름 지었다.

카드모스는 아프로디테의 딸 하르모니아(Harmonia)[2]와 결혼했다. 신들은 대부분 올림포스산에서 내려와 이 결혼식의 하객이 되었다. 헤파이스토스(Hephaistos)[3]는 신부에게 아름다운 목걸이를 선물했다. 이것은 그가 직접 만든 것이었는데, 이 목걸이는 그것을 가진 자에게 불행을 가져오게 하는 것이었다.

그뿐 아니라 지난날 카드모스가 죽인 뱀은 아레스(Ares)에게 선물로 준 것이었는데, 그래서인지 카드모스와 하르모니아의 운명은 참으로 기구했다. 그들의 딸 세멜레(Semele), 이노(Ino) 그리고 손자 악타이온(Actaeon, 4장 참조)과 펜테우스(Pentheus)가 비극을 맞이했으니 말이다.

그런가 하면 카드모스와 하르모니아는 백성들에게 환영받지 못해 그 땅을 떠나 일리리콘 지방으로 가서 살았다. 그 지방 사람들은 이 둘을 환영하면서 왕과 왕비로 추대했다. 그러나 두 사람의 마음에는 자식들이 당한 불행의 그늘이 짙게 드리워져 늘 어둠에 갇혀 지냈다.

어느 날 카드모스가 이렇게 탄식했다.

"신들에게 뱀의 목숨이 그토록 소중한 것인가? 차라리 내가 뱀이었다면 좋았을걸?"

이 말이 끝나자마자 카드모스의 모습이 바뀌기 시작했다. 그것을 본 하르

---

2) 조화와 균형을 의미하는 신으로 여겨진다.
3) 기술·대장장이, 장인, 공예가, 조각가, 금속, 야금, 불의 신.
   아프로디테의 남편이지만, 하르모니아의 부친은 아니다. 하르모니아는 아프로디테가 아레스와의 밀통으로 얻어진 소생이라고 전해진다.

모니아는 자기도 남편과 운명을 같이 해달라고 신께 빌었다. 이렇게 하여 두 사람은 뱀이 되었다.

지금도 이 둘은 숲속에서 기거하는데, 자신들의 예전 모습을 생각하여 사람을 피하지도 않았고 해치지도 않았다.

전설에 의하면, 카드모스는 페니키아인의 알파벳 문자를 최초로 그리스에 전한 사람으로 알려져 있다.

이것은 바이런(Byron)도 노래했는데, 그의 시 〈돈 주안〉에서 그는 현대 그리스인에게 이렇게 말했다.

그대들은 카드모스가 전해준 문자를 쓰고 있노라.
그가 그것을 노예를 위해 주었다고 생각하는가?

밀턴은 이브를 유혹한 뱀에 관한 이야기를 쓰다가, 이 고대 신화의 뱀을 떠올리며 이렇게 노래했다.

그 모양은 좋았고 사랑스러웠다.
그 뒤로 어떤 뱀이건
이 이상 사랑스러운 것은 없었다.
하르모니아와 카드모스가 둔갑한 뱀도
또 에피다우로스(Epidauros)의 신들조차도.

미르미돈

'미르미도네스'는 트로이 전쟁(Trojan war) 때 아킬레우스(Achileus)[4]가 지휘한 군대였다. 오늘날의 맹목적인 태도로 우두머리를 섬기는 사람을

'미르미돈'이라 부르는데, 이는 여기에서 연유된 말이다. 그러나 우리가 포악하고 잔인한 종족이라 여기는 '미르미돈(Myrmidon)족'[5]을 그 기원부터 돌아보면 그렇지가 않았다. 그들은 오히려 평화로운 종족이라는 느낌을 강하게 주는 종족이었다.

아테네(Athens)와 크레타(Creta)가 전쟁 중일 때의 일이다.

아테네의 왕 케팔로스(Cephalus)는 친구이자 또한 동맹자인 아이아코스(Aiakos)[6]의 힘을 빌리려고 아이기나(Aegina)[7]섬으로 갔다. 아이아코스 왕은 그를 두 팔 벌려 환대했고, 그가 바라는 만큼의 원군을 승낙하면서 이렇게 말했다.

"내게는 백성의 수가 많기에, 이 나라를 지키는 것은 물론 그대가 원하는 병력도 나누어 드릴 수 있습니다."

이에 대해 케팔로스가 응답했다.

"정말 고마우신 말씀입니다. 그런데 솔직히 말씀드리면 참으로 이상합니다. 여기에 모인 이 많은 병사가 모두 같은 또래로 구성되어 있으니 말입니다. 더구나 전에 본 병사들은 아무도 보이지 않으니, 도대체 어찌 된 일입니까?"

그러자 아이아코스가 긴 한숨을 몰아쉬면서 슬픔에 잠긴 목소리로 말했다.

"지금 막 말씀드리려던 참입니다. 상세히 말씀드리지요. 때로는 시작은 나빠도 끝이 좋을 수가 있답니다. 왕께서 전에 아시던 그 부하들은 이미 오래전에 진토가 되었지요.

한때 이 나라는 헤라 여신이 진노하여 보낸 역질(疫疾)이 모든 생명을 쓸어버렸던 적이 있습니다. 그녀가 이 나라를 미워한 이유는, 이 나라의 국호가

---

4) 미르미돈족의 왕인 펠레우스와 바다의 님프(네레이스)인 테티스의 아들. '아킬레스건'은 아킬레우스의 약점을 뜻하는 말이다.
5) 그리스 신화에 나오는 부족. '미르미돈'이라는 이름은 '개미'를 뜻하는 그리스어 '미르멕스(myrmex)'에서 유래했다.
6) 강의 신 아소포스의 딸인 아이기나와 제우스의 아들이다.
7) 아테네에서 27km 떨어진 곳에 자리하고 있으며, 이름은 이 섬에서 태어나 왕이 된 아이아코스의 어머니 '아이기나'에서 유래했다. '아이기나'는 제우스의 총애를 받아 아이아코스를 낳았다.

제우스가 총애하신 '아이기나'의 이름을 썼기 때문입니다. 아무튼 우리는 이 역질을 대단케 보지는 않았습니다. 흔히 있는 일로 여기고, 민간요법으로 해결하려고 했지요. 그러나 얼마 안 가서, 우리는 이 병이 우리 힘으로는 불가항력이라는 것을 알았습니다. 결국, 포기하고 말았지요.

역질이 처음 시작할 때의 하늘은 마치 땅 위로 내려앉는 것 같았습니다. 짙은 구름이 뜨거운 공기를 감싸고 있었으니까요. 넉 달 동안 끈끈한 남풍이 불어 왔습니다. 그런 뒤 역질은 우물과 샘으로 덮쳐 왔습니다. 때를 같이하여 수천 마리의 뱀이 떼 지어 땅으로 기어 다녔고, 샘마다 독기를 뿜었습니다.

처음에 질병은 개, 소, 양, 새 같은 하등 동물을 덮쳤습니다. 일하던 소가 이랑에서 쓰러졌습니다. 양 떼가 울부짖었고 등에선 털이 빠지며 몸은 날마다 몰라보게 여위어 갔습니다. 경마에서 선두를 달리던 말이 마구간에 들어앉아 안타깝게 죽어갔습니다. 멧돼지는 저돌성을, 사슴은 민첩성을 잊었고 곰은 소 떼 덮치기를 잊었습니다. 모든 동물의 생기가 사라진 것입니다. 시체는 길이나 들, 숲속 어디에나 즐비했습니다. 대기는 썩은 동물들의 악취로 가득했고요. 거짓말 같지만 들개나 새, 늑대도 시체를 파먹으려 하지 않았습니다. 그러자 부패한 시체는 역질을 더 멀리, 더 넓게 퍼뜨렸습니다.

이제 역질은 시골 사람부터 도시 사람까지 모두 덮쳤습니다. 이 병은 처음에는 양 볼이 상기되고 호흡에 어려움을 줍니다. 다음에는 혓바늘이 돋고, 부으며, 확대된 혈관 때문에 입술을 덮지 않고 땅바닥에 그냥 눕습니다. 의원들도 속수무책이었습니다. 의원이라고 해서 역질이 비켜 가지는 않으니까요. 오히려 환자에게 가까이 접근하기에 좋은 의원일수록 먼저 죽었습니다.

결국, 되살아날 희망은 없었습니다. 이들을 역질로부터 해방시킬 수 있는 것은 죽음뿐이었습니다. 사람들은 자포자기했습니다. 이들은 신도 믿지 않게 되었습니다. 그저 고통 속에서 하루에도 몇백 명씩 죽어갔고, 시체는 묻히지도 못한 채 거의 방치되었습니다.

화장할 나무도 부족하여 다투는 일이 곳곳에서 생겼으며, 나중에는 남아서 죽은 자의 명복을 빌어 줄 사람도 없어졌습니다. 아버지도, 자식도, 노인도,

젊은이도, 아기도 그저 외롭게 죽어갈 따름이었습니다.

나는 제단 앞으로 가 하늘을 보며 울부짖었습니다.

'제우스 신이여! 당신께서 정녕 하늘이시거나, 저 같은 아들을 부끄러움으로 생각지 않으신다면 이제 제 백성을 돌려주소서. 그렇지 않으시겠다면 저를 데려가소서!'

기도를 마치자 천둥소리가 요란하게 들렸습니다. 나는 다시 말했습니다.

'신이여! 이 소리를 제게 내린 은총으로 알겠습니다.'

마침내 곁에는 떡갈나무 한 그루가 가지를 넓게 펼치고 서 있었습니다. 떡갈나무가 제우스의 신목(神木)임은 잘 아시지요? 자세히 보니, 많은 개미가 떼를 이루어 먹거리를 물고는 나무줄기로 오르고 있더군요. 그 숫자에 부러움을 느낀 내가 다시 말했습니다.

'아버지시여! 제 백성을, 이 개미 숫자만큼만 내려주소서. 그래서 텅 빈 제 나라를 다시 한번 채워주소서.'

그러자 바람도 한 점 없는데 나뭇가지가 흔들리고, 나뭇잎이 소리를 내기 시작했습니다. 나는 온몸에 두려움이 엄습했지만, 꾹 참고서 땅과 그 떡갈나무에 입을 맞췄습니다.

고백하건대, 나는 그때 그 두려움이 무엇인지는 깨닫지 못하고 다만 무엇인가가 내게 다가오는 느낌만 받았을 뿐입니다.

그리고 밤이 되었습니다. 노심초사해서인지 잠이 마구 쏟아지더군요. 그 떡갈나무 가지에는 살아서 움직이는 생물이 가득했습니다. 그런데 나무가 가지를 마구 흔들어 개미 떼를 사방으로 떨구는 것 같았습니다. 그리고 땅바닥에 떨어진 개미가 점점 커지더니 나중에는 똑바로 섰습니다. 그런가 하면 나머지 다리와 검은 피부가 사라지고, 사람의 모습으로 바뀌는 것이었습니다.

그때 나는 잠에서 깨었습니다. 잠에서 깬 나는 좋은 꿈만 충동적으로 꿀 뿐 실제로 아무 은총도 주지 않는 신을 원망했습니다.

그런데 밖에서 사람들이 웅성거리는 소리가 들리더군요. 그것은 최근 들어 볼 수 없는 활기찬 소리였습니다. 아직도 꿈속인가보다 생각하고 있는데,

아들 텔라몬(Telamon)이 신전 문을 활짝 열어젖히며 소리쳤습니다.

'아버님, 보셔요! 아버님의 소원이 그 이상으로 이루어졌습니다.'

나는 놀라움과 반가움으로 멍하니 있는데, 행렬이 다가와 내 앞에서 무릎을 꿇는 것이었습니다. 그리고는 나를 그들의 왕이라고 불렀습니다.

나는 제우스 신께 서약하고 텅 빈 도시를 이 종족에게 나누어 주며 전답을 분배했습니다. 그리고 나는 이들이 개미(미르멕스, myrmex)가 변하여 나왔기에 '미르미도네스(미르미돈)'라고 불렀습니다.

그들은 왕께서 보시는 바로 이들입니다. 이들은 전신이 개미여서 그런지 아주 부지런하지요. 온 힘을 다해 일하고 일해서 얻은 것은 절대 헛되이 쓰지 않습니다.

왕께서는 바로 이 둘 중에서 병력을 원하시는 만큼 데려가십시오. 이들은 기꺼이 전장에 나갈 것입니다. 모두 젊고 용감하니까요."

이 이야기는 투기디데스(Thucydides)[8]의 아테네 역질에 관한 기록[9]에 나오는 것을 오비디우스(Ovidius)[10]가 인용한 것이다. 그래서 후대의 시인이나 소설가들은 그때의 일을 그릴 때면 그의 저서에서 자세한 것을 빌려써 왔다.

---

8) 고대 그리스 역사가(BC 465?~BC 400?). BC 5세기경 아테네와 스파르타가 기원전 411년까지 싸운 전쟁을 기록한 〈펠로폰네소스 전쟁사〉를 저술했다.
9) 역시(hisfine) 제2권 47~54절
10) 〈사랑의 기술(Ars amatoria)〉, 〈변형담(變形談, Metamorphoses)〉의 저자.

13장

니소스와 스킬라 | 에코와 나르키소스 | 헤로와 레안드로스

니소스와 스킬라

크레타(Creta)[1] 왕 미노스(Minos)[2]가 메가라(Megara)[3]를 공격할 때의 일이다. 메가라의 왕은 니소스(Nisos)[4]였는데, 그에게는 스킬라(Scylla)라는 딸이 있었다.

미노스의 포위 공격은 여섯 달이나 지속되었지만 메가라는 끄떡도 하지 않았다. 그 연유는 니소스왕의 머리카락 속에 있는 자주색 머리카락 한 올 덕분이었다. 운명은 이 자주색 머리카락이 니소스왕의 머리에 붙어 있는 동안

---

1) 고대 그리스부터 오늘날까지 역사, 신화, 음악, 방언 등 다방면에 있어 고유한 문화적 전통이 내려온 섬. 고대사에서는 유럽 문명이 시작한 장소로서 중요하게 여겨진다.
2) 크레타섬의 전설적인 왕. 그는 제우스와 에우로페의 아들로, 그의 형제 라다만튀스와 사르페돈들과 크레테의 아스테리온 왕에 의해 길러졌다. 그리스 최초로 함대를 만들어 에게해 대부분을 통제하고, 퀴클라데스 군도를 정복하여 대부분의 섬에 식민지를 세웠다.
3) 그리스 남부에 있는 오래된 도시로, 아티카의 서부 메가리스에 있었던 도시 국가이다. 메가라인이 이룩한 식민지 안에는 비잔티움(현재 이스탄불)이 있다.
4) 메가라의 판디온 왕의 아들.

에는 메가라국의 함락을 허용하지 않았다.

이 메가라국의 성벽에는 높은 탑이 하나 있었는데, 이 탑에서 보면 미노스왕이 포진한 군대가 한눈에 들어왔다. 스킬라는 이 탑에 자주 올라가 적 진영을 내려다보았다.

그런데 지속적으로 오랫동안 포위하다 보니 그녀는 적 장수들의 얼굴을 구별할 수 있게 되었다. 그중 미노스왕의 모습은 비록 적이지만 스킬라를 감탄하게 만들었다. 그가 창을 던지면 창끝에는 기(技)와 힘이 모이는 것 같았다. 그가 활시위를 당길 때의 자태는 아폴론마저 빛을 잃을 것만 같았다. 그의 모습은 너무나 늠름했다.

그러나 무엇보다도 그가 투구를 벗고 자줏빛 용포를 휘날리며 화려하게 단장된 백마에 올라 거품을 뿜는 말을 다루는 모습은 그녀의 넋을 완전히 잃게 했다. 그녀는 정신이 없었다. 미노타왕의 손에 있는 무기나 고삐마저 질투심이 생길 정도였다. 가능만 하다면 그의 곁으로 달려가고 싶었다. 탑 위에서 그의 진영 한가운데로 몸을 던지든지, 성문을 열어주든지, 그를 위해 무엇이든지 하고 싶었다.

그녀는 탑 위에 앉아 이렇게 혼잣말을 했다.

"아! 이 전쟁을 기뻐해야 하나, 슬퍼해야 하나. 그가 우리의 적이라는 사실은 슬픈 일이지만, 내가 그를 알게 된 것은 기쁜 일 아닌가. 아! 그가 나를 인질로 삼아 아버지에게 화평을 요구한다고 하면 기꺼이 들어주겠어. 아니면 나에게 날개가 있다면 그에게 날아가 항복하고 말겠어. 그러나 그건 안 되지. 아버지를 배신하는 일은 하지 말아야 해. 차라리 내가 그를 보지 않는 것이 나아. 그렇지만 정복자가 인정 많고 온후한 사람이라면 정복당하는 것이 훨씬 나을 수도 있어. 더구나 정의는 미노스 편에 있어서[5] 어차피 우리는 정복당하고 말 거야. 그렇다면 내가 사랑을 위해 성문을 열어준들 무엇이 나쁘랴? 어차피 곧 열릴 성문인데, 시간만 끌면서 피를 흘릴 필요는 없잖아. 그러다가

---

5) 이 전쟁은 아들의 복수를 위해 미노스가 벌인 것이다.

미노스가 상처를 입거나 죽는다면……. 물론 그만큼 용기 있는 자가 없겠지만, 실수란 것도 있잖아. 차라리 이 나라를 지참금으로 하여 나를 그에게 주고서 이 전쟁을 끝냈으면 좋겠는데, 성문에는 경비병이 있고 열쇠는 아버님이 쥐고 있으니! 아, 신들이여! 내 아버님을 보살펴 주소서. 아니지, 내가 왜 이런 것을 신들께 빌고 있지? 나처럼 불타는 사랑에 빠진 여자라면 그어떤 장애물이라도 물리칠 거야. 그런데 나는 누구보다도 용감한 여자가 아니더냐. 그래, 나에게 지금 필요한 것은 오로지 아버님의 자줏빛 머리카락한 올이다. 이것은 내게 황금보다도 귀한 거야."

스킬라가 이렇게 깊은 생각에 잠겨 있는 동안 밤이 되었고, 성안의 사람들은 깊은 잠에 빠졌다. 그러자 그녀는 아버지의 침실로 몰래 숨어 들어가 그운명의 머리카락을 뽑았다.

그녀는 성문을 빠져나와 적진으로 들어갔다. 그리고 미노스왕을 만나 이렇게 말했다.

"저는 니소스의 딸 스킬라입니다. 이 나라와 아버지의 궁전을 당신께 바치러 왔습니다. 저는 당신을 사랑합니다. 그러니 대왕이시여! 다른 상을 내리실 필요 없이, 이 자줏빛 머리카락을 받으소서!"

그녀는 운명의 머리카락이 든 두 손을 내밀었다. 그러나 미노스는 몸을 뒤로 빼면서 그 머리카락에는 손도 대지 않았다. 대신에 그녀를 향해 호통을 쳤다.

"너는 나쁜 계집이구나. 어찌 너 같은 것을 신들이 그냥 놔두었을까. 이더러운 것아! 너는 우리 시대의 수치이다. 땅이여, 바다여! 바라건대, 저 계집에게는 쉴 곳을 주지 말기를. 제우스신께서 터를 잡으신 이 크레타가 괴물같은 저 계집으로 인해 욕되지 않기를!"

미노스왕은 정복된 도시 메가라를 공정하게 다스리도록 조치한 후 함대를 거두어 출범 준비를 지시했다.[6]

---

6) 미노스는 공정한 왕으로, 죽은 후에도 저승의 심판관이 되었다.

스킬라는 미친 듯이 소리쳤다.

"이 배은망덕한 자야, 나를 버리고 간단 말이냐! 너에게 승리를 안겨준 나를! 아버지와 나라를 희생시킨 나를! 그래, 나는 죽어 마땅한 큰 죄를 지었어. 하지만 네 손에 죽을 수는 없다."

함대가 섬을 떠나려 하자 그녀는 바다로 뛰어들었다. 그리고 미노스가 탄 배의 키에 달라붙었다. 그러자 하늘 높이 솟아 있던 바다독수리 한 마리 ─ 그것은 '새'로 변한 스킬라의 아버지 니소스였다. ─ 가 그녀를 발견하고는 지면으로 내리꽂으며 부리와 발톱으로 공격했다. 놀란 스킬라는 배에서 손을 떼어 물속에 빠질 뻔했으나, 인자한 신들이 나서서 그녀를 새[7]로 변신시켜 주었다.

바다독수리는 지금도 옛날의 원한을 잊지 않고 있다. 그래서 높이 날다가도 딸을 발견하면 부리와 발톱으로 옛날의 한을 풀려고 한다.

에코와 나르키소스

에코(Echo)[8]는 아름다운 님프이다. 그녀는 숲과 언덕을 좋아하여 사냥을 즐기거나 숲속 놀이로 나날을 보냈다. 아르테미스(Artemis)는 에코를 좋아하여, 사냥길에는 언제나 데리고 다녔다.

그런데 에코에게는 나쁜 버릇이 하나 있었다. 그것은 말이 너무 많다는 것이다. 잡담이건 의논이건 간에 용건이 끝난 뒤에도 쉬지 않고 지껄여댔다.

어느 날 여신 헤라(Hera)[9]는, 남편 제우스가 님프들을 희롱하며 노닐지 않을까 하는 의심이 들어 남편을 찾아다녔다. 헤라를 본 에코는 여느 때처럼 마구 지껄였다. 그러다 보니 다른 님프들이 모두 도망치고 없었다. 마치 에코

---

7) 스킬라는 니소스의 변신인 바다독수리에게 계속 쫓겨 다니는, 백로 종류의 바다새(멧새: 그리스어로는 keiris, 라틴어로는 ciris)가 되었다고 한다.
8) 그리스 신화에 나오는 산의 요정인 오레이아스.
9) 크로노스와 레아의 딸이며, 제우스의 누이자 정식 아내. 올림포스의 최고의 여신이다.

가 계획적으로 헤라를 잡아둔 것 같은 꼴이 되었다. 에코의 수다로 님프들을 모두 놓치자, 헤라는 크게 화를 냈다. 그녀는 에코에게 이렇게 말했다.

"이제 너는, 나를 속인 그 혀를 다시는 놀리지 못하리라. 다만 네가 그렇게 잘하는 그 말대답만은 하게 해주마. 너는 이제부터 남이 말한 다음에는 지껄일 수 있으나 네가 먼저 말할 수는 없다."

이 벌을 받고 나서 며칠 뒤, 에코는 사냥을 하고 있는 나르키소스 (Narkissos)를 보았다. 그녀는 나르키소스를 보자마자 첫눈에 반해 줄곧 그의 뒤를 따라다녔다. 그녀는 얼마나 말을 걸고 싶었을까? 그러나 에코는 그럴 능력이 없었다. 그녀는 다만 나르키소스가 먼저 말하기를 기다리면서, 그가 말을 하면 대답할 말들을 준비할 뿐이었다.

그러던 어느 날, 나르키소스는 같이 사냥 온 동료를 놓치게 되자 큰 소리로 동료를 불렀다.

"여기 누구 없소?"

기다렸던 에코가 얼른 대답했다.

"여기 있어요."

그러나 그 소리는 나르키소스에게 '없소.'라는 소리로 들려왔다. 나르키소스는 주위를 둘러보았으나 아무도 찾을 수 없었다. 그가 다시 외쳤다.

"이리 나와!"

에코는 또 '나와.'라고 대답했다. 그러나 아무도 나오지 않자 나르키소스가 다시 말했다.

"왜 나를 피하지?"

에코도 '피하지?' 하고 소리쳤다.

"나와서 나랑 같이 가자!"

나르키소스가 다시 소리쳤다. 에코는 또 같은 말로 대답했다. 그리고 그녀는 떨리는 가슴을 진정시키고 뛰어나와 그의 목에 팔을 감으려고 했다. 그러자 나르키소스가 질겁을 하며 물러섰다.

"비켜라. 네가 나를 잡으려 한다면 나는 차라리 죽어버리겠다."

나르키소스는 에코 곁을 재빨리 떠나버렸다. 에코는 부끄러움으로 달아오른 얼굴을 숨기려고 숲속 깊숙이 숨어버렸다. 이때부터 에코는 동굴이나 깊은 산 절벽에서만 살았다.

에코의 몸은 슬픔으로 나날이 여위어 가다가 급기야 모든 살이 그녀 몸을 떠나게 되었다. 에코의 뼈는 바위로 변했다. 다만 마지막까지 남아 있는 것은 목소리뿐이었다. 이 목소리는 지금도 남아서, 대답할 준비를 하고 있다가 누군가가 말을 하면 상대의 말이 끝날 때마다 대꾸하고 있다.

여성에 대한 나르키소스의 무심함은 이것만은 아니었다. 그는 에코뿐만 아니라 다른 님프들의 사랑에도 냉정했다.

그런 어느 날, 관심을 끌려다 소박맞은 한 님프는 눈물을 흘리며 신들에게 기도했다. 그것은 나르키소스도 사랑이 무엇인지 알게 하고, 그 보답을 받지 못하는 것이 얼마나 비참한 것인가를 알게 해달라는 것이었다. 복수의 여신[10]이 이를 듣고 승낙했다.

그 산에는 아주 맑은 샘이 하나 있었다. 그 샘은 너무 맑게 빛나 양치기도 양 떼를 몰지 않았고 산양이나 다른 숲속 짐승들도 그곳에는 오지 않았다. 나뭇잎이나 나뭇가지도 그 수면으로는 떨어지지 않았다. 샘가에는 싱싱한 풀만 피어 있었고 바위는 태양을 막아주었다.

어느 날 나르키소스는 오랫동안 사냥을 하다 더위와 갈증에 지쳐 그 샘가로 왔다. 그는 물을 마시려고 허리를 숙이다 말고 수면에 비친 제 얼굴을 보았다. 그 모습이 샘 안에 사는 님프라고 생각한 그는 그 아름다움에 그만 넋을 잃고 말았다.

빛나는 두 눈, 디오니소스나 아폴론의 머리카락, 둥근 양 볼, 상아 같은 흰 목, 약간 벌어진 입술, 그리고 활력이 넘치는 온몸……. 그는 키스하려고 입술을 가까이 댔다. 그리고 몸을 껴안으려고 두 팔을 물속에 집어넣었다.

---

10) 네메시스(Nemesis): 그리스 신화에 등장하는 보복의 여신. 오케아노스 혹은 제우스의 딸이라는 이야기가 있다. 그러나 헤시오도스에 따르면 그녀는 에레보스와 닉스 사이에서 태어났으며, 닉스만의 딸로 묘사되기도 한다.

그러나 그 모습은 순식간에 달아났다가 잠시 후에 다시 나타나 그에게 미소를 띠며 바라보았다. 나르키소스의 가슴엔 사랑의 불길이 활활 타올랐다. 그는 그곳을 떠날 수가 없었다. 그는 먹고 자는 것도 잊은 채 샘가를 돌아다니며 수면에 비친 제 모습만 바라보았다. 그러다가 마침내 이렇게 하소연했다.

"아름다운 자여, 그대는 어찌 피하기만 하십니까? 내 얼굴이 그대가 피할 만큼 못난 것은 아닐 텐데요. 님프란 님프는 모두 나를 원하고, 그대도 나를 싫어하는 것 같지는 않은데요. 그대는 내가 손을 내밀면 따라서 내밀고, 내가 웃으면 같이 웃지 않으셨습니까?"

나르키소스의 눈물이 수면 위로 떨어졌다. 그러자 눈물이 물속에 비친 그의 모습을 출렁거리게 했다. 그는 그 모습이 또다시 사라지려 한다고 생각하고 큰 소리로 부르짖었다.

"아아, 그대로 있어 주오. 손을 대서 안 된다면, 다만 이렇게라도 바라보게 해주오."

계속해서 가슴을 불태우던 그는 급기야 그 불길로 자신의 건강을 해치게 되었다. 고운 낯빛, 활기찬 젊음, 에코가 그토록 사모했던 아름다움이 그를 떠나고 있었다. 그래도 에코는 여전히 그의 곁을 지키며 그의 탄식에 대답하곤 했다.

결국, 나르키소스는 홀로 가슴을 태우다가 죽고 말았다. 그런 그의 혼은 스틱스(Styx)강11)을 건널 때도 강물에 비친 제 모습을 보려고 허리를 구부렸다고 한다.

아무튼 그는 죽었고, 님프들은 몹시 슬퍼했다. 특히 물의 님프들은 대성통곡하면서 가슴을 쳤다. 그녀들은 그를 화장시켜주려고 땔감을 준비한 후 그를 찾았다. 그러나 그의 모습은 눈에 띄지 않았다. 다만 꽃 한 송이가 ─ 중앙은 자줏빛이고 가장자리는 하얀색인 ─ 눈에 띄었을 뿐이다. 이 꽃은 오늘날까지도 나르키소스(수선화)란 이름으로 피어 그를 떠올리게 하고

---

11) 그리스 신화에서 지하세계를 흐르는 강들 가운데 하나. '스틱스'라는 말은 원래 '증오스러운'이라는 뜻으로, 죽음에 대한 혐오를 나타낸다.

있다.

　고대의 전설에서 나르키소스의 전설만큼 시인들이 자주 노래하는 것은 없다. 여기에 두 편의 풍자시를 소개하는데, 이 시들은 이 전설에 대해 다루는 방법이 각각 다르다.
　첫 번째 것은 골드스미스(Oliver Goldsmith, 1730~1774, 아일랜드 태생의 영국 시인, 소설가)의 시이다.

　　분명히 신의 섭리에 의한 것이다.
　　증오라기보다는 연민했기에
　　그래서 에로스처럼 그를 장님으로 만들어
　　나르키소스의 운명에서 구해 주었다.

　두 번째 것은 쿠퍼(Cowper)의 시이다.

　　벗이여, 조심하시오.
　　맑고 깨끗한 시내와 샘을 깜박 지나치면
　　그 무서운 갈고리가
　　곧 그대의 코가 수면에 나타나니까.
　　그러면 그대의 운명은 저 나르키소스와 같아진다.
　　나르키소스가 자신을 사랑하다 괴로워했듯이
　　그대는 자신을 미워하며 괴로워할 것이므로.

　밀턴은 〈코머스〉에 나오는 '아가씨의 노래'에서 이 에코와 나르키소스에 대해 노래했다.
　아가씨는 숲속에서 동생들을 찾다가, 동생들의 주의를 끌기 위해 이 노래를 불렀다.

다정한 에코여, 더없이 다정한 님프여!
고요히 흐르는 마이안드로스 푸른 강변에서,
또한 연인에게 버림받은 밤 꾀꼬리가
밤마다 슬픈 노래를 부르는
제비꽃 피는 골짜기에서
대기 속에 모습을 숨기고 사는 이여!
젊은 두 동생을 알지 못합니까.
그대의 나르키소스와 비슷한 그들,
오, 만일 그대가 이 두 동생을
꽃으로 된 어느 동굴에 감추었으면
그곳이 어딘지 가르쳐 줘요.
다정한 말의 여왕이여, 천구(天球)의 딸이여!

밀턴은 나르키소스의 이야기를 본떠서, 이브에게 샘에 비친 자신의 모습을
처음으로 보게 한다.

그날의 일이 자주 떠오른다.
잠에서 막 깬 나는 나무 그늘 꽃잎 위에서 쉬고 있었다.
그래, 여기는 어디이며 난 무엇일까.
어디에서 어떻게 왔는지를 곰곰이 생각했다.
그러자 그곳에서 그렇게 멀지 않은 곳에서
나직한 물소리가 났고,
그 물은 어떤 동굴을 나와 평원으로 흘렀다.
그것은 넓은 하늘 같았다.
아무것도 모르고 나는 그곳으로 갔다.
그리고 푸른 물가에 구부리고
또 다른 하늘 같은 맑고 잔잔한 호수를 들여다보았다.

몸을 더 구부려 들여다보니,

아아, 그곳에서 모습 하나가 희미하게 나타나

몸을 굽혀 나를 보고 있었다.

나는 뒤로 물러섰다.

그러자 그녀도 뒤로 물러났다.

나는 다시 돌아갔다.

그러자 그녀는 곧바로 돌아와,

연민과 사랑의 눈으로 나를 바라보았다.

나는 오늘도 그곳에서 수면을 바라보며

한없이 욕망을 품으면서 그리워했다.

그때 어떤 소리가 내 주의를 끌며 말했다.

'그대가 보고 있는 것은,

여인이여! 그대가 거기에서 보고 있는 것은

그대 자신의 모습이어요.'

헤로와 레안드로스

레안드로스(Leandros)[12)]는 아비도스(Abydos)[13)]의 청년이었다. 아비도스는 아시아와 유럽을 경계하는 해협[14)]으로 아시아 방면에 속한 도시였다. 건너편 해협에는 세스토스(Sestos)라는 도시가 있었다.

이 도시에는 아프로디테 신전의 여사제(女司祭)인 헤로(Hero)라는 처녀가 살고 있었다. 레안드로스는 이 처녀를 사랑했다. 그는 밤마다 이 해협을 헤엄쳐 건너와 헤로를 만났다. 헤로도 그를 위해 횃불을 밝히곤 했다.

---

12) 그리스 전설에 나오는 '헤로와 레안드로스' 이야기의 남자 주인공.
13) 다르다넬스(Dardanelles) 해협(헬레스폰토스, Hellespontos) 동쪽으로 지금의 터키마을 차나칼레 바로 북동쪽에 있던 고대 아나톨리아인 소도시.
14) 헬레스폰토스. 현재의 다르다넬스 해협.

그런 어느 날, 바다가 폭풍을 사납게 일으켜 그를 익사시키고 말았다. 헤로는 파도가 그의 주검을 해안으로 인도하고서야 그가 죽었음을 알았다. 절망을 이기지 못한 헤로는 탑에서 투신하여 그의 뒤를 따랐다.

그러나 사람들은 레안드로스가 헬레스폰토스(Hellespontos, '헬레의 바다'라는 뜻.) 해협을 헤엄쳐 건너갔다고 믿지 않았다. 그것은 그저 이야기이거나 불가능하다고 생각했다.

이에 바이런은 스스로의 몸으로 여기에 도전, 그 가능성을 실증했다.[15]

해협의 거리는 가장 좁은 곳도 약 1마일이나 되었다. 더구나 조류는 마르모라(Marmora)해에서 다도해(에게해, Aegean Sea)로 끊임없이 흘러들었다.

이 해협을 바이런 이후에도 몇몇 사람들이 건넜으나, 아직도 이 해협은 수영술과 기록의 희소성으로 보아 헤엄쳐 건너면 세계적인 명성을 누릴 여지가 충분하다. 여러분도 여기에 도전하여 그 명성을 획득했으면 한다.

다음 소네트(Sonnet, 유럽 정형시의 한 가지)는 키츠(John Keats)의 시이다.

〈레안드로스의 그림에 대해〉

언제나 경건한 마음으로 여기에 와서
눈을 감고 고운 빛을 하얀 눈꺼풀 안에 감추고 있는
아름다운 처녀들이여,
그대들의 아름다운 손을 고요히 합장하라.
그 손이 너무나 우아하여

---

15) 절름발이였던 그는 1시간 10분에 이 해협을 건넜다고 전해진다.

참된 마음 없이는 그 모습을 볼 수 없다.
이것은 그대들 눈부신 아름다움에 희생된 자가
그 젊은 혼의 밤으로 가라앉은 모습이다.
황량한 바닷속으로 아우성치며 빠져들어 가는 모습이다.
이것은 젊은 레안드로스가 정말 절망하며 죽어가던 모습이다.
그런데도 숨넘어가는 입을 오므리며 헤로의 뺨을 찾았고,
또 그녀의 미소에 미소로 화답하고 있다.
오, 무서운 꿈을 보라!
그의 몸이 죽음처럼 무겁게 가라앉는다.
팔과 어깨가 잠깐 드러난다.
그는 사라진다.
그리고 그의 숨결은 모두 거품이 되어 뜬다!

바이런은 이 이야기를 같은 시 제2편 제1절에서 이렇게 노래했다.

바람이 헬레(Helle)의 바다 수면을 거세게 때리고 있다.
저 심한 폭풍이 몰아치는 바다의 밤처럼,
그때 그를 구하러 나온 에로스는 구하는 일을 잊었다.
저 젊고 용감한 미남자를,
세스토스 딸의 유일한 소망을.
오, 그때 다만 하나의 하늘 위로
탑에서 횃불이 높이 타올랐다.
그리고 불어닥치는 강풍과 흩어지는 거품,
바닷새가 울부짖으며 돌아가라, 돌아가라 경고하고
머리 위의 구름도 눈 아래의 바다도
온갖 신호와 소리로 가지 말라고 외쳤지만,
소리도, 신호도

그는 볼 수 없었고, 들리지 않았다.
그의 눈은 다만 저 사랑의 빛,
끝없이 빛나는 단 하나의 별을 응시할 뿐이었다.
그의 귀에는 오직 헤로의 노래가 울려 올 뿐이었다.
'그대 거친 파도여, 사랑을 언제까지나 막지 말아다오.'

이 이야기는 사랑은 옛것이지만 또한 새롭다는 것을 역설하면서, 젊은이들에게 용기를 주면서 진실함을 증명하고 있다.

14장

아테나 | 니오베

아테나

지혜의 여신 아테나(Athena, [미네르바(Minerva)])[1]는 제우스의 딸이다. 그녀의 탄생은 완전무장한 성인의 모습으로 제우스의 머리에서 튀어나왔다고 한다.

그녀가 관장하는 것은 실용적 기술과 장식적 기술이었다. 즉 남자에게는 농경, 원예, 항해술, 여자에게는 길쌈, 베 짜기, 바느질기술까지 관장한 것이다. 그녀는 또 전쟁의 여신이기도 했다. 그러나 그녀가 행하는 전쟁은 단지 방어전에 관한 것뿐이었다. 아레스(Ares, [마르스(Mars)])[2]처럼 폭력이나 피를 부르는 호전적인 것은 좋아하지 않았다.

아테네(Athens)는 아테나의 도시였다. 이 도시는 바다의 신 포세이돈

---

1) 아테나에게는 남편과 자녀가 없다. 전쟁의 여신이므로 다른 여신들의 지배를 받지 않았고, 궁궐의 신이므로 신성을 침해받지 않았다. 갑옷을 입고 투구를 쓰고 방패와 창을 들고 있는 모습으로 묘사되었다.
2) 같은 전쟁신이자 이복누나인 아테나와는 반대로 전쟁의 광란과 학살, 파괴적인 측면을 상징했다. 호전적인 성격과 사나운 성미 때문에 다른 신들로부터 미움을 받았다.

(Poseidon, [넵투누스(Neptunus)])3)파의 경쟁에서 그녀가 승리해서 차지
한 것이다. 이때의 이야기는 이렇게 전해진다.

아테네의 시조인 케크롭스(Cecrops)4)가 통치할 때의 일이다. 아테나와
포세이돈은 이 도시를 소유하려고 서로 다투었다. 그러자 신들이 나서서 판정
규정을 정했는데, 그것은 사람에게 꼭 필요한 선물을 주는 자에게 이 도시를
주기로 했다. 그러자 포세이돈은 말5)을 주었고, 아테나는 올리브를 선물로
주었다. 신들은 올리브에 더 유익성을 주는 것으로 판정했다. 따라서 이 도시
의 이름이 그녀의 이름을 따서 아테네가 된 것이다.

아테나의 경쟁 이야기로 또 다른 것이 있다. 그것은 한 용기 있는 인간과의
경쟁을 다룬 것이다.

이 인간은 아라크네(Arachne)6)라는 아름다운 처녀였다. 그녀는 길쌈과
자수에 훌륭한 솜씨를 가지고 있어 숲이나 샘의 요정들도 그 솜씨를 구경하러
나올 정도였다. 그녀가 일을 하고 있는 모습 또한 완성된 제품만큼 아름다웠
다. 그녀가 헝클어진 실을 모아 타래에 감을 때나, 손가락으로 이를 선별하여
부드러워질 때까지 빗을 때나, 북을 돌릴 때나, 베를 짤 때나, 다 싼 베에다
수를 놓을 때나……

그녀의 솜씨를 본 사람은 누구나 인간의 솜씨가 아니라, 아테나가 가르쳐
준 솜씨라고 할 정도였다.

그러나 그는 이런 칭찬을 강하게 부정했다. 아니, 그녀는 비록 여신이라고
할지라도 남의 제자로 취급된다는 것을 몹시 싫어했다. 그녀는 말했다.

"여신 아테나와 솜씨를 겨루어 보면 좋겠어요. 내가 지면 어떤 벌이든지
받고요."

---

3) 삼지창으로 대표되는 바다의 신으로, 제우스 다음가는 제2의 신이다. 크로노스와 레아
   의 아들로 난폭하며 무서운 파괴력을 가진 신으로 묘사되곤 한다.
4) 고대 그리스 아티카의 최초의 왕이라고 전해지는 인물.
5) 일설에는 '샘'이라고 했는데, 그리스 신화에서 말과 샘은 서로 관련되어 있다. 헬리콘산
   의 영원한 샘 '히포크레네'는 '말 발자국'이란 뜻을 가지고 있다.
6) 리디아의 콜로폰에 살았던 염색공 이드몬의 딸이다.

이 말을 들은 아테나는 몹시 불쾌해했다.

어느 날 아테나는 노파로 변장해 아라크네한테 가서 타이르듯 말했다.

"나는 산전수전 다 겪은 늙은이라오. 그러니 내 말을 섭섭하게 듣지는 마세요. 내가 듣기론 누구와 겨룬다고 했는데, 상대가 같은 인간이라면 모르지만 그건 안 된다오. 여신과 겨루겠다고 했으니, 어서 용서를 구하도록 해요. 그분은 자비로운 분이시니 아가씨의 실수를 용서해 주실 겁니다."

아라크네는 길쌈하던 손을 멈추고서 불쾌해하는 얼굴로 노파를 노려보며 말했다.

"그런 충고라면, 할머니 댁의 딸이나 하녀에게 하세요. 나는 할 말을 한 것뿐이에요. 내 말에 대한 책임은 내가 집니다. 난 여신의 솜씨가 조금도 두렵지 않아요. 자신 있으면 한번 겨뤄 보라지요."

"이런 발칙한! 그 여신이 바로 나다!"

이렇게 말한 아테나는 변장을 풀고 자신의 정체를 드러냈다.

그러자 구경 왔던 숲이나 샘의 님프들이 머리를 숙이며 물러섰고, 옆에 있던 구경꾼들도 모두 여신에게 경의를 표했다. 다만 아라크네는 황급하게 두려움을 나타내거나 하지 않고 얼굴만 붉혔을 뿐이었지만, 이내 창백해졌다.

그러나 이미 한 말이 있는 아라크네였다. 그녀는 어리석게도 자신의 솜씨에 대한 믿음 때문에 숙명을 향해 뛰어들게 된 것이다. 아테나는 더 이상 참지 않았고, 타이르려고도 하지 않았다.

겨루기가 시작되었다. 둘은 각각 자리를 잡고 틀에 실을 걸었다. 갸름한 북이 실 사이를 들락거렸다. 바디의 고운 이는 날실을 켜 제자리로 밀어붙여 씨와 날을 탄탄하게 엉기도록 만들었다. 둘 다 이 일에 손이 익어 있었기에 속도가 몹시 빨랐고, 경쟁의 흥분으로 인해 손길이 더없이 가벼웠다. 타로스 (Tharros)의 자줏빛 염료로 물을 들인 실은 다른 색깔과 뚜렷한 대조를 이루다가 살며시 그 색깔에 섞여 들어가서, 보는 이들은 합사된 곳을 분간하기가 쉽지 않았다. 마치 소나기에서 반사된 햇빛이 하늘에 수놓은 것처럼 보이는 무지개[7]로 나타나듯이, 색깔들이 합친 부분은 두 색깔이 하나로 보이다가 조금만 떨어지면 완전히 다른 색깔로 보였다.

아테나는 포세이돈과의 경쟁 장면을 자신의 베틀에 짜 넣었다. 하늘의 신들이 줄지어 서 있는 가운데 지배자 제우스가 위엄을 나타내며 중앙 자리를 당당히 차지하고 있다. 바다의 신 포세이돈은 삼지창으로 대지를 내리쳐 말이 뛰쳐나오는 모습과 함께 그려져 있다. 아테나 자신은 투구를 쓰고, 가슴에는 아이기스(aegis)[8]를 든 모습으로 그렸다. 여기까지가 천의 중앙이었다.

네 귀퉁이에는 신들을 상대로 감히 도전하는 오만한 인간에 대한 분노를 그렸는데, 이 그림은 비록 때가 늦긴 했지만 겨루기를 포기하도록 하려는 아테나의 배려를 뜻했다.

그러나 아라크네는 베 폭 가득히 신들의 실패와 결점이 돋보이는 소재들을 짜 넣었다. 그림 중앙엔 제우스의 변신인 백조를 안고 있는 레다(Leda)[9]를 넣었다. 또 다른 장면에는 아버지에 의해 갇힌 청동 탑 속의 다나에(Danae)[10]와, 황금 소나기로 변신한 제우스가 숨어 들어가는 모습이 그려져 있다. 점잖은 황소에 마음이 끌린 에우로페(Europe)[11]가 황소 등에 올라타자, 제우스의 변신인 황소가 그녀를 태우고 곧장 바다로 뛰어들어 크레타섬으로 데리고 간 이야기도 있다.

이 베 폭의 그림은 너무나 자연스러워 둔갑한 황소는 진짜 황소 같았다. 그만큼 황소나, 황소가 헤엄쳐 가는 바다가 실감 났다. 에우로페는 멀어지는 해안을 애달픈 눈으로 뒤돌아보며 친구들에게 구원을 호소하는 것 같았다. 꿈틀거리는 파도를 보고 겁먹은 그녀의 표정은 금방이라도 두 발을 움츠릴 것만 같았다.

아라크네의 베 폭은 이 같은 그림으로 가득 채워졌다. 참으로 훌륭한 솜씨

---

7) '무지개'는 오비디우스의 '변형담'에서 묘사한 부분을 직역함.
8) 가죽으로 된 망토 또는 가슴받이. 헤파이스토스가 만들었으며, 벼락을 맞아도 부서지지 않고, 이것을 한번 흔들면 폭풍이 일어나고, 사람들의 마음속에 공포를 심었다.
9) 아이톨리아 왕 테스티오스의 딸이자 라케다이몬의 왕 틴다레우스의 아내로 여겨진다.
10) 아르고스의 왕 아크리시오스와 에우리디케(오르페우스의 연인 에우리디케와 동명이인)의 딸이며 페르세우스의 어머니이다.
11) 대륙 유럽의 이름과 위성 유로파의 이름은 그녀에게서 따온 것이다.

였다. 그러나 그 그림에는 아라크네의 오만과 신에 대한 불경한 마음이 가득
차 있었다.

아테나는 아라크네의 솜씨에 탄복했지만, 동시에 그만큼 모욕을 느꼈다.
아테나는 들고 있던 북으로 베 폭을 내리쳐 아라크네의 그림을 갈기갈기 찢어
버렸다. 그리고 그녀의 이마에 손을 짚어 그 죄와 부끄러움을 깨닫게 했다.

그러자 부끄럼을 견디지 못한 아라크네가 목을 매어 죽었다.

아테나는 목매어 죽은 그녀의 모습을 보고 가엾음을 느껴 이렇게 말했다.

"죄 많은 계집아, 살아나거라! 그러나 너는 이 교훈을 기억해야 한다. 너뿐
아니라, 네 후대도 영원히 기억하도록 그렇게 매달려 살아라."

아테나는 아라크네의 몸에다 아코닛 즙을 뿌렸다. 그러자 아라크네의 몸
은 쪼그라들고, 머리는 작아졌다. 손가락은 옆구리로 기어가 다리가 되고,
그 밖의 몸 각 부분은 모두 몸통이 되었다.

아테나는 그 몸통에서 실을 뽑아냈다. 이것이 아라크네를 거미로 변하게
한 당시의 상황인데, 지금도 그녀는 자기 몸의 실에 매달려 살고 있다.

스펜서(Spenser)는 〈무이오프트모스, 혹은 나비의 운명〉이라는 시에서
아라크네의 이야기를 노래했다. 그는 스승으로 섬기는 오비디우스의 이론을
충실하게 따르고 있으나, 이야기의 마지막 부분에서 스승을 넘어선 묘사를
했다.

다음 두 편은 아테나가 베 폭에 올리브나무의 창조를 그린 뒤의 일을 노래
한 것이다.

> 그녀는 나뭇잎 사이에 나비를 그렸다.
> 뛰어난 구상과 신비한 가벼움으로
> 나풀나풀 올리브 사이를 날아다니는 나비는
> 실물 같은 올리브와 함께 생생하게 그려져 있었다.
> 그 날개 위에는 벨벳의 솜털 등을 장식한

비단 같은 솜털,

넓은 베 폭을 향하는 촉각, 털이 숭숭한 넓적다리,

화려한 색채, 반짝이는 눈.12)

그것을 본 아라크네는 이 신비한 솜씨에

압도되고 정복당하여 얼마 동안 우두커니 서 있었다.

말 한마디도 하지 못했다.

다만 막연한 눈길로 아라크네를 바라보며,

넋 빠진 인간들이 자주 갖는

저 침묵으로

경쟁의 승리를 아라크네에게 양보했다.

그러나 마음은 초조하고 몹시 불타올라

온몸의 피를 유독(有毒)한 한으로 바꾸었다.

따라서 아라크네의 굴욕감과 분함이 자신의 모습을 거미로 바꾼 것이지, 아테나가 바꾼 것이 아니라는 이야기이다.

〈어떤 부인의 자수〉

아라크네는 옛 시인들이 노래하는 것과 같이

여신과 솜씨를 겨뤘다.

그리고 곧 이 가엾은 여자는

제 자존심의 희생자가 되었다.

오, 그러니 아라크네의 운명을 생각하라.

클로에, 분별을 가져라. 그리고 복종하라.

---

12) 제임스 맥킨토스 경(스코틀랜드의 철학자)은 이 시행에 대해서 이렇게 말했다.
"중국인마저 나비의 화려한 색채를 이 시행 —그 날개 위에는 벨벳의 솜털 — 의 묘사 이상으로 상세하게 할 수 있다고 생각하는가?"

그대 여신의 미움을 사겠구나.
그녀 솜씨를 지혜에 겨루는 그대는.

테니슨(Alfred Tennyson, 1869~1892, 영국 시인)은 〈예술의 궁전〉에
서 그 궁전을 장식한 예술품을 그리면서 다음과 같이 에우로페(Europe)에
대해 노래했다.

아름다운 에우로페의 망토가
꽃잎처럼 살랑살랑
어깨에서 떨어져 뒤로 날아갔다.
한 손은 크로커스(Crocus)를 잡고,
또 한 손은 순한 황소의 황금 뿔을 잡고 있다.

테니슨은 〈공주〉에서 다나에(Danae)를 이렇게 나타냈다.

지금은 대지가 모든 다나에 되어
벌 앞에 눕고,
당신 마음이 모두 내 앞에서 열릴 때.

니오베

아라크네의 소문은 모든 나라에 두루 퍼졌다. 그것은 사람들에게 감히
신과는 견줄 생각을 하지 말라는 큰 경고나 다름없었다.
그런데 이 경고를 겸손하게 받아들이지 않은 사람이 있었다. 테베
(Thebae)의 왕비 니오베(Niobe)[13]였다. 사실 그녀에겐 자랑할 만한 것이
많았다. 그녀가 뻐기는 것은 남편의 명성도 아니고 자신의 아름다움도 아니

며, 문별도, 왕국의 힘도 아니었다. 그녀에게는 일곱 명의 아들과 일곱 명의 딸이 있었다. 그러니 니오베는 어머니 중에서 행복한 어머니라 할 수 있었다. 만약 그녀가 그녀 스스로 자만하지만 않았다면…….

레토(Leto, [라토나(Latona)])[14]와 그녀의 쌍둥이 남매인 아폴론, 아르테미스를 기리는 의식 때의 일이었다. 테베인들은 이때가 되면 월계수 관을 머리에 쓰고 제단에 유향을 올리면서 굳은 맹세와 함께 복을 기원했다.

그때 니오베가 군중 속에서 얼굴을 내밀었다. 그녀의 옷은 황금과 보석으로 찬란했다. 얼굴은 다소 노기로 굳어 있었으나 아름다운 모습을 지니고 있었다. 그녀는 발길을 멈추고서 오만한 눈초리로 무리를 내려다보며 꾸짖었다.

"이 무슨 어리석은 짓들이야! 어찌 너희는 눈앞에 서 있는 사람보다 한 번도 본 일이 없는 신을 찬양한단 말인가? 어째서 저 레토는 추앙을 받는데 나는 그렇지 못하단 말인가? 내 아버지는 신들의 잔치에서 큰 영접을 받으신 탄탈로스(Tantalos)[15]이시다. 어머니도 여신이었다. 그리고 내 남편은 이 테베의 국왕이시다. 또 아무리 둘러보아도 눈에 보이는 것은 모두가 내 소유이다. 그리고 내 모습 또한 여신과 다름없다. 그뿐 아니다. 나에게도 아들 형제와 딸 자매가 있다. 이 아이들은 모두 자격을 갖춘 혼처를 고르는 중이다. 이래도 내 자랑이 잘못되었느냐? 이래도 아이가 둘밖에 없는 티탄(Titan)[16]의 딸이 나보다 훌륭한가? 나는 누구보다도 행복하고 앞으로도 그럴 것이다. 누가 감히 부정하겠느냐? 티케(Tyche)[17]가 소리쳐 봐야 소용없다. 내게는 많은 자식이 있어, 그녀가 몇 명쯤 데려간다 해도 레토보다야 낫다. 그러니 이런 쓸모없는 짓은 집어치워라! 월계관도 벗고, 이따위 의식도 그만둬라!"

---

13) 운명의 여신. 탄탈로스(리디아의 시필루스의 왕)의 딸이자 테베 암피온 왕의 부인.
14) 코이오스와 포이베의 딸이며 아폴론과 아르테미스의 어머니이다.
15) 신화의 인물로, 제우스와 요정 플루토의 아들이다. 자식으로 펠롭스와 니오베, 브로테아스를 두었다.
16) 올림포스 신들이 세상을 지배하기 전 이른바 '황금 시대'를 다스린 거대하고 강력한 신의 종족. 남성 티탄들을 '티타네스', 여성 티탄들을 '티타니데스'라고 한다.
17) 행복과 운명의 여신. 한 도시의 번영과 운명을 지키는 수호신이었다.

왕비의 말에 복종한 백성들은 중도에서 의식을 그치고, 그 자리에서 뿔뿔이 흩어졌다.

레토 여신의 분노는 대단했다. 여신은 킨토스 산정에 있는 거처로 가 아들딸에게 하소연했다.

"들어보아라. 얘들아, 너희들은 내게 큰 자랑이었다. 그래 나는 헤라 여신을 제외한 다른 어떤 여신보다도 행복하다고 생각해왔다. 그런데 이제 나는 여신인지 아닌지 그것조차 모르겠구나. 너희가 나를 보호해주지 않으면 앞으로 나를 숭배하는 자가 아무도 없을 것 같다."

그녀는 말을 계속하려고 했으나 아들 아폴론이 그녀의 말을 가로막았다.

"알겠습니다. 어머니 말이 길어지면 처벌도 그만큼 늦어질 뿐입니다."

딸 아르테미스도 같은 말을 했다. 두 남매는 즉시 화살처럼 하늘을 날아 구름으로 몸을 감싸고서 테베성의 망루에 내려앉았다. 성문 앞으로는 들판이 있었는데, 테베성 젊은이들은 이곳에서 전쟁놀이를 하고 있었다.

거기에는 니오베의 아들들도 섞여 있었다. 어떤 아들은 호화로운 준마를 조련했고, 어떤 아들은 우아한 이륜차를 끌었다. 맏아들 이스메노스는 말고삐를 움켜쥐고는 말을 타고 달리고 있었다. 그러다 그는 하늘에서 날아온 화살을 맞고 비명을 지르더니 낙마해서 절명했다. 활시위 소리를 들은 한 아들은 폭풍이 몰려오자 돛을 활짝 펴고 항구로 대피하는 뱃사람처럼 이륜차를 몰아 도망치려고 했다. 그러나 화살이 그의 뒤통수를 뚫었다. 그 밑의 아들 둘은 방금 수업을 마치고 운동장에서 씨름연습을 하던 참이었다. 그 둘은 서로 가슴을 맞대고 있었는데, 날아온 화살 한 개로 단숨에 같이 가슴을 꿰었다. 둘은 동시에 비명을 지르며 숨을 거두었다. 두 동생이 쓰러지는 것을 본 형 알페노르는 동생을 도우려고 달려가다 죽고 말았다. 이제 남은 아들은 일리오네오스 하나뿐이었다.

일리오네오스는 두 팔을 벌리고 하늘을 우러러보며 기도했다.

"신들이여, 살려주소서!"

사실 일리오네오스는 신들 모두에게 기도할 필요가 없었다. 그는 왜 이런 일이 일어났는지 알지 못했으니까. 아폴론은 그를 살려주고 싶었지만, 화살이 이미 시위를 떠난 뒤였다.

니오베는 백성들의 두려움에 빠진 모습과 시종들의 탄식 소리를 듣고 나서야 사건의 진상을 알았다. 그녀는 신들의 비열한 행위에 분개하면서도, 아직도 신들에게 그런 힘이 남아 있음을 깨닫고는 매우 놀랐다. 남편 암피온 (Amphion)은 큰 충격을 이기지 못하고 자결하고 말았다.

아, 그녀는 조금 전까지만 해도 백성들이 참여한 의식을 해산시킬 만큼 당당하지 않았던가. 그리고 모든 사람이 범접할 수 없는 선망의 대상이었지 않은가. 그런데 이제 그녀는 적으로부터 연민을 받는 처지가 되어버렸다. 그녀는 싸늘하게 식은 주검 앞에 무릎을 꿇고 앉아 일일이 입을 맞췄다. 그리고 흰 두 팔을 뻗고 힘없이 울부짖었다.

"잔인한 레토여! 이제 내 이 아픔으로 그대의 분노를 만족시키십시오. 나 또한 곧 뒤따라 죽을 테니 실컷 즐기도록 하십시오. 그러나 그대는 이것으로 승리를 얻었다고 생각하진 마십시오. 내 비록 남편과 아들을 잃었으나 아직도 그대보다 훨씬 많은 딸이 있어요."

이 말이 채 끝나기도 전에 활시위 소리가 났다. 그 소리는 니오베를 제외한 모든 사람의 간담을 서늘하게 했다. 니오베의 큰 슬픔은 오히려 그녀를 대담하게 만들었던 것이다.

딸들은 상복 차림으로 죽은 오빠들 관 앞에 서 있었다. 화살은 그중 한 명을 맞추더니, 방금 만든 관 위로 그 몸을 떨구게 했다. 딸 하나는 어머니를 위로하다 기도가 막혀 죽었다. 셋째는 도망치다가, 넷째는 숨으려다가, 다섯째와 여섯째는 그저 두려움에 떨다가 차례로 죽었다. 이제 막내딸 한 명만 남았다.

그러자 니오베는 딸을 끌어안고 자신의 몸으로 그 딸을 지켜냈다. 그리고는 호소했다.

"막내 하나만이라도 살려주세요. 부탁입니다. 그 많은 아이를 다 데려갔으니 이 애만이라도 살려주세요."

그러나 니오베가 이 말을 하는 도중에 막내딸은 이미 그녀의 품 안에서 죽어 있었다.

홀로 남은 그녀는 망연자실한 채 아들, 딸, 남편의 주검 앞에 앉아 있었다. 미풍이 불어오다가 그녀를 비켜 지나갔다. 그녀의 두 볼에는 핏기가 전혀 없었다. 초점 잃은 눈은 그저 한 곳만 바라보았다. 도무지 살아 있는 것 같지가 않았다.

얼마 후 그녀의 혀는 입천장에 달라붙었고, 피는 생명의 흐름을 나르는 일을 멈췄다. 목은 더 이상 굽혀지지 않았고, 팔은 움직여지지 않았다. 다리도 떼어지지 않았다. 그녀의 몸 전체가 돌이 되어 버린 것이었다.

그래도 눈물은 끊임없이 흘렀다. 그녀는 어디선가 불어온 광풍에 실려 고향 땅으로 날려갔다. 그때의 그녀 모습은 지금도 커다란 바위로 그 땅에 남아 있다. 그리고 아직도 그 바위에서는 물이 졸졸 흐르고 있는데, 이 물은 니오베의 끝없는 슬픔을 말한다고 한다.

니오베의 이 이야기는 바이런이 로마의 몰락을 노래하는 데 큰 도움을 주었다.

제국의 어머니, 니오베여!
이제 그녀는 그곳에서
자식도, 관(冠)도 없이
말없이 비애에 젖어 서 있다.
그 시든 손에는
빈 항아리(화장한 재, 유골을 담는 항아리)가 들려 있으나
안에 있던 성스러운 재는 오래전에 바람에 날렸다.
스키피오의 오랜 묘에도 이미 유골은 없다.
그 묘는 위대한 주인도 없이
그저 비어 있다.

> *오, 테베레(Tevere)강이여!*
> *그대는 대리석 황야를 흐르는가?*
> *그러면 그대 그 노란 물결로 일어서,*
> *그녀의 괴로움 다독여다오.*
>
> — 〈해럴드 경의 순례〉 제4편 79절

이 니오베의 이야기에 곁들여진 그림은 피렌체의 왕실 미술관에 있는 유명한 조상(彫像)을 복사한 것이다.

이 조상은 본래 어떤 신전의 페디먼트(pediment, 삼각형의 박공벽)에 붙어 있다고 생각되는, 일군(一群)의 조상(彫像) 중에서도 가장 중요한 것이다.

공포에 떠는 아이를 끌어안고 있는 어머니의 모습은 고대의 조상 중에서도 아낌없는 찬사를 받는 것으로, 라오콘(Laocoon)[18]과 아폴론의 조상과 더불어 미술의 최대걸작으로 평가된다.

다음의 시는 그리스의 풍자시를 번역한 것인데, 이것은 아마 이 조상(彫像)을 노래한 것인 듯하다.

> *신들은 그녀를 돌로 만들었지만,*
> *보람이 없었다.*
> *조각가의 솜씨가 그녀를 다시 살려 놓았으니까.*

니오베의 이야기는 비극적이지만, 무어(Thomas Moore)가 〈여로에서 부르는 노래〉에서 이 이야기를 사용한 방법은 읽는 이들을 저절로 미소짓게 한다.

---

18) 아폴론의 점술사이자 신관. 독신을 지키겠다는 맹세를 어기고 아이를 낳아 아폴론의 노여움을 샀다.

마차 속이야말로
저 뛰어난 인물 리처드 블랙모어 경이
시를 노래한 곳.
현자(賢者)의 눈이 잘못되지 않았다면
그의 일생은 죽음과 시 사이에 있었고,
늘 무엇을 끄적거리거나 사람을 죽였다.
저 포이보스가 이륜차에 편히 앉아
고상한 노래를 부르거나
때로 니오베의 아이들을 죽이거나 한 것처럼.

이 리처드 블랙모어 경(Sir Richard Blackmore)은 의사(앤 여왕의 주치의)인 동시에 무미건조한 작품을 무수하게 쓴 시인이었다.
무어와 같은 재주꾼이 이렇게 농담 삼아서라도 그를 이야기했기 망정이지, 그렇지 않으면 오늘날 아무도 그를 기억해 줄 사람이 없었을 것이다.

15장

페르세우스와 메두사 | 페르세우스와 아틀라스 |
안드로메다 | 혼인 잔치

페르세우스와 메두사

페르세우스(Perseus)는 제우스와 아르고스(Argos)의 왕인 아크리시오스(Akrisios)의 딸 다나에(Danae)의 아들이다.

그의 외조부 아크리시오스는 자기가 외손자 손에 죽게 될 것이라는 신탁을 읽고는, 딸 다나에와 외손자를 바로 상자에 가두어 바다에 띄워 버렸다. 상자는 세리포스(Serifos)섬으로 떠내려가 한 어부에 의해 발견되었다. 어부는 다나에 모자를 그의 왕 폴리텍테스에게 데리고 갔다. 왕은 이들을 따뜻하게 맞아주었다.

페르세우스가 장성하자, 왕은 그에게 무서운 괴물 메두사(Medusa)[1]를 물리치라는 임무를 주었다.

메두사는 원래 아름다운 처녀였다. 특히 그녀의 머리채는 곱기로 소문이 났었다. 그런데 자만심으로 가득 찬 그녀가 아테나의 아름다움과 경쟁하려

---

1) 그리스 신화에 나오는 괴녀(怪女). 머리카락이 모두 뱀이며, 그 얼굴을 본 사람은 돌이 되었다고 한다.

하자, 아테나가 분개한 나머지 그녀의 아름다움을 앗아 버렸다. 아테나가 그녀의 탐스러운 머리채를 쉭쉭 소리를 내는 뱀으로 만들어 버려, 무서운 형상을 한 괴물이 되고 만 것이다. 그리고 누구나 그 모습을 일단 보기만 하면 돌이 되었다. 메두사가 사는 동굴 부근에는 석상이 많았는데, 그들은 모두 메두사의 얼굴을 보고 돌이 된 사람들이었다.

아테나와 헤르메스의 총애를 받은 페르세우스는 아테나에게 방패를, 헤르메스에게 비행화(飛行靴)를 빌릴 수 있었다. 페르세우스는 이런 무기로 무장을 하고 메두사의 동굴로 숨어 들어갔다. 그리고 그 얼굴을 직접 보지 않고, 빛나는 방패에 투영(投映)된 얼굴을 보며 싸워 그녀의 머리를 베었다.

페르세우스는 이 머리를 아테나에게 바쳤다. 아테나는 이것을 자기 방패의 한가운데에 붙였다.

밀턴은 〈코머스〉에서 다음처럼 아이기스(Aegis, 방패)에 대해 노래했다.

뱀 머리 고르곤 방패란 무엇이었을까.
슬기로운 아테나, 저 영원한 처녀 신이 가지고 있던
그래 그것으로 적을 돌로 만든
그 방패란…….
그것은 순결한 엄숙과 고상한 품위, 준엄한 용모로
저 야수의 폭력에
존경과 두려움을 가르친 것이다!

〈건강을 지키는 방법〉이라는 시의 작가 암스트롱(Armstrong)은 강물에 뜬 얼음의 효과를 이렇게 노래했다.

거센 폭풍 불어 대지를 온통 굳게 하면
옛날 키르케(Circe)2)와 무서운 메데이아(Medeia)3)보다
더 강한 마법으로

언제나 둑에다 속삭이던 어느 시냇물도 숨죽이게 했고,
쐐기처럼 둑 사이에 숨어 시든 갈대도
움직이지 않게 하였다……
무서운 북동풍에 솟아오른 파도도
애끓는 노여움에 화가 난 얼굴을 내두르며
광기(狂氣)의 거품을 내뿜다가
거대한 얼음으로 변한다.
……

너무 지독하고 너무 갑작스러운 이런 변화는
저 무서운 메두사의 잔인한 얼굴이 한 일이다.
메두사는 숲속을 돌아다니며
야수들을 돌로 만들었다.
사자가 거품을 뿜으며 맹렬하게 돌진하더라도
그녀의 마법은 더 빠르게 사자의 속도를 앞선다.
그리고 사자는 그 자리에서 가만히 멈춘다.
마치 대리석으로 만든 노한 조상처럼!

— 셰익스피어를 본떠서

페르세우스와 아틀라스

메두사를 물리친 페르세우스는 그 머리를 가지고 땅이나 바다를 가리지
않으며 온 세상을 날아다녔다. 저녁 어스름이 질 무렵 페르세우스는 해가
지는 서쪽 땅에 닿았다. 그는 거기에서 한밤을 쉬어가기로 작정했다. 그곳은

---

2) 그리스 전설에 나오는 마법사. 헬리오스와 페르세 사이에서 태어났다. 약물과 주문을
   이용하여 인간을 동물로 바꿀 수 있었으며, 오디세우스가 자신이 사는 섬에 오자 그
   동료들을 멧돼지로 변하게 했다고 전한다.
3) 마법으로 이아손을 도와 황금 양털을 찾게 해준 후, 이아손과 결혼했다.

아틀라스(Atlas)왕4)의 나라였다.

그는 힘이 무척 센 거인으로 양, 소, 돼지 등 많은 가축을 가지고 있었다. 그 나라를 노리는 자는 아무도 없었다. 그의 가장 큰 자랑은 황금사과가 열리는 사과나무였다.

페르세우스는 아틀라스왕에게 말했다.

"나는 왕의 손님으로 여기에 왔습니다. 왕께서도 뼈대 있는 가문이시겠지만, 제 아버지는 제우스 신입니다. 왕께서도 위대한 위업달성을 하셨겠지만, 저 역시 괴물 메두사를 물리친 장본인입니다. 그러니 제게 하룻밤 쉴 곳을 정해 주시고 허기를 면하게 하소서."

그러나 아틀라스는 옛날 자기에게 내려진 신탁이 마음에 걸렸다. 신탁은 언젠가 제우스의 아들이 황금사과를 빼앗아 갈 것이라고 했던 것이다.

그가 말했다.

"가시오! 내 말을 듣지 않으면 그대의 거짓 명예나 가문의 영광도 그대를 안전케 하지 못하리라."

아틀라스는 곧 페르세우스를 추방하려 했다. 페르세우스의 힘이나 몸으로는 그 거인을 상대하는 것이 무리였다. 페르세우스는 몸을 피하며 이렇게 말했다.

"그대가 나를 이렇게 과소평가한다면, 내가 선물 하나 주고 가겠소."

그리고 제 얼굴을 옆으로 돌리며 메두사의 머리를 내밀었다. 그러자 순식간에 아틀라스의 거대한 몸이 바위로 변했다. 수염과 머리카락은 숲이 되었고, 어깨는 절벽이 되었다. 머리는 산꼭대기가 되었고, 뼈는 바위가 되었다. 그리고 몸의 각 부분이 계속 커지더니, 마침내 그는 거대한 산이 되어버렸다.

신들은 이 일을 몹시 기뻐했고, 하늘은 별들을 거느리고 그 어깨 위에 내려 앉았다.

---

4) 그리스 신화에 나오는 거인. 천계(天界)를 혼란시킨 죄로 제우스에 의해 어깨로 하늘을 떠받치고 있으라는 벌을 받게 되었음.

안드로메다

비행을 계속한 페르세우스는 케페우스(Cepheus)[5]가 통치하는 아이티오피아(Aethiopia, 후세 또는 현대의 에티오피아(Ethiopia)와는 다른 지명) 나라에 도착했다. 그때 케페우스의 아내는 카시오페이아(Cassiopeia)였다.

자만심과 허영심이 강한 그녀는 한때 자신의 아름다움을 바다의 님프들에 비교한 일이 있었다. 그러자 단단히 화가 난 바다의 님프들이 이 나라의 해안에 거대한 괴물을 보내 땅을 폐허로 만들어 버렸다. 케페우스는 할 수 없이 님프들의 노기를 진정시키려 신탁을 청했는데, 신탁은 그의 딸 안드로메다(Andromeda)[6]를 괴물에게 바치라고 했다. 그는 신탁의 지시를 따를 수밖에 없었다.

하늘을 날던 페르세우스는 사슬로 바위에 결박된 채 괴물이 오기만을 기다리는 처녀를 발견했다. 창백한 그녀의 얼굴은 조금의 미동도 없어, 흐르는 눈물과 나부끼는 머리카락이 없었다면 그녀는 영락없이 대리석상이었다. 페르세우스는 이 광경에 놀라면서도 그녀의 아름다움에 넋을 잃고 말았다. 얼마나 놀랐는지 비행화의 날갯짓조차 잊을 정도였다.

페르세우스는 안드로메다의 머리 위를 빙빙 돌며 말을 건넸다.

"아, 아름다운 아가씨! 사랑하는 이의 사슬에 묶여야 할 그대가 어찌 이런 사슬에 묶여 있습니까? 말해 주시오. 그대 이름과, 그대의 나라 이름 그리고 왜 이런 일이 생겼는지를."

안드로메다는 그 상황에서도 부끄러워 아무 말도 하지 않았다. 그녀는 할 수만 있다면 얼굴도 가리고 싶었다. 그러나 페르세우스의 반복되는 질문에, 그녀는 잠자코 있으면 말 못 할 잘못을 저지른 죄인으로 오해받을까

---

5) 그리스 신화에 나오는 아이티오피아(Aethiopia)의 국왕들이었던 두 명의 왕들. 이 둘 중에 조부 케페우스 국왕은 아이티오피아 지역을 다스렸으며, 손자인 케페우스 국왕은 카시오페이아의 남편으로서 안드로메다의 아버지이다.
6) 케페우스와 카시오페이아의 딸이며, 페르세우스의 아내이다. 위기에 처한 그녀를 지나가던 페르세우스가 구출하여 결혼했고, 일곱 명의 자식을 낳았다.

봐 이름과 나라와 사건의 진상을 밝혔다.

그런데 그 이야기가 채 끝나기도 전에 바다 저쪽에서 요란한 소리가 났다. 머리를 수면 위로 내민 바다 괴물이 가슴으로 물결을 가르며 다가오는 것이었다. 처녀는 비명을 질렀고, 부근에 서 있던 그녀 양친도 속수무책이었다. 그저 통곡하면서 딸을 껴안기만 할 따름이었다.

그때 페르세우스가 말했다.

"눈물은 나중에 얼마든지 흘릴 수 있습니다. 지금 급한 것은 따님을 구하는 것입니다. 나는 제우스신의 아들이며 메두사의 정복자입니다. 당신의 딸에게 청혼하겠습니다. 신들께서 은총을 내리신다면, 그 공으로 이 처녀를 얻고자 합니다. 그리하여 처녀가 구출될 경우, 나는 상으로 따님을 요구합니다."

안드로메다의 부모는 즉시 이 요구를 승낙했다. 아니, 그들은 지참금으로 왕국을 준다고까지 약속했다.

이제 괴물은 투석의 명수라면 돌로 맞힐 수 있는 곳까지 다가왔다. 페르세우스는 몸을 솟구쳐 하늘로 날아올랐다. 그리고 일직선으로 내려 높은 데서 노니다가, 뱀을 발견한 독수리가 수직으로 내려꽂혀 그 목을 물고 비틀어 뱀에게 독니를 쓸 기회를 주지 않듯이 겨드랑이를 찔렀다. 갑작스러운 공격에 상처를 입은 괴물은 미쳐 날뛰며 하늘 높이 솟구쳤다가 바닷속 깊이 들어가곤 했다.

다시 괴물은 사냥개 무리에 둘러싸인 멧돼지처럼 신속하게 몸을 돌려 페르세우스를 공격했다. 그러나 그의 날개는 그런 공격을 쉽게 피하게 도와줬다. 그는 괴물의 비늘 사이에 있는 맨살이 보일 때마다 옆구리에서 꼬리 쪽으로 내려가며 여기저기 푹푹 찔렀다. 드디어 괴물은 피 섞인 바닷물을 콧구멍으로 내뿜었다. 그 핏물에 그의 날개가 젖었다. 날개는 젖어 더 이상 도움을 주지 않았다.

그는 수면 위로 돋아난 암초로 올라가 돌출된 바위에 몸을 의지해 괴물에게 최후의 일격을 가했다. 해변에 있던 군중의 함성이 산을 흔들었다.

케페우스는 기쁨을 이기지 못한 나머지 미래의 사위를 껴안고 '케페우스가문의 구세주'라고 불렀다. 이렇게 하여 싸움의 원인이자 승리의 상품이기도 한 안드로메다는 사슬에서 풀려났다.

그토록 미모를 자랑했지만, 카시오페이아는 에티오피아 사람이었기에 흑인이었다. 뒤에 그녀는 죽어 하늘로 올라가 별자리가 되었다. 그러나 그녀의 옛적인 바다 님프들은 그녀의 별자리를 북극 가까운 지점에 붙박게 했다. 그리고 매일 밤 고개를 반쯤 숙이게 하여 겸손을 배우도록 하였다.

적어도 밀턴은 이것을 염두에 둔 것 같다. 그래서 그는 〈깊은 생각에 잠긴 사람〉에서 이 이야기를 쓰며 〈우울〉을 향해 이렇게 노래했다.

거룩하고 현숙하신 여신이여!
당신의 고고한 얼굴은 너무도 빛나
사람의 눈으로는 정확히 보이지 않습니다.
그 때문에 우리의 약한 시력에는
검게 멈춰 예지의 빛깔로 덮여 보입니다.
검지만 그 말은 존경의 뜻에서 나온 말입니다.
멤논 왕자의 누이동생에게나
별로 화한 에티오피아 왕비에게 어울리는 것입니다.
자신의 아름다움을 바다 님프들 이상이라고 뽐내
신들의 노여움을 받은 저 카시오페이아나.

혼인 잔치

기쁨에 넘친 케페우스 내외는, 페르세우스와 딸을 데리고 궁전으로 돌아와 잔치를 벌였다. 모두가 기쁜 마음으로 먹고 마셨다.

그런데 돌연 굉장한 함성을 일으키며 처녀의 옛 약혼자였던 피네우스

(Phineus)[7]가 무리를 이끌고 쳐들어와 약혼녀를 돌려달라고 요구했다.

케페우스가 피네우스를 꾸짖었다.

"내 딸을 요구할 생각이었다면, 내 딸이 묶여 있을 때 요구했어야 했다. 신들께서 그런 운명을 내 딸에게 주었듯이, 이제 계약은 무효가 되었다. 마치 죽음이 모든 약속을 해제시키듯이."

아무 대답도 하지 못하던 피네우스는 갑자기 페르세우스에게 창을 날렸다. 하지만 창은 빗나가 바닥에 떨어졌다. 페르세우스가 이에 대해 창을 던지려 하자, 이 비겁자는 재빨리 제단 뒤로 몸을 숨겼다. 그러자 피네우스의 부하들이 공격을 시작했다.

잔치는 순식간에 난투장으로 바뀌었다. 늙은 왕은 말려 보았자 소용이 없음을 깨닫고, 그 자리를 떠났다. 그는 이 책임이 자기에게 돌아오지 않도록 신들께 기도했다.

페르세우스와 그의 추종자들은 한동안 매우 불리한 싸움을 했다. 수적 열세가 너무 커서 승패는 시간문제였다. 바로 그때 페르세우스가 '오냐, 내 적으로 나를 보호하자.'라는 생각으로 큰 소리를 냈다.

"여기 있는 자 가운데 내 적이 아닌 자는 모두 고개를 돌리시오."

그리고 메두사의 머리를 번쩍 쳐들었다.

"그까짓 장난으로 누구를 위협하느냐?"

테스켈로스는 이렇게 외치며 창을 던지려 했다. 그러나 그는 그대로 굳어버렸다. 암피크스는 엎드려 있는 적을 찌르려다 팔이 굳어 돌이 되었다. 또 한 사람은 뭔지 모를 소리를 지르며 달려오다가 그대로 굳어져, 입은 열렸으나 소리는 내지 못했다. 불행히도 페르세우스를 따르는 아콘테오스도 돌이 되고 말았다. 그것을 모르는 아스티아게스가 그를 칼로 내리치자 칼은 쩡 소리와 함께 튀어 나갔다.

피네우스는 이 부당한 싸움의 결과에 너무 놀랐다. 그는 자기의 추종자들

---

7) 케페우스의 동생.

이름을 하나씩 불러보았다. 그러나 아무도 대답하지 않았다. 모두 돌이 된 것이다.

별수 없이 그는 무릎을 꿇고 고개를 돌린 채 빌었다.

"당신 뜻대로 하시오. 다만 목숨만 살려주십시오."

페르세우스가 대답했다.

"이 비겁자여! 그래, 네 소원을 들어주마. 지금부터 네 몸은 어떤 무기에도 상하지 않게 될 것이다. 그뿐 아니라 이 사건의 기념으로 너를 내 집으로 데려가겠다."

이렇게 말한 페르세우스는 피네우스가 고개를 돌리고 있는 쪽에 메두사의 머리를 내밀었다. 그러자 피네우스는 무릎을 꿇고, 두 손을 벌리고, 고개를 돌린 모양으로 돌이 되고 말았다.

페르세우스에 대한 다음 시는 밀턴의 〈세이모어〉에서 인용한 것이다.

> 저 전설로 유명한 리비아의 결혼잔치 마당에서
> 페르세우스는 노여움을 다스리며 침착하게 일어섰다.
> 그리고 뒤꿈치의 날개를 치면서
> 공중으로 몸을 반쯤 띄운 뒤
> 저 방패에서 빛나는 고르곤(Gorgon)[8]의 목으로
> 광폭한 난투자들을 돌로 변하게 했다.
> 브리튼 왕 세이모어(Seymour)도
> 마법의 무기는 지니고 있지 않았지만
> 간담을 서늘하게 하는 태도와 근엄한 눈길로 일어섰다.
> 그러자 그 위엄에
> 소란스럽던 홀이 순식간에 조용해졌다.

---

8) 그리스 신화에 나오는 괴물.

16장

괴물들 : 기간테스 | 스핑크스 | 페가소스와 키마이라 |
켄타우로스 | 피그마이오이 | 그리핀 혹은 그리피스

기간테스

신화에서의 괴물이란 균형이 부자연스러운 체형이나 그러한 부문을 가진 생물로서 사람들에게 공포의 대상이었던 것들을 말한다. 이들에게는 강한 능력이 있고 성격도 잔혹해서 인간에게 큰 해를 끼칠 수 있기 때문이다. 이런 괴물 중에는 다른 동물의 몸 일부를 제 몸에 결합한 것도 있다. 스핑크스(Sphinx)와 키마이라(Chimaera)가 그러하다. 이들은 무서운 야수의 성질과 인간의 지혜, 지능을 두루 갖춘 것으로 전해진다.

이것과는 달리 몸 크기만 인간과 다른 괴물도 있다. 이것은 기간테스(Gigantes)[1]인데, 이 종족은 여러 종류가 있다. 굳이 이런 말을 쓴다면, 인간적인 기간테스 ― 키클롭스(Cyclopes)[2], 안타이오스(Antaios)[3], 오리

---

[1] 그리스 신화에 나오는 거인족. 가이아의 자식들이며, 알려진 기간테스로는 그라티온, 에우리토스, 알키오네오스 등이 있다.
[2] 그리스 신화에 등장하는 하나의 눈(single eye)을 가진 거신(巨神)으로, 이 눈은 이마 한가운데에 위치한다.
[3] 바다의 신 포세이돈과 땅의 여신 가이아 사이에서 태어난 거신. 자기의 땅을 지나가는

온(Orion)[4] ─ 는 그 모양새가 인간과 같다. 이들은 인간과 사랑을 하기도 하고 싸우기도 한다.

그러나 신들과의 전쟁을 벌인 초인간적인 기간테스는 우선 그 크기부터 엄청난 차이가 있다. 전하는 바에 의하면 티티오스(Tityos)[5]가 누우면 9에이커(36,420평방미터)나 덮을 만큼 컸고, 엔켈라두스(Enceladus)[6]는 신들이 억누르면 아이트나(Aetna)산 전체를 들여놓아야 할 만큼 컸다.

이런 기간테스가 신들과 전쟁을 벌였는데 그 결과는 이미 앞에서 이야기한 바 있다. 이 전쟁 동안 기간테스는 신들에게도 무서운 적이었다. 기간테스 가운데 브리아레오스(Briareos)처럼 팔이 백 개나 되는 것도 있었다. 티폰(Typhon)은 불을 뿜었다.

기간테스의 능력이 이러하니 신들도 한때 두려움을 느낀 나머지 이집트까지 도망쳐서 여러 가지 모습으로 변신하여 살았다. 이때 제우스는 숫양(羊)으로 모습을 바꿨다. 뒷날 이집트에선 그를 나선형 뿔이 돋힌 아몬(Ammon)신으로 섬겼다. 아폴론(Apollon)은 까마귀로, 디오니소스(Dionysos)는 산양으로, 아르테미스(Artemis)는 고양이로, 헤라(Hera)는 암소로, 아프로디테(Aphrodite)는 물고기로, 헤르메스(Hermes)는 새로 변신했다.

또 언젠가 기간테스는 올림포스를 맹렬히 공격하였다. 이때 그들은 오사산을 들어 펠리온산에다 포개 놓고[7] 하늘의 성을 치려고 했다. 그러나 결국 벼락 앞에 무릎을 꿇었다. 이 벼락의 발명가는 아테나로, 그녀는 헤파이스토스와 키클롭스들에게 이것을 제조하는 방법을 가르쳤다. 그리고 그들은 이것을 만들어 제우스에게 바쳤다.

모든 사람에게 씨름을 청했는데, 그는 땅(그의 어머니)에 닿을 때마다 새로운 힘을 얻었기 때문에 아무리 땅에 내동댕이쳐져도 힘이 꺾이지 않았다.
4) 오리온이라는 별자리로 알려진 거인이자 미남 사냥꾼.
5) 신에게 행패를 부렸다가 죽임을 당한 거인.
6) 토성의 위성 중 하나.
7) Imponere pelio Ossam. 오비디우스(Ovidius)의 농경시 1권 281행.

스핑크스

테베 왕 라이오스(Laius)8)가 받은 신탁은 새로 태어날 아들이 장성하면 그의 생명과 왕위를 위태롭게 한다는 것이다. 그래서 왕은 이 아들이 태어나자마자 어느 양치기에게 주면서 죽여 없애라고 명령했다.

그러나 양치기는 아기가 너무 가엾어서 죽일 수가 없었다. 그렇다고 왕명을 어길 수도 없었기에, 생각다 못해 아기의 다리를 묶어 나뭇가지에 매달아 두었다. 이 아기는 농부에게 발견되었다. 농부는 이 아기를 그의 주인에게 데리고 갔고, 주인은 기꺼이 양자로 삼은 다음 그 이름을 '오이디푸스(Oedipus)'라고 했다. 그것은 '부은 발'이라는 뜻이었다.

그 뒤로 오랜 세월이 흐른 어느 날 라이오스는 시종 한 명과 함께 델포이로 가던 중 비좁은 길에서 이륜마차를 모는 젊은이와 마주쳤다. 시종이 젊은이에게 길을 비키라고 왕명을 전했지만 젊은이는 듣지 않았다. 그러자 시종이 젊은이의 말 한 마리를 죽였다. 젊은이는 크게 격분하여 마차를 뒤엎어 버렸고, 왕과 그 시종은 여기에 깔려 죽었다. 이 젊은이가 바로 오이디푸스로, 자신도 모르게 아버지를 죽인 패륜아가 되어버리고 만 것이다.

이 일이 있은 지 얼마 안 있어 테베시의 백성들은 홀연히 나타난 괴물 한 마리 때문에 몹시 시달렸다. 이 괴물의 이름은 스핑크스(Sphinx)9)였다. 스핑크스는 사자의 몸뚱이에 여자 얼굴을 하고 있었다. 그는 대개 바위 위에 웅크리고 앉아 있다가 지나가는 사람이 있으면 그 자리에서 발길을 막아 수수께끼를 냈다. 행인이 수수께끼를 풀면 그냥 놓아주지만, 풀지 못하면 그 자리에서 죽였다. 그러나 수수께끼를 푼 자가 아직 아무도 없었기에, 스핑크스와의 만남은 곧 죽음을 뜻했다.

이 두려운 이야기를 전해 들은 오이디푸스는 겁 없이 스스로 괴물을 찾아갔다.

---

8) 테베 왕 랍다코스(Labdacus)의 아들이자 오이디푸스의 생부.
9) 그리스 신화의 괴물. 상반신은 여자이고, 하반신은 날개가 돋친 사자의 모습으로, 행인에게 수수께끼를 내어 풀지 못하면 죽였다 함.

스핑크스가 그에게 물었다.

"아침에는 네 발, 낮에는 두 발, 저녁에는 세 발로 걷는 동물은 무엇이냐?"

오이디푸스가 대답했다.

"인간이다. 갓난아기 때는 두 손과 두 무릎을 사용하니 네 발이고, 자라서는 서서 다니니 두 발이다. 또 늙으면 지팡이를 짚고 다니니 세 발이다."

스핑크스는 이 명쾌한 대답에 굴욕을 느낀 나머지 바위 밑으로 몸을 던져 스스로 죽고 말았다.

테베인들은 이 괴물의 죽음을 크게 기뻐했다. 그들은 오이디푸스를 그들의 왕으로 추대하고, 선왕비(先王妃) 이오카스테(Jocasta)와 혼인케 했다. 이로써 오이디푸스는 제 부친을 살해하고, 제 모친의 남편이 된 것이다.

이 무서운 사실은 밝혀지지 않은 채 긴 세월이 흘렀다. 그러나 테베에 역질과 기근이 찾아들자 사람들은 신탁에 그 이유를 물었다. 그리고 사람들은 오이디푸스의 엄청난 죄악 두 가지를 알게 되었다.

이 사실을 알게 된 이오카스테는 자살했다. 오이디푸스는 미쳐 버렸으며, 그는 스스로 제 눈을 후벼 파고 방랑길을 떠났다.

모든 사람이 그를 버리고 홀대했으나, 딸인 안티고네(Antigone)[10]만은 끝까지 그를 지성으로 돌보았다. 오이디푸스는 계속 방랑 생활을 하다가 그 비참한 삶을 마쳤다.

페가소스와 키마이라

날개 달린 천마 페가소스(Pegasos)는 메두사의 목이 잘릴 때 그 피가 대지로 스며들어 거기에서 태어났다. 아테나는 이 말을 사로잡아 길들인 다음

---

10) 오이디푸스와 이오카스테 사이에서 태어났다. 안티고네는 여동생 이스메네(Ismene)와 함께 아버지의 길 안내자가 되어, 그가 테베에서 추방되어 아테네 근처에서 죽을 때까지 동행했다.

무사이(Mousai, [뮤즈(muse)])[11]의 신들에게 선물했다. 무사이들은 헬리콘(Helicon)산에 살았는데, 이 산에는 히포크레네(Hippocrene)[12]라는 우물이 있었다. 이 우물은 페가소스의 발굽에 차인 땅에서 솟은 것이라고 한다.

키마이라(Chimaera)[13]는 불을 뿜는 무서운 괴물이었다. 이 괴물의 몸 앞부분은 사자와 산양을 합친 모습이고 꼬리는 용의 모습이었다. 그런데 이 사나운 짐승은 리키아(Lycia) 이곳저곳을 온통 들쑤시고 다니며, 가는 곳곳마다 폐허로 만들었다. 그러자 이오바테스(Iobates)왕은 이 괴물을 퇴치할 용사를 널리 구했다.

어느 날 벨레로폰(Bellerophon)이라는 용감한 젊은 용사가 이 궁전을 찾아왔다. 그는 이오바테스왕의 사위인 프로이토스(Proitos)의 편지를 가지고 온 것이었다. 이 편지에는 벨레로폰을 크게 칭송하고 그를 용감한 영웅이라고까지 추켜세웠는데, 편지 끝부분에는 장인께서 꼭 좀 죽여달라는 글이 첨부되어 있었다. 그 까닭은 아내 안테이아(Antheia)가 이 용사에게 지나친 찬사를 보내 프로이토스의 질투심을 유발시켰기 때문이다.

그래서 자기도 모르는 사이에 자기의 사형집행 영장을 가지고 온 벨레로폰의 이야기에서 '벨레로폰의 편지(Bellerophonic letter)'라는 말이 유래되었다. 이 말은 심부름하는 자가 그 자신에게 불리한 내용을 담은 것을 전한다는 뜻이다.

이 편지를 읽은 이오바테스왕은 몹시 당황해했다. 멀리서 온 손님을 환대하지 않을 수도 없었고, 사위의 부탁을 나 몰라라 할 수도 없는 노릇이었다. 그러다 이오바테스는 묘안을 떠올렸다. 그것은 그를 시켜 키마이라를 퇴치하게 하는 것이었다.

---

11) 그리스 로마 신화에 나오는 예술의 여신들. 멜포메네, 에라토, 에우테르페, 우라니아, 칼리오페, 클에이오, 탈리아, 테르프시코레, 폴리힘니아를 뜻한다. 이들은 제우스와 므네모시네의 딸들이며, 뮤즈라고도 불린다.
12) 시인들이 아끼는 말의 샘.
13) 그리스 신화에 나오는 괴수(怪獸). 머리는 사자, 몸통은 양, 꼬리는 용 또는 뱀 모양을 하고 있음.

벨레로폰은 이 제안을 순순히 받아들였다. 그는 키마이라를 치러 가기 전에 예언자 폴리이도스를 찾아갔다. 폴리이도스는 그에게 가능하면 천마 페가소스를 타고 싸우는 것이 좋겠다고 했다. 그러기 위해서는 그날 밤 아테나 신전에서 잠을 자라고 했다. 그의 말에 따라 벨레로폰은 아테나의 신전으로 가 잠을 갔다. 그런데 그의 꿈속에서 아테나가 나타나더니 그에게 황금고삐를 주는 것이 아닌가! 놀라서 깨어 보니 분명히 꿈이건만 말고삐가 그의 손에 쥐여 있었다. 또 아테나는 페가소스가 페이레네 샘에서 물을 마신다는 것도 알려주었다.

벨레로폰은 황금고삐를 쥐고 이 샘으로 갔다. 그러자 날개 달린 천마는 황금고삐를 보고는 반가움을 표시하더니 곧 다가와 스스로 목을 내밀었다.

벨레로폰은 페가소스를 타고 날아올라 키마이라를 쉽게 찾았다. 그리고 힘을 전혀 들이지 않고 이 괴물을 물리쳤다.

키마이라를 물리친 뒤에도, 벨레로폰은 그에게 적의를 품은 이오바테스왕의 강요로 갖가지 시련과 고통을 당했다. 그러나 그는 그때마다 페가소스의 도움으로 이겨낼 수 있었다. 그러자 왕은 벨레로폰이 신들의 총애를 받는다고 인정하여, 자기 딸과 짝을 맺어 그를 계승자로 삼았다.

그러나 벨레로폰은 그 뒤 자만심과 오만에 넘쳐 신들의 노여움을 사고 말았다.14) 전하는 말에 따르면, 벨레로폰의 오만은 페가소스를 타고 하늘까지 오르려 했다고 한다. 그러자 이를 괘씸하게 생각한 제우스가 그에게 한 마리 등에를 보내, 페가소스를 쏘아 등에 탄 벨레로폰을 떨어뜨리게 했다고 한다.15)

벨레로폰은 절름발이에 장님이 되고 말았다. 그는 그 후로 알레이온16)을 방랑하다 비참한 최후를 마쳤다고 한다.

---

14) 신화의 영웅은 대부분이 이 오만 때문에 상승의 단계에서 급강하한다.
15) '지나친 욕망'이란 뜻의 라틴어 'oestrum'은 '등에'와 동일어이다.
16) 방랑의 들.

밀턴은 〈실낙원〉 제7편 첫 부분에서 이 벨레로폰에 대해 노래했다.

천상에서 내려오라, 우라니아(Urania)[17]여!
그 이름을 부르는 것이 맞다면,
그대 그 신성한 소리에 따라
나는 올림포스의 산보다도 높게,
페가소스의 날개가 닿는 것보다도 더 높게.
…… 그대에 이끌려
나는 지상(地上)으로부터 천계(天界)의 하늘에 손님으로 올라가,
정화(淨化)의 공기를 마시리라.
그리고 다시 그대의 손에 이끌려
지상에 있는 내 집으로 돌아가리라.
내 이 고삐도 없는 천마(天馬)에서 떨어져
(그보다 훨씬 낮은 하늘에서 떨어진 벨레로폰처럼)
알레이온의 들에 추락하여
그곳을 혼자 방황하면서 쓸쓸하게 헤매지 않도록.

에드워드 영(Edward Young, 영국의 시인, 1683 ~ 1765)은 〈밤의 명상〉에서 무신론자에 대해 말하다가 이렇게 노래했다.

미래에 대한 부정으로 눈먼 자는
벨레로폰이여, 그대와 같이
자기 고발장을 자신이 나른다.
자신에게 스스로 선고를 내리는 것이다.
사람의 마음을 읽는 자는 불멸의 생명도 읽는다.

---

17) 그리스 신화에 나오는 아홉 명의 뮤즈 가운데 하나. 천문학을 관장하며, 지구의와 나침반이 그녀를 상징했다.

그렇지 않다면 자연은 자기 자식들을 속여서
신화를 쓴 것이다.
인간이 거짓을 말하였다고.

페가소스는 무사이 여신들의 말이었기에, 시인들이 자주 칭송했다.

실러(Friedrich von Schiller)의 〈굴레 쓴 페가소스〉는 어떤 가난한 시인에게 팔린 페가소스가 짐마차와 쟁기를 끌었다는 아름다운 이야기이다.

페가소스는 그런 일에 길들지 않았으므로 무지한 주인은 그 말을 부릴 수가 없었다. 그러던 중 한 젊은이가 페가소스를 보고는 한번 타보겠다고 했다. 젊은이가 말 등에 오르자 처음에는 멍텅구리 같고 기력이 꺾인 것처럼 보였던 이 말이 당당한 정령처럼, 신처럼 우뚝 서는가 싶더니 빛나는 날개를 펴고 하늘로 날아올랐다.

미국의 시인 롱펠로(Henry Wadsworth Longfellow) 또한 이 유명한 천마의 모험을 〈우리 안의 페가소스〉에 기록하고 있다.

셰익스피어의 〈헨리 4세〉 속에도 페가소스에 대한 이야기가 있다. 거기에서 그는 왕자 헨리를 이렇게 묘사했다.

나는 헨리 왕자를 보았다.
투구의 턱 가리개를 올리며
넓적다리에 가리개를 달고, 튼튼하게 무장하고
날개 단 헤르메스처럼 지상에서 뛰어올라,
사뿐히 말 잔등에 내려앉더라.
마치 천사가 구름 속에서 하강하여
사나운 페가소스의 고삐를 채어 온순하게 만들고,
신비한 마술(魔術)로 인간의 눈을 혼란케 하는 것 같았다.

켄타우로스

이 괴물은 머리부터 허리까지는 사람이고 나머지는 말의 몸을 하였다고 한다. 고대인들은 말을 좋아했기 때문에 말과 인간의 결합을 나쁘게 보지는 않았다. 그래서 켄타우로스(Kentauros)18)는 고대의 상상적 괴물 중 좋은 특성을 부여받은 유일한 괴물이다.

켄타우로스는 또 인간과의 교제도 허락되었다. 따라서 페이리토스(Pirithous)19)와 히포다메이아(Hippodamia)가 혼인할 때도 다른 손님과 같은 자격으로 초대를 받았다. 그러나 이 잔치 때 켄타우로스족의 하나인 에우리티온(Eurytion)이 술에 대취하여 신부를 폭행하려 했다. 그러자 다른 켄타우로스들도 에우리티온과 같은 짓을 덩달아 하여 싸움이 벌어졌다. 싸움은 켄타우로스 몇몇이 죽을 정도로 커졌다.

이것은 흔히 '켄타우로마키아(Centauromachia)'라고 불리는 라피테스족과 켄타우로스족의 싸움으로, 고대의 조각가나 시인들의 작품 제재로 자주 사용되었다.

그러나 켄타우로스족이라 해서 모두 난폭한 것은 아니었다. 키론(Chiron)20)이란 자는 아폴론과 아르테미스에게 교육을 받아 사냥, 의술, 음악, 예언술에 뛰어났다. 그리스 신화의 유명한 영웅들 대부분이 이 키론의 제자들 ― 아킬레우스(Achilleus), 아스클레피오스(Asklepios), 이아손(Iason), 디오스쿠로이(Dioskouroi) 등 ― 이었다. 특히 아스클레피오스는 어린 시절부터 아버지 아폴론의 손을 떠나 키론에게 교육을 받았고, 장성하여 유명한 의사가 되었다. 그는 한번은 갓 죽은 사람을 살려 놓기도 했다. 그러니 하데스

---

18) 덕성과 판단력이라는 인간의 고귀한 본성과 대비되는 인간의 원초적인 에로스적 본능을 상징한다.
19) 그리스 신화에 나오는 전설적인 부족인 라피타이(Lapiths)인들의 왕이다.
20) 그리스 신화 켄타우로스족의 한 신. 크로노스(Cronos)와 필리라의 아들이다. '케이론'이라고도 한다. 크로노스가 말로 변신하여 필리라에게 잉태를 시킨 까닭에 반은 인간, 반은 말의 모습으로 태어났다. 모든 분야에 박식했으며 지혜로웠고 의술에도 밝아 많은 신과 영웅의 스승이었다.

(Hades, [플로트])21)가 이를 좋게 볼 리 없었다. 하데스는 제우스에게 이를 탄원했고, 탄원을 받아들인 제우스는 이 뛰어난 의사를 벼락으로 죽였다. 그러니 그가 죽자 신들의 대열에 끼워 주었다.

키론은 켄타우로스 가운데서도 가장 공정하고 슬기로웠다. 키론이 죽자, 제우스는 그를 하늘의 별들 사이에 올려 '궁수자리'22)라는 별자리가 되게 했다.

피그마이오이

피그마이오이(Pygmaioi)23)라는 말은 '난장이족'이라는 뜻이다. 이는 완척(腕尺, 팔꿈치에서 가운뎃손가락 끝까지의 길이), 다시 말해 13인치(약33센티)를 뜻하는 그리스어다. 이 숫자는 곧 종족의 키를 가리키는 것으로, 이들은 나일강 수원 부근에서 살았다.24)

해마다 겨울이 되면 학이 이 피그마이오이의 나라로 날아간다고 호메로스(Homeros)는 말한다. 그런데 학의 출현은 이 난장이족에게 유혈 전쟁을 의미했다. 그들은 침략자로부터 옥수수밭을 지켜야 했기 때문이었다. 이 종족과 그들의 천적인 학은 그래서 여러 가지 예술작품의 제재가 되어왔다.

후대의 작가들에 의하면, 피그마이오이 군대는 잠자고 있는 헤라클레스(Herakles)를 발견하고 큰 도시라도 공격할 기세로 공격 준비를 했다고 한다. 때마침 잠을 깬 헤라클레스는 이 꼬마들을 보고 웃음이 나와 몇을 사자 가죽에 싸서 에우리스테우스(Eurystheus)25)에게 주었다고 한다.

---

21) 명계(죽은 사람들의 세계)를 관장하는 신으로 크로노스와 레아(Rhea)의 아들이다.
22) 9월 상순 초저녁에 남중(南中)하는 별자리. 은하계의 중심이 이 방향에 해당함. '활쏘는 자'라는 뜻의 사수자리. 인마궁(人馬宮).
23) '팔과 주먹' Pyne의 '길이'라는 뜻이다.
24) 일설에서는 인도라고 함.
25) 그리스 신화에서 가장 힘이 세고 가장 유명한 영웅으로, 암피트리온의 아내 알크메네와 제우스 사이에서 태어났다.

밀턴은 〈실낙원〉의 제1편에서 이 피그마이오이를 그대로 인용했다. (780~788행)

인도의 산 저 너머에 사는
피그마이오이 종족은
꼬마 요정 같았다.
한밤중에 그들은 요란한 잔치를
숲 그늘이나 샘가에서 벌여,
저문 길 걷던 농부가 이를 구경하고
(아니면 구경하는 꿈을 꾸고)
또 외로운 달이
천공(天空)의 자리에서 바라보고 있다가,
점점 지상에 끌려가는 것과 같아
그들의 환락과 무가(舞歌)에 빠져들어
현란한 음악에 꼼짝 못 하다 보면
농부의 마음은 환희와 공포로 뛴다.

그리핀 혹은 그리피스

그리핀(Griffin) 혹은 그리피스(Griffith)는 사자 몸에 독수리 머리와 독수리 날개, 등은 깃털로 덮인 괴물이다. 이 괴물은 새처럼 둥지를 틀지만 알 대신 마노(瑪瑙)를 낳는다. 그리고 이 괴물은 크고 긴 발톱을 가지고 있는데, 얼마나 컸던지 그 나라 사람들이 이 발톱으로 술잔을 만들었다고 한다.

이 괴물의 고향은 인도로 전해진다. 이들은 산에서 황금을 발견하여 그것을 사용하며 주로 집을 지었다. 그러니 이들의 둥지는 당연히 수렵꾼의 표적이 되고 이들은 밤잠까지 설치면서 집을 지켜야 했다. 이들은 또 본능적으로 보물의 매장장소를 찾았고, 약탈자의 근접을 막기 위해 있는 힘을 다해 싸워야 했다.

당시 이 그리핀과 함께 산 아르마스포이족은 외눈박이들이었다.

밀턴의 〈실낙원〉 제2편에는 이 그리피스들을 그대로 인용한 부분이 있다.

> 그리피스가 지키는 황금을
> 불침번으로부터 몰래 훔쳐 달아나자
> 그들은
> 저 아르마스포이인을 쫓아,
> 황야를 지나고
> 날개 쳐 언덕을 넘어,
> 늪이 있는 골짜기를 넘을 때와 같이…….

17장

금양 모피 | 메데이아와 이아손

금양 모피

옛날 테살리아(Thessalia)에는 아타마스(Athamas)[1]와 네펠레 (Nephele)[2]라는 왕과 왕비가 살았는데 이들에게는 아들과 딸이 하나씩 있었다. 그러나 얼마 되지 않아 아타마스는 아내 네펠레를 멀리하더니 마침 내 그녀를 버리고 다른 여자를 맞이했다.

네펠레는 남매가 구박받을 것이 걱정되어 계모의 손길이 닿지 않는 곳으로 아이들을 도피시킬 방법을 찾으려고 했다. 그러자 헤르메스(Hermes)가 네 펠레를 도와주려고 황금 털을 가진 숫양 한 마리를 보내주었다. 그녀는 이 숫양이 남매를 안전한 곳으로 인도해 줄 거라고 생각했다.

그런데 남매를 등에 태운 숫양은 하늘로 날아올라 진로를 동쪽으로 잡아 유럽과 아시아를 가로지른 해협을 건너다가 그만 딸아이를 떨어뜨리고 말았다. 그 아이의 이름이 헬레(Helle)여서 그 뒤로 이 바다는 헬레스톤토스

---

1) 그리스 신화에 나오는 보이오티아의 왕.
2) 그리스 신화에 등장하는 요정으로 구름의 형상을 하고 있다.

(Hellespontos)3)라고 불렸는데, 오늘날의 다르다넬스(Dardanelles) 해협이 바로 이곳이다.

숫양은 계속해서 하늘을 날아 흑해 동편에 있던 콜키스(Colchis)라는 나라에다 프릭소스(Phrixus)를 내려놓았다. 이 나라의 왕 아이에테스(Aeëtes)는 프릭소스를 따뜻하게 맞이했다. 프릭소스는 그 자리에서 양을 제우스에게 바치고, 황금 양털은 아이에테스에게 선물했다. 왕은 그 황금 양털을 신에게 바친 숲속에 모셔두고 잠들지 않는 용에게 지키라고 했다.

테살리아에는 아타마스 왕국 근처에 그의 친척이 다스리는 또 하나의 왕국인 이올코스(Iolcus)가 있었다. 이 나라의 국왕이었던 아이손(Aeson)은 정치에 지쳐 아들 이아손(Iason)이 성인이 되면 돌려주는 조건으로 아우 펠리아스(Pelias)에게 일시적으로 왕위를 물려주었다. 그러나 세월이 흘러 이아손이 성인이 되었지만, 펠리아스는 바로 왕위를 내주지 않았다. 펠리아스는 곧 왕위를 돌려줄 듯한 태도를 취하다가, 이아손에게 황금 양털을 찾는 흥미로운 여행을 제의했다. 그것은 콜키스 왕국에 있었는데, 이아손은 쾌히 이 제안을 승낙하고 곧 원정 준비를 했다.

이아손은 아르고스(Argos)4)에게 50명의 인원이 승선할 배를 만들라고 지시했다. 당시 그리스인들의 항해선은 나무둥치를 파낸 조각배나 카누가 고작이었으므로 이런 지시는 사람들을 깜짝 놀라게 했다. 그러나 배는 완성되었고, 이 배의 이름은 건조한 자의 이름을 따서 '아르고(Argo)'5)라 지었다.

곧이어 이아손은 모험심이 많은 그리스의 젊은이들을 이 여행에 동참시키고, 자신은 그들을 이끌었다. 이때 배에 탔던 젊은이들은 뒷날 대부분 그리스의 영웅이나 신인(神人)이 되었다. 그 유명한 헤라클레스(Herakles), 테세우스(Theseus), 오르페우스(Orpheus), 네스트로도 여기에 끼어 있었다. 이들은 지금까지도 배의 이름을 따 '아르고나우타이(Argonautai)'6)라고

---

3) '헬레의 바다'라는 뜻.
4) 전신에 무수한 눈을 갖고 있다고 하는 거인 아르고스를 나타내는 것이 아님.
5) 쾌속.
6) 아르고 배의 선원들.

불린다.

용사들을 태운 아르고호는 테살리아 해안을 떠나 렘노스(Lemnos)섬에서 정박하고 미시아(Mysia)를 건너 트라케(Thracia)에 당도했다. 이곳에서 일행은 피네우스(Phineus)를 만나 그에게 차후의 여정에 대한 교시를 받았다. 현자(賢者) 피네우스는 에우크세이노스(Euxinus)[7]해는 두 개의 조그만 섬이 막고 있다고 했다. 이 두 개의 섬은 해상으로 떠다니며 서로 부딪치는데 그 사이로 들어오는 것을 모두 산산조각 내버린다는 것이었다. 그래서 이 섬에는 '심플레가데스(Symplegades)'라는 이름이 있다는 것이다. 그러나 피네우스는 일행에게 이 위험한 곳을 통과하는 방법도 알려주었다.

일행은 이 방법에 따라 바위섬 가까이에 접근하여 비둘기 한 마리를 날려 보냈다. 비둘기는 섬과 섬 사이로 날아갔는데, 꽁지 깃털 끝부분을 조금 상했을 뿐 무사히 통과했다. 그 순간 일행은 충돌했던 바위가 다시 열리기 전에 일제히 노를 저어 무사히 통과했다. 다만 배의 고물(선미(船尾), 배의 뒤쪽)이 바위섬이 합치는 충격으로 약간 상했을 뿐이다. 그 뒤로 그들은 해안선을 따라 배를 몰아 드디어 바다의 동쪽에 있는 콜키스 왕국에 무사히 도착했다.

이아손이 콜키스 왕 아이에테스에게 자신이 온 목적을 설명했다. 그러자 아이에테스 왕은 흠칫 놀라는 눈치였다. 사실 아이에테스 왕은 황금 양털을 잃으면 자신이 왕위에서 쫓겨난다는 신탁을 받았기 때문에, 이아손에게 순순히 황금 양털을 내어줄 수가 없었다. 결국 아이에테스 왕도 다른 왕들처럼 이아손에게 다음과 같은 조건을 내건 다음, 그 조건을 다 지키면 황금 양털을 내준다고 했다. 그 조건은 이아손이 놋쇠 발을 가진 불 뿜는 황소 두 마리에 쟁기를 매어 밭을 가는 것과, 카드모스(Kadmos)왕이 물리친 큰 뱀의 이빨을 땅에 무사히 심어야 한다는 것이었다. 그러나 그 이빨을 땅에 심으면 무장한 병사들이 돋아나 뿌린 자를 공격한다는 것은 널리 알려진 사실이었다. 두 가지 다 만만치 않았지만, 이아손은 어쩔 수 없이 이 조건을 수락하고 그

---

7) 흑해(黑海, Black Sea) — 이방인에게 비우호적인 바다.

자리에서 날짜까지 정했다.

황소와 대결하기 전날 밤, 이아손은 내일 일이 걱정되어 잠을 이루지 못했다. 그때 누군가가 이아손이 자고 있는 방의 문을 두드렸다. 문을 열자 나타난 사람은 바로 콜키스 왕의 딸 메데이아(Medeia)였다. 그녀는 이아손을 보는 순간 첫눈에 사랑에 빠졌다. 그래서 이슥한 밤에 이아손이 자고 있는 방의 문을 두드린 것이다.

메데이아는 이아손에게 자신과 지금 당장 결혼해 주면 내일 이기는 방법을 알려주겠다고 유혹했다. 그녀는 사실 예언의 능력을 가진 마술사이기도 했다. 당연히 황금 양털이 목적인 이아손이 이를 거절할 리 없었다. 이아손은 메데이아의 손에 이끌려 마법의 여신인 헤카테(Hecate)의 신전으로 가 여신의 이름으로 결혼식을 올렸다. 자신의 목적을 이룬 메데이아는 이아손에게 불에 타지 않는 약과 마법의 돌을 주었다.

결정된 날짜가 되자, 많은 사람이 아레스(Ares)의 숲에 모여들었다. 이윽고 놋쇠 발의 황소가 콧구멍으로 불길을 내뿜으며 들어왔다. 황소 두 마리가 다가오는 소리는 용광로에서 끓는 쇳물 소리 같았고, 그들이 내뿜는 불길에 의해서 타는 온갖 것들은 생선회에 물을 끼얹는 것처럼 연기가 피어올랐다.

그러나 이아손은 용감하게 황소 앞으로 나아갔다. 그리스 영웅 중에서도 영웅인 이아손의 동료들도 두려움이 몰려오는지 숨을 죽였다. 그러나 이아손은 그 뜨거운 불길을 무시하고 부드러운 목소리로 황소의 노기를 삭히면서, 손으로 목을 어루만졌다. 그리고 재빨리 멍에를 채워 쟁기를 끌게 했다. 콜키스 사람들은 대경실색했고, 그리스인들은 기쁨의 함성을 질렀다.

이아손은 이어서 큰 뱀의 이빨을 뿌리고 쟁기로 이빨을 뿌린 밭을 갈았다. 곧 무장한 병사들이 돋아났다. 그들은 흙 위로 나오자마자 무기를 휘두르며 이아손에게 덤벼들었다. 그리스인 모두는 전율했고, 비책을 알려준 메데이아까지도 공포로 파랗게 질렸다. 이아손은 잠시 칼과 방패로 대적했으나 갈수록 수가 불어나자 메데이아가 가르쳐준 마법을 사용했다. 그가 돌을 집어 병사들 한가운데로 던지자, 그들은 저희끼리 창검을 휘둘렀다. 그리고 잠시 후 용의 이빨에서 태어난 자식들이 모두 전멸하고 말았다. 그리스인들은 그들의 영웅을 껴안으며 기뻐했다.

마지막으로 남은 것은 황금 양털을 지키는 용을 잠재우는 것인데, 그것은 간단한 일이었다. 이아손은 메데이아가 만들어 준 약 몇 방울을 용의 주위에 뿌렸다. 그러자 그 냄새를 맡은 용이 노기를 가라앉히고 움직이지 않더니, 전혀 감지 않았던 그 큰 눈을 감고 모로 누워 잠들어버렸다.

이렇게 하여 이아손은 드디어 꿈에 그리던 황금 양털을 손에 넣게 되었다. 그리고 재빨리 메데이아와 원정대원들을 배에 태우고 몰래 콜키스를 떠났다. 아이에테스 왕은 뒤늦게 이아손이 없어진 사실을 알아차리고 분통을 터트렸다.

"메데이아가 나를 배신하다니!"

아이에테스 왕은 자신의 아들 압시르토스(Apsyrtos, 메데이아의 남동생)를 시켜 맹추격전을 펼치도록 했다. 압시르토스가 이끄는 추격 함대는 어느덧 아르고호 뒤꽁무니까지 따라왔다. 위기의 순간, 메데이아는 또 한 번 기지를 발휘했다. 동생에게 항복하는 척하다가 오히려 동생을 납치한 것이다. 이렇게 끌려온 압시르토스를 이아손이 토막 내어 바다에 던졌다.

일행과 메데이아를 데리고 테살리아로 돌아온 이아손은 서둘러서 그 황금 양털을 펠리아스에게 건네준 뒤 '아르고호'를 바다의 신 포세이돈에게 바쳤다.

그 뒤로 황금 양털의 행방은 분명치 않다. 그러나 그 황금 양털을 손에 넣는 데 들인 노고에 비해 가치는 별로 없는 것이었을 것이다.

후대의 어떤 작가는 이 이야기는 상당한 허구로 되어 있으나 그 바탕에 진리가 있어 신화적이라고 주장했다. 그리고 이들의 원정은 초기의 중요한 해외 원정으로도 보았다.

우리가 역사를 통해 익히 알고 있듯이 이런 원정은 대부분 해적의 성질을 가지고 있었다. '아르고호의 원정'도 이와 비슷한 성격이었을 것이다. 원정대가 풍부한 전리품을 지니고 왔다면 이야기는 다분히 전설로 탈바꿈하지 않겠는가.

그러나 신화 학자 브라이언트[8])는 이야기가 노아(Noah)와 방주 이야기[9])가 변형된 것이라고 주장했다. 그것은 아르고(Argo)라는 이름은 노아(Noah)와 비슷하고, 비둘기의 등장도 이런 주장을 뒷받침한다는 것이다.

메데이아와 이아손

황금 양털을 찾아온 것을 축하하려고 잔치를 벌였지만, 이아손의 마음은 허전했다. 아버지 아이손이 노령으로 허약해져 그 자리에 참석하지 못했기 때문이다.

이아손이 메데이아에게 말했다.

"아내여, 그대의 도움으로 오늘의 내가 있으나 나는 이 세상이 허전하다오. 나를 위해 다시 한번 그 마법을 사용해 주시오. 부탁이니, 내 수명에서 몇 년을 빼내어 아버지 수명에다 붙여 주시오."

그러자 메데이아가 대답했다.

"그런 희생은 필요치 않아요. 마법만 들어준다면 당신의 수명을 빼지 않고 아버님의 수명을 연장하도록 해볼게요."

그녀는 만월이 된 밤, 모두 잠든 시간에 홀로 일어났다. 주위는 고요했다. 그녀는 별과 달을 향해 기원하고 지하의 여신 헤카테(Hecate)와 대지의 여신 텔루스(Tellus)에게 기원했다. 이 여신들의 힘이 마법에 쓰이는 약초를 키워 내기 때문이었다. 또 그녀는 숲이나 동굴, 산, 골짜기, 호수나 강, 바람과 대기의 신들에게도 기원했다.

그녀가 기원하고 있는 동안 한층 더 빛나던 별들 사이에서 날개 달린 뱀들

---

8) Jacob Bryant, 영국의 고전학자, 1715~1804년
9) 구약성경 창세기 6~9장.

이 끄는 이륜차 한 대가 내려왔다. 그녀는 이 이륜차를 타고 하늘 높이 올라, 온 지방을 두루 살펴서 이번 목적에 쓰일 약초를 모았다.

그녀는 아흐레 밤낮 동안 그 일만 했다. 이 기간에는 궁전에도 오지 않았고, 사람의 지붕에는 앉지 않았으며, 사람들과 만남도 일절 갖지 않았다.

약초를 다 채취한 그녀는 두 개의 제단을 세웠다. 하나는 헤카테의 제단이고, 하나는 청춘의 여신 헤베(Hebe)의 것이었다. 그녀는 이 제단에 우유와 포도주를 제주(祭酒)로 뿌린 다음 검은 양 한 마리를 산 제물로 바쳤다. 이어서 하데스와 그 왕비에게 이 노인의 생명을 서둘러 거두어가지 말아 달라고 부탁했다.

이윽고 아이손을 들이게 한 그녀는 주문을 외어 그를 깊은 잠으로 보낸 뒤 약초를 깐 침상에 눕혔다. 그리고 이아손을 비롯한 모든 사람을 물리쳤다. 이제 준비는 거의 다 되었다. 그녀는 머리를 풀고, 불붙은 나뭇가지로 피를 휘저으며 제단을 세 바퀴 돌아 그 나뭇가지를 제단 위에 놓고 불을 지폈다. 솥 안에 여러 가지 약초와 매운 진액이 들어있는 씨앗과 꽃, 먼 동방의 돌, 대양의 해변에서 퍼 온 모래, 달빛 아래에서 모은 흰 서리, 부엉이 머리와 날개, 이리의 내장 같은 것들을 첨가했다. 잠시 후 그녀는 솥에 생명력이 긴 거북의 껍질과 수사슴의 간장, 인간보다 아홉 세대를 더 산 까마귀의 머리와 부리를 넣었다. 이밖에도 그녀는 '이름 없는 것'10)을 넣고 올리브 가지로 저으면서 끓였다.

그러자 놀라운 일이 벌어졌다. 그 가지를 솥에서 꺼내니, 가지에 잎이 돋고 올리브 열매가 맺힌 것이었다. 또 솥 안에서 즙이 끓다가 더러 주위로 튀면, 튄 곳에서는 파란 싹이 돋아나는 것이었다.

모든 준비가 끝났다. 그러자 그녀는 아이손의 목에 구멍을 뚫어 온몸의 피를 빼낸 다음, 입과 상처 구멍을 통해 솥의 즙을 부어 넣었다. 그 즙이 들어가자, 노인의 흰 머리카락과 수염이 검어지기 시작했다. 창백하고 여윈

---

10) Things without a name. : 〈맥베드〉 4막 1장 50행 참조.

낯빛이 사라지고 혈관이 힘차게 뛰었고, 손발은 튼튼한 기운으로 가득 찼다. 건강이 40년 전과 같게 된 것이다.

여기까지의 메데이아는 자신의 마법을 선량한 목적에 쓴 것으로만 되어 있다. 그러나 다음의 경우는 이 마법을 복수의 수단으로 사용한 것이다.

독자 여러분은 기억할 것이다. 펠리아스는 조카의 왕위를 돌려주지 않고 오히려 그를 멀리 보낸 자이다. 그러나 그에게도 좋은 점이 있었는지 그의 딸들은 지극히 효성스러웠다. 이 딸들은 아이손의 회춘을 보고 자신들의 부친도 회춘하기를 원했다. 그래서 그녀들은 메데이아에게 부탁했고, 메데이아도 이에 응해 전같이 솥을 준비했다. 그리고 늙은 양 한 마리를 솥에 넣게 했다. 뚜껑을 닫자마자 곧 양 우는 소리가 들리더니, 뚜껑을 열자 새끼 양 한 마리가 뛰어나와 풀밭으로 도망쳤다. 이 실험을 본 펠리아스의 딸들은 크게 기뻐하며 자기들 부친의 시술 일정을 잡았다.

그러나 메데이아는 전혀 다른 준비를 했다. 그녀는 솥에 물과 보통 잡초만을 집어넣었다. 밤이 되었다. 그녀는 펠리아스의 딸들과 함께 펠리아스의 침실로 가 곧 왕과 호위병을 주문으로 잠재웠다. 이어서 딸들은 단검을 빼들고 왕의 침대 곁에 섰다. 그러나 그녀들은 메데이아의 명령에도 차마 부친을 찌를 수가 없었다. 메데이아가 그녀들의 우유부단을 심하게 꾸짖자, 그녀들은 고개를 옆으로 돌리고 단검으로 펠리아스의 몸을 찔렀다.

펠리아스가 놀라서 눈을 뜨고 소리쳤다.

"대체 이게 무슨 짓이냐? 얘들아, 나를 죽이려는 것이냐?"

딸들이 놀라 단검을 떨어뜨렸다. 그러자 메데이아는 그 단검을 주워 왕에게 치명적인 일격을 가해, 왕이 다시는 입을 열지 못하게 했다. 왕을 솥에 집어넣은 메데이아는 왕을 살해한 것이 밝혀질까 봐 뱀이 끄는 이륜차를 타고 황급히 그곳을 떠났다. 만일 그녀가 그곳에 있었다면, 펠리아스 딸들에게 무서운 복수를 당했을 것이다.

그러나 이런 일까지 저지르면서도 메데이아는 그 공로에 대한 보상을 전혀 받지 못했다. 오히려 이아손은 코린토스(Corinth)의 크레온(Kreon)왕 딸

글라우케(Glauke)를 아내로 맞이하고, 메데이아를 버리기까지 했다. 이에 분노한 메데이아는 신들에게 복수를 맹세했다.

그녀는 신부에게 독약을 바른 옷을 선물로 보내 글라우케와 크레온을 죽음으로 몰아넣었고, 자신의 아이들 또한 죽게 했다. 그런 다음 궁전에 불을 놓고는 뱀이 끄는 이륜차에 올라 아테네로 도망쳐 테세우스(Theseus)의 아버지인 아이게우스(Aigeus)와 재혼했다.

포프(Pope)는 〈성(聖) 체칠리아의 날, 음악에 부치는 송가(頌歌)〉에서 '아르고호'의 진수(進水)와 오르페우스(Orpheus)의 음악을 찬양했다. 여기서 나오는 트라케인(Thracians)은 오르페우스를 말한다.

> 저 최초의 웅장한 배가 바다로 나아갈 때,
> 트라케인은 고물에 서서 하프를 뜯었다.
> 아르고 성좌(星座)가 그와는 동족인 나무들이
> 펠리온의 산에서 바다로 미끄러져 들어가는 것을 보는 동안,
> 신인(神人)들은 그 가락에 넋을 잃었고
> 용사들의 마음도 부풀어 올랐다.

존 다이어(John Dyer, 웨일즈 태생의 시인, 1699 ~ 1757)의 〈양피〉라는 시에는 '아르고호'와 그 승무원을 노래한 부분이 있다. 이 시에는 원시적인 바다의 모험이 잘 나타나 있다.

> 에게해(Aegean海) 연안 각지에서 용사들이 모여들었다.
> 저 유명한 쌍둥이 카스토르(Castor)와 폴리데우케스(Polydeuces),
> 음악의 명인 오르페우스(Orpheus),
> 바람처럼 빠른 제테스(Zetes)와 칼라이스(Calais),
> 굳센 헤라클레스(Herakles)와 그 밖에 이름 높은 용사들이.

이올코스(Iolcus) 해변 백사장에 밀려들어
갑옷을 번쩍이며 원정의 불꽃으로 가슴을 태웠다.
이윽고 월계수 밧줄과 바위를 갑판에 올리고
범선은 닻줄을 풀었다.
놀랄 만큼 긴 용골(龍骨)은
이 명예로운 원정을 위해
아르고스(Argos)의 뛰어난 재주로 만든 것.
그 긴 용골 위에 돛대가 우뚝 솟고
돛마다 바람을 가득 안는다.
영웅들도 처음 보는 것이다.
그래, 이제 일행은
넓은 바다에서 대담한 항해술을 배운다.
금빛 별들에 이끌리어,
키론이 천공(天空)에다 표시를 한 듯한.
......

헤라클레스는 그가 총애하던 미소년(美少年) 힐라스(Hylas)와 미시아 (Mysia)에서 이 원정대와 헤어졌다. 어느 날 이 소년이 섬에 물을 뜨러 갔는 데 그 아름다움에 마음을 빼앗긴 샘의 님프들이 그만 소년을 붙잡아 버렸다. 헤라클레스는 이 소년을 찾으러 갔다. 그런데 그가 떠난 사이에 아르고호(號) 가 그를 남겨두고 출범했던 것이다.

무어는 〈아일랜드의 노래〉 중 '이 세상에서의 생활은 모두 기쁨과 슬픔으 로 채색되어 있다' 제2절에서 이 일을 아름답게 노래했다.

물병을 들고 샘에 간 힐라스는
빛으로 가득한 들판을 지나,

즐거운 마음으로 발걸음 가볍게
목장과 언덕을 넘어가다,
길가에 핀 꽃을 보고 넋을 잃어
그의 일을 잊어버렸네.

그래, 젊었을 때는 모든 사람이 마찬가지라지만
〈철학〉의 신당 곁을 흐르는 샘물을 맛보아야 하는데,
물가에 핀 꽃을 보다 넋을 잃고
중요한 때를 헛되이 보내느라
그들 물병이 내 병처럼 비워 둔 채로 있구나.

메데이아의 마법을 보면 여러분은 〈맥베드〉에 나오는 마녀들의 마법을
떠올릴 수 있을 것이다.

다음에 소개되는 시는 메데이아의 이야기를 떠오르게 하는 1절(一節)일
것이다.

가마솥 주위를 빙빙 돌아라.
독 품은 내장을 넣어 두어라.
……
늪지에서 잡은 뱀의 고기,
가마솥 속에다 끓여라, 볶아라.
도롱뇽의 눈알에 개구리 발가락,
박쥐 털에 개 혓바닥,
독사 혀와 눈먼 도마뱀의 독니,
도마뱀 다리와 올빼미 날개.
……
주린 상어 밥통에

한밤에 캐어낸 독이 든 당근.
......

또 이런 시행도 있다.

맥베드 : 대체 무슨 짓들을 하느냐?
세 마녀 : 말할 수 없는 일입니다.

토머스 캠벨(Thomas Campbell, 스코틀랜드 시인, 1777~1844)의 시에는 에우리피데스(Euripides, 그리스 시인, 극작가)의 비극 〈메디아〉의 합창곡 번역이 있다. 에우리피데스는 이 시에서 그가 태어난 고향인 아테네를 열렬히 칭송했다. 그 처음 부분은 이렇다.

오, 가엾은 여왕이여!
그대는 친족의 피를 뿌리면서
그 빛나는 이륜차를 아테네로 몰았는가.
저주받은 근친 살해의 죄를 숨기면서
그대는 영원한 '평화'와 '정의'가 있는 나라로 가려고 했는가?

18장

멜레아그로스 | 아탈란테

멜레아그로스

아르고호 원정자 중에는 멜레아그로스(Meleagros)라는 영웅도 있었다. 그는 칼리돈(Calydon) 왕 오이네우스(Oeneus)와 알타이아(Althaea)의 아들이다.

알타이아는 아들을 낳을 때 모이라이(Moirae, [파르카이(Parcae)])[1] 세 자매를 만났다. 운명의 실을 짜는 이 여신들은 이 아이를 두고 예언을 했는데 그것은 난로 안의 장작이 다 타면 아이의 생명도 끝난다는 것이었다. 그러자 알타이아는 재빨리 일어나 장작을 꺼내 불을 끄고 이를 주의 깊게 지켜보았다. 그동안 멜레아그로스는 소년이 되고, 청년기를 지나 이윽고 장년이 되었다.

그러던 어느 날 오이네우스왕은 신들에게 산 제물을 바치다가 여신 아르테

---

1) 인간의 운명을 정하는 3명의 노파. 실을 잣는 클로토(Klotho), 실을 나누어주는 라케시스(Lachesis), 실을 끊는 아트로포스(Atropos)를 말한다. 초기에는 이름이 없었으나 헤시오도스(Hesiodos) 시대부터 인격화된 신으로 묘사되었다.

미스(Artemis, [디아나(Diana)])를 잊은 적이 있었다. 이 홀대에 격분한 아르테미스는 칼리돈 왕국에 멧돼지 한 마리를 보냈다. 이 멧돼지의 핏발선 눈은 불길로 이글거렸고, 그 털은 창끝처럼 뻣뻣이 서 있었다. 어금니는 인도코끼리의 어금니 같았다. 멧돼지는 곧 열매 맺던 곡식과 포도, 올리브나무를 짓밟았고 양 떼와 소 떼를 몰아 떼죽음을 시켰다. 웬만한 방법으로는 이 괴물을 막을 수가 없었다.

멜레아그로스는 그리스의 영웅들에게 괴물을 잡는 대단한 사냥대회가 있으니 꼭 참석해 달라는 편지를 보냈다. 그러자 테세우스(Theseus)와 그의 친구 페이리토스(Pirithous), 이아손(Iason), 뒷날 아킬레우스(Achilleus)의 부친이 되는 펠레우스(Peleus), 아이아코스(Aiakos)의 아버지 텔라몬(Telamon), 그때는 어렸지만 노인이 되어서도 트로이 전쟁에 참가했던 네스토르(Nestor)를 포함하여 수많은 영웅이 이 사냥에 참가하게 되었다.

아르카디아(Arcadia) 왕 이아소스의 딸 아탈란테(Atalante)도 참가했다. 그녀는 윤이 나는 황금 조임쇠로 옷을 틀어 매고, 왼쪽 어깨에는 상아 전동, 왼손엔 활을 들고 있었다. 그녀의 얼굴은 여성의 뛰어난 아름다움과 청년의 용기가 하나로 어우러져 유난히 돋보였다. 그 모습을 본 멜레아그로스는 그만 그녀에게 반하고 말았다.

어느새 일행은 괴물 멧돼지의 동굴 근처까지 갔다. 그들은 튼튼한 밧줄을 나무 사이에다 얽어매었다. 그리고 개를 풀어 사냥감의 풀밭 속에 남아 있는 돼지의 발자취를 찾게 했다. 그러자 갈대숲에 몸을 숨기고 있던 멧돼지가 개 짖는 소리를 듣고 개들을 향해 돌진했다. 개 두 마리가 차례로 멧돼지에게 죽임을 당했다.

이아손은 아르테미스에게 행운을 빌며 창을 날렸다.[2] 그러나 그 창은 사냥감을 맞히기는 했지만 아무런 상처도 입히지 못했다. 여신이 날아가는 창의 날을 뽑아낸 것이다. 네스토르는 멧돼지에게 쫓기다 나무로 올라가 몸을

---

2) 아르테미스는 사냥의 여신이다. 그러나 이 멧돼지는 그녀가 보낸 것이기에, 이아손의 기도를 들어줄 리가 없다.

피했고, 텔라몬은 나뭇가지에 걸려 넘어졌다. 그러나 아탈란테가 쏜 화살은 이 괴물의 몸을 적중시켰고, 괴물은 피를 흘리기 시작했다.

그것은 가벼운 상처였으나 그것을 본 멜레아그로스는 몹시 기뻐하며 그녀의 공을 추켜세웠다. 여자에게 큰 칭찬이 돌아가자 못마땅하게 여긴 안카이오스(Ankaios)가 자기 용맹을 큰 소리로 떠벌리며 뛰어나갔다. 그러나 그는 상처를 입고 날뛰는 멧돼지에게 치명상을 입고 땅바닥으로 굴러떨어지고 말았다. 테세우스의 창은 돌출된 나뭇가지에 걸려 옆으로 빗나갔다. 이아손의 창도 과녁에서 벗어나 오히려 그가 데려온 사냥개만 죽였다.

멜레아그로스는 첫 투창에 실패했지만, 두 번째 투창이 괴물의 옆구리에 깊은 상처를 냈다. 그러자 그는 과감히 달려들어 이 괴물을 찔러 죽였다. 환호성이 퍼졌다. 사냥 나온 일행이 모여들어 승리자를 축하하면서 그 손을 잡았다.

멜레아그로스는 한 발로 죽은 멧돼지의 머리를 밟고 아탈란테를 돌아보았다. 그리고 자신의 전리품인 그 괴물의 머리와 털이 덮인 모피를 그녀에게 바친다고 선언했다.

그러나 이 선언은 다른 사람에게 질투심을 일으켰다. 그중 멜레아그로스의 외숙인 플렉시포스(Plexippus)와 톡세우스(Toxeus)가 특히 반대하며 아탈란테에게 준 전리품을 빼앗았다. 멜레아그로스는 이들의 무례함과 자신의 사랑을 모욕한 행위에 몹시 분개한 나머지, 친족간의 예의도 잊어버리고 칼을 들어 두 외숙의 가슴을 찌르고 말았다.

그런 사실을 모르는 알타이아는 아들의 승리에 대한 감사를 올리려고 신전에 갔다가, 신전으로 운반되는 동생들의 주검을 보았다. 그녀는 울부짖으며 예복을 상복으로 갈아입었다. 그러나 자기 동생들을 살해한 자가 밝혀지자, 그녀의 슬픔이 곧 자식에 대한 복수심으로 바뀌었다.

그녀는 운명의 장작을 ― 운명의 여신들의 예언 때문에 난로에서 꺼냈던 ― 꺼내서 불을 지피라고 명령했다. 그리고 곧 그 장작을 불길 속으로 던져버리려고 했다. 하지만 그녀는 네 번을 물러서고 말았다. 그것은 바로 자기 자식에게 돌아가는 파멸이기 때문이었다.

　그녀의 얼굴은 자기의 도리를 생각할 때는 창백해졌다가 자식에 대한 분노를 느낄 때면 다시 빨갛게 달아올랐다. 바람이 불면 한쪽으로 밀리다가 조수에 다시 반대편으로 밀려가는 배처럼 그녀의 마음도 갈팡질팡했다. 결국 누이로서의 감정이 어머니로서의 감정을 압도했다.

　알타이아는 운명의 장작을 꼭 쥐고 소리쳤다.

　"여길 보십시오, 복수의 여신이여! 여기 내가 드리는 제물을 받으소서. 죄는 죄로써 갚아야 합니다. 내 집안 테스티오스(Thestius)가(家)가 몰락되었는데, 어찌 제가 아들의 승리를 기뻐하겠습니까? 그런데 아, 이건 대체 무슨 짓인가! 내가 내 아들을 죽이려 하다니. 아우들아, 어미 된 자의 약한 마음을 용서하라. 이 손이 말을 듣지 않는구나. 저 아이는 죽어 마땅하다마는 그것을 내 손으로 해야 하다니……. 하지만 어쩌랴! 너희들의 한이 구천을 헤매는데, 내 아들이 살아 승리를 노래하며 이 칼리돈을 지배하게 할 수는 없지. 그래, 안 된다! 그럴 수는 없다. 아들아, 너는 나 때문에 지금까지 살았다. 이제 너는 죽어 네 죗값을 치러야 한다. 너는 이제 목숨을 반환해야 한다. 낳을 때 한 번, 장작을 불길에서 꺼낼 때 한 번, 이렇게 네가 받은 두 번의 생명을 돌려주어야 한다. 아, 어차피 이렇게 될 목숨! 차라리 그때 죽게 내버려 둘 것을……. 아들아, 너는 승리가 불행이구나. 아우들아, 승리는 너희들 것이다."

　그녀는 이렇게 울부짖으며 고개를 돌린 채 운명의 나무를 불길 속으로 던져 넣었다. 그러자 나무가 괴롭다는 듯 신음을 냈다. 아니, 내는 것 같았다.

　그 순간, 멀리 떨어져 있는 멜레아그로스는 원인 모를 고통을 느꼈다. 그의 몸이 불타기 시작한 것이었다. 그는 자신을 불태우는 그 고통을 다만 용기로 버틸 뿐이었다. 피 한 방울 흘리지 않았지만, 불명예스러운 자신의 죽음을 한탄했다. 그리고 최후의 순간이 오자 늙은 부친, 형과 누이들, 사랑하는 아탈란테와 그의 죽음을 집행한 어머니의 이름을 불렀다.

　불꽃이 커지고 이 영웅의 고통도 커졌으나, 이내 불꽃이 사그라들자 영웅의 고통도 사라졌다. 나무는 재가 되었고, 그의 생명은 바람에 실려 사라졌다.

알타이아도 스스로 목숨을 끊었다. 멜레아그로스의 누이들은 아우의 죽음을 애절히 슬퍼하다가 새가 되었다. 이 변신은 한때 큰 분노를 일으켰던 아르테미스가 이 집안을 가엾게 여겨 베푼 은총이었다.

아탈란테

이 슬픈 일이 생긴 원인은, 아무 죄도 없긴 하나 아탈란테에게 있었다. 그녀는 여자라고 하기엔 너무 남자 같고, 남자로 보기엔 너무 여자 같았다.

그녀가 한번은 자신의 운명을 신탁에 알아봤는데 신탁이 이렇게 말했다.

"아탈란테여, 결혼하지 마라. 결혼하면 너는 그것으로 끝이다."

그녀는 신탁을 두려워한 나머지 남자들과의 사귐을 피하고, 대신 사냥에만 열중했다. 구혼자에게는 조건을 내세워 그들의 구혼을 물리쳤다.

"누구든지 나하고 경주해서 이기면, 그자에게 나를 상으로 주겠습니다. 그러나 나를 이기지 못하면, 그 벌로 목숨을 거두겠습니다."

이런 무서운 조건이 있는데도 경주를 해보자고 나서는 자들이 있었다. 그리하여 벌어진 달리기 경주에, 히포메네스(Hippomenes)가 심판으로 나서면서 말했다.

"여자 하나 때문에 이런 경솔한 짓을 한다고? 다들 미친 거 아냐?"

그러나 경주에 나서려고 겉옷을 벗은 아탈란테를 보고는 그도 생각이 달라졌다.

"나를 용서하게. 나는 자네들이 승리할 경우 받을 상의 가치를 몰랐다네."

히포메네스는 모든 도전자가 지기를 원했고, 혹 승산이 있는 자가 나서면 그자를 질투했다.

아탈란테는 바람처럼 달렸고, 그런 그녀의 모습은 너무나 아름다웠다. 마치 미풍이 그녀의 발에 날개를 달아준 것 같았다. 그녀의 머리카락은 어깨

위에서 춤췄고, 옷가지의 장식술은 아우성치면서 나부꼈으며, 흰 살결은 장밋빛으로 물들었다. 마치 대리석 위에 진홍빛 휘장을 드리운 것처럼 고왔다.

그녀는 시합을 겨룰 때마다 모두 이겼고, 그때마다 사내들은 하나씩 죽어갔다.

그러나 이런 결과를 보아온 히포메네스가 겁 없이 말했다.

"이런 굼벵이들을 이겼다고, 자만하지 마시오. 이제 내가 도전하리다."

아탈란테는 안타까운 눈으로 청년을 바라보았다. 이겨야 할지 져줘야 할지 분간하기가 어려웠다.

'어떤 신이 이같이 젊고 잘난 청년의 목숨을 버리게 하실까. 안타깝구나! 용모도 용모지만 저 청춘이 가엾어. 차라리 그가 경주를 포기했으면. 아니면 나를 이겨줬으면…….'

이런 생각으로 그녀가 머뭇거리자 구경꾼들은 시합을 재촉했고, 그녀의 부친도 서둘러서 경기를 하라고 소리쳤다.

히포메네스는 아프로디테에게 기도했다.

"신이여, 도와주소서! 이렇게 만든 것은 당신이 아니십니까?"[3]

아프로디테는 이 기도를 들어주었다. 키프로스의 아프로디테 신전 뜰에는 금빛 잎, 금빛 가지에 금빛 과일이 열리는 사과나무가 있었다. 여신은 이 나무에서 황금 사과 세 개를 따 눈에 띄지 않게 히포메네스에게 건네주면서, 그것을 사용할 시기를 알려주었다.

출발 신호가 울렸다. 두 사람의 다리는 너무나 가벼워서 강물 위나 곡식의 물결 위를 지나도 발이 빠지지 않을 정도로 빨랐다. 구경꾼들은 모두 큰 소리로 히포메네스를 응원했다.

"잘한다! 달려라, 달려! 늦추지 말고 빨리, 더 빨리 힘을 내!"

이러한 응원을 그와 그녀, 이 둘 중 누가 더 기뻐했을지는 모르겠다.

그러나 어느 정도 달렸을 때 히포메네스는 숨이 거칠어지면서 심한 갈증을

---

3) 아프로디테가 사랑의 여신이기 때문이다.

느꼈다. 결승점까지는 한참이 남아 있었다. 이때 그는 가지고 있던 금빛 사과 한 개를 던졌다. 아틀란테는 깜짝 놀랐다. 그리고 그것을 주우려고 발길을 멈췄다. 그 사이 히포메네스가 그녀를 앞섰다. 환호성이 일었다. 그러자 아탈란테가 힘을 다해 곧 그를 따라붙었다. 히포메네스는 사과 한 개를 또 던졌다. 그녀는 걸음을 멈췄지만 다시 곧 따라갔다. 결승점이 가까워지고, 이제 기회는 한 번 남았다. 히포메네스가 소리쳤다.

"여신이여, 지금입니다. 힘을 주십시오!"

히포메네스가 마지막 사과를 길옆으로 멀찌감치 던졌다. 그 사과를 본 아탈란테는 잠시 주저했다. 그러나 아프로디테는 아탈란테가 몸을 돌려 그것을 줍게끔 하였다.

경주가 끝난 후, 그는 상으로 얻은 그녀를 자신의 집으로 데려갔다.

그러나 이들은 달콤한 사랑에 빠져 아프로디테에게 고마움을 표시해야 한다는 것을 잊고 있었다. 여신은 분노하여 이 둘을 충동질시켜 키벨레(Cybele)의 노여움을 사게 했다. 이 무서운 여신은 자신이 당한 모욕을 그냥 놔두지 않았다. 그녀는 곧 이들에게서 인간의 모습을 빼앗고 성격에 꼭 맞는 짐승으로 바꾸어 버렸다. 구혼자들을 죽이고 승리를 자만하던 아탈란테는 암사자로, 그녀의 남편인 히포메네스는 수사자로 변하게 한 것이었다. 그리고 이 한 쌍의 사자를 고삐에 매어 자신의 양옆에 두었다. 이들은 지금도, 여신 키벨레를 소재로 한 조각이나 회화 등의 작품에서 사자 모습으로 그녀의 양옆에 나오고 있다.

키벨레는 그리스인들에게 '레아'[4] 또는 '오프스'라고 불리는 여신의 라틴어 이름이다. 그래서 미술 작품에는 최고의 여신인 헤라(Hera)나 데메테르(Demeter)와는 또 다른 위엄 있는 모습으로 나온다. 때로 그녀는 베일을 쓰고 두 마리 사자를 거느린 채 왕좌에 앉아 있거나 사자가 끄는 이륜차를 타고 나오기도 한다. 머리에는 벽상(壁狀)의 관, 곧 둘레가 탑이나 성의 흉벽

---

4) 모든 동물의 어머니.

(胸壁) 모양인 금관을 쓰고 있다. 이 여신을 섬기는 신관들은 코리반테스
(Corybantes)5)라고 불린다.

바이런은 아드리아(Adria)해의 낮은 섬 위에 건설되어 있는 베니스를 그릴
때, 이 키벨레 여신에 비겨 회화적인 묘사를 하고 있다.

> 대양(大洋)에서 막 나온 바다의 키벨레같이
> 자랑스러운 탑관(塔冠)을 쓰고
> 까마득한 곳에서 장엄하게 서 있다.
> 바다를 지배하고 그 권력을 다스리는 베니스.
> ─ 〈해럴드 경의 순례〉

무어는 〈여로에서 부르는 노래〉에서 알프스산의 절경을 묘사하면서, 아탈
란테와 히포메네스의 이야기를 다음과 같이 노래했다.

> 이 놀랄만한 지방에서도 나는 보았다.
> 발 빠른 '공상'이 '진실'을 까마득히 앞서는 것을.
> 혹은 그 공상이
> 적어도 저 히포메네스처럼,
> 제 손으로 던진 황금의 환상 때문에
> 진실을 샛길로 달리게 하는 것을.

---

5) 키벨레의 종자들.

19장

헤라클레스 | 헤베와 가니메데스

헤라클레스

헤라클레스(Herakles, [헤르쿨레스(Hercules)])는 제우스와 알크메네 (Alcmene)의 아들 쌍둥이 중 하나로 태어났다.

헤라는 자신의 남편과 인간 사이에 태어난 자식이면 그가 누구라도 적의를 품었기에, 헤라클레스도 태어나자마자 헤라의 선전포고를 받았다. 그녀는 독사 두 마리를 보내서 요람에 누워 있는 두 아이를 죽이라고 했다. 그런데 조숙한 한 아이가 독사들을 양손으로 잡아 목을 졸라 죽여 버리는 것이 아닌가. 조숙하면서도 힘이 센 이 아이가 바로 헤라클레스였다.

그러자 헤라는 뒷날 헤라클레스를 에우리스테우스(Eurystheus)[1]의 부하로 만들겠다는 간계를 꾸미며, 에우리스테우스가 시키는 일이면 무엇이든 목숨 걸고 해야 할 처지로 만들었다.

에우리스테우스는 인간이라면 거의 할 수 없는 일을 하라고 차례차례 헤라

---

1) 헤라클레스의 경쟁자. 헤라클레스보다 늦게 태어나기로 예정되었으나, 헤라클레스를 시기한 헤라가 그를 헤라클레스보다 먼저 태어나게 했다.

클레스에게 지시했다. 이것이 저 유명한 '헤라클레스의 열두 가지 과업(課業)'이라는 것이다.

첫 번째 과업은 '네메아 사자(Nemean lion)'와의 싸움이었다. 네메아 계곡에 잔인한 사자 한 마리가 나타나 사람들을 죽이자, 에우리스테우스는 그 사자를 잡아 오라고 헤라클레스에게 명령했다.

네메아 계곡으로 간 헤라클레스는 사자를 올리브나무로 만든 몽둥이로 치고 활로 쏘기도 했으나, 사자는 죽지 않았다. 헤라클레스는 무기로는 사자를 죽일 수 없다는 것을 알아차리고 다른 방법을 쓰기로 했다.

사자 굴에는 입구가 두 개 있었다. 그는 한쪽 입구를 바위로 막은 다음 다른 입구를 통해 몽둥이를 휘두르며 굴속으로 들어갔다. 잠시 후 사자가 나타나자, 헤라클레스는 녀석과 한참 동안 눈을 노려보며 기 싸움을 벌이다가 갑자기 달려들어 맨손으로 목을 졸라 죽였다.

헤라클레스가 죽은 사자를 어깨에 둘러메고 궁전으로 가자, 에우리스테우스는 그의 괴력에 놀라다 못해 공포에 휩싸였다. 그는 너무나 무섭고 두려운 나머지 궁전 마당에 묻혀 있던 청동 항아리 속으로 몸을 숨기며 떨리는 목소리로 말했다.

"앞으로는 절대로 전리품을 들고 궁전 안으로 들어오지 마라! 보고는 궁전 밖에서 해도 충분하다! 명령도 전령을 통해 전달할 테니, 제발 저 끔찍한 사자 사체를 갖고 당장 궁전에서 나가거라!"

헤라클레스는 다시 사자를 메고 집으로 돌아와 가죽을 벗겨내서 갑옷처럼 몸에 걸쳤다. 사자 머리 부분은 모자처럼 그의 머리에 딱 맞았다. 헤라는 죽은 사자가 불쌍하다면서 하늘에 별자리로 박아 주었다.

두 번째 과업은 히드라(Hydra, 물뱀)를 물리치는 것이었는데, 첫 번째 과업보다 훨씬 어려웠다.

히드라는 아홉 개의 머리를 지닌 흉측한 괴물 뱀인데, 아르고스의 레르나

(Lerna) 옆 아미모네(Amymone) 샘 근처 습지에서 게들과 어울려 살며 그곳 사람들을 괴롭혔다.

아미모네 샘은 나라가 극심한 가뭄에 시달릴 때 아미모네가 발견한 샘이었다. 포세이돈이 자신이 사랑한 아미모네에게 자기의 삼지창을 주어 찌르게 하자, 그곳에서 세 줄기 물이 솟았다는 이야기가 전해지고 있다.

히드라의 은신처를 향해 돌진한 헤라클레스가 머리 하나를 움켜쥐자, 히드라가 몸통으로 그의 발 하나를 칭칭 감았다. 그런 상태에서 히드라의 머리를 차례대로 잡고서 칼로 벴지만, 그것도 소용없는 짓이었다. 아홉 개의 머리 중 한가운데 있는 머리는 죽지도 않았고, 다른 머리들은 자르면 그 자리에서 두 개씩 새로 솟아올랐다. 더 곤혹스러운 것은 습지에서 히드라의 친구들인 게들이 튀어나와 그의 발을 계속 물어뜯는 것이었다.

혼자서는 이 괴물을 당해낼 수가 없자, 헤라클레스는 곧바로 이올라오스(Iolaos)를 불렀다. 이올라오스는 그의 쌍둥이 형 이피클레스(Iphicles)의 아들로, 그의 마부였다. 조카이지만 둘은 친한 친구처럼 지냈다.

이올라오스는 불쏘시개를 가져와서, 헤라클레스가 히드라의 목을 자르자마자 불쏘시개로 상처를 비벼 지졌다. 둘은 이렇게 히드라의 머리 8개를 모두 베어냈다. 이제 남은 것은 불사의 머리 하나였다. 헤라클레스는 그것을 재빠르게 잘라 길옆 바위 밑에 묻어 버렸다.

세 번째 과업은 케리네이아(Keryneia)의 암사슴을 산 채로 잡아 오라는 것이었다. 사슴은 황금 뿔을 지니고 있었으며 아르테미스의 소유였다. 또한 아르고스 지방의 오이노에(Oinoe) 지역을 휘젓고 다니며 농작물을 못 쓰게 만들었는데 달리는 속도가 화살처럼 빨랐다.

헤라클레스는 2년 동안이나 끈질기게 녀석을 추격했다. 그는 지친 사슴이 아르테미시오(Artemisio)산을 넘어 아르카디아(Arcadia)의 라돈(Ladon)강으로 내려가 쉬고 있을 때, 피가 나지 않도록 사슴의 뒷다리 뼈와 근육 사이에 독이 묻지 않은 화살을 쏘아 도망치지 못하도록 하여 생포한 후 미케네(Mycenae)로 데려갔다.

네 번째 과업은 아르카디아 지방의 에리만토스(Erymanthos)산에 사는 멧돼지를 사로잡는 일이었다. 이 괴물 멧돼지는 자주 산에서 내려와 밭을 파헤치고 황폐화한 다음 재빠른 속도로 사람을 다치게 하거나 죽게 했다. 그러나 아무도 이 멧돼지를 잡지 못했다.

헤라클레스는 이 멧돼지를 추격한 끝에 눈 속으로 몰아서 제압한 다음 생포했다. 그리고는 사로잡은 멧돼지를 어깨에 메고 에우리스테우스에게 가져가자, 에우리스테우스는 이번에도 무서워 떨면서 청동 항아리에 몸을 숨겼다.

다섯 번째 과업은 매우 품위가 떨어지는 일이었는데, 아우게이아스(Augeias)왕의 외양간 오물을 단 하루 만에 치우고 청소하는 일이었다. 엘리스(Elis)의 왕 아우게이아스는 3천 마리의 황소를 가지고 있었는데, 그 외양간을 30년 동안 한 번도 치우지 않아서 악취가 코를 찔렀다.

헤라클레스는 외양간 벽을 두 군데 뚫더니, 이어서 알페이오스(Alpheios)강과 페네이오스(Peneios)강의 물을 끌어다가 통과시켜 단숨에 외양간의 오물을 말끔히 씻어내 버렸다.

헤라클레스는 여섯 번째 과업을 완수하기 위해 다시 아르카디아 지방으로 향했다.

이번 과업은 '스팀팔로스의 새(Stymphalian birds)'를 퇴치하는 일이었다. 이 괴물 새는 가축을 해칠 뿐만 아니라 심지어 사람을 잡아먹기도 했다. 그뿐 아니라 사람들에게 깃털을 화살처럼 쏘기도 하여, 그야말로 공포의 대상이었다.

스팀팔로스 호숫가에 도착한 헤라클레스는 준비해온 청동 딸랑이를 꺼냈다. 헤파이스토스가 아테나 여신에게 만들어 준 것을 미리 빌려둔 것이었다.

헤라클레스가 호숫가에서 딸랑이를 흔들자 놀란 새들이 푸드덕거리며 공중으로 날아올랐다. 그는 그때를 놓치지 않고 히드라의 독을 바른 화살을 쏘아 날아가는 괴물 새들을 대부분 쏘아 죽였고, 나머지는 멀리 쫓아 버렸다.

헤라클레스가 여섯 번째 과업까지 훌륭히 해내자 에우리스테우스는 더욱 헤라클레스를 겁내기 시작했다. 그는 헤라클레스가 일을 너무 빨리 해치우는 것도 맘에 들지 않았다. 그래서 일곱 번째 과업부터는 가능하면 아주 먼 곳으로 보내야겠다고 결심했다.

일곱 번째 과업은 멀리 떨어진 크레타(Creta) 섬에 사는 미친 황소를 붙잡아 오는 일이었다. 이 황소는 바다의 신 포세이돈의 저주를 받아 미친 소가 되었는데, 신출귀몰하여 도저히 잡을 수 없었다. 황소는 크레타 전 지역을 휘젓고 다니며 농작물을 못 쓰게 만들었으며, 자신을 잡으러 온 군사들이나 영웅뿐 아니라 백성들까지 해쳤기 때문에 크레타의 골칫거리였다.

헤라클레스는 고삐 풀린 망아지처럼 이리저리 뛰어다니는 황소를 한 손으로 붙잡아 산 채로 에우리스테우스에게 바쳤다.

여덟 번째 과업은 트라케의 디오메데스(Diomedes)왕이 기르는 네 마리의 식인 말을 산 채로 잡아 오는 일이었다. 디오메데스는 비스토니아(Bistonia)의 왕이었다. 그는 암말 네 마리가 있었는데, 이들을 인육을 먹여 사육했다.

트라케에 도착한 헤라클레스는 우선 디오메데스의 마부들을 해치우고 말들을 바다 쪽으로 몰았다. 그러자 디오메데스가 부하들을 이끌고 그를 추격해 왔다. 그는 말들을 잠시 젊은 시종 압데로스(Abderos)에게 맡기고 디오메데스의 비스토니아인들을 상대했다. 헤라클레스가 본보기로 디오메데스를 죽이자, 그의 부하들이 순식간에 뿔뿔이 흩어졌다. 하지만 그가 시종 압데로스에게 돌아왔을 때는 말들이 그를 물어 죽여 거의 먹어치운 후였다.

헤라클레스는 디오메데스의 시신을 먹이로 던져주고 말들을 달래면서 남은 압데로스의 시신을 모아 무덤을 만들고, 그 위에 압데라(Abdera)라는 도시를 세웠다.

헤라클레스는 암말들을 데려와서 에우리스테우스왕에게 보인 다음 풀어
줬다. 그러자 말들은 올림포스산에 잘못 들어갔다가 그곳에 사는 괴물들에게
잡아 먹혔다.

아홉 번째 과업은 좀 색다른 임무였다. 에우리스테우스의 딸 아드메테
(Admete)가 아버지에게 아마존족의 히폴리타(Hippolyta) 여왕의 허리띠
를 갖고 싶다고 조르자, 딸의 성화를 못 이겨 헤라클레스에게 아홉 번째
과업으로 그 일을 지시한 것이었다.

아마존족은 전설적인 여인 왕국으로 본거지가 흑해 남부 해안의 테르모돈
(Thermodon) 강변에 있었다. 이 종족은 아주 호전적이었기 때문에 헤라클
레스는 부하들을 모아 함께 배를 타고 모험을 떠났다.

그 허리띠는 전쟁의 신 아레스(Ares)가 가장 용맹한 자의 상징으로 아마존
족의 여왕에게 선물로 주었던 것인데, 히폴리타는 헤라클레스를 보자 첫눈에
반해 순순히 허리띠를 내주었다. 그런데 이에 심술이 난 헤라가 '헤라클레스
는 히폴리타를 납치하러 온 것이다.'라고 소문을 퍼뜨렸다. 그러자 아마존족
은 즉시 무장하고서 헤라클레스의 배를 나포하려 했고, 헤라클레스는 여왕
과 부하들을 닥치는 대로 죽인 뒤 허리띠를 가지고 돌아왔다.

열 번째 과업은 에리테이아(Erytheia)라는 곳에 사는 괴물 게리오네우스
(Geryoneus)의 소를 끌고 오는 일이었다. 칼릴로에(Kallirrhoe)와 크리사
오르(Chrysaor)의 아들로, 머리가 셋이고 팔다리가 여섯 개 달린 괴물 게리
오네우스가 이곳의 왕이었다.

석양으로 물들어 있어 붉은 섬이라 일컬어지는 에리테이아 섬은 세상의
끝에 있는 매우 먼 곳이었다. 헤라클레스는 여러 나라를 지나다 리비아와
유럽의 경계선에 이르렀을 때 앞이 거대한 바위들로 막혀 있자 맨손으로 그
바위들을 쪼개어 길을 만들었다. 그 바위들을 양쪽으로 내던져 바다를 지키

게 했다. ─ 이때 생긴 두 개의 거대한 바위 돌출부를 '헤라클레스의 기둥 (Pillars of Hercules)'이라고 한다. 이 지역은 지금의 '지브롤터 해협' 부근이며, 이 기념물은 칼페(Calpe)와 아빌라(Abila) 곶을 지칭한다.

헤라클레스는 험난한 여정 끝에 에리테이아 섬에 도착했는데, 게리오네우스의 소 떼는 에우리티온(Eurytion)이라는 거인 목동과 머리가 두 개인 괴물 개 오르토스(Orthos)가 지키고 있었다. 헤라클레스는 저돌적으로 달려드는 오르토스를 올리브나무로 만든 몽둥이로 때려죽이고 거인 목동 에우리티온도 같은 방식으로 죽였다.

이때 헤라클레스는 게리오네우스와 부딪치지 않고 그 길로 소 떼를 몰고 돌아갈 수도 있었다. 하지만 근처에서 하데스의 소 떼를 돌보던 목동이 게리오네우스에게 재빠르게 전령을 보내 사건의 전말을 알리자, 게리오네우스가 헐레벌떡 나타나 헤라클레스를 추격했다. 그러나 그도 헤라클레스의 적수가 되지 못했다. 헤라클레스가 안테모스(Anthemos) 강 근처에서 갑자기 몸을 돌리더니, 독화살을 날려 그의 목숨을 빼앗아버린 것이다.

에리테이아 섬이 워낙 먼 곳에 있었기 때문에 헤라클레스가 소를 몰고 돌아오는 여정도 만만치 않았다.

헤라클레스가 남부 스페인의 압데리아(Abderia)를 거쳐 곧 리구리아 (Liguria: 오늘날의 마르세유 근처)에 도착했을 때, 거기서 포스의 두 아들 이알레비온(Ialebion)과 데르키노스(Derkynos)가 헤라클레스를 공격하여 소 떼를 빼앗으려 했다. 강력한 리구리아 부대의 공격을 받은 헤라클레스는 그들을 가볍게 격퇴했지만, 전투 끝에 다리에 부상을 입어 일어설 수가 없었다. 집중공격을 당하면 언제 죽을지 모르는 아주 위험한 상황이 되었는데, 그때 갑자기 하늘에서 제우스 신이 그의 앞에 돌 소나기를 퍼부어주었다. 헤라클레스는 앉은 채로 그 돌을 던져 마침내 적들을 물리쳤다.

또한 이탈리아반도를 거쳐 장차 로마가 들어설 지역에서는 헤라클레스가 잠깐 잠든 사이에 아벤티누스(Aventinus) 언덕 동굴에 사는 거인 카쿠스 (Cacus)가 소 몇 마리를 훔쳐 갔다. 거인 카쿠스는 그 근처의 약탈자로 명성이 높았는데, 그는 소의 발자국 때문에 주인에게 들킬까 봐 꼬리를 잡고서 거꾸로 끌어 자신의 동굴로 돌아갔다. 이 계략에 속은 헤라클레스는 끝내 도둑맞은 소를 찾지 못한 채 남아 있는 소를 이끌고 길을 떠났다. 그런데 잠시 후 동굴 옆을 지나갈 때, 카쿠스가 동굴에 숨겨 놓은 소들이 다른 소들의 움직임을 느끼고서 크게 울부짖는 것이었다. 그 소리를 들은 헤라클레스가 동굴로 향하자, 동굴 안에 있던 카쿠스가 바리케이드를 치고 저항했다. 그러자 헤라클레스가 그것을 부수고 올리브나무로 만든 몽둥이로 거인을 때려죽였다.

헤라클레스는 계속해서 남쪽으로 내려갔다. 그가 이탈리아반도의 남쪽 끝자락 레기온(Rhegion)에 도착했을 때 게리오네우스의 소 떼 중 우두머리 황소가 갑자기 무리에서 이탈하여 바다로 뛰어들더니 시칠리아로 헤엄쳐 건너갔다. 헤라클레스는 나머지 소 떼들을 근처 헤파이스토스 신전에 맡기고 재빨리 그 황소를 쫓아갔다. 황소가 시칠리아 반도를 가로질러 에릭스(Eryx) 왕이 통치하는 지역으로 들어가자, 왕이 황소를 자신의 우리 안에 가두었다. 헤라클레스가 에릭스 왕의 우리에서 그 황소를 발견하고 돌려달라고 했지만, 왕은 들은 척도 하지 않았다. 에릭스 왕은 힘이 장사였다. 그는 자신의 힘을 과신한 나머지 헤라클레스에게 싸움을 걸어왔다. 자신을 이기면 황소를 주겠다는 것이었다. 하지만 에릭스 왕은 제대로 한 번 싸워보지도 못하고 헤라클레스에게 몽둥이세례를 받고 죽고 말았다.

헤라클레스는 마침내 우두머리 황소를 잡아 앞장세우고서 소 떼를 이끌고 이오니아해의 그리스 연안에 도착했다. 하지만 헤라가 풀어놓은 쇠파리들 때문에 성이 난 소들이 트라케의 산속으로 뿔뿔이 도망쳤다.

모든 난관을 이기고 돌아온 헤라클레스가 그들 중 몇 마리를 잡아 에우리스테우스왕에게 바치자, 그는 또 한 번 소스라치게 놀라고 말았다.

열한 번째 과업은 대지의 서쪽 끝자락에 있는 헤라 여신의 동산에서 황금 사과를 가져오는 일이었는데, 열두 가지 과업 중 가장 어려웠다. 헤라클레스는 헤라 여신의 동산으로 가는 길조차 알지 못했으니까 말이다.

이 황금사과 나무는 제우스와 헤라의 결혼식 날 대지의 여신 가이아(Gaia)가 선물로 준 것이었다. 이 사과나무는 헤스페리데스(Hesperides)라 불리는 네 명의 님프들이 돌봤고, 100개의 머리를 지닌 뱀 라돈이 지키고 있었다.

헤라클레스는 아무리 헤매도 동산이 어디 있는지 찾아낼 수가 없었다. 그러다 우여곡절 끝에 최초로 인간을 만든 신 프로메테우스(Prometheus)를 만나 헤스페리데스들의 아버지인 아틀라스(Atlas)에게 도움을 청하라는 조언을 들었다.

헤라클레스는 황금사과가 있는 동산으로 가는 도중에 갖가지 난관에 부딪혔다. 리비아를 거쳐 서쪽으로 가는 중에는 대지의 여신 가이아의 아들 안타이오스(Antaios)를 만났는데, 그는 괴력의 거인이며 씨름꾼이었다.

안타이오스는 자기 나라를 지나가는 이방인이면 그가 누구든 씨름 시합을 강요했는데, 이기면 보내주고 지면 죽인다는 조건을 붙였다. 헤라클레스는 그와 맞붙었다. 그리고 몇 번이고 그를 집어 던졌지만, 그는 전혀 지치는 기색이 없었다. 그는 자신의 어머니인 대지에 발이 닿으면 더욱더 힘이 솟는 특징이 있었다. 헤라클레스는 그가 발을 땅에 딛고 있는 한 절대로 이길 수 없다는 사실을 간파하고, 그를 공중으로 들어 올린 다음 두 손으로 목을 졸라 죽였다.

헤라클레스는 계속 서쪽으로 가다가 마침내 아틀라스가 어깨에 하늘을 떠받치고 있는 곳에 도착했다. 그는 아틀라스에게 자신이 잠깐 하늘을 떠받치고 있을 테니, 근처에 있는 동산에 가서 황금사과를 가져올 수 있겠느냐고 물었다. 아틀라스는 헤라클레스의 부탁을 흔쾌히 들어주었다.

수월하게 황금사과를 가지고 돌아오던 아틀라스는 몸이 아주 가벼워진 것을 느끼고 깜짝 놀랐다. 그리고 더 이상 무거운 하늘을 떠받치는 일을 하고 싶지 않았다. 그래서 아틀라스는 헤라클레스에게 자신이 직접 에우리스테우스에게 황금사과를 갖다 주고 오겠다고 말했다.

아틀라스의 계략을 눈치챈 헤라클레스는 기발한 꾀를 하나 생각해 냈다.

"오랫동안 하늘을 받치고 있으려면 어깨받이를 덧대야 하니, 잠깐만 하늘을 받치고 있어 주시오."라고 말했다.

그 말을 들은 우직한 아틀라스는 딸들이 있는 동산에서 가져온 황금사과를 땅바닥에 내려놓고, 헤라클레스에게서 하늘을 덥석 넘겨받았다. 그러자 헤라클레스는 아틀라스가 하늘을 떠받치는 순간 황급히 황금사과를 주워들고 유유히 그곳을 떠나왔다.

헤라클레스는 이후 아무 곳에도 머물지 않고 곧장 에우리스테우스에게 가서 황금사과를 건넸다. 에우리스테우스는 황금사과임을 확인하고 그것을 다시 헤라클레스에게 주었고, 헤라클레스는 그 사과를 아테나 여신에게 바쳤다. 그러자 아테나 여신은 황금사과가 있던 동산으로 돌려보냈다.

옛 시인들은 모두 해 질 무렵 서쪽 하늘의 노을을 보고는, 서쪽 땅을 광명과 영광의 나라로 상상했다. 그들은 축복받은 자들의 섬, 빛나는 소 떼가 사는 붉은 에리테이아 섬, 헤스페리데스들의 섬 같은 것을 생각해 낸 것이다. 그래서 그리스인 중에는 이 황금사과도 말로만 듣던 스페인의 오렌지였을 것이라고 추측하는 이들도 있었다.

마지막 열두 번째 과업은 죽은 자만이 갈 수 있다는 지하세계의 문을 지키고 있는 괴물 개 케르베로스(Cerberus)를 잡아오는 것이었다. 케르베로스는 머리가 셋이고 꼬리는 뱀 모양을 한 무시무시한 괴물 개로, 지하세계로 들어가는 관문을 지켰다.

헤라클레스는 헤르메스(Hermes)와 아테나(Athena)의 안내로 지하세계에 내려갔다.

그런데 지하세계 입구 근처에서 테세우스(Theseus)와 페이리토스(Peirithoos)를 보았다. 그들은 겁도 없이 페르세포네를 납치하러 왔다가 망각의 의자에 묶여 죽음과도 같은 잠에 빠져 있었다. 헤라클레스는 먼저 테세우스를 의자에서 풀어내 구해줬다. 하지만 바로 다음 순간 지진이 일어난 것처럼 땅이 심하게 흔들려서 페이리토스는 구하지 못했다.

지하세계는 하데스(Hades)가 다스리는 곳이었기에 그의 허락을 받아야 했다.

하데스가 "무기 없이 맨손으로 잡을 수 있다면 데려가도 좋다."고 하자, 헤라클레스는 거세게 저항하는 케르베로스의 목을 조여 숨을 쉬지 못하게 한 후 에우리스테우스왕 앞으로 끌고 왔다.

에우리스테우스가 그 괴물 개를 보는 순간 기겁하면서 도망치자, 헤라클레스는 그 괴물을 지하세계의 하데스에게 도로 갖다 주었다.

헤라클레스는 에우리스테우스가 시킨 열두 가지의 과업을 모두 완수했다. 하지만 그는 살아 있는 한 인간으로서 편히 살 수 있는 운명이 아니었다. 헤라는 헤라클레스가 편히 지내는 꼴을 보지 못했다. 그래서 헤라클레스는 과업을 완수한 이후에도 테베로 돌아가지 못하고 모험을 계속했다.

오이칼리아(Oichalia)의 에우리토스(Eurytos)는 그에게 활쏘기를 가르쳐주었던 스승이었다. 에우리토스왕이 자신과 활쏘기 시합을 해서 이긴 자에게 딸 이올레(Iole)를 주겠다고 공언했다. 헤라클레스는 그 얘기를 듣고 귀가 솔깃해져서, 오이칼리아로 달려가 도전장을 내밀고 에우리토스를 보기 좋게 눌렀다. 하지만 에우리토스는 약속을 지키지 않았다. 에우리토스는 풍문으로 헤라클레스가 광기에 빠져 아내와 자식들을 죽였다는 이야기를 들었기에, 자신의 딸 이올레가 그런 불행을 당할까 두려웠던 것이다. 큰아들 이피토스(Iphitos)가 약속은 지켜야 한다고 했지만 에우리스토스는 아들의 말을 듣지 않았다.

헤라클레스는 복수를 다짐하며 오이칼리아를 떠났다. 그가 떠난 직후 에우리토스의 암말들 중 몇 마리가 없어졌다. 에우리토스는 헤라클레스를 의심했다. 하지만 그것은 최고의 도둑 아우톨리코스(Autolykos)의 소행이었다.

아버지인 에우리토스의 명령으로 암말을 찾아 헤매던 이피토스는 우연히 헤라클레스를 만났다. 그는 헤라클레스에게 사정을 설명하며 잃어버린 암말을 찾도록 도와달라고 부탁했다. 헤라클레스는 걱정하지 말라며 이피토스를 티린스(Tiryns, 그리스의 펠로폰네소스반도 아르고스(Argos) 지방에 있는 유적)로 데려갔다.

헤라클레스는 이피토스가 자신을 도둑으로 의심한다고 오해했다. 그래서 이피토스가 방심한 틈을 타서 그를 성벽 아래로 밀어뜨렸다. 이피토스를 죽인 뒤 헤라클레스는 끔찍한 광기에 시달렸다.

헤라클레스는 필로스의 왕 넬레우스(Neleus)에게 살인죄를 씻어달라고 간청했지만 거절당했다. 넬레우스는 에우리토스의 친구였기 때문이다.

헤라클레스는 델포이(Delphoe)의 아폴론 신전으로 가서 살인죄에서 벗어날 방도를 물었고, 피티아(Pythia)가 신탁을 내렸다.

"리디아(Lydia)의 옴팔레(Omphale) 여왕에게 네 몸을 팔아 3년 동안 노예로 봉사해라! 여왕에게서 받은 네 몸값은 이피토스의 아들들에게 주어라! 그러면 너의 광기가 치료될 것이다."

그는 곧장 옴팔레 여왕을 찾아갔다. 옴팔레는 남편 트몰로스(Tmolos)왕이 죽자 그 뒤를 이어 왕위를 이어받았다. 여왕은 헤라클레스를 웃돈까지 얹어 샀다. 헤라클레스는 자신의 몸값을 이피토스의 아들들에게 건넸지만, 그들은 끝내 받지 않았다.

헤라클레스는 여왕의 노예로 있으면서 많은 일을 해냈다. 그는 여왕의 맘을 기쁘게 하는 것이라면 무엇이든지 했다. 여자 옷을 입는 것도, 소질도 없던 노래를 부르는 것도 마다하지 않았다. 심지어 양털로 실을 만들기도 했다. 여왕은 헤라클레스의 지극한 정성에 탄복하여 3년이 되자 약속대로 그를 자유의 몸으로 만들어주었다. 그러자 헤라클레스의 광기가 거짓말처럼 물러갔다.

다시 자유의 몸이 된 헤라클레스는 자신을 모욕한 왕들을 해치우기로 마음먹었다. 그는 트로이의 라오메돈왕을 처단하고 철옹성 같은 트로이를 무너뜨렸으며, 코스 섬에 상륙해서 포세이돈의 아들 에우리필로스(Eurypylos)왕도 죽였다. 또한 아테나를 따라 플레그라(Phlegra) 평원으로 가서 신들을 도와 기간테스(Gigantes, 거인족)들을 물리쳤다.

이후에는 약속한 삯을 주지 않았던 아우게이아스(Augias)왕과 살인죄를 씻겨주기를 거부한 필로스의 왕 넬레우스도 처단했다. 그런가 하면 이피토스를 죽인 자신의 살인죄를 씻어달라는 부탁을 거절한 스파르타의 왕 히포코온(Hippocoon)과, 헤라클레스의 사촌 오이오노스(Oionos)를 죽인 히포코온의 아들들을 몰살하고 복수를 마무리했다.

헤라클레스는 펠로폰네소스에서 복수를 끝낸 다음 아르카디아 지방을 떠나 칼리돈(Kalydon)의 오이네우스(Oineus) 왕국에 정착했다. 오이네우스 왕에게는 데이아네이라(Deianeira)라는 예쁜 딸이 있었다. 헤라클레스는 그 딸을 놓고 아이톨리아의 강의 신 아켈로오스(Acheloos)와 싸워 이긴 다음, 데이아네이라와 결혼하여 자신의 고향인 트라케(Tracia)로 가서 행복한 결혼생활을 하였다.

결혼 후 3년째 된 어느 날 부부는 여행 도중 강을 건너게 되었는데, 켄타우로스[반인반마(半人半馬)] 족속인 네소스(Nessos)가 사례금을 받고 강을 건널 수 있도록 도와주고 있었다. 헤라클레스가 자기는 그냥 건널 테니, 아내를 건널 수 있게 도와달라고 네소스에게 부탁했다. 그런데 네소스는 도와주는 것이 아니라 데이아네이라를 데리고 도망치려고 수작을 부리는 것이었다. 놀란 데이아네이라가 비명을 지르자, 헤라클레스가 황급히 돌아보며 독화살로 네소스를 쏘았다. 네소스는 죽어가면서 데이아네이라에게 자신의 상처에서 나오는 피를 보관하라고 하면서, 그 피가 묻은 옷을 입는 사람은 그녀를 영원히 사랑하게 되리라고 일러주었다. 데이아네이라는 네소스가 시키는 대로 했고, 그로부터 얼마 안 있어 그녀가 이 묘약을 쓸 때가 왔다.

헤라클레스는 오이칼리아(Oichalia)로 다시 가서 그간 미루어 두었던 문제를 해결하기로 마음먹었다. 자신에게 활쏘기를 가르쳐주었던 스승 에우리토스 건이었다. 약속을 지키지 않은 그가 아무래도 용서가 되지 않았다. 헤라클레스가 공격하자 에우리토스와 그의 아들들은 완강하게 버텼다. 하지만 헤라클레스는 결국 그들 모두를 죽이고 에우리토스의 딸 이올레를 전리품으로 챙겼다.

헤라클레스는 싸움에서 승리하게 해준 제우스에게 감사하기 위해 에우보이아의 북서쪽인 케나이온(Kenaion) 곶에 제단을 쌓았다. 그는 피로 물든 옷을 입고서는 기도를 드릴 수 없다고 생각했다. 그는 전령 리카스(Lichas)를 집으로 보내 새 옷을 가져오게 했다. 전리품 중 자기 몫으로 챙긴 이올레를 비롯한 여자들도 함께 집으로 보냈다.

데이아네이라는 여자들을 보고 자신도 남편의 첫째 부인 메가라처럼 죽임을 당할지 모른다고 생각했다. 특히 이올레의 미모를 보자 두려움보다는 질투심이 용솟음쳤다. 바로 그 순간, 그녀는 네소스의 피를 기억해 내고는 남편의 옷을 챙긴 다음 그 옷에다 은밀하게 네소스의 피를 발랐다.

전령 리카스가 옷을 가져오자 아무것도 모르는 헤라클레스는 곧장 옷을 갈아입었다. 옷을 갈아입자마자, 히드라의 독이 헤라클레스의 살갗을 파고 들어가기 시작했다. 옷은 순식간에 살과 한 덩어리가 되었다. 그가 옷을 억지로 벗자 살점이 함께 떨어져 나왔다. 그러자 비명을 지를 정도로 분별력을 잃은 헤라클레스가 옷을 가져온 전령 리카스의 발목을 잡아 공중에서 빙빙 돌리더니 바다로 던져버렸다.

헤라클레스는 엉망진창이 된 모습으로 간신히 집으로 돌아왔지만, 그의 아내 데이아네이라는 이미 남편의 불행한 소식을 듣고 양심의 가책을 느낀 나머지 목매 자살한 뒤였다.

헤라클레스도 죽을 결심을 하고, 집 근처 오이타 산으로 올라갔다. 그는 나무를 찍어 화장단(火葬壇)을 쌓았다. 그때 마침 필록테테스(Phloktetes, 트로이 전쟁 때 헤라클레스가 준 화살로 트로이 왕자인 파리스를 쏜 활의 명수)라는 자가 소 떼를 데리고 그 곁을 지나가자, 그를 불러서 자신의 활과 화살을 준 다음 장작더미에 불을 붙여 달라고 부탁했다. 그리고 헤라클레스는 평온한 얼굴로 장작더미 위에 누웠다. 불길이 순식간에 타오르며 장작더미와 그의 몸을 감쌌다.

영웅 헤라클레스의 최후가 이렇게 마감되어 가고 있는 바로 그 순간, 하늘에서 번개가 번쩍하더니 갑자기 불길 위로 벼락이 내리쳤다. 그리고는 헤라클 레스의 몸이 하늘로 들어 올려지는 것이었다.

이는 하늘에서 이 모습을 지켜보고 있던 제우스가 자신의 아들이 죽어가는 것을 애통해하다가, 다른 신들에게 동의를 구한 다음 벌인 일이었다.

제우스는 애통한 마음과는 달리 밝은 얼굴로 신들에게 말했다.

"그대들의 관심이 이렇듯 크니 참 반갑구려. 나는 이런 그대들의 지배자라 는 것과 내 자식이 그대들의 호감을 얻고 있다는 점에 몹시 만족한다오. 그러나 여러분, 누구도 가슴 아파할 필요가 없소. 모든 것을 정복한 저 아이가 저런 불꽃에 정복당할 리가 있겠소? 저 불길은 제 어미에게서 받은 육체는 태울지언정 내게서 받은 불멸성은 태우지 못한다오. 나는 지상에서 죽은 저 아이를 하늘로 올릴 것이니 저 아이를 모두 따뜻하게 맞아주길 바라오. 그대 들 가운데 저 아이의 승천에 불만을 가진 자는 있을지언정 그의 명예에 대한 이 보답이 부당하다고 할 자는 없을 것이오."

신들은 모두 찬성했다. 다만 헤라는 제우스의 마지막 언질이 자신을 두고 하는 것 같아 조금 불쾌해했지만, 그렇다고 남편의 결정을 부정할 정도는 아니었다.

이윽고 불꽃이 모든 것을 태우자, 헤라클레스가 깨끗한 모습으로 불길에서 나왔다. 제우스는 그를 구름으로 감싼 다음 사륜마차로 데려와 별자리 사이 에서 살게 했다. 그러자 아틀라스는 자신의 어깨가 더 무거워진 것을 느꼈다.

그리고 그토록 헤라클레스를 괴롭히던 헤라도 노여움을 풀고, 자신의 딸 헤베(Hebe, 제우스와의 사이에서 태어난 딸, '청춘'의 여신)와 결혼시켰다.

자신의 죄로 인해 온갖 고난 속에서 살았던 영웅 헤라클레스는 이렇게 하여 영원한 하늘나라에서 행복한 삶을 살게 되었다.

독일의 시인 실러(Schiller)는 그의 시 〈이상과 인생〉에서 실제적인 것과 상상적인 것의 대조를 아름답게 그렸는데, 그 마지막 2절은 다음과 같다.

비겁자 노예의 신분이 되면서도
용감한 알카이데스(Alkaides, 헤라클레스의 다른 이름. 알카이오스의
후손이라는 뜻)는 끝없이 싸우며
괴로운 가시밭길을 걸었다.
히드라를 죽이고, 사자의 힘을 꺾고
친구를 지상으로 데려오기 위해
죽음의 강에 뜬 작은 배에 몸을 싣기도 했다.
헤라의 증오가 들끓어
지상의 온갖 고뇌와 온갖 노역(勞役)을 그에게 부과했으나,
그는 운명의 탄생일부터 장렬한 최후까지 훌륭하게 이겨냈다.
마침내 지상의 껍질을 벗은 신의 모습이
인간으로부터 나와 불꽃이 되었고,
하늘에 퍼진 신성한 정기를 들이마셨다.
지상의 어둡고 암울한 고통을 죽음 속에 버리고
일찍이 맛보지 못했던 가벼움에 기뻐하면서
그는 천상(天上)의 빛을 향해 비상했다.
올림포스의 신들은 그의 훌륭한 아버지의 궁전으로 모여들어
모두가 환영했고,
빛나는 청춘의 여신 헤베는 장밋빛으로 뺨을 물들이며
남편이 될 그에게 넥타르(necktar)를 올렸다.

헤베와 가니메데스

헤라의 딸이고 청춘의 여신인 헤베는 신들에게 신주(神酒)를 나르는 여신
이었다. 전하는 바에 따르면, 그녀는 이 신주 나르는 일을 혼인과 함께 그만
두었다고 한다.

그러나 다른 주장도 있다. 크로포드[2]는 헤베가 어느 날 신주를 나르다 실수하여 술을 엎질렀다는 것이다. 그래서 그녀는 이 직책에서 파면당했다고 한다.

아무튼 그 뒤로는 트로이 소년 가니메데스(Ganymedes)가 신주를 따랐다. 뛰어난 용모를 가졌던 이 소년은 트로이의 왕 트로스의 아들로, 이데산에서 친구들과 놀다가 독수리로 변신한 제우스에게 납치되어 제우스의 술 시중을 들었다.

제우스는 아내 헤라가 질투를 느낄 만큼 가니메데스를 총애했으며, 후에는 하늘에 올려 물병자리가 되도록 했다.

테니슨(Tennyson)은 그의 시 〈예술의 궁전〉에서 벽의 장식품에 깃든 이야기를 하다가 이렇게 노래했다.

> 그리고 여기에는 가니메데스가 있다.
> 장밋빛 다리 반을 독수리 날개 속에 파묻고
> 홀로 유성처럼 하늘을 날아
> 기둥이 높이 솟은 천상의 도시로 갔다.

그리고 셸리의 〈프로메테우스〉는 제우스에게 넥타르를 채워 바치는 새로운 헌주관인 가니메데스에 관해 이렇게 말했다.

> 천상의 신주를 부어라, 이데산의 가니메데스여!
> 다이달로스(Daidalos)[3]가 만든 술잔에 넘치게 부어라!

---

2) Thomas Crawford, 1813~1857): 미국의 조각가. '헤베와 가니메데스'를 조각함.
3) 그리스 신화에 나오는 건축가, 조각가. 크레타섬의 미노스왕을 위하여 전형적인 미궁을 지었다고 한다.

'헤라클레스의 선택' — 쾌락을 버리고 미덕을 취하며, 고난 끝에 영생을 얻는 것. 인생에서 쉽지만 타락한 길이 아니라, 힘들지만 올바른 길을 택하는 중요한 결단을 의미한다. — 에 대한 아름다운 이야기는 〈타틀러(Tatler)〉4) 제97호에 나와 있다.

---

4) 스틸이 애디슨, 스위프트와 함께 편집 발행한 패션잡지. 왕족을 비롯하여 셀럽을 주로 화보에 싣는다.

20장

테세우스 | 다이달로스 | 카스토르와 폴리데우케스

테세우스

테세우스(Theseus)는 아테네의 왕 아이게우스(Aigeus)와 트로이젠 왕의 딸 아이트라(Aethra)의 아들이다. 그는 트로이젠에서 자랐으며, 성인이 되어서야 아테네로 가 아버지를 만나게 되었다.

아이게우스는 아들이 태어나기 전에 아내와 헤어졌는데, 그는 떠나면서 그의 칼과 구두를 큰 바위 아래 넣고는 아이가 자라 이것을 꺼낼 만큼 장성하면 자기에게 보내라고 말했었다. 이에 아이트라는 테세우스가 성장하자, 그를 그 바위 아래로 데리고 갔다. 테세우스는 강한 힘으로 바위를 밀어내고 칼과 구두를 꺼냈다.

그 무렵 육로에는 도둑 떼가 활개를 쳤다. 그의 외조부 트로이젠 왕은 테세우스에게 위험한 육로를 버리고, 빠르고 안전한 해로(海路)를 택해 아버지에게 가도록 간곡히 당부했다. 그러나 젊고 혈기 왕성한 테세우스는 영웅심과 용기에 몸과 마음이 달아올라 있었다. 그는 자신도, 당시 명성이 자자했던 헤라클레스같이 도적과 괴물을 물리치고 유명해지고 싶었다. 그는 멀고 위험한 육로를 여행길로 정했다.

여행 첫날 도착한 곳은 에피다우로스(Epidauros)였다. 이 땅에는 헤파이스토스의 아들 페리페테스(Periphetes)라는 포악한 자가 살고 있었다. 그는 늘 쇠막대기를 들고 있었으며 야만스러운 만행을 일삼았다. 길손들은 누구나 그자에게 폭행을 당할까 봐 공포에 사로잡혀 있었다. 테세우스가 다가오자, 그는 예외 없이 쇠막대기를 휘두르며 달려들었다. 그러나 테세우스는 일격에 이 미친 자를 쓰러뜨리고, 그의 쇠막대기를 빼앗았다. 그리고 그것을 첫 승리의 기념으로 몸에 지니고 다녔다.

이후에도 테세우스는 여러 번 이 땅의 폭군이나 약탈자와 승부를 겨뤘는데, 그때마다 승리했다. 프로크루스테스(Procrustes)[1]와의 싸움도 그중 하나이다. 이자에겐 쇠침대가 하나 있었는데, 이자의 영역에 들어온 사람들은 누구나 그에게 붙잡혀 침대에 누워 몸이 묶이게 되었다. 그런 뒤 그는 길손의 몸이 침대보다 짧으면 몸을 늘려서 맞추고, 이와 반대로 더 길면 그 일부분을 잘라내어 쇠침대에 맞췄다. 테세우스는 해괴한 이자를 역시 다른 자들처럼 처치했다.

이러한 위험을 극복한 테세우스는 마침내 아테네에 도착했다. 그러나 이곳에도 위험이 도사리고 있었다. 코린토스(Corinth) 왕국의 이아손에게서 도망친 마법사 메데이아(Medeia)가 그의 아버지 아이게우스의 아내 자리를 차지하고 있었기 때문이다.

마법의 힘으로 테세우스의 신분을 미리 파악한 메데이아는 마음이 다급해졌다. 혹 이 청년이 아이게우스의 친자식으로 인정된다면 자신의 자리가 불안했고, 또 자기의 세력 범위도 축소될 것이 분명했다. 그녀는 이내 남편을 현혹시켜 갑자기 나타난 청년을 의심토록 만든 다음, 그에게 독배를 마시도록 강요했다.

그러나 왕은 테세우스가 술잔을 마시려고 하는 순간 그가 차고 있는 칼을

---

1) '잡아당기거나 늘리는 자'라는 뜻임.

보았고, 곧 그 젊은이가 자기의 아들임을 알았다.

간계가 실패로 돌아가자, 메데이아는 그 자리를 피해 아시아로 도망쳤다. 훗날 그녀가 도망친 아시아 땅은 메디아(Media)라고 불리게 되었다. 그리고 테세우스는 왕위 계승자로 결정되었다.

그 당시 아테네 사람들은 크레타(Creta) 왕 미노스(Minos)에게 강요당하는 조공(朝貢) 때문에 큰 고통을 받고 있었다. 그 조공이라는 것은 소의 몸에 사람의 머리를 가진 미노타우로스(Minotauros)[2]의 먹이를 위해 일곱 명의 소년과 소녀를 보내는 것이었다. 이 괴물은 몹시 난폭하여 다이달로스가 만든 미궁(迷宮)에 갇혀 살았다. 미궁은 그 구조가 몹시 교묘하여 일단 들어간 사람은 누구를 막론하고 혼자서는 탈출할 수 없었다. 괴물은 그 속에서 돌아다니며 그 안에 바쳐진 사람들을 잡아먹고 살았다.

테세우스는 이 재난에서 백성을 구하기로 마음먹었다. 만약 구하지 못하면 자신도 같이 죽을 각오를 했다. 드디어 조공 시기가 다가왔다. 제물로 바칠 소년과 소녀들은 추첨으로 결정되었는데, 테세우스는 부친의 만류에도 불구하고 스스로 제물의 한 사람으로 나섰다.

배는 예전처럼 검은 돛을 달고 떠났다. 테세우스는 떠나기 전에 그의 부친께 자신이 승리하면 검은 돛 대신 흰 돛을 달고 오겠다고 약속했다.

배가 크레타에 도착하자, 그들은 미노스왕 앞으로 끌려갔다. 그런데 그 자리에 왕의 딸 아리아드네(Ariadne)가 있었는데, 그녀는 테세우스의 모습을 보는 순간 사랑에 빠져버렸다. 테세우스 또한 그녀의 사랑을 기꺼이 받아들였다.

아리아드네는 테세우스 일행이 괴물에게 가게 되자, 테세우스에게 괴물을 물리칠 수 있는 칼 한 자루와 실타래를 주었다. 테세우스는 성공하여 괴물을 죽이고는, 그녀가 준 실을 되짚어서 무사히 빠져나올 수 있었다. 이로 인해

---

[2] 미노스의 황소. 오비디우스의 〈변형담〉에는 반은 '소', 반은 '인간'인 괴물로 기록되어 있다. 반면 당시의 그림에는 불핀치의 기록과는 정반대로 머리는 황소, 몸은 인간으로 그려져 있다.

'아리아드네의 실'이라고 하면 '난제를 푸는 실마리'라는 뜻으로 쓰인다.

그러나 아리아드네의 행복은 오래가지 않았다. 테세우스는 기쁨에 차서 아리아드네와 희생될 뻔했던 백성들을 데리고 아테네를 향해 출범했다. 그들은 항해 도중 낙소스(Naxos)섬에 잠시 머물렀는데, 테세우스는 여기에다 곤히 '잠든 아리아드네'3)를 버리고 떠났다. 테세우스가 은인을 저버리는 배은망덕한 행동을 한 이유는, 꿈속에 아테나 여신이 나타나 그렇게 하라고 명령했기 때문이었다.

아티카(Attica) 해안에 다다랐을 때 테세우스는 아버지와의 약속을 깜빡 잊고 흰 돛을 달지 못했다. 노왕(老王)은 아들이 죽은 줄 알고 낙심하여 자결했다. 이렇게 하여 왕위를 계승한 테세우스는 아테네의 왕이 되었다.

테세우스의 모험담 중에서 가장 유명한 것은 아마존족의 원정이다.

그는 그들이 헤라클레스로부터 받은 타격을 채 회복하기도 전에 이곳을 기습하여 여왕 안티오페(Antiope)를 납치해 왔다. 그러자 격분한 아마존족은 아테네의 한가운데까지 침입해 왔다. 테세우스가 그들을 정복한 최후의 전투도 그곳에서였다.

이 전투는 고대의 조각가들이 즐겨 선택한 제재의 하나로, 지금도 몇 가지 예술작품 중에 그 모습을 나타내고 있다.

테세우스와 페이리토스(Pirithous)4)의 우정에 관한 것도 이야기하고 넘어가야겠다. 이 둘의 우정은 무척 깊었는데, 이들의 우정은 전쟁 도중에 생긴 것이었다. 페이리토스는 아테네 왕이 소유하고 있는 마라톤 평원을 침범하여 소 떼를 약탈하려 했었다. 테세우스는 곧 약탈자를 격퇴시키러 갔다.

그러나 페이리토스는 테세우스의 위풍당당한 모습에 감동하여 화평의 악수를 원한다고 소리쳤다.

---

3) 아리아드네의 이야기를 다룬 예술작품으로는, 리하르트 슈트라우스의 오페라 〈낙소스의 아리아드네〉가 대표적이다.
4) 그리스 신화에 나오는 전설적인 부족인 라피타이인들의 왕이다. 그는 히포다메이아와 결혼했는데 이 결혼식에서 유명한 켄타우로마키아(켄타우로스들과의 싸움 이야기)가 벌어진다. 또한 그는 테세우스와 절친한 친구 사이였다.

"나를 당신 마음대로 처분하시오. 내게서 그대는 어떤 배상을 원하시오?"
테세우스가 말했다.

"그대와의 우정이다."

이렇게 하여 두 사람의 우정은 맺어졌다. 그 후에 그들은 우정의 서약에 충실했고, 이 우정은 오랫동안 지속되었다.

그런데 이들은 각각 신의 딸을 갖기를 희망하고 있었다. 테세우스는 아직 나이 어린 헬레나(Helena)를 원했다. 그녀의 미모는 후에 트로이 전쟁의 씨앗이 될 만큼 찬란한 것이었다. 그런 헬레나를 테세우스는 페이리토스의 도움을 받아 납치할 수 있었다. 페이리토스는 지하세계의 여왕인 페르세포네(Persephone)를 원했다. 테세우스는 위험을 무릅쓰고 이 친구와 동행하여 지하세계로 갔다. 그러나 그들은 지하세계의 왕 하데스에게 붙잡혀 망각의 의자에 묶여 죽음과도 같은 잠에 빠지게 되었다. 이때 열두 가지 과업을 수행하고 있는 헤라클라스가 지하세계에 내려왔는데, 그는 테세우스만 구하고 페이리토스는 구하지 못했다.

안티오페가 죽은 뒤 테세우스는 미노스왕의 딸 파이드라(Phaedra)[5]와 혼인했다.

그 당시 테세우스에게는 전처 소생인 히폴리토스(Hippolytos)라는 아들이 있었다. 그는 매력과 미덕을 겸비한 훌륭한 청년이었다. 파이드라는 나이도 자신과 비슷한 이 의붓아들을 사랑하게 되었다. 그러나 히폴리토스는 자신에게 구애하는 새어머니의 부도덕함을 단호히 꾸짖었다. 그러자 거절당한 사랑에 대한 수치심과 증오심으로 제정신이 아닌 파이드라는 테세우스 앞에 나아가 히폴리토스가 어머니인 자신을 범했다고 음해하고 그 자리에서 자결하고 말았다.

이에 분노한 테세우스는 바다의 신 포세이돈에게 패륜아인 아들의 목숨을

---

5) 아리아드네와 자매간이다.

거두어 달라고 간청했다. 테세우스의 간청을 들은 포세이돈은 어느 날 히폴리토스가 해안가에서 이륜차를 몰고 있을 때 그에게 바다 괴물을 보냈다. 갑자기 괴물이 나타나자 놀란 말이 길길이 뛰었고, 그 바람에 히폴리토스는 말에서 굴러떨어져 죽고 말았다.

그러나 아르테미스(Artemis)[6]는 명의 아스클레피오스(Asklepios)를 보내어 히폴리토스를 되살렸다. 그리고 이탈리아로 데려가 에게리아(Egeria)라는 님프에게 그를 보호하게 했다.

점점 백성들의 신망을 잃어가던 테세우스는 마침내 왕위에서 물러난 다음 스키로스(Skyros) 섬의 왕 리코메데스(Lykomedes)의 궁전으로 갔다. 리코메데스는 처음에는 환대했으나 결국에는 배반하여 그를 죽이고 말았다.

뒷날 아테네의 키몬(Cimon) 장군이 그의 유해를 발견, 아테네로 옮겼다. 이 유해는 그를 위해 세워진 '테세움(Theseum)'이라는 신전에 안치되었다.

일설에 의하면, 테세우스가 아내로 삼은 아마존 여왕은 히폴리타(Hippolyta)라고 한다. 셰익스피어의 〈한여름 밤의 꿈〉에는 이 이름이 인용되어, 테세우스와 히폴리타의 결혼식을 흥겹게 나타냈다.

테세우스는 반(半) 역사적 인물이다. 기록에 의하면, 그는 아티카(Attica) 지방에 분포되어 있는 여러 종족을 아테네를 중심으로 하여 하나로 통합시키고, 이 대(大)사업의 기념으로 아테네의 수호신인 아테나를 위해 '판아테나이아(Panathenaea)'라는 축제를 만들었다. 이 축제는 그리스의 다른 축제와 두 가지 점에서 상이했다. 그것은 아테네 사람만 참석할 수 있는 축제라는 것과, 엄숙한 행진이 축제의 핵심을 이룬다는 것이다.

이 행진은 페플론, 즉 아테나의 성의(聖衣)를 파르테논(Parthenon)[7]으로 가지고 가서 그 여신상 앞에 걸어놓는 일이다. 행렬에는 남녀노소 가리지 않고 모두 다 참가했다. 노인들은 손에 올리브 나뭇가지를 들고, 젊은 남자들은 무기를 들고 행진했다. 젊은 여자들은 제구(祭具), 과자, 그 밖의 제물을

---

6) 히폴리토스는 그 당시 아르테미스를 섬기고 있었다.
7) 아크로폴리스가 있는 아테나 신전. 처녀의 집.

넣은 바구니를 머리에 이고 뒤따랐다.

행렬은 파르테논 신전의 외부를 장식한 부조(浮彫)의 주제가 되었다. 이 조각의 상당한 부분이 지금도 '엘긴마블스(Elgin Marbles)'[8]라는 이름으로 보존되고 있다.

다이달로스

테세우스가 실타래를 이용하여 탈출한 미궁(迷宮)은 다이달로스(Daidalos)[9]라는 명장(名匠)이 축조한 것이었다. 이 미궁은 헤아릴 수 없을 정도로 꾸불꾸불하게 서로 통해 있으나 시작도 끝도 없는 것처럼 복잡했다. 이것은 마이안드로스(Maiandros)강과 흡사하여, 앞으로 흐르는가 하면 어느새 역류하곤 했다.

미노스왕을 위해 이 건물을 축조한 다이달로스는 뒷날 자신이 이 건물에 갇히는 처량한 신세가 되었다. 그는 그 건물로부터 탈출을 생각했으나 바다를 건너야만 가능했다. 그러나 바다는 왕이 모든 선박을 엄중히 감시하기 때문에 탈출은 불가능했다. 그가 말했다.

"미노스여! 땅과 바다는 지배할 수 있으나, 하늘은 아닐 것이다. 나는 이 길을 택하겠다."

그는 곧 자신과 자신의 어린 아들 이카로스(Icaros)를 위해 날개를 만들기 시작했다. 짧은 깃털을 합친 다음 점점 큰 깃털을 붙여서 부채꼴의 모습을 만들었다. 큰 털은 실로 매고 작은 털은 밀초로 붙여, 전체를 새 날개처럼 휘게 했다. 옆에서 구경하던 어린 아들이 날아가는 깃털을 주워 온다고 뛰어

---

8) 오스만 제국의 영국대사를 지낸 토머스 부르스 7세 엘긴이 19세기 초 영국으로 반출한 고대 그리스 대리석 조각. 대영박물관 소장.
9) '명장(名匠)'이라는 뜻으로, 대장간의 신 헤파이스토스의 자손이다. 그는 어린 조카의 천재적인 발명 재능을 시기하여 그를 죽이고 크레타섬으로 달아나, 미노스왕을 위해 괴물 미노타우로스(Minotauros)를 가두기 위한 미궁을 만들었다.

다니며 놀아, 아버지의 작업은 더디기만 했다.

그러나 마침내 날개가 완성되자, 그는 날개를 흔들어 공중에 떠오르기도 하고 공기를 쳐서 균형을 이루어 멈추게도 했다. 그는 아들에게도 날개를 달아주고, 나는 방법을 가르쳐주었다. 그것은 마치 어미새가 아기새를 공중으로 이끄는 모습과 흡사했다.

비행 준비가 다 되었다는 판단이 서자, 그가 아들에게 말했다.

"애야, 명심하거라! 언제나 적당한 높이를 유지하도록 해라. 너무 낮게 날면 습기로 인해 날개가 무거워지고, 너무 높이 날면 태양열 때문에 날개의 밀초가 녹게 된단다. 그러니 꼭 내 곁에서 날아야 한다. 알겠지?"

이렇게 당부했지만 아버지의 얼굴은 눈물에 젖고, 손은 떨고 있었다. 그는 마지막으로 아들의 볼에 키스를 했는데, 이것이 마지막 키스가 될 줄은 몰랐다.

곧 그는 공중으로 떠올라 아들을 격려하며, 아들이 조종하는 모습을 자세히 살피며 날아갔다. 농부들은 그들 부자(父子)가 날아가는 모습을 보며 일손을 멈추었고, 양치기들은 지팡이에 몸을 기대고서 '날아가는 저 인간들은 신일 거야.'라고 생각하며 오래도록 바라보았다.

다이달로스 부자는 왼편으로는 사모스(Samos)와 델로스(Delos) 섬을, 오른편으로는 레빈토스(Lebinthos) 섬을 내려다보며 계속해서 비행했다.

이때 어린 이카로스는 자신의 비행에 큰 자신감을 얻게 되자, 아버지 곁을 떠나 태양에 닿을 정도로 높이 솟았다. 그런데 그의 날개가 강한 태양열에 가까워지자, 밀초가 녹아내리기 시작했다. 그는 두 팔을 다급히 흔들었으나 날개깃은 남아 있지 않았다. 그는 아버지를 향해 구원을 요청하다가, 그만 푸른 바다로 곤두박질치고 말았다. 훗날 이 바다는 그의 이름으로 불리게 되었다.10)

"이카로스야, 이카로스야!"

---

10) 이카리아(Ikaria)해(海).

아버지는 절규했으나, 그의 눈에는 물 위에 뜬 날개만 보일 뿐이었다. 잠시 후 그는 자신의 기술을 한탄하면서 시체를 묻은 뒤 그 땅을 '이카리아(Ikaria)'라고 불렀다.

혼자 남은 그는 무사히 시칠리아(Sicilia) 땅에 도착했고, 아폴론을 위해 신전을 건립한 후 날개를 아폴론께 바쳤다.

다이달로스는 자기의 재능을 너무 자만하여, 누군가가 자기와 겨눌 수 있다고 하면 참지 못했다. 한때 그의 누이는 아들을 보내 그에게 기술을 배우게 했다. 그녀의 아들 페르딕스(Perdix)는 다이달로스가 놀랄 만큼 뛰어난 재능을 보였다. 그는 해변에 있는 물고기 등뼈를 견본으로 톱을 발명했으며, 두 개의 쇳조각을 결합시켜 한끝을 못으로 연결시키고 다른 끝을 뾰족하게 하여 컴퍼스도 만들었다. 그러자 다이달로스는 조카의 발명을 질투하여 어느 날 높은 탑 위에서 그를 떠밀어버렸다.

그러나 재능을 사랑하는 아테나가 페르딕스를 가엾게 여겨, 자고(鷓鴣)새(partridge)11)로 환생시켜 주었다. 이 새는 지금도 그 보금자리를 나무 위에 짓지 않고, 높이 날지도 않으면서 울타리에 들어가 산다.

카스토르와 폴리데우케스

카스토르(Castor)와 폴리데우케스(Polydeuces)는 레다(Leda)와 제우스(Zeus)가 둔갑한 백조 사이에서 태어났다. 당시 레다는 알을 하나 낳았는데, 이 알에서 쌍둥이 형제가 태어난 것이다. 뒷날 트로이(Troy) 전쟁의 발단이 되었던 헬레나(Helena)는 이들의 누이였다.12)

헬레나가 테세우스와 그의 친구 페이리토스에게 납치당하자 이들 형제는

---

11) 메추라기과의 새.
12) 레다가 낳은 알은 두 개인데 하나에서는 헬레나와 폴리데우케스, 또 하나에서는 카스토르와 클리템네스트라(Clytemnestra)가 태어났다는 설이 있다.

곧 누이를 구하러 아티카(Attica)로 갔다. 그러나 때마침 테세우스가 아티카에 없어13) 이들은 누이를 무사히 구출했다.

카스토르는 사나운 말의 조련으로 유명했고, 폴리데우케스는 유명한 권투 실력을 갖췄다. 이들 둘은 너무 사이가 좋아 무엇이든 같이했다. 이들은 아르고나우타이(Argonautai)의 원정에도 같이 참가했다. 그때 항해 도중에 폭풍을 만나자 오르페우스(Orpheus)가 사모트라케(Samothrace) 섬의 신들에게 기도하며 하프를 탔다. 그러자 폭풍우가 멎고 이들의 머리 위에선 별들이 빛났다. 이후 이들은 항해자들의 보호신으로 추앙받았다. 대기의 변화로 생겨나는 돛이나 돛대 주변의 불빛을 뱃사람들은 그의 형제 이름으로 불렀다.

이 원정이 끝난 뒤 이들은 이다스(Idas)와 린케우스(Lynceus)를 상대로 일전을 벌였다. 이 싸움에서 카스토르가 피살되자, 폴리데우케스는 슬퍼한 나머지 자신의 생명과 카스토르의 생명을 바꾸어 달라고 제우스에게 빌었다. 이를 가엾게 여긴 제우스는 형제가 교대로 생명을 누리게끔 만들어주었다. 즉 하루는 지하에서 보내고, 다음 날은 하늘에서 보내도록 한 것이다. 일설에는, 이 형제의 우애를 사랑한 제우스가 그들을 '쌍둥이자리'라는 별자리로 옮겨주었다는 얘기도 있다.

카스토르와 폴리데우케스는 '디오스쿠로이(Dioskouroi)'14)라고 불리며, 신의 대우를 받았다. 훗날 이들은 격전지에 자주 나타났는데, 백마를 타고 다니면서 한쪽 편만 들어주었다고 전한다.

고대 로마사(史)는 이들이 레길루스(Regillus) 호수의 전투15)에서 로마군을 도와, 이 전투가 로마군의 승리로 끝났다고 기록하고 있다. 그래서 로마인들은 이 형제가 모습을 나타냈던 그곳에 이들의 신전을 건립했다고 한다.

---

13) 그때 페이리토스와 함께 지하세계에 내려갔다.
14) '제우스의 아들'이라는 의미이다.
15) 기원전 496년.

매콜리는 〈고대 로마의 민요〉에서 이 이야기를 다음과 같이 노래했다. (제2편 '레길루스 호수의 전투' 32절 및 40절)

두 사람은 너무나 닮아,
아무도 분별할 수 없었다.
그들의 갑옷은 눈처럼 하얗고,
올라탄 준마도 눈처럼 하얗다.
이렇게 훌륭한 갑옷은
일찍이 지상의 모루 위에서 빛난 적이 없고,
이렇게 아름다운 준마는
지상의 시냇가에서 목을 적신 적이 없었다.
……

막상 전투가 시작되었을 때,
저 무장한 쌍둥이 형제가
오른편에 나란히 서 있는 것을 본 장군은
반드시 승리를 거두고 돌아간다.
그리고 이 쌍둥이 형제가
다시 돛 위에 나타나면,
그 배는 큰 파도를 피하고 질풍을 지나
무사히 항구로 돌아온다.

21장

디오니소스 | 아리아드네

디오니소스

디오니소스(Dionysos, [바쿠스(Bacchus)])는 제우스와 세멜레(Semele)의 아들이다. 세멜레가 제우스의 아이를 잉태하자, 헤라는 증오심에 불타 그녀를 죽이기로 마음먹었다. 헤라는 곧 세멜레의 늙은 유모 베로에(Beroe)로 변신하여 세멜레를 찾아가 그녀의 애인이 정말 제우스인지를 재차 묻고는 탄식하며 말했다.

"정말 그렇다면 얼마나 좋겠습니까? 그러나 이 늙은이는 두렵군요. 세상 사람들은 너무나 거짓말을 잘하니……. 아가씨, 그에게 한번 요구해 보세요. 그가 정말 틀림없는 제우스 신이라면, 하늘에서 입는 갑옷을 입고 나타나 보라고 하세요. 그래서 입고 나타난다면, 그는 정말로 제우스일 겁니다."

듣고 보니 그랬다. 세멜레는 제우스를 만나자, 아무것도 묻지 말고 부탁 하나만 들어달라고 졸랐다. 제우스는 그 부탁을 들어주겠다고 기꺼이 약속했고, 이 약속을 위배(違背)할 수 없도록 신들도 두려워하는 스틱스(Styx)강을 걸겠다고 했다. 그제야 그녀는 자신의 부탁을 말했다.

236

제우스는 세멜라가 말을 꺼내려 하자 그녀의 말을 가로막고 싶었다. 하지만 이미 그녀의 말이 입 밖으로 나와, 때가 늦어버리고 말았다. 그녀의 부탁도, 제우스의 약속도 취소할 수 없음은 물론이다.

제우스는 깊은 고뇌와 침통함을 감추지 못한 채 그녀와 이별한 후 하늘로 올라와 갑옷을 입었다. 갑옷은 티탄족을 물리칠 때 입는 중무장된 것이 아니라 가벼운 복장이었다.

제우스는 어쩔 수 없는 약속을 한 터라 지상으로 내려와 그녀 방에 들어갔다. 그런데 인간의 몸으로는 신(神)의 찬란한 광채를 감당하지 못했으므로, 그녀는 순식간에 타서 재가 되고 말았다. 제우스는 죽은 세멜라의 몸에서 아기 디오니소스를 꺼내, 니사(Nysa)산의 님프들에게 맡겼다. 그리고는 히아데스(Hyades) 성좌를 만들어 이들을 별들 사이에 자리 잡아 주었다.

성장한 디오니소스는 포도 재배법과 그 즙을 짜는 방법을 발견했다. 그러나 헤라는 그를 미치게 만들어 살던 곳에서 쫓겨나게 했다.

쫓겨난 디오니소스는 세계 각지를 떠돌다가 프리기아(Phrygia)에서 레아(Leah) 여신에게 광기를 치료받고, 그녀의 종교에 대한 의식도 전수받았다. 디오니소스는 다시 길을 떠나 아시아를 돌아다니며 그 주민들에게 포도 재배법을 가르쳤다.

그의 여행 중 가장 유명한 것은 인도 여행이었는데, 이 인도 주유(周遊)는 수년간 계속되었다. 거기에서 그는 깨달음을 얻고 그리스로 돌아와 이 종교를 널리 전파하고자 했다. 그러나 군주들은 이 새로운 종교에 수반되는 무질서한 광증이 두려워 포교를 반대했다.

그의 고향 테베에서도 마찬가지였다. 테베의 왕 펜테우스(Pentheus)[1]는 새로운 종교를 인정하기는커녕 그 의식의 집행도 금지시켰다. 그러나 그의 귀향 소식에 백성들은 남녀노소 할 것 없이 구름같이 몰려나왔으며, 그들은 펜테우스왕의 충고나 위협에도 눈 하나 깜짝하지 않았다. 참다못한 왕이

---

1) '슬픔의 사람'이라는 의미. 비탄의 감정 중에서도 사랑하는 사람의 죽음으로 인한 슬픔을 뜻하며, 그의 비극적 운명을 암시하고 있다.

부하들에게 명령했다.

"가서 군중을 선동하는 그 떠돌이를 잡아와라! 그는 자기가 신의 아들임을 주장하나, 내 이 진상을 밝혀내 그의 엉터리 신앙을 없애버리겠다."

그의 친구들과 훌륭한 신하들이 디오니소스에게 그러지 말라고 간언했지만, 그것은 오히려 그의 분노를 자극시킬 뿐이었다. 왕의 지시하에 디오니소스를 잡으러 간 체포대는 디오니소스의 신자들에게 쫓겨왔는데, 겨우 그중 한 명을 붙잡아 왕에게 대령했다.

왕이 격분하여 소리쳤다.

"너 이놈! 너는 곧 처형되어 다른 놈들에게 교훈을 줄 것이다. 하지만 처형 전에 한 가지 물어볼 것이 있다. 너의 이름은 무엇이며, 금지된 의식의 정체를 밝혀라!"

사내는 왕의 분노와는 무관한 듯한 얼굴로 대답했다.

『저는 미아오니아 사람으로 이름은 아코이데스입니다. 저의 양친은 너무 가난하여 땅 한 평, 양 한 마리 남기지 않고 돌아가셨습니다. 다행히 낚싯대와 그물을 물려받아 고기잡이는 할 수 있었습니다. 저는 얼마 동안은 별 뾰족한 수 없이 이 가업에 매달렸습니다만, 곧 싫증을 느껴 별자리를 보고 뱃길을 알아내는 수로(水路) 안내인 기술을 익혔습니다.

그런데 한번은 델로스섬으로 향하던 도중에 디아(Dia)섬[2]에 상륙했던 일이 있었습니다. 선원을 보내 식수를 구해오라고 했더니 그들이 잘생긴 소년 한 명을 데리고 오더군요. 자고 있던 소년인데, 소년의 모습이 귀한 신분 같아 보이자 선원들은 왕자나 귀족일 거라면서 후한 몸값을 받을 수 있을 거라고 합니다. 그런데 저는 그 소년의 옷차림과 걸음걸이, 얼굴에서 신성한 기품이 느껴져 이렇게 외쳤습니다.

"저 모습에는 분명히 신이 깃들어 있다. 오, 신이시여! 저희의 무례를 용서

---

2) 낙소스(Naxos)섬의 옛 이름. 《오디세이》에는 '키오스섬'이라고 나와 있다.

해 주소서. 관대한 신이시여, 용서해 주소서!"

이 말을 듣고 돛대 오르기와 줄타기의 명수인 덕티스와 키잡이 멜란토스, 노 젓기의 앞소리꾼 에포페오스가 저를 비난하더군요. 그들은 모두 소년의 몸값 때문에 눈이 어두워졌던 겁니다. 그 자리에서 말다툼이 일어났고, 저는 난폭한 리카바스에게 멱살을 잡혀 바다에 빠질 뻔하다가 간신히 밧줄에 매달려 목숨을 건졌습니다. 다른 녀석들은 리카바스의 행동을 그저 방관만 했지요.

그러자 이 장면을 보고 있던 소년이 갑자기 소리를 치더군요.

"아저씨들, 나를 어쩌려는 거죠? 왜들 싸우시는 거예요? 왜 날 이런 곳으로 데려왔죠? 그리고 날 어디로 데려갈 참인가요?"

그러자 동료 선원 누군가가 대답했습니다.

"얘야, 아무 걱정하지 말아라. 너 어디로 가고 싶으냐? 이 아저씨들이 데려다주마."

그러자 소년이 말했습니다.

"우리 집은 낙소스예요. 데려다주세요. 그럼 은혜는 갚겠어요."

그들은 소년에게 그러자고 약속했습니다. 저에게도 명령하기를 낙소스로 뱃머리를 향하게 했고요. 낙소스의 뱃길은 오른쪽으로 꺾어야 했기에 저는 배를 그쪽으로 몰았지요. 그러자 어떤 녀석은 눈알을 잔뜩 부라리고, 어떤 녀석은 제 귀에다 대고 이집트 쪽으로 항해하라고 협박했습니다. 저는 기겁을 했습니다.

"그럼 다른 놈이 이 키를 잡아!"

저는 동조하지 않았습니다. 곧 놈들은 저를 두들겨 패고 짓밟고 뱃길 안내자를 다른 자로 바꾸었습니다. 아, 배는 낙소스에서 점점 멀어져 갔습니다.

그때 이를 눈치챈 소년이 바다를 바라보면서 이렇게 말했습니다.

"아저씨들, 저 해안은 낙소스 해안이 아니잖아요. 저를 집에 데려다준다고 하시더니, 왜 그러시죠? 가엾은 아이를 속여 무얼 하시려는 거예요?"

저는 이 말을 듣고 눈물을 흘렸습니다. 그러나 그들은 우리를 비웃으며 배를 계속 몰았습니다. 그런데 배가 더 이상 나아가지 않고 바다 한가운데서 움직이지 않는 것이었습니다. 놀란 선원들이 노를 당기기도 하고 돛을 펴기도 했으나 요지부동이었습니다. 담쟁이 넝쿨이 노에 잔뜩 엉켜 노를 젓지 못하게 하고, 열매가 줄줄이 달린 포도 넝쿨이 뱃머리로 올라왔습니다. 그리고 향기로운 술 냄새와 함께 어디선가 피리 소리가 들려왔습니다.

고개를 돌려보니 디오니소스 신께서 포도잎 관을 쓰고 넝쿨에 얽힌 창을 든 채 서 계셨습니다. 별들이 그분의 발밑에 떠 있었으며, 호랑이와 표범이 그분 주위에서 배회했습니다. 공포에 질린 선원들은 바다로 뛰어들었습니다.

그런데 갑자기 선원들의 몸이 넓적해지면서 구부러지더니 꼬리가 생겨나고, 입이 찢어지고, 콧구멍이 넓어지고, 몸 전체에 비늘이 돋았습니다. 선원들이 모두 돌고래가 되어버린 것이지요.

저는 그것을 보면서 너무 무섭고 공포가 밀려와 떨고만 있었습니다. 그러자 디오니소스 신께서 저를 위로해 주셨습니다.

"걱정 마시오! 자, 이제 배를 낙소스로 돌리시오."

저는 하라는 대로 했습니다. 그리고 낙소스에 도착하자마자 제단에 불을 밝히고 제전을 거행했지요.』

여기까지 듣고 있던 펜테우스왕이 큰소리를 냈다.

"가당치 않은 이야기를 듣다 시간만 낭비했다. 여봐라, 저 녀석을 끌어내라!"

부하들은 아코이테스를 끌어다 감옥에 넣었다. 그러나 그들이 사형시키려고 도구를 준비하는 사이에 옥문이 저절로 열렸고, 묶인 쇠사슬도 풀렸다. 왕의 부하들이 다시 돌아왔을 때 아코이테스는 이미 그 자리에 없었다.

그래도 펜테우스는 뉘우치기는커녕 아예 그 자신이 직접 디오니소스가 있는 곳으로 갔다. 신자들로 가득 찬 키타이론(Cithaeron)산에서는 디오니소스의 부르짖음이 사방으로 울려 퍼졌다.

그 소리에 펜테우스의 분노가 폭발했다. 분노는 마치 전쟁에서 나팔 소리가 군마들에게 활기를 넣듯이 점점 끓어올랐다. 그는 그 혈기로 제전의 중심부로 뛰어들었다. 그러자 그와 동시에 여신도들이 그를 둘러쌌다. 그중에는 펜테우스의 어머니 아가베(Agave)도 있었다. 그녀는 디오니소스에 눈이 먼 여자였다.

아가베가 소리쳤다.

"보라, 자매들이여! 저기 못된 멧돼지가 있다. 저놈이 이 숲속을 망치고 다니는 놈이다. 내가 앞장설 테니, 나를 따르시오!"

그러자 군중들이 그를 향해 우르르 달려갔다. 그때야 펜테우스는 교만을 버리고, 빌면서 변명도 하고 용서를 구했지만 아무 소용이 없었다. 그는 또 그의 이모들에게 어머니를 말려 달라고 외쳤으나 오히려 아우토노에 (Autonoe)와 이노(Ino)는 그의 양팔을 잡아당겼다. 그는 몸이 찢겨 죽었고, 어머니인 아가베는 그의 몸을 보며 크게 외쳤다.

"이겼다. 우리가 이겼다! 영광은 이제 우리 것이다."

이후로 디오니소스의 신앙이 그리스에 뿌리를 내리게 되었다.

밀턴의 〈코머스〉 46행에서는 이 이야기를 다음과 같이 노래했다. 이 시에 나오는 '키르케(Circe)' 이야기는 29장에서 언급할 것이다.

> 보랏빛 포도에서, 잘못하면 독이 되는
> 저 달콤한 포도주를 처음 짜낸 디오니소스는
> 선원들의 모습을 바꾼 뒤에
> 티르노스 해안을 따라 바람을 타고
> 키르케의 섬으로 밀려갔다.
> (저 태양의 딸인 키르케를 아시는가?
> 그녀가 권하는 마법의 잔을 입에 댄 자는
> 누구나 두 발로 서 있지 못하고,
> 그곳에 엎어져서 땅을 헤매는 돼지가 된다는.)

아리아드네

앞에서 우리는 테세우스가 낙소스섬에다 미노스왕의 딸 아리아드네 (Ariadne)를 버리고 떠난 것을 이야기했었다.

그때 잠에서 깨어난 아리아드네는 자신이 버림받은 것을 알고 몹시 슬퍼했다. 그녀를 가엾게 여긴 아프로디테는 그녀에게 하늘의 애인과 맺어 주겠다며 그녀를 달랬다.

아리아드네가 남아 있던 낙소스섬은 디오니소스가 마음에 들어 하던 섬이었다. 디오니소스는 곧 아리아드네를 발견하였고, 그 모습에 반해 그녀와 혼인했다.

그는 혼인 선물로 보석이 주렁주렁 달린 황금관을 주었는데, 뒷날 그녀가 죽자 이 관을 벗겨 하늘로 던졌다. 관은 하늘로 올라가며 더 큰 빛을 내더니 별이 되었다.

이 별은 아리아드네가 쓰고 다녔던 그 모습 상태로 헤라클레스와 뱀을 쥔 사내[3] 사이에서 빛을 내고 있다.

스펜서(Edmund Spenser)는 '아리아드네의 관'에 관해 노래했지만, 그는 신화를 잘못 이해한 듯하다.

켄타우로스(Kentauros)족과 라피테스(Lapithes)족은 페이리토스의 결혼식장에서 싸운 것이지, 테세우스의 결혼식장에서 싸운 것이 아니다.

> 보라, 저 아리아드네의
> 상아(象牙) 같은 이마에 놓인 관을!
> 테세우스의 결혼 잔치에서,
> 저 무례한 켄타우로스들이

---

3) 뱀자리.

용감한 라피테스들과의 싸움에서 패배하던 날
신부가 쓰던 관은
지금은 하늘 한 귀퉁이에서 빛나는 하늘을 더욱 빛내며
주위를 도는 별들의 장식이 되었다.

22장

전원의 신들 | 에리시톤 | 로이코스 | 물의 신들 |
카메나이 | 바람의 신들

전원의 신들

판(Pan)은 수풀과 들의 신 그리고 양 떼나 양치기의 신으로 짐승의 모습에
가까운 다산(多産)의 신이다. 그는 작은 동굴에 기거하면서 산과 골짜기를
돌아다니거나 수렵을 하며 님프들에게 춤 가르치는 것을 좋아했다.

또한 판은 음악을 좋아해서, 4장에서 언급한 바 있듯이 시링크스라는 양치
기의 풀피리를 발명했으며 그 자신도 피리를 잘 불었다.

그러나 판 역시 숲속에 사는 다른 신들과 마찬가지로, 한밤에 숲을 통과하
는 사람들에게는 두려움의 대상이었다. 왜냐하면 밤길의 어둠과 적막은 사람
들 마음속에 미신적인 공포감을 지니게 하기 때문이다. 그래서 사람 들은
이렇다 할 이유 없이 갑작스럽게 느끼는 공포를 판 때문이라고 생각해서 이것
을 '판의 공포'라고 부르기 시작했다.

'판'[1]이란 말은 '모든'이라는 뜻으로, 우주의 상징이나 자연의 권화(權化,

---

1) 'all' 또는 '범(凡)'으로, 옛사람들은 더러 이런 뜻으로 오해했다. 그러나 본래의 뜻은
   '목축하는 자'이다.

중생을 구하기 위하여 다른 모습으로 변하여 세상에 나타남.)로 여겨졌다. 그러다가 후세에 가서 모든 신과 이교(異敎)를 대표하는 존재로 자리매김했다.

실바누스(Silvanus)와 파우누스(Faunus)는 로마 신화에 나오는 전원의 신이지만, 그 성격이 판의 성격과 별로 다르지 않으므로 그들을 동일 신으로 보아도 무방할 듯하다.

숲에 사는 님프(nymph) ― '아가씨'를 뜻함. 불사의 존재는 아니지만 수명이 대단히 길었으며, 남자들에게 매우 친절한 편이었다. ― 들은 판의 춤 상대 노릇을 자주 하였는데, 그중 한 부류는 춤 상대가 되기 위해 매우 열심이었다.

그 밖에 오케아니스(Oceanids)는 바다의 님프이고, 네레이스(Nereis)는 바다와 강 양쪽에 사는 님프이다. 또한 나이아스(Naias)는 샘, 강, 호수를 주관했고, 오레이아스(오로스, 산)는 산과 동굴을 다스렸다.

그뿐 아니라 나페아(나페, 골짜기)와 알세이스는 골짜기와 작은 숲의 님프이며, 드라이스 또는 하마드라이스는 숲과 나무를 주재하는 님프였다.

숲의 님프들은 자신들과 한날한시에 태어난 나무들이 죽으면 그녀들도 같이 죽는다고 믿어 왔다. 그러므로 나무를 함부로 베는 것은 신성을 모독하는 행위로 간주했고, 심할 때는 엄벌을 내렸다. 그 대표적인 예로 '식인'으로 알려진 에리시톤(Erysichthon)의 경우를 들 수 있다.

밀턴은 우아한 필치로 천지창조를 묘사하면서, 판을 대자연의 화신으로 그려 노래하고 있다.

만물의 판은
우아하고 아름다운 여신들이나 계절의 여신들과
춤추면서 몸을 이끈다.

그리고 이브의 거처에 대해서는 이렇게 노래했다.

> *신성하고 고요한 그곳 그늘에서 꾸민 이야기일 테지만*
> *판이나 실바누스가 잠자는 일은 없었다.*
> *또한 님프 파우누스도 다가오는 일이 없었다.*

고대 이교(異敎)의 재미있는 특징은 모든 자연 현상을 신의 행위로 보았다는 것이다. 그리스인들의 상상력은 땅과 바다 곳곳에 신들을 살게 하고, 오늘날 철학이 밝힌 자연법칙의 작용인 현상도 신들이 행하는 것이라고 생각했다.

때로 시적 기분에 사로잡혀 있을 때, 우리는 이러한 관념의 변화를 애석하게 여긴다. 철학으로 이성을 얻은 것만큼 정서를 잃어버리지 않았나 생각하는 것이다.

워즈워드(William Wordsworth, 영국의 시인, 1770~1850)는 이런 기분을 다음과 같이 생생하게 표현했다.

> *위대한 신이여, 나는 오히려*
> *옛 신앙의 젖줄로 자라는 이교도이고 싶습니다.*
> *그러면 이 아름다운 풀밭에 서서*
> *외롭지 않은 나를 바라볼 수 있으며,*
> *바다에서 나타나는 프로테우스를 구경하거나*
> *트리톤의 소라고둥 소리를 들을 수 있을 테지요.*

실러는 아름다운 옛 신화가 사라진 것을 슬퍼하며, 〈그리스의 신들〉이란 시에서 이렇게 노래했다.

> *마침내 최고의 '미(美)'에 정복당한*

그대들의 '아름다움'에 맹세코
그대들의 이교 중에서도 진실을 찾으려는
우리들의 위대한 영웅적 정신에 맹세코
우리 이제는 더 이상 울지 않는다.
이제 대지로 하여금
신들의 영광을 지속하게 하리라.

전설에 의하면 천사들이 베들레헴 양치기들에게 그리스도의 탄생 소식을 알리자, 갑자기 신음 소리가 그리스 온 섬에 울려 퍼지면서 위대한 판은 죽었고, 올림포스의 신들은 그 지위를 모두 잃었다고 한다. 또 몇몇 신들은 차갑고 어두운 세계로 쫓겨났다고 한다.

한편, 그리스도교 신자인 시인 브라우닝(Elizabeth Barrett Browning)은 실러의 시에 답하듯 〈죽은 판〉이라는 시를 썼다. 이 시는 초기 그리스도교 이야기를 바탕으로 쓴 것이다.

판은 죽었다.
이제 대지는 장성하여 어릴 때 들었던
신화 이야기에는 귀를 기울이지 않게 되었다.
그리고 진실이 깃든, 건전하지만 지루한
저 우아한 이야기에도 귀를 기울이지 않게 되었다.
아폴론의 이룬 찻길은 이제 끝났다.
시인들이여, 눈을 들어 태양을 보라.
판, 판은 죽었다.

밀턴은 〈그리스도 탄생에 부치는 찬가〉에서 다음과 같이 노래했다.

고적한 산들을 넘고
파도치는 해변을 건너
울부짖는 소리, 절망의 소리가 들려오자
님프들이 나타나던 샘과
청백 백양목 울창한 골짜기에서
요마(妖魔, 요괴)는 한숨을 내쉬면서 그 모습을 감춘다.
님프들도 아름다운 머리카락을 풀어헤치고
깊은 숲속으로 몸을 감춘 채 석양을 바라보며 탄식한다.

에리시톤

에리시톤은 고대 그리스 신화에서 인간이 가장 멀리해야 하는 부덕(不德)인, 신에 대한 불경함을 가진 사람이었다.

어느 날 에리시톤은 자신의 농경지를 더 넓히기 위해, 농경의 여신인 데메테르(Demeter, 대지의 어머니)에게 바쳐진 거대한 숲을 없애버려야겠다고 마음먹었다.

이 숲속에는 참나무 한 그루가 서 있었는데, 이 나무는 너무 커서 그 한 그루만으로도 숲을 이룬 것처럼 보였다. 태곳적부터 자라온 줄기는 높이 솟았고, 가지에는 사람들이 봉헌한 꽃다발이 종종 걸려 있었다. 그런가 하면 그 나무의 님프에게 기원하는 사람들이 보답의 뜻으로 새긴 명각도 있었다. 숲의 님프인 드라이스들은 손을 마주 잡고 그 둘레에서 춤을 추곤 했다. 그 나무의 둘레는 15완척(1완척이 약 50cm이므로, 나무 둘레는 약 7.5m)이고, 줄기는 너무 높게 솟아 다른 나무의 위에서야 그 꼭대기가 보였다.

그런데도 에리시톤은 그 나무를 반드시 베어내지 못할 무슨 이유가 있겠느냐고 하면서 하인들에게 큰 소리로 명령했다.

하인들이 머뭇거리자, 그는 그중 한 사람에게서 도끼를 빼앗으며 소리쳤다.

"여신이 총애하는 나무라도 두려워할 것 없다. 만약 여신이 내 일을 막는다면 여신까지도 베어버리겠다."

에리시톤은 도끼를 높이 쳐들었다. 그러자 참나무가 몸을 떨며 신음 소리를 내는 것 같았다. 그리고 도끼로 일격을 가하자 나무에서 피가 흘렀다. 옆에 있던 사람들은 공포로 몸을 떨었다. 그중 한 사람이 용기를 내어 도끼질을 그만둬 달라고 간청했다. 하지만 에리시톤은 험악한 눈을 치켜뜨고 그를 노려보며 외쳤다.

"네 신심의 대가를 받아라!"

그리고는 나무를 찍던 도끼를 그에게로 돌려 마구 휘둘렀다. 그의 몸 여기저기에 많은 상처가 났으나, 분이 덜 풀린 에리시톤은 급기야 그의 목을 자르고 말았다. 그러자 참나무 안에서 한 소리가 울려 나왔다.

"나는 이 나무에 사는 데메테르의 총애를 받는 님프다. 지금 네 도끼에 찍혀 죽지만, 너는 천벌을 면치 못할 것이다."

그러나 에리시톤은 도끼질을 멈추지 않았다. 마침내 나무는 수많은 도끼질에 찍히다 밧줄에 끌려 쓰러졌다. 그 소리가 엄청났다. 이 나무가 쓰러지자, 숲의 많은 나무들도 그 밑에 깔려 쓰러졌다. 이 나무의 숲에 깔린 나무의 수는 헤아릴 수 없을 정도였다.

드라이스들은 육친이 죽음을 당하고 숲의 자랑이었던 거목이 쓰러지는 것을 보고는 크게 놀란 나머지, 모두 상복을 입고 데메테르에게로 몰려가서 에리시톤에게 죗값을 물리라고 간청했다. 여신이 승낙의 표시로 머리를 끄덕이자, 들판에 있는 익은 곡식들도 머리를 움직였다.

데메테르는 그런 불경한 죄인에게는 아무한테도 동정을 받을 수 없을 만큼 무서운 형벌을 내려야 한다고 생각하고, 그를 '기아(飢餓, 배고픔)의 여신' 손에 맡기기로 작정했다. 그녀 자신은 기아의 여신을 만날 수 없었으므로 ─ 운명의 신이 정한 법이 그러했기에 ─ 산의 님프인 오레이아스를 불러서 말했다.

"눈 덮인 스키티아(Scythia)에서 멀리 떨어진 곳에 한 지방이 있다. 그곳은 숲도, 곡식도 자라지 못하는 불모의 땅이다. 그곳에는 한기·공포·전율·기아만이 살고 있다. 가서 기아의 신에게 에리시톤의 뱃속으로 들어가 진을 치라고 일러라. 어떤 음식물이 들어와도 물러서거나 떠나지 말라고 일러라. 그리고 행여 너는 길이 멀다고 생각지 마라. 내 이륜차로 가거라. 그 차의 용들은 매우 빠르고 고삐가 순해, 이내 하늘을 날아 그곳에 도착할 것이다."

데메테르는 말고삐를 오레이아스에게 건네주었다. 힘차게 이륜차를 몬 오레이아스는 곧 스키티아에 다다라, 카우카소스산에서 차를 멈췄다. 거기에서 오레이아스는 돌밭에 앉아 있는 '기아의 여신' 리모스(Limos)를 보았다. 그녀의 머리카락은 부스스했고, 움푹 팬 눈과 바싹 마른 입술, 먼지에 뒤덮인 턱으로 인해 얼굴이 몹시 창백해 보였다. 몸은 어찌나 말랐던지 피골이 상접이었다. 오레이아스는 가까이 다가갈 용기가 나지 않아, 멀찌감치 떨어져서 데메테르의 명령을 전했다. 그곳에 있는 시간을 짧게 하고 거리도 떨어져 있었지만, 어느새 오레이아스는 허기가 느껴져서 도망치듯 용의 머리를 돌려 테살리아(Thessaly, 그리스 북부에 있는 지방)로 돌아왔다.

리모스는 데메테르가 시키는 대로 했다. 그녀는 공중을 날아서 에리시톤의 집으로 가 그의 침실로 몰래 들어갔다. 그리고 잠자고 있는 그를 자기의 날개로 감싼 다음 자신의 시장기를 그의 몸속에 불어넣어 혈관 구석구석까지 그 기운이 퍼지게 했다. 임무를 마친 뒤에 그녀는 에리시톤의 곁을 떠나 자기가 살던 땅으로 돌아갔다.

잠을 자고 있던 에리시톤은 꿈속에서도 먹을 것을 찾아다녔고, 실제로 무엇인가를 먹는 것처럼 턱을 움직이기도 했다.

에리시톤은 잠에서 깨어나자 견딜 수 없는 배고픔이 밀려왔다. 그는 땅에서 나는 것이든, 바다에서 나는 것이든, 공중에서 나는 것이든 간에 먹는 것은 가리지 말고 무엇이든 가져오라고 명했다. 그리고 줄곧 먹어대면서도 배고프다는 타령을 멈추지 않았다. 한 나라의 백성이 먹을 만큼 많은 음식인데도 그는 좀처럼 만족하지 않았다. 먹을수록 더 배가 고팠던 것이다.

에리시톤의 배고픔은 모든 냇물을 마시고도 채워지지 않는 바다와 같았으며, 모든 연료를 다 태우고 나서도 지칠 줄 모르고 혀를 날름거리는 불과도 같았다. 줄기찬 식욕으로 그의 많은 재산은 순식간에 사라졌다. 그런데도 배고픔은 조금도 가시지 않았다.

마침내 남은 것은 딸 하나였다. 그녀는 그런 아버지의 딸이라고는 여겨지지 않을 만큼 참했다. 그러나 그는 그 딸마저 팔아야 했다. 하지만 그녀는 노예로 팔리게 된 자기의 운명에 굴복하지 않고 해변에 서서 포세이돈에게 간절하게 기도를 올렸다.

포세이돈은 그 기도를 들어주었다. 그래서 그녀를 산 노예상이 알아볼 수 없게 그녀의 모습을 어부로 변하게 했다. 노예상은 그녀가 보이지 않자, 변한 모습의 그녀에게 말했다.

"잠깐 나 좀 봅시다. 방금까지 이곳에 있던 처녀가 어디로 갔는지 모르시오? 머리카락은 헝클어지고 남루한 옷을 입은 여자인데, 조금 전까지만 해도 이곳에 있었소. 바른대로 일러주시오. 그래야 운수대통하여 고기도 잘 잡힐 터이니."

처녀는 자기의 기도가 이루어진 것을 알고, 뛸 듯이 기뻐하면서 대답했다.

"이거 참 미안하군요. 일을 하다 보니 아무것도 보지 못했습니다. 그러나 맹세하건대, 한동안 이곳에 나 외에는 아무도 없었습니다. 남자고 여자고 본 적이 없습니다."

이 말을 믿은 노예상은 노예로 산 그녀가 도망간 줄 알고 그 자리를 떴다. 그러자 곧 자기 본래의 모습으로 돌아온 그녀는 집으로 갔다.

에리시톤은 돌아온 딸을 신기하게 여기지도 않았고, 그저 딸을 다시 팔 수 있다는 사실만 기뻐할 뿐이었다. 그리하여 그는 계속해서 딸을 팔았고, 딸은 포세이돈의 도움으로 때로는 말이 되고, 때로는 새가 되고, 때로는 소가 되고, 때로는 사슴이 되기도 하여 자기를 산 사람에게서 매번 도망쳐 집으로 돌아오곤 했다.

굶주림에 시달리던 에리시톤은 이렇게 비겁한 방법으로 먹고살았는데, 어느 날 식량 대신 팔려갔던 딸이 평소보다 늦게 돌아오게 되었다. 그런데 딸이 돌아오기 전에 집에 있던 식량을 다 먹어치운 그는 또다시 찾아온 배고픔을 참을 수 없게 되자, 자신의 몸을 먹기 시작했다. 발과 손부터 시작하여 전신을 뜯어먹다 보니 나중에는 치아만 남았는데, 그 상태에서도 계속 배고파하다가 숨이 끊어지고 나서야 데메테르의 복수에서 벗어날 수 있었다.

로이코스

숲의 님프 하마드라이스들은 그녀들에게 해를 끼친 자에게는 벌을 주었지만, 자기를 섬기는 자에게는 은혜에 보답할 줄 알았다. 로이코스의 이야기가 그 예이다.

우연히 쓰러져가는 참나무를 본 로이코스는 하인들을 시켜 버팀목을 세워놓게 했다. 나무가 넘어지면 같이 죽게 되었던 님프는 생명의 은인인 그에게 고마움을 표시하고자 무엇이든 소원을 말하라고 했다. 로이코스가 '님프의 사랑을 원한다.'고 대답하자, 님프는 그의 소원을 들어주었다. 동시에 그녀는 '그 마음이 변하지 않아야 된다.'고 부탁했다. 그리고 벌을 심부름꾼으로 보내어 만날 시각을 알려주겠다고 말했다.

그 일이 있은 뒤 어느 날, 로이코스가 장기를 두고 있을 때 벌 한 마리가 날아왔다. 그는 무심결에 그 벌을 쫓아버렸다. 그러자 이에 화가 난 님프가 그의 눈을 멀게 만들었다.

미국의 시인 로웰(James Russell Lowell)은 그의 시 〈로이코스〉에서 그 첫 부분을 이렇게 노래했다.

지금부터 그리스의 옛이야기를 합시다.
후세(後世)에 이르기까지 아테나 풍의 벽에 새겨져 있는

저 우아하고 아름다운 불멸의 모습처럼

자유와 젊음 그리고 아름다움으로 가득한 이야기를 합시다.

물의 신들

티탄족 오케아노스(Okeanos)[2]와 테티스(Thetis)는 물의 영역을 다스렸다.

그러나 제우스와 그의 형제들이 티탄족을 정복하고 그들의 권력을 빼앗은 뒤에는 포세이돈과 암피트리테(Amphitrite)가 오케아노스와 테티스를 대신하여 물을 다스리게 되었다.

포세이돈

포세이돈(Poseidon)은 물의 신들을 통틀어 다스렸다. 그의 상징은 삼지창이었다. 그는 이것으로 바위를 부수기도 하고 폭풍우를 일으키거나 진압하기도 했으며, 해안을 뒤흔들기도 했다.

그는 말(馬)을 만들었기에 경마의 수호신으로 섬겨지기도 한다. 그의 말들은 청동 말굽과 금빛 갈기로 장식되어 있었으며, 이 말들이 그의 이륜차를 몰아 수면 위를 달릴 때마다 바다는 고요해졌고, 괴물들은 이륜차를 호위하듯 주위에서 날뛰며 놀았다고 한다.

암피트리테

바다의 여신인 암피트리테는 포세이돈의 아내였다. 그녀는 '바다의 노인'이라 불린 네레우스(Nereus)와 도리스(Doris, 오케아노스의 딸) 사이에서 태어났으며, 트리톤(Triton)의 어머니였다.

---

2) 우라노스와 가이아의 아들로, '모든 강의 아버지'로 불렸다.

포세이돈은 돌고래를 타고 가는 암피트리테에게 청혼했는데, 일이 성사되자 기념으로 돌고래를 별자리에 올려주었다고 한다.

네레우스와 도리스

네레우스와 도리스는 네레이스[3]들의 부모였다. 네레이스 중에서 가장 유명한 네레이스는 암피트리테와 아킬레우스의 어머니인 테티스 그리고 외눈박이 거인 중 하나인 폴리페모스의 사랑을 받던 갈라테이아였다.

네레우스는 지혜롭고 진리와 정의를 사랑하는 것으로 유명했는데, 네레우스가 장로라고 불린 것도 이 때문이다. 그는 또 예언의 능력도 가지고 있었다.

트리톤과 프로테우스

트리톤은 포세이돈과 암피트리테의 아들이다. 시인들은 그를, 그의 아버지 포세이돈의 나팔수로 표현하곤 한다.

프로테우스(Proteus)[4]도 포세이돈의 아들이다. 그 또한 네레우스와 같은 지혜를 갖췄고, 예언의 능력을 갖추고 있어서 바다의 장로라고 불렸다. 그뿐 아니라 자기 모습을 자유자재로 바꿀 수 있는 능력으로도 유명하다.

테티스

테티스는 네레우스와 도리스의 딸로, 하늘의 지배자인 제우스와 바다의 지배자인 포세이돈이 사랑했던 네레이스이다. 그녀는 너무 아름다워 제우스가 아내로 삼고 싶어 했을 정도였다. 그러나 제우스는 티탄족인 프로테우스로부터 '테티스의 아들은 아버지보다도 위대하게 되리라.'라는 말을 듣고 마음을 돌려, 테티스를 인간의 아내로 살게 했다.

훗날 테살리아의 왕 펠레우스(Peleus)는 켄타우로스족인 키론(Chiron)

---

3) 네레우스의 딸들로 50명 혹은 100명으로 전해진다.
4) 바다의 예언을 하는 노인. 포세이돈의 바다짐승들을 관리하는 신하라고 알려져 있으며, 항간에서는 아들이라고 여기기도 한다.

의 도움으로 테티스를 아내로 맞는 데 성공했다. 그리하여 이들 사이에 태어난 아들이 저 유명한 아킬레우스(Achileus)이다.

트로이 전쟁을 이야기할 때 나오겠지만, 우리는 테티스가 자상한 어머니로서 아들을 모든 어려움에서 구하고, 언제까지나 아들을 위해 온 힘을 다했음을 알 수 있다.

레우코테아와 팔라이몬

이노(Ino)는 카드모스(Kadmos)의 딸로 아타마스(Athamas)의 아내가 되었으나, 남편이 미치자 어린 아들 멜리케르테스(Melicertes)를 팔에 안은 채 절벽에서 바다로 뛰어들었다. 신들은 이를 가엾게 여겨 바다의 여신으로 만들어, 레우코테아(Leucothea, 하얀 도시)라는 이름을 주었다. 또 그녀의 아들은 팔라이몬(Palaemon)이라는 신으로 만들어주었다. 두 신은 모두 난파선을 구하는 능력을 지닌 것으로 믿어져 선원들의 섬김을 받았다.

팔라이몬은 돌고래를 타고 있는 모습으로 자주 그려진다. 이스트미아 경기 (Isthmian Games, 고대 그리스의 체육 및 음악 경연 축제)는 그를 기리기 위해 베풀어진 것이다.

로마인들은 그를 포르투누스(Portunus, 항구의 신)라고 불렀다. 그를 항구와 해안의 지배자로 믿었기 때문이다.

밀턴은 〈코머스〉의 끝부분에서 이 신들을 이렇게 노래했다.

아름다운 사브리나여,
위대한 오케아노스의 이름으로 원하나니
모습을 드러내서서 우리의 기원을 들어주소서.
대지를 뒤흔드는 포세이돈의 삼지창과
테티스의 장중한 걸음에 의지해서,
백발 네레우스의 주름진 얼굴과

카르파토스 섬 현인5)의 지팡이에 의지해서,
레우코테아 사랑의 손과
해안을 지배하는 그 아들에 의지해서,
은구두를 신은 테티스의 발과
세이렌의 달콤한 노래에 의지해서 비노니.
…….

시인 암스트롱은 〈건강을 유지하는 기술〉에서 건강의 여신 히기에이아
(Hygieia, 아스클레피오스(Asklepios)의 딸)의 영감을 받고, 나이아스
(Naias, 요정)들을 찬양하고 있다.
    시에 나오는 '파이에온(Paieon)'은 아폴론과 아스클레피오스, 이 둘에
대한 호칭이다.
    − 아폴론과 아스클레피오스는 모두 의술을 다스렸다.

자, 나이아스의 처녀들이여, 나를 샘으로 이끌어다오.
자비로운 처녀들이여, 내게는 그대들 선물을 노래하고
(파이에온과 '건강'의 신들이 그렇게 명령했듯이,)
그 수정 같은 물을 찬양할 의무가 아직 남아 있네.
오, 유쾌한 냇물의 흐름이여!
갈증으로 생기 없는 사람들의 뜨거운 입술,
떨리는 손으로 그대들 새 생명수를 단숨에 마시면
상쾌한 생기가 혈관 가득 채워지네.
시골 노인은 이보다 더 마음을 청량하게 해주는 것을 알지 못했네.
인류의 조상은 이 이상 결코 마실 것을 구하지 않았네.
따뜻한 평화로 축복받은 그 고요한 나날은

---

5) 프로테우스를 가리킨다.

열광적인 환락과 쓰라린 절망이 되풀이되는
역겨운 절망을 알지 못했네.
평안하게, 마음 평안하게
고통에서 벗어난 신의 은총으로
수 세기 동안 살아왔네.
그리고 그들의 삶 가운데
피할 수 없는 것은 나이를 먹는 것.
죽음은 죽음이 아니라 오히려 잠이었네.

카메나이

로마인들은 무사이(Mousai, '뮤즈'라고도 불린다.) 여신들을 카메나이라고 불렀으며, 이 밖에 다른 신들, 주로 샘의 님프들도 카메나이에 포함시켰다. 그 님프들 중 하나인 물의 정령 에게리아(Egeria)가 살던 샘과 동굴은 아직도 남아 있다.

전하는 바에 따르면, 로마의 두 번째 왕인 누마(Nooma)는 이 님프의 사랑을 받고 그녀를 자주 만나 밀회를 즐겼다고 한다. 이때마다 그녀는 누마 왕에게 지식과 법률을 가르쳐주었으며, 그는 이것을 그의 신흥 국가 제도에 구현시켰다.

누마가 죽은 후에 에게리아는 점차 야위어 가다 샘으로 변했다.

바이런은 〈해럴드 경의 순례〉에서 에게리아와 그녀의 동굴에 대해 이렇게 노래했다.

에게리아여! 그대는 그대 마음을 빼앗긴 동굴에서
천상의 사랑에 길든 가슴 두근거리며

사랑하는 사람의 먼 발소리를 기다리고 있구나.
보랏빛 깊은 밤은 사방에 빛나는 별의 지붕이 되어
그 신비의 만남을 덮어주는구나.
…….

테니슨의 〈예술의 궁전〉에도 누마 왕이 이 만남을 가슴 졸이며 기다리고
있는 모습이 그려져 있다.

한 손을 귀에 대고
잠시 소리를 듣고 있자니까
드디어 숲의 님프6)가 그 모습을 나타냈다.
에트루리아 왕은 지혜와 법률을 깨치기 위해 그녀를 기다리고 있었다.

바람의 신들

작은 역할을 담당하는 것들도 신격화된 것으로 미루어 보아, 사람과 밀접
한 바람은 더 깊은 의미로 신성시되지 않을 리 없다.

북풍은 '보레아스(Boreas)' 혹은 '아킬레우스(Achileus)'로 불리었고,
서풍은 '제피로스(Zephyrus)' 혹은 '파우보니우스'라고 불렸다. 남풍은 '노
토스(Notos)' 혹은 '아우스테르(Auster)', 동풍은 '에우로스'였다.

시인들이 즐겨 노래한 것은 북풍과 서풍으로, 북풍은 난폭의 상징이고 서풍
은 온화의 상징으로 읊어졌다.

보레아스는 님프 오레이티아를 사랑했으나 나직한 숨을 내쉬는 것조차

---

6) 에게리아를 가리킨다. 에게리아는 아리키아의 디아나, 로마의 카페나 문밖 작은 숲에
사는 카메나이 등과 함께 숭배되었다. 디아나처럼 그녀도 임신부의 수호신이며, 카메나
이처럼 예언자로 간주되었다. 에트루리아 왕은 누마 왕을 가리킨다.

불가능했기에, 달콤한 애인 노릇은 물론이고 탄식조차 할 수 없었다. 뜻대로 되지 않자 마침내 지쳐버린 그는 본성을 드러내 처녀를 강제로 납치했는데, 그 사이에서 태어난 아들이 날개 달린 무사이 제토스(Zethos)와 칼라이스(Calais)였다. 이들은 아르고나우타이(Argonautai, 아르고호 원정대)들의 원정에 참가하여 하르피이아(Harpyia)라는 새의 몸에 여자의 얼굴을 가진 괴물들과 싸워 공을 세웠다.

제피로스는 플로라(Flora)[7]의 애인이었다.
밀턴의 〈실낙원〉은 이 두 사람을 노래했다. 아담이 잠들어 있는 이브를 깨우려고 그 모습을 물끄러미 바라보는 대목을 이렇게 노래했다.

> 한 손을 짚고 반쯤 몸을 일으킨 그는
> 마음 깊숙이에서 우러나오는 사랑의 눈길로
> 황홀하게 그녀를 내려다보았다.
> 깨어 있을 때도
> 잠들어 있을 때도
> 변함없는 그 아름다움에 취해 있었다.
> 이윽고 그는 제피로스가 플로라에게 하던 것처럼
> 포근한 목소리로,
> 살며시 그녀의 손을 어루만지며 속삭였다.
> "자, 눈을 뜨시오!
> 내 아름다운 여인이여, 내 고운 아내여.
> 내가 마침내 찾아낸 이여,
> 하늘에서 내려준 최고의 선물이어,
> 내게 영원히 새로울 기쁨이여!"

---

7) 꽃과 풍요와 봄의 여신.

영 박사는 그의 저서 ≪밤의 명상≫에서 태만하고 사치스러운 자들에게 이렇게 말하고 있다.

그대 사치스러운 자들이여,
아무것도 참지 못하는 자들이여!
그대들 때문에
겨울 장미는 피어야 한다.
…… 비단처럼 부드러운 파우보니우스여!
좀 더 부드럽게 불어라.
그렇지 않으면 그대도 꾸중을 듣는단다.

23장

아켈로스와 헤라클레스 | 아드메토스와 알케스티스 |
안티고네 | 페넬로페

아켈로스와 헤라클레스

강의 신 아켈로스(Achelous)는 테세우스(Theseus)와 그의 일행에게 불경했던 에리시톤 이야기를 들려주었다.

그들은 여행 도중이었는데 아켈로스의 강이 때마침 범람하여 길이 끊겨, 아켈로스의 땅에서 환대를 받으며 머무르고 있었다.

"내가 변신 능력이 있는데 다른 사람의 변신 이야기를 할 필요가 없지요. 나는 때로는 뱀이 되고, 때로는 머리에 두 개의 뿔이 난 황소로도 변합니다. 아니 솔직하게 말하자면, 옛날에 그랬었다고 해야 옳겠지요. 지금은 뿔 하나를 뽑혀, 하나밖에 남아 있지 않으니까요."

아켈로스는 이렇게 말한 다음 한숨을 내쉬더니 한참 동안 침묵했다.

테세우스가 한숨 쉬는 이유와 뿔 하나를 잃게 된 이유를 묻자, 아켈로스가 대답했다.

"누구나 자기의 패배를 다시 말하기를 좋아하지 않지요. 그러나 나는 내 패배 이야기를 주저함 없이 꺼내겠습니다. 왜냐하면 승리자가 위대했기 때문이라고 자위할 수 있으니까요. 그 승리자는 헤라클레스였습니다. 미인 중의 미인 데이아네이라(Deianira)의 이름을 들어보셨을 것입니다. 그녀에게 많은 구혼자가 모여들어 서로 경쟁했는데, 헤라클레스와 나도 거기에 끼었답니다. 다른 사람들이 우리 두 사람에게 패해 결국 둘만 남게 되었습니다. 헤라클레스는 자신이 제우스의 아들이라는 것과, 계모 헤라가 만들어 놓은 힘든 일들을 겪어낸 고생담을 그녀에게 자랑삼아 늘어놓더군요. 나는 그녀의 아버지에게 이렇게 말했습니다.

'저를 잘 보십시오. 당신의 땅을 흐르고 있는 모든 강의 왕입니다. 나는 떠돌이가 아니라 이 나라 안에 살고 있단 말입니다. 여왕 헤라께서 내게 적의를 품으신 적이 없고 어려운 일로 고통을 겪지 않았다 하여, 내가 부족한 것이라고 생각하지 마십시오. 이자는 자기가 제우스의 아들이라고 으스대지만, 그것은 거짓말입니다. 아니, 혹 그것이 사실이라고 해도 그것 역시 명예스럽지 못한 일입니다. 왜냐하면 그것은 자기 어머니의 행실이 더러웠다는 것을 자백하는 셈이니까요.'

내가 이렇게 말하자, 헤라클레스는 분노를 참느라고 씩씩거리다가 나를 노려보며 말했습니다.

'내 손은 입술보다 더 명쾌히 대답할 거다. 말로는 네가 이겼으나 이제 주먹으로 결판을 내자.'

이렇게 말하며 그는 내게로 다가왔습니다.

그에게 욕지거리를 한 이상 물러설 수는 없었습니다. 나는 녹색 옷을 벗고 맞섰습니다. 그는 나를 사정 없이 내던지려고 했지만, 뜻대로 되지 않자 때로는 머리를, 때로는 몸뚱이를 공격했습니다. 다행히 내 몸집이 그보다 훨씬 커서, 그의 공격은 제대로 먹혀들지 않았습니다. 우리는 잠시 휴식을 취했다가 또 싸웠습니다. 서로 버티면서 조금도 물러서지 않으려 했습니다. 나는 그의 몸을 덮쳐, 그의 손을 움켜쥐고 내 이마로 그의 이마를 받으려고 했으나 헤라클레스는 세 번이나 나를 밀쳐 넘어뜨리려고 했습니다. 그러다가 기어이 그는 네 번째에 성공하여 나를 땅 위에 넘어뜨리더니 내 등 위에 올라탔습니다. 솔직히 말하면, 그때 내게 산 하나가 내리 덮친 것 같았습니다. 나는 땀으로 범벅이 된 채 헐떡거리면서 팔을 빼내려고 몸부림쳤습니다. 그렇지만 그는 만회할 기회를 주지 않겠다는 듯 목을 조여왔습니다. 무릎은 땅 위에 떨어지고, 입은 흙 속에 처박힌 꼴이 된 거지요. 힘으로는 도저히 안 되겠다 싶어, 나는 뱀으로 변신해서 간신히 빠져나왔습니다. 나는 똬리를 틀고 두 갈래 혀로 쉭쉭 소리를 내며 그를 공격했습니다. 그가 이것을 보고 비웃으며 말했습니다.

'뱀쯤이야 갓난아기 때 해치웠다.'

이렇게 말하면서 그 큰 손으로 내 목을 움켜쥐었습니다. 거의 질식할 지경이 된 나는 온 힘을 다해 몸부림쳤습니다. 뱀으로도 안 되자 나는 유일한 수단인 황소로 변신했습니다. 그러자 그는 내 목을 팔로 감고는 머리를 땅바닥으로 누르다가 모래 위에 내던졌습니다. 그러고도 성이 차지 않는지 그 무자비한 손으로 내 뿔을 하나 뽑았답니다.

님프 나이아스(Naias)들은 내 뿔을 주워 그 속을 향기로운 꽃으로 채운 다음 신에게 바쳤습니다. 이 뿔을 받은 풍요의 여신은 이것을 자기 것으로 취하여, '풍요의 뿔'이라고 이름 지었습니다."

옛날 사람들은 이런 신화 속에 감추어진 의미를 캐내는 것을 즐겼다. 그래서 아켈로스와 헤라클레스의 싸움도, 이런 식으로 설명한다.

아켈로스는 우기에 제방을 넘어 범람하는 강이라고 한다. 따라서 아켈로스의 사랑과 구혼의 표시로 그 강이 데이아네라 왕국을 굽이쳐 흐른다고 하고, 아켈로스가 뱀으로 변신한 것은 이 강이 구불구불하게 흘렀기 때문이라고 한다. 또 우렁찬 소리로 범람했다 하여 황소로도 둔갑했다고 한다.

헤라클레스는 제방을 쌓고 운하를 파서 주기적으로 범람하는 물줄기를 막았다. 이는 그가 강의 신을 정복하고 그의 뿔을 하나 뽑았다는 것을 의미한다. 그래서 이전까지 홍수에 묻혔던 토지는 기름진 땅이 되었다. '풍요의 뿔'이란 바로 이것을 상징한다.

'풍요의 뿔' 기원에 대해서는 약간 다른 이야기도 있다. 제우스는 태어나자마자 그의 어머니 레아(Rhea)에게 이끌려 크레타의 왕 멜리세우스의 딸들에게 맡겨졌다. 딸들은 이 어린 신을 산양 아말테이아(Amaltheia)의 젖으로 키웠다. 나중에 제우스는 그 산양의 뿔 하나를 꺾어 그녀들에게 주고, 원하는 것은 무엇이든 가질 수 있도록 그 속에 권능의 힘을 가득히 불어넣었다.

아말테이아라는 이름은 어떤 작가들에게는 '디오니소스의 어머니'로 쓰이고 있다.

밀턴의 〈실낙원〉 편에는 이 이름이 다음과 같이 쓰였다.

트리톤의 강에 둘러싸인 저 니사의 섬.
이교도들이 아몬이라고 부르거나
또 리비아의 제우스라고도 부르는 저 늙은 캄이
아말테이아와 그 홍안(紅顔)의 어린 아들 디오니소스를
계모 레아의 눈으로부터 피하게 한 그 섬.

아드메토스와 알케스티스

아스클레피오스(Asklepios)는 아폴론의 아들이다. 그는 아버지에게서 죽은 사람도 살릴 수 있는 신비한 의술을 전수받았다. 이 의술을 보고 몹시 놀란 저승의 왕 하데스(Hades)는 곧 제우스를 설득하여, 아스클레피오스에게 벼락을 쳐서 때려죽이게 했다.

아들의 죽음에 대노한 아폴론은 벼락을 만든 죄 없는 직공들에게 화풀이를 했다. 이 직공들은 곧 키클롭스(Cyclopes)들이다.

그들의 공장은 에트나(Etna) 화산에 있었는데, 이 산에서는 끊임없이 용광로의 연기와 불꽃이 솟아올랐다. 아폴론은 그의 강한 화살을 쏘아 이 키클롭스들을 죽였던 것이다.

이에 제우스는 몹시 격분하여, 아폴론에게 2년 동안 인간의 하인 노릇을 하도록 벌을 내렸다. 그래서 아폴론은 테살리아의 왕인 아드메토스 (Admetos)[1]의 하인이 되어, 암프리소스 강의 푸른 제방 위에서 그의 양 떼를 돌보는 처지가 되고 말았다.

이때 아드메토스는 펠리아스(Pelias)[2]의 딸 알케스티스(Alcestis)를 아내로 맞이하기를 원했다. 그러나 구혼자가 많았기 때문에 펠리아스는 사자와 멧돼지가 끄는 이륜 전차를 몰아 딸을 데리러 오는 자에게 딸을 주겠노라고 선포했다. 아드메토스는 자기의 양 떼를 돌보는 아폴론의 도움으로 알케스티스와 쉽게 결혼하여 행복하게 살았다.

그러던 어느 날 아드메토스는 병에 걸려 자리에 눕게 되었다. 아폴론은 운명의 여신을 끈질기게 설득하여, 왕 대신 딴사람이 죽는다면 아드메토스가 살 수 있다는 약속을 받아냈다. 죽음의 유예를 받은 아드메토스는 매우 기뻐했고, 자기 대신 죽을 사람을 구하는 일에 대해서도 크게 걱정하지 않았다. 그를 위해 충성을 다하겠다고 입버릇처럼 말했던 아첨꾼들이나 신하들이 그의 주변에 많았기 때문이다. 그러나 실제 상황은 그렇지 못했다. 왕을 위해서 기꺼이 목숨을 바치겠다던 용감한 병사들도 병석의 왕 대신 죽는 것을 모두 거부했다. 소싯적부터 아드메토스와 왕가의 은혜를 받아 오던 나이 든 신하들도, 얼마 남지 않은 여생을 핑계 대며 은혜 갚기를 꺼려했다. 그들은 오히려 이렇게 생각했다.

'왜 그의 부모는 가만히 있을까? 그들도 이제 얼마 살지 못할 텐데, 그들이야말로 아들의 죽음을 대신할 의무를 느껴야 하는 것 아닌가?'

그러나 왕의 부모도 아들을 잃는 것은 슬퍼했으나 대신 죽으려고 하지는 않았다. 결국 알케스티스가 왕을 위해 자기가 대신 죽겠다고 나섰다. 아드메토스는 아무리 삶에 대한 애착이 있다고 해도 사랑하는 아내를 희생시켜

---

1) 꺾이지 않는 자.
2) 이아손(Iason)의 숙부로서 메데이아(Medeia)에게 피살당했다.

가면서까지 더 살고 싶지는 않았다. 그러나 이미 쏘아 올린 화살이었다. 운명의 신과 한 약속은 진행되고 있었고, 그 약속은 취소할 수 없었다.

마침내 아드메토스를 대신하여 죽기로 한 알케스티스의 병은 하루하루 깊어졌고, 순식간에 죽음을 향해 오락가락하게 되었다.

바로 이때 헤라클레스가 아드메토스의 궁전에 도착했다. 그는 모든 궁중 사람들이 죽음을 앞둔 여왕으로 인해 큰 슬픔에 잠겨 있는 것을 알게 되었다. 어떤 어려운 일도 다 이겨낸 헤라클레스였기에 그는 여왕을 살려보아야겠다고 결심하고, 죽어가는 여왕의 방문 옆에 서 있었다. 그리고 죽음의 신이 알케스티스를 잡아가려고 오자, 헤라클레스는 그를 붙잡고 알케스티스를 단념하도록 강요했다. 그리하여 알케스티스는 회복했으며, 남편과 함께 제 수명을 다 누리게 되었다.

밀턴의 시 〈죽은 아내에게 바치는 소네트〉에는 알케스티스의 이야기를 노래한 부분이 있다.

> 나는 죽은 아내가 무덤 속에서 다시 나오는 것을
> 본 것 같았다.
> 마치 제우스의 위대한 아들이
> 창백하게 스러져가는 알케스티스의 죽음을 구해내어
> 그 남편에게 돌려주었을 때처럼.

로웰(James Russell Lowell)의 짧은 시 〈아드메토스 왕의 양치기〉에서는 이 이야기를 아폴론이 처음으로 인간에게 시가(詩歌)를 가르친 것으로 노래했다.

> 사람들은 그를 아무 쓸모도 없는
> 무기력한 사내라고 일컬었으나

그들은 실제로 알게 모르게
그가 대수롭지 않게 내뱉은 말을 자신들의 율법으로 삼았다.
그리고 그가 걸었던 길이
나날이 신성스러워지자
후세의 시인들은
그가 신이었음을 알게 되었다.

안티고네

고대 그리스의 전설에서 흥미 있거나 고상한 행위로 본을 보인 것은 대부분 여성이었다. 알케스티스가 열녀의 본보기를 보였듯, 안티고네(Antigone)는 효성과 우애의 귀감이 되었다.

안티고네는 오이디푸스(Oedipus)와 이오카스테(Jocasta)의 딸이다. 이 일가는 모두 가혹한 운명의 희생물이 되었다. 오이디푸스는 미쳐서 자기 눈을 뽑았고, 천벌을 받은 자로서 모든 사람에게 버림을 받았으며, 자기 왕국이었던 테베에서 백성들에게 추방당했다. 그러나 딸인 안티고네만은 그의 곁에서 그 험한 방랑길을 따라다니다 그가 죽은 다음에 테베로 돌아왔다.

한편 안티고네의 오빠인 에테오클레스(Eteocles)와 폴리네이케스(Polynices)는 나라를 일 년씩 교대로 다스리기로 합의했다. 첫해는 에테오클레스가 다스리기로 했는데, 그는 일 년이 훨씬 지났어도 왕좌에서 내려오기를 않았다. 그러자 폴리네이케스는 분하기도 했지만 신변의 위협을 느낀 나머지 아르고스(Argos)의 왕 아드라스토스(Adrastus)에게로 도망쳤다. 왕은 그를 자기의 딸과 혼인시키고, 군대를 주어 형의 왕좌를 빼앗도록 부추겼다.

이것이 그리스 서사시인과 비극 시인이 즐겨 다룬 '테베 공략의 일곱 용사' 원정의 발단이 되었다.

암피아라오스(Amphiaraus)는 아드라스토스의 매제로 예언자였다. 그는 점술로써 아드라스토스 외의 다른 장수들은 누구도 살아 돌아오지 않으리라는 것을 알았기 때문에 이 전쟁을 극구 반대했다. 그런데 암피아라오스는 아드라스토스의 누이인 에리필레(Eriphyle)와 결혼할 때, 만일 두 사람 사이에 의견대립이 있으면 에리필레의 의견에 따르기로 약속한 일이 있었다. 이것을 안 폴레네이케스(Polynices)는 에리필레에게 '하르모니아(Harmonia)의 목걸이'를 주어 그녀를 자기편으로 만들려고 했다. 이 목걸이는 하르모니아가 카드모스(Kadmos)와 결혼할 때 헤파이스토스(Hephaistos)가 선물한 것인데, 폴리네이케스가 테베에서 도망 나올 때 가지고 온 것이었다. 에리필레는 이 뇌물을 뿌리치지 못했다. 그래서 그녀의 결정에 따라 전쟁이 터졌고, 암피아라오스는 그의 운명을 알면서도 전쟁터로 나가야 했다. 그는 전투에 임해서 용감히 싸웠으나 자기에게 주어진 운명은 피하지 못했다.

그가 적에게 쫓겨 냇가로 도망칠 때였다. 냇가는 이미 제우스가 던진 번개로 땅이 갈라져 있었는데도 그는 열심히 달렸다. 그러나 결국 그는 이륜 전차 마부와 함께 땅속 깊이 빠져 죽었다.

여기에서 그 전투가 벌어진 동안의 장수들의 영웅적인 행동이나 잔악한 행위를 낱낱이 쓸 수 없지만, 우리는 에리필레의 소극적인 성격과 대조되는 에바드네의 정절은 짚고 넘어가지 않을 수 없다.

에바드네의 남편인 카파네우스(Capaneus)는 전투에 너무 열중한 나머지, 제우스 신의 도시인 테베시로 쳐들어가겠다고 큰소리를 쳤다. 그리하여 사닥다리를 성벽에 걸고 올라가게 되었다. 그러자 그를 괘씸하게 생각한 제우스가 그를 번개로 때려죽였다. 그의 장례식이 거행될 때 에바드네는 그를 화장하기 위해 지펴놓은 장작더미 위에 몸을 던져 죽었다.

전쟁이 시작될 때 에테오클레스(Eteocles)는 예언자 테이레시아스(Tiresias)에게 이 전쟁의 결과에 대해 물었었다. 테이레시아스는 젊었을 때 우연히 아테나(Athena)가 목욕하는 모습을 본 일이 있었다. 이에 아테나가 대노하여 그의 시력을 빼앗아 버렸으나, 뒷날 그녀는 그를 가엾게 생각하여 그에게 예언의 능력을 주었던 것이다. 에테오클레스의 질문에 그는 크레온

(Creon)의 아들 메노이케우스가 자진해서 제물이 된다면 테베는 승리할 것이라고 예언했다. 이 말을 들은 메노이케우스는 첫 접전에서 기꺼이 그의 생명을 바쳤다.

포위전은 오래 계속되었으나, 전쟁은 종결 기미가 보이지 않았다. 마침내 양군은 에테오클레스와 폴리네이케스가 말을 타고 일대일로 싸워 승패를 정하기로 했다. 그러나 그들은 둘 다 상대편의 칼에 쓰러졌고, 군대는 다시 싸움을 했다. 그리고 그 결과로 침략자들은 패배하여 전사자들의 시신을 묻지도 못한 채 도주했다. 두 왕자가 전사하자, 외삼촌인 크레온에게 왕위가 돌아갔다. 그는 에테오클레스의 시체는 예의를 갖춰 매장케 하였으나, 폴리네이케스의 시체는 그가 전사한 곳에 그대로 방치하게 하여 매장을 금했으며, 이 시체를 거두어 매장하는 자는 사형에 처한다고 포고했다. 폴리네이케스의 누이 안티고네는, 오빠의 시체를 개나 독수리에게 주는 등으로 죽은 자의 안식에 필요한 장례도 치르지 못하게 하는 몰인정한 포고를 듣고 분노했다. 그녀는 애정은 깊으나 겁이 많은 동생의 충고도 마다한 채 혼자서 죽음을 각오하고 자기 손으로 시체를 묻어주기로 했다. 하지만 매장 현장이 발각되고 말았다. 크레온은 국가의 엄숙한 국령을 무시한 안티고네를 생매장하라고 지시했다. 그녀의 애인 하이몬은 비록 국왕의 아들이지만 그녀의 운명을 지켜 줄 방도가 없자 혼자 살아남는 것을 마다하고 그녀를 따라 죽었다.

안티고네는 그리스의 시인 소포클레스(Sophocles)의 두 걸작[3]인 비극작품의 주제가 되기도 했다. 제임슨 부인[4]은 《여성의 특질》에서 안티고네의 성격을 셰익스피어의 《리어왕》에 나오는 코딜리어의 성격에 견주었다. 그 내용을 보면 여러분이 쉽게 납득하리라고 생각한다.

다음에 소개하는 시는 아버지를 애도하는 안티고네의 슬픔을 노래한 것이다. 오이디푸스가 죽음을 맞이했을 때 부른 노래이다.

---

3) 〈안티고네〉와 〈콜로노스의 오이디푸스〉.
4) Mrs. Jameson. 영국의 저술가. 1794~1860.

내가 간절히 빌었던 것은 가엾은 아버지와

함께 죽고자 했던 일이었습니다.

이제 내 어찌 혼자 살기를 바라겠습니까.

아버지와 함께라면 괴로움도 좋았습니다.

그렇게 싫은 일도 아버지와 함께라면 좋았습니다.

내 그리운 아버지,

저 깊은 어둠에 갇힌 아버지,

아버지께서는 노령이었어도 내게는 소중한 분이셨습니다.

또 앞으로도 영원히 그러할 것입니다.

— 프랭클린 번역 《소포클레스》에서

페넬로페

페넬로페(Penelope) 역시 겉모습의 아름다움보다도 성격과 행위의 아름다움으로 널리 알려진, 신화 속의 영웅적인 여성 중 한 사람이다. 그녀는 스파르타의 왕 이카리오스(Icarius)의 딸이었고, 이타카(Ithaca)의 왕 오디세우스(Odysseus)는 많은 경쟁 상대를 물리치고 그녀를 차지했다.

그녀가 스파르타를 떠나게 되자, 이카리오스는 딸을 떠나보내기 싫었던 나머지 남편을 따라 이타카에 가지 말라고 설득했다. 그러자 오디세우스는 여기 머물든 자기를 따라가든 마음대로 하라고 했고, 페넬로페는 아무 대답 없이 베일로 자신의 얼굴을 가리는 것으로 남편을 따라갈 뜻을 나타냈다. 이를 알아들은 이카리오스는 딸의 결정을 존중했고, 딸을 떠나보낸 그 자리에 정절의 여신상(女神像)을 세워 딸을 기억했다고 한다.

오디세우스는 페넬로페와 결혼한 지 일 년 남짓 되었을 때 트로이 전쟁에 참전했다. 오디세우스가 오랜 세월 집을 비우자 그가 돌아올지 안 돌아올지, 아니 죽었는지 살았는지 아무도 모르는 판국에서 결국 그녀는 많은 구혼자에게 시달려야 했다.

마침내 페넬로페는 그중 한 사람을 남편으로 고르지 않으면 안 되는 상황에 놓였다. 그러나 그녀는 오디세우스의 귀환에 대한 희망을 버리지 않고 모든 수단을 강구해 구혼자 선택을 연기했다. 그 수단 중 하나로 시아버지인 라에르테스의 수의(壽衣) 짜는 일을 시작했다. 그리고는 이 일을 마치면 구혼자 중에서 한 명을 택하겠다고 약속했다. 그녀는 낮에는 베를 짜고, 밤이 되면 짠 베를 다시 푸는 것을 끊임없이 반복했다. 이것이 저 유명한 '페넬로페의 베 짜기(Penelope's Web)'란 것으로, 이 말은 오늘날에도 '쉴 새 없이 해도 끝나지 않는 일'을 가리킬 때 쓰인다.

이 이야기에 대한 나머지는 남편인 오디세우스의 모험담을 소개할 때 자세히 하기로 하자.

24장

오르페우스와 에우리디케 | 아리스타이오스 | 암피온 | 리노스 | 타미리스 | 마르시아스 | 멜람푸스 | 무사이오스

오르페우스와 에우리디케

오르페우스(Orpheus)는 아폴론(Apollon)과 무사인 칼리오페(Calliope)
의 아들이다. 그는 아버지 아폴론으로부터 리라를 선물 받고 연주법을 전수받았
는데, 그 솜씨가 너무도 훌륭하여 그의 연주에 반하지 않는 자가 없었다.
인간뿐만 아니라 야수도 그의 연주를 들으면 거친 성질이 유순해져서 그의
주위에 모여들어 황홀경에 빠져들었다. 또한 나무나 암석까지도 그 매력에
감응하여 수목은 그에게 가지를 뻗었으며, 암석은 그 단단한 성질을 누그러뜨리
고 부드러워졌다.

오르페우스가 에우리디케(Eurydice)와 결혼식을 올릴 때 히메나이오스
(Hymenaios, 결혼과 순결의 신)도 축하객으로 참석했다. 하지만 그는 아무
런 길조(吉兆)도 가져오지 않았다. 아니, 오히려 그의 횃불에서 나는 연기
때문에 모든 사람이 눈물을 흘려야 했다.

이런 불길한 징조는 우연이 아니었다. 에우리디케는 결혼 직후에 그녀의
친구 님프들과 거닐다가 아리스타이오스(Aristaius)라는 양치기의 눈에 들

고 말았다. 그 양치기는 에우리디케의 아름다움에 반해 사랑을 얻고자 추근거렸다. 몹시 놀란 그녀는 도망치다가 그만 풀 속에 있는 독사를 밟아 발을 물려 죽고 말았다.

오르페우스는 그녀를 잃은 슬픔을, 신과 인간을 가리지 않고 이 지상에서 공기를 호흡하며 살아가는 모든 것을 상대로 노래했으나 아무 소용이 없었다. 오르페우스는 마침내 저승으로 내려가 아내를 찾아야겠다고 결심했다. 그는 타이나로스 섬의 동굴을 거쳐 스틱스(Styx, 지상과 저승의 경계를 이루는 강)에 도착했다. 그리고 유령의 무리 사이를 지나 하데스(Hades)와 페르세포네(Persephone)의 옥좌 앞으로 가서 리라를 연주하며 다음과 같은 노래를 불렀다.

"하계(下界)의 신들이여, 생명 있는 자는 이곳 하계로 다 오기 마련이지요. 하지만 제 사연을 들어 주소서. 제가 이곳에 온 것은 타르타로스(Tartarus)[1]의 비밀을 캐내기 위한 것도 아니고, 뱀 같은 모발로 된, 머리가 셋 달린 문지기 개[2]와 힘을 겨루기 위한 것도 아닙니다. 저는 꽃다운 청춘에 독사의 독니에 물려 죽은 아내를 찾으러 왔습니다. 저를 이곳으로 인도한 것은 사랑입니다. 사랑은 모든 살아 있는 삶을 지배하는 전능의 신입니다. 옛말이 그르지 않다면 하계에서도 마찬가지일 것입니다. 저는 이 공포로 가득 찬 곳, 침묵과 유령의 나라를 다스리는 당신들께 애원합니다. 에우리디케에게 생명의 줄을 다시 이어 주십시오. 다만 시기가 빠르냐 늦느냐의 차이가 있을 뿐, 우리는 어차피 다 이곳으로 오기 마련입니다. 제 아내도 수명을 다하면 자연히 당신들에게 올 것입니다. 그러니 바라옵건대, 그때까지만이라도 그녀를 제게 돌려주십시오. 돌려주지 않으신다면 혼자서 돌아가지 않겠습니다. 저도 죽겠습니다. 두 사람의 주검을 앞에 두고 승리의 노래를 부르십시오."

오르페우스가 이런 슬픈 노래를 부르자, 망령들도 눈물을 흘렸다. 탄탈로

---

1) 무한 지옥.
2) 케르베로스(Cerberus). 하데스의 감옥을 지키는 개이며 머리가 3개 달린 것으로 흔히 묘사된다.

스(Tantalos)[3]는 목이 말랐지만 한동안 물 마시는 것을 잊었고, 익시온(Ixion)의 차륜(車輪)[4]도 멎었다. 독수리는 거인의 간을 파먹다가 말고 넋을 잃었고, 다나오스(Danaos)의 딸들[5]은 물을 퍼서 항아리에 담는 일을 멈췄다. 시시포스(Sisyphos)[6]도 바위에 걸터앉아 귀를 기울였다. 복수의 여신들이 눈물을 흘린 것은 그때가 처음이라고 한다.

페르세포네도, 하데스도 이 간절한 청을 거절할 수 없었다. 이윽고 에우리디케가 호출되었다. 그녀는 갓 저승에 붙잡혀 온 망령들 사이에서 다친 발을 절뚝이며 걸어 나왔다.

오르페우스에게 그의 아내를 데려가도 좋다고 허락한 하데스는 한 가지 조건을 붙였다. 지상에 도착할 때까지, 고개를 돌려 그녀를 보아서는 절대로 안 된다는 것이었다.

오르페우스는 앞서고 에우리디케는 뒤따르면서 두 사람은 어둡고 험한 길을 말 한마디 않고 걸어갔다. 마침내 지상으로 나가는 출구에 거의 도착하게 되었다. 기쁨에 찬 오르페우스는 그만 약속을 잊고 에우리디케를 확인하기 위해 뒤를 돌아보았다. 하지만 바로 그 순간, 에우리디케는 다시 하계로 끌려 들어갔다. 그들은 서로 팔을 내밀었으나 허공만이 감겨 올 뿐이었다.

또다시 죽음의 세계로 끌려가는 에우리디케는 남편을 원망할 수 없었다. 자기를 보고 싶은 마음에 한 일을 어찌 탓할 수 있단 말인가.

"이젠 정말 이별이군요. 안녕!"

그러나 너무 빠른 속도로 끌려갔기 때문에 그 소리는 그녀 남편의 귀에 잘 들리지 않았다. 오르페우스는 그녀의 뒤를 쫓아 하계로 내려가게 해줄 것을 사정했으나, 하계로 가는 길을 안내하는 사공[7]은 들은 척도 않고 냉정

---

3) 탄탈로스는 영원히 목마름과 배고픔에 시달리는 형벌을 받았다.
4) 익시온이 헤라를 사랑하자, 분노한 제우스가 멈추지 않는 수레에 그를 묶어 두었다.
5) 다나오스의 딸들인 마흔아홉 자매가 혼인 첫날 밤 남편들을 모두 죽여, 이 죗값으로 밑 빠진 독에 체로 물을 퍼담는 벌을 받았다.
6) 하데스에서 언덕 정상에 이르면 바로 굴러떨어지는 무거운 돌을 다시 정상까지 계속 밀어 올리는 형벌을 받은 인간.
7) 카론(Charon).

하게 그를 떠밀었다.

그는 먹지도, 자지도 않고서 이레 동안 강가에 앉아 암흑계 신들의 잔인함을 원망하며 노래로써 바위와 산에 호소했다. 그 노래는 호랑이도 감동시켰고, 참나무 둥치를 흔들리게 했다. 그 뒤로 그는 여자를 피하고 슬픈 추억을 안고 살았다.

트라케(Thrace)의 처녀들은 그의 마음을 사로잡으려고 갖은 방법을 동원했으나 그는 요지부동이었다. 급기야 처녀들은 모욕감을 느낀 나머지 분노했다.

그러던 어느 날 오르페우스가 디오니소스 제전에 참석하여 제 곡조에 빠져 연주를 하고 있을 때, 한 처녀가 그를 향해 외치면서 창을 던졌다.

"우리를 모욕한 사내가 저기 있다!"

그러나 창은 그의 리라 소리가 울릴 만한 거리까지 오자 힘을 잃고 그대로 바닥에 떨어지고 말았다. 날아온 돌도 마찬가지였다. 그러자 처녀들은 온갖 괴성을 질러 리라 소리가 들리지 않게 한 다음 무기를 던졌다. 그의 몸은 점점 피로 물들어 갔고, 미쳐 날뛰던 처녀들은 급기야 그의 몸뚱이까지 갈가리 찢어 버렸다. 그리고는 그의 머리와 리라를 헤브로스 강에 던졌다. 던져진 머리와 리라가 슬픔을 노래하며 흘러내려 가자, 양쪽 강둑도 노래로 화답했다.

무사의 여신들은 갈가리 찢긴 그의 몸을 모아 레이베트라 지방에 묻어 주었다. 지금도 레이베트라에 있는 그의 무덤 위 언저리에서 밤꾀꼬리가 운다고 하는데, 그 소리는 그리스의 다른 지방에서보다도 훨씬 아름답다고 전해진다.

그리고 그의 리라는 제우스의 배려로 별자리로 올라갔다. 결국 그는 망령이 되어서야 타르타로스에 내려가 에우리디케를 찾아내어 그녀를 안게 되었다.

그들은 행복하게 들판을 거닐었다. 그가 앞서기도 하고, 그녀가 앞서기도 하면서. 오르페우스는 그녀를 뒤돌아보았다 하여 벌을 받는 두려움 따위는 없는 곳에서 마음껏 그녀를 바라보았다.

포프는 〈성(聖) 체칠리아의 날, 음악에 부치는 송가(頌歌)〉 중, 이 오르페우스의 이야기에서 음악의 위대한 힘을 노래했다. 다음 시는 이 이야기의 끝부분을 노래한 것이다.

> 그러나 남편이여, 그대는 너무도 빨리 되돌아보는구나.
> 그래 그녀는 다시 하계로 떨어지고, 다시 죽는구나.
> 이번에는 그대 무슨 수로 운명의 여신들 마음을 움직이려는가.
> 아내를 사랑한 것이 죄가 아니라면 그대는 분명 아무 죄가 없는데
> 그대는 때로 높은 산을 넘고,
> 샘과 폭포를 지나고,
> 때로 힘차게 흘러가는 헤브로스 강의 굽이를 돌아
> 그렇게 홀로 슬픔을 노래하고
> 아내의 영혼을 부르는구나.
> 영원히, 영원히, 영원히 사라진 아내를 부르는구나.
> 그러다 복수의 여신들에게 에워싸여
> 절망과 곤혹스러운 고통에 시달리면서
> 로도페 산 눈 속에서 몸을 떨며
> 마음을 태웠구나.
> 보라, 사막을 지나는 바람처럼 미친 듯이 달려가는 그의 모습을.
> 들으라! 주신제 때 외치는 소리에 흔들리는 하이모스 산을.
> 보라, 그는 죽어간다!
> 그러나 죽어가면서도 에우리디케를 노래했고,
> 떨리는 혀로 에우리디케의 이름을 부르는구나.
> 에우리디케! 그러자 숲이
> 에우리디케! 그러자 강물이
> 에우리디케! 그러자 바위도, 텅 빈 산도
> 그 이름을 메아리치게 했다.

오르페우스의 무덤 위에서 밤꾀꼬리가 다른 지방보다 더 아름다운 소리로 운다는 이야기는, 로버트 사우디(Robert Southey, 영국의 시인, 비평가)의 〈탈라바〉에 이렇게 그려져 있다.

그때 그의 귀에는 이 신기한 화음이 들려왔으리라.
아득한 거리에서 흘러온 자락과 부드러운 노래,
흥겨운 놀이마당에서
인적이 드문 폭포에서
나뭇잎 속삭이는 작은 숲에서 들린 것이다.
밤꾀꼬리 한 마리
장미꽃 무성히 핀 가지에 앉아 노래하기 시작했다.
한 둥우리에 나누어 사는 연인도
오르페우스의 무덤가에 선 트라케의 양치기도
일찍이 들은 일이 없는 아름다운 멜로디였다.
가령 무덤 속 주인인 망령이
온 힘을 다해
사랑을 노래한다 해도.
그 소리만 할까 보냐?

아리스타이오스

인간은 제 이익을 위해 하등 동물의 본능을 이용하기도 한다. 양봉술도 그 한 가지 방법이다. 꿀은 처음에 야생에서 생겨난 것이다. 벌의 집은 속이 빈 나무둥치나 바위틈, 혹은 움푹 팬 곳에서 발견되기 때문이다. 그래서 때로는 동물의 사체 속에도 집을 지었을 거라는 상상이 가능하다. 이런 연유에서인지 벌은 동물의 썩은 고기에서 발생한 것이라는 미신도 있다. 시인 베르길리우스(Vergilius, 로마의 국가 서사시 〈아이네아스〉의 저자. 로마의 시성(詩聖)이라 불릴 만큼 뛰어난 시인)도 벌이 생기는 이유를 이렇게 설명하고 있다.

제일 처음 사람들에게 양봉법을 가르친 아리스타이오스(Aristaios)는 물의 님프 키레네(Cyrene)의 아들이었다.

그는 어느 해 자기가 치던 벌이 죽자 어머니를 찾아갔다. 그는 강가에 서서 이렇게 호소했다.

"오, 어머니! 저는 제 자랑거리를 잃고 말았습니다. 그토록 소중하게 키우던 제 벌들이 모두 죽고 말았답니다. 저의 정성과 기술로도 어쩔 수 없었습니다. 어머니께서도 제 이러한 불행을 막아 주시지 않았습니다."

그때 그의 어머니는 강 밑 궁전에서 물의 님프들에 둘러싸여 있었다. 님프들은 실을 만들거나 옷감을 짜는 등, 저마다 여자들이 하는 일을 하고 있었다. 다른 님프들의 무료함을 달래 주려고 이야기를 하는 님프도 있었는데, 아리스타이오스의 슬픈 목소리를 듣고 모두 일손을 놓았다.

그중 한 님프가 물 위로 얼굴을 내밀어 아리스타이오스가 서 있는 것을 보고는 돌아와서 키레네에게 보고했다. 키레네는 자기 아들을 자기 앞에 데려오도록 지시했다.

이 말이 떨어지자마자 강물이 물을 가르고 그가 지나갈 길을 만들어주었다. 그때 강물이 양쪽으로 높이 솟아 산같이 몸을 웅크리고 있었는데, 그는 거기서 거대한 저수지를 보았다. 그 물이 대지를 적시려고 여러 방향으로 쏜살같이 흘러가는 것을 보고 있다 보니 물소리 때문에 귀가 먹먹해질 지경이었다.

이윽고 그는 어머니가 거처하는 곳에 도착하여 님프들이 차린 산해진미로 대접을 받았다. 그들은 바다의 신 포세이돈(Poseidon)에게 제주(祭酒)를 올린 다음 향연을 즐겼는데, 식사가 끝나자 키레네가 아들에게 말했다.

"바닷속에 프로테우스(Proteus)라는 연로한 예언자가 있다. 그는 포세이돈의 총애를 받아 그의 물개들을 지키고 있다. 우리 님프들은 그를 대단히 존경한단다. 왜냐하면 그는 과거나 현재나 미래를 다 아는, 참으로 슬기로운 분이시기 때문이다. 얘야, 그 노인이라면 벌이 죽은 이유와 사육법을 가르쳐 줄 수 있을 거다. 그러나 그는 아무리 간청해도 그냥 가르쳐주지 않는 분이다. 너는 힘으로 하지 않으면 안 된다. 그를 체포해서 쇠사슬로 잡아매 거라. 네가 쇠사슬만 움켜쥐고 있어도 그는 꼼짝 못 하게 되고, 그러다 보면 풀려나기 위해 대답해 줄 것이다. 한낮이면 그가 낮잠을 자러 동굴로 돌아오 니, 그때 너를 그곳에 데려다주마. 그러면 쉽게 그를 묶을 수 있을 것이다. 그러나 이 노인은 자신이 붙잡혔다는 걸 알면 변신술을 사용할 것이다. 이를 테면 산돼지, 사나운 범, 비늘 돋친 용, 누런 갈기의 사자로도 변할 것이다. 그뿐 아니다. 불꽃이 튀는 소리나 격류 흐르는 소리도 낼 것이다. 그래서 네 사슬에서 풀려나려고 요동을 칠 것이다. 그러나 사슬만 꼭 쥐고 있으면, 그는 모든 재주가 소용없음을 깨닫고 원래의 모습이 되어 네 말에 순순히 대답할 것이다."

말이 끝나자 그녀는 아들의 몸에 향기로운 신주(神酒)를 뿌렸다. 그 순간 그는 온몸에서 힘이 솟고 용기가 솟아오르는 것 같았다. 그리고 향기로운 냄새가 그의 주위를 감쌌다.

키레네는 아들을 데리고 예언자의 동굴로 가서 그를 바위 뒤에 숨기고, 자신은 구름 그늘에 숨었다.

이윽고 따가운 햇볕을 피해 인간이나 짐승 할 것 없이 한가한 오수(午睡)를 즐기고 싶어 할 때가 오자, 프로테우스가 물개들을 거느리고 물속에서 나왔 다. 그리고 물개들이 해안에 드러눕자, 그는 바위 위에 앉아서 물개들을 확인한 다음 곧 동굴로 들어가 잠을 청했다.

아리스타이오스는 그가 잠이 들자마자 달려가 그의 다리를 쇠사슬로 묶고 큰소리로 외쳤다. 잠이 깬 프로테우스는 자기가 체포된 것을 알자 곧 재주를 부리기 시작했다. 처음에는 불로, 다음에는 강으로, 그다음에는 무서운 야수 로 변신하여 풀려나려고 애를 썼다. 그러나 아무리 해도 사슬에서 벗어날 수가 없음을 안 그는 자신의 본모습으로 돌아가 성난 음성으로 말했다.

"건방지게 내 거처에 침입한 너는 누구이며, 내게 무슨 용무가 있는가?"
아리스타이오스가 대답했다.

"프로테우스이시여, 당신은 알고 계시지 않습니까? 누가 당신을 속일 수 있겠습니까? 그런즉 내 손에서 벗어나려고 하지는 마십시오. 제가 신의 도움을 받아 이곳에 오게 된 것은 제 불행의 원인과 그 구제방법을 알고 싶어서입니다."

말을 마치자 예언자는 아리스타이오스를 흰 눈으로 노려보다가 말했다.

"그대는 에우리디케를 죽게 한 죗값을 받은 것이오. 에우리디케는 그대를 피하려다 독사를 밟고 그 독사에게 물려 죽었으니, 그녀의 친구 님프들이 그 원수를 갚고자 그대의 벌을 죽게 한 것이오. 그대는 원한을 풀어주어야 하오. 시키는 대로 하시오. 외양이 참하고 건실한 황소 네 마리, 암소 네 마리를 준비한 다음 님프들을 위한 제단을 네 개 세우고, 그 소를 제물로 바치시오. 소의 사체는 나뭇잎이 우거진 숲속에 그냥 방치해 두어야 하오. 단, 명심할 것은 오르페우스와 에우리디케의 원한을 풀어야 하는 만큼 정중하게 제를 올려야 하오. 그리고 아흐레가 지난 다음, 죽은 소의 사체를 살피면 무엇인가가 눈에 띌 것이오."

아리스타이오스는 시키는 대로 했다. 소를 제물로 바치고, 그 사체를 숲속에 방치한 뒤에 오르페우스와 에우리디케의 망령에 제를 올렸다. 그리고 아흐레가 된 날에 소의 사체를 조사했더니, 놀랍게도 벌떼가 사체에 가득했다. 벌들은 벌통 안에서와 똑같은 일을 하고 있었다.

쿠퍼(William Cowper)는 〈일〉이라는 시에서, 러시아의 여황(女皇) 앤이 세웠다는 '얼음의 궁전'을 노래할 때 이 아리스타이오스의 이야기를 했다. 그는 얼음이 폭포 따위와 어우러져서 내는 환상적인 형상을 노래했다.

신기하여 탄복하지 않을 수 없지만
또한 칭찬할 가치가 없는 것, 그것이 인간의 도리.
모피를 두른 러시아 황후여!
대자연의 더없이 장려하고 위대한 장난,

이것이야말로 북극의 경이가 아니랴.
자연이 무엇을 짓고자 할 때는
숲의 나무도 베어지지 않고,
채석장의 돌을 캐지 않아도 좋다.
자연은 강을 갈라
그 유리 같은 물로 대리석을 만들었다.
이런 궁전에서 아리스타이오스는 키레네를 만났다.
잃어버린 꿀벌의 슬픈 소식을
어머니의 귀에 전하러 갔을 때에.

또한 밀턴(John Milton)도 〈코머스(Comus)〉에서 '수호하는 요정의 노래' 중 세번(Severn)강의 님프 사브리나(Sabrina)를 노래할 때, 키레네와 그 강바닥을 염두에 두고 있었던 것 같다.

아름다운 사브리나.
그대가 지금 앉아 있는
유리같이 차고 투명한 파도 밑에서 들어다오.
호박색 흐트러진 머리카락을
백합의 장식띠로 묶으면서 들어다오.
은빛 호수의 여신이여!
처녀의 소중한 명예를 위해 들어다오.
그리고 나를 구원해다오.

다음에 소개하는 이들은 신화가 전하는 유명한 시인과 음악가들이다. 여기에는 오르페우스에 못지않은 자도 있다.

암피온

암피온(Amphion)[8]은 제우스와 테베(Thebes)의 여왕 안티오페(Antiope)의 아들이다. 그는 쌍둥이 아우인 제토스(Zethos)와 함께 탄생하자마자 바로 키타이론산에 버려져, 부모가 누구인지도 모른 채 양치기들 사이에서 자랐다.

헤르메스(Hermes)는 암피온에게 리라를 주고, 타는 법도 가르쳐주었다. 아우인 제토스는 수렵을 하거나 양을 지키며 자랐다.

한편, 그들의 어머니인 안티오페는 테베의 왕위를 노리고 있는 리코스(Lycus)와 그의 아내 디르케(Dirce)[9]에게 시달림을 받고 있었다. 견디다 못해 그녀는 이 쌍둥이 형제에게 그들의 출생 배경을 알린 다음 돌아와서 자기를 돕도록 했다. 그러자 그들은 곧 동료 양치기들과 리코스를 공격해서 살해한 뒤, 디르케를 붙잡아 머리카락을 황소에 잡아매어 그녀가 죽을 때까지 황소를 달리게 했다.

암피온이 테베의 왕이 뒤자 그는 수비를 강화하기 위해 성벽을 쌓았는데, 그가 리라를 타면 돌들이 저절로 움직여 성벽을 이루었다고 한다.

리노스

리노스(Linos)는 헤라클레스의 음악 선생이었다.

어느 날 그는 헤라클레스를 너무 심하게 꾸짖은 것이 원인이 되어, 헤라클레스에게 수금으로 맞아 죽었다.

---

8) 레토(Leto) 여신의 제사를 방해하여 아폴론과 아르테미스(Artemis)에게 자매 14명을 죽게 한 니오베(Niobe)의 남편이기도 하다.
9) 디르케에 대한 징벌은, 현재 나폴리 국립미술관에 소장되어 있는 유명한 조상군(彫像群) 의 주제를 이루고 있는 것이다.

타미리스

타미리스(Thamyris)는 옛날 트라케의 음유 시인이었다. 그런데 그는 자만심에 빠져 무사이 여신들에게 솜씨 겨루기를 하자고 했다. 그러나 겨루기에서 그는 패배했고, 그 벌로 장님이 되었다.

밀턴은 《실낙원》 제3편 제35행에서 타미리스와 그 밖의 눈먼 음유 시인들 이야기를 노래했다.

마르시아스

아테나(Athena)는 자신이 발명한 피리를 곧잘 불어, 하늘에 있는 모든 청중을 기쁘게 해주곤 했다. 그런데 장난꾸러기 에로스(Eros)가 피리를 부는 여신의 얼굴이 찡그려진 것을 보고 크게 웃자, 아테나는 무안하여 피리를 내던졌다. 이 피리가 땅에 떨어져 마르시아스(Marsyas)의 눈에 띄게 되었다. 그가 피리를 주워 불어보니 마음을 빼앗는 듯한 신묘한 소리가 났다.

마르시아스는 자만심이 생겨, 아폴론에게 음악으로 도전했다. 심판관들이 마르시아스에게 유리한 판정을 내리자, 화가 난 아폴론이 감히 신에게 도전했다 하여 마르시아스를 나무에 묶고 살가죽을 벗겼다고 한다.

멜람푸스

멜람푸스(Melampus)는 예언력을 받은 최초의 사람이었다.

그의 집 앞에는 참나무가 한 그루 서 있었는데, 그 나무 둥치 안에 뱀의 둥지가 있었다. 그의 하인들이 어미 뱀을 잡아 죽이자 불쌍한 생각이 들어 그 새끼들을 소중히 길러 주었다.

어느 날 그가 참나무 밑에서 자고 있는데, 뱀들이 그의 귀를 혀로 핥았다. 눈을 뜬 그는 몹시 놀랐다. 새를 비롯하여 기어 다니는 동물들의 말까지도 알아들을 수 있었기 때문이었다. 이 능력으로 그는 마침내 미래의 일까지 점칠 수 있게 되었고, 곧 유명한 예언자가 되었다.

한번은 그가 적들에게 사로잡혀 감금된 적이 있었다. 한밤중에 그는 나무 속에 있는 벌레들의 이야기 소리를 듣게 되었다. 그리하여 그는 벌레들이 나무를 갉아 곧 지붕이 내려앉으리라는 것을 알 수 있었다. 그는 감옥지기들에게 이 사실을 말하고는 어서 꺼내 달라고 하는 한편, 그들에게도 피하라고 일러 주었다. 그의 말을 들은 사람들이 죽음을 면하게 되자, 그를 후하게 대접하고 존경했다고 한다.

무사이오스

무사이오스(Musaeus)는 반신화적인 인물이다. 전설에 의하면 오르페우스의 아들이라고도 하고, 종교적인 시집이나 신탁 모음집을 썼다고도 한다.

밀턴(John Milton)은 〈펜세로소(Penseroso, 사색하는 사람)〉에서 이 무사이오스와 오르페우스를 같이 등장시켜 노래했다.

그러나 슬픔의 신이여, 당신의 힘으로
무사이오스를 나무의 그늘에서 일으켜주오.
아니면 오르페우스의 망령에게 명하여 노래를 부르게 해주오,
리라를 타며 부르는 노래를.
하데스의 뺨에도 쇠눈물을 흐르게 하고,
사랑이 구하는 것을 응낙해 준
저 슬픈 가락을.

25장

아리온 | 이비코스 | 시모니데스 | 사포

　이 장에서 이야기하려는 아리온, 이비코스, 시모니데스, 사포 등의 시인들은 역사적으로 실존했던 인물들이다. 그들의 작품 중에는 현재까지 전해지는 것도 있지만, 그 작품 자체보다도 후대의 시인들에게 미친 그들의 영향이 더 크다고 할 수 있다.

　지금부터 소개하려는 이 시인들에 대한 기록 또한 여러분이 읽은 다른 이야기와 전거(典據)를 같이하는데, 그럴 수 있었던 것도 이 이야기를 구전(口傳)한 시인들에 의해서이다.

　여기에 나오는 처음 두 편은 독일어로 된 원전을 참고한 것으로 '아리온'의 이야기는 아우구스트 슐레겔(August Schlegel)의 민요시 〈아리온〉에서, '이비코스'의 이야기는 실러(Friedrich Schiller)의 민요시 〈이비코스의 두루미〉에서 번역 전재했다.

아리온

아리온(Arion)[1]은 음악가였다. 그는 코린토스(Corinth) 왕 페리안드로스(Periandros)의 큰 총애를 받으며 궁정(宮廷)에서 살고 있었다.

시실리아에서 음악 경연이 열리게 되었을 때 아리온은 여기에 출전하여 상을 받고 싶었다. 그래서 그는 그 뜻을 페리안드로스에게 말했으나, 페리안드로스는 마치 형제에게 하듯 따뜻한 말로 그 출전을 포기하도록 타일렀다.

"제발 내 곁에 있게. 그것으로 만족하고 딴생각은 버리시게나. 얻으려는 자는 더 큰 것을 잃는 법이라네."

이렇게 말하자, 아리온이 대답했다.

"방랑은 시인의 자유로운 마음에 가장 큰 약입니다. 저는 신에게 받은 이 재능으로 다른 사람에게도 즐거움을 주고 싶습니다. 그리고 만일 제가 상을 타게 되어 제 명성이 널리 퍼진다면 그 또한 얼마나 기쁜 일입니까?"

그리고 그는 고집대로 경연에 응시했다. 그리고 상을 받아 많은 상품과 함께 코린토스의 배를 타고 귀로에 올랐다.

출범한 날 아침에는 바람이 온화하게 불어 항해가 순조로웠다. 그가 외쳤다.

"오! 페리안드로스여, 이제 마음 놓으십시오. 모든 걱정은 당신과 포옹하는 순간 잊힐 것입니다. 우리는 많은 제물을 신들에게 바칠 수 있답니다. 그리고 우리가 벌일 축하연의 즐거움은 생각만 해도 신이 납니다."

바람과 바다는 여전히 순순했고 하늘에는 구름 한 점 없었다. 그러나 그가 바다를 믿는 것은 좋았으나 인간을 믿은 것이 탈이었다.

그는 뱃사람들이 무엇인가 서로 수군거리고 있는 것을 엿듣게 되었는데, 곧 자기의 재물을 빼앗으려고 한다는 것을 알았다. 아니나 다를까, 얼마 후 그들은 곧 그를 둘러싸더니 불손한 태도로 말했다.

---

1) B.C. 6세기에 이오니아 사모스에서 활동한 서정시인. 디타람보스(dithyrambos, 그리스의 디오니소스 축제에서 행해진 춤과 합창.) 합창곡을 완성한 사람으로 전해진다.

"아리온, 너는 죽어줘야겠다. 그나마 땅에 묻히기를 바란다면 곱게 죽어다오. 그렇지 않으면 바다에 처넣겠다."

아리온이 말했다.

"꼭 내 생명을 빼앗아야겠는가? 내 재물을 원한다면 좋다, 가져라! 나는 기꺼이 이 돈으로 내 목숨을 사겠다."

"아니, 안 된다. 우리는 너를 살려둘 수 없다. 너를 살려두면 우리가 위험하다. 이 강도질을 페리안드로스가 안다면 우리는 피할 길이 없다. 집에 돌아가서도 늘 공포에 떨어야 하는데, 그렇게 되면 너의 재물이 무슨 소용이 있겠느냐!"

그러자 아리온이 말했다.

"그러면 마지막 소원만이라도 들어다오. 아무리 애원해도 어쩔 수 없다면 나를 방랑 시인답게 죽게 해다오. 내가 나의 죽음에 대한 노래를 다 부른 다음 내 리라의 진동이 멎으면, 이 세상에 이별을 고하고 얌전히 나의 운명에 따르겠다."

이 소원도 다른 것과 마찬가지로 받아주지 않을 것 같았다. 왜냐하면 그들은 오직 상금만을 노리고 있기 때문이었다 그러나 그들도 이 유명한 음악가의 노래를 직접 듣고 싶었는지, 그 거친 마음이 움직이기 시작했다.

"그럼 잠시 의복을 갈아입을 때까지 기다려주오. 내가 방랑 시인의 옷차림을 해야 아폴론께서 힘을 빌려주신다오."

그는 눈부시게 아름다운 금빛과 자줏빛으로 어우러진 옷을 입었다. 그의 웃옷은 아름다운 주름을 만들며 그의 몸을 덮었고, 팔에 장식된 보석은 화려했다. 또한, 그의 이마에는 금빛 화관이 번쩍였으며 목과 어깨로 흘러내리는 머리카락에서는 향기로운 냄새가 풍겨 나왔다.

그는 왼손으로 리라를 잡고, 오른손으로는 리라 줄을 타는 상아채를 들었다. 아침 공기를 호흡하는 그의 모습은 영감을 받은 사람처럼 햇빛을 받으며 반짝거렸다. 뱃사람들은 감탄하며 그를 바라보았다. 그는 뱃전으로 나가서 깊고 푸른 바다를 그윽하게 내려다보다가, 이윽고 리라에 손을 대며 노래를 불렀다.

"나의 친구인 나의 목소리여, 나와 같이 저승으로 가자꾸나. 케르베로스 (Cerberus)가 위협한다 해도 내 노래는 충분히 그의 노기를 가라앉히리라. 어두운 강을 지나 행복의 섬에 사는 영웅들이여, 영웅들이여! 이제 나는 그대들 곁으로 가노라. 그러나 그대들이 내 슬픔을 알 수 있을까? 아, 나는 내 친구를 이 세상에 남겨 놓고 가야만 하는구나. 오르페우스여, 그대는 에우리디케를 만났으나 만나자마자 다시 또 잃었었지. 그때 그대는 꿈같이 사라진 그녀로 인해 따뜻한 햇볕 아래서도 그 얼마나 괴로워했던가. 아! 나도 그곳으로 가야만 한다. 그러나 두려워하지는 않으리라. 하늘에 있는 신들이 나를 보살펴 주시리니. 죄 없는 나를 해치려는 자들이여, 내가 죽고 나면 그대들은 몸을 떨 때가 올 것이다. 바다의 여신 네레이스들이여, 그대들에게 나를 맡기나니 이 몸을 받아주오."

노래가 끝나자 그는 깊은 바닷속으로 뛰어들었다. 물결이 그를 덮치자, 뱃사람들은 이제 그들의 범행이 드러날 염려가 없다고 생각하고 항해를 계속했다.

그러나 아리온의 노래는 바다에 사는 동물들을 모여들게 했다. 돌고래들은 최면에 걸린 것처럼 배의 뒤쪽에 와 있다가, 아리온이 바닷물에 휘말리자 그중 한 마리가 아리온을 자기의 등에 태워 해안으로 데려다주었다. 후에 이 일을 기념하기 위해 그가 상륙한 가파른 해안인 지점에 청동 기념비가 세워졌다.

아리온은 돌고래와 이별할 때 다음과 같이 그에게 고마움을 표했다.

"친절한 자여! 잘 가게. 내 그대의 은혜를 갚고 싶으나, 그대는 나와 더불어 갈 수 없으니 안타깝게도 우리는 친구가 될 수 없구나. 그래 다만 바라노니, 그대에게 바다의 여왕 갈라테이아(Galatea)의 은총이 내려지기를! 그리고 그대들이 여왕의 이륜차를 끌 때 바다는 늘 잔잔하기를!"

아리온은 걸음을 재촉했고, 얼마 후 코린토스의 탑이 보였다. 그는 계속 리라를 타고 노래를 부르면서 걸었다. 그의 가슴은 사랑과 행복에 가득 차

빼앗긴 재물에 대한 미련은 이미 잊은 채 오로지 친구와 리라만으로 만족스러워했다.

이윽고 그는 궁전에 도착하여 페리안드로스와 뜨겁게 포옹했다.

아리온이 말했다.

"왕이시여, 저는 다시 돌아왔습니다. 그러나 신이 내게 부여한 재주로 많은 사람에게 기쁨은 주었지만 재물은 모두 약탈당했습니다. 다만 저는 널리 명성을 얻었으니 그것으로 위안을 삼을 뿐이지요."

그는 페리안드로스에게 자기가 겪었던 일의 자초지종을 다 이야기했다. 이를 들은 페리안드로스는 크게 놀라면서 이렇게 말했다.

"이럴 수가! 그런 나쁜 자들이 승리를 하다니, 이게 될 말인가! 권력이 내 손 안에 있는 한 이런 일은 그냥 넘어갈 수 없소. 범인을 잡을 때까지 그대는 이곳에 숨어 있으시오. 그래야 그들이 마음 놓고 여기에 나타날 터이니."

얼마 후 배가 항구에 도착하자, 왕이 뱃사람들을 불러들였다.

"너희는 아리온에 관한 소식을 듣지 못했느냐? 나는 그의 귀환이 걱정되는구나."

그들이 대답했다.

"저희가 타라스까지 그분을 무사히 모셔다드렸으니 아마 잘 있을 겁니다."

이 말이 끝나기도 전에 아리온이 나타났다. 그는 균형 잡힌 몸매에 아름다운 금빛과 자줏빛이 어우러진 옷차림을 하고 있었다. 겉옷은 아름다운 주름을 늘어뜨려 그의 몸을 감쌌고 팔에 장식된 보석은 화려했다. 이마에는 금빛 화관, 목과 어깨 위에서는 향기가 배인 머리카락이 흘러내렸다. 왼손에는 리라를 들고, 오른손에는 리라 줄을 타는 상아채가 들려 있었다.

뱃사람들은 흡사 벼락이나 맞은 것처럼 모두 다 황급히 그의 발밑에 엎드렸다.

"우리는 이분을 없애려고 했는데, 이분은 신이 되셨구나. 오, 대지여! 입을 벌리고 우리를 삼키시라."

페리안드로스가 말했다.

"신들의 도움으로 이렇듯 그는 살아 있다. 하늘은 시인의 생명을 보호하신다. 나는 복수의 신을 불러내지 않겠다. 왜냐하면 아리온이 너희의 피를 원하지 않기 때문이다. 자, 탐욕의 노예들아. 가거라! 야만인의 나라로 사라지거라."

스펜서(Edmund Spenser)도 아리온에 대해 노래했는데, 그는 돌고래의 등을 타고 온 아리온이 포세이돈과 암피트리테(Amphitrite)의 행렬을 선도해 가는 것으로 그리고 있다.

> 그 뒤로는 천계의 소리인 것 같은
> 더없이 아름답고 신묘한 음악 소리가 들려왔다.
> 그리고 흐르는 물결의 옥좌에 앉은 아리온이
> 리라를 타면서, 그 우아한 행렬을 따르는
> 많은 사람의 귀와 마음을 사로잡았다.
> 해적들의 목전에서 그를 구하여
> 아이가이온(Aegaeon)의 바다를 건너온 저 돌고래도
> 조용히 그의 곁에서 그 노랫소리에 경탄했다.
> 또한 거친 바다도 음악에 취해 노호를 잊고 있었다.

바이런은 〈해럴드 경의 순례〉 편에서 이 아리온의 이야기를 노래했다. 그것은 바이런이 자기의 항해 이야기를 말하면서 뱃사람의 거동을 노래한 대목이다. 이 뱃사람은 음악으로 사람들을 즐겁게 해주고자 했던 것이다.

> 달이 떴다, 너무도 아름다운 밤.
> 긴 햇살의 흐름이 넘실거리는 파도 위에서 뛰어논다.
> 이제 해변의 젊은이들은 한숨을 쉬고,

처녀들은 그것을 사랑의 한숨으로 믿을 것이다.
육지로 돌아가면 우리 운명도 그러하기를!
그러는 동안 거친 아리온의 끝임없는 손이
뱃사람들이 좋아하는 기운찬 음악을 연주한다.
기쁨에 들뜬 자들이 그곳을 둘러싸고
귀에 익은 가락에 맞추어 춤을 춘다.
그곳이 맘껏 그래도 되는 해변이라는 듯이.

이비코스

이비코스(Ibykos)[2]의 이야기에 앞서 다음의 몇 가지를 염두에 두면 좋을 것 같다.

첫째, 고대의 극장은 상상외로 커서 1만 명 내지 3만 명의 관중을 수용할 정도로 큰 건물이었다는 것이다. 이 극장은 큰 축제 때만 사용되었는데, 언제나 무료입장이었기에 일단 개관을 하면 늘 만원이었다.

둘째, 이 극장은 지붕이 없는 노천극장으로 낮에만 행사를 열었으며, 복수의 여신들의 무시무시한 모습은 조금도 과장해서 상연하지 않았다. 전하는 바에 따르면, 비극 시인 아이스로스(Aeschylus)[3]가 한때 50명으로 구성된 합창단[4]을 동원하여 복수의 여신들을 그려내자, 관객들이 공포에 질려 기절하는 등 어찌나 소동이 대단했던지 그 뒤 당국에서는 그런 연출을 금지시켰다고 한다.

경건한 시인인 이비코스는 어느 날 그리스인의 인기를 독차지하는 코린토스에서 벌어지는 이스트모스의 이륜차 경주와 음악 경연 대회에 참가하려고

---

2) 기원전 6세기경의 그리스 서정시인.
3) 그리스 3대 비극 시인의 한 사람.
4) 《오레스테스》 3부작 중 〈자비로운 여신들〉을 연출했음.

길을 떠났다. 일찍이 그는 아폴론에게 노래하는 능력과 꿀처럼 달콤한 시인의 입술을 부여받았기 때문에 아폴론의 은혜를 생각하면서 가볍게 걸어갔다.

이윽고 하늘 높이 솟은 코린토스의 탑들이 눈앞에 들어왔다. 그는 두렵고 경건한 마음으로 옷깃을 여미며 포세이돈의 성스러운 숲속으로 들어갔다. 인적은 없고 다만 한 떼의 두루미가 남쪽으로 날아가고 있었다.

그는 이렇게 말했다.

"바다를 건널 때부터 나와 더불어 왔던 정겨운 두루미들아, 너희에게 행운이 있기를! 너희들이나 나나 타향에 왔으니, 우리를 지켜주는 친절한 주인을 만나게 되면 얼마나 좋겠느냐!"

그는 걸음을 재촉하여 숲 한가운데에 도달했다. 그때였다. 두 놈의 강도가 뛰어나와 좁은 길 한가운데를 막았다. 그는 그들의 말을 듣든지, 죽기를 각오하고 싸우지 않으면 안 되었다. 그러나 리라는 자신이 있지만 무기로 싸우는 데는 자신이 없어, 그는 인간과 신들에게 구원을 청할 수밖에 없었다. 그러나 그의 외침은 누구에게도 들리지 않았다.

그는 이렇게 탄식했다.

"이곳에서 나는 죽는구나. 이런 타지에서 슬퍼해 주는 사람도 없고, 원수를 갚아 주는 사람도 없이, 이 무뢰한 자들의 손에……. 아아, 죽는구나."

마침내 그는 심한 부상을 입고 땅 위에 쓰러졌다. 그때 공중에서 두루미들이 쉰 목소리로 끼룩끼룩 울며 하늘을 날고 있었다.

그가 말했다.

"두루미들아, 내 이 한을 풀어다오. 너희들만이 나의 하소연에 답하는구나."

이 말과 함께 그는 눈을 감았다. 그는 난자당한 시체로 발견되었다. 그의 모습은 알아볼 수 없을 만큼 상처로 엉망이 되었으나, 그를 기다리던 코린토스의 친구는 이비코스를 바로 알아보고 울부짖었다.

"이런 꼴로 그대를 만날 줄이야. 음악 경연의 월계관이 그대의 이마에 올려지는 모습을 보고 싶었는데."

축제에 모여든 사람들은 이 소식을 듣고 크게 놀랐다. 그의 죽음으로 전 그리스인이 아파했고 애통해했다.

그들은 법정으로 몰려가서 살인자를 찾아 복수하여 그 피로써 죗값을 치르기를 요구했다. 그러나 이 성대한 축제를 보러 모여든 군중 속에서 무엇을 증거로 하여 범인을 잡을 수 있을 것인가? 게다가 이비코스가 강도의 손에 죽은 것인지, 원한을 가진 자의 손에 죽은 것인지도 알 수 없지 않은가! 오직 진상을 알고 있는 자는 태양신뿐이었다. 이 순간에도 범인은 군중 사이에서 유유자적하며 그 범죄를 즐기고 있을지도 모를 일이다. 신전의 경내에 있는 원형 극장에 가득 찬 군중들 속에 섞여서 신들을 비웃고 있을지도…….

극장은 하늘에 닿을 듯이 층층이 높이 올려져 있었으며, 군중들은 원형 극장 안의 좌석이란 좌석을 온통 들이차고 앉아 그 넓은 극장이 터질 것만 같았다. 관객들의 목소리는 마치 바다의 포효 같았다.

이윽고 막이 오르자, 군중들은 옥수의 여신들로 분장한 합창대의 무서운 소리에 귀를 기울였다. 섬찟한 의상으로 분장한 합창대는 발맞추며 무대 주위를 돌았다. 합창대는 이승의 여자들 같지 않았다. 또한 그로 인해 긴장된 군중들도 살아 있는 사람처럼 보이지 않았다.

검은 옷을 입은 합창대원들은 여윈 손에 검붉게 타오르는 횃불을 들고 있었다. 볼에는 핏기가 없고, 이마에는 머리카락 대신 똬리를 튼 뱀이 휘감겨져 있었다. 이런 무시무시한 차림으로 그들은 원을 그리며 성가를 불렀다. 성가 소리는 죄 있는 자들의 심장을 파고들어, 그들의 정신을 마비시켰다. 노랫소리는 점점 높아지더니 악기 소리를 삼키고, 듣는 자의 이성을 빼앗고, 몸을 마비시키고, 피를 얼어붙게 했다.

"정결한 마음으로 죄 없는 자는 복 받을지어다! 우리는 그들에게 다가 가지도 않으니까. 그러나 살인을 한 자여! 그대에게 화 있을진저. 우리들 '밤'의 동족은 그의 몸을 노릴 것이다. 날아서 우리를 피하려고 하면 우리는 그를 쫓아 더 빨리 추적하리라. 그리고 이 뱀들로 발을 감아 땅 위에 쓰러뜨리리라. 언제까지라도 우리는 쫓으리라. 어떤 동정심이 우리의 걸음을 더디게 하지 못하리니 죽을 때까지 쫓고, 또 쫓아 그에게 안식도 휴식도 베풀지 않으리라."

복수의 여신들은 이런 노래를 부르며 장엄한 동작으로 춤을 추었다.

죽음과 같은 적막이 온 극장 안에 싸늘하게 감돌았다. 이윽고 합창대는 장엄한 발걸음으로 무대를 한 바퀴 돈 다음 무대 뒤로 사라졌다.

사람들은 환상과 실체 사이에서 방황하며 뜻 모를 공포로 떨고 있었다. 숨겨온 죄를 드러내고 운명의 실타래를 감고 있는 두려운 신의 힘 앞에서 떨었다.

그때였다. 맨 위 좌석의 누군가가 외쳤다.

"보라, 보라! 저기 이비코스의 두루미 떼가 왔다!"

공중에는 검은 물체가 나타나 있었다. 그것은 분명한 두루미 떼였다.

"뭐? 이비코스라고?"

그 그리운 이름은 모든 사람의 가슴을 슬픔으로 설레게 했다. 바다 위 물결이 연달아 파장을 일으키듯 입에서부터 입으로 전해졌다.

"이비코스! 우리가 모두 애도하는 그 사람, 살인자의 손에 죽은 그 사람. 그렇다! 두루미와 살인자의 손에 죽은 그 사람은 무슨 관계가 있을 것이다."

소리가 점점 높아지자 번개같이 사람들 심중을 지나는 한 가닥 생각이 있었다.

'이것이야말로 복수의 신의 힘이 나타나는 것이다. 저 경건한 시인의 원한을 풀어야 한다. 살인자는 스스로 실토한 것이다.'

사람들이 소리쳤다.

"아까 처음에 소리친 자와 그자의 말을 상대한 이를 잡아라!"

범인들은 자기가 한 말을 취소하고 싶었지만 이미 때가 늦었다. 마침내 범인들은 공포로 얼굴이 창백해지더니, 곧 자신들의 죄를 고했다.

시모니데스

시모니데스(Simonides)는 초기 그리스 시인 중에서 다작한 사람으로 전해졌으나, 오늘날까지 알려진 그의 작품은 몇 개의 단편뿐이다. 그가 쓴 작품에는 찬가(讚歌), 송가(頌歌), 비가(悲歌)가 있는데 그중에서 그가 가장 잘 다루던 것은 비가였다. 그의 비가는 너무 감동적이어서, 인간의 심금을 울리는데 이 시인만큼 능한 사람은 없다고 할 정도였다.

〈다나에(Danae)의 비가(悲歌)〉는 그의 현존 시편 중에서 가장 뛰어난 것으로, 그 내용은 다나에 모자가 부친 아크리시오스(Acrisius)의 명으로 상자 속에 갇혀 바다에 띄워졌다는 전설을 다룬 것이었다.

상자는 세리포스 섬까지 떠내려가, 그곳에서 어부 딕티스(Dictys)에 의해 두 생명은 구제되었다. 그 뒤 딕티스가 다나에 모자를 그 나라의 왕 폴리데크테스에게 데리고 가자, 왕은 그들을 흔쾌히 거두어 보호해 주었다.

세월이 흐른 뒤 아들 페르세우스는 성장하여 유명한 영웅이 되었는데, 그의 모험담은 앞[15장]에 기록되어 있다.

시모니데스는 생애 대부분을 이 궁전 저 궁전으로 돌아다니며 보냈는데, 왕공들에게 송가와 축가를 지어 주곤 하여 후한 사례를 받기도 했다. 그 당시에는 이같이 시를 써주고 그 대가를 받는다는 것은 불명예스러운 일이 아니었다. 예컨대 호메로스가 노래한 〈데모도코스(Demodocus)〉[5]도 그랬고, 또 어떤 기록에는 호메로스 자신도 이 같은 일을 했다고 했다.

시모니데스가 테살리아(Thessalia) 왕 스코파스(Scopas)의 궁정에 머무를 때의 일이었다. 왕은 그에게 자기의 공적을 찬양하는 시를 지어 술자리에서 낭독해 달라고 부탁했다. 신심이 두터운 시인으로 널리 알려진 시모니데스는 시의 소재를 다채롭게 활용하기 위해, 그의 시에 카스토르(Castor)와 폴리데우케스(Polydeuces)의 공적을 인용했다. 이런 시작 방법은 다른 시

---

5) 《오디세이》 제8권.

인들에게 같은 시제를 주어도 곧잘 인용하는 것이었다. 또 보통 사람 같으면 자기가 레다(Leda)의 이 쌍둥이 아들과 똑같은 찬사를 받으면 크게 영광스럽게 여겼을 터였다.

그러나 허영심은 끝이 없는 법. 간신들과 그들의 아부로 둘러싸여 술자리를 주도하고 있던 스코파스는 자기 자신을 찬양하지 않고 카스토르와 폴리데우케스를 찬양하는 시행을 불만스럽게 생각했다.

시모니데스가 약속된 대가를 받으려고 그에게 다가오자, 스코파스는 약속된 대가의 반액만 지불하며 이렇게 말했다.

"네 노래에 대한 내 몫을 지불하겠다. 나머지는 카스토르와 폴리데우케스에게 받아라."

당황한 그는 왕의 빈정거림과 비웃음을 들으며 자기 자리로 돌아왔다.

잠시 후에, 그는 밖에서 말을 타고 온 두 젊은이가 그를 만나려고 기다린다는 전언을 받았다. 시모니데스는 밖으로 나갔지만 아무도 발견하지 못했다. 그런데 그가 술자리를 벗어나자마자 굉음을 내며 지붕이 무너져 내려, 스코파스와 함께 자리를 즐기던 모든 사람이 압사당하고 말았다.

그를 부른 그 젊은이들은 대체 누구였을까? 곰곰이 생각한 시모니데스는 문득 그들은 다름 아닌 '카스토르와 폴리데우케스'였으리라는 생각이 들었다. 그리고 곧 이를 확신하게 되었다.

사 포

사포(Sappho)[6]는 초기 그리스의 여류시인이다. 현재 전해지는 그녀의 작품은 단편 몇 개뿐이지만 그것만으로도 그녀의 천재성은 충분히 입증된다.

---

6) B.C. 630년~B.C. 570년경, 레스보스(Lesbos)섬에서 출생. 그리스 문학사상 아르킬로코스(Archilochos)와 알카이오스(Alkaios)를 빼고는 어느 시인보다도 뛰어나다고 평가된다.

사포에 대해 대표적으로 전해지는 이야기로 다음과 같은 것이 있다.

사포는 파온(Phaon)이라는 미남 청년을 열렬히 사랑했으나 끝내 그의 사랑을 받지 못하자 '레브카스(Levkas) 절벽'('사포의 절벽'이라 불린다.)에서 바다로 투신했다. 무릇 '사랑의 투신' 바위에 몸을 던진 자는 죽지 않으며, 그 상사병도 낫는다는 미신을 믿었기 때문이었다.

바이런은 〈해럴드 경의 순례〉 2편 39~40절에서 이 사포의 이야기를 노래했다.

계속 항해를 한 해럴드 경은
슬픔에 갇힌 페넬로페가
눈 아래로 넓은 바다를 굽어보던 불모의 절벽을 지나,
지금도 잊을 수 없는 저 산을 바라보았다.
저 연인의 은신처,
저 레스보스(Lesbos)섬 시인의 무덤을.
어두운 사포! 불멸의 시는 불멸의 불꽃으로 타오르던
그 가슴을 구원할 수 없었단 말인가?
……
해럴드 경이 레브카스의 절벽에서 그렇게 외친 것은
그리스의 가을, 어느 고요한 저녁 무렵이었다.
……

사포와 그의 '투신 바위'에 대해 더 자세히 알고 싶은 독자는 무어(Thomas Moore)의 〈그리스의 저녁(Evenings in Greece)〉을 읽어 보고, 〈스펙데이터(The Spectator)〉지(誌) 223호와 229호를 참고하기 바란다.

26장

엔디미온 | 오리온 | 에오스와 티토노스 |
아키스와 갈라테이아

엔디미온

엔디미온(Endymion)은 라트모스(Latmos) 산상에서 양을 치는 아름다운 청년이었다.

어느 고요하고 밝은 밤, 달의 여신 아르테미스(Artemis)는 지상을 내려다보다 엔디미온이 잠자는 모습을 보게 되었다. 그의 빼어난 아름다움은 아르테미스의 차가운 마음을 따뜻하게 녹여 놓았다. 결국 여신은 지상으로 내려와 그에게 입을 맞추고는 잠든 그를 지켜주었다.

또 다른 전설에는 제우스가 그에게 영원한 젊음과 잠을 엮어 선물로 주었다고 한다. 아르테미스는 그가 잠자는 동안에 그의 재산인 양 떼가 순조롭게 번식하고, 야수가 가까이하지 못하게 보살폈다. 그래서인지 엔디미온에 대한 모험 이야기는 극히 드물다.

이 엔디미온의 이야기는 이야기 자체가 은은한 베일로 씌워져 있어 인간적인 독특한 매력이 배어 있다. 우리는 이 엔디미온에서 젊은 시인의 모습을 볼 수 있다. 즉 시인은 공상과 자신의 만족을 하릴없이 구하다가 마침내 자기가 사랑하는 시간을 조용한 달빛 아래에서 찾아내어, 무언의 달빛이 쏟아져 내리는 곳에 앉아 우울함에 싸인 채 자신을 불태우는 정열을 지피기도 하기 때문이다.

그래서 이 이야기는 정열적이면서 시적인 사랑과, 현실보다는 꿈속에서 더 많은 시간을 보내는 인생과, 젊어서 기꺼이 맞이하는 죽음을 암시한다고 S.G 불핀치(Bulfinch, 저자의 아우)는 말하고 있다.

키츠(John Keats)의 〈엔디미온〉은 정열적이고 공상적이지만, 그 안에는 다음과 같이 달을 노래한 매우 아름다운 구절도 있다.

> 그대는 쏟아지는 빛 속에 누워 있고
> 잠든 암소들은 신의 나라 풀밭을 꿈꾼다.
> 헤아릴 수 없이 많은 산들이 몸을 일으켜
> 그대의 맑은 눈에서 받는 축복을 간절히 원한다.
> 그래, 그대에게서 받는 축복을 간절히 원한다.
> 그래, 그대에게서 받는 축복은
> 어두운 곳, 비좁은 곳, 기쁨이 넘치는 곳
> 그 어디라도 미치지 않는 곳이 없다.
> 둥지에 깃든 굴뚝새도
> 그 잔잔한 눈으로 그대의 뛰어난 얼굴을 우러러본다.

영 박사도 〈밤의 명상〉에서 다음과 같이 엔디미온을 노래했다.

> 오 밤이여, 이러한 명상은 그대의 것이다.
> 그것은 그대 속에 있는 연인들의 한숨 소리처럼
> 다른 사람들이 잠드는 동안에 흘러나온 것이다.
> 키티아는 제 몸을 그림자로 싸고,

살며시 천상에서 내려와 양치기를 지켜주었다.
하나 그 양치기의 그녀에 대한 사랑보다도 더
그대여, 나는 그대를 열렬히 사랑한다.

플레쳐(John Fletcher, 영국의 극작가)는 〈현숙한 양치기 여인〉에서 이렇게 노래했다.

창백한 포이베(Phoebe, 아르테미스를 말함.)는
숲에서 사냥을 하다가
비로소 젊은 엔디미온을 만나,
그의 눈빛에서 발하는 꺼지지 않는
영원한 사랑에 몸을 태웠다.
그래 그녀는 그를 잠들게 하고
관자놀이에 양귀비를 붙여
라트모스 산정으로 조용히 데리고 가
밤마다 고개를 숙여
형(태양을 말함.)의 빛으로 이 산을 금색으로 물들이고,
사랑하는 자에게 키스를 한다.

오리온

오리온(Orion)은 포세이돈(Poseidon)의 아들이다. 그는 아름다운 거인으로 힘센 사냥꾼이었다. 포세이돈은 그에게 바닷속을 걸을 수 있는 전능을 주었다. 일설에는 바다 위를 걸을 수 있는 것이라고도 한다.

오리온은 키오스섬의 왕 오이노피온(Oenopion)[1]의 딸인 메로페(Merope)를 사랑했다. 그는 섬에 있는 야수를 사냥하여 그것을 그녀에게 선물하며 청혼했다. 그러나 오이노피온은 쉽게 결혼을 승낙하지 않았다.

참다못한 오리온은 처녀를 힘으로 차지하려고 했다. 이 행위에 분격한 오이노피온은 오리온을 술에 취하게 한 후 그의 두 눈을 뽑고는 해변에 내다 버렸다.

장님이 된 이 영웅은 외눈박이 거인인 키클롭스(Cyclopes)의 망치 소리를 길잡이 삼아 렘노스(Lemnos)섬에 도착하여 헤파이스토스(Hephaistos)의 대장간에 이르렀다. 그를 불쌍히 여긴 헤파이스토스는 그의 직공 케달리온에게 그를 아폴론의 거처로 인도하도록 시켰다. 이에 케달리온은 오리온의 무등을 타고 동쪽을 향해 갔다. 그리고 그곳에서 태양의 신 아폴론을 만나, 그의 광선으로 오리온의 시력을 되찾게 해주었다.

그 후 오리온은 사냥을 하면서 아르테미스와 함께 살았다. 그는 이 여신을 사랑했고, 그녀 역시 그를 사랑하여 장차 그들이 결혼하리라는 소문까지 나돌았다. 이 여신의 오빠인 아폴론은 이를 좋지 않게 생각하여 종종 그녀를 꾸짖었으나, 아무 소용이 없었다.

어느 날 아폴론은 오리온이 머리만을 물 위에 내놓은 채 조심스레 바다를 건너는 것을 보고, 누이에게 오리온을 가리키며 그녀의 솜씨로는 저 바다 위에 새까만 물체를 맞힐 수 없을 것이라고 약을 올렸다. 이에 마음이 상한 아르테미스는 운명의 과녁을 향해 신궁을 쏘았고, 얼마 뒤 오리온의 시체가 해안으로 떠밀려왔다.

아르테미스는 자기의 돌이킬 수 없는 실수를 통곡하다가 오리온을 별자리에 올려놓았다. 그의 별자리는 허리띠에 칼을 차고 사자 모피를 몸에 두르고 곤봉을 손에 쥔 모습으로 나타나 있다. 그리고 그의 뒤에서 사냥개인 세이리오스가 따르고, 그의 앞에는 플레이아데스(Pleiades)가 날아서 도망치고 있다. 플레이아데스는 아틀라스(Atlas)의 일곱 명의 딸들로서 아르테미스의 시녀 님프들이다.

---

1) 술고래. 이름의 뜻은 '포도주를 마신다.'라는 뜻임.

어느 날 오리온은 그녀들에게 매혹되었다. 오리온이 정신없이 뒤쫓아오자, 그녀들은 어찌할 바를 몰라 하며 자신들을 변신케 해달라고 신들에게 기도했다. 이를 불쌍히 여긴 제우스는 그녀들을 비둘기로 변신시켜 하늘의 성좌로 만들어주었다.

그녀들은 일곱이었으나, 별자리에는 여섯만이 나타난다. 그것은 엘렉트라(Electra)라는 님프가 트로이(Troy)의 함락을 차마 볼 수 없다며 그곳을 떠났기 때문이라고 한다. 왜냐하면 트로이는 엘렉트라의 아들 다르다노스(Dardanos)가 세운 것이기 때문이다. 트로이가 함락되는 광경이 어찌나 참혹했던지 남아 있는 여섯 자매들조차 그 후로는 늘 창백한 낯빛을 하고 있다고 한다.

롱펠로(Longfellow)의 시 〈오리온의 엄폐(掩蔽)〉는 이러한 신화에 대해 노래한 것이다. 이 시를 읽기 전에 미리 알아 두어야 할 것은, 하늘에서 빛나는 오리온은 사자 모피를 몸에 두르고 곤봉을 휘두르는 모습으로 그려져 있다는 점이다. 롱펠로는 이 오리온자리의 별이 하나씩 달빛으로 사라져 가는 그 순간을 노래했다.

사자의 붉은 가죽이
그의 발밑에서 흐르는 강으로 떨어졌다.
무서운 곤봉도 더 이상
황소의 이마를 치지 못했다.
오이노피온에게 두 눈을 뽑힌 그는
예전처럼 해변을 비틀거리며 걸어갔다.
그리고 대장장이를 찾아가 그의 도움으로
산골짜기에 올라
가없은 눈으로 태양을 바라보았다.

테니슨(Tennyson)은 플레이아데스에 대해 다른 견해를 나타냈다. (9 ~ 10행)

몇 날 며칠 밤을 나는 보았다.
플레이아데스가 미명에서 떠오르며
은줄에 매달린 반딧불처럼 반짝반짝 빛나는 것을.

바이런(Byron)은 제 모습을 감춘 플레이아데스 엘렉트라에 대해 다음과 같이 노래했다.

지상에서 더 이상 볼 수 없게
모습을 감추어 버린
저 플레이아데스처럼.

에오스와 티토노스

새벽의 여신 에오스(Eos)도 그녀의 언니인 달의 여신 아르테미스같이 인간의 모습에 사로잡힐 때가 자주 있었다. 그녀가 가장 좋아한 사람은 트로이 왕 라오메돈(Laomedon)의 아들 티토노스(Tithonos)였다. 에오스는 그를 납치한 뒤 제우스를 설득하여 그에게 영원한 생명을 주십사고 청했다. 그러나 영원한 생명과 더불어 영원한 젊음을 달라고 청하는 것을 잊었다. 티토노스는 나날이 늙어갔고, 그런 티토노스를 보는 에오스의 마음은 몹시 아팠다. 그가 백발(白髮)이 되자 어쩔 수 없이 그녀는 그와의 교제를 끊었다.[2] 그러나 그 뒤로도 티토노스는 계속해서 그녀의 궁전에서 살았다. 신들이 먹는 음식을

---

2) 에오스는 새벽의 여신이어서 백발(白髮)과는 만날 수 없다.

먹었고, 신들이 입는 옷을 입었다. 마침내 그가 손발을 움직일 수 없을 정도로 노쇠해지자, 그녀는 그를 방 안에 가두었다. 그러자 힘없이 흐느끼는 소리가 자주 밖으로 새어 나왔다. 그녀는 결국 그를 매미로 만들어 버렸다.

멤논(Memnon)은 그런 에오스와 티토노스와의 아들이다. 그는 에티오피아의 왕으로, 동쪽 끝에 있는 오케아노스(Oceanus) 해안에 살았다. 트로이 전쟁이 발발하자 그는 그의 아버지 티토노스의 친족을 도우려고 군대를 일으켰다. 프리아모스(Priamos)왕[3]은 그를 정중히 맞아들였고, 멤논은 오케아노스 해안의 불가사의한 일들을 왕에게 들려주었다. 프리아모스왕은 경탄을 금치 못했다.

트로이에 도착한 다음 날 멤논은 몸이 근질거렸던지 바로 그의 군대를 이끌고 격전장으로 나갔다. 이 싸움에서 멤논은 네스토르(Nestor)의 용감한 아들인 안틸로코스(Antilokos)를 피살했고, 그리스인들을 패배시켰다. 그런데 때마침 아킬레우스(Achilleus)가 나타나 전세가 뒤바뀌게 되었다. 이때부터 아킬레우스와 에오스의 아들은 치열한 격전을 시작했다. 결국 승리는 아킬레우스에게 돌아가고, 멤논은 전사했다. 대패한 트로이군은 도망쳤다.

하늘에서 마음을 졸이며 지켜보던 에오스는 그녀의 아들이 쓰러지는 것을 보자, 멤논의 형제인 바람의 신들에게 명하여 아들의 시체를 파플라고니아(Paphlagonia)의 아이세포스(Aesepus) 강가로 운반케 했다. 이윽고 저녁이 되자 에오스는 시간의 여신들과 플레이아데스들을 거느리고 내려와 아들의 주검을 보고 통곡했다. 밤의 여신도 에오스의 슬픔에 동정하여 하늘을 구름으로 덮었다. 천지 만물 모두가 다 에오스의 아들의 죽음을 애도했다.

에티오피아인들은 요정들의 숲을 흐르는 강둑에다 장사를 지냈다. 제우스는 그를 화장한 나뭇더미의 불똥과 재를 새로 만들었는데, 이 새들은 양편으로 갈라져 나뭇더미 위에서 서로 싸우다가 마침내 불꽃이 되어 떨어졌다.

그로부터 매년 그의 제삿날이면 새들이 다시 돌아와 같은 방법으로 그의

---

3) 트로이 왕으로, 티토노스의 형제임.

장례를 치렀다고 한다. 에오스는 아들을 잃은 것을 쉽게 잊을 수 없어 지금도 눈물을 흘린다고 하는데, 우리가 아침이면 볼 수 있는 풀잎 위에 내린 이슬이 그녀의 눈물이라는 것이다.

이 멤논의 이야기는 고대 신화 속의 많은 불가사의한 이야기와는 달리 실화였을 가능성이 크다. 이집트 나일강 주변에 두 개의 거대한 상이 서 있는데, 그중 하나가 멤논의 상(像)이라고 전해지기 때문이다.

고대 작가들의 기록에 따르면, 새벽 햇살이 이 상(像)에 닿으면 석상 안에서 하프의 현(弦)을 탈 때와 흡사한 소리가 난다고 한다. 그러나 현존하는 그 석상이 고대 작가들이 말하는 것과 같은 것인지 아닌지는 분명치가 않다.[4]

또 그 이상한 소문에는 의심스러운 구석이 많다. 지금도 들을 수 있는 이 소리에 대해, 과학자들은 이 큰 석상 속에 공기가 들어가 그 틈새라든가 구멍에서 새어 나는 것이라고 단정 짓고 있다.

권위 있는 여행가 윌킨슨(Wilkinson) 경은 이 석상 자체를 조사해 보니 속이 비었다고 하면서, '상의 무릎 근처를 두드리니 금속성 소리가 났다. 이 석상의 신비적인 힘을 믿는 관광객을 속이기 위해 처음부터 이러한 소리를 사용하지 않았나 생각된다.'라고 기술했다.

소리를 내는 이 멤논의 석상은 시인들이 즐겨 다루는 시제(詩題)가 되고 있다.

에라스무스 다윈(Erasmus Darwin)은 《식물원(The Botanic Garden)》에서 이렇게 노래했다.

> 성스러운 태양신이 멤논의 신전을 두드리자
> 신묘한 음악이 저절로 우러나와

---

4) 오늘날에는 이 석상이 '아메노피스(Amenophis) 3세'의 것이라고 불린다.

아침 노래를 부르기 시작했다.
여기에 답해 아폴론의 동쪽 빛이 그곳의 리라를 울리자
리라는 소리를 내었고,
모든 줄이란 줄이 다 떨었다.
계단도 여기에 맞춰 부드러운 소리를 내니
신성한 메아리가 노래를 이루었다.

아키스와 갈라테이아

스킬라(Scylla)는 옛날 시실리에 살던 아름다운 처녀로 님프들의 사랑을 받고 있었다. 그녀에게는 많은 구혼자가 있었으나 그녀는 거들떠보지도 않은 채 오히려 바다의 님프 갈라테이아(Galatea)의 동굴로 가 자신이 치른 곤욕을 자주 이야기했다.

어느 날 여신은 스킬라가 자기의 머리를 빗겨주며 또 자신의 이야기를 하자, 이렇게 대답했다.

"그러나 너를 귀찮게 구는 자는 인간이니까 별문제가 없단다. 네가 싫으면 물리칠 수도 있지 않느냐? 나는 네레우스(Nereus)의 딸로 그렇게 많은 자매들의 보호를 받고 있지만, 바닷속 깊이 도망쳐 숨지 않는다면 폴리페모스(Polyphemos)의 치근덕거림을 피할 수 없단다."

이렇게 말한 뒤 그녀는 한숨 끝에 눈물을 비쳤다. 동정심 많은 스킬라는 그 예쁘고 섬세한 손가락으로 눈물을 씻어주며 여신을 위로했다.

"한숨만 쉬지 마시고 그 연유나 말씀해 보세요."

그러자 갈라테이아가 이렇게 이야기했다.

『아키스(Acis)는 파우누스(Faunus)와 님프 나이아스(Naias)의 아들이었지. 그의 부모는 그를 몹시 사랑했으나 그 사랑도 아키스가 나를 사랑하는 것보다는 못했을 거야. 그때 그의 나이는 꽃다운 십육 세로 양 볼에 수염이

가뭇가뭇 돌기 시작했었어.

그런데 내가 아키스를 좋아하는 것만큼 키클롭스(Cyclopes)도 나를 좋아했어. 아키스를 사랑하는 마음과 키클롭스를 싫어하는 마음을 비교해서 묻는다면, 그것은 대답할 수 없을 거야. 비슷비슷했으니까.

오, 아프로디테(Aphrodite)여! 그녀의 힘이 이렇게 위대할 줄이야! 이 무서운 거인, 숲의 무법자, 어떤 길손도 그를 만나기만 하면 피해를 받았는데, 그런 자가 사랑을 하게 되다니! 아아, 키클롭스는 나를 사랑하고 나서는 그의 양 떼도, 곡식이 가득한 동굴도 잊었어. 그뿐 아니야. 나에게 잘 보이려고 처음으로 외모를 가꾸는 등의 노력까지 한 거야. 뒤엉킨 머리카락을 빗었고, 낫으로 수염도 깎고, 개울을 거울삼아 씻고 다듬었으며, 얼굴을 매만졌어. 살생을 좋아하던 사나운 성질도, 피를 갈망하던 잔혹한 성질도 잠잠해졌어. 그래서 그때 그의 섬을 지나는 선박도 무사할 수 있었단다.

키클롭스는 큰 발자국을 찍으며 해변 곳곳을 방황하다가 피곤하면 동굴에 들어가 한숨을 쉬곤 했어. 그 섬에는 불쑥 솟은 절벽이 있었는데, 그 양쪽으로는 물결이 출렁거렸지. 그러던 어느 날 그가 그곳에 올라앉았어. 그의 양 떼는 흩어져서 제멋대로 놀았고, 그는 배의 돛대로도 쓸 수 있을 만큼 큰 지팡이를 곁에 던져두더니 애절하게 갈대 피리를 불더구나. 그러자 그의 노랫소리가 산과 바다에 울려 퍼졌단다.

그때 나는 사랑하는 아키스와 바위 밑에 숨어, 멀리서 들려오는 그 소리에 귀를 기울였지. 듣다 보니 그 노래는 내 아름다움을 찬미하면서 나의 무정함과 야멸찬 마음을 맹렬히 원망하는 것이었단다.

그는 노래를 끝내더니 벌떡 일어섰어. 그리고는 잠시도 가만히 있지 못하는 성난 황소처럼 숲속을 마구 돌아다니기 시작하더구나.

그런데 아키스와 내가 그의 생각을 깜빡 잊고 있었는데, 우리가 이야기하고 있는 곳에 그가 나타난 거야. 그 모습을 보고 그가 이렇게 부르짖었단다.

"나는 다 보았다. 이것으로 너희들의 만남도 끝이 될 것이다."

그의 목소리는 성난 키클롭스만이 낼 수 있는 외침이었어. 아이트나산도 그 소리에 떨었지. 나는 두려움에 떨며 바닷속으로 들어갔고, 아키스는 "살려줘요! 갈라테이아, 날 살려주세요! 아버지, 어머니!" 하고 부르짖으며 도망쳤어.

그러나 키클롭스는 그를 맹렬히 추격하여 산모퉁이에서 바위를 떼어 그를 향해 던졌단다. 그 바위의 한 모퉁이가 살짝 그에게 닿았을 뿐이었는데, 아! 그것으로 아키스가 죽어버린 거야.

나는 힘이 미치는 데까지 아키스를 위해 노력했고, 그 결과 강의 신인 그의 할아버지와 맞먹는 영예를 그에게 부여했어. 그러자 바위 밑에서 흘러나왔던 보랏빛 피가 점점 창백해지더니, 맑은 시냇물로 변하는 거야. 그리고 쪼개진 바위 사이로 물이 솟았단다.』

이렇게 해서 아키스는 시냇물이 되었고, 그 강은 지금도 '아키스'라고 불리고 있다.

드라이든(John Dryden)은 〈키몬(Cimon)과 이피게네이아(Iphigenia)〉라는 시에서 농부가 사랑의 힘에 의해 교양 있는 신사로 변하는 이야기를 노래했는데, 어떤 의미에서 이것은 갈라테이아와 키클롭스 전설과 유사한 흔적을 보여준다.

아버지의 노력과 가정교사의 솜씨가
아무리 훌륭해도 그의 마음에 닿지 못한 것을
사랑이라는 뛰어난 교사가 그 마음을 일군다.
마치 척박한 땅에 불을 질러 기름진 땅으로 만들듯
사랑은 그에게 부끄러움을 가르치고
사랑과 싸우는 부끄러움이
곧 아름다운 인생을 사는 교양을 가르친다.

27장

트로이 전쟁 | 일리아스

트로이 전쟁

지혜의 여신인 아테나(Athena)는 한때 지혜롭지 못한 짓을 한 적이 있었다. 그것은 누가 더 아름다운지를 따져보고자 헤라(Hera), 아프로디테(Aphrodite)와 경쟁을 한 것으로, 내용인즉 다음과 같다.

펠레우스(Peleus)와 테티스(Thetis)의 결혼식 때 모든 신(神)이 초대받았는데 불화의 여신 에리스(Eris)만 제외되었다. 그러자 에리스는 자기만 따돌림당한 것에 앙심을 품고 잔치 자리에 황금 사과를 하나 던졌다. 그 사과에는 '가장 아름다운 여신에게'라고 씌어 있었다. 그러자 헤라와 아프로디테 그리고 아테나는 서로 그 사과가 자기 것이라고 주장했다.

이러한 미묘한 문제에 휩쓸리기 싫었던 제우스는 여신들을 이데산(Ida Mt.)으로 데리고 갔다. 그곳은 아름다운 양치기 파리스(Paris)가 제우스의 양 떼를 돌보는 곳이었다. 제우스는 이 파리스에게 그 심판을 맡긴 것이다.

여신들은 곧 파리스 앞에 나타났다. 헤라는 권력과 부(富)를, 아테나는 전쟁에서의 영광과 명예를, 아프로디테는 가장 아름다운 여자를 아내로 얻어

준다는 약속을 하며 저마다 유리한 심판을 부탁했다. 파리스는 아프로디테의 약속이 가장 마음에 들어 그녀에게 황금 사과를 주었다. 이로써 그는 헤라와 아테나의 적이 된 것이다.

파리스는 아프로디테의 보호를 받으며 그리스를 떠나 스파르타 왕 메넬라오스(Menelaos)의 환대를 받았다. 그런데 메넬라오스의 아내 헬레네(Helene)가, 아프로디테가 파리스에게 약속한 그 '가장 아름다운 여인'이었다.

원래 헬레네에게는 구혼자가 많았다. 그런 와중에서 오디세우스(Odysseus)가 여러 구혼자를 모아놓고 그녀의 남편이 정해지면 그 결과를 받아들이는 것은 물론 나중에 그녀가 위험에 빠졌을 경우 모두 힘을 합해 그녀를 도와주고, 필요하다면 그녀를 위해 복수하겠다는 맹세를 하라고 조언했다. 그 후 헬레네는 메넬라오스를 선택했고, 그와 함께 행복하게 살고 있을 때 파리스가 손님으로 온 것이었다.

파리스는 아프로디테의 도움으로 그녀를 꾀어 궁궐을 빠져나와, 트로이(Troy)로 도망쳤다. 이것이 곧 저 유명한 '트로이 전쟁(Trojan war)' — 호메로스(Homeros)와 베르길리우스(Vergilius)가 노래한, 고대의 가장 위대한 시(詩)의 제재가 된 전쟁 — 발발의 도화선이 된 것이다.

메넬라오스는 그리스의 왕들에게 사람을 보내, 그때의 약속대로 헬레네를 되찾는 데 협력해 달라고 요청했다. 그리하여 약속했던 사람들 대부분이 이에 응해 출정했으나, 오디세우스는 그즈음 페넬로페(Penelope)와 결혼하여 행복한 시간을 보내고 있었기에 이런 귀찮은 일에 끼어들고 싶지 않아 잔꾀를 부렸다. 그래서 그들은 오디세우스를 설득하기 위해 전령으로 팔라메데스(Palamedes)를 보냈다.

이 팔라메데스가 이타카(Ithaca)에 도착하자 오디세우스는 들판에 나가 미친 시늉을 했다. 그는 어릿광대 모자를 쓰고 당나귀와 황소가 끄는 쟁기로 밭을 가며 씨앗 대신 소금을 뿌렸다. 팔라메데스가 그를 떠보려고 그의 어린 아들 텔레마코스(Telemachos)를 쟁기 앞에다 안아다 놓자 오디세우스는 쟁기를 옆으로 피해 몰았다. 이렇게 해서 그의 거짓 행동이 들통났고, 그 약속을 이행하지 않을 수 없게 되었다.

일단 자신의 계책이 탄로 나자, 오디세우스는 어쩔 수 없이 트로이 원정에 동참했다. 그리고는 자기처럼 이 일에 참가하기를 싫어하는 다른 용사들, 특히 아킬레우스(Achilleus)를 참가시키려고 노력했다.

아킬레우스는 에리스가 사과를 던졌던 그 결혼식의 주인공 테티스의 아들이었다. 테티스는 바다의 님프로서 자기 아들이 이 싸움에 참전하면 트로이 전방에서 죽을 운명이라는 것을 알았기 때문에 아들의 참전을 만류했다. 그래서 그를 리코메데스(Lycomedes) 왕의 궁정에 보내, 여장을 시킨 뒤 궁녀 사이에 숨어 있도록 했다.

그러나 오디세우스는 아킬레우스가 그곳에 있다는 것을 알아내고 상인으로 변장하여 궁으로 들어갔다. 그리고는 여자 장신구 등으로 판을 벌였는데, 그 속에는 약간의 무기도 있었다. 공주들은 저마다 치장품에만 열중했는데, 여장을 한 아킬레우스는 무기를 만지작거렸다. 예민한 오디세우스는 곧 그가 아킬레우스임을 알아내고, 그에게 다가가 테티스의 권유를 따르지 말고 이 싸움에 참전토록 설득했다.

트로이 왕 프리아모스(Priamos)는 이데산의 양치기로서 헬레네를 꾀어 온 파리스의 아버지였다. 파리스가 장성하게 되면 국가의 화근이 되리라는 불길한 예언이 있었기 때문에 그를 남몰래 양육했다. 이 예언은 마침내 실제 상황으로 나타날 조짐을 보였다. 그리스군이 전에 없던 대규모의 군비를 갖추고 출전하려 했기 때문이다.

그리스군은 미케네(Mycenae) 왕이자 피해를 입은 메넬라오스의 형인 아가멤논(Agamemnon)이 총지휘자가 되었고, 아킬레우스가 그 휘하에 있었다. 그리고 그와 버금가는 장수로 아이아스(Aias)가 있었는데, 그는 몸집이 크고 대단히 용감한 장수이지만 머리는 좀 빠지는 편이었다. 아킬레우스의 다음가는 무장으로는 디오메데스(Diomedes)가 있었고, 오디세우스는 현자로 유명했다. 그리스 장수 중에서 최연장자인 네스토르(Nestor)는 고문직을 맡았다.

그러나 트로이도 약한 상대는 아니었다. 국왕 프리아모스는 연로했지만 현명한 군주로서 백성들에게 선정을 베풀었고, 국외로는 이웃 나라와 동맹을 맺어 국력을 키웠다. 또 그에게는 헥토르(Hector)라는 뛰어난 아들도 있었다. 헥토르는 아버지의 왕위를 지켜주는 버팀목 역할을 했는데, 고대 작가들은 그를 인간 중에서 가장 우수한 인간이라고 칭송할 정도였다.

헥토르는 처음부터 조국의 멸망을 예감했으나 포기하지 않고 끝까지 용감하게 싸웠다. 그러나 나라의 운명을 위태롭게 만든 동생 파리스의 부정행위는 결코 정당화시키지 않았다. 또한 그는 안드로마케(Andromache)와 결혼하여 무장으로서의 자질에 못지않게 남편으로서도, 아버지로서도 훌륭한 면모를 보였다.

헥토르 이외에 트로이군의 뛰어난 장수로는 아이네아스(Aeneas), 데이포보스(Deiphobus), 글라우코스(Glaukos), 사르페돈(Sarpedon) 등이 있었다.

2년간에 걸친 전쟁 준비가 끝나자, 그리스의 함대와 군대는 보이오티아(Boeotia)의 아울리스(Aulis) 항에 집결했다. 여기에서 아가멤논은 사냥을 하다가 아르테미스에게 바쳐진 수사슴 한 마리를 죽인 일이 있었다. 그러자 여신은 그 벌로 군대 안에 악질(惡疾)을 퍼뜨려 군인을 죽이고, 바람을 멎게 하여 군함의 출전을 방해했다. 그러자 예언자 갈카스(Calchas)는 처녀신 아르테미스의 노여움을 푸는 방법으로, 처녀를 제물로 올리되 범죄자의 딸이어야 한다는 점괘를 얻어냈다.

아가멤논은 오랫동안 버티다가 별수 없이 그의 딸 이피게네이아(Iphigeneia)를 아킬레우스와 결혼시킨다고 하여 불러왔다. 그러나 그녀가 희생되려는 순간에 여신 아르테미스는 처녀가 가엾어졌는지 그 자리에 암사슴 한 마리를 남겨 놓았다. 그리고는 그녀의 몸을 구름으로 가려서 타우리스(Tauris)로 데리고 가, 자기 신전의 여사제로 만들었다.

앨프리드 테니슨(Alfred Tennyson)은 《미녀들의 꿈》에서 산 제물로 바쳐지는 이피게네이아의 기분을 다음과 같이 노래했다. (106~117행) 이 장면은 수많은 명화에 그려져 있기도 하다.

나는 저 슬픈 곳에서 희망을 버렸답니다.
아직도 그곳의 이름을 입에 올리면 두려워집니다.
아버지는 한 손으로 얼굴을 가렸으며,
나는 눈물로 앞이 보이지 않았지요.

그래도 무어라고 열심히 지껄였지요.
하지만 그 소리는 한숨 속에서 사라졌고,
모든 것이 꿈속 같았어요.
희미하게 보였던 것은
엄숙한 표정에 검은 수염을 기른 장군들 모습이었지요.
이리 같은 눈으로
내 죽음을 기다리는…….
높은 돛대가 바다 위에서 떨었답니다.
신전도, 사람들도, 그리고 해안도,
누군가 날 선 칼을 내 목줄기에 대고 그었습니다.
천천히, 그리고 그뿐입니다.

그러자 순풍이 불어왔고, 이윽고 그리스군 함대가 출발했다. 군대는 곧 트로이 해안에 상륙했다. 트로이군은 이 상륙을 저지하려고 공격을 시작했다. 이 싸움에서 프로테실라오스(Protesilaos)는 헥토르의 손에 전사했다.

프로테실라오스의 본국에는 그를 몹시 사랑하는 아내인 라오다메이아(Laodameia)가 있었는데, 그녀는 남편의 전사 비보를 듣고 세 시간 동안만이라도 남편과 같이 있게 해달라고 신들에게 애원했다. 신들이 이 애원을 들어주었다. 헤르메스(Hermes)는 프로테실라오스를 이승으로 다시 데려왔다. 그리고 그가 다시 죽자 라오다메이아도 따라 죽었다.

전설에 의하면 님프들이 그의 무덤 주위에 느릅나무를 여러 그루 심어 주었는데 이 나무들은 트로이를 바라다볼 수 있을 만큼 높이 자라 말라 죽었으며, 그 뿌리에서 가지가 돋아났다고 한다.

윌리엄 워즈워스(William Wordsworth)는 이 프로테실라오스와 라오다메이아의 이야기를 주제로 한 시를 쓰기도 했다. 여기에서 보면, 승리는 최초로 전쟁 희생자를 낸 쪽에 돌아간다고 정해져 있었던 모양이다.

시인은 프로테실라오스가 이승에 다시 온 그 짧은 동안에 자기의 운명을 라오다메이아에게 이야기한 것을 이렇게 노래했다. (121~174행)

기다리던 바람도 불기 시작했다.
그래 나는 잔잔한 바다에서 저 신의 뜻을 생각했다.
장수들 중 누군가가 앞장서야 한다면
일천 함대 속에서 내 전함이 맨 먼저
뱃머리로 바닷가를 받으려고 결심했다.
내 피가 트로이 모래를 물들이는 첫 피가 되겠다고.

그러나 사랑하는 아내여!
그대를 생각하니 마음이 아파 견딜 수가 없었다.
그대와의 추억에 가슴이 시려왔다.
이승에서 나누었던 기쁨들,
함께 거닐던 오솔길 — 그 샘, 그 꽃,
내가 설계했던 새 도시, 미완성 탑루.

그러나 머뭇거리면 적군이 소리치리라.

"보라, 놈들은 떨고 있다! 전열은 당당하지만,
어느 누구 하나 나서서 죽으려는 자 없다."라고.
나는 이 모욕을 뿌리치고 싶었다.
그러자 약한 마음이 고개를 들었다.
그러나 용기가 나를 구원했다.

헬레스폰토스1)의 바닷가에 (사람들이 믿는 바에 의하면)
첨탑 모양의 나무 한 그루가
그녀가 사랑했던 지아비의 무덤가에서 자라났다.
그리고 일리오스(트로이를 말함.)의 성벽이 내다보일 만큼 자라자
나무의 꼭대기 가지가 움츠러들더니
또 자랐다가 마르고
끊임없이 마르고 자랐다가 말랐다.

일리아스

전쟁은 별 진전 없이 9년간 계속되었다. 그러다가 그리스군에게 치명적인
사건이 발생했다. 그것은 아킬레우스와 아가멤논의 불화였다. 호메로스의
위대한 서사시 《일리아스(Ilias)》2)는 여기서부터 시작된다.

그리스군은 트로이를 함락시키지 못했으나, 그 이웃 동맹국들을 점령했다.
그리고 이 승전의 전리품을 나누는 과정에서 아가멤논은 '크리세이스
(Chryseis)'3)라는 처녀를 포로로 잡아놓았다.

---

1) Hellespontos, '헬레의 바다'라는 뜻. 지금의 다르다넬스(Dardanelles) 해협.
2) 고대 그리스 시인 호메로스의 작품으로 전해지는 24권으로 된 서사시. '일리아스'란
   이름은 '일리온의 노래'란 뜻이다. 오디세이(Odyssey)와 더불어 고대 그리스와 후대
   서양의 문학예술과 문화의 전범(典範)으로 여겨지고 있다.
3) '크리세스(Chryses)의 딸'이라는 뜻.

크리세이스는 아폴론 신전의 사제인 크리세스(Chryses)의 딸이었다. 크리세스는 신관의 표식을 몸에 지니고 와서 딸을 풀어 달라고 간청했으나 아가멤논은 거절했다. 그러자 크리세스는 아폴론에게 자기 딸이 석방될 때까지 그리스군을 괴롭혀 달라고 탄원했다. 아폴론은 이 청을 들어주어, 역질(疫疾)을 그리스 군막에 보냈다.

이 역질이 신의 분노임을 안 그리스군은 신의 분노를 가라앉히고 역질을 피할 방책을 논의하기 위해 회의를 소집했다. 그 자리에서 아킬레우스는 대담하게도 재난의 원인이 크리세이스를 잡아둔 데 있다고 하며, 그 책임을 아가멤논에게 전가시켰다. 아가멤논은 격앙된 어조로 그녀를 석방하는 것에 동의하면서, 그 대신 아킬레우스가 차지한 브리세이스(Briseis)를 자기에게 내놓으라고 요구했다. 아킬레우스는 이 요구에 응하는 대신, 자신은 이 전쟁에서 손을 떼겠다고 했다. 그리고는 곧 군대를 본진에서 철수시키고, 바로 그리스로 돌아가겠노라고 선언했다.

모든 신들도 이 유명한 전쟁에 당사자들 못지않은 관심을 기울였다. 신들은 그리스군이 스스로 이 전쟁을 포기하지 않으면서 지구전을 하면, 결국엔 트로이가 패배한다는 것을 알고 있었다. 그러나 일이 되어가는 상황에 따라 신들은 기대에 부풀어 있기도 하고 근심에 잠겨 있기도 했다.

파리스에게 모욕을 당한 바 있던 헤라와 아테나는 트로이군을 적대시했다. 아프로디테는 그와 정반대의 이유로 트로이군 편을 들었다. 아프로디테를 숭배하는 아레스(Ares)는 트로이 편이었고, 포세이돈은 그리스 편이었다. 아폴론은 중립을 지켰으나, 때로 이쪽도 편들었다가 저쪽도 편들었다. 제우스는 명군 프리아모스를 총애했으나, 되도록 공정한 태도를 보였다. 그러나 예외가 없었던 것은 아니었다.

아킬레우스의 어머니 테티스는 자기의 아들이 모욕당한 사실에 몹시 노했다. 그녀는 곧 제우스의 궁전으로 가 트로이군을 도와줘서, 그리스군이 아킬레우스에게 행한 비행을 후회하도록 해 달라고 애원했다. 제우스는 이 청을 받아들여 다음 전투에서 트로이군이 승리하게 했다. 그리하여 그리스군은 싸움터에서 쫓겨나 군함으로 후퇴했다.

그러자 아가멤논은 회의를 열어 현명하고 용감한 장수들의 의견을 들었다. 네스토르는 아킬레우스에게 사신을 보내 다시 전장에 나서도록 설득할 것과, 아가멤논이 먼저 불화의 원인인 처녀를 되돌려주고 많은 선물을 아킬레우스에게 보내라고 충고했다. 아가멤논은 이를 받아들여 오디세우스와 아이아스, 포이닉스를 아킬레우스에게 보냈다. 그들이 아가멤논의 뜻을 간곡하게 전했지만, 아킬레우스는 전장으로 되돌아갈 것을 완강하게 거부했다. 그뿐 아니라 지체하지 않고 그리스로 회군하겠다고 공언까지 했다.

그리스군은 함대 주위에 방벽을 쌓았다. 하지만 배가 해안으로 인양되어 있어서, 그리스군은 트로이를 공격하기는커녕 오히려 그 방벽 안에서 공격당하는 형세가 되었다.

아킬레우스에게 파견된 사절단이 빈손으로 돌아온 다음 날 새로운 전투가 벌어졌다. 제우스의 도움으로 승기를 잡은 트로이군은, 그리스군의 방벽 일부를 뚫고 들어가 배에다 불을 지르려고 했다. 그리스군이 궁지에 몰리자, 포세이돈은 드디어 그들을 도우러 나갔다. 그는 예언자 칼카스로 변신하여 큰 소리로 병사들을 격려하는 한편, 병사들 한 명 한 명에게 다가가서 사기를 북돋웠다.

그리스군의 사기가 크게 충천하여 트로이군을 물리칠 수 있을 만큼 되자, 아이아스가 큰소리치며 헥토르에게 도전했다. 이 도전을 받아들인 헥토르가 우람한 장수인 아이아스에게 창을 던졌다. 그 창은 아이아스의 칼과 방패를 매는 띠가 교차된 곳에 꽂혔다. 하지만 방호물을 맞췄기 때문에 아이아스에게 어떤 부상도 입히지 못했다. 그런데 이와 반대로, 아이아스가 헥토르를 향해 던진 엄청나게 큰 돌은 헥토르의 목을 맞췄다. 헥토르가 땅에 쓰러지자, 그의 부하들이 그를 들쳐메고 물러갔다.

포세이돈이 그리스군을 도와 트로이군을 물리치는 동안, 제우스는 싸움터의 상황에 대해 전혀 모르고 있었다. 그는 헤라의 간계로 인해 관심이 싸움터 밖에 있었기 때문이었다. 헤라는 갖은 수단을 다 써서 몸치장을 했는데, 특히 아프로디테로부터 빌린 케스토스라는 허리띠까지 빌려 제우스를 꾀었다. 이 허리띠를 두른 자는 상대가 누구든 뇌쇄시키지 않을 수 없을 정도로 강한 매력을 지니고 있었다. 이렇게 작심하고 몸치장을 한 헤라가 올림포스산 위에 앉아 전투를 관전하고 있는 제우스 곁으로 갔다. 제우스는 매력적인 모습의 헤라를 보게 되자, 처음 사랑했을 때의 애정이 떠올라 전쟁이나 그 밖에 다른 모든 일을 잊어버렸다. 그리하여 전쟁이 제멋대로 되어갔던 것이다.

그러나 이런 상태는 오래 지속되지 않았다. 아래로 눈을 돌렸을 때 헥토르가 부상을 입고 곧 생명이 끊길 지경인 것을 본 제우스는 크게 노하여, 헤라를 물리치고 나서 무지개 여신 이리스와 아폴론을 불렀다. 이리스가 대령하자, 그는 그녀를 시켜 포세이돈에게 전쟁에 관여하지 말라고 지시했다. 또 아폴론에게는 헥토르의 부상을 치료케 하고 원기를 회생시키라고 명했다. 제우스의 명령들은 재빨리 이행되었고, 전투가 계속되는 동안 헥토르는 싸움터로 되돌아갔다. 그리고 포세이돈은 자기 영지로 물러갔다.

파리스의 화살이 아스클레피오스(Asklepios)의 아들 마카온(Machaon)을 부상 입혔다. 아버지의 의술을 이어받은 그는 용감한 장수이면서 군의로서 그리스군에게는 중요한 인물이었다. 네스토르는 부상당한 마카온을 자신의 이륜 전차에 태우고 싸움터에서 빠져나왔다. 그들이 아킬레우스의 함대 곁을 통과할 때 아킬레우스는 노장 네스토르는 알아보았지만, 부상한 장군은 알아보지 못했다. 그래서 그는 자기의 부하이면서 가장 친한 친구인 파트로클로스를 네스토르의 진영에 파견하여 진상을 알아오도록 했다.

네스토르의 진영에 도착한 파트로클로스는 마카온의 부상을 보았다. 그러나 자기가 온 까닭만 밝히고서 바로 돌아서려 하자, 네스토르가 그를 불러 세워서는 그리스군의 비참한 상황을 모두 이야기했다. 또한, 네스토르는 파트로클로스와 아킬레우스가 트로이로 출발할 때 그들의 아버지가 한 다짐을 상기시켰다. 그것은 아킬레우스가 큰 공을 세울 수 있도록, 연장자인 파트로클로스가 잘 보필하여 지도해 주라는 것이었다. 네스토르는 말을 계속 이어나갔다.

"지금이야말로 그대가 아버지의 충고에 귀를 기울여야 할 때 아닌가? 그대는 아킬레우스를 다시 전장에 나오도록 설득해야 하네. 그게 안 된다면 그의 군대라도 보내 달라고 하게. 그리고 그대는 아킬레우스의 갑옷을 입고 오게. 그러면 그 갑옷만 보아도 트로이군은 달아날 테니."

이 말을 들은 파트로클로스는 크게 감동했다. 그리고 자기가 본 것, 들은 것 모두를 마음속 깊이 되씹으면서 아킬레우스의 진영으로 급히 돌아갔다.

그는 바로 얼마 전까지 자기들과 같이 싸우던 장수들의 비참한 상황을 아킬레우스에게 보고했다. 디오메데스, 오디세우스, 아가멤논, 마카온이 모두 부상을 입었고, 방벽은 대부분 무너졌으며, 함선 속까지 쳐들어온 적들이 함선을 불살라 그리스군이 돌아갈 모든 수단을 제거하려 한다는 이야기를 세세하게 전했다.

그들이 이런 이야기를 하고 있을 때, 커다란 화염이 한 함선에서 솟아올랐다. 아킬레우스는 그 불을 보다가 마음에 걸리는 것이 있어 파트로클로스가 시키는 대로 미르미도네스(아킬레우스 병사들을 이렇게 불렀다.)를 싸움에 참가하게 했고, 자신의 갑옷도 빌려주었다. 파트로클로스가 이 갑옷을 입고 출전하면 트로이군들이 큰 공포를 느낀다는 것을 아킬레우스도 알기 때문이었다.

곧 병사들의 집합 명령이 떨어지고, 금빛 찬란한 갑옷을 입은 파트로클로스가 아킬레우스의 이륜 전차에 올라 병사들의 선두에 섰다. 그러나 떠나기 직전에 아킬레우스는 적을 물리치는 정도로 만족하라고 엄격하게 당부하며, 이렇게 덧붙였다.

"나 없이 트로이군을 공격하는 짓은 하지 말게. 그것은 내 명예를 손상하는 짓이라네."

이어 아킬레우스는 병사들에게 각자 최선을 다할 것을 당부하고 그들을 전장에 내보냈다.

파트로클로스와 그의 군대는 곧 격전의 현장으로 돌진했다. 이 상황을 보고 기쁨에 넘친 그리스군은 환호성을 질렀고, 함선은 이 환호성에 흔들렸다. 반대로 트로이군은 유명한 아킬레우스의 갑옷을 보자 잔뜩 겁을 집어먹고 혼비백산하여 뿔뿔이 흩어졌다. 배를 점령하고 불을 지른 자들이 제일 먼저 도망쳤고, 이어서 남은 트로이군이 서둘러 도망쳤다. 그리스군은 우선적으로 배를 되찾아 불을 껐으며, 아이아스와 메넬라오스 그리고 네스토르의 두 아들이 보여준 활약상이 모두에게 힘을 북돋워 주었다.

트로이의 헥토르는 별수 없이 말머리를 돌려 포위망에서 패주하지 않으면 안 되었다. 파트로클로스는 도망치기에 급급한 헥토르의 수많은 부하들을 쫓아 무찔렀다.

이때 제우스의 아들 사르페돈(Sarpedon)이 파트로클로스와 감히 대적하겠다고 말머리를 돌렸다. 제우스는 이 모습을 내려다보고 있다가 아들을 위험에서 구하려고 했다. 그러자 헤라가 제우스를 막아서며, 만약 사르페돈이 아들이기 때문에 도와주는 거라면 하늘에 있는 다른 신들도 자기들의 핏줄이 위태롭게 되었을 때 그와 같이 간섭하게 될 것이라고 말했다. 너무나 당연한 말이기에 제우스도 아들을 구하는 일을 멈추지 않을 수 없었다.

사르페돈이 들고 있던 창을 던졌으나, 파트로클로스를 맞히지 못했다. 반면 파트로클로스가 던진 창은 사르페돈의 가슴을 꿰뚫었다. 사르페돈은 쓰러지면서 자기의 주검을 적의 수중에 넘기지 말아 달라고 친구들에게 부탁한 후에야 숨을 거두었다. 이제 그의 시체를 두고 격렬한 전투가 벌어졌다. 이 전쟁은 그리스군의 승리로 끝났고, 사르페돈의 갑옷은 벗겨지게 되었다.

제우스는 아들의 시체가 수모당하는 것까지 그냥 두고 볼 수가 없었다. 제우스는 아폴론에게 명령하여 사르페돈의 시체를 빼앗게 하고, 쌍둥이 형제인 '죽음'과 '잠'의 손에 맡겼다. 시체는 그들에 의해 사르페돈의 고향 리카아(Lycia)로 옮겨졌고, 정중하게 장례를 치르게 되었다.

그리고 오래지 않아 전세가 바뀌었다. 헥토르가 이륜 전차를 타고 와 그리스군을 막아섰다. 그러자 파트로클로스가 헥토르에게 커다란 돌을 던졌다. 그러나 돌이 잘못 겨냥되어 마부 케브리오네스(Cebriones)를 맞춰 마차에서 굴러떨어지게 했다. 헥토르는 자신의 부하이자 전우인 케브리오네스를 도우려고 전차에서 뛰어내렸다. 그러자 파트로클로스도 뛰어내려 승리를 마무리 지으려고 했다.

이렇게 해서 두 영웅은 일대일로 대치하게 되었다. 이 결정적인 순간을 시인 호메로스는, 파트로클로스에게 승리의 영예를 주는 것이 싫어서인지 아폴론이 헥토르 편을 들었다고 기록했다. 아폴론이 파트로클로스를 쳐서 머리에 쓴 투구를 벗긴 다음 손에 들고 있는 창을 떨어뜨렸다는 것이다. 이어서 숨어 있던 한 트로이 병사가 파트로클로스의 등을 찔렀고, 이어서 헥토르가 창으로 그의 가슴을 찔렀다. 어쨌든 파트로클로스는 치명상을 입고 쓰러졌다.

이때부터는 또 파트로클로스의 시체를 놓고 무서운 공방전이 벌어졌다. 결국 그의 갑옷은 헥토르의 수중에 넘어갔다. 헥토르는 뒤로 물러서서 자기 갑옷을 아킬레우스의 갑옷으로 바꿔입고 공방전을 계속했다. 시체를 지키려는 아이아스와 메넬라오스는 파트로클로스의 시체를 빼앗으려는 헥토르와 그 부하 장병들과 맞서 치열한 공방전을 계속 이어갔다.

격렬한 전쟁이 승부를 내지 못한 채 계속되자, 제우스는 하늘을 먹구름으로 가려버렸다. 곧 번개가 번쩍이고 뇌성벽력이 일었다. 아이아스는 주위를 둘러보며, 아킬레우스에게 달려가 친구의 죽음과 그 유해가 적의 수중에 넘어가려 하는 이 모든 상황을 기별할 만한 사람을 찾으려 했으나 찾을 수가 없었다.

이때 그의 입에서 유명한 절규가 터져 나왔는데, 이는 후세에도 흔히 인용되었다. (제10권 527~532행)

하늘과 땅의 아버지여!
바라옵건대 이 흑구름 아래에서
아카이아의 대군을 구하소서.
하늘을 밝게 해 주소서.
밝은 빛을 주소서.
또 당신의 뜻이 정히 그러시다면

저희를 멸하소서.

그러나 오, 밝은 빛만은 허락하소서.

— 윌리엄 쿠퍼(William Cowper) 역(譯)

또 알렉산더 포프(Alexander Pope)의 번역은 다음과 같다.

땅과 하늘의 주인이시여!

오! 왕이여, 아버지여, 저의 이 구차한 기도를 들어주소서.

구름을 거두시고, 다시 하늘의 빛을 내려주소서.

아무거나 볼 수 있도록 해 주신다면

이 이상 아이아스는 바랄 것이 없나이다.

그리스군이 멸망할 운이라면 그 뜻에 따르겠나이다.

그러나 제발 우리를 밝은 햇빛 아래서 죽게 해 주소서.

이 기도에 제우스는 구름을 거둬들였다. 그때야 아이아스는 네스토르의 아들인 안틸로코스를 아킬레우스에게 보내, 파트로클로스의 죽음과 그의 시체를 둘러싼 격렬한 공방전을 보고했다.

마침내 그리스군은 유해를 함선까지 운반했으나 곧 헥토르와 아이네아스, 그리고 트로이군의 공격을 받았다.

아킬레우스는 친구의 부음을 듣고 어찌나 슬퍼했던지 안틸로코스는 그가 자살하지나 않을까 하고 걱정하기도 했다. 아킬레우스의 통곡은 바닷속 깊은 곳에 사는 그의 어머니 테티스의 귀에까지 들려, 테티스가 그 연유를 알고자 그에게로 급히 달려갔다. 그녀는 자신의 아들이 아가멤논에 대한 사소한 감정 때문에 친구를 죽게 했다는 자책감에 빠져 한탄하고 있다는 것을 알았다. 그의 유일한 위안은 복수하는 길뿐이라고 했다.

아킬레우스는 헥토르를 찾아 원수를 갚겠다고 말했다. 그러나 테티스는 갑옷이 없지 않느냐며 하루만 기다린다면 빼앗긴 것보다 더 좋은 갑옷을 헤파이토스에게 부탁하여 마련하겠다고 약속했다. 아킬레우스가 그러겠다고 하자, 테티스는 바로 헤파이스토스의 궁전으로 갔다.

헤파이스토스는 대장간에서 자신이 사용할 삼각가(三脚架)를 만드느라 바쁘게 손을 움직이고 있었다. 이 물건은 실로 교묘하게 만들어져 필요로 하면 저절로 굴러 나왔다. 그러다가 다 쓰면 역시 저절로 굴러가는 것이었다. 헤파이스토스는 테티스의 간청을 듣고 바로 하던 일을 멈춘 다음 주문에 응했다. 그는 곧 아킬레우스를 위해 훌륭한 장비를 갖추고 제작에 착수했다. 처음에는 갖가지 장치를 갖춘 방패를 만들고, 다음에는 황금 전립이 달린 투구를, 그다음에는 칼이나 창의 관통을 막을 수 있는 갑옷의 가슴받이와 정강이받이를 만들었다. 이 모든 장비는 아킬레우스의 몸에 잘 맞게 정교하게 만들어졌는데, 그 모든 것이 하루 저녁에 완성된 것이었다.

테티스는 그것을 받아 지상으로 내려와 새벽녘에 아킬레우스의 발밑에 갖다 놓았다. 파트로클로스가 죽은 뒤 아킬레우스의 화색이 돈 것은 이 훌륭한 갑옷을 보았을 때뿐이었다. 그는 그것을 입고, 그리스 진영으로 달려가 곧 장수들을 회의에 소집했다. 장수들이 다 모이자, 그는 이제 아가멤논에 대한 감정은 다 지울 것이라고 말하면서 그로 인해 발생한 불행한 일을 한탄했다. 그러면서 장수들에게 속히 싸움터로 나가기를 촉구했다. 아가멤논 또한 모든 책임을 불화의 여신에게 돌렸으므로 두 영웅의 화해는 완전히 성립되었다.

아킬레우스는 곧장 싸움터로 나갔다. 분노와 복수심에 가득 찬 그를 막을 수 있는 것은 그 무엇도 없었다. 그렇게 용감했던 장수들도 그의 앞에서는 도망치거나 창에 힘없이 쓰러졌다. 헥토르는 아폴론의 주의가 있었기에 미리부터 그의 접근을 피했다.

아폴론은 프리아모스의 아들 중 하나인 라카온(Lycaon)으로 변신한 다음 아이네아스를 부추겨 아킬레우스에게 대항케 했다. 아이네아스는 자기가 그의 적수가 못 된다는 것을 알았으나 회피할 수는 없었다. 그는 헤파이스토스가 만든 방패를 향해 들고 있는 창을 온 힘을 다해 던졌다. 이 방패는 다섯 겹의 금속판으로 되어 있었는데, 두 겹은 청동, 다른 두 겹은 주석, 한 겹은 금으로 되어 있었다. 아이네아스의 창은 두 겹의 판은 관통했으나 세 번째 판금에서 막히고 말았다. 그러나 아킬레우스가 던진 창은 과녁을 뚫었다. 창은 아이네아스의 방패를 관통하여, 그의 어깨 부근으로 스쳐 지나갔다. 아이네아스는 다시 돌을 들었다. 그것은 두 사람의 힘으로도 들기 어려운 큰 돌이었다. 그러나 아킬레우스는 칼을 빼 들고 아이네아스에게 돌진하려 했다.

싸움을 눈여겨보던 포세이돈은 손을 쓰지 않으면 필시 아이네아스가 죽을 것이라는 생각에 두 사람 사이에 구름을 퍼뜨렸다. 그리고 아이네아스를 들어 올려 장수들과 군마의 머리 위로 옮겨 전선의 후방에다 내려놓았다. 아킬레우스는 구름이 걷힌 후 주위를 둘러보았으나 아이네아스가 보이지 않자 괴상한 일이라고 생각하고 다른 장수들과 대적하려 했다. 그러나 아무도 감히 그에게 대항하지 않았다.

한편 프리아모스가 성벽 위에서 보니, 트로이 전군이 성안을 향해 전력으로 도주하고 있었다. 그는 도망병을 피신시키기 위해 문을 활짝 열도록 명했다. 그러나 아킬레우스가 너무 가까이까지 육박해 와 성문을 움직일 수가 없었다.

이때 아폴론은 프리아모스의 아들 아게노르(Agenor)의 모습으로 변신해서 아킬레우스에게 대항하며 성벽에서 먼 곳으로 유인했다. 이 사실을 모르는 아킬레우스는 적을 추격하여 성벽에서 멀리 떨어진 곳까지 가서야 아폴론의 정체를 알고 추격을 멈췄다.

그 사이 다른 사람들은 모두 성안으로 대피했는데, 헥토르는 아킬레우스와 일전을 각오하고 성 밖에서 기다렸다. 그의 노부(老父)인 프리아모스는 성벽에서 애타게 그를 부르며 아킬레우스와 일대일의 싸움만은 피하라고 애원했고, 어머니 헤카베(Hekabe)도 역시 간청했으나 효과가 없었다. 헥토르는 혼잣말로 중얼거렸다.

"나의 명령으로 인해 오늘의 싸움이 벌어져 많은 부하들이 죽음을 당했건만, 내 어찌 저 한 놈이 두려워 뒤를 보인단 말인가. 내가 저자에게 헬레네와 그녀의 모든 보물과 거기에다가 내 전 재물까지 다 주겠다고 제안하면 어떨까? 안 돼. 너무 늦었다. 그는 내 말이 다 끝나기도 전에 나를 죽일 것이다."

그가 이런 생각으로 고민하는 동안 아킬레우스는 군신 아레스와 같은 무서운 모습으로 그에게 다가왔다. 그의 갑옷은 그가 움직일 때마다 번갯불이 내치듯 번쩍거렸다.

이 모습을 본 헥토르는 엄습해오는 공포감으로 인해 기가 꺾여 도망쳤다. 그러자 아킬레우스는 재빨리 추격하여 성벽 밑까지 쫓고 쫓기면서 그 주위를 세 바퀴나 돌았다. 헥토르가 성 가까이까지 다가서자, 아킬레우스는 바로 그를 막아서며 되도록 성벽에서 멀리 떨어진 곳으로 나가게 했다. 그러나 아폴론이 헥토르에게 힘을 주어 피로로 쓰러지는 일은 없도록 했다.

그러자 여신 아테나가 헥토르의 아우 데이포보스(Deiphobus)의 모습으로 변신하여, 돌연 헥토르의 곁에 나타났다. 그를 본 헥토르는 크게 기뻐하며 용기를 얻어 도망을 멈추더니, 아킬레우스에게 대항코자 몸을 돌려 창을 던졌다. 창은 아킬레우스의 방패에 맞고 튀어 나갔다. 헥토르는 다시 던질 생각으로 고개를 돌려 아우를 바라보았다. 그러나 데이포보스는 이미 사라지고 없었다. 그때 헥토르는 자기의 운명을 깨닫고 말했다.

"아! 이제 마지막이 왔구나. 나는 데이포보스가 옆에 있는 줄 알았는데, 아테나가 나를 속였구나. 그래, 데이포보스는 아직 트로이 성 중에 있지. 그러나 부끄럽게 죽지는 않겠다."

헥토르는 칼을 뽑아 들고 다시 돌진했다. 아킬레우스는 방패를 꼬나 들고는 헥토르의 접근을 기다리고 있다가, 헥토르가 사정거리 안까지 접근하자 갑옷에서 드러나 있는 헥토르의 목 부분을 겨냥하여 창을 던졌다.

치명상을 입고 쓰러진 헥토르가 금방이라도 끊길 듯한 소리로 말했다.

"내 시체만은 돌려주시게. 내 양친에게 몸값을 물리고라도, 내 시체만은 돌려주시게. 그래서 트로이군이 장례를 치러주도록 해 주시게."

아킬레우스가 대답했다.

"나쁜 놈 같으니! 몸값이나 자비 같은 말은 하지도 마라. 네가 얼마나 내게 괴로움을 주었는가를 생각해 봐라. 어림도 없다. 네가 뭐라고 하건, 나는 네 시체를 개밥이 되도록 만들 것이다. 네 몸값이 아무리 많아도, 설사 네 몸무게만큼 금을 가지고 온다 해도 나는 거절하겠다."

이 말을 마친 아킬레우스는 헥토르의 몸에서 갑옷을 벗기고, 끈으로 발을 묶어 이륜 전차 뒤에 매달고는 시체가 땅바닥에 질질 끌리도록 했다. 그리고는 전차에 올라 채찍질을 하며 트로이 성 앞에서 왔다 갔다 했다.

이 광경을 본 프리아모스 왕과 왕후 헤카베는 너무도 큰 충격에 말문을 열지 못했다. 신하들이 뛰어나가려는 왕을 힘겹게 막으니, 왕은 땅에 몸을 던지면서 신하들의 이름을 부르며 놓아 달라고 소리쳤다. 헤카베의 슬픔도 이에 못지않게 컸으며, 트로이 사람들은 모두 그들 주위에 서서 통곡했다.

사람들이 울부짖는 소리가 일하는 시녀들 사이에 앉아 있던 헥토르의 아내 안드로마케의 귀에까지 들려왔다. 그녀는 문득 불길함을 예감하고 성벽 쪽으로 나갔다. 그곳에서 벌어지는 광경을 본 그녀는 성 아래로 몸을 던지려다가 시녀들의 품 안에서 정신을 잃고 말았다. 정신이 들자, 패배한 조국에서 포로가 된 자신이 아들과 함께 이방인들 앞에서 걸식하는 광경을 떠올리며 통곡했다.

아킬레우스와 그리스군은 파트로클로스를 살인한 자에게 원수를 갚고, 파트로클로스의 장례식을 분주히 준비했다. 장작더미가 세워지고 시체는 엄숙히 화장되었다. 이어서 그들은 역기와 기술의 장례경기를 거행했는데, 그것은 이륜 전차 경주, 레슬링, 권투, 궁술 등이었다. 장수들은 장례 의식에 참석한 뒤 각각 막사로 물러갔으나, 아킬레우스는 친구 생각에 잠도 이루지 못하고 괴로워하다 의식에 참석조차 하지 못했다. 전투와 전투, 그리고 위험한 바다에서 얼마나 어려운 고생을 같이했던가!

날이 새기도 전에 막사를 나온 아킬레우스는 이륜차에 준마를 매고, 헥토르의 시체를 끌었다. 그런 다음 파트로클로스의 무덤을 두 바퀴 돌고 나서 시체를 땅바닥에 그대로 버려두었다. 그러나 아폴론은 이러한 학대를 받는데도 시체가 찢기거나 손상당하지 않게 했으며, 심지어는 더럽혀지지도 않게 했다.

아킬레우스가 용감한 헥토르의 시체를 욕보임으로써 분을 삭이는 동안 제우스는 이를 불쌍히 여겨 테티스를 불렀다. 그는 그녀에게 아들을 설득하여 헥토르의 시체를 트로이군에게 돌려주라고 분부했다. 그리고 무지개의 여신 이리스를 프리아모스 왕에게 보내, 용기를 내서 아킬레우스를 찾아가 아들의 시체를 돌려달라고 애원하라고 일렀다. 이리스가 이 말을 전하자, 프리아모스는 곧 이 말에 따라 떠날 준비를 했다.

그는 보물 창고를 열어 아름다운 의복과 작물, 황금 10달란트, 그리고 정교하게 만든 훌륭한 황금 술잔 두 개를 꺼냈다. 그런 다음 아들을 불러 자신의 마차에 헥토르의 몸값으로 준비된 물건들을 싣게 했다. 준비가 끝나자 늙은 왕은 자신과 같은 연배인 마부 이다이오스만을 데리고 성문을 나섰는데, 왕후 헤카베 및 모든 친지들은 왕이 죽으러 가는 거나 다름없다며 비통해했다.

그러나 제우스는 이 노왕을 불쌍히 여겨 헤르메스(Hermes)를 보내어 이들을 안전하게 지켜주라고 명했다. 헤르메스가 두 노인 앞에 나타났을 때, 두 노인은 도망칠 것인지 항복할 것인지 갈피를 잡지 못했다. 그러자 헤르메스가 친절하게 프리아모스의 손을 잡고서 아킬레우스의 진영으로 데리고 갔다. 헤르메스의 지팡이가 파수병들을 모두 잠들게 했기에, 그는 아무런 제재도 받지 않고 두 장수와 함께 막사에 앉아 있는 아킬레우스에게로 프리아모스를 안내할 수 있었다.

늙은 왕은 아킬레우스의 발밑에 무릎을 꿇고, 자신의 자식들을 죽인 그 무서운 손에 키스하며 말했다.

"오! 아킬레우스여, 나같이 늙고 인생의 황혼기에 처해 있는 그대 부친을 생각해 보시오. 아니 당신 어르신께서 이웃 나라의 압제를 받고 있는데도, 노인을 위난에서 구할 자식이 없는 딱한 경우를 생각해 보세요. 그러나 그런 상황에서도 그대 아버지는 아들 아킬레우스가 살아 있다는 것을 알고 있기에 언젠가는 아들을 만날 수 있으리라는 희망을 품고 계실 것입니다. 그러나 나는 이제 트로이의 꽃이라고 불리던 자식들을 다 잃어 아무 낙이 없습니다. 얼마 전까지만 해도 나에게는 어떤 아들보다도 큰 힘이 되어주었던 아들이 있었지요. 그런데 그 역시 나라를 위해 싸우다가 당신의 손에 죽었답니다. 나는 그 애의 몸값으로 많은 보물을 가지고 왔습니다. 아킬레우스여, 신들을 공경하시겠지요? 또 당신의 어르신 생각을 하시는 셈 치고 이 늙은이의 사정을 봐주십시오."

이 말은 아킬레우스를 감동시켰다. 아킬레우스는 고향에 계신 아버지와 죽은 친구를 번갈아 생각하며 눈물을 흘렸다.

아킬레우스는 프리아모스의 백발을 볼수록 그에 대한 연민의 정이 점점 깊어져, 결국 몸을 일으키며 말했다.

"프리아모스 왕이시여, 나는 당신이 어떤 신에 의해 이곳에 오신 줄 압니다. 왜냐하면 신의 도움 없이는 혈기 왕성한 젊은이일지라도 감히 이곳에 올 수 없을 테니까요. 나는 당신이 원하시는 대로 하겠습니다. 그것이 곧 제우스의 뜻에 따르는 것이니까요."

이렇게 말한 뒤 그는 일어서서 두 장수와 함께 밖으로 나가 마차에 있는 재물을 다 내리고 시신을 덮을 두 벌의 망토와 한 벌의 옷만을 남겨 놓았다. 그리고 헥토르의 시체를 마차에 올려놓고 그 위에 외투와 옷을 펼쳤다. 그것은 시체가 눈에 띄지 않게 트로이에 운반하기 위해서였다. 그런 다음 아킬레우스는 헥토르의 장례를 위해 열이틀간 휴전하겠다고 약속하고 노왕과 그의 일행을 돌려보냈다.

마차가 성 가까이에 오자, 멀리에서 바라보던 군중들은 이 트로이의 영웅을 다시 한번 보기 위해 몰려나왔다. 헥토르의 어머니와 아내도 이 군중 속에 끼어 있었다. 헥토르의 시체는 이들의 슬픔을 새삼스럽게 했다. 트로이의 시민들은 유족들과 같이 울었고, 그 울음소리는 해가 질 때까지 그치지 않았다.

날이 밝자 장례 준비가 시작되었다. 아흐레 동안이나 시민들이 장작을 날라와 화장단을 쌓았다. 드디어 열흘째가 되던 날 그 위에 주검을 올려놓고 불을 댕겼다. 트로이의 군중들은 모두 몰려나와 화장단을 에워쌌다. 장작이 다 타자, 그들은 술을 뿌려 남은 불씨를 끄고, 뼈를 수습하여 황금 항아리 속에 담아 땅속에 묻고, 돌로 분(墳)을 쌓아 놓았다.

이런 명예를 일리온[4]은 그 영웅에게 베풀었다.
그래 위대한 헥토르의 영혼도 고요히 잠들었다.

— 알렉산더 포프

---

4) 일리온(Ilion)은 현재 터키 지역인 소아시아 서북부에 있는 트로이를 말한다.

28장

트로이의 함락 | 그리스군의 귀환 |
아가멤논과 오레스테스와 엘렉트라 | 트로이

트로이의 함락

《일리아스》의 이야기는 헥토르가 죽는 대목에서 끝난다. 따라서 다른 영웅들의 행적에 대해 알려면 《오디세이》를 비롯하여 그 이후의 작품을 읽어야 한다.

헥토르가 죽은 뒤에도 트로이는 바로 함락되지 않았다. 트로이가 새로운 동맹자의 원조를 받으며 항쟁을 계속했기 때문이다. 이 동맹자 중 한 사람은 에티오피아 왕 멤논(Memnon)이었고, 또 한 사람은 아마존 여왕 펜테실레이아(Penthesilea)였다.

펜테실레이아는 여자만으로 구성된 군대를 이끌고 왔는데, 이 여군의 용기와 전투 시에 지르는 무서운 함성의 효과에 대해서는 여러 권의 책들이 다투어 증명하고 있다. 펜테실레이아는 그리스 장수들을 여럿 죽였으나 마침내 자신도 아킬레우스에게 피살되었다. 그러나 아킬레우스는 자기가 죽인 적장을 굽어보며 그 아름다움과 젊음과 용기에 탄복하고는 자기의 승리를 뼈저리게 한탄했다. 그런데 테르시테스(Thersites)라는 경망스럽고 심술궂으며 선동질 잘하는 무례한 자가 이 모습을 보고 비웃었다. 하지만 이자도 곧 아킬레우스의 손에 죽었다.

아킬레우스[1]는 우연한 기회에 프리아모스 왕의 딸 폴릭세네(Polyxene)를 본 일이 있었다. 아마 트로이군에게 헥토르의 장례를 위해 약속한 휴전 기간이었으리라. 아킬레우스는 마음을 빼앗겨 그녀와 결혼만 하게 해준다면, 그리스군을 설득하여 트로이군과의 전쟁을 마치고 평화가 오도록 하겠다고 약속했다. 그러나 그는 아폴론의 신전에서 이 혼담을 의논하다가, 파리스가 쏜 독화살에 맞게 되었다. 화살은 아폴론의 도움으로 아킬레우스의 몸에서 유일하게 치명적인 약점인 발뒤꿈치를 꿰뚫었다. 그가 갓난아이였을 때 그의 어머니 테티스(Thetis)가 그를 스틱스(Styx)강 물에 담가 그의 신체 모든 부분을 상하게 할 수 없게 했지만, 그녀가 손을 대고 있었던 뒤꿈치만은 강물에 닿지 않았기 때문이다.

배신당하여 처참하게 피살된 아킬레우스의 시체는 아이아스(Aias)와 오디세우스(Odysseus)가 수습해 왔다. 테티스는, 그의 갑옷은 모든 생존자 가운데 가장 그것을 입을 만한 가치가 있다고 인정된 영웅에게 주기로 했다. 이에 아이아스와 오디세우스, 두 사람이 후보자로 나서게 되었다. 장수들이 심사했는데, 그 결과 갑옷은 오디세우스에게 돌아갔다. 그의 지혜가 용기를 훨씬 능가했다고 평가되었기 때문이다. 아이아스는 이 때문에 자살했다. 그의 피가 대지로 스며들자 그곳에서 히아신스 꽃이 한 송이 피어나왔는데, 그 잎에는 아이아스 이름의 처음 두 글자, '아이(Ai)'가 새겨져 있었다. 이 '아이(Ai)'라는 말은 그리스어로 '비애'를 뜻한다.

헤라클레스의 화살 없이는 트로이가 함락되지 않는다는 신의 뜻이 드러났다. 그 화살은 최후까지 헤라클레스와 같이 있다가 그의 시체를 화장시킨 필록테테스(Philoctetes)가 가지고 있었다. 이 필록테테스는 그리스 원정에

---

[1] 아킬레우스가 불사신이었다는 이야기는 호메로스의 작품 속에서는 찾아볼 수 없으며, 또 모순되는 점이 많다. 왜냐하면 가령 아킬레우스가 불사신이었다면 저 헤파이스토스가 만든 갑옷의 도움 따위는 필요 없었기 때문이다.

참가했는데, 그만 자기의 독화살에 발을 다치고 말았다. 일설에는 독사에 물렸다고도 전해진다. 그 상처가 지독한 악취를 풍겨, 그의 동료들이 참다못해 그를 렘노스(Lemnos)섬에 데려다 놓았다. 디오메데스(Diomedes)가 곧바로 렘노스섬으로 가 그에게 그리스군에 합세하라고 권유했고, 그는 흔쾌히 이를 승낙했다. 마카온(Machaon)이 필록테테스의 상처를 치료했다.

그 후 이 운명적인 화살에 처음 희생된 것은 파리스(Paris)였다. 고통 속에서 파리스는 한 여인을 생각해 냈다. 그녀는 자기가 기쁨을 누리는 동안에 잊고 살았던 예전 부인인 님프 오이노네(Oenone)[2]였다. 오이노네는 약초에 대한 해박한 지식이 있었으나 변절했던 파리스에게 앙심을 품고 있었기에 그의 상처를 돌봐주는 것을 거부했다. 그리하여 파리스는 트로이로 돌아가서 죽었고, 오이노네는 바로 후회하며 약초를 가지고 급히 뒤쫓아갔으나 이미 때가 늦어버린 후였다. 그녀는 상심한 나머지 목을 매어 죽었다.

트로이에는 팔라디온(Palladion)이라 불리는 아테나 여신의 유명한 조상(彫像)이 있었다. 트로이 백성들은 그것이 하늘에서 떨어졌다고 여겼기에, 이 조상이 트로이를 지켜주는 한 트로이는 절대 무너지지 않는다고 믿었다. 그런데 오디세우스와 디오메데스가 변장을 하고 성안으로 들어가 팔라디온을 탈취하여, 그것을 그리스군의 진영으로 가져와 버렸다.

그러나 트로이는 계속 버텼다. 그리스군도 무력으로는 그들을 정복할 수 없음을 깨닫고, 오디세우스의 계략을 실행에 옮기기로 했다. 그리스군은 공격을 포기한 것처럼 꾸미고, 함선의 일부를 철수시켜 부근 섬 뒤에 숨겼다. 그리고는 거대한 목마를 만들어, 아테나 여신의 노여움을 풀기 위한 선물이라고 선전했다. 하지만 그 속에는 무장한 그리스군이 가득 숨어 있었고, 남은 그리스군이 모두 함선으로 돌아가 정말로 철수하는 것처럼 출범한 것도 속임수였다.

---

2) 테니슨은 〈오이노네〉라는 제목의 짧은 시를 쓰고 있는데, 이야기의 가장 시적인 부분인 상처 입은 파리스의 '귀환'과, 오이노네의 '거절'과, 그것에 계속되는 '후회'에 대해서는 생략하고 있다.

트로이군은 그리스군이 철수하는 것은 물론이고 함대까지 서둘러 떠나는 것을 보고서, 정말로 그들이 공격을 포기한 것이라고 믿었다. 그리하여 성문이 열리고, 성안의 모든 주민들은 조금 전까지만 해도 그리스군의 진지가 있던 곳을 활보하며 오랫동안 금지된 자유를 마음껏 누렸다. 또한 그 커다란 목마가 호기심을 자극한 것은 당연했다. 사람들은 그 목마의 용도를 놓고 웅성거렸다. 어떤 자들은 그것을 전리품이니 성안으로 이송하자고 했고, 다른 자들은 위험한 짓이라고 말리기도 했다.

그들이 주저하고 있을 때 포세이돈의 신관 라오콘(Laocoon)이 외쳤다. "시민들이여, 이 무슨 짓인가? 그리스군은 간계에 능하기 때문에 경계해야 한다는 것은 그대들도 아는 바 아닌가? 나 같으면 그들이 선물을 준다 하더라도 두려워하겠다."[3]

이렇게 외친 라오콘은 목마의 옆구리를 향해 창을 던졌다. 창은 목마 옆구리에 명중하여 속이 빈 듯한 소리를 냈는데, 마치 신음 소리와도 흡사했다. 이 소리를 들은 트로이인들은 그의 충고를 받아들여 목마와 그 속에 있는 내용물을 다 박살 내려 했다.

그런데 바로 그 순간 사람들이 그리스인 포로 같은 사람을 끌고 왔다. 그는 잔뜩 겁에 질려 사색이 되어 있었다. 장수들이 '묻는 말에 똑바로 대답만 하면 목숨만은 살려 주겠다.'고 하자, 그가 대답하기를 '자기는 그리스인 시논(Sinon)인데, 오디세우스가 자기를 미워하여 전군이 철수할 때 자기만 내버렸다는 것.'이었다. 또한 목마는 아테나의 비위를 맞추기 위한 헌납품이며, 그렇게 크게 만든 것은 성내로 들어갈 수 없도록 하기 위해서라고 했다. 이에 더해 예언자 칼카스(Calchas)가 '만약 목마가 트로이군 수중에 들어가면 트로이가 틀림없이 승리한다.'고 하자, 트로이 사람들의 마음이 돌변했다.

그리하여 트로이 사람들은 이제 이 큰 목마를 운반하는 방법을 생각하게 되었는데, 이 생각은 돌연 발생한 괴이한 일로 인해 더욱더 확고해졌다. 커다

---

3) 베르길리우스(Vergilius)의 〈아이네아스(Aeneas) 이야기〉 제2권 49행.

란 뱀 두 마리가 바다 위에 나타난 것이었다. 뱀은 육지를 향해 달려와 군중들을 사방에 흩어지게 하고, 라오콘의 두 아들에게 곧장 다가갔다. 그리고 아이들을 덮쳐 그 몸을 감고 얼굴에 독기를 뿜었다. 라오콘은 아이들을 구출하려 했으나, 그 역시 뱀에 붙잡혀 몸이 감기게 되었다. 그들 부자는 뱀의 똬리에서 나오려고 안간힘을 다했지만, 뱀의 힘이 너무 강해서 그와 그의 아이들은 목까지 졸리게 되었다.

트로이인들은 이 사건을 신들이 노한 징조라고 간주하고, 목마를 성물로 여겨 의식을 갖춰 성안으로 모실 준비를 했다. 의식은 노래와 승리의 환호 속에서 치러졌으며, 늦은 밤까지 계속되었다.

이윽고 깊은 밤이 되자 목마의 뱃속에 잠복해 있던 무장군사들은 간첩 시논의 도움으로 밖으로 나와, 대기하던 우군에게 성문을 열어주었다. 성안은 곧 불바다가 되었고, 잔치에 취해 잠이 든 트로이 백성들은 참살되었다. 그리하여 트로이는 완전히 그리스군 수중으로 떨어지고 말았다.

현존하는 군상(群像) 조각 가운데 큰 뱀에 감긴 라오콘과 그의 자식들의 조각은 보스턴 아테나이움(Boston Athenaeum, 현재의 보스턴 미술관)에 그 복제품이 있고, 원작은 로마의 바티칸 궁전(Vatican palace, 현재의 바티칸 궁전 미술관)에 있다.

다음 시는 바이런의 〈해럴드 경의 순례〉에서 따온 것이다. (제4권 160절)

혹 바티칸궁전에 가시거든 보시라.
저 라오콘의 고통이 장엄하게 나타난 것을.
아비의 애정과 인간적 고뇌가 신과 같은 인내로
새겨 있는 모습을…….
그러나 헛수고로다.
저 몸부림! 하릴없구나.

저 발버둥이여!
죄어 가는 큰 뱀과 싸우는
가엾은 노인의 힘, 독 품은 긴 쇠사슬은
삼부자(三父子)를 조인다. 거대한 뱀은
고통에 고통을 더하면서 숨 죽을 뿌리까지 뽑아 놓으려 한다.

희극시인 또한, 때때로 고전의 이야기를 인용하는 경우가 있다.
다음 시는 스위프트(Jonathan Swift)의 〈도시의 소나기〉 일부이다.

대바구니 의자에 멋쟁이 남자가 초조히 앉아 있으려니까
쏟아지는 비가 발작하듯 지붕을 덮치며 지나간다.
이따금씩 무서운 굉음이 일어
바구니 덮개가 울리자 사내는 기겁을 한다.
트로이의 가마꾼들이
빨리 나오려고 안달을 부리는
저 그리스 병사들이 숨은 목마를 운반할 때에
(저 포악한 그리스 병사는 운임도 지불하지 않을 테지만)
라오콘이 손에 들었던 창을 던지자
그 안에서 기겁하던 그리스 병정들처럼.

프리아모스 왕은 그때까지 살아남아 제 나라가 하는 꼴을 보면서 온 성이
그리스군에게 점령당하던 날 밤 피살되었다. 죽기 전에 그는 무장을 하고
용사들과 함께 싸우려 했으나, 아내 헤카베의 설득대로 아내와 딸들을 데리
고 제우스의 신전으로 피난해 구원의 손길을 기다렸다. 그러나 기도의 보람도
없이 그의 막내아들 폴리테스(Polites)가 아킬레우스의 아들 네오프톨레모
스(Neoptolemos, '피로스'라고도 불렸다.)에게 부상을 입고, 그곳까지 쫓
겨 나와서는 아버지의 발밑에서 숨을 거뒀다. 격분한 프리아모스는 네오프톨

레모스를 향해 떨리는 손으로 창을 집어 던졌으나 창은 빗나가고, 그 역시 네오프톨레모스 손에 죽었다.

헤카베와 딸 카산드라(Cassandra)는 포로가 되어 그리스로 연행되었다. 한때 카산드라는 아폴론의 사랑을 받아 예언의 능력을 갖고 있었으나, 나중에 그녀가 아폴론의 비위를 거슬리자 그녀의 예언을 그 누구도 믿지 않게 해버렸다. 다른 딸 폴릭세네는, 앞에서 언급했듯이 아킬레우스가 생전에 사랑한 여인이었다. 그녀는 아킬레우스의 망령이 요구하는 대로 그리스군에 의해 그의 무덤에 제물로 바쳐졌다.

그리스군의 귀환 [메넬라오스와 헬레네]

여러분은 이 같은 대량 살육전의 원인이 된, 아름답지만 죄 많은 헬레네(Helene)가 어떻게 되었는지 알고 싶을 것이다.

트로이가 몰락하자, 메넬라오스(Menelaos)는 그전의 아내 헬레네를 다시 아내로 맞이했다. 그녀는 한때 아프로디테의 권능에 희생되어, 남편을 버리고 다른 남자 품에 안긴 일이 있었으나 남편에 대한 사랑은 예전과 다름없이 간직하고 있었다.

파리스(Paris)가 죽자 그녀는 암암리에 그리스군을 도와주었다. 특히 오디세우스와 디오메데스가 팔라디온을 빼내기 위해 변장하고 성안에 잠입했을 때도 그녀는 그들을 도왔었다. 그녀는 오디세우스를 보고 정체를 알았지만, 비밀을 지켰을 뿐 아니라 팔라디온상을 입수하는 것도 도왔다. 그래서 그녀는 남편과 자연스럽게 화해하게 되었고, 둘은 선발대로 트로이를 떠나 고국으로 돌아갔다.

그러나 그들은 한때 신들의 비위를 거스른 죄가 있어 폭풍우를 만나게 되었고, 지중해의 곳곳을 이리저리 표류하며 키프로스, 페니키아, 이집트에 정박했다. 특히 이집트에서 그들은 극진한 환대와 귀한 선물을 받았는데,

헬레네는 금으로 만든 실타래와 바퀴 달린 바구니를 받았다. 이 바구니는 양털과 실타래를 넣는 것이었다.

다이어의 시 〈양피(羊皮, The Fleece)〉는 이것에 대해 다음과 같이 노래했다.

그러나 많은 사람들은 변함없이
옛 실감개를 가슴에 대고 걸으면서
물레 가락을 돌리고 싶어 한다.
……
그것은 옛날 영화롭던 시대의 실 잣기.
그래서 고대 이집트의 여왕도 황금 실타래를
저 아름다운 님프에게,
너무나 아름다운 헬레네에게 바쳤다.
실로 그윽한 선물이 아닌가.

밀턴 역시 이집트 왕비가 헬레네에게 준 '망우초(忘憂草, Nepenthe)'라는 유명한 강장제를 예로 들면서 다음과 같이 노래했다.

이집트 톤 왕의 비(妃)가
제우스의 딸 헬레네에게 준 저 망우초도
이 같은 기쁨을 불러일으키지 못하리.
이같이 생명에 기쁨을 주고,
이같이 갈증을 풀어주지는 못하리라.
― 〈코머스〉

마침내 무사히 스파르타에 도착한 메넬라오스와 헬레네는 다시 왕위에

오르고 부귀영화를 누렸다. 오디세우스의 아들 텔레마코스는 아버지를 찾으러 스파르타에 갔다가 이들 부부의 딸 헤르미오네와 아킬레우스의 아들 네오프톨레모스와의 결혼식을 참관했다.

아가멤논과 오레스테스와 엘렉트라

그리스군의 총지휘자였던 아가멤논은 메넬라오스의 형이다. 그가 참가한 원정은 동생을 위한 것이었으나 그의 동생처럼 뒤끝이 좋지 못했다. 그가 오랫동안 트로이에 있을 때 아내 클리타임네스트라(Klytaimnestra)는 부정한 짓을 했는데, 그의 귀환 날짜가 다가오자 정부(情婦) 아이기스토스(Aegisthus)와 공모하여 남편을 죽일 음모를 꾸몄다. 그리고는 귀환 축하 연회석상(일설에 의하면 욕실이라고도 한다.)에서 아가멤논을 죽였다.

그들은 아가멤논의 아들 오레스테스(Orestes)도 죽이려고 했다. 아직은 어리기에 크게 걱정할 우려는 없었지만, 살려두면 훗날 일어날지도 모르는 후환이 두려웠기 때문이다. 그러나 오레스테스의 누이 엘렉트라(Electra)는 이를 눈치채고, 오레스테스를 포키스(Phocis)의 왕인 숙부 스트로피오스(Strophius)에게 몰래 보냈다.

오레스테스는 스트로피오스의 궁전에서 왕자 필라데스(Pylades)와 함께 자랐는데, 그들의 우정은 오늘날까지 속담으로 남을 정도로 각별했다. (이 우정은 '다몬과 피시아스', '다비드와 요나단'의 우정과 더불어 유명하다.) 엘렉트라는 자주 사자를 보내 아버지의 원수를 갚아야 함을 동생에게 자주 상기시켰다. 오레스테스는 장성하여 델포이의 신전을 찾아 신의 뜻을 묻고, 복수의 의지를 더욱 단단하게 다졌다.

그는 변장을 한 다음 스토로피오스의 사자가 아르고스(Argos)로 가서 오레스테스의 사망을 알리러 왔다고 했다. 그는 유골함을 가지고 갔기에, 당시 관습대로 아버지의 무덤에 성묘할 수 있었다. 제물을 바친 뒤 누이 엘렉트라에게 자기의 정체를 밝히고는 아이기스토스와 어머니 클리타임네스트라를 죽였다.

자식이 그의 모친을 죽인 이 패륜 행위는 일어나서는 안 될 일이지만, 어미에게 죽어야 할 죄가 있으므로 신들도 이를 인정하고 수긍했을 것이다. 하지만 예나 지금이나 다른 사람들에게는 혐오감을 불러일으키게 되는 모양이다. 복수의 여신 에우메니데스(Eumenides)들은 오레스테스를 미치게 하여 이 나라 저 나라를 떠돌게 했다. 오레스테스의 친구인 필라데스는 그의 유랑생활을 따라다니며 그의 뒤를 돌보아 주었다.

마침내 다시 신의 뜻을 물은 오레스테스는 필라데스와 함께 하늘에서 떨어졌다고 전해지는 아르테미스(Artemis)의 상을 찾으러 스키티아(Scythia)의 타우리스(Tauris)로 갔다. 그런데 그 나라에는 야만족이 살고 있었고, 그들에게는 그 나라를 찾는 모든 이방인을 아르테미스에게 제물로 바치는 관습이 있었다. 그리하여 이들도 곧 붙잡혀 결박당하고 제물로 놓이는 신세가 되었다. 그런데 이 신전의 사제가 바로 이피게네이아(Iphigeneia)였다. 오레스테스의 누이는 독자 여러분도 기억하겠지만, 제물로 희생되던 순간에 아르테미스가 납치하여 신전으로 데려왔던 여인이다. 이피게네이아는 이끌려 온 죄수들의 정체를 알게 되자 자기도 정체를 밝혔으며, 세 사람은 여신상을 가지고 미케네(Mycenae)로 갔다.

그러나 오레스테스에 대한 에리니에스(Erinyes)의 복수가 끝난 것이 아니었다. 결국 그는 아테네에 있는 아테나 여신에게 구원을 요청했다. 여신은 그를 보호해 주는 한편 아레오파고스(Areopagos)의 법정4)에 명하여 그를 재판에 회부했다. 그러자 에우메니데스들은 그를 기소했으며, 오레스테스는 델포이 신탁의 명령에 따른 것이라고 자신을 변호했다. 투표 결과는 찬반의 수가 같았으나, 오레스테스는 아테나가 정한 규정에 의해 무죄 선고를 받았다.

바이런은 〈해럴드 경의 순례〉 제4권에서 이 오레스테스의 이야기를 다음

---

4) 아레스(Ares)의 언덕(pagos), 최고 법정이 여기에 있었다.

과 같이 노래했다.

> 오, 지금까지 인간의 죄악에 대해
> 형평을 잃은 판결을 내린 일이 없는
> 위대한 네메시스(Nemesis) 여신이여!
> 에레니에스들을 나락의 바닥에서 불러내시어,
> 그들에게 오레스테스를 두고 저지른 인륜에 어긋난 보복,
> 그렇게 가까운 사이가 아니었다면 정당했을
> ― 그 죄를 벌하게 하신 여신이여!
> 옛날 당신의 땅이었던 이곳으로 당신을 부릅니다.

그리스 고전극 중에서 가장 비장한 장면의 하나는 소포클레스(Sophocles)가 그린 오레스테스와 엘렉트라가 만나는 장면이다.

오레스테스가 포키스에서 돌아왔을 때의 일이다. 그는 엘렉트라를 하녀로 오인하고, 오레스테스의 유골이 들어 있다고 하며 병을 내놓는다. 엘렉트라는 정말로 동생이 죽은 줄 알고, 그 병을 받아들고는 가슴에 안고 절망적인 언어를 토해낸다.

밀턴은 소네트(sonnet)에 이 장면을 이렇게 노래했다.

> 엘렉트라의 슬픔을 노래한 시인들이 읊어온 시 한 구절에는
> 아테네의 장벽을 붕괴에서 구하는 힘이 있나니.

이것은 아테네 시가 스파르타 군대에 점령되었을 때 이 도시를 파괴하자는 제안이 나왔는데, 그때 누군가가 에우리피데스의 합창곡 한 구절을 노래하며 그 제안을 취소시켰다는 사연을 말하고 있는 것이다.

트로이

트로이 성과 그 영웅들에 대한 많은 이야기를 읽은 지금, 여러분은 이 유명한 도시의 위치가 아직도 밝혀지지 않고 있다는 것을 알게 되면 조금 놀랄 것이다.

오늘날에는 호메로스와 고대의 지리학자들의 기술과 맞아떨어지는 평원에서 분묘의 흔적이 발견되기도 했으나 큰 도시가 있었다는 증거는 찾지 못했다. (불핀치의 이 책이 출판된 지 16년 후 H. 슐리만(Heinrich Schliemann)이 트로이 유적을 발견했다. 최근에는 C.W. 브레게(Breguet)의 조사에 의해 다시 정확한 위치가 나오고 있다.)

그래서 바이런(Byron)은 이 무대의 모습을 다음과 같이 노래했다.

바람은 거세고,
헬레의 물결은 대해를 굽이치며
음울하게 흘러간다.
그리고 내리는 밤의 장막은
핏빛 이슬 내린 저 평원을 감춘다.
연로한 프리아모스가 자랑하던 저 평원,
그의 지배를 나타내는 유일한 유적인 저 무덤도
모든 것을 감춘다. ─ 다만 저 키오스섬의
눈먼 노인(호메로스를 말함.)을 위로하는
꿈만 빼고.
                    ─ 〈아비도스의 신부(The Bride of Abydos)〉

29장

오디세우스의 모험 | 라이스트이고네스인들 | 스킬라와 카리브디스 | 칼립소

오디세우스의 모험

이제부터는 〈오디세이(Odyssey)〉라는 서사시가 우리의 주의를 끌게 된다. 이 시는 오디세우스(Odysseus, 라틴어로는 '울리세스', 영어로는 '율리시즈')가 트로이에서 자기 왕국 이타카(Ithaca)로 귀환하는 동안의 모험담을 읊은 것이다.

트로이를 출범한 오디세우스 일행은 처음 이스마로스(Ismarus)라는 키코네스(Cicones)족이 사는 항구 도시에 상륙했다. 그곳에서 일행과 주민들이 충돌하여, 오디세우스는 한 척의 배에서 각각 여섯 명씩의 부하를 잃었다.

그 뒤 이곳을 떠난 일행은 폭풍우를 만나 아흐레 동안이나 해상을 표류하다가 로토파고스(Lotophagos)의 나라에 도착했다. 이곳에서 식수를 채운 뒤 오디세우스는 부하 세 명을 보내 이 땅에 어떤 인종이 사는지 정탐해 보게 했다.

이 정찰병들이 로토파고스의 나라에 들어서자, 그들은 이들을 친절하게 맞아 자기네들의 식량인 연(蓮)을 대접했다. 이 음식은 일단 조금이라도 먹으면 고향 생각을 모조리 잊고 그 나라에서 살고 싶게 하는 힘을 지닌 것이었다. 어쩔 수 없이 오디세우스는 세 사람을 강제로 끌고 와서 배의 긴 의자에 묶고 출항해야 했다.

테니슨은 〈연(蓮)을 먹는 사람들〉이라는 시에서 이 식물이 만들어낸다고 하는 꿈꾸는 듯한 나른한 느낌을 다음과 같이 아름답게 나타냈다.

얼마나 황홀한가, 눈을 반쯤 감고
흘러 떨어지는 물소리를 듣노라면,
살며시 잦아들어
깊게 깊게 빠져가는 잠!
산상의 미르라(myrrah) 수풀에 내리는
저녁노을 호박빛 같은 꿈, 또 꿈,
귓가에 들려오는 다정한 속삭임.
날마다 연실을 먹으면서 바라보는
갯가에 이는 잔물결,
새하얀 물보라를 일으키는 아름다운 해변의 곡선.
우리의 마음과 영혼 모두를 맡아주는
포근한 우수의 힘.
추억 속에서 다시 한번 생각하며 그리고 사는
어릴 적 저 낯익은 얼굴.
풀더미에 덮인
한 줌의 하얀 재, 청동 항아리 속에 든 사람들.

일행은 다음 키클롭스(Cyclopes)의 나라에 도착했다. 이 키클롭스족은 거인으로, 육지에서 멀리 떨어진 섬에서 자기들끼리만 살고 있었다. 키클롭스라는 말은 '둥근 눈'이라는 뜻으로, 이들이 그렇게 불린 까닭은 둥근 눈알이 하나, 또 그것도 이마의 중앙에 박혀 있기 때문이다. 그들은 동굴에서 살며 섬의 야생 식물과 양젖을 먹고 살았다.

오디세우스는 주력 부대를 정박한 배에 남게 하고, 배 한 척만 타고 소수의 인원만 식량을 구하러 키클롭스의 섬으로 갔다. 그때 그에게는 그 섬 주민들에게 선사할 술이 한 병 있었다. 이윽고 일행은 큰 동굴을 발견하고 그 속에 들어갔으나 아무도 없자 동굴 안을 조사했다. 동굴에는 살이 포동포동 찐 양 떼와 많은 치즈, 양젖이 든 통, 주발, 우리 속에 갇힌 새끼 양, 새끼 염소 등이 규모 있게 있었다.

얼마 안 있어 동굴의 주인 폴리페모스(Polyphemos)[1]가 커다란 나뭇짐을 지고 돌아와 짐을 동굴 입구에 내려놓았다. 그리고 젖을 짜기 위해 양과 염소를 동굴 안으로 몰아넣고서 안으로 들어오더니, 황소 스무 마리의 힘으로도 움직일 수 없는 큰 바위로 동굴 입구를 막았다. 폴리페모스는 그 자리에 앉아 양젖을 짠 다음, 일부분은 치즈용으로 저장하고 나머지는 마시기 위한 것으로 그대로 놔두었다.

잠시 후, 낯선 사람들을 발견한 그는 큰 소리로 너희는 누구이며 어디서 왔느냐고 물었다. 오디세우스는 아주 공손한 태도로 자기들은 그리스인으로, 최근 트로이 원정에서 빛나는 공을 세우고 귀국하는 도중이라고 말한 다음 호의를 베풀어 달라고 간청했다.

폴리페모스는 아무 대답도 하지 않은 채 한쪽 손을 내밀더니 오디세우스의 부하 둘을 집어 동굴 벽을 향해 던졌다. 그리고는 그들의 머리가 박살 나자, 그는 그들을 맛있게 먹어치우고서 동굴 바닥에 누워 잠을 청했다. 오디세우스는 이 틈을 놓치지 않고, 그가 잠자는 동안 칼로 찌를까 하는 생각을 했다. 그러나 그러면 오히려 그들의 전멸을 가져오는 결과가 오기 때문에 그만두었다. 왜냐하면 거인이 동굴 입구를 막은 바위는 그들의 힘으로는 도저히 움직일 수 없는 것이었으므로, 그를 죽이면 그들 모두도 동굴 속에 갇혀 꼼짝

---

1) '많은 고통을 주는 자'라는 뜻.

못 하게 될 것이 뻔했기 때문이다.

다음 날 아침이 되자 거인은 또다시 일행 중 두 명을 붙잡아서 전날처럼 죽이더니, 한 점 살도 남기지 않고 다 먹어치웠다. 이어서 바위를 굴려 전처럼 양 떼를 내몰고 나간 다음, 바위로 입구를 다시 막았다.

그가 나가자, 오디세우스는 죽은 부하들의 원수를 갚을 뿐만 아니라 남은 자들과 함께 탈출할 방법을 궁리했다. 그는 부하들에게 긴 나무 막대기를 가져오게 했다. 그것은 키클롭스가 지팡이를 만들기 위해 꺾어다 둔 것이었다. 오디세우스는 그 한쪽 끝을 뾰족하게 깎아 잘 건조한 다음, 동굴 바닥에 쌓인 짚더미 밑에 감춰두었다. 그러고 나서 부하들 중 용감한 사람 네 명을 대원으로 뽑아냈고, 자신은 다섯 번째 대원이 되었다.

저녁때가 되자 폴리페모스가 다시 돌아와 전처럼 입구를 열더니, 양 떼를 몰아넣었다. 그리고 여느 때처럼 젖을 짜고 식사 준비를 했다. 그러고는 다시 오디세우스의 부하 둘을 집어 머리를 깨서 죽인 다음 그것으로 저녁 식사를 했다. 식사를 마치자, 오디세우스는 그에게 다가가 술 한 사발을 따라주며 말했다.

"키클롭스여, 이것은 술입니다. 인간의 고기를 먹은 뒤 이것을 마시면 맛도 있고 입이 개운해지니 드십시오."

그러자 거인이 그것을 받아 마셨고, 대단히 좋다면서 좀 더 마시기를 원했다. 오디세우스가 더 따라주자, 거인은 매우 흐뭇해하며 그 보답으로 오디세우스를 제일 나중에 잡아먹겠다고 약속했다. 그런 다음 거인이 그에게 이름을 물었다.

"내 이름은 우티스(Outis, 그리스어로 '아무도 아니다.'라는 뜻.)요."

저녁 식사를 마친 뒤 거인은 곧바로 잠이 들었다.

오디세우스는 선발한 대원 네 명과 함께 준비한 막대기 끝을 불 속에 넣어 벌겋게 달군 다음 거인의 외눈을 겨누어 찌르고는, 목수가 송곳을 돌리듯 빙빙 돌렸다. 거인의 무서운 외마디 비명이 온 동굴을 가득 채웠다. 오디세우스는 부하들과 함께 재빨리 몸을 피해 동굴 구석으로 숨었다. 거인은 울부짖으며 동굴 주변에 사는 키클롭스들을 모이게 했다. 그의 부르짖음 소리에 동굴로 모여든 그들은 무슨 일로 이렇게 떠들어 잠도 못 자게 하느냐고 물었다. 그가 대답했다.

"오, 친구들, 나는 죽네. 우티스가 나를 괴롭힌다."[2]

그러자 그들이 대답했다.

"아무도 그대를 괴롭히지 않았다면 그것은 필시 제우스의 뜻이므로 그대는 참아야 하네."

이렇게 말하고 나서, 그들은 신음하는 그를 남겨 놓고 흩어져서 돌아갔다.

다음 날 아침 키클롭스는 양 떼를 목장으로 내몰기 위해 바위를 연 다음, 동굴 입구에 서서 일일이 양을 쓰다듬어 검사했다. 그 까닭은 오디세우스와 그의 부하들이 양 떼에 섞여 도망치는 것을 막기 위함이었다.

그러나 오디세우스는 부하들에게 동굴 바닥에 있던 버들가지로 마구를 만들게 하고, 양을 세 마리씩 한 조로 묶어 그 마구를 채운 다음 나란히 걸어가게 했다. 그 세 마리 중 가운데 양 뱃가죽에는 부하들이 한 사람씩 매달려 있고, 양편에 있는 양들이 이를 가려주게 했다. 양이 지나칠 때 거인은 그 등과 옆구리만을 만졌을 뿐 배는 만지지 않았기 때문에 부하들은 모두 무사히 통과할 수 있었다. 그리고 오디세우스는 맨 마지막으로 통과했다.

모두 빠져나온 다음, 오디세우스와 그의 부하들은 양 떼를 해안으로 몰고 왔다. 배가 정박되어 있는 곳으로 돌아온 그들은 서둘러서 양을 배에 싣고 해안에서 벗어났다. 배가 해변에서 점점 멀어지자 오디세우스가 소리쳤다.

"키클롭스여, 네 잔악한 짓에 대한 신들의 보복인 줄 알아라. 네놈 눈을 취한 자는 오디세우스라는 것을 기억해라."

이 말을 들은 키클롭스는 산등성이에서 튀어나온 바위를 잡아 뽑아서 치켜들더니, 온 힘을 다해 소리 나는 곳을 향해 던졌다. 이 바위는 배 아랫부분에 떨어져 가까스로 배의 뒷부분을 스쳤다. 그러나 바위가 떨어지는 바람에 커

---

2) '우티스(Outis)'는 '아무도 아니다.'라는 뜻이므로, 이 거인의 말은 '아무도 나를 이 지경으로 만들지 않았다.'는 의미로 해석됨.

다란 파도가 쳤고, 배는 육지까지 밀려가 자칫하면 침몰할 뻔했다. 그들은 배를 다시 해안에서 끌어내어 출범했다. 오디세우스가 또다시 거인을 약 올리려고 했으나 이번에는 부하들이 한사코 만류했다. 그러나 오디세우스는 거인이 던진 바위를 자신들이 피했다는 사실을 알리고 싶어 안절부절못하더니, 안전한 거리에 도달했을 때 기어코 이 사실을 알렸다. 일행은 힘껏 노를 저어 나아갔고, 얼마 안 있어 우군의 함대로 귀환했다.

이어서 일행은 아이올로스(Aiolos) 섬에 도착했다. 제우스는 이 섬의 왕에게 모든 바람의 지배권을 맡겼기 때문에, 아이올로스의 왕은 바람을 풀거나 억류하는 것을 뜻대로 했다. 왕은 오디세우스를 환대했고, 떠날 때는 항해에 방해가 되는 위험한 바람은 모두 가죽 자루에다 넣어 은사슬로 매어 오디세우스에게 주었다. 그리고 순풍에게 명령하여, 배를 그들의 고국으로 인도하도록 했다.

그 후 그들은 아흐레 동안 순풍을 타고 질주했는데, 그동안 오디세우스는 키를 지키다가 피곤했는지 어느새 잠이 들고 말았다. 그가 잠을 자는 동안 선원들은 그 자루에 대해 이야기했다. 결국 자루에는 친절한 아이올로스 왕이 오디세우스에게 준 보물이 들어 있을 것이라는 결론을 내렸다. 그때 한 사람이 그 보물을 자기들도 조금씩 나누어 가지자고 사슬을 풀었다. 그러자 자루에서 역풍이 튀어나와, 배를 그들이 출발한 섬으로 다시 되돌려 보냈다.

아이올로스는 그들의 어리석은 행동에 몹시 화를 내면서 다시 도울 것을 거부했다. 그들은 같은 항로를 다시 갔으나, 이번에는 어렵게 어렵게 노를 저어 가야 했다.

라이스트리고네스인들

그들의 다음 모험은 라이스트리고네스(Laestrygones)인들을 상대로 한 것이었다. 오디세우스의 함대는 육지로 둘러싸여 안전해 보이는 만(灣)에 정박했다. 그러나 다행히도 오디세우스의 배는 항구 밖에 정박해 있었다. 라이스트리고네스인들은 그 선박들 대부분이 자기네들 수중에 들어오자 공격을 개시했다. 그들은 큰 돌을 던져 배를 부수고 전복시켰으며, 물에 빠져 허우적거리는 선원들을 창으로 찔러 죽였다. 그리하여 오디세우스의 배를 제외한 모든 선단과 선원들은 궤멸했다.

오디세우스는 도망치는 것이 최고의 수라고 판단하고 부하들과 함께 힘껏 노를 저어 그곳을 가까스로 탈출했다. 떼죽임당한 동료들에 대한 슬픔과 자신들의 안전에 대한 기쁨이 한데 얽힌 착잡한 마음으로 항해를 계속한 그들은 이윽고 태양의 딸 키르케(Circe)가 사는 아이아이에(Aiaie) 섬에 도착했다.

이 섬에 상륙하자, 오디세우스는 언덕으로 올라가 사방을 살펴보았다. 사람이 사는 것 같지는 않았는데, 수목에 둘러싸인 궁전이 섬 한가운데에 있었다. 그는 에우릴로코스(Eurylochus, 오디세우스의 매부.)를 지휘관으로 하여 부하의 반을 보내, 어떠한 원조를 받을 수 있는지를 알아보게 했다.

이 정찰대는 궁전 가까이에 접근하자마자 사자, 범, 늑대 같은 짐승들에게 둘러싸이고 말았다. 그러나 짐승들은 사납지 않게끔 키르케의 마술에 걸려 있었다. 키르케는 뛰어난 마술사였다. 이 짐승들 모두는 원래 사람이었는데, 키르케의 마술로 인해 짐승 모습으로 변해 있는 것이었다.

부드러운 음악과 고운 여자 음성이 궁전 안에서 들려왔다. 에우릴로코스가 큰 소리로 사람을 부르자 여신이 나와 그들을 안내했다. 뜻하지 않은 환대에 부하들은 부푼 마음으로 안으로 들어갔다. 그러나 에우릴로코스는 정체 모를 위험을 느껴 들어가지 않았다.

키르케는 손님을 별실로 안내한 후 술과 여러 가지 기름진 음식을 대접했다. 그들이 실컷 먹고 마시자, 키르케는 마법의 지팡이로 그들을 하나씩 두드렸다. 그러자 그들은 곧바로 돼지로 변해 버렸다. 정신을 뺀 머리도, 몸뚱이도, 목소리도, 털도 돼지 그대로였다. 키르케는 그들을 돼지우리 속에 몰아넣고 도토리와 그 밖의 돼지 먹이를 주었다.

에우릴로코스는 서둘러서 배로 돌아와 사정을 이야기했다. 보고를 받은 오디세우스는 자신이 직접 가서 어떻게든 부하들을 구해야겠다고 결심했다. 그는 혼자서 키르케의 궁전으로 갔는데, 가는 도중에 한 젊은이를 만났다. 그는 오디세우스의 빛나는 모험을 아는 듯 말을 건넸다. 헤르메스(Hermes) 신이라고 자신의 정체를 밝힌 그는, 오디세우스에게 키르케의 마법을 설명하며 접근하지 말라고 경고했다.

그러나 오디세우스가 끝까지 단념하지 않자, 헤르메스는 몰리(Moly)라는 강력한 힘을 가진 약초를 주고 사용법을 가르쳐주었다. 오디세우스가 궁전에 도착하자 키르케는 그를 환대했고, 앞서와 같이 성찬을 베풀었다. 그가 식사를 끝내자, 키르케는 지팡이로 그의 몸을 두드리며 말했다.

"자, 돼지우리로 가서 네 동료들과 뒹굴며 있거라!"

그러나 오디세우스는 이 말이 끝나자마자 칼을 빼서 얼굴에 노기를 띠고 그녀에게 달려들었다. 그녀는 무릎을 꿇고 자비를 빌었다. 오디세우스는 키르케에게 자기의 부하들을 석방하고 다시는 일행에게 해를 끼치지 않겠다는 서약을 하라고 명했다. 그녀는 오디세우스의 명을 따르는 동시에 일행을 후히 대접한 다음 무사히 보내주겠다는 약속을 스스로 했다. 과연 그녀는 말한 대로 행했다. 돼지로 변했던 부하들은 다시 본모습으로 돌아오고, 다른 부하들도 해안으로부터 상륙해서 날마다 후한 환대를 받았다. 그러다 보니 오디세우스는 귀국도 잊고 안일한 생활에 빠져들어 갔다.

참다못한 그의 부하들은 그에게 예전의 그를 깨우쳐 주었고, 오디세우스는 부하들의 충고를 기꺼이 받아들였다. 키르케는 일행의 출발을 돕고, 세이렌(Seiren)들의 바다를 무사히 지나가는 방법까지 가르쳐주었다. 세이렌은 바다의 님프인데, 그들의 노랫소리는 듣는 자를 매혹시키는 불가사의한 힘을 가지고 있었다. 그리하여 불행한 선원들이 여기에 걸리면 그 힘을 견디지 못하고 바닷속으로 뛰어들어 죽는 일이 많았다.

오디세우스는 키르케의 말을 따라, 선원들의 귀를 밀초로 막아 노랫소리를 듣지 못하게 했다. 그리고 오디세우스 자신의 몸을 돛대에 매단 다음 밧줄로 묶게 하고서, 세이렌 섬을 지나기 전까지는 소리를 지르거나 무슨 짓을 하더라도 결단코 결박을 풀지 말라고 부하들에게 명령했다.

그들이 세이렌의 섬에 다가가자 바다는 평온했으며 어디선가 매혹적인 노랫소리가 들려왔다. 그러자 오디세우스는 결박을 풀려고 몸부림쳤고, 묶인 밧줄을 풀어 달라고 온갖 짓을 다 하며 부하들에게 애원했다. 그러나 그들은 오디세우스의 명령에 따라, 그를 더욱 튼튼하게 결박했다. 그런 상황 속에서 그들은 항해를 계속했고, 노랫소리가 점점 약해지는가 싶더니 마침내 들리지 않게 되었다. 그때야 비로소 오디세우스는 기뻐하며 부하들에게 귀를 막은 밀초를 뽑으라고 했고, 부하들은 오디세우스의 결박을 풀어주었다.

근대의 시인 키츠(John Keats)의 상상력은, 키르케에게 희생되었던 사람들이 모습이 변한 뒤에 떠올리는 갖가지 생각을 잘 나타냈다.

〈엔디미온(Endymion)〉에서 시인이 그린 것은 코끼리로 변한 어떤 국왕에 대한 이야기인데, 그는 마법사를 향해 인간의 언어로 다음과 같이 호소한다. (제3권 543~554행)

> 내 두 번 다시 행복의 왕관을 구하지 않겠소.
> 내 다시는 평원에 나의 방진을 쌓지 않겠소.
> 나는 이제 쓸쓸한 과부가 된 아내를 구하지 않겠소.
> 나는 이제 장밋빛 생명의 방울인 고운 자식을,
> 사랑스러운 딸들과 아들들을 구하지는 않겠소.
> 나는 그들을 잊겠소.
> 모든 기쁨을 버리겠소.
> 하늘로 오르는 것, 너무도…… 너무도 높은 것은 원치 않겠소.
> 다만 내가 원하는 것은 더없이 따뜻한 은혜로 나를 죽게 해주는 것.
> 이 번거로운 육체에서,
> 이 크고, 밉살스럽고, 불결한 그물에서 풀려나

다만 찬바람 휘도는 대기 속에 내던져지는 것.

자비를 베푸소서, 여신이여.

키르케여, 내 기도를 들어주소서.

스킬라와 카리브디스

오디세우스는 키르케에게 스킬라(Scylla)와 카리브디스(Charybdis)라는 두 괴물도 경계하라는 주의를 받았다.

이 스킬라에 대한 이야기는 글라우코스(Glaukos)의 이야기를 할 때 말한 바 있다. 그녀는 아름다운 처녀였는데, 키르케에 의해 뱀 모습을 지닌 괴물로 되었다는 사실을 여러분은 기억할 것이다. 그녀는 높은 절벽에 있는 동굴에 살며, 그곳에서 긴 목(그녀는 여섯 개의 머리를 가지고 있었다.)을 내밀어 그 목이 닿는 거리를 지나는 배의 선원을 한입에 한 사람씩 잡아먹었다.

또 하나의 괴물 카리브디스는 해변 가까이에 사는 소용돌이였다. 이 소용돌이는 매일 세 번씩 바위틈으로 바닷물을 빨았고, 또 세 번씩 분출하는 것이었다. 이 근처를 지나는 배는 조수가 분출될 때는 어쩔 수 없이 그 흐름에 빨려 들어갔다. 포세이돈도 여기에서는 속수무책이었다.

이 괴물들이 출몰하는 장소에 접근하자, 오디세우스는 그들을 찾으려고 엄중하게 감시했다. 카리브디스에게 조수가 빨릴 때는 큰 물소리가 나므로 멀리서도 경계할 수 있지만, 스킬라의 경우는 위치조차 알 수 없었다. 오디세우스와 그의 부하들은 불안에 떨며 무서운 소용돌이를 감시하느라, 스킬라의 공격에 대한 감시는 약간 소홀했다.

이때 이 괴물은 뱀머리 여섯을 내밀어 여섯 사람을 물더니, 커다란 비명소리를 지르는 그들을 동굴로 끌어갔다. 그것은 오디세우스가 이제까지 본 것 중 가장 슬픈 광경이었다. 그는 부하들이 이렇게 죽는 것을 보고 또 그들의 비명을 들으면서도 속수무책이었다.[3]

키르케가 오디세우스에게 경고한 것이 또 하나 있다. 스킬라와 카리브디스를 통과한 후 일행의 다음 정박지는 트리나키아(Thrinakia)라는 섬이었다. 그곳에서는 태양신 히페리온(Hyperion)의 가축을 그의 두 딸 람페티아(Lampetia)와 파에투사(Phaethousa)가 지키고 있었다. 그런데 항해자들이 아무리 힘들어도 이 가축 떼를 침범해서는 안 되었다. 만약 이 법칙을 위반하면 반드시 화를 당했다.

오디세우스는 이 태양신의 섬을 그냥 지나치려 했다. 그러나 부하들이 해안에서 하룻저녁 자면서 피로를 회복하자고 주장하는 바람에 정박했다. 어쩔 수 없어진 그는 부하들에게 키르케가 배에 실어준 먹다 남은 식량으로 만족해야지, 이 섬의 양이나 다른 가축에 손을 대서는 절대 안 된다는 다짐을 받았다.

식량이 있을 동안에는 부하들도 약속을 지켰다. 그러나 역풍 때문에 한 달 동안이나 섬에 억류되는 바람에 남은 식량이 모두 바닥나자, 새나 물고기를 잡아먹어야 했다. 그들은 굶주리기 시작했다. 그러던 어느 날 오디세우스가 없을 때, 부하들은 가축을 몇 마리 죽이고서 그 일부를 신에게 바쳐 그들의 죄를 용서받으려 했다.

이 사실을 안 오디세우스는 공포에 떨었으며, 곧 불길한 징조가 꼬리를 물고 일어났다.

짐승의 껍질이 땅 위를 기어 다녔고, 고깃덩어리는 불로 구워지면서 꼬챙이에서 우는 소리를 냈다.

이윽고 순풍이 불기 시작하자, 그들은 서둘러 출범했다. 그러나 얼마 안 있어 기후가 바뀌어 폭풍우가 일고, 우렛소리가 진동하며, 번갯불이 번쩍였다. 벼락이 돛대를 부쉈고, 넘어진 돛대는 키잡이를 깔아 죽였다. 그리고 배가 완전히 부서졌다.

오디세우스는 나란히 떠내려가는 용골과 돛대로 뗏목을 만들어 간신히

---

3) '스킬라와 카리브디스 사이에서'('Between Scylla and Charybdis')라는 말은 '진퇴양난'이라는 뜻이었다.

몸을 의지했다. 잠시 후 바람이 잦아들어, 그는 칼립소의 섬으로 물결 따라 밀려갔다. 부하들은 모두 죽은 뒤였다.

밀턴의 〈코머스〉 제252행에서 인용한 다음 구절은 이 이야기를 언급한 것이다.

나는 몇 번이고 들어왔다.
내 어머니 키르케가 세 세이렌과 더불어
꽃무늬 옷을 입은 나이아스(Naias)들에 둘러싸여,
영험한 약초와 독초를 캐면서 노래하는 것을.
그 노래를 들으면,
육체에 갇혀 있던 영혼도 빼앗기고
엘리시온(Elision)에서 애무를 받는 듯했다.
스킬라도 훌쩍거리며
광폭한 파도를 다스려 주의를 고요하게 하고,
카리브디스도 감탄한 나머지 나지막한 신음을 냈다.

칼립소

칼립소(Calypso)는 바다의 님프였다. '님프'라는 이름은 신분은 낮지만 신들의 속성을 갖춘 한 무리의 여신들을 의미한다.

칼립소는 오디세우스를 따뜻하게 맞아들여 환대했다. 그러다 그를 사랑하게 되자, 그에게 영원한 생명을 주어 언제까지나 자기 곁에 두려고 했다. 그러나 오디세우스는 고향의 처자에게 돌아가려는 마음을 버리지 않았다.

칼립소는 마침내 그를 돌려보내라는 제우스의 명령을 받게 되었다. 헤르메스가 이 명령을 가지고 그녀에게 왔을 때, 그녀는 동굴 안에 있었다.

그 동굴에 대해 호메로스는 다음과 같이 노래했다.

> 무성한 포도 덩굴이 큰 동굴을 덮어내려
> 탐스러운 포도송이가 가득했다.
> 맑고 깨끗한 물을 지닌 네 개의 섬이
> 나란히 흘러 사방을 적셨다.
> 여기저기 보이는 것은 푸른 목장,
> 활짝 핀 제비꽃이
> 자줏빛에 물들어 있었다.
> 하늘에서 하강한 신들에게도
> 놀라움과 기쁨을 가득 안겨준 경치였다.

칼립소는 어쩔 수 없이 제우스의 명령을 따랐다. 그녀는 오디세우스에게 뗏목 엮는 법을 가르쳐주고, 식량도 충분히 실어주었으며, 순풍도 보내주었다.

여러 날 동안 오디세우스는 순조롭게 항해하여 육지가 보이는 데까지 왔으나, 갑자기 폭풍우가 일어 돛대를 부러뜨리고 뗏목도 뜯어 놓으려 했다. 그러자 그의 이 위기를 본 한 다정한 바다의 님프가 물새로 변신하여 뗏목 위에 내려앉더니, 그에게 띠를 하나 주면서 그것을 가슴 밑에 메라고 했다. 이 띠는 그가 파도에 몸을 맡길 때 그의 몸을 뜨게 하여, 헤엄쳐서 육지에 도달하게끔 만든 것이었다.

프랑소와 드 페늘롱[François de Fénelon, 프랑스의 성직자(1651~1715)]은 그의 〈텔레마크의 모험(Les Aventures de Télémaque)〉이라는 작품에서 오디세우스의 아들 텔레마크가 아버지를 찾아다니며 경험한 여러 가지 모험을 그리고 있다.

부친의 발자취를 더듬어서 그가 간 곳 중에는 칼립소의 섬도 있다. 칼립소는 부친의 경우처럼 온갖 수단을 다했으며, 텔레마크를 잡아두려고 불사신으로 만들어 준다고도 말했다. 그러나 아테나 여신이 멘토로(Mentor)[4]의 모습으로 변신하여 텔레마크의 행동 일체를 지배했기에 이때도 칼립소의 유혹을 막을 수 있었다. 그러나 두 사람은 달리 이 섬을 빠져나갈 방법이 없음을 알고, 절벽에서 바다로 몸을 던져 바람이 자기를 기다리던 배로 헤엄쳐 갔다.

바이런은 텔레마크와 멘토로가 뛰어내린 일을 다음과 같이 노래했다.

> 그러나 지중해에 위치한 자매 섬
> 칼립소의 섬들을 그냥 지나칠 수는 없다.
> 그곳은 지친 선원에게
> 항구가 미소를 짓는 곳.
> 신이 아닌 인간의 아내를 선택한 영웅을
> 저 아름다운 여신이 연모하는 탄식.
> 절벽에 서서 보람없이 바라보던 날도 아득한 옛날인데,
> 이곳은 또 저 영웅의 아들이 엄한 멘토로에 이끌려
> 먼바다로 뛰어내린 곳.
> 그리하여 두 사람을 잃은 님프의 여왕은
> 이중으로 한숨을 쉬었지.
>
> — 〈해럴드 경의 순례〉

---

4) 오디세우스가 원정을 갈 때 교육을 부탁했던 친구. 스승, 조언자를 뜻하는 '멘토 (Mento)'는 '멘토르'의 이름에서 비롯되었다.

30장

파이아케스인 | 구혼자들의 최후

파이아케스인

오디세우스는 조금이나마 뗏목에 몸을 의지할 동안에는 필사적으로 매달려 있었다. 그러나 묶인 나무들이 차례로 떨어져 나가 그것마저 불가능하게 되자 몸에 띠를 두르고 헤엄쳤다. 아테나는 오디세우스의 앞길을 막는 파도를 가라앉히고 바람을 보내 물결이 해안으로 흐르게 했다. 그러나 해안에 밀려드는 파도는 바위에 강하게 부딪혀 뭍으로 접근하는 것이 쉽지 않았다. 다행히 그는 하구의 잔잔한 물결을 발견하고 뭍으로 올라갔다. 그는 피로에 지쳐 숨도 제대로 쉬지 못하고 소리도 지를 수 없어 마치 죽은 사람 같았다.

얼마 후 기력이 회복되자 그는 기쁨에 겨워 대지에 키스했다. 그러나 앞으로 어떻게 해야 할지 막막했다. 그는 조금 떨어진 곳에 있는 숲을 발견하고 그쪽으로 다가갔다. 숲속에는 나뭇가지가 우거져 햇빛과 비를 피할 수 있는 은신처가 있었다. 그는 나뭇잎을 모아 침상을 만들고, 그 위에 눕고는 몸 위에 나뭇잎을 덮은 뒤 깊은 잠에 빠졌다.

오디세우스가 도착한 곳은 파이아케스(Phaeacians)인이 사는 스케리아

(Scheria)라는 나라였다. 이 나라 사람들은 원래 키클롭스족이 사는 근처에 살았으나, 이 거인족의 행패를 피해 나우시토오스(Nausithoos)라는 왕의 지휘 아래 스케리아섬으로 이주한 것이다.

호메로스의 기록에 의하면, 그들은 신들과 혈연이 닿은 종족으로 그들이 제물을 올리면 그들 사이에 현신하여 향연을 함께하고, 길을 걷다가 마주쳐도 그 모습을 감추지 않는다는 것이다.[1] 그들은 자원이 풍부했기 때문에 늘 기쁨 속에서 살며 전쟁을 모르고 지내고 있었다. 그들은 탐욕스런 종족과는 멀리 떨어져서 살기에 어떤 적도 그들의 나라에 오는 일이 없었기 때문이다. 따라서 그들은 활 등의 무기를 쓸 필요도 없었다.

그들이 중요시하는 것은 항해였다. 그러다 보니 그들의 배는 새가 나는 것 같은 속도를 지녔고, 더구나 두뇌까지도 뛰어났다. 따라서 모든 배는 스스로가 항구 길을 알고 있어 키잡이를 필요로 하지 않았다. 이 나라의 왕은 나우시토오스의 아들 알키노오스(Alcinoos)였는데, 그는 현명하고 공정한 군주로 백성들의 신망을 한몸에 받고 있었다.

오디세우스가 파이아케스인의 섬에 상륙하여 나뭇잎 침상에서 깊이 잠들던 그날 밤, 왕의 딸 나우시카아(Nausicaa)는 아테나의 현몽을 받았다. 여신 아테나는 그녀의 결혼날이 가까워졌다고 하면서, 결혼에 대비하여 모든 가족의 옷을 빨아 두라고 명했다. 그러나 그것은 쉬운 일이 아니었다. 냇가가 멀리 떨어져 있어서 빨랫감의 운반이 쉽지 않기 때문이었다.

공주는 잠에서 깬 다음 자기 마음에 있는 말을 하려고 부모님에게 급히 갔으나, 자기의 결혼에 대한 것은 말하지 못하고 대충 적당한 이유를 붙여 마차가 필요하다고 말했다. 왕은 쾌히 승낙하면서 시종들에게 마차를 준비케 하였다. 빨랫감이 마차에 실리자, 왕비는 많은 먹거리와 마실 것도 마차에 싣게 했다. 공주는 자리에 앉아 채찍을 잡았고, 시녀들은 걸어서 마차 뒤를 따라갔다.

---

1) 〈오디세이〉 제5권 35행 및 제7권 205행.

냇가에 이르자 말들을 풀어 풀을 뜯게 하고, 일행은 빨랫감을 물가로 운반하여 재잘거리면서 빨래를 하니 순식간에 끝났다. 일이 끝나자 그녀들은 세탁한 옷을 말리려 냇가에 널고, 자기들도 목욕을 마친 후 식사를 했다. 식사를 한 뒤 시녀들은 일어나서 공놀이를 하며 흥겹게 놀았고, 공주는 그녀들을 위해 노래를 불렀다.

이윽고 일행이 말린 옷을 거둬 궁으로 돌아갈 시간이 되자, 아테나는 공주가 던진 공이 물속에 떨어지게 했다. 그 바람에 시녀들이 아우성을 쳤고, 그 소리에 오디세우스가 잠에서 깨었다.

이때의 오디세우스 모습을 상상해 보자. 이 난파당한 선원은 몇 시간 전에 거친 바다에서 빠져나와 완전한 발가숭이였다. 잠에서 깨어 보니 수풀 사이로 고운 처녀들 - 그것도 몸가짐으로 보나 차림새로 보나, 미천한 집안의 딸이 아니라 고귀한 집안의 딸처럼 보이는 - 이 눈에 띄었다. 도움을 청할 마음이 절실했으나, 어찌 발가숭이 모습으로 그들에게 모습을 드러낼 수 있겠는가. 이때 그의 수호신 아테나가 나섰다. 이 여신은 그동안에도 그가 위험할 때마다 그를 버린 적이 없었다.

오디세우스는 잎이 많이 달린 나뭇가지를 꺾어 몸을 가리고, 숲에서 걸어나왔다. 시녀들은 그를 보자 기겁하여 사방으로 도망쳤으나, 나우시카아만은 그대로 남아 있었다. 왜냐하면 아테나가 그녀에게 용기와 분별력을 주었기 때문이다.

오디세우스는 멀리 서서 공손한 태도로 자기의 비참한 사정을 이야기하고 그 아름다운 여인(그녀가 여왕인지 여신인지 그에게는 구별되지 않았다.)에게 먹을 것과 입을 것을 간청했다. 공주는 즉시 그의 청을 승낙하면서, 자신의 부친인 알키노오스 왕이 이 사실을 알게 되면 그를 환대할 것이라고 덧붙여 말했다.

그녀는 흩어진 시녀들을 불러모아 침착성이 없음을 꾸짖고서, 파이아케스인은 두려워할 것이 없다는 사실을 그녀들에게 상기시켰다. 그리고 오디세우스를 가리키며 이분은 제우스의 나라에서 온 불행한 나그네이니 극진하게 대접하라고 하면서, 먹을 것과 옷을 가지고 오라고 시녀들에게 명했다. 마차 속엔 남자 형제들의 옷도 있었기 때문이다. 명령이 이행되자, 오디세우스는 그늘진 곳으로 가서 몸에 붙은 소금기를 씻어내고 옷을 입은 다음, 식사를 하고 기력을 회복했다. 팔라스 아테나(Pallas Athena)는 그의 몸을 우아하게 만들고 나서, 넓은 가슴과 남자다운 얼굴에 고운 빛을 퍼뜨렸다.

공주는 그의 모습에 탄복하면서, 자기는 신에게 이런 남편을 보내 달라고 기원했다는 말도 주저하지 않고 시녀들에게 했다. 그녀는 오디세우스에게 궁궐로 가자고 청했고, 들길을 지날 동안만은 일행들과 같이 가도 좋다고 허락했다. 그러나 궁궐이 가까워지자, 그녀는 또다시 일행과 떨어져 오라고 했다. 그녀가 처음 보는 귀골호남(貴骨好男)과 함께 돌아오는 것을 보면, 아무것도 모르는 순박한 백성들이 온갖 쑥덕공론을 벌일 것이 두려웠기 때문이다. 그러더니 잠시 후에 그녀는 그에게 궁궐에서 좀 떨어진 숲속에서 기다리라고 했다. 그 숲은 왕실 소유의 과수원이 있는 곳이라면서, 자신과 일행이 궁궐로 들어갈 동안 그곳에서 기다리다가 따라 들어오라는 것이었다. 그리고 누구든지 만나는 사람에게 부탁하면 궁궐까지 인도해 줄 것이라고 했다.

오디세우스는 공주의 말에 따라 한참을 기다리다가 궁궐을 향해 걸어갔는데, 그때 물동이를 들고 오는 처녀를 만났다. 그것은 변신한 아테나였다. 오디세우스는 그녀에게 인사를 한 다음 알키노오스 왕의 궁궐로 인도해 주기를 청했다. 처녀는 공손한 태도로 승낙하면서, 궁궐은 자기 집 부근에 있다고 말했다. 그래서 그는 여신의 안내를 받으면서, 또 그녀의 힘에 의해 사람들 사이를 걸어갔다. 걷는 동안, 오디세우스는 그들의 항구와 배, 공회당과 성벽을 보고 탄복했다. 마침내 궁궐에 이르니, 여신은 그에게 그 나라와 그가 만날 왕에 대한 기본 지식을 알려주고 떠났다.

오디세우스는 궁궐 안뜰로 들어가기 전에 주변을 살펴보다가 무척 놀랐다. 벽의 입구는 놋쇠로 되었는데, 이 놋쇠는 집 안까지 연결되어 있었다. 또한 문은 황금으로, 문기둥과 차양은 은으로, 각 부분의 장식은 황금으로 되어 있었다. 문의 좌우에는 여러 마리 동물상(像)이 금으로 조각되어, 마치 입구를 지키는 것같이 줄지어 서 있었다. 벽을 따라서는 긴 의자가 놓여 있었고, 벽면에는 파이아케스 처녀들이 손으로 짠 훌륭한 직물로 된 벽걸이 그림이 걸려 있었다. 왕자들이 앉아 향연을 하고, 금으로 세공된 청년상의 손에 들린 햇불이 장내를 환히 밝히고 있는 그림이었다. 또 오십 명 남짓한 하녀들이 여러 가지 일에 몰두하고 있었는데, 곡식을 빻기도 하고, 자줏빛으로 물들인 실을 감기도 하고, 베틀에서 직물을 짜기도 했다. 파이아케스 여인들은 그 나라 남자들이 배를 다루는 기술이 뛰어난 것에 못지않게 집안일을 하는 솜씨가 다른 어느 나라의 여인들보다 뛰어났다.

안뜰 밖에는 넓은 과수원이 있었다. 이 과수원은 4에이커나 되었는데 석류, 배, 사과, 무화과, 올리브나무 등의 나무가 울창하게 자라고 있었다. 그곳의 과실나무는 겨울의 추위, 여름의 가뭄을 아랑곳하지 않고 차례로 꽃피우고, 열매 맺고 무르익었다. 포도밭도 기름졌다. 꽃을 피운 덩굴이 있는가 하면, 익은 포도를 매달고 있는 덩굴도 있었다. 한쪽에서는 사람들이 익은 포도로 즙을 짜내고 있었다. 과수원 주위에는 가지각색 꽃이 교묘하게 배치되어 있어서 일 년 내내 꽃밭이었다. 과수원 가운데에 있는 두 개의 샘에서는 물이 펑펑 솟아올랐고, 그중 하나는 인공 수로에 의해 과수원 곳곳으로 흘렀다. 다른 샘은 궁궐 안뜰을 거쳐 성안 마을로 흘러갔다. 그 정도의 양이면 백성들이 모자람 없이 쓸 수 있을 것 같았다.

오디세우스는 탄복하며 바라보았으나, 그 자신은 그들 눈에 띄지 않았다. 그 이유는 아테나가 그의 주위에 펼친 구름이 아직도 그를 가려주고 있기 때문이었다.

오디세우스는 충분히 주위를 둘러본 다음 잰걸음으로 대전(大殿)으로 들어갔다. 대전에서는 족장과 원로들이 모여 헤르메스에게 제주(祭酒)를 올리고 있었다. 헤르메스에 대한 의식은 저녁 식사가 끝나면 매번 행해졌다. 바로 그때 여신은 구름을 흩어지게 하여 오디세우스의 모습을 원로들 앞에 나타나게 했다. 그는 왕비가 앉아 있는 보좌 앞으로 나아가 발치에 무릎을 꿇고는, 고국으로 돌아갈 수 있도록 은혜를 베풀어 달라고 간청했다. 그리고는 물러서서 청한 자의 예의에 따라 난롯가에 앉았다. 잠시 동안 모두 말이 없었다. 마침내 한 원로가 왕에게 말했다.

"우리의 도움을 바라고 온 길손을 아무도 환영하지 않고, 청을 넣으러 온 사람의 자리에 마냥 앉아 있게 하는 것은 예의가 아닙니다. 그를 우리와 함께 좌정토록 하고 식사와 술을 대접하시지요?"

이 말에 따라 왕은 오디세우스에게 악수를 청한 다음, 그를 안내해서 자기 아들 자리에 앉게 했다. 이윽고 새 음식이 나왔고, 오디세우스는 그것을 먹고 나서 기운을 차렸다.

왕은 족장과 원로들을 물러가게 하고는, 다음 날 오디세우스를 위한 대책을 의논하는 회의 소집을 명했다.

모두 물러가자, 오디세우스는 왕 내외와 같이 남게 되었다. 왕비는 오디세우스에게 그가 누구며, 어디에서 왔는가, 그리고 (그가 입은 옷은 시녀들과 자신이 만든 것임을 알) 그 옷을 누가 주었느냐고 물었다. 오디세우스는 자기는 칼립소 섬에 살다가 왔다는 것, 도중에 뗏목이 파도에 부서져 헤엄쳐 빠져나왔다는 것, 그리고 공주의 도움을 받은 일 등을 소상하게 이야기했다. 왕과 왕비는 고개를 끄덕이며 들었고, 왕은 그에게 귀국할 배를 내주겠다고 약속했다.

이튿날 족장들은 회의를 열고, 왕의 약속대로 대책을 세웠다. 배가 준비되고, 노를 저을 건장한 선원들이 뽑혀 궁궐로 모였다. 그리고 궁궐에서는 성대한 잔치를 열었다. 잔치가 끝나자, 왕은 젊은이들을 불러 그에게 그들의 경기 솜씨를 보여주면 어떻겠냐고 했다.

잠시 후 왕을 위시해서 모두가 경주, 씨름 그리고 그 밖의 여러 경기가 벌어질 경기장으로 갔다. 경주, 씨름 그리고 여러 가지 경기가 시합장에서 펼쳐졌다. 그들 모두는 최선을 다한 뒤, 오디세우스에게 무엇이든 잘하는 것이 있으면 솜씨를 보여 달라고 했다.

오디세우스는 처음에는 거절했으나 한 젊은이가 조롱 섞인 말을 하자 참지 못하고, 파이아케스인 누구도 던질 수 없을 만큼 무거운 쇠고리를 잡아 멀리

던졌다. 모두가 크게 놀랐으며, 그들은 모두 그를 우러러보았다.

경기가 끝난 뒤 그들은 궁궐로 돌아갔다. 그때 전령관이 데모도코스 (Demodocos)를 데리고 들어왔다.

데모도코스, 이 눈먼 음유 시인은 호메로스에 따르면 이런 사람이었다.

> 무사이 여신의 사랑을 받았으나
> 여신에게 좋은 것과 나쁜 것을 함께 얻은 사람.
> 무사이 여신들이 이 사내의 시력을 빼앗고,
> 천상의 옥음을 전하는 능력을 부여했으니……
>
> — 쿠퍼의 〈오디세이〉

데모도코스가 자신이 부른 노래는 그리스군이 트로이 성내로 쳐들어갈 때 사용한 '목마'에서 연유한 것이라고 말했다. 이 시인에게 영감을 준 자는 아폴론이었는데, 트로이가 함락되었을 때의 비참함과 무장들의 눈부신 활약을 너무도 감동적으로 노래했다. 그러자 모두가 기뻐했다. 하지만 오디세우스만은 눈물을 흘렸다. 오디세우스가 눈물을 흘리는 것을 본 알키노오스 왕은 트로이 노래를 듣고 그가 슬퍼한 이유가 무엇인지 궁금해졌다.

왕은 데모도코스의 노래가 끝나자, 오디세우스에게 트로이에서 부친이나 형제, 혹은 친우를 잃었느냐고 물었다. 오디세우스는 자기 이름을 사실대로 말하고 나서, 그들의 요구에 따라 트로이를 떠난 뒤에 겪은 갖가지 모험을 이야기했다.

이 이야기는 파이아케스인들에게 오디세우스에 대한 동정과 탄복을 최고조에 달하게 했다. 왕은 모든 족장에게 선물을 줄 것을 제안하면서, 자기가 먼저 본을 보였다. 그러자 그들도 서로 앞다투어 오디세우스의 명성에 어울리는 값비싼 재물을 내놓았다.

이튿날 배를 얻어 탄 오디세우스는 파이아케스를 출발하여 자기의 고국 이타카섬에 무사히 도착했다. 배가 해변에 도착했을 때, 그는 잠들어 있었다.

뱃사람들은 잠든 그를 그대로 해변으로 옮겨놓고, 그 곁에 선물 상자들을 남겨 놓은 채 떠나버렸다.

포세이돈은 파이아케스인들이 자기가 해치려던 오디세우스를 도와주자 대노하여, 배가 항구에 들어서려고 하는 순간 입구에서 그 배를 바로 바위로 변하게 했다.

바위로 변한 파이아케스인의 배를, 호메로스는 오늘날의 증기선처럼 훌륭한 배로 연상한 것 같다. 알키노오스는 오디세우스에게 다음과 같이 말한다.

> 어느 도시, 어느 땅에서 왔는지 가르쳐주시오.
> 그리고 그 땅 사람들은 무엇을 자랑거리로 삼는지요?
> 가르쳐주시면 곧 신묘한 배로 그곳까지 모셔다 드리리다.
> 이 배는 제 힘으로 가고, 마음대로 움직이니
> 키도 필요 없고, 키잡이도 필요 없지만
> 지혜로운 인간처럼 파도를 가르며 나간다오.
> 만물을 비추는 태양빛이 있는 곳이라면
> 모든 바닷가, 모든 강어귀까지.
> — 포프의 〈오디세이〉

칼라일(Carlyle) 경은 〈터키 그리스 항해 일기〉에서 코르푸(Corfu)섬에 대해 다음과 같이 말했다. 그는 이 섬을 옛날 파이아케스인의 섬이라고 생각했던 것이다.

이곳의 유적을 보면 〈오디세이〉의 이야기에 수긍이 간다. 해신의 신전으로 이곳보다 더 좋은 장소는 없으리라 생각된다. 항구와 수로, 바다가 내려다보이는 바위산이 있고 그 너머엔 아주 부드러운 잔디가 푸른 대지를 만들고 있다. 만의 입구엔 아름다운 바위 하나가 있고, 그 위에는 작은 수도원이 있다. 전설에 의하면, 오디세우스를 귀환시켰던 배가 변형된 것이 바로 이 바위라고 한다.

이 섬에는 하나뿐인 냇물이 있는데, 도시나 궁궐의 유적이 있음 직한 데서 꽤 떨어진 곳을 흐르고 있다. 나우시카아 공주가 시녀들과 함께 빨래하러 가서 점심을 먹던 바로 그 냇물인 것이다.

구혼자들의 최후

오디세우스는 이십 년간이나 이타카에 없었기에, 눈을 떴을 때 자기의 고향을 알아보지 못했다. 그러자 아테나는 젊은 양치기로 변신하고 그 앞에 현신하여, 그곳이 어디이며, 그가 떠나 있는 동안 그의 궁전에서 어떤 일이 일어났는지 알려주었다.

오디세우스가 죽었다는 소문이 돌자 이타카와 부근에 살던 백 명이 넘는 구혼자들이 그의 아내 페넬로페(Penelope)에게 청혼하며 오랫동안 압박을 가했으며, 그의 아들 텔레마코스(Telemachos)를 살해하기 위해 혈안이 되어 있었다. 그뿐 아니라 그의 궁전과 국민을 마치 자기들이 소유한 것처럼 행세하며 행패를 부렸다는 것이다.

오디세우스는 구혼자들에게 복수하기 위해 정체를 숨겨야 했다. 그러자 아테나는 그를 추한 거지로 변하게 했다. 그래서 그는 거지이면서 집안의 충복인, 돼지를 사육하는 에우마이오스(Eumaeos)에게 따뜻한 동정을 받았다.

오디세우스의 아들 텔레마코스는 아버지를 찾으러 방방곡곡을 돌아다니는 중이었다. 그는 트로이 원정에서 귀환한 여러 왕을 찾아다녔는데, 그러는 도중 아테나에게 권고를 받고 돌아와서 그동안 무슨 일이 일어났는지를 알기 위해 에우마이오스를 찾아갔다. 그리고 거기에서 낯선 사람을 보았는데, 그가 비록 거지 차림이었지만 따뜻하게 대해주고 보살핌을 약속했다. 그런가 하면 어머니 페넬로페에게 자신의 귀환을 자세히 보고하라고 에우마이오스를 비밀리에 궁전으로 보냈다. 그는 어머니의 구혼자들을 경계해야만 했는데, 구혼자들 사이에서 텔레마코스를 제거할 음모가 진행되었기 때문이다.

에우마이오스가 궁전으로 떠난 뒤, 아테나는 오디세우스에게 아들에게는 정체를 밝히라고 지시하고서 동시에 원래의 모습을 나타나게 했다. 텔레마코스는 깜짝 놀라 처음에는 그가 틀림없이 신이라고 생각했다. 그러나 오디세우스는 나직하게 자신의 신분을 밝히고, 모습이 달라진 것은 아테나의 도움이라고 알려주었다.

> 그러자 텔레마코스는
> 부친의 목을 껴안고 울었다.
> 목 놓아 울고 싶은 심정이
> 두 사람을 사로잡았다.
> 정담을 나누며
> 두 사람은 실컷 울었다……
>
> — 쿠퍼의 〈오디세이〉

이들 부자(父子)는 페넬로페의 구혼자들에게 복수할 방법을 의논했다. 그 방법으로 우선 텔레마코스가 궁전으로 돌아가 예전처럼 구혼자들 사이에 섞여 있으면, 오디세우스는 거지로 변장해서 들어가기로 했다. 고대의 풍습에 따라 거지는 지금과는 다른 특권을 누렸기 때문이다. 거지는 길손으로서, 그리고 만담꾼으로서 고관들이 드나드는 궁전에도 입실이 허가되어 손님 대접을 받는 일이 종종 있었다. 그러나 때로는 모욕을 당하기도 했다.

오디세우스는 아들에게 이르기를, 자기에게 보통 이상으로 관심을 보여 정체를 아는 것 같은 인상을 주지 말 것이며, 자기가 모욕을 당하고 내팽개쳐지더라도 모르는 사람인 것처럼 간섭하지 말라고 당부했다.

궁전에 도착하니, 전처럼 술을 마시면서 기분 내키는 대로 마음껏 놀고 있는 광경이 펼쳐져 있었다. 구혼자들은 내심으로 텔레마코스 제거 음모가 실패로 돌아간 것이 분했으나, 겉으로는 그의 귀환을 반기는 체했다. 늙은 거지도 입실이 허용되었고, 음식이 주어졌다. 오디세우스가 궁전 안에 들어갔을 때 감동적인 사건이 일어나기도 했다. 그것은 늙어서 거의 빈사 상태로 드러누워 있던 개가 낯선 사람의 입실을 보자 귀를 세우며 머리를 들었다. 그 개는 전에 오디세우스의 사냥길에 자주 동행했던 아르고스라는 개였다.

> ...... 그 개는
> 오랫동안 못 보던 오디세우스가 다가오자
> 귀를 세우고, 기쁘게 꼬리를 흔들었으나
> 일어날 기력도
> 주인에게 갈 기력도 없었다.
> 오디세우스는 그를 보고 몰래 울었다.
> 드디어 아르고스는
> 그의 늙은 생명을 해방했다.
> 살아서 이십 년 만에 주인을 만나자마자.
>
> — 쿠퍼의 〈오디세이〉

오디세우스가 궁전 안 그의 자리에 앉아 식사를 하는 동안 구혼자들이 그에게 오만한 행동을 하며 거만하게 굴었다. 그가 조용히 항의하자, 그들 중 한 사람이 의자로 그를 때렸다. 텔레마코스는 자기 부친이 자기 궁전에서 그런 모욕을 받자 분노가 끓어올랐다. 하지만 부친의 명을 생각하고 간신히 참으면서, 비록 나이는 젊지만 집주인이자 손님들의 보호자로서 예의를 지키는 말만 했다.

페넬로페는 그녀의 구혼자 중 한 명을 선택하는 일을 너무 오랫동안 미뤄왔기에 이제는 더 이상 핑계를 댈 구실조차 없었다. 한편으론 귀환하지 않는 남편의 생사조차 알 수 없는 상황이어서, 그녀의 희망도 점점 희미해져 갔다. 그런 중에 아들이 훌륭히 자라 일을 처리할 수 있게 되자, 그녀는 아들의 의견대로 구혼자들의 재능을 시험하여 그중 한 명을 택기로 했다.

시험은 활쏘기였다. 열두 개의 고리를 일렬로 배열하고, 이 고리 전부를 화살로 뚫은 사람이 왕비를 취하는 것으로 결정했다. 잠시 후 오디세우스가 한 친구에게 받은 활을 무기고에서 끌어내어, 화살이 가득 담긴 화살집과 함께 놓았다. 텔레마코스는, 경기에 열중하다 보면 이성을 잃고 휘두를 위험이 있다는 구실로 다른 무기는 모두 밖으로 옮기도록 했다.

시합의 처음 시작은 시위를 메기기 위해 활을 구부리는 것이었다. 텔레마코스가 시도해 보았으나 어림도 없었다. 그는 자기에게는 과분한 것이라고 겸손히 말하며 활을 다른 사람에게 넘겼다. 그러나 그의 시도도 마찬가지였다. 그는 동료들의 웃음과 조롱을 받으며 손을 떼었다. 다른 사람, 또 다른 사람도 마찬가지였다. 그들은 활에 기름까지 발랐으나, 아무 효과도 없이 구부러지지 않았다.

마침내 오디세우스가 입을 열어 자기도 한번 시켜 달라고 겸손한 태도로 말했다.

"저는 거지이지만 전에는 무사였습니다. 저의 몸에 아직은 힘이 약간 남아 있습니다."

구혼자들은 그를 비웃으며, 저런 무례한 자는 당장 내쫓으라고 소리쳤다. 그러나 텔레마코스는 큰 소리로 그를 변호한 다음, 늙은이 마음의 만족을 위해 한번 잡아 보는 것도 좋지 않겠냐고 말했다.

오디세우스는 활을 손에 잡자 대가의 솜씨로 수월하게 줄을 맞춘 다음 활시위를 메기고, 줄을 당겨 화살을 고리 속에 관통시켰다. 그리고 곧바로 구혼자들에게 경탄의 소리를 낼 촌음도 주지 않고, 그는 "자, 또 다른 표적이다!" 하며 제일 무례한 자를 정면으로 겨눴다. 화살은 그의 목구멍을 뚫었다.

그러자 텔레마코스와 에우마이오스, 그리고 그의 충복들이 단단히 무장을 하고 오디세우스 곁으로 뛰어갔다. 주변에 있던 구혼자들은 혼비백산하여 무기를 찾았으나 무기도 없었고, 에우마이오스가 문을 굳게 닫고 있었기에 도망칠 수도 없었다.

오디세우스는 마침내 자기 신분을 밝혔다. 그는 자기가 이 나라의 주인이라는 것, 그들이 지금까지 침범해 있던 곳은 자기의 집이요, 그들이 탕진한 재산도 자기 것이고, 그들에 의해 십 년 동안 괴롭힘을 당한 자도 자기의 아내와 아들이라는 것을 밝히고, 이에 대한 철저한 복수를 선언했다.

오디세우스는 모두 다 참살하고, 다시 궁전의 주인이 되어 그의 왕국과 아내를 거느리게 되었다.

테니슨의 시 〈오디세이〉는 늙은 오디세우스를 노래하고 있다.

영웅은 갖가지 모험을 한 뒤 궁전에서 행복하게 사는 것 외에 아무 할 일이 없게 되자, 이런 무의미함에 싫증을 느껴 또다시 새로운 모험을 찾아 떠나려고 한다.

> *자, 벗들이여!*
> *다시 새로운 세계로 떠나도 늦지 않단다.*
> *노를 젓자.*
> *그리고 제자리에 앉아*
> *출렁이는 파도를 헤쳐나가자.*
> *내 목적은*
> *해지는 곳보다도,*
> *서쪽 하늘 별 무리가 수욕하는 곳보다도,*
> *더 멀리*
> *생명이 다할 때까지 나아가는 것이다.*
> *소용돌이가 우리를 가둘 때도 있으리라.*
> *혹 행복의 섬에 닿아*
> *저 위대한 아킬레우스를 만날 일도 있으리라.*

31장

아이네아스의 모험 | 디도 | 팔리누루스

아이네아스의 모험

우리는 지금까지 그리스의 한 영웅 오디세우스와 함께 트로이에서 고향에 돌아올 때까지의 갖가지 모험을 보았다. 그럼 이제부터는 정복당한 사람들 중 생존자들의 운명을 따라가 보기로 하자.

트로이의 생존자들은 고국이 멸망된 뒤 아이네아스(Aeneas)를 따라 신천지를 찾아 떠났다. 목마에서 무사들이 튀어나와 트로이가 함락되고 불바다가 되던 그 밤에, 아이네아스는 파괴된 곳으로부터 부친과 아내, 어린 아들을 데리고 도피했다.[1] 그의 노쇠한 부친 앙키세스(Anchises)는 걸음이 느렸기 때문에 아이네아스는 그를 어깨로 떼메고, 아들의 손을 잡고, 아내는 뒤따라 오게 한 뒤 될 수 있는 한 재빨리 불붙은 도시에서 도망쳤다. 그러나 그의 아내 크레우사(Kreusa)는 남편의 뒤를 따르다 도중에 남편을 놓치고서 목숨을 잃고 말았다.

---

1) 아들은 자꾸만 꼬이는 걸음으로 부친을 따라갔다(Sequitul patlem non passbus).
   — 베르길리우스 〈아이네아스 이야기〉.

약속된 장소에 모인 많은 피난민은 모두 아이네아스의 지휘를 따랐다. 그곳에서 몇 개월을 지낸 다음 이윽고 그들은 출범했다. 그들은 처음에는 멀지 않은 트라케(Thrake) 해안으로 가서 그곳에 도시를 건설하려고 했었다. 그러나 아이네아스의 신변에 괴이한 일이 생겨 그 계획은 접어야만 했다.

그것은 아이네아스가 제물을 올리려고 숲에서 나뭇가지를 꺾을 때 생겼는데, 놀랍게도 나뭇가지를 꺾은 자리에서 피가 흘러내렸다. 그럼에도 불구하고 계속해서 가지를 꺾자, 땅속에서 신음 소리가 들려왔다.

"살려주시오, 아이네아스! 나는 당신의 친척 폴리도로스(Polydoros)요. 여기서 나는 많은 화살에 맞아 죽었는데, 그때 화살이 내 피를 빨아 먹고 자라서 이렇게 숲이 되었다오."

이 말을 들은 아이네아스는 트로이의 왕자였던 폴리도로스를 상기했다. 폴리도로스의 부친은 아들을 전쟁으로부터 멀리 떨어진 곳에서 키우려고 많은 재물과 함께 아들을 이웃 나라 트라케로 보냈는데, 트라케 왕은 이 아이를 죽이고 그 재물만 취했다. 아이네아스와 동료들은 이 땅이 범죄의 원한으로 저주받은 땅이라고 생각하고 서둘러 떠났다.

일행의 다음 상륙지는 델로스(Delos)섬이었다. 이 섬은 원래 떠도는 섬이었는데, 제우스가 견고한 쇠사슬로 해처(海底)에 묶어 놓은 곳이었다. 이곳에서 아폴론과 아르테미스가 태어나, 이 섬은 아폴론에게 봉헌되었다.

섬에 도착한 아이네아스는 아폴론의 신탁에 문의했는데, 늘 그렇듯이 신탁은 애매하게 답변할 뿐이었다.

"그곳에서 너희 종족이 살고, 다른 국민도 그들의 지배 하에 있거라."

트로이인들은 기뻐했다. 그러나 그들은 곧 '신탁이 뜻하는 곳은 어딜까?'라는 질문을 서로에게 했다. 앙키세스는 그들의 조상이 크레타(Creta)에서 왔다는 전설이 있다고 말했다. 그래서 그들은 그곳으로 향했고, 크레타에 도착하여 곧 도시를 세우기 시작했다. 그런데 갑자기 그들 사이에 질병이 나돌았고, 애써 일군 곡식을 한 알도 거두지 못했다.

이러한 암담한 상황이 지속될 때 아이네아스가 꿈을 꾸었는데, 꿈속에서 그는 그곳을 떠나 서쪽 나라 헤스페리아(Hesperia)를 찾아가라는 권유를 받았다. 그곳은 트로이 종족의 원래 조상인 다르다노스(Dardanos)가 처음에 이주했던 곳이었다. 그들은 곧 오늘날 이탈리아라고 부르는 이 헤스페리아로 떠나기로 했다. 그리고 그들은 그 땅에 도착하기까지 갖가지 위험을 겪고, 오늘날의 배로도 지구를 몇 바퀴 돌 만한 긴 세월을 지나 겨우 도착했다.

그들이 처음 상륙한 곳은 하르피이아(Harpyia)들의 섬이었다. 하르피이아는 처녀 머리를 하고 긴 발톱을 가렸으나 언제나 굶주림으로 창백한 얼굴을 가진 혐오스러운 새였다. 이 새들은 옛날 제우스가 피네우스(Phineus, 트라케의 왕. 그는 후처의 꼬임에 빠져 전처소생인 두 아들의 눈을 뽑은 죄로 자신의 눈을 뽑혔다.)라는 자를 괴롭히기 위해 신들이 파견한 괴물이었다. 이들은 피네우스 앞에 음식이 마련되면 언제나 공중에서 날아와 가로채 갔다. 그런데 아르고나우타이(Argonautai) 원정대의 영웅들이 이들을 피네우스의 곁에서 멀리 쫓아냈기에 이 섬으로 도망쳐 아이네아스 일행과 만난 것이다.

배가 항구에 도착하자마자 트로이인들은 가축들이 떼를 지어 들판을 돌아다니는 것을 보았다. 그들은 필요한 만큼 가축을 잡아 잔치를 준비했다. 그런데 그들이 식탁에 앉았을 때 갑자기 공중에서 무섭고도 요란한 소리가 들려왔다. 그들이 고개를 들어 하늘을 보니 보기 싫은 하르피이아 떼들이 그들을 향해 돌진해서 내려왔다. 그리고 발톱으로 접시에 놓은 고기를 낚아채어 다시 솟구쳐 오르려고 했다. 아이네아스와 그의 동료들은 칼을 빼 들어 이 괴물들에게 휘둘렀다. 그러나 아무리 휘둘러도 소용없었다. 괴물들은 너무도 민첩하여 맞혀지지도 않았고, 간혹 맞혀도 날개가 딱딱해서 칼로도 어쩔 수 없는 갑옷 같았다. 그런 중에 한 마리 새가 가까운 절벽 위에 날아 앉아 부르짖었다.

"트로이의 못난 놈들아, 죄 없는 우리에게 어찌 이런 짓을 하느냐? 처음에는 우리의 가축을 죽이더니 이제는 우리를 해치려 하느냐?"

그리고 그 하르피아는 그들의 미래에 무서운 재앙이 있을 거라는 이야기와 함께 마음껏 욕을 퍼붓고 날아갔다. 이에 트로이인들은 서둘러서 그곳을 떠나 이피로스(Epeiros) 해안으로 갔다. 그들은 이 해변에 정박했는데, 놀랍게도 전에 포로로 끌려왔던 몇 사람의 트로이인들이 이곳의 지배자로 있다는 사실을 알게 되었다.

헥토르의 아내였던 안드로마케(Andromache)는 승리자인 그리스의 어떤 장수의 아내가 되어 아들까지 하나 두었다. 그러다가 그 장수가 죽고 난 뒤 그녀는 아들의 후견인으로 이 나라 섭정을 하면서, 같은 포로인 트로이 왕족 헬레노스(Helenos)와 결혼하여 살고 있었다. 아이네아스 일행이 그곳에 도착했을 때 헬레노스와 안드로마케는 그들을 따뜻하게 대접했고, 그들이 떠날 때는 많은 선물을 주었다.

이곳을 떠난 아이네아스의 일행은 시칠리아(Sicilia)의 해안을 항해하다 키클롭스(Cyclopes) 나라를 지나게 되었다. 그때 누군가가 일행을 불렀는데, 그 모습은 초라하고 복장은 구차했다. 하지만 그 복장에는 그가 그리스인이라는 것이 나타나 있었다. 그는 자기가 오디세우스의 일행이었는데, 오디세우스가 자기도 모르게 급히 떠나 홀로 남게 되었다고 말했다. 그리고 오디세우스가 폴리페모스(Polyphemos)를 따돌린 이야기를 한 다음 이곳은 나무열매나 풀뿌리밖에 먹을 것이 없으며, 항상 키클롭스들의 위협을 받으니 데리고 가 달라고 애원했다.

그가 말하는 사이에 폴리페모스가 나타났다. 그는 대단히 큰 몸체에 보기 흉한 왼쪽 눈마저 멀어버린 무서운 괴물이었다. 푹 패인 눈구멍을 바닷물로 씻으려고 지팡이에 의지해서 조심스럽게 바닷가로 내려오더니 물속으로 걸어왔다. 키가 무척 큰 그는 바닷속 깊이 들어올 수 있었다. 그런데 공교롭게도 거인이 그들을 향해 걸어왔기에, 질겁을 한 트로이인들은 그를 피하려고 급히 노를 저었다. 노 젓는 소리를 들은 폴리페모스가 그들을 향해 울부짖자, 그 소리가 해안을 진동했다. 그러자 다른 키클롭스들이 동굴과 숲속에서 뛰쳐나와 해안에 한 줄로 서서 일행을 바라보았는데, 그것은 흡사 키 큰 소나무들이 늘어서 있는 것 같았다. 트로이인들은 열심히 노를 저어 그들로부터 도망쳤다.

아이네아스는 괴물 스킬라(Scylla)와 카리브디스(Charybdis)가 도사리는 해협을 조심하라는 주의를 헬레노스에게 받았었다. 그곳은 오디세우스 일행이 카리브디스를 피하려다 스킬라에게 여섯 명의 부하를 잃었던 곳이다. 그래서 아이네아스는 헬레노스의 충고를 받아들여, 이 해협을 피해 시칠리아 섬의 해안으로 항해했다.

헤라 여신은 트로이인들이 순조로운 여행을 하자, 그들 종족에 대한 옛 원한이 또다시 되살아났다. 그녀는 황금 사과 하나로 인해 파리스에게 당한 치욕을 영원히 잊을 수 없었던 것이다.

"하늘의 신들에게도 이렇게 원한이 깃들다니!"[2]

그녀는 급히 바람의 신 아이올로스(Aiolos)에게 달려갔다. 아이올로스는 전에 오디세우스에게 순풍을 선물하고, 역풍은 전부 묶어 자루에 넣어 준 신이다. 아이올로스는 여신의 명에 따라 자기 아들 보레아스(Boreas, 북풍)와 티폰(Typhon, 태풍)을 비롯한 많은 바람을 보내 폭풍을 일으키게 했다. 그러자 무서운 폭풍이 일어나 트로이인의 배들을 진로에서 벗어나게 하고, 아프리카의 해안까지 밀쳐냈다. 배들은 서로 흩어지다가 침몰 직전까지 왔으며, 아이네아스는 자기 배 외의 다른 배들은 다 난파한 것으로 생각했다.

이때 포세이돈은 폭풍이 몰아치는 소리를 들었고, 이는 자기의 명령에 의한 것이 아니기에 파도 위로 머리를 내밀어 주위를 둘러보았다. 그리고 폭풍에 시달리면서 떠내려가는 아이네아스의 선단을 보았는데, 순간 트로이인에 대해 적의를 품고 있는 동생 헤라의 짓임을 알아챘다. 그러나 헤라의 행동을 이해는 했지만, 기별도 없이 자신의 영역에서 제멋대로 구는 것에 대한 분노는 참을 수 없었다. 그리하여 그는 바람들을 모두 불러 엄격히 꾸짖고 물러가게 했다. 그리고 파도를 잠재우고 빛을 가린 구름을 밀어젖혔

---

2) 하늘의 신들에게도 이렇게 원한이 깃들다니! (Tantaene animis coelestibus irae?) — 베르길리우스 〈아이네아스 이야기〉.

다. 또 암초로 떠밀려 오른 배 몇 척을 자신의 삼지창으로 끌어내렸다. 그러는 동안 트리톤(Triton)과 바다의 님프는 가라앉은 배의 밑창에 어깨를 대고 들어 올려 물 위로 다시 뜨게 했다. 바다가 잔잔해지자 트로이인들은 가까운 해안에 정박했다. 그곳은 카르타고(Carthago) 해안이었다. 선단은 대부분 상하고 망가졌지만, 모두가 무사히 도착하는 것을 보고 아이네아스는 크게 기뻐했다.

월러(Waller)는 〈호민관(크롬웰)에게 부치는 찬사(A Panegyic to my Lord Protector)〉라는 시에서, 포세이돈이 폭풍을 진압하던 일을 이렇게 노래하고 있다.

> *포세이돈이 거친 파도 위로 얼굴을 내밀어*
> *바람들을 꾸짖어 트로이인들을 구했듯이,*
> *전하(殿下)께서도 제후들 위에 서서*
> *세상을 혼란케 하는 야망의 폭풍을 잠재웠다.*

디 도

트로이 유랑민들이 정박한 카르타고는 시칠리아 맞은편의 아프리카의 해변 도시였다. 이곳은 당시 티레(Tyre)인 이민자들이 여왕 디도(Dido)의 영도 아래에서 새 나라 기초를 쌓고 있었다. 그러나 이 나라는 뒤에 로마의 숙적이 된다.

디도는 티레 왕 벨루스의 딸이자, 왕위를 계승한 피그말리온(Pygmalion)[3]의 누이였다. 그녀 남편은 시카이우스(Sycaeus)라는 거부(巨富)였는데,

---

3) 상아 처녀를 아내로 맞은 피그말리온과는 동명이인이다.

피그말리온은 매형의 재산이 탐나 그를 죽게 했다. 그래서 디도는 많은 친구와 부하들을 데리고 시카이우스의 재산과 함께 티레에서 도망쳤다. 이 일행은 자기들 미래의 보금자리를 선택하고는, 거기에 살던 원주민에게 황소 한 마리의 가죽으로 덮을 만한 토지를 나누어 달라고 부탁했다. 원주민들에게 흔쾌한 승낙을 받아내자, 디도는 가죽을 가늘고 길게 잘라 끈을 만든 뒤 그것으로 구획을 정하고 그 경계 안에 성을 쌓고는 '비르사(Byrsa, 짐승의 가죽)'라고 불렀다. 이 성 주위로 카르타고 시가 일어나, 얼마 후 강대하고 번성하는 도시가 되었다.

마침 상황이 이러할 때 아이네아스 일행이 이 도시에 도착했고, 디도는 이 유명한 나라의 유랑민들을 친절하게 맞이했다.

"나도 고생해 본 사람이라 어려운 사람들 사정을 잘 압니다."[4]

여왕은 이렇게 말하고 나서 그들을 환대하기 위한 축제를 열었다. 힘과 재주 겨루기 시합이 열리자, 아이네아스 일행도 여왕의 신하들과 같은 조건으로 종려 잎(승리를 말함.)을 얻기 위해 겨뤘다.

여왕은 "승리자가 트로이인이거나, 티레인이거나 간에 나는 차별하지 않겠다."고 선언했다.

경기가 끝나자 잔치가 벌어졌고, 거기에서 아이네아스는 여왕의 청에 따라 트로이 종말에 관한 이야기와 트로이 함락 뒤에 겪은 자신의 모험담을 이야기했다. 디도는 그의 이야기에 빠져들어 갔고, 그의 공적에 탄복하여 그를 사랑하게 되었다. 아이네아스도 이 행운을 받아들이려고 마음먹었다. 그가 그 제안을 받아들이면 괴로운 유랑생활을 마무리 지을 수 있을 뿐 아니라, 가정과 왕국 그리고 아내를 동시에 차지할 수 있기 때문이었다.

꿈같은 세월이 열 달이나 지나갔다. 아이네아스는 이탈리아도, 그 해변에다 세울 왕국의 도성도 깡그리 잊어버린 것 같았다. 그러나 이를 본 제우스는 헤르메스를 보내어 아이네아스의 사명을 상기시키고 항해를 계속하게 했다.

---

4) 베르길리우스 〈아이네아스 이야기〉 제1권 630행.

아이네아스는 이렇게 해서 디도를 버렸다. 물론 디도는 감언이설로 그를 유혹하거나 설득하려 했다. 하지만 아이네아스의 마음은 더 이상 디도에게 있지 않았다.

아이네아스에게 버림받은 디도는 자기 사랑과 긍지에 대한 이 같은 모욕을 참을 길 없었다. 아이네아스가 기어이 떠났다는 사실을 안 디도는 장작을 높이 쌓아 올리게 하고는, 그 위로 올라가 칼로 제 몸을 찌르고는 장작과 함께 잿더미가 되었다. 트로이인들도 도성 하늘로 솟아오르는 그 불길을 보았다. 아이네아스는 그게 무슨 불길인지 모르면서도 불길한 예감을 느꼈다.

다음 풍자시는 《명시 선집》에 수록되어 있는 것이다.[5]

> 디도여, 그대 운명은 참으로 기구하구나.
> 초혼도 그랬고, 재혼도 그랬다.
> 첫 남편이 죽자
> 그대는 나라를 떠났고,
> 두 번째 남편이 나라를 떠나자
> 그대가 죽었으니.
>
> — 라틴어 시에서

팔리누루스

아이네아스의 일행은 도중에 시칠리아섬에 정박했다가 당시 이곳을 지배하던 트로이 왕가의 핏줄인 아케스테스(Acestes)의 환대를 받고 다시 출항하여 이탈리아를 향해 항해를 계속했다. 아프로디테는 포세이돈에게 자기의

---

5) Elegants Extracts. 1791년, V. 노크스가 편집한 시집.

아들(아이네아스)이 탈 없이 목적지에 닿게 하고, 더 이상 바다의 위험이 없도록 부탁했다. 포세이돈은 승낙하면서 하나의 조건을 붙였는데, 그것은 한 사람을 제물로 바치면 다른 생명은 무사하게 한다는 것이었다. 그 희생자는 키잡이 팔리누루스(Palinurus)였다.

그가 키를 단단히 잡고 별을 보며 항해하고 있는데, 포세이돈은 잠의 신 히프노스(Hypnos)를 포르바스(Phorbas, 트로이 왕 프리아모스의 아들)로 변신케 하여 보냈다. 그는 팔리누루스 곁으로 다가가 이렇게 말했다.

"팔리누루스야, 바람은 순풍이고 파도는 잔잔하다. 그리고 배는 순조롭게 항로를 잘 달리고 있지 않은가. 고단할 테니 잠깐 누워서 쉬거라. 자네 대신 내가 키를 잡아줄 테니."

그러자 팔리누루스가 이렇게 대답했다.

"바다가 잔잔하다느니 순풍이니 하는 말을 제게 하지 마시오. 나는 이런 바다가 갑자기 우리를 배신하는 걸 너무도 많이 보았소. 이렇게 변덕스러운 날씨나 바람에 아이네아스를 어찌 맡기겠소?"

말을 마치자 팔리누루스는 여전히 키를 잡고 별을 응시했다. 그러나 히프노스가 망각의 강 레테(Lethe)의 이슬에 적신 나뭇가지를 그의 머리 위에서 자꾸 흔들자, 팔리누루스도 더 이상 견디지 못하고 눈을 감고 말았다. 그러자 히프노스는 그의 몸을 밀어 바닷속에 빠뜨렸다. 이때 그의 손은 키를 움켜쥔 채로 떨어졌기에, 키도 함께 떨어져 나갔다.

그러나 포세이돈이 약속을 저버리지 않아, 키도 키잡이도 없이 배는 제 항로를 달렸다. 한참 뒤에야 팔리누루스가 없어진 것을 안 아이네아스는 이 충직한 키잡이의 죽음을 몹시 슬퍼하며 자신이 직접 항로를 챙겼다.

월터 스콧 경(Sir Walter Scott, 영국의 시인, 소설가)의 〈마미온(Marmion)〉이라는 서사시 제4편 서두에는 이 팔리누루스의 이야기를 다룬 아름다운 구절이 있다.

여기에서 스콧은 이 시가 쓰이기 2년 전에 병사(病死)한 윌리엄 피트

(William Pitt, 영국의 대정치가)를 기리며 이렇게 노래했다.

> 오, 한동안 방황하던 죽음이
> 드디어 먹이를 찾았던 최후의 날까지
> 그는 팔리누루스의 일편단심으로
> 그 험한 자리에 우뚝 서 있었다.
> 휴식이 필요한 데도 이를 마다하고
> 임종하는 순간까지 키를 움켜쥐었다.
> 드디어 그가 쓰러지자, 불길한 동요가 일어
> 이 나라의 항해는 그 힘을 잃었다.

마침내 배는 이탈리아 해안에 닿았다. 일행은 기쁨에 겨워 환호성을 지르며 육지로 뛰어 올라갔다. 부하들이 야영 준비를 하는 동안 아이네아스는 시빌레(혹은 시불라(Sibyl), 아폴론의 뜻이나 때로는 다른 신의 뜻을 인간에게 고하는 무녀.)의 집을 찾았다.

그곳은 아폴론과 아르테미스에게 봉헌된 신전과 숲의 근처에 있는 동굴 속이었다. 아이네아스가 그곳에서 두리번거리자 시빌레가 말을 걸어왔다. 그녀는 그가 이곳에 온 이유를 알고 있었던 것 같았다.

이윽고 아폴론의 계시를 받자, 그녀는 갑자기 예언자의 말투로 아이네아스가 마지막 성공을 거두기까지 겪을 많은 고초와 위험을 예언했다. 그리고 다음과 같은 말로 격려하고 끝을 맺었다.

"그대, 역경에 굴하지 말고 용감하게 전진하라."6)

이 말은 후세의 격언이 되었고, 아이네아스는 무슨 일이 닥쳐도 각오가 섰다고 대답했다.

그리고는 꿈에 사자(死者)의 나라로 가서 아버지 앙키세스를 만나, 자신의

---

6) 베르길리우스 〈아이네아스 이야기〉 제6권 95행.

장래와 민족의 운명을 알아보라는 계시를 받았으니, 이 일을 이룰 수 있도록 힘을 빌어달라고 간청했다. 그러자 시빌레가 대답했다.

"아베르누스(Avernus, 저승)까지 내려가는 것은 쉽소. 하데스(Hades, '플루톤(Pluton)'이라고도 함. 저승의 왕)의 문은 언제나 열려 있소. 그러나 이승으로 돌아오는 일은 힘들고 어려운 일이오."[7]

그녀는 그에게 숲속으로 들어가 황금가지[8]가 뻗친 나무를 찾아보라고 했다. 그리고 그 가지를 꺾어 페르세포네(Persephone)에게 선물로 가져가야 하는데, 가지는 운이 좋으면 꺾는 자의 손에 복종하여 기꺼이 꺾여 주지만 운이 나쁘면 어떤 힘도 그것을 꺾을 수 없다고 했다. 그러면서 "한 가지가 부러져 나가면 곧 다른 가지가 돋아난다."[9]라는 말을 덧붙였다.

아이네아스는 시빌레의 지시를 따랐다. 그러자 그의 어머니 아프로디테는 비둘기 두 마리를 보내어 그의 길을 안내하게 했다. 이 비둘기의 도움을 받아 아이네아스는 그 나무를 쉽게 찾아 황금가지를 꺾어 시빌레에게 돌아갔다.

---

7) 베르길리우스 〈아이네아스 이야기〉 제6권 126행.
8) J. G. 프레이저(James George Frazer)의 〈황금가지(Golden branch)〉는 이런 가지에 얽힌 전설을 설명한 것이다.
9) 베르길리우스 〈아이네아스 이야기〉 제6권 143행.

32장

하계(下界) | 엘리시온 | 시빌레

하계(下界)

이 책 서두에서 우리는 고대인들이 세계 창조에 대해 어떤 생각을 했는지 설명했다. 이제 이 이야기도 종장에 다가왔으니 사자(死者)들의 세계에 관해 이야기하기로 하자. 이 사자의 세계는 훌륭한 고대의 시인 중 한 사람인 베르길리우스(Vergilius)가 쓴 것이다.

베르길리우스가 생각하는 하계의 입구라는 곳은 지상에 있는 인간들에게는 으스스하고 초자연적인 느낌을 환기시키기에 가장 어울리는 곳일 것이다. 그곳은 베수비우스(Vesuvius) 산 가까이의 화산 지대로 그 지대는 땅이 깊게 갈라져 터져 있어 간간이 유황 불꽃이 솟았다. 이곳의 지면은 속에 갇힌 증기 때문에 늘 흔들렸고, 또 땅 밑에서는 신비스러운 소리가 들려왔다. 아베르노(Averno, '새가 없는'이라는 뜻의 '아오르노스(Aornos)'로 불리기도 함.)호(湖)는 사화산의 분화구에 물이 채워진 것으로 상상된다. 이 호수는 폭이 반 마일은 족히 되는 원형으로 수심이 깊다. 높은 둑으로 둘러싸여 있는 이 둑은 베르길리우스의 시대에는 울창한 숲으로 덮여 있었다. 언제나 유독성 증기가 그 수면으로부터 올라왔기에 둑 위에서는 풀 한 포기 나지 않았고 새 한 마리도 날지 않았다.

베르길리우스에 따르면 이곳에 하계로 통하는 동굴이 있어, 아이네아스는 이곳에서 페르세포네(Persephone), 헤카테(Hecate), 에리니에스(Erinyes) 등 지옥의 여신들에게 제물을 바쳤다. 그러면 엄청나게 큰 소리가 땅속에서 울려 나와 언덕 위의 숲이 흔들렸고, 이윽고 개 짖는 소리가 들려왔다. 여신들이 가까이 왔음을 알리는 것이다.

"자, 용기를 내시오. 이제부터는 용기가 필요합니다."

시빌레가 이렇게 말하며 동굴 속으로 내려가자, 아이네아스는 그 뒤를 따랐다.

그들은 지옥의 문에 들어가기 전에 한 무리 군상들 사이를 지났는데, 그들은 '비탄'과 복수의 '근심', 창백한 '역병', 음울한 '노년', 범죄의 계기가 되는 '공포', '기아', '노역(勞役)', '빈궁', '죽음' 등으로 보기에도 무서운 모습들이었다. 복수의 여신 에리니에스(Erinyes)들과 불화의 여신 에리스(Eris)는 그곳에 침상을 내놓고 있었는데, 에리스의 모발은 피 묻은 댕기로 결박된 여러 마리 독사로 이루어져 있었다. 또 거기에는 팔이 100개나 있는 브리아레오스(Briareos), 슛 소리를 내는 히드라(Hydra), 불을 내뱉는 키마이라(Chimaera) 같은 괴물도 있었다. 이런 괴물들의 모습에 몸서리친 아이네아스는 칼을 빼내어 치려고 했다. 그러나 시빌레가 이를 말렸다.

그들은 다시 코키토스(Cocytos, '비탄의 강'이라는 뜻.)라는 검은 강에 이르렀다. 그곳에는 늙고 남루하지만 굳세고 정력이 왕성한 카론(Charon)이라는 뱃사공이 있어 여러 손님을 배에 태웠다. 그의 손님 중에는 고매한 영웅이나 소년, 미혼 처녀도 있었다. 그 수는 가을바람에 흩어지는 낙엽이나 겨울이 가까이 온 것을 알고 남쪽으로 날아가는 철새 떼처럼 헤아릴 수 없이 많았다. 그들은 다투어서 배를 타고 강을 건너가려 했다. 그러나 엄격한 뱃사공은 자기가 선택한 자만을 태워주고 나머지는 단호히 쫓아 버렸다. 아이네아스는 이 광경을 보고 이상하게 여기며 시빌레에게 물었다.

"왜 이런 차별을 하는 것이오?"

그녀가 대답했다.

"배를 탈 수 있는 자는 정당한 장례를 치른 영혼이고, 그렇지 못한 영혼은 이 강을 건널 수 없답니다. 그들은 백 년 동안 이 강가를 뛰어다니면서 이리저리 방황하지 않으면 안 됩니다. 백 년이 지나야만 그들도 강을 건너갈 수 있습니다."

아이네아스는 폭풍우 속에서 죽은 자기의 몇몇 동료를 생각하고 슬퍼했다. 그 순간 그는 바다로 떨어져 죽은 키잡이 팔리누루스를 보았다. 아이네아스는 그에게 다가가 어쩌다 그런 변을 당했느냐고 물었다. 팔리누루스는 키가 떠내려갔는데, 그것을 붙잡고 있다가 물살에 휩쓸렸다고 대답했다. 그러면서 그는 자기를 강 건너로 데려다 달라고 아이네아스에게 간청했다. 그러나 시빌레는 그런 행동은 하데스의 법칙에 위배된다면서 그를 꾸짖었다. 그러면서도 그녀는 '그의 시체가 표류하여 도착할 해안에 사는 사람들에게 갖가지 괴이한 일이 발생하게 되고, 이를 두려워하는 그들에 의해 시체는 정중히 매장될 것이며, 그 곳은 팔리누루스 곶이라 불리어지리라 − 지금도 그렇게 불리고 있다. − 는 것'을 그에게 알려주었다. 이런 말로 팔리누루스를 위로한 뒤 그들은 작별 인사를 하고 배에 접근했다.

카론은 앞으로 가까이 다가온 무사를 날카롭게 응시하더니, 무슨 권리로 살아서 무장한 몸으로 이 강가에 왔느냐고 물었다. 그러자 시빌레는 자기들은 결코 난폭한 짓을 하려는 것이 아니며, 아이네아스의 목적은 그의 아버지를 만나보는 것이라고 대답한 다음 황금가지를 내보였다. 이 가지를 본 카론은 바로 분노를 풀고, 급히 배를 강가로 돌려 그들을 태웠다. 이 배는 원래 육체를 떠난 가벼운 영혼만을 태우도록 만들어진 (짐승의 가죽을 이어 만들었다고 한다.) 것으로, 아이네아스가 타자 무게를 느껴서인지 괴상한 신음 소리를 냈다.

그들은 곧 건너편 둑에 닿았다. 그곳에서 머리가 세 개이고, 목에 수많은 뱀이 억센 털처럼 돋아 있는 케르베로스(Cerberus)라는 개를 만났다. 케르베로스는 세 개의 목구멍을 다 열어젖히고 짖다가, 시빌레가 던져준 약 묻힌 과자를 탐욕스럽게 먹었다. 그러다가 잠시 후 약 기운에 취해 굴속으로 들어가더니 그대로 몸을 누이고 잠이 들었다.

아이네아스와 시빌레는 강둑으로 뛰어올랐다. 그러자 곧 그들의 귀에 낭자한 울음소리가 들려왔다. 그것은 인생의 입구에서 죽은 갓난아이들의 통곡소리였다. 그런가 하면 그들 옆에는 무고하게 죄를 뒤집어쓰고 죽은 사람들이 있었는데, 미노스(Minos, 크레타의 왕인 그는 제우스와 에우로파(Europa) 사이에서 태어났다. 법률의 제정자로 유명하다.)가 재판관으로서 그들의 행적을 일일이 조사하고 있었다. 또한 그 옆에 앉아 있는 무리는 삶을 증오하여 죽음을 피난처로 택해 자살한 사람들이었다. 오! 만약 그들이 환생한다면, 이제는 가난이나 고생, 그 밖의 노고를 달게 받을 텐데…….

다음에 나타난 것은 비탄의 들판이었다. 이곳은 몇 갈래의 작은 오솔길로 나누어져 있었는데, 이 길들은 도금양(桃金孃, 도금양과에 속하는 늘 푸른 떨기나무.)의 숲속으로 통해 있었다. 이곳은 짝사랑에 희생된, 죽어서도 고통을 면치 못하는 사람들이 배회하고 있었다.

이들 가운데서 아이네아스는 아직도 상처가 아물지 않은 디도(Dido)의 모습을 언뜻 본 듯했다. 처음에는 어둠 때문에 확실하지 않았으나, 가까이 다가서면서 디도임을 확인하고 아이네아스는 눈물을 흘렸다. 그는 애정이 넘치는 어조로 말을 건넸다.

"불쌍한 디도여! 그대가 죽었다는 소문이 사실이었구나! 그리고 아……! 내가 그 원인이란 말인가? 신들을 증인으로 내세울 수도 있는 일이지만, 내가 그대를 떠난 것은 내 뜻이 아니라오. 그것은 제우스의 명령에 복종하지 않을 수 없었기 때문이오. 또 나의 출범이 그대에게 그와 같이 엄청난 희생을 끼치리라고는 생각지 못했소. 제발 걸음을 멈춰 주시오. 그리고 내가 최후로 하는 작별의 말을 거부하지 말아 주시오."

디도는 잠시 그 자리에 서 있었으나, 얼굴을 돌린 채 눈을 아래로 떨어뜨리고 있었다. 그러다가 그의 변명이 들리지 않는 듯, 말없이 걸어갔다. 아이네아스는 얼마 동안 뒤를 따르며 애원하다가 무거운 마음으로 시빌레와 같이 발길을 돌렸다.

다음으로 그들이 도착한 곳은 전사한 영웅들이 모여 있는 들판이었다. 그곳에는 그리스와 트로이 무사들의 망령이 가득했다. 아이네아스를 발견한 트로이의 망령들이 그의 주변으로 모여들었다. 하지만 그들은 그를 보고 있는 것만으로는 만족하지 못하고, 아이네아스에게 이곳에 온 이유가 무엇인지를 묻고 나서 그 밖의 다른 질문들도 퍼부어댔다. 그러나 그리스의 망령들은 어둠 속에서 번쩍이는 갑옷을 보자마자 그가 아이네아스라는 것을 알아차리고서 공포에 떨며 등을 돌려 도망쳤다. 그것은 트로이 전쟁터에서 그들이 흔히 보였던 모습과 흡사했다. 아이네아스는 트로이 친구들과 좀 더 같이 있고 싶어 했으나, 시빌레가 길을 떠나야 한다고 재촉했다.

그들의 다음 도착지는 두 갈래로 길이 갈라진 지점이었다. 하나는 엘리시온(Elision, 낙원)으로 통하고, 다른 하나는 지옥으로 가는 길이었다. 아이네아스는 한편에 거대한 성곽이 있는 것을 보았는데, 그 주변으로 플레게톤(Phlegethon, '불의 강'이란 뜻.) 강의 화염 물결이 이글거리고 있었다. 그 앞에는 어떠한 인간도, 심지어는 신까지도 열 수 없는 금강석 문이 있었다. 그리고 문 옆에는 쇠 탑이 서 있었고, 그 위에서는 복수의 여신 티시포네(Tisiphone)가 망을 보고 있었다. 성안에는 신음 소리, 채찍 소리, 쇠가 삐걱거리는 소리, 쇠사슬이 쩔꺽쩔꺽 울리는 소리가 가득했다. 아이네아스가 공포에 떨며 '지금 들리는 소리는 어떤 범죄에 대한 형벌이냐?'고 묻자, 시빌레가 대답했다.

"이곳은 라다만티스(Rhadamanthus, 제우스와 에우로페의 아들)의 법정인데, 살아생전에 저지른 죄를 밝히는 곳이오. 범죄자는 자기가 완전범죄를 했기에 아무도 모를 거라고 생각하지만 어림없는 생각이오. 티시포네는 쇠사슬 채찍으로 죄인을 벌한 다음, 그를 다른 복수의 여신에게로 인도한다오."

이때 마침 무시무시한 소리를 내며 청동 문이 열렸다. 아이네아스는 문 안에서 히드라(Hydra)가 오십 개의 머리를 두리번거리며 입구를 지키고 있는 것을 알았다. 시빌레는 아이네아스에게 지옥의 심연(深淵)은, 그들의 머리 위에 있는 하늘이 무한히 높은 것처럼 그 밑바닥 또한 끝을 알 수 없을 만큼 깊다고 설명해 주었다.

이 심연의 바닥에는 옛날에 신들에게 대항했던 거인족[티탄(Titans)족]이 꿇어 엎드려 있었다. 살모네우스(Salmoneus)도 거기에 있었다. 그는 오만하게도 제우스와 우열을 겨루려고 청동으로 된 다리를 만들어서 그 위를 전차로 달렸고, 그 소리를 천둥소리를 닮게 했다. 그뿐 아니라 번갯불을 흉내 내어 불타는 나뭇가지를 백성들에게 던졌다. 이런 짓을 일삼았기에 제우스는 마침내 진짜 벼락을 그에게 던져, 인간의 무기와 신의 무기의 차이점을 알려주었다. 거인 티티오스(Tityos)도 그곳에 있었다. 그의 몸은 드러누우면 9에이커의 땅에 가득 찰 만큼 거대했는데, 독수리가 항상 그의 간장을 파먹고 있었다. 그의 간장은 파먹히자마자 새로운 간장이 솟아나므로, 간장을 파먹히면서 고통을 맛봐야 하는 그의 형벌은 그칠 날이 없었다.

또한, 아이네아스는 많은 사람이 훌륭한 음식을 갖춘 식탁 둘레에 앉아 있는 것을 보았다. 그런데 한 복수의 여신이 그 곁에 서서, 그들이 음식을 먹으려는 순간 그들의 입에서 음식을 빼앗아 가는 것이었다. 또 어떤 자들의 머리 위에는 큰 바윗돌이 흔들리고 있어, 곧 떨어질 것 같은 공포 상태가 지속되고 있었다. 이들은 이승에서 형제를 미워한 자, 혹은 부모를 학대한 자, 신뢰한 친구를 속인 자, 부자가 된 후에 혼자서 호의호식하며 다른 사람에게 한 푼도 나누어 주지 않은 자 등이었는데, 그중에서 마지막 부류에 속하는 자가 가장 많았다.

또 이곳에는 결혼 약속을 저버린 자, 불의의 전쟁을 일으킨 자, 주인에게 불충실한 자들도 있었다. 그런가 하면 돈 때문에 조국을 팔아먹은 자, 법률을 악용하여 자기에게 유리하게 해석하기를 일삼은 자들도 있었다.

익시온(Ixion)도 그곳에 있었는데, 그는 끊임없이 회전하는 차 바퀴에 결박되어 있었다. 또 시시포스(Sisyphos)도 있었다. 그의 형벌은 큰 돌을 산꼭대기까지 굴려 올리는 것이었는데, 등성이를 거의 다 올라가면 바위는 느닷없이 어떤 힘에 이끌려 들판을 향해 다시 거꾸로 굴러내리는 것이었다. 그는 다시 돌을 위로 올리려고 무진 애를 쓰지만 땀만 그의 전신을 적실 뿐, 아무리 해도 헛수고였다. 탄탈로스(Tantalos)는 그곳의 연못 안에 서 있었다. 그의 턱은 수면과 같은 높이에 있었지만, 타는 갈증을 피할 도리가 없었다. 왜냐하면 그가 물을 마시려고 백발의 머리를 숙이면 물이 일제히 달아나서, 그가 서 있는 곳은 한 방울의 물도 없이 말라 버리기 때문이었다. 또 배, 석류, 사과, 맛 좋은 무화과 등 많은 과일이 달린 수목의 가지들이 그의 머리 위에 축 늘어져 있었다. 그러나 그가 손을 내밀면 바람이 나뭇가지를 손이 닿지 않게 높은 곳으로 불어 올렸다.

시빌레는 아이네아스에게 이제는 이 고통이 가득한 곳을 떠나, 행복한 사람들이 살고 있는 엘리시온으로 가자고 했다. 그들은 암흑과 빛의 중간 지대를 지나, 엘리시온의 들로 나왔다. 그곳이 바로 행복한 사람들이 사는 곳이었다. 그들은 안도의 숨을 내쉬며 주위가 자줏빛 광선에 싸여 있는 것을 보았다. 이곳은 고유의 해와 별들을 가지고 있었다. 주민들은 여러 가지 방법으로 오락을 즐겼는데, 어떤 사람들은 푸른 잔디 위에서 역기나 기타 다른 스포츠를 하였고, 또 어떤 사람들은 춤을 추거나 노래를 부르고 있었다. 오르페우스는 리라 줄을 타며 매혹적인 음률을 내고 있었다.

이곳에서 아이네아스는 생존했던 시절에 트로이 나라를 건설했던 고결한 영웅들을 보았다. 또 그는 지금은 사용되지 않고 한쪽에 안치되어 있는, 그 당시의 이륜 전차나 번쩍이는 무기들을 경탄하면서 바라보았다. 창은 땅에 꽂혀 있고, 마구를 벗은 말들은 들판을 돌아다니며 노닐고 있었다. 옛날의 영웅들이 생전에 자기들의 훌륭한 갑옷과 군마에 대해 지닌 자부심은 이곳에서도 다름없었다.

그는 또 다른 무리의 사람들이 연회를 즐기며 음악에 귀 기울이는 장면을 보았다. 그들은 월계수 숲속에 있었는데, 이곳은 저 위대한 포 강(Po River, 에리다노스(Eridanos))의 원천을 이루며 그것이 도시로 흘러나오는 곳이었다. 또 이 숲속에는 조국을 위해 싸우다 부상으로 쓰러진 용사들, 순결을 지킨 사제들, 아폴론에게 상응한 예언을 노래 부른 시인들, 혹은 발명으로 인간을 유익하게 하고 인생을 살 만하게 하는 데 공헌한 사람들, 그리고 인류에게 봉사한 공로로 은인으로서 추앙받는 사람들이 살고 있었다. 이들은 눈같이 흰 리본을 이마에 달고 있었다.

시빌레는 이들에게 말을 걸어, 어디로 가야 앙키세스를 만날 수 있느냐고 물었다. 그들이 일러준 대로 따라가, 푸른 잎이 무성한 골짜기에서 앙키세스를 찾을 수 있었다. 앙키세스는 그 골짜기에 앉아 자손들의 일과 운명, 그리고 그들이 장차 이룩할 훌륭한 위업에 대해 생각하고 있었다. 그러다 아이네아스가 다가오는 것을 보자, 그는 두 손을 내밀며 하염없이 눈물을 흘렸다. 그리고 말했다.

"마침내 네가 왔구나. 얘야, 오랫동안 네가 오기를 기다렸다. 그 수많은 위험을 잘 견디고 이곳까지 찾아오다니! 수고했다. 오, 내 아들아! 나는 너의 여정을 지켜보며 무척 걱정했단다."

그러자 아이네아스가 대답했다.

"오, 아버지! 아버지의 영상이 언제나 제 눈앞에서 저를 지도하고 수호해 주셨습니다."

그리고 그는 아버지를 힘껏 포옹하려 했다. 그러나 그의 팔은 실체가 아닌 환상을 포옹한 것에 불과했다.

아이네아스의 눈앞에는 깊고 넓은 골짜기가 가로놓여 있었다. 그곳에서는 바람이 조용히 나부끼며 나뭇가지를 간질이고, 그 밑으로 레테 강이 흐르는 고요한 풍경이 펼쳐져 있었다. 강가에는 여름날 공중에서 떠도는 날벌레같이 무수한 군중이 웅성거리며 모여 있었다. 아이네아스는 깜짝 놀라며 그들이 누구냐고 물었다. 앙키세스가 대답했다.

"그들은 때가 되면 육체를 가질 영혼들이다. 그동안 그들은 레테의 강가에 머물면서 망각의 물을 마시고, 전생의 기억을 없애는 것이다."

아이네아스가 말했다.

"오, 아버지! 이런 낙원을 떠나서 지상으로 가고 싶어 할 만큼 육체적 생명을 사랑하는 사람이 누가 있겠습니까?"

앙키세스는 천지창조의 계획이 어떻게 실행되었는지를 설명하는 것으로 대답을 대신했는데, 그의 말은 다음과 같다.

『조물주는 영혼의 구성 재료로 네 원소 ― 불, 공기, 흙, 물 ― 를 사용했다. 이 원소들이 결합할 때는 그중 가장 강한 요소인 불의 형태를 취하는데, 이것이 화염이다. 화염은 종자와 같이 태양, 달, 별 등 천체 사이에 널리 퍼트려졌으며, 하위의 신들은 이 종자를 가지고 인간이나 다른 모든 동물을 만들었다. 그때 흙은 상대적인 비례로 혼합되었으므로, 흙의 요소가 구성물 속에 많이 들어 있을수록 그 개체의 순수성이 적어졌다. 또한, 우리가 알고 있는 것처럼 육체가 성숙한 남녀는 유년 시절의 순수성을 거의 가지고 있지 않다. 육체와 영혼이 결합하고 있는 시간이 오래될수록 불순성이 점점 영혼으로 옮겨 가기 때문이다. 이 불순성은 죽은 뒤에 제거되어야 하는데, 그러려면 영혼에 바람을 쐬어 깨끗하게 하든지 물에 잠그든지 불로 태워 버리든지 해야 한다. 극소수의 사람들 ― 앙키세스는 자기도 그중 한 사람임을 암시했다. ― 은 단번에 엘리시온에 들어가 그곳에서의 삶이 허용된다. 그러나 대부분의 사람은 흙에서 비롯된 여러 불순물을 제거하고, 레테 강의 물로 전생의 기억을 완전히 씻은 뒤에야 비로소 새로운 육체를 부여받아 지상의 세계로 다시 올 수 있다. 그러나 그중에는 완전히 부패하여 인간의 육신을 받기에 적당하지 않은 자도 있다. 이런 자는 사자, 범, 고양이, 개, 원숭이 등과 같은 짐승으로 만들어진다. 이것을 고대의 사람들은 메템시코시스(metempsychosis), 즉 '영혼의 윤회'라고 불렀다.

이 윤회 사상은 아직도 인도의 원주민들에게 신봉되고 있다. 그래서 그들은 아주 미세한 생명일지라도, 그것이 자기들 친척의 변신일지 모른다는 생각에 죽이기를 꺼린다.』

이렇게 설명한 앙키세스는 좀 더 나아가, 아이네아스에게 장래 탄생될 그 민족의 영웅들과 그들이 지상에서 달성할 위업에 관해 이야기했다.

그리고는 다시 화제를 현재로 바꾸어, 아들의 무리가 이탈리아에 완전히 뿌리를 내릴 때까지 해야 될 일이 무엇인지를 말해 주었다. 즉 크고 작은 전쟁을 치러야 한다는 것, 신부를 맞이하는 일, 그래서 그 결과로 '트로이'라는 나라가 건설되고, 그로부터 장차 세계를 제패하게 될 '로마'라는 나라가 건설되리라는 점 등을 이야기했다.

아이네아스와 시빌레는 앙키세스와 작별한 후 지름길을 택해 지상으로 돌아왔다.

엘리시온

'베르길리우스(Vergilius)'는 우리가 본 바와 같이 엘리시온을 하계에 두고, 축복받은 사람들의 영혼이 사는 곳이라고 했다.

그러나 〈호메로스(Homeros)〉에는 엘리시온이 사자(死者)의 나라 일부분으로 나오지 않는다. 그는 이 땅을 지구의 서쪽 끝 오케아노스(Oceanus) 부근에 두고, 행복의 나라로 노래했다. 그곳은 눈도, 추위도, 비도 없이 항상 제피로스(Zephyrus)가 산들거린다. 이곳은 신의 은총을 받은 영웅들이 죽음 없이 살기에, 라다만티스(Rhadamanthus)의 지배 아래 행복만이 있었다.

헤시오도스(Hesiodos, B.C. 7세기경, 그리스 서사시인)나 핀다로스(Pindaros, B.C. 5세기경, 그리스의 서정시인)의 엘리시온은 서쪽 끝 오케아노스 중앙에 있는 '축복된 자의 섬', 혹은 '행운의 섬'에 위치한다. '아틀란티스(Atlantis)'라는 행복한 섬의 전설도 여기에서 유래한 것이다.

이 행복의 나라는 완전히 꾸며진 것이겠지만, 이 전설이 발생한 것은 아마 폭풍우 속에서 표류한 선원이 아메리카 해안을 떠나며 퍼뜨린 이야기에서 나온 것 같다 ─ (파리의 '샹젤리제(Champs-Elysees)'는 '엘리시온의 뜰'이라는 뜻).

J. R 로웰(James Russell Lowell)은 그의 단시(〈먼 옛날에 부쳐〉 제8절

및 9절)에서 현대도 이처럼 행복의 나라에서 살 수 있다고 노래했다.

> 어떤 것일지라도
> 그대 안에 살던 진정한 생명은
> 지금도 혈관 속에서 움직이고
> ……
> 지금도
> 이 싸움과 근심의 삭막한 파도 사이에
> 녹색으로 가득한 '행운의 섬'은 떠 있다.
> 그곳은 그대의 영웅들 영혼이 모두 살아
> 우리의 고통과 고생을 지켜보고 있다.
> 현대는 옛날을 훌륭한 시대로 있게 한
> 저 용감하고 뛰어난
> 아름다운 모든 것과 함께
> 움직인다.

밀턴의 〈실낙원〉 역시 제3권 제568행에서 같은 전설을 다루었다.

> 옛날 유명했던 헤스페리데스(Hesperides)들의 정원처럼
> 행복한 들이나 숲, 꽃이 만발한 골짜기가 있는
> 삼중의 행복한 섬.

또 《실낙원》 제2권에서는 에레보스(Erebus)의 다섯 개 강의 특징을 그리스어의 의미를 따라 그렸다.

> 혐오스러운 스틱스(Styx), 죽음 같은 증오의 흐름.
> 검고 깊은 통곡의 강, 슬픈 아케론(Acheron).

원망스러운 흐름이 강가에 들려
커다랗게 울리는 비탄의 이름, 코키토스(Cocytus).
힘차게 쏟아지는 분노,
불의 폭포가 일으키는 맹렬한 플레게톤(Phlegethon).
이들에서 멀리 떨어져 부드럽고 고요하게 흐르는
망각의 강, 레테(Lethe)가
물의 미로를 더듬어 가고 있다.
이 물을 마신 자는 전생의 모습이나 존재도 잊고,
기쁨도 슬픔도 즐거움도 괴로움도
모두 잊는다.

시빌레

아이네아스와 시빌레가 지상으로 돌아간 때 아이네아스는 시빌레에게 말했다.

"당신이 여신이건, 혹은 신들의 총애를 입는 인간이거나 상관없이 나는 당신을 언제까지나 존경하렵니다. 지상에 도착하면 당신을 위한 신전을 세우겠습니다. 그리고 내가 직접 제물을 바치렵니다."

이에 대해 시빌레가 말했다.

"나는 여신이 아니기에 희생물이나 제물을 원치 않습니다. 나는 인간입니다. 그러나 만일 내가 아폴론의 사랑을 받아들였다면 나는 불사적인 여신이 되었을 것입니다. 그는 내가 그의 여인이 되어준다면 내 소원을 들어준다고 약속했습니다. 그때 나는 손에 모래를 한 줌 쥐고 앞으로 내밀며 말했습니다. '제 손에 있는 모래알만큼 수명을 주십시오.' 그러나 나는 불행하게도 영원한 청춘을 청하지 못했습니다. 이 청도, 내가 그의 사랑을 받아들인다면 그가 허용했을 겁니다. 그러나 그는 내 거절에 기분이 나빠 나를 늙도록 내버려

두었습니다. 그래서 내 청춘과 그 기쁨은 사라진 지 오래입니다. 나는 지금까지 칠백 년을 살았습니다. 모래알의 수처럼 살려면 아직도 삼백 번의 봄과 가을을 맞아야 합니다. 내 몸은 해마다 작아지고 있습니다. 조만간에 내 몸이 사라질 때가 올 것입니다. 그러나 내 음성만은 남아 후세의 사람들도 분명히 내 말을 존경하며 들어 줄 것입니다."

시빌레가 남긴 이 마지막 말은 그녀의 예언력을 나타낸 것이다.

그녀는 동굴 속에서, 주워 온 나뭇잎 위에 사람들의 이름과 운명을 하나씩 적는 습관이 있었다. 이렇게 기록된 나뭇잎을 동굴 안에 질서 정연하게 배열했고, 신자의 상의에 응했다. 그러나 만약 문을 열 때 바람이 들어와 나뭇잎이 흩어지면, 그녀는 그것을 다시 원상태로 해놓지 않아 신탁을 다시 회복할 수 없게 된다.

시빌레에 대한 다음 전설은 훨씬 뒤에 생성된 것이다.

고대 로마의 타르퀴니우스(Tarquinius) 왕 때, 왕 앞에 한 여인이 홀연히 나타나 책 아홉 권을 내놓고 사기를 권했다. 그러나 왕은 거절했다. 그러자 이 여인이 물러가서 세 권을 불태워 버린 뒤 다시 오더니, 나머지 책을 아홉 권의 가격으로 사라고 했다. 왕은 또 거절했다. 여인은 다시 책 세 권을 태운 후에 나타나 나머지 세 권을 내놓으며 아홉 권의 가격으로 사라고 말했다. 왕은 어이가 없었지만, 호기심이 생겨 마침내 그 책을 샀다.

책에는 로마 국의 운명에 대한 여러 가지가 기록되어 있었다. 깜짝 놀란 왕은 이 책을 카피톨리움(Capitolium, 로마의 일곱 개의 언덕 중 하나)의 제우스 신전 돌상자에 보관하고, 임명된 특정한 관리만 열람할 수 있도록 하라고 명령했다. 그리고 그들은 중요한 일이 발생했을 때만 그 책을 보았고, 그 속에 적힌 신탁을 해석하여 국민에게 전하곤 했다.

보통 '시빌레'라고 칭하는 것이 일반적이지만, 시빌레에도 여러 가지가 있다. 그중에서 오비디우스나 베르길리우스가 그린 쿠마이의 시빌레가 가장 유명하다. 미켈란젤로는 성(聖)시스티나 성당의 천장 벽화에 다섯 명 ― 페르시아, 리비아, 델피, 에리트라이, 쿠마이 ― 의 시빌레를 그렸다.

오비디우스는 그녀의 생명이 천 년 동안이나 지속되었다고 했는데, 이는 아마도 실제로는 같은 인물인 여러 시빌레가 되풀이하여 나타났기 때문에 그렇게 이야기한 것 같다.

영은 〈밤의 명상〉에서 시빌레를 다루었는데, 시인은 처세의 지혜에 대해 이렇게 노래했다.

> 그녀가 미래의 운명을 적어둔다 해도
> 그것은 모두 나뭇잎에 있는 것.
> 시빌레처럼, 실존이 아닌 순간의 기쁨.
> 그들은 모두 한 줄기 바람으로 대기 속에 사라진다.
> ……
> 이 세상의 삶이 시빌레의 나뭇잎과 똑같은 것처럼
> 마음이 바른 사람은 시빌레의 책과 흡사하다.
> 그 값어치는 수(數)가 줄어들수록 점점 높아지기에…….

33장

이탈리아의 아이네아스 | 야누스의 문을 열다 | 카밀라 |
에반드로스 | 초창기 로마 | 니소스와 에우리알로스 |
메젠티우스 | 팔라스와 카밀라 그리고 투르누스

이탈리아의 아이네아스

시빌레와 작별한 아이네아스는 그의 선단으로 돌아가 이탈리아 해안을
따라 항해하여 티베르 강 항구에 정박했다. 시인 베르길리우스는 그의 주인공
[아이네이스]을 유랑의 목적지에 닿게 한 뒤 시의 여신 무사를 불러, 어려운
시련을 당한 이 나라의 사정을 아이네아스에게 일러주라고 한다.

그 당시 그 나라의 통치자는 사투르누스의 삼 대째인 라티누스였다. 그는
늙었으며 그의 뒤를 계승할 아들은 한 명도 없었으나 라비니아라는 아름다운
딸이 한 명 있었다. 그녀는 부근의 여러 나라에서 구혼을 받았는데, 그중
루툴리인의 왕 투르누스가 라비니아 양친의 마음에 맞았다. 그러나 라티누스
는 꿈에서, 딸의 남편은 바다를 건너 올 것이라는 경고를 그의 부친 파우누스
에게 받았다. 그리고 이 혼인으로부터 전 세계를 정복할 민족이 나온다는
것이었다.

여러분도 기억하리라 생각하는데, 아이네아스는 일행이 하르파이아이의
무리와 싸움을 했을 때 이 반인반조(半 半鳥)의 괴물 중 하나가 일행의 앞길

에 무서운 불행이 닥쳐올 것을 예언했다. 특히 그 하르파이아이는 그들의 유랑이 끝나기 전에 식탁마저도 먹어야 될 정도로 기아의 고통을 겪으리라고 예언했었다. 이 예언은 여기에서 드러났다. 일행은 풀밭에 앉아 조금 남아 있던 식사를 하려고 무릎 위에 굳은 빵을 올려놓은 뒤 그 위에 숲에서 겨우 따온 나무 열매를 얹혀 놓았다.

그리고 그들은 단숨에 그 열매를 다 먹고 굳은 빵마저도 허겁지겁 먹고서야 겨우 식사를 끝냈다. 그것을 본 아이네아스의 아들 율루스가 농담을 했다.

"우아! 식탁까지 다 먹었네."

이 말을 들은 아이네아스는 문득 예언의 의미가 생각났다.

"그렇다! 이곳이다. 이곳이 약속의 땅이다!"

그가 외쳤다.

"이것이 우리의 보금자리, 우리의 나라다!"

그리고 그는 여러 가지 준비를 했으며 곧바로 그곳의 원주민과 지배자를 조사했다. 백 명의 선발대는 많은 선물과 함께 라티누스의 마을로 가서 우의와 협조를 요구했다.

그들은 그곳에서 환대를 받았다. 라티누스는 트로이 영웅 아이네아스가, 곧 신탁이 자기의 사위로 예정된 사람이라는 결론을 내렸다. 그는 기쁜 마음으로 협력을 약속하고 선발대에겐 자기 마구간의 말에 태워 선물과 호의에 가득 찬 전언을 전달하여 돌려보냈다.

헤라는 트로이인들에게 모든 일이 순조롭게 잘 풀려가자 그녀의 옛 원한을 되살려냈다. 그녀는 즉시 에레보스(지상과 하계 사이의 암흑계)로부터 알렉토(복수의 여신 중 하나)를 불러내 불화를 낳게 하라고 파견하였다. 알렉토는 먼저 왕후 아마타의 마음을 제압한 뒤 갖은 방법으로 동맹을 반대하게 하였다. 다음으로 그는 투르누스의 나라로 급히 가 늙은 여성으로 변신하고 외래인들의 상륙과 그들의 왕이 그의 신부를 빼앗으려 한다고 말했다. 다음에 그녀는 시선을 트로이 유민들의 막사로 돌렸다.

그때 그의 눈에는 율루스와 그의 친구들이 수렵 놀이를 하는 것이 보였다. 알렉토는 개들의 후각을 더욱 예민하게 만들고는 가까운 숲속에서 수사슴 한 마리를 몰도록 했다. 그런데 이 사슴은 라티누스 왕의 목자 튜루스의 딸 실비아가 끔찍이 위하는 사슴이었다. 율루스는 사슴을 향해 창을 던졌고, 사슴은 상처를 입었다. 사슴은 겨우 집으로 돌아가 실비아의 발밑에서 죽었다. 슬픔은 극에 달했으며 그녀의 눈물과 부르짖음은 오빠들과 목자들을 흥분시켰다. 그들은 손에 잡히는 대로 무기를 들어 율루스 일행에게 맹공을 퍼부었다. 그러나 뒤쫓아온 율루스의 친구들이 이들을 막았기에 마침내 이들은 도중에 두 사람을 잃고, 쫓겨 돌아갔다.

이 사건만으로도 전쟁의 폭풍우를 일으키기엔 충분했다. 왕비와 투르누스, 목자들은 노왕에게 그들을 국외로 추방하기를 강력히 요청했다. 왕은 할 수 있는 데까지 거부했으나 자신의 반대가 먹혀들지 않아 마침내 양보했다.

야누스의 문을 열다

이 나라의 관습은 전쟁을 개시하면 왕이 예복을 입고 엄숙한 의식을 치른 다음 평화시에는 굳게 닫혀 있는 야누스 신전의 문을 열어야 했다. 국민들은 노왕에게 이 엄숙한 의식을 행하라고 강요했으나 왕은 이를 거절했다.

그들의 행동이 지연되자 여신 헤라는 하늘에서 내려와 강한 힘으로 문을 부수었다. 나라 안은 들끓었다. 국민들은 사방에서 뛰쳐나와 '전쟁이다. 전쟁이다!'만을 외쳤다. 투르누스가 총사령관으로 추대되었고, 다른 무사들도 메젠티우스를 대장으로 하여 동맹자로 참가했다. 메젠티우스는 용감하고 뛰어난 무사였으나 그의 성격은 무척 잔인했다. 그 때문에 그는 부근의 도시에 수령으로 있다가 국민들에게 추방당했었다. 메젠티우스와 함께 그의 아들 라우수스도 참가했다. 그러나 그는 부친보다 훌륭한 수령이 되고도 남을 고결한 청년이었다.

카밀라

카밀라는 아르테미스의 총애를 받는 처녀로 사냥의 병인인 동시에 뛰어난 장수였다. 그녀는 아마존족의 관례에 의하여 기마대를 거느리고 투르누스의 군에 참여했는데, 그 기마대에는 막 뽑힌 여군도 있었다. 카밀라는 물레나 베짜기는 전혀 하지 않았고, 오직 전투와 바람처럼 빨리 달리는 것만 연습했다. 들판의 보리밭 위를 달리면 곡식이 쓰러지지 않을 만큼 재빨리 달리는 것 같았으며, 물 위를 달리며 발에 물이 묻지 않을 정도로 달리는 것 같았다.

카밀라의 생애는 어릴 때부터 기구했다. 아버지 메타보스는 내란으로 그의 도시에서 쫓겨났는데, 이때 카밀라를 데리고 도망했다. 그는 적의 집요한 추적에 도망치다 아마세누스 강가에 이르렀다. 그러나 강물은 홍수로 물이 불어 도저히 건널 수 없을 것 같았다. 메타보스는 주저하다 마음을 굳히고 어린 딸을 보자기로 싸서 창에 매달아 한 손으로 높이 들어 올리며, 아르테미스에게 빌었다.

"숲의 여신이여! 이 아이를 당신께 바칩니다."

그리고 그는 이 무거운 창을 건너편 강가로 힘껏 던졌다. 창은 노도같이 흐르는 강물을 날았다. 추격자가 뒤를 바짝 쫓아오자 그는 물속에 뛰어들어 무사히 건너편 강가로 올라가 딸을 매단 창을 발견했다.

그때부터 그는 양치기와 같이 살게 되었고 딸에게는 생활에 필요한 기술을 가르쳤다. 그래서 카밀라는 어릴 때부터 활쏘기와 창던지기를 배웠다. 그녀는 투석기로 두루미나 야생 백조를 떨어뜨릴 수 있었다. 카밀라는 호피를 입고 다녔으며, 많은 어머니들이 그녀를 며느리로 맞아들이려고 하였으나 그녀는 계속 아르테미스만 따랐다.

에반드로스

이 무서운 장수들이 결속하여 아이네아스와 한판 전쟁을 벼르던 어느 날 밤이었다. 아이네아스는 노천 강둑에 누워 잠을 청했다. 그때 강의 신 티베리누스(Tiberinus)가 버드나무 그늘에서 얼굴을 내밀고 이렇게 말하는 것 같았다.

"여신의 아들이며, 라틴 땅의 주인이 될 운명을 지닌 자여! 이곳은 약속의 땅, 그대의 나라가 될 곳이다. 그대가 꿋꿋하게 참아낸다면 하늘에 있는 신들의 분노도 그치게 될 것이다. 이곳에서 그리 멀지 않은 곳에 그대를 도와줄 사람들이 있다. 배를 마련하여 이 강을 거슬러 올라가라. 내가 아르카디아인의 지도자 에반드로스(Evandros)의 거처로 안내해 주리라. 그는 오랫동안 투르누스(Turnus)와 루툴리(Lutuli)인들과 좋지 않은 사이로 있어, 선뜻 너의 뜻을 받을 것이다. 자, 일어나라! 그리고 헤라 여신께 기도하여 분노를 거두어 주십사고 빌어라. 그리고 그대가 승리를 거둔 뒤에도 나를 잊지 말아라."

잠이 깬 아이네아스는 벌떡 일어나, 강의 신이 현몽한 것을 따랐다. 그리하여 그는 곧 헤라 여신에게 제물을 바치고, 강의 신과 그 속신(屬神)들에게 자기 일행을 도와달라고 호소했다.

강의 신은 물결을 잠재우고 흐름을 늦추라고 명했다. 뱃사람들은 그 흐름에 맞춰 배를 띄우고 노를 힘차게 저어, 빠른 속도로 흐름을 거슬러 티베르(Tiber)강을 올라갔다.

해가 중천에 떠올랐을 즈음, 새롭게 들어선 건물들이 군데군데 흩어져 있는 도성이 일행의 눈앞에 나타났다. 이 도성은 후세에 저 이름 높은 로마가 되어 그 이름을 하늘에까지 떨쳤다.

노왕(老王) 에반드로스는 마침 그날 헤라클레스를 비롯한 모든 신의 뜻을 기려 연례 제사를 집전하고 있었다. 그의 아들 팔라스(Pallas)와 그 나라의 원로들 모두가 그 제사에 열석해 있었다.

그들은 우뚝 솟은 큰 배가 미끄러지듯이 숲 가까이 접근하는 걸 보고는 자리에서 벌떡 일어섰다. 그러나 팔라스는 제사를 계속하라고 명한 다음, 창을 들고 강둑으로 걸어갔다. 그리고는 소리 높여, 거기 오는 자들의 우두머리는 누구이며 무슨 일로 왔냐고 물었다.

아이네아스가 올리브 나뭇가지(평화의 상징)를 내밀며 대답했다.

"우리는 트로이인으로, 이 나라에 호의를 가지고 있습니다. 루툴리인은 그대들의 적이자 우리의 적입니다. 우리는 에반드로스 왕을 만나 우리 병력과 이 나라 병력을 합쳐 동맹할 것을 상의하러 왔습니다."

팔라스는 이 위대한 민족의 이름을 듣고는 적잖게 놀라며 상륙을 허락했다.

아이네아스가 강가에 오르자, 팔라스가 손을 내밀었다. 아이네아스는 팔라스의 안내를 받으며, 그 손을 마주 잡고 우정을 맹세했다.

숲을 지나 왕과 원로들이 있는 곳으로 가자, 그들은 아이네아스 일행을 따뜻하게 영접했다. 왕은 식탁 앞쪽에 그들을 위한 자리를 마련하고 제사 음식을 다시 차리게 했다.

초창기 로마

제사가 끝나자 모두가 도성으로 돌아갔다. 늙어서 기력이 쇠한 왕은, 아들과 아이네아스 사이를 걸으면서 번갈아 가며 두 사람의 팔에 의지했다. 이들은 재미있는 이야기꽃을 피우며 걸었는데, 먼 길의 피곤함도 모두 잊을 정도였다. 아이네아스는 아름다운 경치를 즐기면서, 고대의 뛰어난 영웅들의 이야기에 귀 기울였다. 에반드로스는 이렇게 말했다.

"이 넓은 숲에는 옛날부터 파우누스(Faunus)와 님프, 그리고 나무둥치에서 생겨난 야만인들이 살았답니다. 그때는 법(法)도 문명(文明)도 없었지요. 그들은 소에 멍에 메는 법도, 곡식을 수확하는 법도 모르는 채 살았답니다.

어려움이 닥칠 때를 대비해서, 풍부한 식량을 갈무리하거나 저장해 두는 것도 물론 몰랐고요. 그저 무성한 숲에서 잎을 따먹거나, 사냥한 짐승을 뜯어먹는 것이 고작이었죠. 그들이 이렇게 살 때 사투르누스(Saturnus, 농업신 크로노스(Kronos)와 동일시됨.)가 그의 아들들에게 쫓겨 올림포스에서 이곳으로 오지 않았겠습니까. 그는 이 미개하기 짝이 없는 야만인들을 모아 사회를 형성하고, 법을 만들어 가르쳐주었답니다. 그 후 이곳은 평화롭고 풍요로운 사회를 이루게 되었고, 이 사투르누스의 치세를 후세 사람들은 황금시대라고 불렀지요. 그러나 세월이 흐르면서 이것과는 전혀 다른 시대가 차례로 대두되었습니다. 황금과 피에 얼룩진 갈망이 온 나라를 휩쓸더니, 급기야는 폭군들이 나라를 대대로 지배하면서 그들의 먹이가 되고 말았습니다. 그러던 중 나는 고국 아르카디아(Arcadia)에서 추방되었고, 저항할 수 없는 운명에 이끌려 망명자로서 이곳에 오게 되었답니다."

이야기를 하다가, 에반드로스는 아이네아스를 타르페이아(Tarpeia) 바위 ― 카피톨리움(Capitolium) 언덕의 한 부분으로, 뒤에 국사범을 이곳에서 추락시켜 죽인 곳으로 유명하다. ― 와, 그 당시에는 가시덤불이 우거져 있었던 황무지로 그를 안내했다. 훗날, 이곳에는 카피톨리움(유피테르의 신전)이 그 장엄한 자태를 뽐내며 높이 서게 되었다.

에반드로스는 붕괴한 성벽을 가리키며 말을 이었다.

"이쪽에 있는 것이 야누스(Janus)가 세운 야니쿨룸(Janiculum, 로마의 일곱 개 언덕 중 하나)이고, 저쪽에 있는 것은 사투르누스의 도성인 사투르니아(Saturnia)입니다."

이런 이야기를 하는 동안 그들은 간소하게 꾸민 에반드로스 궁에 이르렀다. 그곳에서는 가축 무리가 울면서 들판을 돌아다니는 모습을 볼 수 있었다. ― 오늘날에는 이 들판에 세계 굴지의 화려하고 장대한 공회당이 서 있다.

일행이 궁에 들어서니, 시종들이 아이네아스를 위해 긴 의자를 내다 주었다. 그것은 안에다 나뭇잎을 푹신푹신하게 넣고, 겉은 리비아의 곰 모피로 덮은 것이었다.

다음 날, 에반드로스는 아침 햇빛과 소박한 궁전의 처마 밑에서 우짖는 새 소리를 듣고 잠에서 깼다. 침상에서 일어난 그는 웃옷을 입고 호랑이 가죽을 어깨에 걸친 다음, 가죽신을 신고 허리에 훌륭한 칼을 차고서 손님이 있는 곳으로 갔다. 그의 뒤로는 두 마리의 맹견이 따르고 있었는데, 이 개들은 그의 훌륭한 시종이며 호위병이었다.

아이네아스 옆에는 충직한 아카테스(Achates)가 배석해 있었다. 얼마 안 가서 팔라스가 그곳으로 오자, 에반드로스가 이렇게 말했다.

"사해에 이름을 떨친 트로이인이여, 큰 싸움을 앞두고, 우리가 그대에게 보탤 힘은 참으로 초라하기 그지없습니다. 우리나라는 한쪽은 강, 한쪽은 루툴리인에 가로막힌 약한 나라입니다. 그래서 나는 인구가 많고 세력이 큰 나라를 그대에게 붙여 동맹시키려고 합니다. 마침 그대는 운명의 힘에 이끌려 참으로 적당한 때에 이곳에 왔습니다.

이 강 건너편에는 에트루리아(Etruria)인의 나라가 있습니다. 그들의 왕인 메젠티우스(Mezentius)는 원래 잔인하기가 악귀 같은 자입니다. 자기의 복수심을 충족시키려고 전대미문의 형벌까지 고안해 냈으니까요. 이자는 죽은 사람과 산 사람을 한 덩어리로 묶되, 손은 손, 얼굴은 얼굴, 이렇게 모두 맞추어 묶습니다. 참으로 불행한 희생자는 이런 식으로 죽은 사람을 포옹한 채 죽어갔답니다.

결국 국민들이 들고 일어나 왕과 그 일당을 몰아냈습니다. 왕의 궁전을 불살랐으며, 그의 일당을 모두 참살했지요. 그러자 왕은 망명하여 투르누스(Turnus)에게 몸을 의지했는데, 투르누스는 지금도 이 왕을 무력으로 보호하고 있답니다. 에트루리아의 국민들은 왕을 사형시키기 위해 신병 인도를 요구했지만 뜻대로 되지 않자, 최근에는 무력으로라도 그 요구를 관철하려고 하는 중입니다.

그러나 신관(神官)들이 그들을 말렸습니다. 신관들은 이 땅에서 태어난 자로는 승리를 거둘 수 없다면서, 이 나라의 지도자로 예정된 자가 반드시 바다를 건너올 것이며 그것은 신(神)의 뜻이니 기다려야 한다고 말했답니다.

그래서 그들은 강 건너 쪽에 있는 나를 그들의 왕으로 받들려 했으나 나는 그런 큰일을 맡기에는 너무 늙었고, 내 아들은 이 땅에서 태어났으니 신의 뜻에 합당하지 않습니다. 그러나 그대는 태생으로 보나, 나이로 보나, 무공으로 보나 신께서 약속하신 분임이 분명합니다. 따라서 그들 앞에 모습을 나타내면 저들은 그대를 지도자로 맞아들일 것입니다. 나 또한 그대에게 내 유일한 희망이자 위안인 아들 팔라스를 맡기겠습니다. 부디 안전(眼前)에 거하게 허락하시어 전술도 좀 가르쳐주시고, 그대에 못지않을 용사로 길러주셨으면 합니다."

왕은 곧 트로이의 장수들을 위해 준마[1]를 준비하도록 명했다. 아이네아스는 왕이 뽑아준 군대와 팔라스를 데리고 말 등에 올라 에트루리아인의 도성으로 떠나고, 자기가 데려온 대원들은 배로 돌려보냈다. 아이네아스 일행은 에트루리아인의 도성에 안착하여 타르콘(Tarchon)과 그의 국민들에게 환영을 받았다.

니소스와 에우리알로스

그동안 투르누스(Turnus)도 군대를 강화시키고 모든 군비를 갖췄다.

헤라(Hera)는 무지개의 여신 이리스(Iris)를 보내, 아이네아스가 없는 틈을 타 트로이군 진지의 허를 찌르라고 투르누스를 부추겼다. 그러자 투르누스군이 곧 트로이 진영을 급습했다.

그러나 트로이군은 적의 기습을 주의하며 철통같은 경계 태세를 갖추고 있었다. 더구나 아이네아스가 자기가 없는 동안엔 무슨 일이 있어도 싸움을 금한다는 엄명을 내렸기에 트로이군은 참호 속에서 꼼짝도 하지 않았

---

1) 베르길리우스는 이곳에 유명한 시구를 삽입했는데, 그 구절의 울림은 군마가 달리는 모습을 떠올리게 했다. 굳이 번역하면 이렇게 되지 않을는지.
'준마의 말발굽은 네 겹의 울림으로써 대지를 진동한다.'

다. 루툴리군이 진지 속에 잠복하여 꾀어내려 해도 유인 작전에 결코 넘어
가지 않았다.

밤이 되자, 투르누스 군대는 자기네의 승리를 예상하며 기고만장하여 잔치
를 벌여 질탕하게 술을 마시고 떠들다가 아무렇게나 들판에 누워 깊은 잠에
빠졌다.

그러나 트로이 진영의 사정은 이와는 영 달랐다. 지위 고하를 불문하고,
그들은 모두 한숨도 자지 않은 채 경계 근무를 하며 아이네아스의 귀환을
초조하게 기다리고 있었다. 니소스(Nisus)가 진지에서 망을 보았고, 그 곁에
는 일행 중에서 온화한 성품과 재능이 뛰어난 것으로 유명한 청년 에리알로스
(Euryalus)도 서 있었다. 그들은 전장에서 만나 우정을 다진, 형제나 다름없
는 사이였다.

니소스가 에우리알로스에게 말했다.

"자네도 보이지? 저놈들의 기고만장한 태도와 허장성세가. 불빛도 작고
희미한 것을 보면 모두 만취하여 곯아떨어진 것 같네. 자네도 알겠지만, 우리
편 장군들은 아이네아스에게 사람을 보내 지시받고 싶어 하네. 그래서 나는
적진을 뚫고 아이네아스에게 갈 결심을 했네. 만일 이 일이 성공하면 그 명예
만으로도 나 자신에 대한 보상은 충분하네. 혹 그 이상으로 보상받을 가치가
있다고 평가받는다면, 그것은 자네가 받게나."

에우리알로스의 가슴도 모험심과 호기심으로 불타오르고 있었다. 그는 이
렇게 대답했다.

"니소스, 자네는 어째서 그렇게 멋진 일에 나를 끼워 주려 하지 않는단
말인가? 내가 자네를 그처럼 위험한 곳에 혼자 보낼 것 같은가? 용감한 내
아버지는 나를 그렇게 키우지 않았다네. 그리고 내가 아이네아스 군대에
참가할 때 결심한 것이 있는데, 명예를 위해서라면 생명을 내놓을 각오를
했다네. 명예에 견준다면 목숨이란 별것이 아니거든."

니소스가 대답했다.

"친구여, 내가 그런 걸 의심하는 게 아닐세. 그러나 자네도 알겠지만, 이

일은 그 결과가 어떻게 될지 아무도 모르잖나. 나야 괜찮지만, 자네만은 무사해야 하네. 둘 다 같은 꼴이 되면 안 된단 말이지. 자네는 나보다 젊고, 앞날이 창창하지 않은가. 그리고 만일의 경우 내가 자네 어머님께 슬픔을 안겨 드려서도 안 되고 말이야. 어머님께서는 다른 부인들처럼 아케스테스 도성에서 편히 사실 수도 있었지만, 굳이 자네를 따라오셔서 우리 진영에 같이 계시지 않는가."

에우리알로스의 결심도 만만치 않았다.

"긴말하지 말게. 자네가 아무리 말려도 내 생각은 변하지 않소. 나는 자네와 함께 가기로 마음을 굳혔으니까. 자! 서둘러 출발하세."

그들은 수비병을 불러 정찰 업무를 맡기고 총사령부 막사로 갔다.

장수들은 아이네아스에게 알릴 대책을 협의하는 중이었다. 곧 회의의 결론이 났다. 사람을 아이네아스에게 보내, 의견을 묻자는 쪽으로 결정된 것이었다.

장수들은 두 청년의 지원을 환영하면서, 그 용기를 칭찬하고 성공할 경우 큰 상을 약속했다. 특히 아이네아스의 아들 아스카니우스(Ascanius)는 에우리알로스에게 굳센 악수를 하며 영원한 우정을 맹세했다.

에우리알로스는 아스카니우스의 우정에 답해 이렇게 대답했다.

"나에게 한 가지 소원이 있습니다. 내 연로하신 어머니가 지금 이 진영에 계십니다. 어머니는 다른 부인들과 함께 아케스테스 도성에 남아 편히 지낼 수도 있었는데, 나를 위해 트로이 땅을 떠나 여기에 와 계시는 것입니다. 나는 어머니께 작별 인사를 하지 않고 이대로 떠날 생각입니다. 어머니의 눈물을 견딜 힘이 없고, 만류하시면 뿌리칠 용기가 없기 때문입니다. 부탁인데, 내 어머니가 슬퍼하시거든 그대가 위로해 드리세요. 이것만 약속해 준다면, 나는 어떤 위험에도 기꺼이 뛰어들어 용감하게 돌진하겠습니다."

아스카니우스와 장수들은 감동의 눈물을 흘렸다. 아스카니우스는 고개를 끄덕이며 이렇게 말했다.

"자네의 어머님은 이제 내 어머님이니, 걱정은 놓으시게. 우리는 그대의 용기에 어울리는 명예를 약속했소. 만일 그대가 돌아와 받지 못하면, 그대의 어머님께 드리기로 하겠소."

얼마 후 니소스와 에우리알로스는 트로이군 진지를 떠나 적진 한가운데로 잠입했다. 적진은 감시자도 보초도 서 있지 않았고, 병정들은 사방에 흩어져 풀 위나 마차 사이에서 잠들어 있었다. 그야말로 엉망진창이었다. 그 당시의 전쟁은, 용사가 잠자는 적을 죽여도 불명예가 아니었다. 따라서 이 두 트로이 병사는 적진을 통과하면서 소리도 없이 수많은 적병을 죽였다.

에우리알로스는 어떤 막사에서 황금과 깃털로 반짝이는 훌륭한 투구도 빼앗았다. 그들은 아무에게도 들키지 않은 채 적진 한가운데를 지나갔다.

그러나 갑자기 그들 앞에 적의 기병대가 나타났다. 그들은 대장 볼스켄스의 지휘 아래 막 진영으로 돌아오다가 에우리알로스가 지니고 있는 반짝이는 투구를 보았다. 볼스켄스는 그들에게 큰 소리로 어디에 소속된 누구며, 어디에서 오느냐고 물었다. 이 둘은 대답하지 않고 숲속으로 도망쳤다.

그러자 곧 그들의 도주를 막기 위해 기병들이 사방으로 흩어졌다. 니소스는 추격을 피해 가까스로 위험에서 벗어났지만, 에우리알로스의 모습이 보이지 않자 오던 길을 되짚어갔다. 다시 숲속으로 들어간 니소스는 사람들의 목소리를 들었다. 니소스가 가지 사이로 소리 나는 쪽을 엿보니, 적의 기병들이 에우리알로스를 둘러싼 채 심문하고 있는 것이 눈에 들어왔다.

"어떻게 하면 좋을까? 어떻게 해야 에우리알로스를 구할 수 있을까? 구하진 못할 바엔 그와 함께 죽는 것이 낫지 않을까?"

니소스는 밤하늘에서 밝게 빛나는 달을 바라보며 중얼거렸다.

"여신이여, 은총을 베푸소서!"

그리고는 손에 들고 있던 창을 기병대를 향해 던졌다. 그 창을 맞고 치명상을 입은 대원이 땅바닥에 쓰러지자 다른 대원들이 놀라 허둥거렸다. 니소스는 또다시 창을 날려 또 한 사람을 쓰러뜨렸다. 지휘관 볼스켄스(Volscens)는 창이 날아오는 방향을 몰라 우왕좌왕하다가 칼을 빼어 들고는 에우리알로스의 목에 대었다. 그리고 '두 부하의 원수를 갚겠다.'며 그 칼로 에우리알로스의 목을 치려고 했다.

그러자 니소스가 숲속에서 달려나가며 큰 소리로 부르짖었다.

"나다! 창은 내가 던졌다! 루툴리인이여, 네 칼을 나에게 돌려라! 네 부하를 죽인 것은 나란 말이다. 그 사람은 그저 나를 따라왔을 뿐이다."

그러나 이 말이 끝나기도 전에 볼스켄스의 칼이 에우리알로스에게 날아들었다. 에우리알로스의 머리가 흡사 낫에 베인 꽃송이처럼 어깨 위에서 힘없이 떨어졌다.

그것을 본 니소스는 볼스켄스를 향해 뛰쳐나가 칼로 그의 목을 찔렀다. 그리고 그 자신도 무수한 칼날 아래 참살되었다.

메젠티우스

에트루리아의 동맹군과 함께 때맞춰 돌아온 아이네아스는 포위된 아군을 돕게 되었다.

아이네아스가 도착했을 때는 양군의 세력이 동등해져, 마침내 전쟁이 본격적으로 벌어졌다. 이 이야기는 자세히 할 필요가 없으므로 여러분들에게는 이미 소개했던 주요 인물들의 운명만을 따라가 보겠다.

폭군 메젠티우스(Mezentius)는 자기와 싸우는 상대가 바로 반란을 일으켰던 자기 나라 백성임을 알고 야수같이 격노했다. 그가 어찌나 아귀같이 날뛰던지, 그가 가는 곳은 어디에서나 수많은 사람이 죽음을 당했다. 그러자 간신히 죽음을 면한 사람들이 틈을 보아 패주하는 일도 적지 않았다.

마침내 아이네아스가 그와 대결하게 되었다. 양군은 싸움을 중단한 채 양쪽으로 갈라져서 이들의 승부를 조용히 지켜보았다.

메젠티우스가 먼저 창을 던졌다. 창은 아이네아스의 방패에 비스듬히 맞고 튀어 나가 안토레스(Antores)를 맞혔다. 그는 그리스 출신으로, 고향 아르고스(Argos)를 떠나 에반드로스(Evandros)를 따라 이탈리아로 온 사람이다.

시인 베르길리우스는 이 안토레스의 죽음을 꾸밈없이 담담한 슬픔으로 노래했는데, 오늘날에도 속담으로 곧잘 쓰이는 그의 시구는 다음과 같다. ─ '이 불행한 자는 다른 자를 겨눈 창에 맞아 쓰러져, 하늘을 우러러보며 평화로운 고향 아르고스를 추억했다.'

이번에는 아이네아스가 창을 던졌다. 창은 메젠티우스의 방패를 뚫고 그의 허벅지에 꽂혔다. 그러자 그의 아들 라우수스(Lausus)가 뛰쳐나와 아이네아스 앞을 막아섰다. 그동안 부하들은 메젠티우스에게 달려가 그를 떠메고 돌아갔다.

아이네아스의 칼은 라우수스의 머리 위에서 한동안 주저했다. 그러나 분노를 일으킨 라우수스의 공격이 맹렬했기에 아이네아스는 어쩔 수 없이 운명의 일격을 가했다.

라우수스가 쓰러졌다. 그러나 아이네아스는 그를 가엾게 생각하여, 그의 시신 위로 허리를 숙여 얼굴을 들여다보며 말했다.

"비록 적이지만 그대의 행위는 칭찬받아 마땅한데, 내 무엇으로 이를 보상하랴. 그래! 그대는 그대가 자랑으로 여기는 그 갑옷을 그대로 입게나. 그리고 걱정하지 말게. 내 그대 유해를 돌려주어 장례를 치를 수 있게 해주겠네."

아이네아스는 이렇게 말하며 주저하는 라우수스의 부하들에게 그의 유해를 내주었다.

그동안 메젠티우스는 강둑으로 이송되어 상처를 씻고 간호를 받았다. 그러나 얼마 후 라우수스가 전사했다는 소식을 듣고 격노와 절망에 휩싸인 그는 말을 몰아 숲속으로 들어가 아이네아스를 찾았다.

이윽고 아이네아스를 발견한 그는, 아이네아스 주위를 빙빙 돌며 연거푸 창을 던졌다. 그러나 아이네아스는 방패를 돌리며 무섭게 파고드는 창을 번번이 막아냈다.

마침내 메젠티우스가 세 바퀴 돌았을 때 아이네아스는 그의 말 머리를 겨냥하여 창을 던졌다. 창이 말의 관자놀이를 명중하자 말은 땅바닥에 쓰러졌고, 아이네아스 진영에서는 환호성이 일어나 그 소리가 하늘을 찌를 듯했다.

메젠티우스는 살려달라고 청하는 대신 자신의 유해가 자신을 배신한 부하들 손에 욕을 당하지 않게 해줄 것과, 아들과 한 무덤에 묻히게 해달라는 부탁만 했다. 묵묵히 죽음을 받아들인 그는 아이네아스의 마지막 일격을 받고서 피를 쏟으며 절명했다.

팔라스와 카밀라 그리고 투르누스

전장(戰場)의 한편에서 이런 일이 일어나고 있는 동안 다른 곳에서는 투르누스(Turnus)가 젊은 팔라스(Pallas)와 맞서고 있었다. 실력에 워낙 차이가 있는 만큼 승부는 처음부터 뻔했다.

팔라스는 용감하게 싸웠으나 실력이 워낙 월등한 투르누스의 창에 쓰러졌다. 승리한 투르누스는 이 용감한 젊은이가 자기 발치에 쓰러진 것을 보고는 가엾게 여겨 갑옷을 빼앗는 승리자의 당연한 특권을 행사하지 않았다. 그는 황금 징과 장식이 달린 어깨띠만 벗겨 자기 몸에 걸치고, 나머지 전리품은 그 시신과 함께 팔라스 편에 온전하게 넘겨주었다.

이 전투 후에 양군은 전사자들의 장례를 치르기 위해 며칠간 휴전하기로 합의했다. 이때를 이용해 아이네아스는 투르누스에게 사자를 보내, 이 전쟁의 승부를 일 대 일의 결투로 가리자고 제안했다. 그러나 투르누스는 이 도전을 교묘하게 피했다.

전쟁이 다시 개시되자, 이번에는 처녀 장수인 카밀라(Camilla)가 눈부시게 활약했다. 그녀의 대담함은 어떤 무사나 장수의 활약상보다 돋보였는데, 수많은 트로이 장병과 에트루리아 군사가 그녀의 창과 도끼에 맞아 쓰러졌다.

그런데 아룬스(Arruns)라는 에트루리아인이 줄곧 카밀라를 지켜보고 있다가, 그녀가 도망치는 에트루리아 병사를 추격하는 절호의 기회를 포착했다. 카밀라는 그 병사가 입고 있던 갑옷에 정신이 팔려 그것을 노획할 욕심으로 정신없이 그 병사 뒤를 쫓고 있었다. 그렇게 추격에 열중한 나머지 자기 몸에 위험이 닥치고 있다는 것을 깨닫지 못한 것이다.

아룬스는 카밀라를 향해 창을 던졌고, 카밀라는 치명상을 입었다. 쓰러진 그녀는 부하 처녀들에게 둘러싸인 채 마지막 숨을 몰아쉬었다.

그러나 그녀의 죽음을 본 아르테미스(Artemis) 여신은 자기가 총애하던 처녀의 살해자를 용서하지 않았다. 아룬스는 의기양양해하면서도 문득 섬뜩한 생각이 들어 그곳을 빠져나가려 했다. 그때 아르테미스의 일행에 속하는 님프 한 명이 화살을 쏘았다. 아룬스는 진흙 바닥으로 고꾸라져 아무도 눈여겨보지 않는 동안 목숨을 잃고 말았다.

드디어 아이네아스와 투르누스 사이에 마지막 결투가 벌어졌다. 투르누스는 이 대결을 될 수 있는 한 피하려 했으나, 자기 편의 전세가 갈수록 불리해지고 부하들의 불평 소리가 높아지자 싸울 결심을 하지 않을 수 없었다.

승패는 처음부터 뻔했다. 아이네아스의 운명은 이기게 되어 있었고, 위기가 있을 때마다 그의 어머니인 아프로디테(Aphrodite) 여신이 도왔다. 또한 어머니가 아들을 위해 헤파이토스에게 특별히 주문해서 만든 뚫리지 않는 튼튼한 갑옷이 있었다.

그러나 투르누스는 그를 보살피던 신의 가호도 받지 못하는 상황이었다. 왜냐하면 헤라(Hera)는 더 이상 투르누스를 도와주지 말라는 제우스(Zeus)의 엄명을 받았기 때문이다.

먼저, 투르누스가 창을 던졌으나 창은 아이네아스의 방패에 닿자마자 도로 튀어 나가 버렸다. 이어서 트로이의 영웅이 창을 던졌다. 창은 투르누스의 방패를 뚫고 그의 허벅지를 관통했다. 기가 꺾인 투르누스는 아이네아스에게 목숨을 애걸했다.

불쌍히 여긴 아이네아스는 그를 살려주려고 그윽이 그의 상태를 살폈다. 그런데 그 순간 투르누스가 어깨에 두르고 있는 팔라스의 띠가 눈에 들어왔다. 그 띠는 투르누스가 팔라스를 죽이고 빼앗아 두른 것이었다.

아이네아스는 분을 참지 못하고 크게 소리를 질렀다.

"팔라스가 이 칼로 너를 죽이노라!"

아이네아스는 들고 있던 칼로 투르누스의 몸을 내리친 다음 울부짖었다.

여기에서 '아이네아스 이야기'는 끝난다. 우리는 아이네아스가 그들을 정복한 뒤 라비니아(Lavinia)를 신부로 맞아들였다는 상상을 할 수 있다.

전설에 따르면, 아이네아스는 이 땅에다 자기의 나라를 세웠다. 그리고 신부 이름에서 따와 나라 이름을 '라비니움(Lavinium)'이라고 붙였다고 한다.

그의 아들 아스카니우스(Ascanius)는 알바롱가(Alba Longa)를 세웠는데, 이곳이 로물루스(Romulus)와 레무스(Remus)의 탄생지이고, 곧 로마의 요람이었다.

다음 포프(Pope)의 시에는 카밀라에 관한 것이 있다. 시인은 여기서 '음악은 의미의 메아리가 아니면 안 된다.'라는 것을 다음과 같이 노래했다.

아이네아스가 크고 무거운 돌을 던지려 할 때는
시구도 힘에 겨워 보이고, 언어의 움직임도 굼뜨다.
그러나 걸음이 잽싼 카밀라가 들판을 달리거나,
보리밭 위를 나는 듯이 질주하거나,
바다 위를 스쳐 갈 때의 시구는 이와 다르다.

34장

피타고라스 | 시바리스와 크로톤 | 이집트의 신들 |
오시리스와 이시스 | 신탁[오라클]

피타고라스

앙키세스는 아이네아스에게 인간의 영혼이 가진 구성 요소에 대해 설명했
는데, 그것은 피타고라스(Pythagoras) 학파의 학설과 일치했다.

피타고라스는 원래 사모스(Samos) 섬의 사람인데, 그는 생애의 대부분을
이탈리아 크로톤(Crotone)에서 지냈다. 따라서 그는 '사모스의 현인'으로
불리기도 하고, '크로톤의 철학자'로 불리기도 한다.

젊었을 때 그는 세상을 두루두루 여행했다. 전해지는 바에 따르면 그는
이집트에서 신관들에게 모든 학문을 배웠고, 뒤에 동방으로 여행하여 페
르시아(Persia)와 칼데아(Chaldea)의 마기(Magi, 고대 페르시아의 승려
계급)족, 그리고 인도의 브라만(Brahman, 인도의 승려 계급)을 방문했다
고 한다.

그는 마침내 크로톤에 정착했는데, 이곳에서 그의 비범한 재능으로 많은
제자들을 모았다. 당시의 크로톤 주민들은 사치와 방탕으로 악명이 높았는
데, 피타고라스의 감화력은 그 영향력을 곧바로 나타내기 시작했다.

근검과 절제의 바람이 일어나 주민들 600명이 그의 제자가 되었고, 공동적인 지혜를 얻기 위해 단체를 조직했다. 또 전체의 이익을 위해 각자가 재산을 모아 공동 재산을 만들었다. 그들은 모두 순결하고 검소한 생활양식을 실천했다.

그들이 배운 첫 번째 교훈은 '침묵'이었다. 얼마 동안 그들은 오직 듣기만 해야 했다. 사람들은 피타고라스가 'Ipse dixit(이렇게 말하였다.)'라고만 하면, 아무런 논증도 없이 충분한 것으로 생각해야 했다. 질문이나 반대 의견을 내놓는 것은, 수년 동안 복종을 인내해 온 상급 제자만 가능했다.

피타고라스는 수(數)가 만물의 본질이며 원리라고 생각했으며, 수가 있음으로써 물체가 실제로 분명하게 존재하는 것이라고 말했다. 그래서 그의 주장에 따라, 수가 우주 만물의 구성 요소가 된 것이다. 그가 이 구성 과정을 어떻게 생각했는지에 대한 충분한 설명은 찾아볼 수가 없다.

그러나 그는 우주의 여러 형태와 현상을 그 기초이며 본질인 수에서 기인하는 것으로 보았다. 그는 '모나스(Monas)', 즉 '1'이 모든 수의 근원이라고 말했다. '2'는 불완전하고, 증가와 분할의 원인이라고 했다. '3'은 처음과 중간과 끝을 가지고 있기에 완전히 수라고 했다. '4'는 정방형을 나타내는 수로, 가장 완전한 수라고 했다. 그리고 '10'은 이 네 개의 기본적인 수의 합계(1+2+3+4=10)를 내포하고 있으므로, 모든 음악과 수학적 비율을 포함하고, 우주의 조직을 나타내는 것이라고 했다.

여러 가지 수가 모나스에서 시작하는 것같이, 피타고라스는 우주 만물도 신성(神性)이라는 순수하고도 단일한 것에서 출발된 것이라고 여겼다. 신들과 악마, 영웅은 이 최고의 것에서 생겨났다는 것이다. 그리고 네 번째로 생긴 것이 인간의 영혼이다. 이 영혼은 스러지지 않으며, 육체의 구속을 벗어나면 죽은 자의 땅으로 가서, 다시 인간이나 동물의 육체 속에 살기 위해 이 세상으로 돌아오기 전까지 그곳에 머문다. 그리고 불순물이 완전히 정화되었을 때는, 마침내 처음 출발한 근원으로 돌아간다.

영혼의 순환에 대한 이러한 교리는 원래 이집트에서 기원한 것이고, 인간의 행위에 대한 상과 벌에 대한 고리와 연관되어 있다. 피타고라스학파 사람들이 절대로 동물을 죽이지 않는 이유도 그들이 이러한 교리를 신봉하고 있던 데서 기인한다.

오비디우스(Ovidius)는 피타고라스가 제자들에게 다음과 같이 말했다고 전했다.

"영혼은 결코 죽지 않고, 한 거처를 떠나면 곧 또 다른 거처로 옮아간다. 나 역시 트로이 전쟁 때 판토오스(Panthous)의 아들 에우포르보스(Euphorbus)였는데, 메넬라오스(Menelaos)의 창에 쓰러졌다. 나는 얼마 전에 아르고스(Argos)에 있는 헤라(Hera)의 신전에 들렀었는데, 거기에서 당시 내가 사용했던 방패가 전리품들 속에 끼어 같이 걸려 있는 것을 보았다. 이처럼 모든 것은 바뀔 뿐이지 무엇 하나 사멸하지 않는다. 영혼은 곳곳으로 옮아가서 이번에는 이 육체, 다음에는 저 육체에 머무르고, 짐승의 몸에서 인간의 몸으로 옮아가거나 인간의 몸에서 다시 짐승의 몸으로 옮아갈 수도 있다. 밀초가 어떤 모양의 형태로 있다가 녹여져 또다시 새로운 모습이 되어도 밀초는 항상 같은 밀초인 것처럼 영혼도 항상 같은 영혼이며, 그것은 때에 따라 여러 가지로 서로 다른 모습을 취하기도 한다. 그래서 너희들의 가슴에 동족을 위한 사랑의 불꽃이 타오르고 있다면, 제발 그러한 동물들의 생명을 난폭하게 다루지 말아다오. 어쩌면 그것이 너희들 자신의 친지일지도 모를 테니까 말이다."

셰익스피어(Shakespeare)는 〈베니스의 상인〉 중에서 그라치아노(Gratiano)에게 이메템프시코시스에 대해 이야기하도록 하였다.

여기서 그라치아노는 샤일록 (Shylock)에게 이렇게 말한다.

> 너를 보고 있노라면 내 믿음조차 흔들려서
> 피타고라스처럼 동물의 영혼이
> 인간의 몸속에 들어왔다는 생각을 가지게 한다.

너의 그 들개 같은 성질은
본래가 지니고 있던 것.
그가 인간을 물어 죽였기 때문에
그 역시 목매 죽고
그 영혼이 네 몸속에 들어간 것이다.
그래 네놈의 욕망은 늑대 같고, 피비린내 나며
굶주림에 허덕이고 있는 것이다.

음계(音階)의 음부(音符)와 수와의 관계에서, 같은 배수가 진동하면 조화음이 생기고 그렇지 않은 진동에서는 부조화음이 생긴다. 이런 관계를 통해 피타고라스는 눈에 보이지 않는 우주의 조화뿐 아니라 비로소 보이는 가시적 현상에도 '조화'라는 단어를 사용하여, 그 각 부분이 서로 적응하는 상태를 뜻하게 했다.

드라이든(John Dryden)이 〈성 체칠리아의 날에 부치는 송가(Ode For ST. Cecilia's Day)〉의 첫 마디에서 노래한 것은 이런 생각이다.

천상의 조화에서
이 우주의 구조는 시작되었다.
그것은 조화에서 조화로
음계의 모든 음역에 퍼져 있고,
이 모든 음을 인간 속에 가두어 두었다.

피타고라스는 우주의 중심에는 생명 원리의 중심인 불[火]이 있고, 이 중심의 불은 지구, 달, 태양, 그리고 다섯 개의 행성으로 둘러싸여 있다고 생각했다. 그리고 이 천체 사이의 거리는 음계의 비례와 일치되는 것으로 보았다. 또한, 천체는 그 속에 사는 신과 더불어 이 중심에 위치한 불의 주위를 돌면서 항상 노래를 부르고 군무를 행하고 있다고 여겼다.

셰익스피어는 로렌조(Lorenzo)로 하여금 다음과 같이 제시카(Jessica)에게 천문학을 가르쳤는데, 그때 셰익스피어가 인용한 것은 바로 이 학설이다.

> 앉아요, 제시카. 그리고 보아요, 하늘의 상(床)에는
> 반짝이는 황금 접시가 잔뜩 놓여 있어요.
> 저기에서는 아주 작은 별일지라도
> 천사처럼 노래를 부르며 돌고 있어요.
> 어린 눈동자의 천사들과 아름다운 목소리,
> 이런 조화는 불멸의 영혼 안에 있지요.
> 그러나 더러운 흙으로 되어
> 해지기 쉬운 옷(육체를 말함.)이 그것을
> 꼭 가두어 놓아,
> 우리는 그것을 들을 수가 없다오.

우주의 덮개는 수정이나 유리 같은 것으로 되어 있고, 주발 한 벌을 엎어 서로 겹쳐져 있는 것처럼 생각되었다. 각각의 내부에는 하나나 두서너 개의 천체가 있으며, 천구와 함께 돌게끔 되었다고 여겼다. 모든 천구는 너무나 투명하여, 우리가 천구를 보면 천구 속에서 함께 도는 천체만을 보게 된다. 그러나 이 천구도 돌 때는 서로 마찰을 일으켜 실로 절묘하고 아름다운 소리를 내지만, 사람들의 귀에는 들리지 않는다.

밀턴(John Milton)은 〈그리스도의 탄생에 부치는 찬가〉에서 이 천체의 음악을 다음과 같이 노래했다.

> 소리 높여 연주하는, 수정 같은 친구들아!
> 이제 우리들의 귀에도 은혜를 내려다오.

(만일 너에게 우리의 감각을 매혹시킬 수 있다면)
그 은백의 방울을 굴려 아름다운 음율의 박자 맞추어라.
하늘의 최하부 오르간에 저 음을 놓아
구중(九重)의 조화음으로
천사들의 교향악과 완벽한 조화를 이루어다오.

피타고라스는 또 리라(lira)의 발명자로 전해지는데, 미국의 시인 롱펠로 (Henry Wadsworth Longfellow)는 〈어린이에게〉라는 시에서 이 이야기를 다음과 같이 노래했다.

옛날 위대한 피타고라스는
대장간 입구에 서서
갖가지 소리를 내며
쇠망치가 모루를 두드리는 것을 보던 중에
그 쇠끝에서 바르르 떨며 남은 여러 음을 느껴
저 울려 퍼지는 철사의 진동으로
칠현의 리라를 만들었다.

또 롱펠로의 〈숨어 있는 오리온〉을 보면 이런 시구가 있다.

저 '사모스 현인'의 위대한 아이올로스(Aiolos)의 리라.

시바리스와 크로톤

시바리스(Sybaris)는 크로톤(Crotone)에 인접된 도시로 사치와 방종으로 유명했는데, 그 유명도는 크로톤이 절제와 검소로 유명했던 것과 같다.

그래서 시바리스라는 이름은 사치와 방종의 대명사로 속담에까지 인용될
정도였다.

T.R 로웰은 이 도시를 이런 의미로 그의 고운 소품 〈민들레에 부치는 시〉
에 썼다.

> 유월 중순 황금빛 투구를 쓴 꿀벌이
> 백합이 춤추는 텐트 속에서
> *(그것은 그가 정복한 시바리스이지만)*
> 여름날의 따뜻한 황홀을 느끼듯이,
> 나 역시 그것을
> 짙푸름 속에서 네가 노란색 꽃잎을 피웠을 때
> 처음 느꼈다.

이 두 도시 사이에 전쟁이 발생하여 시바리스가 정복당했고, 도시는 파괴되
었다.

크로톤의 군대를 이끈 자는 밀론(Milon)이라는 유명한 역사(力士)였는데,
밀론의 거대한 힘은 많은 이야기를 낳았다. 특히 그가 네 살 된 암소를 어깨에
메고 갔는데, 나중에 보니 그 소를 하루 동안에 다 먹어치웠다는 이야기는
유명하다.

또 그의 죽음과 관련해서는 다음과 같은 이야기가 전해진다. 그가 숲속을
지나다가 쐐기가 박혀 갈라진 나무를 보았다. 그는 장난삼아 나무를 벌려
쪼개려고 했는데, 쐐기가 빠지면서 오므라든 나무에 한 손이 끼고 말았다.
손을 빼내려고 안간힘을 썼지만 빠지지 않았고, 그런 상태에서 늑대의 습격을
받아 급기야 잡아먹혔다고 한다.

바이런은 〈나폴레옹 보나파르트에 부치는 송시〉에서 밀론의 이야기를 이

렇게 노래했다.

옛날에 참나무를 쪼개려고 시도한 그는
그 나무의 반발은 조금도 생각하지 않았지.
장난삼아 내려친 나무줄기에
잡히는 몸이 되어
저 혼자서 쓸쓸히 주위만 둘러보았지.

이집트의 신들

이집트인들은 최고의 신으로 아몬(Amon)을 만들었다. 이 신은 뒤에 제우스 또는 유피테르 아몬이라고 일컬어진 신이다. 아몬은 말이나 의지로써 자신을 나타냈는데, 그의 의지는 크네프(Knef)와 아토르라는 두 남녀 신을 창조했고, 이 두 신은 오시리스(Osiris)와 이시스(Isis)를 탄생시켰다.

오시리스는 태양의 신으로, 따뜻함과 생명, 풍요의 원천으로서 숭상받았다. 그뿐 아니라 나일강의 신이기도 한 그가 매년 강을 넘치게 하여, 그의 아내 이시스(지구)를 만나러 간다고 생각했다.

세라피스(Serapis, 일명 헤르메스(Hermes))는 타르타로스(Tartaros, 무한 지하 감옥)의 지배자이며, 치료와 풍요의 신으로 숭배되었다.

수호신으로는 아누비스(Anubis)가 있으며, 그의 머리는 개의 머리로 그려지고 있다. 그의 주된 관심은 장례식과 시체의 보호였다.

호루스(Horus) 또는 하르포크라테스(Harpocrates, 호루스의 그리스 이름)는 오시리스의 아들이다. 그는 침묵의 신으로, 손가락을 입술에 대고 연꽃 위에 앉아 있는 자세로 그려진다.

무어(Thomas Moore)의 〈아일랜드의 노래〉 중 하나('당신에게 말하리라, 나의 비밀'의 제2절)에 하르포크라테스를 노래한 곳이 있다.

> 그대를 어느 장미 숲에 앉히고
> 조용히 그 입에 손가락을 대게 하자.
> 마치 저 어린아이처럼.
> 그 아이는
> 나일강 강가에서 양 볼을 붉게 물들이는 꽃 속에서 태어나
> 줄곧 그 모습으로 앉아 있다.
> 땅과 하늘로 향한
> 그 아이의 노래는 단 하나뿐.
> '조용히, 모두 조용히!'

오시리스와 이시스

오시리스(Osiris)와 이시스(Isis)는 한때 지상으로 내려가 그곳 주민들에게 선물과 축복을 베풀었다. 오시리스는 농기구를 제작하여 그 사용법을 지도하고 쟁기 메는 법을 가르쳐주었으며, 이시스는 그들에게 처음으로 밀과 보리의 재배법을 가르쳤다. 또 오시리스는 법과 결혼제도와 사회적 조직성을 알려주었고, 신에게 경배하는 방법도 가르쳐주었다. 이렇게 나일강 유역을 행복한 땅으로 만든 오시리스는 많은 천사를 모아 그 혜택을 다른 지역에도 나누어 주기 위해 길을 떠났다.

오시리스는 가는 곳마다 주민들을 정복했는데, 그의 수단은 무력이 아니라 음악과 웅변이었다. 이것을 본 오시리스의 동생 세트(Seth)는 질투와 악의에 넘쳐, 그가 없는 동안 그의 왕위를 빼앗으려고 했다. 그러나 당시에 정권을 맡고 있던 이시스에 의해 그 계획이 좌절되었다. 원한이 더욱 사무친 세트는 마침내 형을 죽이기로 결심하고, 일흔두 사람의 음모단을 조직했다. 그리고는

오시리스가 원정에서 돌아와 귀국 축하연이 열렸을 때, 그는 오시리스 몸에 꼭 맞게 만든 큰 궤를 가지고 참석했다.

잔치에 참석한 세트는 궤를 가리키며, 누구든지 이 궤 속에 몸이 들어가는 자가 있으면 그에게 고귀한 재목으로 된 그 궤를 주겠다고 분위기를 띄웠다. 많은 사람이 줄을 서서 궤에 들어가려고 했지만, 몸에 맞지 않아 모두 실패했다. 마침내 오시리스의 차례가 되었고, 그가 몸을 집어넣는 순간 세트와 그의 공모자들은 재빨리 뚜껑을 닫아 궤를 나일강에 던져버렸다. 그리하여 오시리스는 죽음을 맞이했고, 그의 시신은 나일강을 따라 멀리 흘러갔다.

이시스는 이 잔인한 죽음을 슬퍼하면서 통곡하다, 상복을 입은 채 남편의 시신을 찾으려고 탐색에 나섰다. 그녀는 여동생 네프티스(Nephthys)와 다른 신들의 도움을 받아 곳곳을 헤맸지만, 탐색은 얼마 동안 제자리걸음만 했다. 왜냐하면 궤가 파도에 실려 비블로스(Byblos) 해안의 갈대에 닿았을 때 오시리스 몸속에 머무르던 신력(神力)이 이상한 힘을 불어넣어 갈대가 거목으로 자랐고, 그 밑둥이 궤를 막아버렸기 때문이었다. 그 후 얼마 되지 않아 나무는 신성한 물건을 내장(內藏)한 상태로 벌채되어, 페니키아(Phoenicia) 왕의 궁전 원주(圓柱)로 세워지게 되었다. 그러던 중 헌신적인 사랑과 끈기로 버텨온 이시스는 아비누스와 그를 따르는 새들의 도움으로 이 사실을 알게 되었다. 그녀는 지체하지 않고 오시리스의 시신이 있는 페니키아로 향했다.

궁전에 다다른 이시스는 변장을 하고 왕궁의 시녀로 지원하여 들어간 다음, 변장을 벗고 우레와 번갯불에 둘러싸인 여신의 모습을 드러냈다. 그리고 지팡이로 기둥을 내리쳐 기둥을 쪼개고는 신성한 궤를 되찾았다. 그리고 그 궤를 이집트로 가져와 나일강 부근 늪지대에 감췄다. 그러나 세트가 이를 발견하여 시체를 열네 토막으로 나누어 이집트 전역에 흩뿌렸다. 이시스는 오랜 고생 끝에 열세 토막을 찾았으나 나머지 한 토막은 나일강의 물고기가 먹어 찾을 수 없었다. 그래서 그녀는 무화과나무를 잘라 없어진 부분을 대신하고는 유해를 필라이(Philae) 섬에 묻었다.

그 후부터 이 섬은 이 나라의 유명한 묘지가 되어 전국 각지에서 순례자가 모여들었다. 또한 이곳에는 오시리스를 기리는 웅장한 신전이 세워졌으며, 그의 몸이 한 조각이라도 발견된 곳은 소규모 신전과 분묘가 세워져 이 사건을 후세에 길이 전하게 되었다.

그 후 오시리스는 이집트인의 수호신이 되어 그의 영혼은 항상 신우(神牛, 성스러운 소) 아피스(Apis)의 몸에서 살고, 그 소가 죽으면 다른 소의 몸으로 가 산다고 생각하게 되었다.

멤피스(Memphis)의 황소라 일컫는 이 아피스는 이집트인에게 깊은 존경의 대상으로 숭배를 받았는데, 이 소는 어떤 특정한 표식으로 분간되었다. 전신이 흑색이고, 이마에는 흰 정방형 마크가 있으며, 등에는 수리 모양의 그림이, 혀 밑에는 갑충(甲蟲) 모양의 혹이 달려 있어야 했다. 이런 표식을 지닌 황소가 특별히 파견된 사람들에게 발견되면 그 소는 동쪽에 위치한 건물 안에 모셔져 4개월 동안 젖소로 양육된다. 이 시간이 끝나면 초하루 달밤에 신관들은 엄숙한 의식을 갖추고, 소가 안치된 곳으로 가 그 소를 아피스로 영접했다. 그리고 이 소는 훌륭한 배에 태워져 나일강 줄기를 타고 멤피스로 옮겨졌다. 이곳에는 소를 위한 것으로 두 채의 예배당과 커다란 운동장이 딸린 신전이 있으며, 여러 가지 제물이 바쳐진다.

또 매년마다 나일강이 넘칠 때가 되면 금잔을 강물에 던지고, 아피스의 탄생 축하 제전을 거행한다. 사람들은 이 제전 기간에는 악어들도 그 사나운 성질을 버리기 때문에 해를 끼치지 않는다고 믿는다.

그러나 아피스의 행복에도 한계가 있었다. 그는 일정 기간 이상 살아 있는 것이 용납되지 않았으므로 이십오 세가 되면 신관들이 그를 신성한 저수지에 빠뜨려 익사시키고, 세라피스(Serapis)의 신전에 묻었다. 이 소가 죽으면 그것이 자연사이든 타살이든 전 국민이 슬픔에 잠기게 되고, 후계자가 나타날 때까지 이 슬픔이 계속되었다.

최근의 어떤 신문은 다음과 같은 기사를 냈다.

『'아피스의 묘'. 현재 멤피스에서 발굴 중인 그 매몰된 도시는 폼페이만큼 이나 흥미가 가는 것이라 할 수 있다. 아피스의 이 큰 분묘는 몇 세기 동안 알려지지 않았었는데, 이제 그것이 열린 것이다. ― 19세기 이집트의 전역에서 발굴 작업을 한 프랑스의 고고학자 오귀스트 마리에트(Auguste Mariette) 는 1851년에 아피스의 미이라가 많이 내장된 세 개의 묘를 발견했다.』

밀턴은 〈그리스도의 탄생에 부치는 찬가〉에서 이런 이집트의 신들을 노래 했는데, 그것들은 상상의 신들이 아닌 실제의 악마로 그려졌으며 그리스도의 출현으로 패주된다.

> 야수 같은 나일강의 신들도, 이시스도, 호로스도
> 개의 머리를 가진 아누비스도 잽싸게 도망친다.
> 오시리스 모습까지도
> 멤피스의 숲이나 들판에 보이지 않는다.
> 음메음메 큰 소리로 울면서
> 비1)도 내리지 않는 초원을 거닐었는데,
> 그는 이제 저 신성한 관속에서
> 쉴 수도 없다.
> 가장 깊은 지옥에나 그의 묘가 있다.
> 그저 장난삼아, 작은 북을 치고 장송곡을 부르며
> 상복 입은 마법사가 그 신성한 관을 메고 간다.

이시스의 조각은 머리를 베일로 가린 것으로 만들어진다. 그것은 신비의

---

1) 이집트는 비가 조금도 내리지 않는다. '비도 내리지 않는' 관계로, 토지가 비옥하게 되려면 나일강의 범람을 기다리는 수밖에 없다. 마지막 행에서 '관'이라는 말이 나오는 데, 이것은 오늘날에도 이집트 신전의 벽에 남아 있는 그림에서 알 수 있듯이 신관들이 장례행렬 중에 메고 간 것이다. 아마도 그것은 오시리스가 들어 있는 궤를 나타낸 것으로 생각된다.

상징이기 때문이다. 테니슨(Alfred Tennyson)이 〈모드(Maud)〉 제4절에서 이야기한 것은 바로 이것이다.

> 왜냐하면 창조주의 뜻은 풀기 어렵고,
> 베일에 가려진 이시스이기 때문에.

신탁[오라클]

오라클(Oracle)은 고대 그리스와 로마에서 신의 뜻을 전달하는 신탁(神託)이나 예언자를 의미하는 단어이다. 이는 신비로운 통찰력이나 미래를 예측하는 능력을 상징하며, 종종 신들의 메시지를 인간에게 전달하는 중요한 역할을 담당했다.

가장 오래된 그리스의 신탁소는 도도나(Dodona)에 위치한 제우스의 신탁소였다. 어떤 기록에는 그것이 다음과 같은 이유로 세워졌다고 한다. 검은 비둘기 두 마리가 이집트의 테베(Thebes)에서 날아왔다. 그중 한 마리는 이피로스(Epeiros)의 산속에 위치한 도도나로 날아가 그곳 참나무 숲에 앉아, 그 지역 주민들에게 사람의 말로 '이 땅 위에 제우스의 신탁소를 세우라.'고 명했다. 또 한 마리는 리비아(Llivia)의 오아시스에 있는 유피테르 아몬의 신전이 있는 자리로 날아가 같은 명령을 했다. 다른 기록에는 그것이 비둘기가 아니라 무녀(巫女)라고 되어 있으며, 그녀들은 이집트의 테베에서 페니키아인에게 납치되어 각기 오아시스와 도도나에 신탁소를 세웠다고 전해진다. 이 신탁소에서의 신탁 말씀은 참나무가 내렸고, 바람에 살랑대는 나뭇가지가 울면 그 소리를 신관이 해석했다고 한다.

그러나 그리스의 신탁소 중 가장 유명한 것은 델포이(Delphoe)에 위치한 아폴론(Apollon)의 신탁소였다. 델포이는 포키스(Phocis)의 파르나소스(Parnassus)산 중턱에 세워진 도시였다. 아주 오래전에 생긴 일이지만, 이런 이야기가 전해지고 있다. 이 파르나소스에서 풀을 뜯어 먹던 염소가 산 중턱에 있는 길고 깊숙한 틈에만 다가가면 경련을 일으켰다. 이것은 지하 동굴에서 나오는 특수한 증기에서 비롯된 것이었는데, 한 양치기가 자기 몸으로 시험해 보았다. 그는 그 중독성 증기를 마시더니 곧 정신을 잃고 염소처럼 경련을 일으켰다. 이 사정을 알지 못하는 이웃 주민들은 그런 상태에서 지껄인 양치기의 헛소리를 신의 영감이라고 생각했다. 그리고 이 이야기가 곧 사방으로 퍼져 그곳에 신전이 세워진 것이다.

처음에는 이 신전의 주인으로 대지의 여신, 포세이돈(Poseidon), 테미스(Themis) 그 외의 신들을 모셨으나, 마침내 아폴론(Apollon)이 등장하자 이 신만이 예언력을 주는 것으로 받아들였다. 그리고 그곳에 무녀 한 명이 내정되었는데, 그녀의 역할은 이 신성한 영기(靈氣)를 빨아들이는 것이었다. 무녀는 피티아(Pythia)라고 불렸다. 무녀가 이 역할을 하기 위해서는 먼저 카스탈리아(Castalia) 샘에서 목욕재계하고 머리에 월계관을 써야 한다. 그리고 그다음에 역시 월계수로 꾸며진 삼각가(三角架, 도가니를 괴어 놓는 데 쓰는 정삼각형 모양의 기구.)에 올라앉아야 하는데, 그것은 바위의 틈 위에 놓여 있고 그 틈에서 새어 나온 신의 영기를 받는 것이었다. 그리고 이렇게 앉아 있는 동안에 얻은 무녀의 영감을 신관들이 해석했다고 한다.

트로포니오스의 신탁소

도도나와 델포이에 위치한 제우스와 아폴론의 신탁소뿐만 아니라 보이오티아(Boeotia)에 위치한 트로포니오스(Trophonios)의 신탁소도 매우 숭배시되었다.

트로포니오스와 아가메데스(Agamedes)는 형제였다. 그들은 유명한 건축가로 델포이의 아폴론 신전과 히리에우스(Hyrieus) 왕의 보물 창고를 건축했다. 그들은 보물 창고를 지을 때 이 창고의 벽에 돌을 끼워 놓고 언제든 뺄 수 있도록 해놓았고, 때때로 보물을 훔쳐냈다. 히리에우스는 깜짝 놀랐다. 자기 손으로 잠근 자물쇠나 봉인은 그대로인데 창고 안의 보물이 점점 줄어들기 때문이었다. 마침내 왕은 함정을 설치했는데, 여기에 아가메데스가 걸렸다. 트로포니오스는 그를 구해 낼 방도가 없고, 또 발각되면 지독한 고문으로 자기의 공범 사실도 드러날 것이 두려워 스스로 아가메데스의 목을 잘랐다. 그러나 트로포니오스도 얼마 후 땅속으로 빠졌다고 전해진다.

트로포니오스 신탁소는 보이오티아의 레바디아(Livadeia)에 위치했다. 전설에 따르면 큰 가뭄이 들었을 때, 보이오티아인은 델포이의 아폴론에게서 레바디아의 트로포니오스의 지원을 받으라는 지시를 받았다고 한다. 그러나 그곳에 간 그들은 신탁소를 찾을 수가 없었다. 그런데 그들 중 한 사람이 우연히 벌떼 뒤를 따라가 지면에 틈이 난 곳을 보았다. 이곳이 그들이 찾는 곳이었다.

이 신탁소에서 신탁을 받으려는 사람은 특별한 의식을 행해야 했다. 그리고 그 의식이 끝나면 그는 좁은 길을 따라 동굴 속으로 내려갔다. 동굴은 밤에만 들어갈 수 있었다. 동굴에서 나올 때는 전과 같은 좁은 길을 뒷걸음질로 걸어와야 했다. 그런데 그때 그들의 얼굴은 모두 우울하고 낙심한 표정을 나타냈다. 이때부터 의기가 없고 우울한 사람을 가리켜 '트로포니오스의 신탁을 받고 왔다.'라는 말을 했고, 이 말은 속담처럼 사람들의 입에 자주 오르내렸다.

아스클레피오스의 신탁소

아스클레피오스(Asklepios)의 신탁소는 여러 곳에 있는데, 이 중 가장 유명한 것은 에피다우로스(Epidauros)에 위치한 것이었다. 이곳은 병자들이 신전 안에서 잠을 자며 신탁의 대답을 얻거나 병을 고쳤다. 전해진 기록에 따르면 이 병자들의 치료법은 오늘날의 동물 자기(動物 磁氣), 혹은 최면술이라는 것과 같은 것으로 추측된다.

아스클레피오스에게는 뱀이 헌납되어 있었다. 그것은 뱀이 허물을 벗고 그 청춘을 되찾는 능력을 가지는 것에 대한 미신에서 비롯된 것이다. 아스클레피오스의 숭배 정신이 로마에 퍼진 때는 마침 로마에 심한 역병이 유행했을 때였다. 사자를 파견하여 에피다우로스의 신전으로 가 이 신에게 구원을 청했다. 아스클레피오스는 곧 소원을 들어주어, 사자의 배가 돌아갈 때 그의 모습을 뱀으로 바꿔 따라갔다. 배가 티베리스강(지금의 테베레(Tevere)강)에 도착하자 뱀은 배에서 빠져나와 강 가운데 있는 한 섬에 보금자리를 마련하고 그곳에서 살았다. 그래서 사람들은 이곳에 신전을 건립하고 아스클레피오스를 모셨다고 한다.

아피스의 신탁소

멤피스(Memphis)에서는 저 신성한 황소 아피스(Apis)가 신탁을 묻고자 하는 사람들에게 그 대답을 내려주었다. 그 방법은 사람들이 이 소에게 바친 제물을 소가 받느냐 거부하느냐에 따라 나타났다. 만일 소가 문의해 온 사람의 제물을 받아들이지 않으면 나쁜 징조이고, 받아들이면 좋은 징조였다. 그런데 이러한 신탁의 답변이 단지 인간이 만들어낸 것인지 혹은 악령의 작용인지는 아직까지도 풀리지 않았지만, 과거에는 후자의 의견이 우세했다.

최면술의 현상이 주의를 받기 시작한 뒤에는 제3의 이론이 나왔으며, 제3의 이론에서는 무녀가 최면술의 혼수상태 같은 상황에 빠져 천리안의 능력을 환기시킨다고 말한다.

또 하나의 문제점은 이러한 그리스 로마의 신탁이 그 대답을 내려주지 않게 된 시기에 대한 것이다. 기독교 신자인 고대의 저술가들은 신탁이 침묵하게 된 이유는 그리스도의 강림 때문이며, 그 강림이 있고 난 후에는 아무도 들을 수 없게 되었다고 한다.

밀턴은 이 논리를 〈그리스도의 탄생에 부치는 찬가〉에서, 구세주 강림에 이교의 신들이 당황하는 모습을 엄숙하고 기품있는 시구로 노래했다.

신탁은 침묵했다.
목소리도, 괴상한 신음도

활 같은 지붕에, 헛된 말이 되어 울리지 않는다.
아폴론은 그의 신전에서 이제 예언을 하지 않고,
다만 외로운 소리를 외치며 델포이 언덕을 떠나간다.
밤의 깊은 잠을 들이킨 주문도
신탁의 굴을 나오는 창백한 눈의 신관을
흥겹게 하지 않는다.

윌리엄 쿠퍼(William Cowper)의 〈야들레의 참나무〉라는 시에는 신화에 대한 몇 가지 아름다운 시구가 있다.

시의 앞부분은 카스토르(Castor)와 폴리데우케스(Polydeuces)의 이야기이고, 뒷부분은 이 신탁에 대한 것이다.

시인은 참나무 열매를 부르며 이렇게 노래했다.

너는 익어서 떨어졌다.
그래 기름진 땅속에서
활기찬 성장력으로 부풀어 올라,
네 껍데기를 찢었다.
흡사 저 신화에서
지금은 별이 된 쌍둥이처럼.
그리고 떡잎 두 장이 빠져나와
완전한 한 쌍을 이루고
잎이 차례로 그 뒤를 이었다.
모든 삶의 성분들이
네 작은 몸을 깊은 자비로 기르며,
너는 작은 가지를 드러냈다.
그런데 네가 그렇게 자랄 때
네 안에는 대체 누가 살고 있었지?

오오, 너에게 말할 능력이 있다면 좋으련만!
마치 도도나에 옛날처럼,
저 너와 동족에게 예언의 나무처럼.
나는 이 알 수 없는 미래의 일이 알고 싶어 묻는 것이 아니라,
네 입에서 더 확실한 과거를 알고 싶어 묻는 것이다.

테니슨은 〈말하는 참나무〉에서 도도나의 참나무에 대해 이렇게 노래했다.

그리고 나는 산문, 운문에 마구 쓰고
거기에서 너를 더욱 찬양하리라.
음유 시인이 너도밤나무나 라임이나
저 테살리아(Thessalia)의 숲을 찬양한 것 이상으로.
그 숲에는 검은 목에 흰 반점을 가진 비둘기가 앉아
신묘한 말로 이야기했는데······.

바이런도 델포이의 신탁소를 노래했다. 그는 그 저작의 영향력 때문에 프랑스 혁명이 일어났다고, 그가 믿는 루소에 대해 말하면서 이렇게 노래했다.

왜냐하면 그때 그는 영감을 받았다.
그 입에서
마치 옛날 피티아(Pythia)의 신묘한 동굴같이
신탁이 튀어나왔고,
그것은 전 세계를 불붙게 했으며
모든 왕국이 사라질 때까지 계속 탔다.

— 〈해럴드 경의 순례〉

35장

신화의 기원 | 신들의 조상 | 신화의 시인들

신화의 기원

이제 그리스 로마의 신화도 여기에서 마치게 되었다. 그런데 우리는 여기서 한 가지 의문을 갖게 된다. 그것은 '도대체 이 이야기는 어디서 시작된 것일까? 이런 이야기의 실제 근거는 있는 것일까? 아니면 단순한 상상력으로 된 꿈에 지나지 않는 것일까?'라는 것이다.

이 문제에 관해 철학자들은 여러 가지 학설을 주장했다.

1) 성서설

신화의 모든 전설은 사실이 감추어지고 바뀌기는 했으나 모두 성서에서 따온 것이라고 주장하는 설이다. 예를 들면 데우칼리온(Deucalion)은 '노아(Noah)', 헤라클레스(Herakles)는 '삼손(Samson)', 아리온(Arion)은 '요나(Jonah)'의 다른 이름이라는 것이다.

월터 랄리(Walter Raleigh, 영국의 탐험가, 정치가, 시인) 경은 그의 〈세계사〉에서 이렇게 말했다.

"유발, 야발, 두발가인(투발가인(Tubal-cain) ─ 〈창세기〉)은 하늘의 신들에게 반항한 거인들의 표식이다."

이상하긴 하지만, 이처럼 일치하는 내용이 많은 것이 사실이다. 그러나 이런 방법으로 신화의 전부를 설명하려고 한다면 무리가 일어날 수밖에 없다.

2) 역사설

신화의 등장인물은 모두 실존 인물이고, 그들에 관해 이야기되는 신화나 전설은 후세의 사람들이 덧붙이거나 꾸민 것에 지나지 않는다고 주장하는 설이다.

예를 들면, 바람의 왕이며 바람의 신인 아이올로스(Aiolos)의 이야기는 다음 사실에서 나온 것으로 상상된다. 아이올로스는 티레니아해(Tyrrhenian Sea) 어떤 섬의 왕이며, 그는 공정하고 경건한 통치를 했다. 또 그는 주민들에게 돛을 사용하여 배를 움직이는 법을 가르쳐주고, 대기의 여러 현상으로 천기와 바람의 변화를 예측하는 법을 알려주었다고 한다. 또 용의 이빨을 땅에 심자 그 자리에서 무장한 무사들이 솟아났다는 카드모스(Kadmos)도 사실은 페니키아에서 이주해 온 자로, 그리스에 알파벳의 지식을 가져와 원주민들에게 가르친 사람이라고 한다.

이런 학문의 기초에서 문명이 태어났으며, 시인들은 언제나 이러한 문화를 인류의 최초 상태인 순후한 황금시대의 퇴폐물로 나타내고 싶어 한다.

3) 우화설

고대인의 신화는 우화적이고 상징적인 형식을 취해 이 안에 도덕적·종교적·철학적 사실을 포함시켰으며, 세월이 흐름에 따라 문자 그대로 해석하게 되었다고 주장하는 설이다. 예를 들면 자기 아들을 잡아먹는 사투르누스(Saturnus)는 그리스인들이 크로노스(Cronos, 시간의 신)라고 일컫는 것과 같은 신이므로, 이것의 속뜻은 '자기가 이 세상에 가져온 것은 무엇이든 스스로 사라지게 되는 것이다.'라고 해석할 수 있다.

또 이오(Io)의 이야기도 이런 방법으로 해석된다. 이오(Io)는 달이며 아르고스(Argos)는 별이 있는 하늘이다. 이 하늘은 언제까지나 자지 않고 달을 지킨다. 또 이오의 저 끝없는 방랑은, 달의 영원한 회전을 나타낸 것이다.

이것은 밀턴(John Milton)에게도 같은 생각을 하게 했다.

나는 보리라, 저 방랑하는 달이
하늘의 정점 근처를
마치 드넓은 하늘길을 미궁에 빠진 자처럼
떠가는 저 모습을……

— 〈펜세로소(Penseroso, 사색하는 사람)〉

4) 자연 현상설

공기, 불, 물 같은 원소가 본래 종교적 숭배의 대상이고, 중요한 신들은 모두 이 자연의 힘을 의인화했다고 주장하는 설이다.

이런 자연적 요소를 통합하고 지배하여 초자연적 존재를 만드는 일을 상상력이 뛰어난 그리스인들은 즐겨 했다. 그들은 모든 자연물에 눈에 띄지 않는 존재를 붙였고, 태양과 바다에서부터 아주 작은 샘물이나 시냇물에 이르기까지 세상에 있는 모든 것은 어떤 특정한 신의 지배 아래 있다고 상상했다.

워즈워스(William Wordsworth)는 〈소요(逍遙)〉에서 이런 그리스 신화에 관한 생각을 다음과 같이 아름답게 발전시켰다.

저 아름다운 그리스에서,
한 목동이 부드러운 풀밭에 누워
한여름의 오후를 지내고 있다.
음악 소리에 나른한 잠을 달래며……

권태로운 기분이 찾아들어
자기의 숨을 멈췄을 때
언뜻 멀리에서 들리는 가락,
메마른 나뭇가지로 부는
자기의 피리 소리보다도 더 아름답게 들려
황금 류트(lute, 가장 오래된 현악기의 하나.)를 타고
수염도 깎지 않은 젊은이를 데리고 와서,
빛나는 숲을 환희로 충만케 한다.
밤의 사냥꾼도 고개를 들어
감사한 마음으로 밝은 달을 바라보며,
때마침 빛을 내려준 그 아름다운 유랑자에게
자기의 사냥길에 동행하자고 이야기한다.
그러자 여신은 미소 속에 님프(nymph)들을 거느리고
들판을 지나 으스름한 숲속을 빠져나와
(바위나 동굴의 에코(Echo)를 더욱 크게 울리는
아름답게 부르는 소리와 함께)
재빨리 사냥감을 좇았다.
나그네도 마치 달이나 별처럼
시냇물이나 솟아오르는 샘물로
목을 적시며 나이아스(Naias)들에게 감사의 기도를 올렸다.
저 멀리 언덕 위의 햇살도 그림자를 끌어
재빨리 미끄러져 가는 모습은,
약간의 공상을 더 한다면
발 빠른 오레이아스(Oreias)들이 형체를 드러내어
사냥하는 그 모습으로 바뀌었다.
바람이 불 때 날개를 치며 날아가는
저 제피로스(Zephyrus)들도

아름다운 사랑의 상대는 언제나 있다고
감미로운 귓속말로 속삭이고 있었다.
이상한 모습으로 시든 나뭇가지가
노년을 위해 잎도 잔가지도 모두 떨구고,
덤불 더미 은신처에 그 머리를 내밀면서
낮은 구릉이나 험한 산 중턱에 서 있었다.
그리고 때로 그 가지에 약한 사슴의 뿔이나
산양의 늘어진 수염이 엉켜 있었는데
그것은 사람들 눈을 피하는 사티로스들로,
장난을 즐기는 신들의
감당키 어려운 무리였다.
아니면 판(Pan) 그 자신인지도 몰랐다.
저 외로운 양치기에게 무서움을 불어넣는 목신(牧神)의……

이상 구분해 온 학설은 모두 나름대로의 진실성을 가지고 있다. 다만 한 민족의 신화는 이러한 것 중 하나를 택해 그 원천에서 발생했다기보다는 그것들 모두가 합쳐져 발생했다고 보는 것이 더 타당한 생각일 것이다.

또한, 이해할 수 없는 자연 현상을 설명하려는 인간의 욕망에서 비롯되었거나 지명이나 인명의 유래를 설명하고 싶어 하는 데서 기인한 신화도 적지 않을 것이다.

신들의 조상(彫像)

신들의 모습을 사람들에게 전하려는 생각을 우리가 볼 수 있도록 표현하는 것은 천문과 기술의 최고 능력을 활용해야 하는 과제였다.

많은 시도 중에서 다음에 거론되는 조상(彫像)이 가장 뛰어난 것으로 평가

된다.

처음 두 개는 고대인의 기록으로만 우리에게 전해졌고, 다른 두 개는 아직도 현존하면서 누구나 인정하는 훌륭한 걸작으로 평가받고 있다.

1) 올림포스의 제우스상

피디아스(Phdias, 고대 그리스의 조각가이자 건축가)가 만든 올림포스(Olympus)의 제우스상(像)은 그리스 미술 조각품 중에서 최고(最高)의 작품으로 일컬어진다. 그것은 크기가 엄청나게 컸으며, 고대인들이 '크리셀레판티노스(chryselephantinos)'라고 부르는 상아와 금으로 제작되었다. 육체를 나타낸 부분의 안쪽은 나무와 돌로 채워지고 그 위에 상아를 입혔다. 의복이나 다른 장식물은 금으로 만들었다. 이 조상의 높이는 40피트(약 12.2미터)였고, 12피트(약 3.6미터) 높이의 대좌 위에 있었다. 이 상은 제우스가 그의 옥좌 위에 앉아 있는 모습이었다. 이마에 올리브 화관을 썼으며, 오른손은 홀을 쥐고 있고 왼손은 '승리의 여신상'을 들고 있었다. 삼나무로 만들어진 옥좌는 황금과 보석으로 장식되었다.

이 조각가가 구체적으로 나타내려 한 생각은 그리스 민족 최고 신(神)의 사상이었다. 그는 완벽한 존엄성과 안정감을 유지한 정복자로서, 왕위에 올라 고개를 한 번 끄덕임으로써 발아래의 세계를 다스리는 신이었다.

호메로스가 〈일리아스〉 제1권에서 표현했듯이, 피디아스는 제우스상에서 영감을 얻어 구상했다고 한다.

포프(Alexander Pope, 1688~1744, 영국의 시인)는 그에 관한 한 구절을 다음과 같이 번역했다.

> *제우스는 이렇게 말하고, 검은 눈썹을 조용히 찌푸리더니*
> *향기로운 고수머리를 흩날리며 머리를 끄덕인다.*
> *그것은 운명의 날인(捺印)이며 신의 승낙이었다.*
> *천상의 하늘은 몸을 떨면서 황송한 듯 이 명령을 받았다.*

그래, 올림포스의 높은 봉우리도 가슴 깊숙이까지 떨었던 것이다.

쿠퍼(William Cowper)의 번역은 품위가 약간 떨어지지만, 원작에는 더 충실하다.

제우스는 말을 마쳤다.
그리고 검은 눈썹 아래로
승낙의 끄덕임을 표시했다.
이 절대자의
영원한 머리를 덮은 향기로운 고수머리가 흔들리자
저 높은 산까지 흔들렸다.

2) 파르테논의 아테나상

이것 또한 피디아스의 작품이다. 아테네에 있는 파르테논(Parthenon), 다시 말해 아테나(Athena)의 신전에 있는 것으로 여신 아테나의 입상이다.

이 상의 한 손에는 창이, 다른 손에는 '승리의 여신상'이 들려 있었다. 그녀의 투구에는 화려한 장식이 수놓아 있었으며, 투구 위에는 스핑크스가 앉아 있었다. 이 입상의 높이는 40피트였고, 제우스상처럼 상아와 금으로 제작되었다. 눈에는 대리석이 박혀 있었는데, 홍체와 동공을 나타내기 위해 채색되었을 것이라 추측된다.

이 입상이 서 있던 파르테논도 피디아스의 명령과 지휘 아래 세워졌으며, 여러 조각품으로 장식된 이 입상의 외부 또한 대부분이 피디아스가 만든 것이었다.

지금 영국 박물관이 소장하는 '엘긴마블스(Elgin Marbles)'는 이 조각품의 일부다. 피디아스가 만든 제우스상과 아테나상은 모두 남아 있지 않으나, 현존하는 여러 조상(彫像)과 흉상(胸像)으로 미루어 보아 그가 두 신의 용모를 어떻게 나타냈는지를 충분히 짐작할 수 있다. 이 작품들은 엄숙하고 고고

한 미(美)와 미술 용어로 조화 또는 안정감(repose)을 그 특징으로 하고
있다.

앞에서 말한 호메로스의 시구가 또 하나의 다른 유명한 번역에서는 어떻게
묘사되었는지 알아보는 것도 흥미 있는 일이라 생각된다.

이 번역은 포프의 번역과 같은 시기에 티컬(Thomas Tickell, 1686 ~ 1740,
영국의 시인)이 발표한 것이다. 그런데 대부분의 사람은 이것을 애디슨(Joseph
Addison, 1672 ~ 1719, 영국의 수필가, 시인, 정치가)의 것으로 잘못 알고
있다. 한때 이 번역은 애디슨과 포프 사이의 논쟁을 불러일으키기도 했다.

> *이렇게 말하고, 그는 왕답게 머리를 끄덕거렸다.*
> *그러자 길고 검은 고수머리가 앞으로 내려와*
> *그 신의 엄숙한 이마에 깊은 그늘을 만들었다.*
> *그 전능의 끄덕임에 올림포스도 떨었다.*

3) 메디치가의 아프로디테상

메디치(Medici)가(家)의 아프로디테(Aphrodite)는, 로마의 메디치가가
소유하고 있기에 지금도 그렇게 불리지만, 이 조상(彫像)이 처음으로 사람들
의 이목을 집중시킨 때는 지금부터 약 이백 년 전이다. 그 대좌에 새겨져
있는 문자는 기원전 이백 년에 아테네 조각가 클레오메네스(Cleomenes)의
작품으로 기록되어 있다. 하지만 그 문자의 신빙성은 의심할 여지가 있다.

전하는 바에 따르면 이 조각가는 나라의 명을 받아 완전한 여성미를 구현한
조상을 만들게 되었고, 나라도 그의 일을 도와주기 위해 아테네시에서 가장
아름다운 몸을 가진 여성 몇 명을 모델로 제공했다고 한다.

톰슨(James Thomson, 1700 ~ 1748, 영국의 시인)이 '여름(Summer)'
에서 말한 것은 이것이다.

> *세계를 현혹시킨 조상(彫像)은 그렇게 나타났고,*

그처럼 얼굴을 돌려 비길 데 없는 자랑을 감추려 한다.

이겨 뽐내는 그리스의 조합된 그 아름다움을.

바이런 역시 이 조상(彫像)에 대해 말했다.

시인은 피렌체(Firenze)의 우피치 미술관(Uffizi Gallery)에 대해 말하며 이렇게 노래했다. (〈해럴드 경의 순례〉)

여기서도 여신은 돌에 사랑을 새겼고,

주위의 대기를 미로 채우고 있다.

그다음 절에서는 이렇게 노래했다.

피도, 맥박도, 또 가슴도

다르다니아(트로이의 별명) 양치기의

저 상품(파리스 심판의 황금 사과)을 확인시켜 준다.

이 마지막 인용은 제27장에서 설명했으니, 참고하기 바란다.

4) 벨베데레의 아폴론상

현존하는 고대의 조각품 가운데 가장 훌륭하다고 평가되는 것은 '벨베데레(Belvedere)'라는 아폴론(Apollon)의 조상이다. 벨베데레는 이 조상(彫像)이 놓여 있던 로마 교황의 궁전('벨베데레'는 원래 '전망대'라는 뜻)에서 따온 것이다. 이 조상의 작가는 누구인지는 모른다. 다만 기원 1세기경 로마의 예술 작품으로 추측할 뿐이다.

이 조상은 7피트가 넘는 대리석 입상으로 전신이 나신으로 되어 있다. 다만 목에 둘려진 옷자락은 뻗쳐진 왼팔까지 걸쳐 있는데, 그것은 아폴론이 괴물 피톤(Python)을 물리치려고 화살을 쏜 순간을 나타낸 것으로 생각된다.

승리를 거둔 아폴론은 한 발을 앞으로 내딛고 서 있으며, 활을 지녔던 것같이 왼팔을 뻗치고 있다. 아울러 머리도 같은 방향으로 향해 있다. 자세와 균형에 있어, 이보다 우아하고 위엄을 가진 작품은 없다고 말해도 과언이 아니다.

그리고 이 조상을 더욱 완벽하게 보이게 하는 요인 중 하나는, 훌륭하게 등장하는 동작은 물론이고 적을 쓰러뜨린 비범한 힘을 의식하는 마음이 깃들어 있다는 것이다.

이밖에 루브르(Louvre) 궁전(현재 루브르 박물관)이 소장하는 '암사슴의 아르테미스(Artemis)상' 또한 '벨베데레의 아폴론상'처럼 뛰어난 것이라 할 수 있다. 자세도 아폴론의 모습과 비슷하고 상의 크기와 수법도 비슷하다.

이 상의 자세는 민첩하고 예리한 움직임을 표현했으며, 얼굴은 추격으로 상기된 여자 수렵가의 표정을 하고 있다. 왼손은 여신의 옆을 달리는 암사슴의 이마 위로 뻗쳐 있고, 오른팔은 화살을 꺼내기 위해 전통(箭筒)이 있는 어깨 위로 내밀고 있다.

신화의 시인들

우리가 이제까지 보아 온 트로이 전쟁과 그리스군의 귀환은 대부분 〈일리아스〉와 〈오디세이〉에서 인용한 것이다.

그런데 호메로스 역시 그가 자기 시에서 칭송한 영웅들과 마찬가지로 신화적인 인물이다. 전하는 바에 따르면 호메로스는 이곳저곳을 방랑한 늙은 장님 음유 시인으로 때로는 황실의 궁중에서, 때로는 천박한 농가에서 하프 소리에 맞춰 시를 읊으며 청중이 마련해 주는 양식으로 생활했다고 한다.

시인 바이런은 〈아비도스의 신부(The Bride of Abydos)〉에서 이 호메로스를 '암석이 가득한 키오스섬의 눈먼 노인'이라고 불렀다.

또 어떤 풍자 시인은 호메로스가 출생한 곳이 정확하지 않은 것에 대해 이렇게 노래했다.

> 부유한 일곱 도시가
> 호메로스를 서로 자기 고장 사람이라고 우긴다.
> 그러나 호메로스는 살아생전에
> 그곳에서 빵을 구걸하며 돌아다녔다.

이 일곱 개의 도시는 스미르나(Smyrna), 키오스(Chios), 로도스(Rodhos), 콜로폰(Colophon), 살라미스(Salamis), 아르고스(Argos) 그리고 아테네(Athens)였다.

현대의 학자들은 호메로스의 시라고 일컬어지는 작품들이 과연 한 시인의 것인지를 의문시했다. 이러한 의문이 생기게 된 이유는 이와 같은 장시(《일리아스》는 15,693행, 《오디세이》 12,110행)가 그런 시대에 쓰였다는 것이 믿기지 않는 데 있다. 보통 추정되어 온 작품들이 쓰인 시대는 현존하는 어떤 비명(碑銘)이나 화폐보다도 오래전이어서, 그 당시에 이처럼 긴 작품을 기록할 정도의 재료가 있었는지의 여부조차 확실치 않기 때문이다.

그뿐 아니라 이와 같은 장시가 어떻게 해서 기억에서 기억으로 시대를 타고 내려왔는지도 의문시된다. 물론, 이 의문에 대해서는 그 당시 랍소도스(Rhapsodos, 음유시인)라 불리었던 전문적 집단의 사람들이 다른 사람의 유명한 시를 암송했던 것, 그리고 국가적·애국적 전설을 외워서 그것을 노래하고 보수를 받아 생활을 영위했다는 것으로 설명되고 있다.

오늘날 학자들이 널리 인정하는 설은, 그 작품의 뼈대와 대부분의 구성은 호메로스가 세우고 전개했지만 전해지는 과정에서 다른 사람들이 가필과 삽입도 많이 했을 거라는 설이다.

또한, 호메로스가 생존했다고 생각되는 시대를 헤로도토스는 기원전 850

년이라고 추산했다.

1) 베르길리우스

베르길리우스(Publius Vergilius Maro)는 그 성(姓)으로 인해 '마로 (Maro)'라고도 불렸다. 우리의 '아이네아스(Aeneas)' 이야기는 이 베르길리우스의 서사시 〈아이네아스(Aeneas)〉에서 인용해 온 것인데, 베르길리우스는 로마 황제 아우구스투스(Augustus)의 다스림을 더욱 뛰어난 것으로 만들어, 후세 사람들에게 '아우구스투스 시대'라 불리게 한 위대한 시인 중 한 명이다.

그는 기원전 70년에 만투아(Mantua, 만토바(Mantova)를 말함.)에서 태어났다. 그의 이 위대한 작품은 호메로스에 이어 서사시의 걸작으로 일컬어진다.

베르길리우스는 독창력이나 발명력은 호메로스보다 뒤지지만, 표현의 정확성과 우아함은 호메로스보다 우수하다는 평을 듣는다.

영국의 비평가들은 근대 시인 중 오직 밀턴(John Milton)만이 이 훌륭한 두 고대 시인과 나란히 어깨를 견줄 수 있다고 생각했다.

밀턴의 〈실낙원〉은 그간 존재해 온 어떤 작품에도 뒤지지 않을 만큼 훌륭한 시구가 담겨 있으며, 어떤 점은 오히려 더 뛰어나다.

다음에 인용하는 드라이든(John Dryden)의 풍자시는 날카로운 비평과 평범한 진실성으로 이 세 시인의 특성을 교묘하게 묘사했다.

〈밀턴에 관해서〉

세 개의 다른 시대에 태어난 세 사람의 시인이
그리스와 이탈리아 그리고 영국을 장식했다.
첫 번째 시인은 정신의 고결함이 뛰어났고,
다음 시인은 장엄했으며,

마지막 시인은 둘 다 훌륭했다.
자연의 여신도 마침내 어쩔 수 없어
앞의 두 사람을 합쳐 세 번째를 만든 것이다.

다음은 쿠퍼(William Cowper)가 쓴 〈탁상의 담화〉 중에서 일부를 인용한 것이다.

호메로스의 빛이 보이기 이전의 많은 시대가 흘렀다.
만투아의 백조가 듣기 이전의 많은 시대도 흘렀다.
짐작할 수 없는 오랜 세월, 별들은 계속 움직이고,
밀턴을 낳기 위해 시대는 다시 많은 세월이 필요했다.
이렇게 천재는 긴 시간을 두고는 떠올랐다가 또 지면서
멀리 있는 나라까지 새벽빛을 비추어
그가 사는 모든 땅을 품위 있게 만든다.
그는 그리스에서 지고, 그는 이탈리아에 떠올랐다.
그리고 중세의 어둡고 따분한 시대를 지나
모든 광명은 드디어 이 영국에 비추었다.
그러자 아름다운 물총새들이 바다에 뛰어들었다가
다시 그 빛나는 날개를 저 먼 곳에 펼쳐 보인다.

2) 오비디우스

오비디우스(Publius Ovidius Naso)는 시에서 자주 '나소(Naso)'라는 성(姓)으로 불렸는데, 그는 기원전 43년에 태어났다.

그는 국가 관리가 되는 교육을 받고 상당한 지위까지 얻었다. 그러나 시가 그의 기쁨이었기에 일찍부터 시에 몸 바칠 결심을 하고, 당시의 시인들과 교류했다. 특히 호라티우스(Quintus Horatius Flaccus)와 친하게 지냈다. 또 그는 베르길리우스도 만났으나, 베르길리우스는 오비디우스가 아직 젊은 데다 유명해지기 전(당시 오비디우스는 34세였다.)에 죽었기에 깊게 교류하지는 못했다.

오비디우스는 충분한 수입으로 로마에서 편한 생활을 했으나, 말년에 가서 역경에 빠져 힘들게 살았다. 처음에는 유명 문인은 물론이고 아우구스투스 황제의 친지들과도 교류하며 연애시를 써서 명성을 얻었다. 그런 중에 발표한 〈사랑의 기교(Ars amatoria)〉라는 작품이 풍속을 문란하게 만든다는 이유로 아우구스투스 황제의 노여움을 사서 추방당하는 처지가 되었는데, 황제의 가족 중 한 사람에게 대단히 무례한 짓을 했기 때문이라고 추측하는 사람들도 적지 않다.

그는 50살 때 로마에서 추방되어, 흑해 연안 토미스(Tomis, 오늘날의 루마니아 콘스탄차(Constanta))로 가도록 명령을 받았다. 그곳의 야만인들과 혹독한 기후 속에서 시인은 로마의 호화로운 생활과 저명한 사람들과의 교제를 회상하며 생애의 마지막 십 년을 비탄과 근심 속에서 지냈다. 귀양살이하는 동안 그의 유일한 위안은 아내와 친구들에게 편지를 쓰는 일이었는데, 그의 편지는 모두 시였다. 이 시들(〈슬픔(Tristia)〉과 〈흑해에서 보낸 편지(Epistulae ex Ponto)〉)의 내용은 자신의 슬픔 외에 다른 제재는 없었지만, 그의 정묘한 감각과 풍부한 독창력으로 인해 지루하다는 비난 없이 오늘날까지도 독자들을 즐겁게 하며 연민까지 불러일으키고 있다.

오비디우스의 2대 걸작은 〈메타모포시스(Metamorphosis, 변신이야기)〉와 〈파스티(Fasti, 달력)〉이다. 이 작품들은 둘 다 신화를 제재로 한 것으로, 우리는 이 〈메타모포시스〉에서 그리스 로마 신화의 대부분을 인용했다.

최근의 어떤 작가는 이 두 시의 특징을 이렇게 이야기했다.

"그리스의 많은 신화가 현재도 시인, 화가, 조각가에게 그 예술적 재료를 주듯이 오비디우스에게도 그의 예술에 대한 재료를 제공했다. 그는 고대의 어처구니없던 전설을 정묘한 취미와 단순성과 정열로 서술했고, 그 전설에다 훌륭한 작가만이 할 수 있는 실재성의 외관을 입혀서 장식했다. 그의 자연

묘사는 너무도 인상적이고 진지하다. 그는 적절하고 주의 깊게 선택하고, 쓸모없는 것은 과감하게 버렸다. 그래서 그가 작품을 마쳤을 때, 그 작품에는 빠진 것이 없었고 군더더기도 없었다. 〈메타모포시스〉는 젊은이들에게도 즐거움을 안겨주지만, 나이가 좀 더 들었을 때 보다 큰 기쁨으로 읽을 수 있는 작품이다. 오비디우스는 자신의 시가 자신이 죽은 뒤에도 오래 남으리라는 것, 로마의 이름이 알려진 곳이라면 그 어디에서나 읽히리라는 것을 예언하는 데 망설임이 없었다."

이 예언은 〈메타모포시스〉의 결미 시구에 나오는데, 다음은 그 부분의 번역이다.

> 이제 여기서 나의 작품은 끝난다.
> 제우스의 분노도 시간의 이빨도 칼이나 불도
> 멸망시키지는 못할 것이다.
> 내 영혼은 어쩌지 못하고 육체만을 지배하는
> 저 운명의 날이여! 오려면 오라.
> 그래, 내 여생을 빼앗으려면 그렇게 해라.
> 내 가장 좋은 부분은 하늘의 별보다 높이 떠오르고
> 내 명성은 영원히 살아 있으리라.
> 로마의 힘과 예술이 펼쳐지는 곳 어디서나
> 내 책은 사람들에게 자주 읽힐 것이다.
> 또 시인의 시상에 어떤 진실성이 있다면
> 내 명성은 불멸의 것이 될 것이다.

작품 해설

신화는 인간 근원의 이야기이며 인간의 자화상(自畵像)이라고도 할 수 있다. 신화의 세계는 인간 생존의 가장 중요한 문제들, 이를테면 전쟁과 평화, 삶과 죽음, 진실과 허위, 선과 악 등에 필요한 지식의 끊임없는 원천인 것이다.

어느 시대, 어느 지역을 막론하고 신화는 존재할 수 있는 것이지만 그중에서도 그리스·로마 신화는 가장 널리 알려져 있고 서구인을 이해하려면 바로 이 신화를 아는 것이 첩경(捷徑)이다. 단군신화에서 우리 민족의 특성을 엿볼 수 있듯이, 그리스·로마 신화에는 보다 동적(動的)이고 격정적이며 또 지능적인 서구인의 특성이 여실히 나타나 있기 때문이다.

신화는 우리를 문명의 세계로부터 자연의 세계로 되돌아가게 해준다. 그리스·로마 신화의 세계는 활기에 차 있고 그 이야기들은 상상력을 통해 현실과 초자연(超自然)의 세계에 가로놓인 한계를 자유롭게 넘나든다.

오늘날 뉴기니아(New Guinea)의 미개인도 그렇고, 선사시대(先史時代) 사람들도 다만 즐겁고 아름다운 환상만을 간직했던 것은 아니었다. 공포와 마력과 인간의 희생을 체험하면서 살아야 했다. 폭풍우 속에서 천둥이 울리고 번개가 번쩍이며 벼락이 칠 때, 과학 시대 이전의 사람들은 그것을 그들이 무엇인가 신의 비위를 거스르는 행위를 저질렀기 때문이라 믿었다. 신의 노여움을 가라앉히기 위해서는 제물을 바치고 기원을 해야만 했다.

인간을 농락하고 징벌하는 무서운 신들이 있는가 하면, 인류에 봉사하고 도움을 주는 신들도 있었다. 인간사(人間事)에 즐겨 개입하는 신들은 인간에 대한 감정과 태도가 그들 상호관계에 있어서의 그것과 한가지이다.

이처럼 고대 그리스인들은 신들이 인간과 동일한 형상을 지녔고, 인간과 흡사한 성격을 가졌다고 생각했다. 다만 신들은 불멸을 포함한 초인적인 속성을 지녔을 뿐이라고 믿었다. 바로 이 신인동형동성관(神人同形同性觀)이 그리스·로마 신화의 기본이다.

신화는 우리에게 재산 증식의 방법이라든가 사회적 지위를 높이는 데 기여하지는 못한다. 그러한 것들은 〈그리스 로마 신화〉라는 고전(古典)에서가 아니라 처세에 관한 서적에서 찾아야 하는 게 옳을 것이다.

그러면 신화는 오늘의 우리 삶과 어떤 연관을 갖고 있는 것일까? 신화에서 얻을 수 있는 가장 큰 의의는 삶의 질을 높이는 데 있다. 즉 폭넓고 풍부한 인생, 성숙한 인간으로의 도약의 길을 제시해 준다는 점이다.

〈그리스 로마 신화〉를 보다 명확히 파악하려면 신화가 어떻게 생겨났는가에서부터 출발하여 당시의 시대 상황, 사회적 제(諸)관계 등을 알아야 한다. 또한 〈그리스 로마 신화〉가 언제부터 책으로 묶였으며 얼마나 윤색되고 첨가되었는가를 이해해야 한다.

그러나 그 모든 것을 파악하려면 문학사를 깊이 있게 파고 들어가야만 가능하기 때문에 여기서는 〈그리스 로마 신화〉를 쉽게 이해할 수 있도록 그 내용의 중심을 따라 개괄적으로 살펴보려 한다.

그리스 신화의 성립은 그리스 민족 고유의 신화를 중심으로 선주민족(先住民族)과 이웃 민족의 신화를 종합해서 이루어진 것인데, 오랜 세월 소장(消長)과 변천을 거치며 발전해 왔다. 그러므로 〈그리스 로마 신화〉는 신화의 발전 과정에서 마지막 단계에 속한다고 볼 수 있다.

모든 민족의 신화가 초자연적인 요소를 안고 있는 것과 마찬가지로 그리스 신화 ─ 로마 신화는 그리스 신화의 발전 선상에 있다. ─ 역시 초자연적인 요소가 많이 눈에 띄며, 그 내용 또한 매우 복잡하다.

그러나 신화의 내용이 사실에 근거하든 아니면 상상 속에서 발현된 것이든, 그 속에는 많은 암시와 시사(示唆)가 포함되어 있다. 즉 당대의 인사(人事), 자연, 문화 일반을 나타내고 있다. 또 신화의 모든 것이 그리스인 특유의 미화(美化) 작용에 의해 인간화되어 있으며, 여러 가지 불일치나 모순을 포함하고 있다는 점이 커다란 특징이다.

신화의 대부분 내용은 신들의 자손인 영웅들의 이야기로 꾸며져 있다. 〈그리스 로마 신화〉를 읽지 않은 사람들이라도 귀에 익은 인물인 헤라클레스, 오르페우스, 아가멤논, 오디세우스 등의 무용담이 골자를 이루고 있는데, 여기에 수많은 민간전승의 이야기, 종교적인 유래를 담고 있는 설화 등이 첨가되어 있다.

신화의 성립과 내용의 설명을 통해 이해했듯이, 신화란 단순히 신들의 계보나 영웅들의 공적만을 전하고 있지는 않다. 거기에서는 변형, 윤색 등 끊임없이 수정을 가한 흔적을 찾아볼 수 있다. 명부(冥府)의 왕 하데스가 페르세포네를 납치하는 이야기는 신이 사계절을 지배하고 있다는 것을 설명하고 있다. 또 인간을 다룬 신화로서 유명한 오이디푸스 전설처럼 복잡한 인간의 심리나 행동을 설명한 것도 있다.

이와 같이 하나하나의 이야기가 차차 확장되고 발전하여 전설상 일련의 계보나 그룹을 이룬 것으로 보인다. 그 가운데는 신화 본류의 내용과는 직접 관계가 없는 단순한 에피소드에 불과한 이야기도 있어 이 이야기를 윤색(潤色)하는 작용을 하여 듣는 사람으로 하여금 흥미를 느끼게 한다.

이렇게 역사의 발전 과정과 더불어 변화하고 충실해진 신화를 오늘날 우리가 쉽게 읽을 수 있도록 한 권의 책으로 만들어진 것은 토머스 불핀치(Thomas Bulfinch)에 의해서이다.

이 작품은 1855년 보스턴에서 〈신화의 시대(The Age of Fable)〉라는 제목으로 출간되었는데, 같은 해 출판된 휘트먼(Walt Whitman)의 〈풀잎〉과 더불어 베스트셀러에 올랐다. 그가 〈그리스 로마 신화〉를 출판한 1855년은 산업혁명의 완성기에 속해 있었다. 과학의 발달로 인해 생활은 풍요로워졌으나 인간성의 고갈 등의 폐해가 나타났다. 따라서 불핀치의 〈그리스 로마 신화〉의 근저에는 이러한 폐해로 인해 점차 고갈되어 가는 시적 상상력을 다시 소생시키려는 의도가 깃들어 있다고 보인다.

이 작품의 또 다른 목적은 미국의 독자들을 영국의 고전문학에 친숙하게 하는 것과 아울러, 신화의 의미를 바탕으로 그리스·로마와 스칸디나비아 혹은 동양 등에 전해지는 고대 고전 문학의 세계로 끌어들임으로써 이미 물질문명에 물들기 시작한 19세기의 시민에게 정신문화의 중요성과 그 위기를 인식시키고 미국 시민의 교양을 높이고자 함이었다.

불핀치는 〈그리스 로마 신화〉에서 그리스와 로마 신화는 대부분 오비디우스(Publius Ovidius Naso, BC 43～AD 17, 로마의 시인)와 베르길리우스(Publius Vergilius Maro, BC 70～BC 19, 로마의 시인)의 작품에서 인용했다. 이야기는 일단 산문으로 풀어 썼고, 말 그 자체를 바꾸더라도 원문에 내재한 시적인 감성은 가능한 한 살렸으며, 형태를 바꾼 이야기에서는 적당치 않은 부분을 과감히 생략했다.

또한 북구(北歐)의 신화는 폴 헨리 말레(스위스 제네바의 교수, 북구 문화 연구가, 1730~1807)의 〈북구 문명의 유적(Northern Antiquities)〉에서 발췌했는데, 이 장들은 동양과 이집트의 신화의 장과 마찬가지로 주제를 완전하게 만드는 데 필요하다고 생각되어 첨가한 것이다.

〈그리스 로마 신화〉가 2천여 년의 역사를 뛰어넘어, 문명의 시대인 오늘날까지 신화로 생생하게 재현되고 있는 까닭은 무엇일까?

그것은 신화를 뒷받침해 주는 현실성이 신화 속에 있기 때문이다. 또한 현실성을 뛰어넘으려는 고뇌와 의지가 인간의 역사 그 자체에 투영되기 때문이다.

신화에 나타난 신과 영웅들의 생활과 비극, 애환이 수천여 년 전의 이야기로 머물지 않고, 오늘의 현실 곳곳에서 살아 있음을 확인할 수 있지 않은가.

작가 연보

1796년 7월 15일 미국 매사추세츠주 보스턴 근교 뉴튼에서 출생.

1814년 하버드 대학 고전학과 졸업.

1818년 건축가인 아버지가 국회의사당 설계를 맡아, 워싱턴으로 이주.

1825년 보스턴으로 다시 돌아옴.

1837년 보스턴 머천트 은행의 행원이 됨. 이 직장에서 평생 근무.

1853년 〈히브리어 서정시 역사(Hebrew Lyrical History)〉 발표.

1855년 〈신화의 시대(The Age of Fable)〉,

　　　　〈신화 속 미녀들(The Beauties of Mythology)〉 발표.

1858년 〈기사도의 시대(The Age of Chivalry)〉

　　　　또는 〈원탁의 기사들과 아서 왕의 전설(Legends of the king

　　　　Arthur and the knights of the Round table)〉 발표.

1860년 〈소년 발명가(The Boy Inventor)〉 또는 〈매튜 에드워즈의 회고록

　　　　(Memoir of Mathew Edwards)〉 발표.

1862년 〈샤를마뉴 황제의 전설(Legends of Charlemagne)〉

　　　　또는 〈중세의 낭만(Romance of the Middle Ages)〉 발표.

1863년 〈유명한 시대의 시(Poetry of the Age of Fable)〉 발표.

1865년 〈셰익스피어는 읽기 수업에 적합하다(Shakespeare Adapted for

　　　　Reading classes)〉 발표.

1866년 〈오레곤과 엘도라도(Oregon and Eldorado)〉

　　　　또는 〈강물의 로마(Romanæ of the Rivers)〉 발표.

1867년 5월 27일 보스턴에서 71세로 사망.

　　　　(〈그리스 · 로마의 영웅과 현자〉 집필 중이었다고 전함.)